U.G. Doehn

ARUNDELLE & CO

6. **Die Repetitoren der Zukunft**

Inhalt:

Das Lied des Schamanen:

Hilfe nur wenig er dort unten fand.
Bereitung sorgt er statt den festen Stand.
Schemen und Schatten nicht real -
Vom Unsichtbaren war hier viel zugegen -
Unausgesprochenes gehört und hier zumal
Die Kleinen sucht er zu bewegen.
Schamane war er ihnen und Verwandter.
Dem bösen Feind nur widerstand er
Nicht ohne Hilfe dort im Dämmerlicht.
Weißt du nun wer wir sind?
Ich bin wohl du – bei dir ganz dicht
Einer wir zwei zusammen sind.
Dein ist die äußre andre Welt – vereint mit dir ich steh.
Ich leit den Arm dir und das Ohr - mit Augen dein ich seh.

1. Sehen und gesehen werden

Herr und Frau Henne konnten beide die Begeisterung der vielen hundert Fans nicht recht teilen, die sich all monatlich bei Vollmond auf Susamees Insel einfanden. Besonders in den hellen Sommernächten, wo es in den Büschen nur so knisterte vor Spannung und das Wunder sich nieder senkte wie ein warmer lockender Dufthauch. Da standen sie ein wenig davor, wie der Ochs vor dem Berg. Sie wussten nicht so recht, was sie davon halten sollten oder was da wirklich ab ging. Ja, ob denn überhaupt wirklich war, was sie bezeugten. Denn das Fieber erfasste sie nicht so recht. Es streifte sie gleichsam nur am Rande. Es erfasste sie auch dann nicht, wenn sogar die Steine weinten. Eben das begriffen sie schon gleich gar nicht. Sie meinten dann wohl, dass es der Abendtau sei, der die Felsen anfeuchte. Was ja durchaus wie eine vernünftige Erklärung anmutete, jedenfalls doch um einiges vernünftiger als die andere, fanden sie.

Gutmütig und großzügig sahen sie über solche Übertreibungen hinweg. Sie lächelten einander verständnissinnig zu und freuten sich über ihr stilles Einvernehmen. Es bestärkte sie erneut und immunisierte sie noch einmal gegen die süßen Nebel der Phantasie, von denen sie sich ja doch irgendwie umgeben fühlten. Denn dass hier allerlei Hokuspokus vor sich ging, merkten sie natürlich. Sie waren ja nun schon lange genug auf der Insel. Sie hatten die vielen Zwerge kommen und gehen sehen, auch wenn diese nur als vage Schatten an ihnen vorüber huschten. Diese schienen sich noch einmal einen Schubs zu geben, wenn sie ihnen begegneten. So, als stellten sie eine besondere Gefahr dar.

Nicht nur die Zwerge fremdelten sichtlich, auch mit Tika und Emasus wurden die beiden nie recht warm. Immerhin wechselte Wachmann Will Wiesle gerne immer mal wieder ein paar Worte mit ihnen, schon um sie bei Laune zu halten und herauszufinden, ob der Haussegen noch zum Guten stand, denn neuerliche Konkurrenz bei Susamee konnte er überhaupt nicht gebrauchen. Die aber würde drohen, so kombinierte er, wenn sich Hans Henny und Hilde Henne entzweiten. Wachmann Will Wiesle war nun einmal ein wenig einfach gestrickt.

Sonst gab es außer Tibor keine Menschenseele auf der Insel, von den vielen Zwergen im Untergrund abgesehen und die zählten irgendwie nicht recht. Zumal Tibor, das Idol der Zwerge, nun doch sehr oft drüben an der Universität las, und zusätzlich auch noch sein Dekanat in der Zwischenschule wahrnahm.

Wachmann Will Wiesle ging es übrigens ganz ähnlich wie den Hennes. Auch er glaubte nicht an die weinenden Steine, sondern hielt sich lieber an den Abendtau. Doch das traute er sich nicht zuzugeben, um nicht als unsensibler Rohling dazustehen.

Insgeheim überprüfte er deshalb, ob die Felsen auch ohne den Vollmond feucht wurden und das wurden sie manchmal tatsächlich. Oft aber auch nicht. Die Erklärung, die sich selbst bespielende Pferdekopfgeige verursache solche eine, den Steinen eigene Gemütsbewegung, wurde dadurch weder bestätigt noch aber auch entkräftet.

Überhaupt kam es auf die dämlichen Steine auch nicht an. Wichtig war doch nur, dass der unglaubliche Effekt nicht erzielt wurde. Zwar schmeichelte der Klang der Geige dem Ohr, das gab Wiesle gerne zu, mehr aber auch nicht. Ihn hatte die viele Fidelei jedenfalls noch nicht zu Tränen gerührt. Sie ging ihm eher auf die Nerven. Aber das durfte man ja hier nicht laut sagen.

Wenn ihn etwas anrührte, dann der Anblick von Susamees tanzender, hüllenloser Gestalt im bleichen Mondlicht. Denn diese hatte ihn entzündet und verzaubert, wie sonst nichts.

Auch hatte er nie diesen roten Feuervogel gesehen, ebenso wenig wie Hilde und Hans Henny Henne. Überhaupt hielten alle drei nichts von der Mär der sogenannten Conversioren, die da angeblich als Tierwesen durchs Gebüsch krochen.

Wenn man überhaupt einmal etwas zu Gesicht bekam, dann war dies ein zerzauster Schopf, der aus einer Felsspalte hervorlugte. Falls man es denn auf sich nahm, und bei Tage über die Insel streifte, was man allerdings in den Tagen des Vollmondes zu unterlassen hatte, so lauteten die Statuten.

Und über die wachte Susamee streng, auch wenn sie abwesend war. Will Wiesle, in seiner Eigenschaft als Wachmann, jedenfalls hielt sich buchstabengetreu an ihre Auflagen und es empfahl sich nicht, ihm zuwider zu handeln.

Zugeben freilich mochte auch er nicht, dass es ihm ging wie so vielen seiner Kollegen. Ein solches Tierwesen hatte er nie zu Gesicht bekommen. Niemals war er Zeuge einer Verwandlung geworden. Von merkwürdigen Geräuschen abgesehen. Denn merkwürdige Geräusche gab es schon des nachts, doch die waren in den Vollmondnächten kaum anders als in anderen Nächten auch. – Vielleicht aber doch um einiges stärker, soviel immerhin gestand er zu. Ja, lebhafter ging es unter dem Vollmond zu. Doch das war 's dann aber auch.

So eine Insel lebte eben. Und unter den Tieren, die es dort gab, waren auch viele nachtaktive dabei. Das war doch eigentlich recht natürlich. Doch das behielt man besser für sich. Denn solch profane Deutungen passten nicht in das magische Weltbild. Selbst kleinste Andeutungen in dieser Richtung zogen die heftigsten Reaktionen des Erstaunens nach sich. Man wurde schnell abgestempelt als Säufer und stumpfer Geselle, dem der Alkohol das Hirn nachhaltig umnebelt hatte, weshalb er nicht mehr klar denken oder sehen konnte.

Und damit lagen die Kritiker ja gar nicht so falsch. Wachmann Will Wiesle blickte in der Tat auf eine recht steile Karriere als Quartalsäufer zurück. Um so dankbarer musste er für seinen Job ja sein. Wer hätte ihn schon noch genommen? Ihn und so manchen seiner Kollegen, denen es nicht besser ging als ihm.

So hatten sie alle Stillschweigen bewahrt, als es damals zu diesen schrecklichen Ereignissen gekommen war. Aber ein großes Wunder war es nun wirklich nicht gewesen, dass sich jemand auf die Insel geschlichen hatte. – Damals noch auf die alte Conversioreninsel – gleich neben der Insel Weisheitszahn, die jetzt die Universität beherbergte.

Er selbst war ja damals unter den Rettern gewesen. Sie hatten das arme kleine Ding von dem Felsen heruntergezogen. Wie es sich dort hinauf verirrt hatte, und das auch noch bei Nacht, blieb allen Bodenständigen schleierhaft. Es war recht mühsam gewesen, es zum

Anlegeplatz zu schleppen. – Denkt man gar nicht, wie schwer so ein kleines Ding dann doch werden kann.

Mehr tot als lebendig war es. Und eine dunkle rote Blutspur durchzog die Insel. – Nun ja, war ja noch mal gut gegangen damals. Aber wären er und seine Kollegen damals nicht alle so schrecklich besoffen gewesen, das Attentat hätte niemals stattgefunden. Davon war Wachmann Will Wiesle nicht weniger überzeugt. Nur sagen traute er sich das bis heute nicht. Seine Phantasie reichte nicht aus, um sich vorzustellen, wie man mit ihm verfahren wäre.

Und so plagte ihn das Gewissen weitaus schlimmer und vor allem viel länger als ihm hätte vergolten werden können. Zumal hier auf der Insel der besonderen Art. Es fehlte oft nicht viel, und er hätte sich seiner Chefin doch noch anvertraut, oder später dann wenigstens Susamee. Doch die eher seltenen Gelegenheiten hierzu verstrichen immer wieder ungenutzt.

Statt aufzupassen, wie es ihre Aufgabe als Wächter der Insel eigentlich vorgesehen hatte, hockten die Wachmänner in jener denkwürdigen Nacht in ihren Unterständen. Die Türen hatten sie dicht gemacht und die Fensterluken, dass es nicht kalt herein zog, um ihren Rausch auszuschlafen.

Da hätte schon eine Bombe einschlagen müssen, um die wach zu kriegen. Wäre nicht Arundelle durch den Wald gedonnert, mit diesem Wunderbogen und seinem durchdringenden Gepfeife, niemand wäre aufmerksam geworden.

So aber schreckte doch der eine oder andere Kollege auf und schloss sich dem Suchtrupp wohl oder übel an. – Von den Sehenden, wie sie sich großspurig nannten, hatte keiner etwas von dem Zustand bemerkt, in dem sich die Wächter befanden. Dafür waren sie viel zu aufgewühlt gewesen. Außerdem ernüchterte die Aufregung die Trunkenbolde doch recht plötzlich. Denn mit dem Tod wurde man gewöhnlich ja so schnell nicht konfrontiert. Und den spürten die stumpfen Gesellen auf unerklärliche Weise, vielleicht besser als so mancher Hellsichtige.

Damals war es dann auch gewesen, dass er sich erstmals ernstlich überlegte, ganz mit der Sauferei aufzuhören. Zumal er ja regelmäßig Ärger bekam. König Alkohol nahm ihm die Frau und die Familie. Nicht nur innerlich fühlte er sich als Wrack. Er verfiel damals an Leib und Seele.

So war das gewesen. Seine Heilung und Wiederherstellung aber hatte an seiner Wahrnehmung nichts ändern können. Die Conversioren sah er noch immer nicht beim Konvertieren. Er sah nur merkwürdige kleine Menschen, die sich ulkig benahmen, bevor sie die Dunkelheit verschluckte, wenn sie sich in die Büsche schlugen. Er sah ihre Schatten, wie sie wiehernd durchs hohe Gras davon stoben, als seien sie nun Pferdchen oder Ponys. Falls sie nicht gar so taten wie Katz und Maus, und in sich zusammenkrochen und sich auf allen Vieren im Dunkeln verloren.

Allzu oft war er sowieso nicht dabei gewesen. Denn diese Anlandungen umgab ein rechtes Getue. Möglichst niemand sollte dabei sein. Beim Bringen nicht und auch nicht beim Abholen.

Nun, inzwischen war das doch etwas entspannter, da sich die Dinge im Rumpf und im Schatten der Last Bounty an der neuen Pier abspielten. Die Flut der Zwerge tat ein übriges, die Landgänger zu verschleiern. Sie spülten einfach mit den kleinen Gesellen von Bord. Und auch die huschten ja blitzschnell, kaum sichtbar für das menschliche Auge, dahin.

Wäre die Konkurrenz um Susamee nicht gewesen, Hans Henny Henne wäre ihm schon sogleich von Anfang an lieb und teuer geworden. Denn es befreite ihn schon ungemein, als er merkte, dass es diesem ebenso erging wie ihm, obwohl der ja nun ein studierter Mann war und einer der berühmtesten Erfinder der ganzen Welt dazu. Während er es nicht weiter als zum Wachmann gebracht hatte.

Ein unschätzbarer Vorteil von Hans Henny Henne war, dass er mit seiner Meinung und mit seinen Ansichten nicht hinter dem Berg hielt. Er ließ sich nun einmal kein X für ein U vormachen. Er ließ sich nur durch eigenen Augenschein überzeugen. Und wenn da nichts zu sehen war für ihn, dann war da eben nichts zu sehen. Da konnten die sogenannten ‚Sehenden' reden, was sie wollten.

Lange Zeit also ließ sich Hans Henny Henne nicht auf die perfide Interpretation ein, die ihm durch die Tochter seiner neuen Frau zu Ohren kam. Danach erginge es ihm nicht anders als den Farbenblinden, die in einer Welt ohne Rot- und Grüntönen leben müssen. Und die davon nur deshalb etwas bemerken, weil sie an den Ampeln nicht wissen, wann sie gehen dürfen und wann nicht.

„Nun ja, die werden es ja wohl schaffen, zwischen dem oberen und dem unteren Männchen zu unterscheiden," knodderte Hans Henny Henne, noch nicht recht überzeugt, obwohl er ja an sich grundsätzlich um solche Defizite in der menschlichen Natur wusste. Doch es behagte ihm gar nicht, als defizitär abgestempelt zu werden. Zumal – wie Hilde ihm bestätigte, auch diese nicht in der Lage war, etwas von den Wunderdingen zu sehen, von denen sich das muntere Inselvölkchen hier umgeben wähnte. Roland Waldschmitt, so beeilte

Hilde sich hinzuzufügen, übrigens auch nicht. So als rechtfertige ein solcher Hinweis noch einmal, wie richtig man doch lag.

Doch da kamen selbst Hans Henny Henne gewisse Zweifel. Der *Anonymus*, den er kennen gelernt hatte, war nun doch recht abgehoben gewesen und hatte ihm ganz den Eindruck gemacht, als verstünde er sich auf derlei Hokuspokus recht gut.

So gestand denn Hilde Henne doch auch zu, sich immer schon sehr bewusst und mit Händen und Füßen gegen diese Welt gesträubt zu haben. So hatte ihnen ihre Tochter doch auch große Angst gemacht mit diesen exaltierten Spinnereien.

„Wir hatten jede Verbindung verloren. Ich kam an meine Tochter nicht mehr heran. Es war wie eine Wand zwischen uns. Das ging schon ganz früh los und wurde immer schlimmer mit den Jahren."

Hilde Henne seufzte tief und gequält, als sie sich vor Augen führte, was sie damals durchlitten hatte.

„Und das Schlimmste war, wir konnten ihr so gar nicht helfen, wir wussten ja nicht, wie es um sie stand. Und dann auch noch die Schule... Ach, es war zum Verzweifeln. Kein Wunder, dass Roland das dann nicht mehr aushielt..."

Hilde Henne schniefte und wischte sich die Nase. Sie schüttelte den Kopf. Dann gab sie sich einen Ruck. „Ist ja nun, Gott sei Dank, vorbei", sagte sie dann und versuchte sich mit einem kleinen Lächeln. Hans Henny Henne stupste sie aufmunternd in die Seite und grinste breit.

„Wir vermissen nichts, was Hilde?" – meinte er dann. Und Hilde wurde rot. Hansimann kam immer mehr auf ihren alten Roland heraus. Sie wusste nicht recht, was sie davon halten sollte. ‚Mann ist Mann', dachte sie und zuckte innerlich mit den Schultern. Da ließ sich wohl nicht viel machen.

Vorbei war es ja eigentlich überhaupt nicht mit Arundelles Traumwelt. Vielmehr war nun auch Hilde Henne hinüber gewechselt. Auch wenn sie deshalb noch immer nicht all das sah, was die wahrhaft Sehenden zu sehen vorgaben. So machte ihr ihre Tochter trotz allem immer noch ein wenig Angst. Und sie fürchtete noch immer um deren Vernunft. Sogar jetzt, wo sie nun selber ein Kind groß zu ziehen hatte, und am eigenen Leibe erfuhr und verspürte, was es bedeutete, Mutter zu sein. Wie man sich da doch plötzlich nach Normalität zu sehnen beginnt. Das fing schon bei den kleinsten Selbstverständlichkeiten an. Begierig zählte noch jede junge Mutter verstohlen die Zehen an die winzigen Füßchen. Sie grämt sich über Sichelfüßchen und

Storchenbiss. Und wehe der Kopf sprengt die Norm. Da hilft dann auch das beruhigend gemeinte „das wächst sich schon noch aus“ – nicht weiter.

Solange Hansimann seine Chauviallüren noch nicht abgelegt hatte, bliebe er wohl besser hier drüben. Denn die konnte er im Himmel nicht brauchen. Das hatte ihm sein alter Freund Roland unmissverständlich zu verstehen gegeben. „Schon wegen Hilde nicht“, hatte der nachgesetzt. Denn an sich freute sich Roland riesig auf die nette Abwechslung. Mit Hansimann konnte man Pferde stehlen, das wusste er noch von ihrer gemeinsamen Zeit auf dem Mond. Aber da war Hilde nicht einmal am fernsten Horizont aufgetaucht. Und Hansimann war der brunftige Hirsch nicht gewesen, zu dem ihn die Hilde machte. Das wiederum stachelte auch Roland auf und kitzelte ihn an seiner längst überwunden geglaubten männlichen Ehre. Da sah man mal, was man in Wirklichkeit keineswegs überwand, dachte er selbstkritisch und schob die Übersiedlungspläne seines Freundes erst einmal auf die lange Bank. Da müsste doch das eine oder andere erst noch geregelt werden.

Ob die Himmelfahrt nicht doch erst einmal an eine lokale Umschulung gebunden werden sollte? Vielleicht musste Hansimann das rechte Sehen doch erst noch lernen, bevor er wirklich zum innern Kreis der Auserwählten gehörte. Erst dann nämlich bestand für ihn die Chance, aus freien Stücken aufzufahren. Denn das war denn doch noch mal ein erheblicher Unterschied, ob einer abgerufen wurde oder ob er sich aus freien Stücken dazu entschloss, sich das Kreuz dieser Welt auf die Schultern zu laden. Und damit ein Stück der riesigen Schuldenlast abzutragen. Solche Himmelfahrten waren immer noch die seltene Ausnahme und keineswegs die Regel. Bei Licht besehen ging es irgendwie halt doch um die andere Art des Sehens dabei. Sie bildete nun einmal den Dreh- und Angelpunkt, ohne den gar nichts ging, was auch nur den Hauch einer Chance für sich beanspruchen wollte, sich dem Unsagbaren anzunähern.

Rolandus nahm sich vor, ein ernstes Wort mit dem *Advisor* zu reden. Wozu hatte man denn seine Ratgeber. Hans Henny Henne direkt anzusprechen erwiese sich am Ende als kontraproduktiv. Vielleicht war ja an dem wirklich Hopfen und Malz verloren. Das wäre unendlich schade. Und so schob der gramgebeugte Kaiser solche schweren Gedanken erst einmal beiseite und wandte sich dem Nächstliegenden zu. Zu tun gab es, weiß Gott, genug.

*

Hilde verspürte es vielleicht deutlicher als Hansimann oder gar der Wachmann Will Wiesle, von den vielen Namenslosen gar nicht zu reden, die sich zwar mühten, doch ohne Chance blieben. Unter Arundelles Einfluss hatte sich bei Hilde doch das eine oder andere getan. Gerade hier unten am Ende der Welt – wenn man so wollte – und in deren Nähe, oder vielleicht auch unter dem Einfluss jenes guten Wilden, den diese sich zum Manne erkoren hatte, und der Hilde zu den wildesten Träumen verleitete.

Vielleicht war dies ja der wesentliche Unterschied der Geschlechter, überlegte sie dann. Überwände sie nur schon auch erst einmal ihre Angst, dann käme das Sehen ganz von allein, da war sie inzwischen fast sicher. Aber das geheime Grauen wollte sich nicht so einfach abschütteln lassen. Es saß zu tief. Und da sie nie daran zu rühren gewagt hatte, mangelte es ihr an der Fähigkeit, auch nur irgendwie damit umzugehen. Andererseits hatte sie diese Leerstelle nicht verdrängt, wie sie es an Roland zunächst und jetzt wieder an Hansimann beobachten musste. Mit Gewalt schoben die Männer dem einen Riegel vor. Sie häuften all ihren Seelenmüll davor auf, um diesen Wall recht undurchdringlich werden zu lassen. Das gelang natürlich nie wirklich. Stattdessen entfachten sie in sich diese schrecklichen Eruptionen, die wie Vulkanausbrüche in unregelmäßigen Abständen aus ihnen hervorbrachen und sie und ihre Umgebung nicht selten völlig perplex überraschten.

Wachmann Will Wiesle war nicht ohne Grund zum Quartalsäufer und Schläger geworden und Roland Waldschmitt nicht weniger begründet zum Unmenschen.

‚Wenn die es schafften, sich aus ihren Ketten zu befreien, dann sollte es auch mir gelingen, noch einen Schritt weiter zu gehen', dachte Hilde Henne fast ein wenig trotzig. Aber besaß sie denn Aura? Hätte es für sie überhaupt irgendeinen Sinn, sich auf das andere Sehen einzulassen?

Bei den Tests war sie regelmäßig durchgefallen. Auch mit ihrer Träumerei war es nicht weit her. Zwar träumte sie viel und gerne, doch eine Richtung ließ sich dabei nicht ausmachen. Sie träumte so zufällig und kraus durcheinander, dass sie sich nur selten überhaupt daran auch nur erinnern konnte.

Das Sehen fand eben nicht in den Augen statt, sondern im Gehirn. Und wenn dort eine Blockade herrschte, dann war da nichts zu machen. Bestimmte Dinge entzogen sich dann der Wahrnehmung. So war die sinnliche Wahrnehmung nun einmal geartet. Daran zu drehen war äußerst schwierig. Zumal ja bereits das Bild von der

Blockade eine recht grobe Metapher darstellte. In Wirklichkeit handelte es sich bei den Verhinderungen eher um fehlgeleitete Synapsen, um ausgetretene Informationsstränge, die sich nicht mehr aufschließen und anzapfen ließen, sondern die ihrer Bestimmung gehorchten. Was ja an sich nicht das Verkehrteste war. Auf diese Weise wurden doch die vitalen sinnlichen Funktionen gewährleistet, ohne die der Mensch nicht Mensch sein kann.

Hansimann hatte ihr das einmal so richtig schön erklärt, dass sie damals meinte, alles nun wirklich richtig verstanden zu haben. Doch dann hatte sie das ganz schnell wieder vergessen und jetzt war ihr, als sei da so gut wie nichts gewesen. Dabei hatte der sich solche Mühe gemacht. Ihn noch einmal zu bitten, kam Hilde nicht in den Sinn. Jedenfalls bislang nicht, vielleicht jetzt wieder, wo es sozusagen um die Wurst ging, um Sein oder Nichtsein. Denn erwiese sich ihre Unzulänglichkeit, dann wäre ihr Aufenthalt wo nicht gar ganz und gar gefährdet, so doch zumindest nur mehr eingeschränkt denkbar. Der einzige Vorteil wäre dann, dass ihr Hansimann nicht genommen werden konnte. So hatte sie das verstanden. Oder war ihr da etwas durcheinander gekommen?

Die andere Option galt natürlich fort. Und wenn Hilde ganz ehrlich mit sich war, dann spürte sie schon auch diesen Kitzel. Wenn sie dann freilich daran dachte, auf was sie sich einlassen müsste – auf eine Reise ohne Wiederkehr sozusagen, wurde ihr ganz anders.

Sie würde Edmond nie wieder im Arm halten. Und über einen eigenen Körper würde sie dann wohl auch nicht mehr so richtig verfügen.

Zwar zwickte und plagte der ihre sie immer wieder recht ordentlich, aber dafür bescherte er doch auch so manches Glück, das auf andere Weise nicht zu erreichen war. So gesehen war einem da der Spatz in der Hand doch lieber als die Taube auf dem Dach. – ‚Allein schon wegen des Essens', dachte sie und spürte, wie ihr das Wasser im Mund zusammenlief. Hansimann war denn doch auch ein rechter Gourmet, der sich auf die Haute Cuisine verstand.

Oder auch das Reisen – immer wieder war das doch auch ein Aufbruch zu neuen Horizonten.

Wenn Hilde ehrlich mit sich war, dann hing sie - so gesehen - recht fest an ihrem Leben. Das aber müsste sie ja dann wohl preisgeben, wenn sie Hansimann zu ihrem Ex folgte. Ob das wirklich so problemlos wäre, wie ihr Hansimann das weismachen wollte? Im Gegensatz zu ihr nämlich stand er mit Anonymus in fortgesetzter Verbindung. Während sie darauf angewiesen war, dass dieser sich herabließ. Und das, so schien es, gelang ihm nicht so ganz einfach. Das letzte Mal als Wölkchen an der Zimmerdecke hatte sie nicht viel von ihm gehabt.

Scheinbar gab es von drüben ganz ähnliche Mechanismen, die einen banden, obwohl es dort die Einbahnstraße ja nicht mehr geben sollte, vor der ihr nun ja doch ein gutes Stück weit beinahe schon graute. Vor der sie sich jedenfalls gruselte, wenn auch nur ein wenig und alles in allem doch recht heimelig.

Nun lag es also auf dem Tisch. Weg konnten sie sowieso erst, nachdem sie sich auf die andere Art zu sehen eingelassen hätten. *Anonymus* sprach gar von einer Grundvoraussetzung. Vielmehr ließ er dies durch den *Advisor* ausrichten. Fast wähnte ihn Hans Henny Henne deswegen eine Spur feige, dass er sich nicht getraute, ihm offen ins Gesicht zu sagen, was er von ihm hielt. Von daher nützte die Drängelei gar nichts.

In Wahrheit verhielt es sich ganz anders. *Anonymus* glaubte anscheinend an Hansimann, trotz dessen bionischer Zurüstung. Denn die stand ihm ja nun im Wege, wenn er auch ohne sie überhaupt nicht mehr am Leben wäre. Das war auch allen klar, die sich über ihn den Kopf zerbrachen.

Ihre Mutter hielt Arundelle jedenfalls nicht für das eigentliche Problem. Die war zwar reichlich zugeknöpft, und das war sie zeitlebens gewesen, aber der zweite Frühling hatte denn doch das eine oder andere bei ihr losgetreten und das ließ sich ganz gewiss recht tunlich verwenden. Darin bestätigte sie denn auch Billy-Joe, dessen geheimer Draht Arundelle beinahe eifersüchtig machte.

Hans Henny Henne hingegen war eindeutig das Problem, so stellte er sich ihr dar. Mit Magie und Psychologie kam man dem nicht bei, dazu war er schon viel zu artifiziell. Ein typischer Borderliner eben, wie sie in den letzten Jahren verstärkt auftraten. Und doch ließen sich auch von diesen nicht alle über einen Kamm scheren. So gab es zumindest eine sehr deutliche Zweiteilung. Und je nachdem, auf welche Seite man schaute, zeigte sich ein völlig anderes Bild, auch wenn rein äußerlich kaum ein Unterschied zu entdecken war.

Es kam einzig und allein auf die richtige Identität an. Nun bestand aber das große Problem, dass diese nicht sichtbar werden konnte. Ja, dass es überhaupt keine Möglichkeit gab, von außen diese Identität zu bemessen oder zu bestimmen. Und da konnte einer noch so laut darauf beharren - „Ich bin ein Mensch“, beweisen konnte er dies gegebenenfalls nicht mehr. Denn die bionische Medizin war inzwischen derart verschränkt, dass selbst ihre eigenen Experten nicht in der Lage gewesen wären, diese Behauptung zu beweisen oder zu wiederlegen.

In Hans Henny Henne zeigte sich ein Geschöpf, das sich die Biographie des Hans Henny Henne anzog. Es teilte dessen Erinnerungen, wusste sich im Vollbesitz aller geistigen Kräfte, wenn auch leise Einschränkungen zaghaft eingestanden wurden. Die heftigen Dementia-Attacken vor einigen Jahren waren nicht spurlos an ihm vorüber gegangen. Alles in allem aber zweifelte er nicht an sich und durch Hilde Henne bestärkt, zweifelte er um so weniger an sich. Zumal sie ihm tatkräftig und handgreiflich dabei half, auch viril zu erblühen. Dass er sich schon recht wunderte, denn solches war ihm bis dato nicht passiert. Von daher stammte ja seine vertrocknete Natur, die Hölzernheit und Unmusikalität, sowie der gänzliche Mangel an der Fähigkeit des anderen Sehens. Was nicht hieß, dass er selbst keinerlei Ausstrahlung besaß. Das war ja das Paradox. Und von daher waren auch die Zweifel aufgekommen, ob es sich hier überhaupt noch um einen wirklichen Menschen handelte.

Die Himmelfahrt und die alsbald erfolgte Erdenfahrt zurück taten ein übriges. Von außen betrachtet schien es genügend begründete Beweise zu geben, dass es sich bei Hans Henny Henne nicht um einen echten Menschen handelte, auch wenn seine Identität etwas anderes sagte. Vielleicht handelte es sich dabei ja um eine geschickte Täuschung, die sowohl nach innen wie nach außen wirkte.

Andererseits bestand der enge Kontakt zur himmlischen Szene. Und die ließen sich dort ja wohl keinen Maulwurf oder wenigstens kein Kuckucksei unterjubeln. Doch wer weiß... – „sag niemals nie“, gab nun auch Billy-Joe zu bedenken, der es ansonsten mit seiner Schwiegermutter hielt. Denn die musste es schließlich wissen.

„Du meinst, egal was der von sich hält, der kann trotzdem ein *Artefakt* sein?“ – fragte er nur zur Sicherheit noch einmal nach, denn eben dies folgerte Arundelle aus den komplexen Überlegungen, die sie da gemeinsam anstellten. Diese nickte nachdenklich. Sie wünschte es ihrer Mutter nicht. Ohne zu wissen, ob dies wirklich etwas Schlimmes zu bedeuten hatte.

Irgendwie glaubte ein jeder sofort, dass es sich um etwas Schlimmes handeln müsse. „Im Bett mit einem *Artefakt*“, das hörte sich an wie die Perversion in Potenz und war doch vermutlich nur eine Fehldeutung, die inzwischen millionenfach verbreitet war. Oder eben auch keine Fehldeutung. Genau darauf kam es an.

Waren das nun alles verkappte *Artefakte* oder bionisch aufgerüstete Menschen?

Billy-Joe kannte die Antwort. Oder glaubte doch, sie zu kennen. Denn er hatte mit einem solchen Monster ja gekämpft. Damals in der Zukunft, die nun in so greifbare Nähe gerückt war. Auf dem Feld der Ehre, wo die Existenz der Welt auf dem Spiel stand, als die *Artefakte* zum ersten Mal ihr nacktes eigenes Gesicht zeigten und die Menschen erschrocken zusammenrückten. Denn in der Welt der *Artefakte* wurden sie nun nicht mehr länger gebraucht. Weder sie noch ihre Zeitverbundenheit, noch ihre Natur und Lebenswelt. Nichts von dem, was für die Menschen lebenswichtig war, wurde benötigt, jedenfalls fast nichts. Ein paar physikalische Voraussetzungen gab es dann doch noch. Aber der ganze große Bereich der organischen Chemie konnte ihnen im Grunde gestohlen bleiben und getrost mit den Menschen zusammen verschwinden.

Hans Henny Henne war also eindeutig ein Mensch. Denn er benötigte eben diese Lebenswelt und sogar möglichst intakt. Da es ihm sonst der Lebenslust gebrochen hätte. Hans Henny Henne liebte das Fleisch und die Wärme des menschlichen Körpers, seine Zartheit und Kraft, seine Strahlkraft und Ausdünstung. Hans Henny Henne war völlig fixiert auf seine Hilde und auf alles, wofür sie stand.

Was fragte er da schon nach der Vernunft oder auch nach dem Sinn oder dem höheren Zweck, zu dem sich solch eine Denkungsart wohl versteigen konnte. Sicher wäre es einfach ohne den Menschen und ohne dessen tierische Verwandten. Doch der wunderschöne blaue Planet, der deren Heimat war, ergraute. Denn auch der Pflanzen, der Luft und der Meere bedürfte es nicht länger.

Allenfalls bei der Temperatur wäre man noch auf menschenähnliche Verhältnisse angewiesen, doch auch dieses Problem bekämen die zukünftigen Konstrukteure - *(die dann ganz sicher keine Menschen mehr wären)* – noch in den Griff. Wenn man sie nur ungehindert gewähren ließ.

Billy-Joe strich sich nachdenklich durchs Haar. Erste Silberfäden zeigten an, dass er seine Jugend endgültig hinter sich gelassen hatte. Er fühlte es ja: in Riesenschritten eilte die Zeit dahin und er trieb sie auch noch und fürchtete sie doch zugleich, denn er wusste um das, was es zu verhindern und zu lenken galt. Deshalb zum Paradox, lief ihm die Zeit ja davon.

2. Die Pandemie

Die Zeit des ausgehenden einundzwanzigsten Jahrhunderts würde später einmal als das goldene Zeitalter der guten *Artefakte* in die Geschichte eingehen. Denn es kamen schreckliche Zeiten auf die Menschheit zu. Eine Entwicklung trat ein, die die schlimmsten Alpträume bei weitem in den Schatten stellte. Dabei begann alles recht harmlos mit einer Art Grippewelle. Die ersten Symptome der Epidemie jedenfalls unterschieden sich kaum von den Symptomen einer Grippe, wie sie alle Jahre wieder über den Globus dahinzog und ihre Opfer forderte. Bis endlich ein geeigneter Impfstoff gefunden war.

Damit war dann die Gefahr beseitigt. Die Pandemie wurde eingedämmt und kam schließlich ganz zum Erliegen.

Diesmal nahm die Pandemie ihren Ausgang irgendwo im nördlichen Asien, so glaubte man zunächst. Wahrscheinlich in der Gegend von Archangelsk oder auch im weiter westlich gelegenen Murmansk. Sie breitete sich zunächst eher gemächlich aus, bis sie die gewichtigeren Metropolen wie Helsinki, Stockholm, Kopenhagen, Oslo, Moskau oder St. Petersburg erreichte. Von dort aus ging es dann sehr schnell. Aber das wusste man ja bereits aus früheren Ereignissen dieser Art.

Die moderne Verkehrstechnologie ließ eine Eindämmung nun einmal nicht wirksam zu. Noch wiesen die Finger aus den nördlichen Regionen Eurasiens zaghaft in verschiedene Richtungen. Die Zahl der Erkrankungen stieg. Doch sie stieg nicht ins Uferlose und vor allem: Es gab so gut wie keine Todesfälle. Darin unterschied sich diese Pandemie von einer der gefährlichen Grippewellen.

Das war die gute Nachricht. Die schlechte Nachricht war, dass sich kein Erreger dingfest machen ließ und folglich auch kein Impfstoff gefunden werden konnte.

So breitete sich die rätselhafte Krankheit aus und überschwemmte bald die ganze Erde. Es gab kein wirksames Mittel dagegen. Jedenfalls schien dies lange Zeit so. Die Menschen versuchten es mit den üblichen hygienischen Abwehrmaßnahmen. Es gelang tatsächlich, zumal dem Klinikpersonal, durch konsequente Hygiene ansteckungsfrei zu bleiben.

Nur leider waren nicht alle Menschen so konsequent. Vielmehr waren dies nur die wenigsten. So breitete sich die Krankheit immer weiter aus. Sie erreichte Mitteleuropa. Von dort sprang sie nach

Amerika über, wo ebenfalls vor allem die nördlichen Staaten betroffen waren.

Im Gegensatz zu den üblichen Pandemien mied diese Krankheit die Tropen. Dort fasste sie jedenfalls nicht Fuß. Weder in Afrika, noch in Lateinamerika oder auf dem indischen Subkontinent und den malaysischen Inseln. Es schien fast so, als handle es sich bei dieser Pandemie um eine Zivilisationskrankheit, die im Unterschied zu den meisten Zivilisationskrankheiten aber nicht auf die Lebensweise, sondern auf Ansteckung zurückgeführt werden musste.

So jedenfalls dachten die medizinischen Sachverständigen zunächst. Denn sie klammerten sich an jeden Strohhalm und nichts wäre ihnen lieber gewesen als ein handfester Erreger. Doch diesen Gefallen tat ihnen diese Pandemie nicht. Sie breitete sich vielmehr aus, erfasste unterschiedslos alle Menschen, die sich nicht vorsahen und es mit der Hygiene nicht genau nahmen.

Da das Krankheitsbild recht unspezifisch war, merkten viele erst gar nichts von ihrer Erkrankung. Viele gingen erst nach Wochen oder gar Monaten zum Arzt. Dort saßen sie dann völlig desorientiert. Sie erinnerten sich kaum an den eigenen Namen. Sie schimpften vielmehr auf das nichtsnutzige Personal, ohne das sie freilich überhaupt nicht zur Klinik gefunden hätten, denn die Krankheit führte zu stetig zunehmender Lebensuntüchtigkeit. Die Kranken vergaßen die einfachsten Handreichungen. Es war, als kehre sich der Lebenslauf um und am Ende stand wieder der hilflose Säugling.

Da nutzten auch die besten Implantate nichts. Kaum war das neue Gehirn eingebaut, da überschwemmte der Körper es mit bösem Blut, noch ehe recht die Speicherung der Lebensdaten vollzogen und die Identität erneuert war.

Wie sich denken lässt, waren die Pflegedienste schnell überfordert, zumal ihnen die Leute wegliefen. Entweder aus Angst vor Ansteckung oder, weil sie sich bereits angesteckt hatten. Händeringend begann man nach passablen Modellen unter den *Artefakten* zu suchen, die für eine Rundumversorgung solch entmündigter Patienten geeignet waren oder doch wenigstens halbwegs taugten.

Das Gelbe vom Ei waren sie alle noch nicht. Aber mit ein wenig Korrektur dann und wann, klappte die Versorgung doch an sich recht reibungslos. Wenn man von den kleinen oder auch den größeren Pannen absah, zu denen es leider doch immer wieder kam.

So verwechselte ein gewisser Bautyp serienmäßig die Körperöffnungen der Patienten. Bis man auf den Fehler aufmerksam wurde aber vergingen Wochen. Dann wurde die fehlerhafte Serie zurückgerufen. Die Auslieferung des Ersatzes aber haperte dann doch recht erheblich. So waren die kotverschmierten Gesichter, über die die Öffentlichkeit ja überhaupt erst auf das Problem aufmerksam wurde, das kleinere Übel. Wenigstens war da niemand verhungert – ganz anders jetzt.

Alles in allem aber holte die Technologie schnell auf. Die artifiziellen Diener wurden immer besser und ihr größter Vorteil war, dass sie sich nicht anstecken konnten, so dachte man jedenfalls. Bis dann einige Serien durchdrehten. Vielleicht waren es sogar die, die ihre Patienten mit Kot verschmierten. Doch denen kam man schnell drauf. Es handelte sich bei diesen um bionische Zwitter, ohne menschliche Identität. Eine Entwicklungsreihe, die dann aber bald aufgegeben worden war, da dieses Kuddelmuddel zu schlimmen Verwechslungen geführt hatte.

Identität war schon eine vertrackte Sache. Da konnte man nicht so einfach herummanipulieren und darauf hoffen, dass sich alles schon zum Guten und Richtigen kehrte. *Artefakt* und Mensch sollten denn doch fein säuberlich getrennt bleiben.

*

Die Epidemie flaute ab. Wie sie entstanden war, so hörte sie auch wieder auf. So hatte es den Anschein, wenn dieser auch trog, gab es doch ein kleines Inselforscherteam, das sich nicht ins Boxhorn jagen ließ, sondern nicht ruhte, bis das Problem im Griff war.

Die Zahl der Entmündigten war dramatisch angestiegen. Vor der Epidemie hatte es weltweit in den Zentren der Zivilisation vielleicht eine viertel Milliarde Pflegefälle gegeben, das waren immerhin bereits circa zwei Prozent der Weltbevölkerung. Jetzt sprach die Weltstatistik von über vier Milliarden Pflegefällen und damit von satten dreißig Prozent.

Mindestens jeder zweite Bewohner der Metropolen war betroffen. Und die, die an sich noch fähig waren, selbst für sich zu sorgen, taten es schon bald aus Bequemlichkeit nicht mehr. So war dies - zunächst jedenfalls. Denn eine Generation später sah die Sache noch viel katastrophaler aus.

Die Pflegefälle, die in der Folge der Pandemie entstanden, waren zwar geistig nun nicht mehr rege, körperlich aber funktionierten sie womöglich besser denn je. Zumal ihre Zeugungskraft explodierte nachgerade, die insgesamt unter dem Einfluss des SLOMES zunächst spürbar zurück gegangen war.

Das sollte sich nun schlagartig ändern. Die Abtreibungskliniken wurden des Ansturms nicht Herr, in die die Unmündigen geschickt wurden. Dort verweigerte die große Mehrzahl dann den Eingriff. Alle Vorhaltungen nützten nichts. Denn als bekannt wurde, welche Folgen sich aus der Pandemie für den Nachwuchs ergaben, glaubte man staatlicherseits guten Grund zu haben, eine Abtreibung zu empfehlen.

Als Folge der Krankheit wurden Kinder mit verkümmerten Gliedmaßen geboren. Sie waren damit von Geburt an hilflos und blieben dies lebenslang. Ohne die Hilfe ihrer artifiziellen Diener ging bei denen gar nichts.

Über die genauen Zusammenhänge wusste man zu diesem frühen Zeitpunkt noch sehr wenig. Die Zeit musste erst verstreichen. Doch schon wenige Jahrzehnte später trat das ganze Ausmaß der Katastrophe zutage.

Als wäre des Elends nicht genug mit dieser ersten Heimsuchung, traten Pandemien gleichen Zuschnitts mit solch schrecklichen Spätfolgen nun zyklisch auf. Und wenn es zunächst auch über die kommenden Jahrzehnte gelang, die Mündigkeit der Bürger einigermaßen aufrecht zu erhalten, so besiegte man die Mutation der Gene doch nie. Es hatte ganz den Anschein, als sei das menschliche Erbgut nachhaltig geschädigt.

Ob es daran lag, dass bei vielen die Krankheit überhaupt nicht oder nur in sehr abgeschwächter Form auftrat, sei dahin gestellt. Tatsache war, dass auch in scheinbar völlig intakten Familien immer wieder Missbildungen auftraten, die das Screening irgendwie unterliefen. Anders herum kam es auch vor, dass völlig gesunde Kinder geboren wurden, deren Eltern erblich oder durch die Krankheit vorbelastet waren.

Ja, in den Reihen der Wissenschaft erhoben sich ernsthafte Zweifel an der Ursachenforschung. Wie – wenn man auf dem Holzweg war, wenn die Pandemien nicht in einem ursächlichen Zusammenhang standen, sondern vielleicht nur eine Art Katalysatorfunktion inne hatten?

Gab es den Zusammenhang zwischen Lebensweise und Erbkrankheit? Hatte das Anwachsen des schlechten Erbgutes etwas mit der neueren technologischen Entwicklung zu tun? Gab es Nebenwirkungen und Umweltschäden, die bislang unerkannt geblieben waren? Und wenn ja, welche?

Fragen über Fragen, auf die es keine Antworten gab, jedenfalls keine schlüssigen.

Ohne die freien Stämme in den befreiten Zonen, wo die Pandemien kaum Fuß fassen konnten, wäre das Schicksal der Menschheit spätestens jetzt besiegelt gewesen. So aber wurden aus den Ausgestoßenen von einst die Hoffnungsträger der Zukunft.

*

Die Insel Weisheitszahn und die angrenzende Universitätsinsel, ebenso wie Susamees Insel der Conversioren und Zwerge blieben von der Pandemie verschont. Nicht ein einziger Krankheitsfall wurde registriert. Jetzt zeigte sich der Vorzug der Isolation, der man sich dort ja irgendwie doch unterwarf, auch wenn sich das niemand von der weltbürgerlichen Fraktion recht einzugestehen getraute. Es hätte doch das Weltbild arg verletzt.

Gleichwohl spürten alle die Herausforderung. Die Panne mit den Versorgungsrobotern etwa regte Tibor dazu an, ganz neue Wege einzuschlagen. Seine Überlegung setzte bei der sich selbst bespielenden Pferdekopfgeige an. Denn die verstand er ja aus dem FF und beherrschte sie gleichsam aus dem hohlen Bauch heraus. Er besprach sich mit seinen Dekanatskollegen, vor allem mit Arundelle. Die schlug vor, damit zu Judith Kornblum und Hans Henny Henne zu gehen. So geschah es denn auch.

Zunächst erläuterte Tibor, was er noch nie getan hatte, wie es sich seiner Meinung nach mit dem Pferdekopfgeigenspiel verhielt. Es handle sich zweifelsfrei um Eingebung, hub er an. Zugleich aber würde diese auf die Harmonielehre bezogen, die damit den Bezugsrahmen abgab, innerhalb dessen sich die Töne bewegten. Ihre Abfolge bestimmte das Wahrscheinlichkeitsprinzip. Dem Ausgangston oder auch der Ausgangsharmonie entsprach ja eine Fülle von Folgemöglichkeiten, die sich nach dem Wahrscheinlichkeitsprinzip anboten. Dabei kam nun die Selbsttätigkeit der Geige ins Spiel, denn es galt, von den vorgeschlagenen Möglichkeiten diejenige auszuwählen, die dem Ohr am besten schmeichelte.

Jedenfalls war dies eines der Kriterien, nach denen die Wahrscheinlichkeit berechnet wurde. Die Aufgaben der Hände wurden mithin durch die Wahrscheinlichkeitsberechnungen bestimmt. Jeder Tonfolge, jeder Harmonie und jedem Tremolo und jeder Synkope oder Kadenz errechnete sich ein Wahrscheinlichkeitsfächer, aus dem die Folgeereignisse ausgewählt wurden. Sie dann umzusetzen war nur noch eine Sache der perfekten Ausführung und selbst dafür gab es ein Programm, das die Fingersetzung und Bogenführung regulierte.

Der Kopf der Pferdkopfgeige war einem Elektronencomputer vergleichbar. Ausgestattet mit einem annähernd grenzenlosen Quantenspeichermodul und einer gedankenschnellen Berechnungsfähigkeit.

„Was auch immer zur Entscheidung ansteht, sie wird, ganz gleich wie umfangreich sie auch ist, in Bruchteilen von Sekunden getroffen und ist dann unmittelbar verfügbar. Das Ergebnis ist eine an sich unerreichbare Perfektion, der sich keinerlei Sinne zu entziehen vermögen, sogar die der Steine nicht, die das Geigespiel bekanntlich zum Weinen bringt. Und der sich nun wirklich nur stocktaube psychisch gestörte Kranke irgendwie entziehen können. Wie, - das ist nicht ausgemacht. Doch eine Studie ist in Auftrag.“

Tibor grinst und blickte bedeutungsvoll zu Hans Henny Henne hinüber. Dieser merkte betroffen auf. So defizitär hatte er sich eigentlich nicht erlebt bislang. Aber das musste ja nicht unbedingt etwas heißen.

„Die Tonabfolgen stellen so etwas wie eine Programmiersprache dar. Diese Sprache korrespondiert mit jedem nur möglichen Ereignis innerhalb des Bezugsrahmens. Und diese Sprache ist der Ansatz, von dem wir auszugehen haben. Das Geigespiel lassen wir dabei erst einmal außen vor“ - bemerkte Tibor mit einem Seitenblick auf Hans Henny Henne, der das dankbar zur Kenntnis nahm. Er entspannte sich ein wenig, denn mit einer solchen Fundamentalkritik an seiner Person hatte er in diesem Zusammenhang am allerwenigsten gerechnet.

Judith und Arundelle zeigten sich ebenfalls beeindruckt, wenn auch auf sehr angenehme Weise. Einige der Zutaten schienen ihnen in greifbarer Nähe zu liegen. So experimentierte man in den SLOMES Laboratorien seit geraumer Zeit mit Elektronencomputern. Man versuchte sich dabei vor allem an Implantaten, die sich gehirnanalog verhalten und die bestimmte Gedächtnisleistungen, wie zum Beispiel die Speicherung von Daten und Informationen aller Art, übernehmen.

„Die Überlegung ist nun die“, fuhr Tibor fort: „Was mit Tönen geht, geht mit jeder anderen Information auch. Wenn es gelingt, den Wellenkosmos um uns herum in solch einer musikalischen Weise anzuzapfen, dann kann er in jeder Weise angezapft werden. Und wir brauchen nur noch eine Sprache, in die wir die benötigten Informationen übersetzen können. Das heißt aber, dass sich dieser Computer laufend neu und vor allem selbst programmieren muss, denn die Umwelt unterliegt ja dem ständigen und vor allem zufällig chaotischen Wandel. Sie ist nicht vorausberechenbar, jedenfalls nicht im eigentlichen konkreten Sinne. Denn es kommt ja auf die je konkret richtige Verhaltensweise in jeder nur möglichen Situation an. Nur so lässt sich Fehlverhalten - wie die Kot beschmierten Patienten – vermeiden.“

Dieses Beispiel ging nun tatsächlich immer und immer wieder um die Welt und machte allen Spezialisten und Konstrukteuren klar, wie beschränkt ihre Möglichkeiten doch waren.

„Erst mit dem sich selbst laufend neu programmierenden *Artefakt* sind wir in der Lage, dieses für alle Eventualitäten des irdischen Daseins zu wappnen. Ein solchermaßen ausgerüstetes *Artefakt* wird auf jede nur denkbare Lebenslage angemessen und richtig reagieren. – Vorausschauender und besser als jeder Mensch. Alles was ***es*** braucht ist eine Tastatur und Hände, die sie bedienen. So ausgerüstet können wir ***es*** getrost irgendwo aussetzen. ***Es*** wird seinen Weg finden, was auch immer wir ihm dabei an Aufgaben stellen. Erst wo die Wahrscheinlichkeit einen kritischen Wert unterschreitet, wird ***es*** streiken und nach Alternativen verlangen oder das ihm nächstmögliche tun.

Ja, das *Artefakt* muss die Sprache der Welt lernen, überspitzt gesagt. Denn natürlich kann dies kein Mensch, und auch nicht der leistungsfähigste Computer. Kein Mensch beherrscht seine Muttersprache auch nur annähernd. Das durchschnittlich benötigte Vokabular mit dem die meisten Menschen recht gut durchs Leben kommen, beläuft sich auf keine zehn Prozent. So in dieser Größenordnung also sollten wir denken und das scheint mir doch machbar.“

„Nun sind gerade im Alltagsleben nicht alle Umstände zu verbalisieren. Vieles, was wir tun und lassen beruht auf nonverbaler Kommunikation.“ – warf Hans Henny Henne ein, dem die kosmischen Harmonien, von denen er angeblich ausgeschlossen war, noch in den Knochen steckten und der deshalb ein wenig in den Krümeln pickte.

Tibor durchschaute ihn und lächelte freundlich und nicht im mindesten aggressiv.

„Vieles wäre wohl schon gewonnen, wenn unsere *Artefakte* künftig die Körperöffnungen nicht verwechselten. Wir wollen ordentliches Pflegepersonal für Patienten, die sich selbst nicht helfen können und die bei ihren alltäglichen Verrichtungen auf Hilfe angewiesen sind. Das wäre doch schon mal ein guter Anfang. Und für diesen Dienst braucht es vermutlich nicht einmal eine Sprachkompetenz von einem Prozent der Globalsprache. Doch auch die müsste erst noch geschrieben werden, bevor man sie implantiert.“

„... und die sich dann selbständig ständig erweitert..." ergänzte Arundelle, ganz Feuer und Flamme.

Judith nickte eifrig und machte sich in Gedanken schon mal an die Arbeit.

*

Hans Henny Henne vertagte seine Himmelfahrt erneut. Über den *Advisor* ließ er seinen Freund *Anonymus* wissen, warum er sich um entschieden hatte. Der verstand ihn sofort und wünschte ihm im Auftrag des Kaisers Erfolg, Glück und Durchhaltevermögen.

„Der himmlische Segen ist dir gewiss", fügte der *Advisor* ein wenig bombastisch an und verdünnisierte sich schnell, ehe Hans Henny Henne zu einer seiner deftigen Repliken ansetzen konnte, für die er berüchtigt war.

Hilde konnte es nur recht sein. Das hätte ein schönes Kuddelmuddel gegeben mit ihren zwei Männern plötzlich. Egal wie geläutert die inzwischen auch waren. Für Hansimann mochte sie jedenfalls diesbezüglich die Hand nicht ins Feuer legen.

Zusammen mit Peter Adams, dem er vertraute und hoch schätzte, machte sich der greise alte Erfinder an die Aufgabe, einen Korpus zu entwerfen, der allen Anforderungen einer sich selbst bespielenden Pferdekopfgeige entsprach. Ohne doch eine solche zu sein. Statt der Geigensaiten, so überlegte er, täte es in diesem Fall wohl besser eine Tastatur. Die Hände freilich schienen ihm geeignet, denn es gab ja ständig für sie zu tun. Sollten sie doch auf der Tastatur laufend neue Befehle schreiben und sich jeder Situation anpassen, um daraus Konsequenzen zu ziehen für die nächsten Handlungsschritte. Der sinnlichen Wahrnehmung diente am besten ein Camcorder mit dem die optische Wahrnehmung eingebracht werden konnte. Das Hören besorgten zwei sensible Mikrophone und den Geruchssinn übernahmen olfaktorische Riechwarzen aus der Bionik. Auch der Tastsinn – besonders wichtig für den zarten Umgang mit den Patienten – stellte eine Herausforderung dar, der man sich noch zu stellen hatte.

Immerhin war für drei der fünf Sinne gesorgt. Da fände sich für die restlichen schon auch noch ein gangbarer Lösungsweg. Zumal es sich in Wahrheit ja nur noch um den Tastsinn handelte. ‚Was braucht ein *Artefakt* schon einen Geschmackssinn', hieß es, ein wenig von oben her. Da war das letzte Wort auch noch nicht gesprochen.

Erst einmal versuchte man sich mit dem Machbaren. Und das erste Ergebnis erstaunte besonders Arundelle dann doch über alle

Maßen. Sie fühlte sich plötzlich in ihre Kindertage zurück versetzt als der erste Prototyp des neuen *Artefakts* dann vor ihr stand und sie mit seinen großen Glotzaugen anstarrte.

Die Augen ragten aus einem kantigen matten Gesicht, das ein wenig nach vorn gebeugt so aussah, als stehe es in devoter Haltung bereit zur Ausführung der Befehle. Der kantige Schädel ging nahtlos in einen Keyboard-Korpus über aus dessen Seiten dünne Ärmchen mit ziemlich großen Fingern standen.

Die Finger huschten schneller als das Auge ihnen folgen konnte, über die Tastatur in der Leibesmitte. Unten stand das kleine Kerlchen auf ziemlich dünnen Beinen, die in übergroße tellerartige Füße mündeten. Auf diesen huschte es recht sanft und sehr schnell umher, während es sich mit den Händen laufend neue Befehle eingab.

„Das ist jetzt erst mal der zweiarmige Prototyp“ erklärte Tibor – „der sich an seine Umgebung anpassen kann und auf jede Veränderung angemessen reagiert. Wenn es zum Beispiel an der Wohnungstür klingelt, dann eilt er zur Tür und lässt den Besucher ein, oder nimmt die Post entgegen, falls es der Briefträger ist.

Sein Sprachvermögen ist noch recht begrenzt. Außer, <geh>, <bleib stehen>, und dergleichen, gibt es noch nicht viel, was er versteht und umsetzen kann. Das heißt, er hört, oder er sieht eine Aufforderung oder Herausforderung, dann gibt er sich den Befehl, dieser Anforderung nachzukommen und das tut er dann umgehend. Ihr seht, es gibt kaum ein leises Zögern. Die Befehle werden sofort umgesetzt, sobald die sinnliche Wahrnehmung dies erforderlich macht.“

„Ja, wir haben ihm einen Namen gegeben. Passend zu seiner künftigen Aufgabe haben wir ihn Severin genannt. Das ist doch ein wenig persönlicher als QX2 oder VIQ.“ – erläuterte nun auch Hans Henny Henne stolz das Ergebnis der gemeinschaftlichen Bemühungen des Laboratoriums.

Im Raum standen denn auch ein gutes Dutzend Leute und warteten darauf von Severin bedient zu werden. Der sich nicht lange bitten ließ, sondern alsbald mit einem Tablett voller Schnittchen durch den Raum huschte. Da er ja nun nur noch eine Hand frei hatte, wirkte sein Tastenspiel ein wenig unharmonisch und Hans Henny Henne dachte bei sich, dass ein zweites Paar Arme vielleicht doch von Vorteil wären. Er würde gleich mal mit Judith reden müssen. Suchend blickte er sich im Raum um, doch er konnte sie nirgends finden.

Auch den Sekt schaffte Severin wider erwarten. Weder zerbrach er den Flaschenhals noch überschüttete er seine Gäste. Selbstsicher mit sparsamen Gesten hantierte er formvollendet wie ein Butler, während seine freie Hand über die Tastatur glitt. Seine Finger standen wirklich kaum einmal still.

‚Da kann man mal sehen, was sich so ständig um einem herum tut, wenn man meint, nichts geschieht,' dachte Billy-Joe bewundernd. Er stellte sein Sektglas ab, um die Hände frei zu bekommen zum ersten Applaus, der auch Hans Henny Hennes kleine Rede einleitete, kaum dass Judith Kornblum am Arm ihres Mannes durch die Tür trat.

Als Emeritus und Grandseigneur stand ihm dieses Privileg zu. So ließ Hans Henny Henne die üblichen Gemeinplätze vom Stapel. Danach überraschte Severin mit einer musikalischen Darbietung. Sie hatte vielleicht nicht ganz das Niveau der sich selbst bespielenden Pferdekopfgeige, dafür kam sie auch ganz ohne jede Magie aus.

Und wieder huschten die Finger schneller als es das Auge wahrnahm über die Tastatur. Doch diesmal erzeugten sie wundersame Töne, die entfernt an die Harmonien eines Harmoniums erinnerten und von sehr eigenem Reiz waren.

Das war denn doch eine recht gelungene Überraschung, fand auch Hans Henny Henne. Vielleicht sollte er sich auf seine alten Tage doch noch ein wenig musikalisch aufrüsten lassen. Es gäbe da ein wundervolles, ganz einfaches Installationsprogramm. Hilde hatte es für ihn schon einmal herausgesucht. Nachdem klar war, dass es auf absehbare Sicht nun doch nicht abging, meinte sie, könnte er sich das Leben auf Erden um diese Dimension ruhig erweitern.

„Schon auch im Hinblick auf himmlische Freuden. Dass es dir dereinst nicht so ergeht, wie dem Bayer im Himmel[i]."

Die gute Hilde dachte eben an alles. Gerührt nahm Hansimann sie in den Arm und leistete insgeheim Abbitte. Er war sich seiner vielen kleinen und auch größeren Entgleisungen durchaus bewusst. Und er dankte es ihr, dass sie es immer wieder verstand, darüber hinweg zu sehen. „O ja, es ist nicht einfach ein Mann zu sein", stöhnte er leise vor sich hin.

Vielleicht war diese Stimmung schon der erste Schritt in die richtige Richtung. Die zarten Töne des Harmoniums umschmeichelten ihn und vielleicht zum ersten Mal überkam auch ihn der Schauer der Ergriffenheit, wie sie sonst bei ihm nur durch epochale Forschungsergebnisse ausgelöst wurden. Da es sich hier jedoch zugleich auch um ein solches handelte, konnte er nicht mit letzter Sicherheit sagen, was denn nun für seine seltsame Stimmung verantwortlich war.

*

Es gab noch viel zu tun. Vom Prototyp bis zur Serienreife war es noch ein weiter Weg. So experimentierten die Forscherinnen noch eine Weile mit der Vielarmigkeit. Doch es stellte sich heraus, dass es zu nichts führte. Wahrscheinlich hing dies mit der Tatsache zusammen, dass es uns Menschen nur sehr schwer gelingt, mehr als zwei Sachen zugleich zu tun. - Ja, schon dies gehört bereits in den Bereich der Kunstfertigkeit. Für gewöhnlich freut sich der Mensch schon an den kleinen Erfolgen. Denn zumeist band auch schon eine einzige Tatsache alle Aufmerksamkeit.

Zumal die Zweiarmigkeit kaum ins Gewicht fiel und die Arbeitsschritte nur unmerklich verlangsamte. Ohnehin war Severin sehr schnell. Und ein schneller Denker dazu, zumal im Kontrast zu seiner schwachsinnigen Herrschaft, die seine Dienste wohl größtenteils in Anspruch nehmen würde.

Trotzdem programmierte Hans Henny Henne die eine oder andere intellektuelle Fähigkeit wie das Schachspiel doch auch ein. Zumal an räumlicher Kapazität kein Mangel bestand. Im Gegenteil, der gewöhnliche Laptop erwies sich als zu klein dimensioniert. Zwar behielt man grundsätzlich seine Form bei, doch je nach den Erfordernissen verstärkte man etwa die Rückenpartien oder die Beine und schützte den Kopf, also das intelligente Tableau mit Camcorder-Augen und Mikrophonohren hinter einer stoß- und bruchfesten Glasbeschichtung.

So blieben als Schwachstellen eigentlich nur die sensiblen Fingerchen und die Tastatur selbst, zumal diese Teile doch recht exponiert waren. Wahlweise sah das Forscherteam dort einen rolloartigen Schutzpanzer vor, der in Blitzesschnelle aus- und wieder eingefahren war. Und für die Hände gab es dazu noch zwei Taschen, die unter die Jalousie reichten, sodass Severin zur Not auch blind zu schreiben vermochte. Nur sah das dann längst nicht mehr so elegant aus.

Dank der ständigen selbsttätigen Umprogrammierung wurden die Beschränktheiten überwunden, denen alle bisherigen Roboter ausgesetzt gewesen waren. Erst durch die neue Programmiersprache der Welt, die alles verbalisierte, was es nur gab und es in Schrift übersetzte, gelang es Severin zum ersten Mal als *Artefakt* an der Wirklichkeit unmittelbar wie ein Mensch teilzuhaben.

Statt stur den einmal festgelegten Eingaben, gehorchte Severin den Umständen und reagierte auf die Erfordernisse. Selbstverständlich war auch bei ihm die Grundvoraussetzung aller artifiziellen

Schöpferei zentral: der unbedingte Dienst am Menschen als oberste und unumstößliche Direktive.

*

Bei der Entwicklung der Sprache kamen den Forscherinnen die Erfahrungen mit der Sprache der Atlanten sehr zustatten. Ja, ein gutes Stück weit konnten sie diese Sprache sogar übernehmen. Freilich musste viel neues Vokabular hinein modernisiert werden – immerhin waren etliche tausend Jahre verstrichen – doch das nahm der Ausdruckskraft wenig an Faszination, die die Forscherinnen immer wieder erfasste. Es war ihnen dann, als wandelten sie auf den Spuren geheimer, längst verschollener Ahnen. Und es war ihnen oft, als ob die bereits etwas von ihnen und ihrer Zukunft gewusst hatten, bevor sie untergingen. Ob dies auch für die Heutigen ein gültiges zukunftsbezogenes Zeichen war?

Aber so weit zu denken verbot die Not der Stunde. Erst einmal galt es, das Nächstliegende in den Griff zu bekommen. Und das war nun einmal die blanke Not der Entmündigten und Hilflosen, wie sie in wachsender Zahl verelendeten, um ohne Hilfe elend zugrunde zu gehen. Aus den Zentren dieser Welt drang wie eine düstere Wolke, dieser vielstimmige Schrei aus tiefster Not bis zu ihnen in ihr Idyll herüber. Die Kornblums verdoppelten und verdreifachten ihre Anstrengungen. Severin ging in Serie und alsbald beherrschte er den Markt, wie nicht anders zu erwarten war. Denn schnell wurden seine Vorzüge bemerkt.

Allerlei Utensilien kamen hinzu. Sänften und Chaisen, Packesel - Laptopmobile aller Art. Auf einmal erwies sich wieder die Findigkeit der Not. Und das Wunder der Kooperation feierte Triumphe wie schon lange nicht mehr.

So erregte die größte Not zugleich den Ausdruck höchster Menschlichkeit. Denn so paradox ist der Mensch nun einmal veranlagt und Tausende von Jahren waren verstrichen, ohne dass es ihm gelungen wäre, sich zu überwinden. Vielleicht, vielleicht stand man ja nun am Fuße einer neuen Zeit.

3. Der neue Antrieb

Der Wind des Wandels blies ihnen gelegentlich auch ins Gesicht, durchaus nicht angenehm. Zumal ja Befindlichkeiten immer auch von so situativen Lebensumständen abhingen. So tat sich objektiv nachgerade Ungeheuerliches, zumal im Weltmaßstab. Wo kamen da die neuen Technologien ins Spiel, die allenthalben so offensichtlich sprossen? Wer hätte je sich auch nur träumen lassen, dass die Zauberei des magischen Bogens keineswegs der rationalen Basis entbehrte, dass vielmehr eine Antriebsart darin steckte, die inzwischen nicht nur die ganze SLOMES-Technologie beherrschte, sondern, gleichsam als Bei-Produkt, die Luftfahrt revolutionierte?

Wie sonst wäre es möglich, tausende von Space-Shuttles zu den Weltraumstationen zu schicken, die da im Orbit, 240 Kilometer von der Erdoberfläche entfernt, diese umkreisten?

Die klassische Antriebsart per Düse, wäre dafür völlig ungeeignet. Der Energieverbrauch wäre so immens und die Hitzeentwicklung so gravierend, dass dergleichen außerhalb jeder Möglichkeit lag. Doch wie gelangten die Shuttles zu den Spacestationen? Seinen Anfang nahm die Alternativ-Technologie recht eigentlich von Arundelle und ihrem Zauberbogen. D.h. es waren an sich zwei Anfänge, die sich jedoch niemals in die Wolle kriegten, da sie gedanklich und überhaupt viel zu weit auseinander lagen und weil sich ohnehin kein Mensch dafür interessierte, zumindest, was den Zauberbogen betraf.

Das andere und womöglich hervorragendere basierte auf immerhin bekannten Traditionen und war, wie könnte es anders sein, von dem Universalgenie Hans Henny Henne entwickelt worden. Wiederum als ein eher zufälliges Beiprodukt seiner Forschungen. Wie ja schon das SLOMES recht eigentlich keiner Absicht folgte.

Hier nun war das ganz ähnlich. Hans Henny Henne war weit davon entfernt gewesen, einen alternativen Treibstoff für den Flugverkehr zu entwickeln. Ja, eher das Gegenteil war der Fall.

Auch Arundelle und ihr Zauberbogen erfuhren von dem Dilemma, ohne viel davon zu halten. Der Bogen ließ sich die Unschärferelation also erklären, bis er begeistert nickte, d.h. er blinkerte mit seinen roten Augen ganz aufgeregt und kreischte „Heurika, das ist es, das ist es, was geschieht, wenn du dich irgenwo hin versetzt in Gedanken, wenn du dein Ziel programmierst und ich mich mit dem ultimativen Observator kurzschließe, bis dieser einen Blick riskiert, der alles entscheidend ist. Gemäß der Unschärferelation kann nämlich ein Teilchen nicht zugleich beharren und gesehen werden, sondern taucht an einem andern Ort auf, in unserm Falle der Wunschort. So einfach ist das. Keine Magie, sondern solide Quantenphysik.“

Erschöpft schwieg der Bogen eine Weile und Arundelle war perplex. „Nu sagste nix mehr“ flötete Pootsy los und der Zauberstein in Billy-Joes Medizinbeutel kicherte beifällig. Schien also durchaus einverstanden zu sein, mit dem, was der Bogen von sich gegeben hatte. Was an sich schon bedeutsam war, denn es stand diesbezüglich nicht zum besten mit der Kooperationsbereitschaft von seiner Seite, wobei auch der Bogen nicht abseits stand, sondern kräftig mitmischte, wo sich ihm eine Gelegenheit bot.

Hans Henny Henne war auch begeistert, denn dergleichen war ganz nach seinem Geschmack. Zumal das Prinzip dem nahe kam, an dem er seit der Tarnkappenbaureihe an der die Inseln maßgeblich beteiligt waren, arbeitete. Dort war es darum gegangen, die Sichtbarkeit zu verschleiern, ohne dass ein unsichtbares Objekt als ein Stein des Anstoßes im Wege stand, womöglich als tückische Falle für Seeschiffe allerart, so wie ja bereits erste Opfer zu beklagen waren, in den Kindertagen der Verschleierung und Unsichtbarmachung.

Dazwischen aber lag die Entwicklung des SLOMES, auch die war ja ein Baby der Nanotechnologie und bildete ab, wie es drinnen ausschaut im Binnenkosmos, besser in den Binnen-Kosmose oder auch Kosmi.

Das Problem der Unsichtbarmachung war längst bewältigt und die SLOMES-Technologie war ein Selbstläufer, als die ökologische Frage mit Macht herandrängte und sichtbar und deutlich wurde, dass es so mit dem Flugverkehr nicht weiter gehen konnte.

„Viel zu energieintensiv, viel zu resourcenfressend. Mit dem Raketenantrieb ist und muss Schluss sein, das hält die Welt nicht aus. Die Erderwärmung ist so schon viel zu hoch und steigt rapide. Wir müssen weg vom Verbrennungsmotor und von der Verbrennungsturbine, die womöglich noch viel gefräßiger ist.

Und da fielen Hans Henny Henne seine Forschungen zur Unsichtbarmachung der Inseln wieder ein. Das war nämlich seine erste und einzige bis dahin jedenfalls - „Nutzanwendung“ - der Unschärferelation gewesen, mittels der es ihm gelungen war, das Problem zu lösen. Wenn auch nicht ganz ohne die Hilfe - vor allem durch Judith Kornblum - unterstützt von Peter Adams und schließlich der ganzen großen Familie. Das Ergebnis ist bekannt. Die SLOMES Technologie und die SLOMES Werke fanden weltweite Verbreitung. Und da verstand es sich von selbst, dass man dazu überging, auch in der Raketen, – Weltraum - und Luftverkehrs-Forschung die Fühler auszustrecken, was für Spezialisten im Nanobereich, die auch in diesen Feldern längst aktiv geworden waren, gleichsam ein Muss ist.

Die Frage war ja immer nur, wie ein Transfer von der Nanodimension in die Makrodimension von statten zu gehen hatte, ja, ob dergleichen überhaupt möglich ist und wenn, dann auch operabel und ökonomisch und selbstverständlich ökologisch vertretbar.

Kurz und gut, Hans Henny Henne gebührte ein weiteres mal der Ruhm und die Ehre, federführend hier zu wirken, ein g-Prinzip einzuführen, da sich die energetische Großwetterlage mit der nanotechnischen aufs erfreulichste verbandelte. Um es mit einem Wort zu sagen, so dies überhaupt möglich ist – Hans Henny Henne erfand den g-Antrieb, der an sich eigentlich kein Antrieb ist, sondern eher das Gegenteil. Indem da gleichsam ein Schalter umgelegt wird, nämlich der Schalter g, was dazu führt, dass die Schwerkraft außer Kraft gesetzt ist. Wo sie das ist, da geschehen Wunder – laufen welche übers Wasser, schweben meterhoch in die Luft, oder wie im Falle des Zauberbogens von Arundelle, heben eine Person zum Ort ihres Wunsches, jedenfalls meist. Das Ziel freilich muss eindeutig sein.

Aber das sind bereits Detailfragen, die hier wenig zur Sache tun. Denn freilich ist es mit dem einfachen Umlegen des Schalters noch nicht getan. Zumal der Schalter selbst ja gleichsam eine Metapher darstellt, denn es ist ja nicht einfach irgendein Schalter, sondern ein ganz spezieller, dessen Funktionsweise nur prinzipiell nach der Schrödingerschen Unschärferelation funktioniert, im Detail jedoch der disziplinierten Ausarbeitung bedarf, wozu es Hans Henny Henne jedoch an Geduld fehlte, was weiter nicht schlimm war, da er nicht allein gelassen wurde in seinem Elfenbeinturm. Nicht allein seine Frau, auch seine Freunde von einst und jetzt, halfen ihm überall und immer dann auf, wenn er in ein Loch trat, zumal eines, das irdisch keine Ausmaße besaß.

Shuttlerampen verbanden jede größere Stadt mit den Weltraumstationen. Die Shuttles waren nun keine schnittigen Raketen mehr, die mit Donnergetöse und unter enormer Hitzeentwicklung mühsam aus den Halterungen krochen, sondern gedankenschnelle verdickte Scheiben, welche eben hier und im nächsten Momet schon fort, die Distanzen überwanden, ohne ersichtliche Mühe, auch wenn es zu Anfang gelegentlich zu Fehlflügen kam, Shuttles verloren gingen, auf nimmerwiedersehen, oder aber gegen Asteroiden krachten und zerschellten. Das alles nur, weil menschliches Versagen im Spiel war und auch nur solange dies der Fall war, bis dem Mißstand schließlich abgeholfen wurde.

Wie verhielt es sich mit dem g-Antrieb, der ja, wie gesagt, weniger ein Antrieb als vielmehr das Gegenteil davon war? Das Prinzip war, die Schwerkraft irgendwie aufzuheben. Dazu bedurfte es entweder einer alternativen Gegenkraft, zum Beispiel der Kraft der Sonne. Wenn diese zur alleinigen Wirkkraft wurde, dann bewegte sich der Gegenstand auf die Sonne zu und zwar mit der Geschwindigkeit g, bezogen auf die Sonnenmasse und die Sonnendistanz, sowie die Größe und das Gewicht des Gegenstandes, hier in unserm Falle die Shuttle-Kapsel. Denn die Gravitation (g) ist die schwächste der vier Kräfte im Universum und vielleicht deshalb die am schwierigsten zu berechnende.

Und so bedurfte man weniger eines Kipphebels, als viemehr einer gleichsam tastenden Schieb-, bzw., Drehvorrichtung, mittels der die Kraft g reduziert wurde, und zwar soweit, wie nötig, um den Gegenstand gemäß seines Gewichts, nicht allein zu bewegen, sondern dann auch zu transportieren, was möglich wurde, indem die Sonnenkraft Zugriff erhielt, während sich die Erdenkraft reduzierte.

So ein Transport hatte etwas von einer Seilbahn, wo am oberen und am unteren Ende dem Bedarf gemäß gezogen oder losgelassen wird.

Arundelles Beschreibung und die Erklärungen des Zauberbogen, waren jedoch womöglich nicht nur hübscher anzuschauen, sondern auch um vieles weniger prosaisch, auch wenn es sich wieder einmal um die Entzauberung der Welt handelte, wie sie von vielen eher zu unrecht bedauert wird.

‚Und so lasst uns schließen'. Die *Repetitoren* schauten einander fragend an. ‚Ein langer Blick in die Zukunft ist getan worden, ob wir nun mehr wissen über das, was die Menschheit erwartet? Wir, die wir ganz schön dran gearbeitet haben?' Es war Arundelle, die diese Frage dachte und die sich immer noch verwunderte, wenn sie verstanden wurde, auch wenn nur so von ungefähr. ‚Es kommt eben immer darauf an, wo man landet...' ‚und wann. Vergesst bloß nicht das Wann.'

4.Zurück in der Zukunft

Die Zeit raste dahin und näherte sich bedrohlich der fatalen Endzahl, wo dann die Entscheidungsschlacht zwischen den *Artefakten* und den verbliebenen Resten der Menschheit ausgetragen würde.

Um sich nun wenigstens erst einmal überhaupt auch schon ein Bild zu machen, reiste Arundelle mit ihrer kleinen Familie an den Ort zurück, an dem sich ihr die Zukunft nun alsbald erfüllen würde. Jedenfalls war die Zeitstrecke doch recht überschaubar geworden, auch wenn sich dies in den nackten Zahlen so nun doch noch nicht recht niederschlug. Einige Jahrzehnte waren nun nicht gerade ein Fingerschnipsen und soweit reichte damals die Zukunft. Wenn denn stimmte, was dieser Kalender da anzeigte als sie sich dicke Finger holten, weil sie sich in ein Buchungsverfahren einloggten, das für Erdlinge ihrer Art so nicht bestimmt war.

Severin hatte sie drauf gebracht. Ausgerechnet Tibor musste ihn erfinden. Und auch noch ganz naiv. Ja, Tibor war am wenigsten eingebunden gewesen, damals. Und wenn er es war, so hatte er darauf vergessen. Anders konnte es nicht sein. Ganz sicher hätte er für seinen Prototyp eine andere Form gewählt.

Es verhielt sich schon ein wenig so wie in der griechischen Tragödie, wo niemand seinem vorherbestimmten Schicksal entgeht. Wem es gelingt, in die Zukunft zu schauen, - *(gar in die Zukunft auch noch mit eigenen Augen einen Blick zu werfen)* - der muss damit rechnen, dass die Zukunft ihn eines Tages einholt und sein Handeln diktiert. Und dass sie dann ebenso oder doch ganz ähnlich ist wie die Vision von einst. Soviel gebot wohl die Logik.

Arundelle hatte sich verzweifelt gegen die Macht des Schicksals gewehrt und alle Kräfte mobilisiert und aufgeboten, derer sie habhaft werden konnte. Sie hatte Himmel und Hölle in Bewegung gesetzt, um das drohende Schicksal abzuwenden. Nun, in Gestalt des Severin schien ihr all dieses Mühen vergebens.

War sie denn die Einzige, die das Unheil bemerkte und kommen sah? Die Bilder der Vergangenheit waren blass geworden. Sie war ein Kind gewesen. Nun war sie eine alternde Frau. Gemessen an gewissen Standards sogar eine alte Frau. Nun, den Zeitverlust abgezogen, vielleicht doch noch nicht gar so alt – immerhin.

Dank des SLOMES war das ihre nun kein Alter mehr. Ihr Äußeres entsprach dem Stand ihrer fraulichsten Blüte. Auch ohne groß weiter an Operationen zu denken, hielt sie sich nun doch schon recht lange auf diesem Niveau, und es gab wenig Grund zu der Annahme, dass sich daran viel ändern würde.

Generationen von Schülern hatte sie kommen und gehen sehen. Zusammen mit Billy-Joe, mit Tibor und Tika hatte sie die Zwischenschule durch Höhen und Tiefen geführt, immer auf der Hut vor Malicius Marduk und vielleicht eine Spur zu blauäugig, was den

Rest der Welt anging. ‚So fühlt man nun mal im Nabel der Welt'. Arundelle seufzte selbstkritisch auf.

Es war dies die erste ‚echte' Reise nach Frankfurt seit damals, als sie noch ein Kind gewesen war. Ja, sie wollte es aus eigener Anschauung wissen. Was erwartete sie? Sähe es da nun aus wie in Laptopia? Reiste sie der Zukunft entgegen? Der Zukunft, die nun wirklich wurde, die nicht länger Vision, sondern eherne Tatsache war, der nichts und niemand entrinnen konnte, und strengte er sich noch so an.

Ein bisschen Zeit war ja noch hin. Aber Severin hatte sie aufgeschreckt. Ihm fehlte nur noch die Greifzange der Laptocops und der Helm auf dem kantigen Kopf. Für General Armelos war es wohl doch noch ein wenig früh. Der dürfte gerade erst geboren sein, schätzte sie, doch sie konnte sich leicht irren und um ein paar Jahre verrechnen, bei dem Durcheinander mit der Zeit, die jetzt herrschte.

Ob die Häuser schon rund waren und die Wolken bleischwer zum Draufsetzen? Wie würde Edmond auf all das reagieren? Er war ja nun in dem Alter wie sie selbst damals. Ob auch er genauso staunte wie sie gestaunt hatte?

Nun, diesmal hatte niemand einen antiken Laptop im Gepäck oder schwebte von oben mit Hilfe eines Zauberbogens ein, so wie sie damals. Dabei war sie beinahe aus versehen aus den Wolken gefallen, weil sie nicht aufpasste und nicht bemerkte, wie sie ins Rutschen kam.

Ein wenig machte sie die Reise doch auch für Edmond. Freilich ohne zu wissen, wohin ihn das lenken und führen würde.

Wiederholen ließ sich die Vergangenheit sicher nicht. Doch das wollte sie auch gar nicht. Wenn es nur gelungen war, der Zeit einige Konnotationen aufzudrücken und damit die eine oder andere Weiche etwas umzustellen, dann war sie es zufrieden. Nicht alles war schlecht an der Welt, in der sie nun lebten. Wären die Pandemien nicht über die Menschheit herein gebrochen, dann wäre manches anders gekommen, davon war sie überzeugt. Der große Aufklärer *Anonymus* hatte doch eine breite Spur gezogen.

Wenigstens wussten einige wenige Menschen, was nun auf dem Spiel stand, und was sich bei den *Artefakten* anbahnte. Noch ahnte niemand etwas. Erste Ungereimtheiten hatten es zwar gegeben. Etwa die Kot verschmierten Schwachsinnigen.

Seit es in der Bionik zu dem unseligen Verwirrspiel der Identitäten gekommen war, hatte die Wissenschaft ziemlich die Kontrolle und sogar die Übersicht verloren. Es gab sie bereits, die vollmechatronisierten Labore, in denen sich bestimmte *Artefakte* selbst reproduzierten – ohne jedes menschliche Zutun. Jedenfalls hörte man davon munkeln. Der Name Malicius Marduk fiel ebenfalls in diesem Zusammenhang und ließ wieder einmal das Schlimmste befürchten.

*

Eine artige Severine riss sie aus ihren Träumereien und Betrachtungen. Sie fragte mit einschmeichelnder Stimme nach ihren Wünschen bezüglich des Menüs und leierte dann die Speisefolge herunter. Sie registrierte ihr Nicken und brachte wie durch Zauberhand ein Tablett hervor auf dem das Essen dampfte.

Billy-Joes grauer Schopf beugte sich herüber, um zu begutachten, was es gab. Er nickte etwas zögerlich und schon dampfte es auch vor ihm. Edmond roch den Braten und lehnte gleich dankend ab. Es gab also keinen Grund mehr zu warten. Das Essen schmeckte genau so, wie es aussah. Und nach wenigen Bissen ließ Arundelle von ihrem Tablett ab. Sie blickte fragend zu Billy-Joe und Edmond hinüber, ob einer von ihnen sie vielleicht aus der Peinlichkeit befreite, indem er ihr das Tablett abnahm. Doch beide schüttelten sich in leisem Ekel und Billy-Joe verlangte gar nach einem scharfen Schnaps, um dem faden Geschmack zu entrinnen, der ihm nach den wenigen Bissen die Mundhöhle füllte.

‚Essensmäßig jedenfalls geht es rückwärts voran, da beißt die Maus keinen Faden ab' glaubte sie Billy-Joe denken zu hören, der nicht minder auf den Spuren der vergangenen Zukunft wandelte.

Auch er beruhigte sich mit dem Zeitfaktor und den Jahren, die noch vor ihnen lagen. - Was da nicht noch alles passieren konnte. Doch Indizien wie diese beunruhigten denn doch mehr als sie beide es sich zuzugeben getrauten. Edmond kannte die Tragödie ja nur aus den sparsamen Andeutungen seiner Eltern.

Alle Zivilisierten aßen nun dieses synthetische Essen, das ihnen ihre dienstbaren Geister herbei zauberten. Es bestand aus allem, was der Mensch so braucht. Medizinisch gesehen war es bestimmt perfekt, daran zweifelten die Kritiker keinen Augenblick. Doch wo waren sie hin die fernen Tage, als sie sich zu Tamarindensoße und ‚Fliegenden Hunden' mit Kokosreisrisotto auf Palmblattspitzen in Zitronengrashülle verabredeten? - Um danach vielleicht kurz mal hinüber zu schwimmen zum Ponton, draußen in der Lagune? War es die süße Jugend gewesen, oder waren die Genüsse damals wirklich unvergleichlich?

Da jedoch auch Edmond ganz offensichtlich wusste, wovon seine Eltern da so telepathisch vor sich hinschwärmten, war zumindest für die Insel Weisheitszahn noch nicht Hopfen und Malz verloren. Ja, auch er traf sich dort mittags unter dem Palmblattdach des Südseebuffets mit seinen Freunden. Und der Zauberbogen ließ verstohlen sein rotes Auge bestätigend blinken. Er klemmte unauffällig zwischen den Rückenlehnen der Sitzreihe und war gehalten, bloß nicht aufzufallen. Während Pooty, wie es seine Art war, um den Zauberstein gekringelt in Billy-Joes Medizinbeutel schlummerte und nur ab und an aufseufzte, während er von seinem Walter träumte, den er nicht vergessen konnte.

*

Familie Karora saß in einem der neuen riesigen Überschallstratosphärenliner, die von einem Welttraumbahnhof zum andern verkehrten. Von dort ging es dann per Shuttle zum Zielflughafen hinunter. So war eine solche Reise um den Globus nur noch eine Sache von wenigen Stunden. Die Shuttles verkehrten wie die Busse früherer Tage im Zehnminutentakt. Das brachte so allerlei Vorteile mit sich.

Auf der Erde war man den Fluglärm los und die fehlende Reibung des Luftwiderstandes in der Stratosphäre reduzierte den Treibstoffverbrauch auf ein Minimum. Von den Geschwindigkeiten ganz abgesehen, die so ganz ohne den lästigen Überschallteppich erreicht werden konnten.

Alle großen Metropolen dieser Erde besaßen inzwischen ihren Stratosphärenweltraumbahnhof, der nicht nur die Metropole, sondern auch das weitere Umland mittels Shuttleservice versorgte. Zu diesem Zweck standen eigens entwickelte Hybridcopter bereit, die sich besonders gut für den schnellen Steigflug eigneten. Immerhin galt es, bis zum Stratosphärenbahnhof an die Zwanzigtausend Höhenmeter zu überwinden.

Die Hybridcopter verkehrten im Zehnminutentakt und bedienten ein festes Streckennetz. Auf diese Weise wurden längere Wartezeiten weitgehend vermieden. Am Boden ging es dann mit wendigen Glidern bis ans Ziel. Diese folgten den Straßenschneisen soweit es sie noch gab und ersetzten den Autoverkehr inzwischen fast vollständig.

Alle öffentlich zugelassenen Transportmittel besaßen eine automatische Steuerung. Zusammenstöße waren damit so gut wie unmöglich geworden. Die *Artefakte* hatten den Mensch als das größte Sicherheitsrisiko erkannt und im Verkehr konsequent ausgeschaltet. Der Geschwindigkeitsrausch konnte auch so noch ausgelebt werden. In den Glidern gab es dafür eigens eingerichtete Simulatoren, die den

Piloten von der Wirklichkeit abkoppelten, ohne dass ihm dies bewusst wurde. Etwas anderes wurde gar nicht mehr zugelassen oder gebaut.

So musste man schon wirklich sehr weit reisen, wollte man die sogenannte gute alte Zeit voller Gefahren und Risiken hautnah erleben und dabei Kopf und Kragen riskieren. Ganz unmöglich freilich war das nicht.

*

Arundelle war enttäuscht. Dabei hatte sie doch allen Grund zur Freude. Insgeheim hatte sie ja doch erwartet das Bild von einst wieder vor Augen geführt zu bekommen. Auch wenn dies für die Erde nichts Gutes bedeutete. Die Häuserzeilen rund um die Hauptwache ragten himmelhoch auf. Durch die Schneisen sausten Glider gut fünf Meter über Grund und unten tummelten sich Passanten unterschiedlichster Couleur. Doch Laptops, die sich eifrig selbst beschrieben, während sie gingen, waren nicht darunter. Allenfalls hier und da eine Sänfte deutete an, dass es auch Menschen gab, die nicht gut zu Fuß waren. Getragen wurden die Sänften in der Tat von *Artefakten.* Das sah man recht deutlich.

Dabei hätte Arundelle ihrem Sohn zu gerne gezeigt, wie es damals mit der Zukunft los ging. Nun konnte es natürlich sein, dass sie sich bezüglich des Ortes irrte.

Dass sie im fernen Frankfurt der Zukunft gelandet war, hatte sie damals auch nur rückgeschlossen. Vielmehr war diese Schlussfolgerung gemeinsam mit den Erwachsenen gezogen worden. Nicht zuletzt, weil Dorothea ganz begeistert von General Armelos gewesen war, da er ihrem Scholasticus zum Verwechseln ähnlich sah.

Am liebsten hätte Arundelle jetzt ihren Laptop gequält, nur um herauszufinden, ob dann diese Laptocops kamen und sie wieder verhaftet würde, wie damals als sie aus den Wolken fiel, weil sie nicht aufgepasst hatte.

Ob wenigstens die Wolkenbänke oben zum Sitzen taugten? Schwer genug standen sie über der Stadt und hüllten die Gipfel der Wolkenkratzer ein. Doch vom Prinzenpalast fand sich weit und breit keine Spur und von General Armelos schon gar nicht. Dabei lag sie zeitlich doch ziemlich richtig, falls sie sich nicht grob verrechnet hatte. Denn die Kalender in Laptopia spielten ziemlich verrückt.

Billy-Joe klopfte ihr begütigend auf den Rücken. „Was hast du erwartet? In Wirklichkeit besteht doch Grund zur Freude. Denk nur, dein Alptraum ist nicht eingetreten. Sorgen und Nöte plagen die Menschheit zwar auch, wie wir wissen, doch der Zeitschwund scheint ebenso ausgeblieben zu sein, wie der große Krieg um die Vorherrschaft und den Fortbestand der Menschheit.

„Und wenn wir hier bloß falsch sind?“ – warf Edmond ein, der sich auch ein wenig ärgerte. Soviel hatte er schon von Laptopia erfahren und nun begegnete man hier nicht einem von diesen Laptops, die es ja nachweislich schon gab. Dabei waren sie gerade aus einer Reihe von Fahrzeugen gestiegen, die sich alle fest in der Hand der *Artefakte* befanden. Nur waren die eben nicht so auffällig herumgelaufen. Und auch das sich selbst steuernde Kabinenpersonal unterschied sich doch sehr von überdimensionierten wandelnden Laptops. Wenn auch die sich tatsächlich dauernd verstohlen in der Magengegend befummelten, das war schon auffällig gewesen.

Im Grunde war Arundelle doch sehr erleichtert und Billy-Joe nicht minder. Der hätte nach dem alten Plan nur noch wenige Jahre vor sich gehabt, dann wäre er als der Schamane der Churingas für den Sieg über den Prinzregenten geopfert worden. So war er doch sehr froh, dass dieser Kelch nun höchst wahrscheinlich an ihm vorüber ging. Immer vorausgesetzt, man befand sich am richtigen Ort, denn nur dann konnten sie sicher sein, dass sich die wirkliche Zukunft anders verhielt als die vergangene Vision. Viel mehr als eine Vision konnte es damals ja dann wohl nicht gewesen sein.

Edmond beharrte noch immer auf seiner Meinung. „Wir sind hier falsch. Den langen Weg hätten wir uns sparen können. Außerdem, wo sollen hier die Churingas leben? Die waren damals doch ganz in der Nähe....“

Billy-Joe stutzte, was Edmond da vorbrachte, hatte durchaus Hand und Fuß. Jede Ansiedlung an den Küsten Australiens kam eher in Betracht als ausgerechnet das ferne Frankfurt auf der anderen Seite der Welt. Zu den Churingas war es damals beinahe ein Katzensprung gewesen, oder kam ihm da etwas durcheinander, waren sie mit der Magie des Zauberbogens gereist?

Pooty meldete sich. Der Zauberstein gäbe Edmond recht, ließ er Billy-Joe geheimnisvoll wissen, so als dürfte es außer ihm niemand erfahren, was natürlich ein Ding der Unmöglichkeit war.

„Hätte er uns das nicht schon früher wissen lassen können?“ – gab Billy-Joe scharf zurück. Doch der Zauberstein würdigte ihn nicht einmal einer Antwort. Vielleicht war es besser so. Was nützte es jetzt, hier zu streiten, wo doch Grund zur Freude bestand, dass der Welt ihr schreckliches Schicksal erspart bleiben würde.

Auf jeden Fall gab es Grund zur Hoffnung, denn sicher konnten sie ja doch noch nicht sein. Was, wenn sich der Ort doch noch fände, wo die Laptops umher irrten und Laptocops durch Straßen voller runder Häuser rechts und links - patrouillierten?

General Armelos wenigstens hätten sie wohl alle gerne gesehen. Zu gerne hätte Arundelle gewusst, ob er sich an sie erinnerte. – Aber ging das überhaupt? Konnte sie auch als alte Frau zugleich mit ihm zusammentreffen?

Zeitlich bestand ja für ihn kaum eine Differenz. Ihm musste es scheinen, als hätten sie sich erst vor wenigen Monaten oder vielleicht auch Jahren verabschiedet. Nur für sie waren in ihrer Welt die Jahrzehnte und gar ein ganzes Jahrhundert ins Land gegangen. Jedenfalls seit dem ersten Kontakt, auf dessen Spuren Arundelle nun zu wandeln gedachte.

Sie tat es schon wegen Edmond, denn der war gerade in dem richtigen Alter und ebenso alt wie sie damals. – Hier in Frankfurt groß weiter rumzusuchen war vielleicht müßig, doch wo sie nun schon einmal da waren, hielt es Arundelle doch für angebracht, sich die Stadt auch einmal touristisch zu erschließen. Und wer weiß, vielleicht entdeckten sie dabei ja eine Szenerie, die der verlorenen entsprach, oder wo nicht ganz und gar entsprach, so doch an sie entfernt gemahnte.

*

Seit sie damals wegen der Riesenmotte irgendwie in Verdacht geraten waren, fühlten sie sich nicht mehr so recht wohl in der Zwischenschule. Oder lag es am Fernweh, das die beiden nicht los wurden, schon gar nicht auf dieser winzig kleinen Insel. Nun ja, das Meer war endlos und das Auge reichte bis zum Horizont. Doch das war daheim in Idaho auch nicht anders, nur dass dort statt blauer Fluten die gelben der Weizenfelder leuchteten.

Mynona fand, sie hatte viel gelernt und auch Sam Smiley fühlte sich um einiges gebildeter. Ohne die Zwischenschule wären sie wohl nie auf den Trichter mit dem grünen Wirbel gekommen. Aber nun beherrschten sie den Tanz mit den Winden ja aus dem FF. Tibor hatte ihnen all seine kleinen Tricks verraten. Es gelang ihnen, bis zu zwei Passagiere mitzunehmen. Und wenn sie inzwischen auch alle begriffen, dass es für die, die mit dem anderen Sehen nicht begabt waren, wenig zu sehen gab, so entflammten sie doch ihre Passagiere, wie sie die Mitfliegenden nannten. Denn die spürten, was da abging und bemerkten sehr wohl, wie es in die Höhe ging. Und die erzählten es dann ihren Freunden.

Es war ja auch nicht so, dass man gar nichts bemerkte. Den grünen Wirbel am Boden sah jedenfalls fast jeder und auch, wie er sich nach oben zu ziehen begann. Doch damit war 's dann auch schon aus. Mehr kriegten die Normalsterblichen nicht zu Gesicht.

Statt sich drüben an der Inseluniversität einzuschreiben, schnürten die beiden ihre Backpacks, schnallten die Schlafsäcke auf und das leichte kleine Zelt und nahmen den Helikopter zum Festland. Erst einmal wollten sie den kleinsten Kontinent erkunden und dann vielleicht durch die Südsee hinauf bis nach Indien trampen. Wo's gar nicht anders ging auch aus eigener Kraft. Was mit dem Gepäck gar nicht so einfach war. Aber sie hatten ja Zeit. Niemand drängte sie. Die große weite Welt stand ihnen offen. Sie hatten nichts zu verlieren und dort, wo sie herkamen, wenig verloren.

Und doch kam es dann anders. Mynona wurde schwanger, noch ehe sie die Südsee hinter sich hatten. Sie kehrten nach Australien zurück. Denn dort hatten sie sich ganz erstaunlich wohl gefühlt. Die Menschen dort waren so offen und Mynona konnte sich vorstellen, dort ihr Kind großzuziehen – erst einmal jedenfalls. Zurück nach Idaho – no way, auf gar keinen Fall.

Dann kam Sam auf die Idee mit dem Resort. Weil sie ja mit ihren grünen Wirbeln doch für erhebliches Aufsehen sorgten, überall, wo sie auftauchten. Nur so als Wandertruppe, waren die Möglichkeiten natürlich sehr beschränkt, wollte man nicht wie ein Zirkus mit großem Tross reisen und das wollten beide nicht.

So ließen sie sich auf einem recht ansprechenden Gelände nieder, das sie mit den Aborigines aushandelten. Sie ließen sich gerne über 's Ohr hauen und zahlten, was für dieses wertlose Stück Hügelland, wo kaum ein wenig Gras wuchs, verlangt wurde. Und das war nach landesüblicher Sitte natürlich viel zu viel.

Dafür gab 's nicht weit eine Verkehrsanbindung und das war wichtig, denn was ist ein Recreation-Resort ohne Publikum? Außerdem setzten sie sich mit ihrem alten Dekan in Verbindung. Und so wurde die Idee vom Laptopia Resort geboren. Tibor mailte ihnen aus dem Kopf, was er davon wusste. Er vergaß vor allem die runden Häuschen nicht. Und die sich selbst beschreibenden Laptops vergaß er natürlich auch nicht, die dort herum liefen. Denn die waren ja seine ureigenste Erfindung, die gerade in Serie gingen und von denen er kurzerhand ein Kontingent abzweigte.

„Erst einmal hundert, das müsste für den Anfang reichen.“ – meinte er und meldete sich schon mal auf Besuch an. Doch im

Outback ticken die Uhren langsam, was ja das Schöne an Australien war, fanden Mynona und Sam, weshalb es ihnen hier so gut gefiel. Die Laptops standen erst mal unter. Ein wenig notdürftig zwar, aber immerhin vor Nässe halbwegs geschützt. Denn es hatte sich herausgestellt, dass sie ein wenig rostanfällig waren. Und wenn ihnen die Gelenke einrosteten, dann konnte es passieren, dass sie stehen blieben.

Ja, das konnte passieren – innen hochkomplex mit feinster Elektronik und außen die alten Scharniere und Kugellager, die ohne Schmierstoffe bald versagten oder gar ihren Geist ganz aufgaben.

Doch es ging dann doch voran. Nicht zuletzt dank Tibors Tatkraft. Der blieb natürlich, als er sah, wie sich die Sache hinschleppte. Da hätte er getrost noch zwei, drei Monate zuwarten können und wäre mit dem Produktionsleiter nicht so über Kreuz gekommen wegen der hundert Extrawürste außer der Reihe.

Außerdem schien er die klarsten Vorstellungen von den Häuschen entwickelt zu haben, sodass er sie gleich von der Stange weg fabrizieren lassen konnte. Leicht, transportabel, schnell aufzubauen und weitgehend wartungsfrei – gleich komplett mit Inneneinrichtung, familienfreundlich und mit garantiert scheußlich schmeckendem Synthetikfraß aus der Zentralküche, der von den Laptops serviert wurde.

Außer dass die rumliefen und sich selbst ständig Befehle gaben, gab es eigentlich nichts. Das war denn doch vielleicht ein wenig zu wenig, besprach er sich mit dem Paar.

Mynona saß mit in sich gekehrtem Blick dabei und streichelte sich den Bauch und Sam Smiley nickte beflissen doch auch ein wenig ratlos. Irgendwie waren die nicht mehr die alten. Ob so die Opfer der Pandemie aussahen. Sam schien zu schrumpfen. Mit seinen Beinen stimmte etwas nicht und auch die Arme bereiteten ihm Probleme, die er nicht wahrhaben wollte.

„Wir können natürlich immer noch mit den Winden tanzen, damit hat es recht gut geklappt all die Jahre seit wir wieder unterwegs sind“ – meinte er dann und Mynona merkte auf und schüttelte leise den Kopf. „Ist nicht gut für die Kleine“, flüsterte sie zärtlich.

„Ich kann auch allein...“ beharrte Sam. Doch er wusste im Grunde, wie wichtig eine Partnerin war, oder ein Partner.

„Und wenn wir diesen General mit seiner Truppe aufmarschieren lassen, die dann Leute verhaften wegen unsachgemäßer Behandlung ihrer *Artefakte*?" – Mynona hatte da etwas läuten hören.

Das eine oder andere schnappte man denn doch auch auf, wenn man jahrelang in so einer Schule lebte. Obwohl sie sich ziemlich zurück gehalten hatten und nie wirklich warm geworden waren. Vielleicht waren sie einfach schon zu alt gewesen, als sie anfingen und durch den Wandertrieb für ein Inselleben verdorben. - Dabei war ihnen Tibor in allem entgegen gekommen und hatte sie verstanden, besser als sie sich selbst, so hatte es ihnen gelegentlich geschienen.

Allmählich schälte sich denn doch so etwas wie ein Programm heraus, das sich sehen lassen konnte und allerlei Kurzweil versprach, sodass der Name „No Future Factory" nicht mehr übertrieben klang.

Langfristig dachte Tibor auch an eine Schlossbesichtigung und an einen Gang durch die unterirdischen, finsteren Tresorräume, die es selbstverständlich erst noch nachzubauen galt. Da waren die Zwerge gefordert. Auch Audienzen beim Prinzregentenpaar bildeten eine Möglichkeit, allerdings müsste dazu auch das Schloss nicht nur gebaut, sondern auch eingerichtet werden.

Ein solches Projekt wuchs sich dann doch recht kräftig aus. Angst aber machten ihm die Aussichten nicht. Vielleicht besäße man dann bald das Lehrstück über eine Zukunft, die um nichts in der Welt zu erstreben war.

Je länger er darüber nachdachte, um so gewaltiger türmten sich die Vorstellungen, bis ihm dann die rettende Idee kam. Aber da wusste er bereits, dass er diese Aufgabe niemals allein bewältigen konnte. Was klein angefangen hatte, musste wachsen und zu einer Wirklichkeit werden, die doch keine war.

Alle waren gefordert. Wie dankbar war er Mynona für ihr werdendes Kind, das in ihr den Wunsch nach Sesshaftigkeit geweckt hatte. Wie freute er sich nun, dass sich die beiden an ihn gewandt hatten mit ihrer Idee, die zunächst so verrückt klang und nun auf einmal zu einer Jahrtausendidee geworden war.

Endlich bekam die Zwischenschule die Herausforderung, die sie verdiente. Endlich könnte sie beweisen, was in ihr steckte und all ihre Ressourcen befreien. Denn ohne diese war das gewaltige Werk nicht zu stemmen, das wusste Tibor wohl. Für einen allein war da nichts zu machen.

Wo kam sie nur her, diese Idee? Wer drehte an den Rädern und stellte die Weichen? Was würde Arundelle dazu sagen? Noch nie war er so gespannt auf etwas gewesen. Das übertraf wirklich alles, was er bisher erlebt hatte. Und nicht nur er allein, niemand, da war er ganz sicher, hatte auch nur annähernd etwas ähnliches erlebt oder würde es je wieder erleben. Was sich hier abzeichnete, war so einmalig so unvorstellbar und zugleich so ungeheuer einfach, dass es ihm den Atem nahm, wann immer er es sich vor Augen führte.

Die wahren Lösungen waren die einfachsten und gerade deshalb verblüfften sie die Menschen. Sie fragten sich hinterher, weshalb niemand auf diese Lösung gekommen war, die doch die Naheliegendste und Einfachste war, die man sich nur vorstellen konnte.

*

Arundelle ließ nicht locker. Sie beriet sich noch einmal mit ihrem Zauberbogen über die Koordinaten, die damals verwendet worden waren. „Kann es denn sein, dass da etwas durcheinander kam vielleicht bei den Breitengraden?“

Der Bogen prustete entsetzt auf, dann kicherte er so eigenartig wie schon lange nicht mehr und würdigte sie keiner Antwort. Es war ihm, als habe man ihn nach dem Rätsel der Welt gefragt und als Antwort eine Formel erwartet. Vielleicht Pi mal Daumen oder so. All die Frankfurts abzuklappern, die es auf der Welt gab, weigerte er sich freilich. „Da mache ich nicht mit. Wo es doch jetzt diese wunderbaren Verbindungen gibt. Reis du mal schön wie alle andern Leute auch, das tut dir mal ganz gut.“

Nach Frankfurt an der Oder den Stratosphärenkreuzer zu nehmen, lohnte sich nicht, war zu nah. So brauchten sie fast so lange wie von Australien hierher. Außerdem war auch Frankfurt an der Oder eine Enttäuschung, vielmehr eine angenehme Überraschung, die allerdings keine Überraschung war, sondern eben doch irgendwie eine Enttäuschung. Denn es gab nichts zu sehen da. Ein langweiliger schmutziger kleiner Ort, soweit er sich ihnen zeigte. Die Frankfurter dort freilich schworen auf ihre Stadt und priesen sie als weltoffen und als Tor zum Osten. Aber mit denen kam sie kaum in Berührung. Nach wenigen Stunden Aufenthalt drängte sie bereits zum Aufbruch.

Diesmal ging es nach Kentucky. Das Frankfurt dort schrieb sich mit o, also Frankfort, das war aber auch schon alles. Ansonsten ging es dort ebenfalls recht normal zu. Wenn auch die Pandemie dort heftig gewütet hatte und der Aufrüstungsgrad mit Pflegeartefakten ungleich höher war als im alten Europa. Es gab tatsächlich schon einige dieser umherwandelnden sich selbst beschreibenden Laptops, die scheinbar ziellos, jedoch unbeirrt, ihres Weges gingen. Manche führten auch ihre blöde grinsenden Herrschaften mit sich an der Hand oder an einem neckischen Geschirr, das diesen um Brust und Hals ging und an dem Silberschellen bei jeder Bewegung leise läuteten.

Das war eine ganz neue Variante für die es damals in der Zukunft keinen Präzedenzfall gegeben hatte. Jedenfalls war er Arundelle nicht zu Gesicht gekommen. Das wusste sie genau. So machte sie sich alsbald auf ins nächste Frankfort (wieder mit o statt mit u) und so fort.

Die Orte wurden immer kleiner. Doch nirgends klingelte etwas. Schon gar nicht auf dem Land. Denn bis dorthin waren die Laptops noch gar nicht gekommen. Die Menschen behalfen sich dort traditionell. Sie hielten ihre Kranken und Dauergeschädigten unter Verschluss in den Familien oder im Armenasyl. Denen war es gleich, die kriegten sowieso nichts mehr mit, nahmen die Überlebenden der Sache wohl an und kümmerten sich um ihr eigenes Fortkommen, was schwierig genug war, denn niemand konnte ja wissen, wann er an der Reihe war. Da hätte man doch annehmen können, dass sie besonders nett zueinander waren.

Enttäuscht und frustriert kehrte die kleine Familie schließlich zurück. Dabei bestand doch recht eigentlich Grund zur Freude, denn die alptraumhafte Zukunft war ja nirgends in Sicht. Die Annahmen von einst, es handle sich bei den alten Einsichten um Blicke in andere Welten, schien sich zu bestätigen.

Allein die Tatsache, dass Tibor zu den Laptops gefunden hatte, hieß ja noch gar nichts. Auch wenn er darauf bestand, dass er ganz von alleine drauf gekommen war wegen der sich selbst bespielenden Pferdekopfgeige und nicht etwa, weil ihn Arundelles Futurologie so besonders beeindruckte.

Dabei hätte Arundelle eher glücklich sein müssen. Ihr ganzes Leben hatte sie darum gekämpft, diesen Alptraum aufzuhalten und die Welt vor der drohenden Katastrophe zu bewahren. Und nun war doch alles anders gekommen. Ohne die *Artefakte* war die Menschheit zum Untergang verurteilt. Mit ihren verstümmelten Gliedmaßen waren die Erben der Pandemien allein nicht lebensfähig. Gerade der neueste Typus ‚Modell Severine' bestach durch Selbständigkeit und vorausschauende Intelligenz. Und es sah ganz so aus, als sei die Symbiose zwischen *Artefakt* und Mensch eine echte Zukunftslösung.

Doch dann führte sie sich vor Augen, wie verschieden die Lebensansprüche von Mensch und *Artefakt* doch waren und sie sah die Gefahr wieder, die es seinerzeit in der Zukunft zu bannen galt. Menschen bedurften der intakten Umwelt. Sie waren auf gesunde und ausgeglichene ökologische Verhältnisse angewiesen und ihre biologische Uhr stellte so etwas wie eine Existenzgarantie dar. Wer an ihr drehte, der drehte der Menschheit zugleich den Lebenshahn ab.

In der Zukunft damals taten dies die *Artefakte* nur dem Anschein nach unwillkürlich. In Wahrheit verdrängten sie ihre Herrschaften unmerklich aber stetig. Sie machten sie immer abhängiger und unmündiger, bis sie schließlich überflüssig wurden. Dann kam der große Krieg der endgültigen Entscheidung, wem dieser Planet gehörte und nach wessen Bedürfnissen er auszurichten war.

Damals entstanden bei Arundelle und ihren Zukunftsforschern die felsenfesten Überzeugungen und die Jagd auf Malicius Marduk begann, der hinter der lebensfeindlichen Entwicklung steckte.

Wie, wenn sie sich geirrt hatten? Wenn sie den falschen Kampf gekämpft hatten? Statt gegen die *Artefakte* zusammen mit ihnen besser an einer gemeinsamen Zukunft gebaut hätten, die den einen kein Schade und den andern kein einseitiger Nutzen war? *Artefakte* litten ja nicht unter Zeitdruck. Sie bedurften der Atemluft nicht oder des Wassers als dem Lebenselement der Menschen. Vielleicht hätte man sich einig werden können, was die Materialien anging. Es gab doch genug wasserfeste Metalle, die keinen Schaden nahmen im Wasser.

*

Erst einmal kehrte die kleine Familie heim und erholte sich von den Strapazen der sinnlosen Reise, die vor allem Frustration und Unklarheit gebracht hatte statt der erhofften Aufklärung und der Einsichten in die Wirklichkeit.

Nach wenigen Tagen schon hielt es Arundelle nicht länger. Ihr war eine neue Idee gekommen. Was, wenn ihre Berechnungen falsch waren und die Zeit nicht richtig berechnet war? Vielleicht lag sie zeitlich soweit weg, dass die Wirklichkeit gar noch nicht stimmen konnte. Hatte sie sich denn selber als Kind gesehen? Nein, das hatte sie nicht, hatte sie irgend etwas von dem zu Gesicht bekommen, was damals ihr Handeln in der Zukunft bestimmte? Nein, das hatte sie nicht. Keinen Prinzen, keinen General, keinen Prinzregenten, nicht einmal sich selbst oder Billy-Joe oder den alten Schamanen der Churingas. Nicht die Halle des Ruhmes und der Ehre, oder überhaupt etwas von der geheimen Unterwelt, wo sich doch ein Großteil ihrer Abenteuer und Erlebnisse zutrug. Vom großen Krieg ganz zu schweigen und von den gewaltigen Heeren. Die waren ja nicht aus dem Nichts gekommen.

Wenn sie nur da schon gewusst hätte, wie nah sie auf einmal den wahren Verhältnissen mit ihren Überlegungen kam.

5. Ankunft Zukunft

Erst einmal machte sich die neu entstandene Arbeitsgruppe ‚Ankunft Zukunft' – wie sie sich wortspielerisch recht neckisch nannte - daran, zu errechnen, wann es denn nun tatsächlich soweit war. Das war gar nicht so einfach. Da konnte man schnell um ein paar Jahre über das Ziel hinausschießen. Ja, wenn es nur bloß um Jahre gegangen wäre, doch es kam auf Tage und Stunden an, wenn nicht gar auf Minuten. Und der Zeitschwund, über den damals so heftig gestritten worden war, musste selbstverständlich auch die nötige Berücksichtigung finden. Wie sonst hätten halbwegs vernünftige Ergebnisse auch zustande kommen können?

Das war das eine Problem und das war vergleichsweise harmlos, dachten sie und führten sich all die anderen Baustellen, die es zu bearbeiten gab, vor Augen. Denn es ging auch um echte Baustellen, das war nicht nur so dahin gesagt. Erst einmal müssten wohl die Zwerge bemüht werden. Denn ohne Zwerge, das merkten sie schnell, ging gar nichts. Und zum Glück besaß Tibor in dieser Beziehung die besten Verbindungen und vor allem hatte er einen phantastischen Ruf. Ganz im Gegensatz zur alten Schulleitung, die zwar inzwischen abgewählt und durch eine andere ersetzt worden war. Aber ein schlechter Ruf hielt sich zäh wie nur irgendwas.

Allerdings, so fanden die Verschwörer der Arbeitsgruppe ‚Ankunft Zukunft' einhellig, galt es, die Schulleitung außen vor zu halten, das war eine Grundvoraussetzung. Überhaupt bestand Geheimhaltungspflicht und das gleich aus mehreren Gründen.

So machten sich die Zwerge ans Werk. Zwei Schiffsladungen voll karrte die New Last Bounty in die verschwiegene Bucht gleich vorne an, wo es nach Newsouthwales hineinging. Und wo der Leichter zu Wasser gelassen werden konnte, um die verschworene kleine Gesellschaft über zu setzen.

Die alte Last Bounty hatte ihren Geist schon vor langer Zeit aufgegeben. Eines Tages stand ihr Herz still, was sich Obermaschinist Stan so zu Herzen nahm, dass auch das seine stillstand. Er fand ein kühles Seemannsgrab nicht weit vor Susamees Insel. Kapitän Zinfandor Leblanc ging in den wohlverdienten Ruhestand und folgte seiner Herzdame nach Südafrika - zurück zu deren Wurzeln. Seine eigenen im Übrigen auch, denn er war als Sohn burischer Bauern aufgewachsen, bis es dann zur Enteignung kam. Doch das war eine ganz andere Geschichte. Vielleicht rührte sein verkorkstes Wesen ja von daher.

Was von der Last Bounty noch übrig war, wurde schmählich verschrottet. Die meisten Besatzungsmitglieder taten es ihrem Kapitän gleich und gingen in den Ruhestand. Susamee schloss sie in ihr großes Herz und ließ eigens für sie ein Seemannsheim nahe der Pier und Anlegestelle bauen, wo es sich die alten Knaben wohl sein ließen.

Da standen sie dann am Kai und winkten, wenn die New Last Bounty einlief und wenn sie auslief, dann winkten sie auch. Und verdrücken schon auch mal eine heimliche Träne dabei. Dieser neumodische Pott aber war nicht nach ihrem Geschmack und die Blechkameraden schon gar nicht, aus der die Besatzung nun bestand. Da mochten sie noch nicht einmal als Passagiere mitfahren. Schon wegen des Essens nicht. Denn auch hier war die neue Zeit angebrochen. Es war ja so rationell. Außerdem konnten die Severines nichts anderes herstellen als diesen synthetischen Einheitsfraß.

Die gemütliche altmodische Kocherei behielten sich einzig die Zwerge vor, denn sie ließen sich ihr Gewohnheitsrecht nicht nehmen. Vorschriften hin, Vorschriften her. Überhaupt sah es im Zwischendeck beinahe wieder so aus wie ehedem. Nur oben hatte sich alles grundlegend verändert. Die New Last Bounty war ja eigens zu dem vormaligen Zweck nachgebaut worden. Mehr als das Erreichte hatte sich dabei nicht durchdrücken lassen. Das war der Zahn der Zeit, dem nichts und niemand auf ewig widerstand.

Von der Bucht, wo die New Last Bounty ankerte, ging es in großen Bussen zu Mynona Wilders Ressort. Sie hielt dort inzwischen das Heft allein in der Hand, seit Sam Smileys Krankheit.

Die Gerätschaften aller Art folgten im LKW, sobald sie ausgeladen waren, was sich als ziemlich mühsam erwies. In einiger Entfernung vom Ressort bei günstigem Untergrund ging es dann ab in die Tiefe. In Rekordzeit wurde ein Tunnelsystem gegraben, das sich sehen lassen konnte. Und was es sonst unterirdisch noch so anzulegen galt. Als Anreiz stellte Tibor der kleinen geltungssüchtigen Gesellschaft in Aussicht, eine tragende Rolle im vorläufig finalen Schlussdrama der Welt zu übernehmen und endlich zu gebührendem Ruhm zu kommen.

Es wurde nun auch Zeit, Billy-Joe einzuweihen. Denn der Bautrupp aus Sydney zog bereits das Schloss inmitten des Ressorts hoch, während die Techniker an der Wolke arbeiteten, die das ganze

Areal zu überschatten hatte. Was um so weniger schwierig war, als eine Wolke sich inzwischen gleichsam natürlich über jeder großen Menschenansiedlung erhob. Zumal über den smoggeplagten Metropolen.

Laut Berechnung wurde es höchste Zeit. Nach der Worst-Case-Analysis war der Besuch nämlich bereits angekommen, was indessen nicht der Wirklichkeit entsprach. Zumindest hatte ihn niemand wahrgenommen. Doch das hätte schon sein müssen.

Scholasticus Schlauberger hätte es als erster erfahren, denn er hielt sich bereit und probierte schon mal sein neues Habit aus, das doch recht ungewöhnlich auf ihn wirkte und so gar nicht seinem Naturell entsprach.

Dorothea bläute ihm ein, mit dem Wienerischen Schmäh nicht gar so zu übertreiben und nicht zu vergessen, um wen es sich bei dem erwarteten Besuch handelte.

Auch die SLOMES-Werke legten Sonderschichten ein und produzierten was das Zeug hielt: Laptocops mit Scherenhänden, allerlei Krieger, ohne viel Hirn. Gewaltige Blechkameraden von furchteinflößendem Äußeren, ohne viel dahinter. Für sie wurde eigens ein abgelegenes Lager errichtet, wo sie - geschützt vor der Witterung - auf ihren Einsatz warteten.

Zu den näher und auch etwas entfernter gelegenen Maroon-Camps waren Boten unterwegs. Als die Maroons erfuhren, worum es ging, waren sie sogleich bereit mitzumachen und sich auch schon einmal innerlich bereit zu machen. Ein paar Jährchen bis zum großen Auftritt hatten sie ja noch.

Doch auch gleich gab es bereits das eine oder andere zu tun, besonders für die Zwerge. Die fühlten sich auf einmal mächtig aufgewertet, denn sie begriffen schnell, dass auch sie nun zu den Rettern der Welt gehörten. Wo sie doch bisher so etwas wie die degenerierten Ausgestoßenen gewesen waren. Auf jeden Fall aber keine vollwertigen oder gar gleichberechtigten Menschen. Da konnten die *Oberflächlichen* noch so viel erzählen.

An alles wurde gedacht: An große Wehrtürme auf der einen, Schleudern aller Art auf der andern Seite; mehr oder weniger sinnreiche Konstruktionen, die etwas her machten, rein optisch, aber die vielleicht nicht allzu wirkungsvoll gewesen wären, hätte man sie denn auf die Probe gestellt. Zumal erst einmal das Meiste bloß auf dem Papier existierte, denn es war ja noch etwas Zeit.

Das große Feld der Ehre wurde schon einmal abgesteckt und auch der Ort festgelegt, an dem der Show-down seinen Lauf nehmen sollte. Die kleinen pelzigen Churingas wurden indessen sogleich für ihre Auftritte präpariert. Ihr Schamane umgab sich mit den putzigen kleinen Kerlchen und erklärte sie kurzerhand zu seinem Stamm, den er allerdings noch immer um zwei Häupter überragte. So krumm und bucklig er, seiner Rolle gemäß, auch daher kam.

Für sie fand sich denn auch ein verschwiegenes Tal, das den Anforderungen halbwegs genügte, da es ein spärlich fließender Wasserlauf durchzog, weshalb darin alles grünte und blühte.

Eines der seltenen Rinnsale hier unten im Südwesten floss tatsächlich ganzjährig durch die Mitte. Es war das Gleiche, das weiter unten das No-Future-Ressort durchfloss. Außerdem war der Grund recht grabefreundlich, sodass sich die Bewohner nach Zwergenart unter die Erde zurück ziehen konnten.

Auch dort gestaltete sich alles weitgehend nach Plan, den sich Billy-Joe, als der intimste Kenner, aus den Fingern saugte. Zu gerne hätte er sich mit Arundelle schon jetzt besprochen, doch es war ausgemacht, diese erst einmal draußen zu lassen. Die käme schon noch früh genug dahinter.

- Hätte sie doch nur gewusst, was sich da hinter ihrem Rücken tat, vielleicht wäre manches anders gekommen, doch so nahm das Unheil seinen Lauf.

*

Der Palast war fertig. Nun galt es die geeigneten Bewohner zu finden. Das war gar nicht so einfach. Prinz Vielferngern und die schwangere Prinzessin Auchgernfern waren die Hellsten nicht gewesen. Und auch körperlich machte vor allem der Prinz nicht viel her. Nicht bevor er sich bionisch aufrüsten ließ.

Vielleicht fände sich jemand, der durch die Pandemie zu Schaden gekommen war und der die Symptome der Pandemie zeigte, als da waren Entmündigung und sowohl körperlicher als auch geistiger Verfall. An sich waren solche Fälle leider nicht mehr selten, vielmehr waren sie zum Milliardenheer angewachsen, die nur mehr unter der Obhut ihrer Laptops halbwegs über die Runden kamen.

So wurde man in der Tat fündig. Mynona erklärte sich bereit, diese Rolle zu übernehmen, was um so praktischer war, als es für sie hohe Zeit wurde und ihr Baby nun jeden Tag kommen konnte. Sie besann sich sogar auf einen standesgemäßen Stammbaum und outete sich als Adelsspross.

Zusammen mit Sam Smiley, der ja nun wirklich an den Folgen der Pandemie litt, siedelte sie standesgemäß um. Soweit reichte es geistig gerade noch. Prinz Vielferngern machte sich stolz zum legitimen Spross aus dem Hause Hohnzollhausen, dank der Ehe mit Prinzessin Auchgernfern. Mit ihren höchst eigenwilligen Namen, die Ehrentitel darstellten, so wurde ihnen versichert, waren sie bei ihren Untertanen richtig eingeführt.

Ihr Kind wurde denn auch pünktlich geboren, doch das kam später. Erst einmal nämlich traf der Besuch ein. Und die Tragödie der Menschheit nahm ihren Lauf. Wie so oft kippte auch diesmal das Lustspiel nur allzu bald zur Farce. Als diese verselbständigtc sich das Lehrstück und mündete in die unaufhaltsame Tragödie, die unter sich begrub, was sich ihr in den Weg stellte, einer Dampfwalze gleich.

*

Geplant war für später, dass sich Hans Henny Henne als despotischer Prinzregent auf dem Feld der Ehre schlug, falls er bis dahin überhaupt noch zur Verfügung stand. Immerhin war seine Himmelfahrt beschlossene Sache und wieder einmal beinahe schon fest geplant. Bis es zur Entscheidungsschlacht kam, musste der junge Prinz, der gerade erst geboren war, ja erst zum Heerführer heranwachsen. Und dazu bedurfte es doch etlicher Jahre, auch wenn sich die Heranreifung des kleinen Prinzen auf wundersame Weise stark beschleunigte.

Hätten Hans Henny Henne nicht ständig solche dringenden Geschäfte, wie dieses wieder, auf die Erde gebannt, er wäre gewiss bereits zu seinem Freund heimgekehrt, lebenssatt wie er inzwischen war. Zumal die Musiktherapie nun doch recht gut anschlug und er sich bereits einige Flötentöne beigebracht hatte.

Mit dem Tanzbein ließ es sich freilich noch immer nicht recht schwingen, dafür war er vielleicht wirklich nicht mehr gelenkig genug, oder lag es daran, dass seine Schaltkreise sich nicht ganz leicht koordinieren ließen. Der Tanz war ihm eben doch nicht in Fleisch und Blut übergegangen. Denn davon besaß er inzwischen auch nicht mehr allzu viel.

Das amerikanische Pärchen aus Idaho mit hinzu zu nehmen, war vielleicht schon der entscheidende Fehler, obwohl die ja ohnehin als die Begründer des Ressorts dabei waren. Alle anderen Rollen nämlich waren sozusagen vertrauensvoll besetzt oder doch halbwegs überschaubar, dem Erwartungshorizont angemessen. Während sich die Prinzregenten als ganz und gar unberechenbar erweisen sollten. Leider war niemandem auf die Schnelle etwas besseres eingefallen. Später dann überlegte Tibor mit Tika zusammen, ob nicht sogar Susamee mit dem Wachmann Will Wiesle – vielleicht ein wenig verkleidet – es durchaus auch getan hätten. Doch woher hätten die ihr Kind auf die Schnelle nehmen sollen?

Wie dem auch sei. Mit einer anderen Entscheidung wäre die Fußangel nicht so spaltbreit offen gewesen. Ein Spalt hatte sich aufgetan, der nicht zu kontrollieren war und durch den so mancherlei hereinschlüpfte.

Langfristig gab Edmond einen recht passablen Prinzen ab. Hier auf der wirklichen Erde also musste der Entscheidungskrieg nicht so an die zwanzig Jahre auf sich warten lassen. Vielleicht war Edmond eine Spur zu alt für die Rolle. Aber das spürte man vielleicht nicht mehr so genau heraus, wenn man sich erst einmal an das Durcheinander der Zeiten gewöhnt hatte.

Erst einmal reiste die kleine Arundelle an. Wie es sich gehörte, mit Zauberbogen und Läppi im Gepäck. General Armelos hatte seinen ersten Auftritt, der sich wie es sich gehörte, von seinen Laptocops ein wenig zu viel gefallen ließ. Aber das war ja nun doch allzu bekannt und den Eingeweihten recht geläufig.

Die Zukunft war sozusagen maßstabsgetreu nachgebaut, und das Pikante an der Situation war, dass sie nun eingeholt worden war. Stimmig gemacht und hergerichtet, damit auch eintraf, was Arundelle und ihre Weltraumabenteurer in der Zukunft zu sehen bekamen und in Erfahrung brachten.

Ein wenig holprig verhielt es sich mit der Zeit denn doch. Wo waren auf einmal die vielen Jahre geblieben, fragten sich die Akteure und Statisten, als sie sich so jung begegneten, ohne sich freilich zu sehen. Denn niemals war es möglich, dass die Reisenden in die Zukunft mit ihresgleichen dort zusammen trafen. Dafür sorgte schon die Regie.

Gefährdet waren in dieser Beziehung vor allen anderen Scholasticus und Billy-Joe. Wären sie ihrem Alter Ego wirklich begegnet, dann hätte es doch immerhin geschehen können, dass sie sich erkannt und damit nun wirklich alles auf den Kopf gestellt hätten, was nur möglich war. Bei Billy-Joe hätte es ein paar Mal ja tatsächlich fast gefunkt. Und auch die kleine Arundelle war nicht frei von merkwürdigen Déjà-vu Erlebnissen, die sie sich nicht erklären konnte und die ihr damals auch sonst niemand plausibel zu machen verstand.

Wie rührend sorgten sich die drei *‚Sternenkinder des Advisors'* um ihren kleinen Prinzen. General Armelos heuchelte Überraschung, wie wohlgelungen der kleine Prinz war. *(Seine Überraschung war nicht ganz geheuchelt, denn so sicher war es gar nicht, dass Mynona ein gesundes Kind zur Welt brachte.)* Er war der einzige, der die

Situation durchschaute, was ihm gelegentlich recht sauer aufstieß, wenn er all den Quatsch anleierte, von dem er ja wusste, wie müßig er war.

Eine Erklärung, wie es kam, dass der kleine Prinz zwei, drei riesige Entwicklungssprünge machte, konnte und wollte er nicht geben. Das war immer dann, wenn der Prinz ausgetauscht wurde, bis Edmond schließlich an die Reihe kam, doch das war dann ja erst kurz vor der Entscheidungsschlacht. Auf diese Weise behielt die Regie das Zepter in der Hand, glaubte sie zu diesem Zeitpunkt noch, obwohl es da bereits zu spät war. Denn das Tor wurde längst recht rege benutzt, das sich unversehens aufgetan hatte. Da hatten sie sich die Rechnung ohne den Wirt gemacht. Ein schlimmer Fehler, der sich alsbald rächen würde.

Eigentlich hätten sie schon aufmerken müssen, als es darum ging, die Weltraumtonne zu besetzen, weil Grisella doch solche Flugangst hatte und Walter sich hatte breitschlagen lassen. Malicius Marduk war damals ja ganz unverblümt und ohne sich zu verstellen aufgetreten. Er hatte sich in das Team der Forscherstudenten Grisellas eingeschlichen. Was heißt da eingeschlichen, er war ja höchst offiziell ins Boot geholt worden, machte er doch einen gar so kompetenten Eindruck. Und Grisella war da ja noch richtig scharf auf Doktoranden gewesen. Denn sie wusste von der Zwischenschule wohl noch nichts, jedenfalls war damals nicht recht klar gewesen, ob sie und dass sie alsbald dort selbst unterrichten würde.

Eigentlich hätte ihr und ihrem Forscherteam auffallen müssen, dass ihnen ein Potemkinsches Dorf vorgeführt wurde, dass dies unmöglich die ganze Realität der Welt war, die sie besuchten. Hatten sich die Studenten denn niemals gefragt, weshalb sie aus dem engen Laptopia nie heraus kamen? Stellten sie Fragen, die über den Rand hinausgingen, so erhielten sie ausweichende Antworten, zumal von General Armelos, dessen Mund wiederum versiegelt war und der deshalb seiner Schwägerin nicht auf die Sprünge helfen durfte. So ermutigte er sie wenigstens nicht und so schliefen diese Forschungen denn, Gott sei Dank, ein. Sie kamen vielmehr zu einem plötzlichen Ende, als sich herausstellte, was für ein Kuckucksei Malicius Marduk war.

Jetzt freilich schüttelte Grisella nur den Kopf über sich und ihre Naivität. Sie hatte sich, so war ihr nun, von drei kleinen Mädchen an der Nase herum führen lassen. Die konnten es ja nicht besser wissen, schließlich waren sie kleine Mädchen, während sie doch immerhin eine gestandene Professorin war, die sich im Leben auskannte und wusste, wohin der Hase lief.

Aber so war das eben, wenn der blinde Ehrgeiz treibt. Wer wollte sich schon die Chance entgehen lassen, mit eigenen Augen einen Blick in die Zukunft zu werfen? Diese Aussicht hatte ihr damals den Kopf vernebelt, wusste sie heute, hundert Jahre später.

Ja, wo waren all die Jahre dazwischen geblieben? Wo war sie hin, die Zeit des großen Aufbruchs und der unbegrenzten Möglichkeiten? Schneller und schneller eilten die Jahre im Gleichmaß, wenn sie so unmittelbar zurückschaute und das eine vom andern nicht mehr zu unterscheiden vermochte, so gleichförmig wie sie sich einschliffen mit den Jahren.

Die Alarmsirenen schlugen dennoch nicht an. Dabei zeigte sie mit dem Finger auf die entscheidende Blöße, wo hinein der Dolchstoß erfolgen sollte. Wieder nur kam sie nicht weiter als zu sich und ihrem kleinen Ärger, wo er sich nun wieder ganz hautnah präsentierte. Jetzt stolperte sie nur über die kleinen Fehler von damals, statt den großen von jetzt zu sehen.

*

Zunächst war Arundelle doch sehr zufrieden. Hätte es noch eines Beweises bedurft, so läge er ja nun offen zutage. Es gab die Voraussicht auf die Zukunft nicht. Zukunft war nicht vorhersagbar, schon gar nicht im Detail. Allenfalls große Bögen ließen sich schlagen, und manifeste oder auch vage Trends zu Ende denken. Mehr war es aber auch nicht. Mehr hatte es mit den Zukunftsaussichten nicht auf sich.

Den Zirkelschluss, den sie sich schlugen, hatte sie freilich nicht bedacht. So war sie zunächst natürlich ungemein betroffen gewesen, als Billy-Joe verkündete, das versprochene Land sei ja nun doch noch gefunden worden. „Gar nicht weit von hier - ein Katzensprung." „Warum in die Ferne schweifen" – setzte auch Edmond nach. Er freute sich diebisch, denn er war da bereits mit seiner Rolle im ‚Projekt Zukunft' vertraut und arbeitete sich gerade in die Geheimnisse des Regierens unter den erschwerten Bedingungen Laptopias ein.

„Der Sonnenkönig war auch erst vierzehn als er anfing und wurde einer der größten Könige Frankreichs." Da hatte einer in Geschichte aufgepasst, lächelte Arundelle in sich hinein.

Mit ihren mütterlichen Gefühlen hatte sie all die Jahre also gar nicht so falsch gelegen. Denn sie war es ja gewesen, die den kleinen

Prinzen aus der Taufe hob und auf den rechten Weg wies. So klärte sich auch das auf.

„Eigentlich wollten wir dir nur eine Freude machen“, erklärte Billy-Joe als er sie in Laptopia herumführte. „Mynona hatte die Idee, weil Tibor doch diese sich selbst beschreibenden Laptops kreierte. Ich glaube, damit fing es an. Auf einmal erinnerten sich alle und die Spurensuche setzte ein. Und da kamen wir auf die Idee, die Spuren ein wenig nachzuziehen. Erst mal ganz spielerisch, doch dann wurdc cs ernst und immer ernster, bis wir schließlich den Überblick verloren. Manche von uns gehen in ihrer Rolle nun völlig auf, seit uns die Zeit eingeholt hat. Wer bin ich? – fragt sich nun jeder Akteur und Statist. Unwillkürlich identifiziert sich ein jeder mit seiner Rolle, zumal, wenn sie so lange andauert wie bei mir. Wer bin ich? Schamane der Churingas zu sein, scheint mir nun fast wie eine Bestimmung...“

„Und Tibor, der sich nichts sehnlicher wünschte, ist nun Regisseur in einem gigantischen Historienspektakel...“

„So kann’s gehen.“

*

Grisella ließ sich gerne mit herumführen. Auch sie kannte das Ressort ja noch nicht. Sie wusste es nun auch nicht mehr zu sagen, weshalb sie Malicius Marduk seinerzeit ins Team geholt hatte. Denn heute verstand sie sich selbst nicht mehr. „Wieso bin ich nicht misstrauisch geworden?“

Außerdem brachte sie die Vergangenheitszukunft mit der erreichten Zukunft immer wieder durcheinander, obwohl dazwischen doch über hundert Jahre lagen. Das war mehr ein denkstrategisches Problem.

„Jedenfalls hatten wir plötzlich wohl dann doch den echten Malicius Marduk mit im Boot. Auch diesmal natürlich unter einer seiner Masken, nehme ich an, sodass ihn niemand erkannte.“

„Wie denn auch?“ -. Warf Arundelle ein.

Grisella nickte eifrig: „Für uns damals war es ja sein erster Auftritt überhaupt. Und schon war er im Spiel. Wir selbst hatten ihm die Tür aufgetan. Denn von allein war ihm der Zutritt zur Zukunft ja verwehrt, seit dieser spektakulären Aktion auf dem Mond, als es gelang, ihn auf Eis zu legen und dann gar noch umzupolen. Das war, als dann *Anonymus* geboren wurde und sich wieder einmal ein Saulus in einen Paulus wandelte.“

„Kam das nicht erst später?“ – überlegte Arundelle.

„Kann durchaus sein“ - Billy-Joe erinnerte sich vage, vielleicht kam auch ihm die Zeit und das Vorher - Nachher durcheinander, wie Grisella eben. Doch in groben Zügen musste es wohl so oder so ähnlich gewesen sein.

Arundelle fühlte schon wieder Grund, sich für ihre Alleingänge zu schämen. Denn dass es damals auf dem Mond mit dem Gefangenen im Iglu gut gegangen war, hieß ja nicht, dass sie nicht das Schlimmste riskiert hatte.

*

Hier also war er wieder, der große Widersacher und grinste sich eins. Die Verliese und Tresore füllten sich ohne Zutun, welche die fleißigen Zwerge in bester Absicht gebaut hatten und die eigentlich hätten leer bleiben sollen. So war es vorgesehen von der Regie.

Beim Gang hindurch später, sollten Lichteffekte die grausige Realität ersetzen. Doch die ersetzte sich ja nun selbst. Grausiger und schrecklicher vielleicht, als es sich die Phantasie auszumalen imstande war.

Und das war nun ihre ureigenste Schöpfung. Das hätte es ohne sie so nicht geben können. Sie hatten in ihrer Filmkulisse erst den Startschuss gegeben. Sie hatten die Zukunft von einst eben jetzt erst gemacht, hergestellt, produziert. - Arundelle raufte sich die Haare, niemand hatte sie eingeweiht.

Ob sie den Braten früher gerochen hätte, ließ sich nun nicht mehr herausfinden. Das Kind lag im Brunnen und... - Arundelle mochte gar nicht darüber nachdenken, wer es hinein geschubst hatte. Dies war ihr denn doch eine allzu schreckliche Vorstellung. Wie konnte man nur so blöd, so blauäugig und naiv sein. Zu glauben, dass das Böse schläft. Dabei hatte es doch ständig an die Türe geklopft, in Gestalt des Ledermannes oder seines Nachtfalters...

Und Mynona hatten sie blind vertraut und diesem Sam Smiley nicht minder. Es war Tibor gewesen, der Sam ins Boot holte und ausgerechnet ihm die Prinzenrolle antrug. Da war er gerade an den Richtigen geraten. Schlimmer ging’s nicht mehr, blöder konnte sich niemand verhalten. Und keinem war etwas aufgefallen. Und schon besaß Malicius Marduk seinen Agenten an prominenter Stelle, dem Herrn über alle Schlüssel und Zugangscodes.

Billy-Joe hätte sich am liebsten selbst geohrfeigt. So wurde der arme Walter über den Tod hinaus immer weiter gequält. Das hatte der nun wirklich nicht verdient.

Alles musste echt aussehen. Der magische Stein hatte keine Einwände. Pooty hielt sich ja ganz in der Nähe. Zwar wusste der

Zauberstein wohl, dass es sich hier um einen verführten Walter handelte, doch das störte ihn damals nicht weiter, eben wegen Pooty. Und ganz fremd war ihm Walter ja denn doch auch nicht, dessen Tiefengravur hier zum Tragen kam.

Die Fuhre durch das All hätte er gleichwohl nicht machen wollen. Aber so tun, als habe er sie gerade hinter sich, war eine andere Sache. Und so machte sich der magische Stein einen Spaß daraus, die Studenten recht fest an der Nase herum zu führen. Und sie mit allerlei Merkwürdigkeiten zu behelligen, die diese ehrfürchtig für ferne sphärische Zukunftsmusik nahmen, dabei entsprangen sie nur der perversen Phantasie eines übermütigen magischen Steins, der sich langweilte, wenn auch hundert Jahre später.

Eben das war das Verrückeste von allem. Die Gegenwart bildete ja tatsächlich die Zukunft des Vergangenen ab. Gestellt oder wahr, es blieb doch die Zukunft und die hämmerte sich mit ehernen Schlägen in die Gemüter und Geister und bestimmte hinfort ihr ganzes Wesen und Streben.

6. Das Himmelfahrtskommando

Was wäre gewesen, wenn die ‚*Repetitoren'* die Zukunft nicht selbst arrangiert und gemacht hätten? ‚*Repetitoren'* nannten sich die Eingeweihten des Projekts ‚Ankunft Zukunft' ein wenig großspurig. Sie nahmen den Mund dabei ziemlich voll, da sie sich ja nur wechselseitig suggerierten, sie wüssten recht gut, was sie taten. Doch diese Hybris würde sich schon bald zu einem Bumerang entwickeln, wie wenigstens eines ihrer prominenten Mitglieder alsbald am eigenen Leibe so schrecklich erfahren musste.

Arundelle wäre von einem anderen Verlauf der Geschichte zu einem gewissen Grade enttäuscht worden, aber doch durchaus auch angenehm, denn ihr ganzes Leben hatte ja unter dem Schattenwurf kommenden Grauens gestanden. Nach besten Kräften hatte sie sich bemüht, das drohende Schicksal abzuwenden.

Statt sie dabei zu unterstützen, konstruierten ihre Freunde, was nicht von selbst sich so schickte. Sie bauten eine künstliche Insel, mit künstlichen Problemen und künstlichen Kriegsparteien, die so taten, als schlügen sie aufeinander los.

Dann wurde aus dem Spiel blutiger Ernst und das Arrangement ließ sich von der Wirklichkeit nicht mehr trennen. Es war nun, als würde die Welt in den Strudel des Dramas hineingezogen, als diktiere die beschworene Tragödie das Schicksal und den Lauf der Dinge.

Auch ohne die Intervention der ‚*Repetitoren*'[ii] nämlich stand es um die Welt nicht zum besten. Die Nöte nach den Pandemien waren unabweisbar. Das Zeitwertsystem fraß seine Kinder, soweit sie nicht die Pandemie ihres Verstandes und ihrer Gliedmaßen beraubte. Immer mehr Menschen gerieten in Abhängigkeit und konnten ohne ihre dienstbaren *Artefakte* nicht überleben. Es war für sie zur Frage auf Leben und Tod geworden, dass diese sich verständig verhielten und bedingungslos zum Wohle der Menschen handelten.

Je mehr Verstand die *Artefakte* dabei entwickelten, um so besser bewältigten sie ihre Aufgaben. Zugleich aber wuchs eine neue Gefahr heran. Die *Artefakte* verselbständigten sich mit jedem Denkschritt, um den sie ihre geistige Existenz erweiterten. Und sie erweiterten ihren Horizont in jeder Hinsicht. Ihre Sprache, mit der sie sich programmierten, wurde feiner und klarer. Es war, als trügen sie ihre Reifung in aller Öffentlichkeit aus. Und überall und ständig traf man einen von ihnen, der wieder sein ganz persönliches *Heureka*[iii] heraus stieß und ans Licht brachte. Es vielleicht jubelnd erklingen ließ: „Ich denke, also bin ich."

Die *Repetitoren* wussten es ja, der Zeitschwund war immer mehr oder weniger vorgeschoben gewesen – schon die ganzen Jahre über, auch wenn diese Erkenntnis erst jetzt zum Tragen kam. Er hatte in Wirklichkeit nie diese kritischen Werte erreicht, von denen die Zeitreisenden bei ihren Rückkehren betroffen waren. Die Zeitverkürzungen kamen auf ganz andere Weise zustande. Sie entstammten zum größeren Teil den Berechnungsschwächen oder ergaben sich aus unkalkulierbaren Schleifen, wie sie etwa Schwarze Löcher hervorrufen, weil die Zeit stille steht.

*

So ein waghalsiges Unternehmen hätte doch erst einmal gründlich diskutiert werden müssen. Doch da Arundelle anscheinend die einzige war, die noch einigermaßen freien und ungehinderten Zugang zum *Advisor* hatte, war der außen vor geblieben, genau wie sie. Jetzt, wo es zu spät war, wurde sie überrascht. Der *Advisor* ließ das gleich nicht mit sich machen, sondern verleugnete sich. So waren sie hier unten einmal wieder ganz auf sich alleine gestellt.

Um nun wenigstens ein bisschen die Übersicht zu bekommen, wollte Arundelle wissen, wann es denn nun nach den Berechnungen der *Repetitoren* zum großen Finale kommen sollte, das ja noch ausstand, so verstand sie. Und eine schreckliche Erkenntnis blitzte jäh vor ihrem inneren Auge auf. Während Hans Henny Henne schon einmal trainierte, sich mit seiner gewaltigen Rüstung zu bewegen.

Allein das ging über seine Kräfte. So musste erst einmal eine leichtere Rüstung her. Da diese in Wirklichkeit nicht gar so viel auszuhalten hatte, konnte sie ruhig aus leichtem Stoff sein, solange der metallisch-starre Eindruck einer Rüstung vermittelt wurde. So dachten die *Repetitoren* in ihrer Naivität.

Was sie nicht bedachten war, dass der junge Heißsporn, der Billy-Joe seinerzeit war, ja zum Kampf auf Leben und Tod antrat. Und es gab keine legitime Möglichkeit, ihm einen Wink zu geben.

Alles was sein Alter ego, der alte Schamane der Churingas, in dieser Hinsicht andeutete, wurde von dem jungen Billy-Joe gründlich missverstanden. Bis der es schließlich aufgab und sich in sein Schicksal fügte. Doch das behielt er weise für sich. So glaubte er jedenfalls. Allein Arundelle ließ sich nun nicht länger hinter 's Licht führen. Sie durchschaute ihren Mann.

Und der Schmerz traf sie so heftig wie der Faustschlag eines Riesen. Die bittere Erkenntnis überwältigte sie und für einen Augenblick verlor sie jede Kontrolle über sich und brach weinend zusammen.

Billy-Joe musste sterben. Billy-Joe, ihr geliebter Billy-Joe, würde den Tag der Entscheidung nicht überleben. Keine Macht der Welt konnte daran etwas ändern. Die Lebensuhr des alten Schamanen der Churingas war endgültig abgelaufen. Diesmal war er das Bauernopfer. Nur durch seinen Tod gewann der junge Billy-Joe sein Leben wieder und die Menschenwelt erhielt ihre Zukunft zurück.

Die *Repetitoren* hatten sich da eine schöne Suppe eingebrockt. Das hatten sie nicht bedacht. An alles hatten sie gedacht, nur nicht an das Nächstliegende. Und das Schlimmste war, Billy-Joe hatte schon bald keine Wahl mehr gehabt, sondern war unaufhaltsam auf seinen Tod zugesteuert.

Wenn ihn die *Repetitoren* rechtzeitig gefragt hätten, wäre er vielleicht von selber drauf gekommen. – Er hätte eigentlich draufkommen müssen, denn er allein wusste, wie es zwischen dem jungen Billy-Joe oben auf dem Schlachtfeld und seinem Alter ego im Untergrund stand. Ohne die magischen Kräfte aus dem Untergrund nämlich hätte der tollkühne Bursche dort oben diesen Kampf nicht überlebt.

Wie gerne wäre Edmond nun eingesprungen, jetzt, wo er endlich die Zusammenhänge richtig begriff. Doch da war es bereits zu spät. Der alte Schamane der Churingas, in den sein Vater sich verwandelt hatte, steckte unerreichbar im Innern der Erde und ging ganz in seiner Rolle auf.

Lebenssatt wie er war, konnte der Tod ihn nicht schrecken. Nur um Arundelle war es ihm leid und um Edmond. Denn die würden ihn schon arg vermissen. Wenn sie auch mit dem zotigen alten Schamanen so ihre Schwierigkeiten hätten, in den er sich verwandelt hatte und um so mehr verwandelte, als die Zeit dahin strich.

Nur Pooty in dem Medizinbeutel vor seiner Brust und Walter, der tief drinnen in seiner Innengravur eingeschrieben war, hielten noch bei ihm aus. Den Zauberbogen ließ er Arundelle, ihm blieb ja der magische Stein, dessen Magie allemal ausreichte, für das, was er vorhatte.

„Könnte ich den Heißsporn nur daran hindern, Hans Henny Henne den Kopf abzuschlagen“, wehklagte er laut vor sich hin, da keiner ihn hier unten hörte. Er kannte sich ja, auch wenn so manches verblasst war mit den Jahren.

‚Wie ist die Jugend doch schnell bei der Hand und unbedacht noch dazu, wenn ’s ans Endgültige geht.‘ – ging es ihm durch den Kopf. Ja, hätte jener Junge da nur schon auch all das gewusst, was ihn in hundert Jahren bewegte. Wie, wenn er den Kurzschluss versuchte?

Aber nein, dann strauchelte der Junge vielleicht. Und Hans Henny Henne schoss ihn noch einmal und endgültig nieder, wohl meinend, ihm könne ernstlich ja doch nichts geschehen.

Hans Henny Henne freute sich auf seine Himmelfahrt. Der Prinzregent wäre seine letzte Rolle hier auf Erden. Danach war er endlich frei von all den irdischen Beschwernissen, frei für die Fülle, um darin ganz aufzugehen. Nun ja, ab und an ein kleiner Plausch mit *Anonymus* wäre gewiss drin.

Laut Plan übernahm Sam Smiley nach der Schlacht dann wieder. Der abgeschlagene Kopf des Prinzregenten wurde ganz schnell ausgetauscht, sodass sich Hans Henny Henne in Vollständigkeit auf den Weg machen konnte. Seines Wissens würde er sogar abgeholt - mit dem Feuerwagen. „Das ist eine ganz besondere Ehre, die nur wenigen zuteil wird,“ erläuterte der *Advisor* bedeutungsvoll, der ihm eigens erschien, um ihm das Himmelfahrtskommando zu erläutern.

Und so kam es, dass Hilde nicht einmal einen Leichnam hatte, den sie gebührend betrauern konnte. Zusammen mit Arundelle heulte sie Rotz und Wasser, weil es Arundelle nicht besser erging als ihr.

Denn der Körper des alten Schamanen der Churingas wurde nie mehr gesehen. Und auch Pooty und der magische Stein aus Uluru blieben verschollen.

Vielleicht sind sie eingeschlossen und schlafen den Todesschlaf tief im Innern unter dem Hügel, der sich auf dem Schlachtfeld erhebt, und daran erinnert, wie nah die Menschheit dem Untergang kam. Dort warten sie vielleicht darauf, dass wieder jemand aus ferner Zukunft kommt, der sie aufweckt, oder – warum nicht? – auch aus der Vergangenheit.

7. Ein langer Blick zurück

„Ich will alles über ihn wissen." Die Trauer ließ Edmonds Stimme dunkel klingen, dunkler als sonst.

‚Auch die hat er von ihm', durchzuckte es Arundelle – ‚wie überhaupt so vieles.'

So konnte sie kaum an sich halten, und wusste nicht recht wie beginnen. Mal fiel ihr dies ein, mal jenes. Immer kunterbunt durcheinander, als blitzten grelle Lampen in dem weiten Raum der Vergangenheit auf. Was sie erhellten, war so zufällig wie es die Sternschnuppen in sternklarer Sommernacht sind.

Um ihm die Sache leichter zu machen, beschlossen die *Repetitoren*[iv] kurzerhand auch den Prinzregenten sterben zu lassen, nachdem er sich der Regie gemäß zunächst erholt hatte. Sein Tod entsprach auch durchaus den Erinnerungen mancher. Er entließ Sam Smiley aus seiner undankbaren Rolle, wofür der wiederum sehr dankbar war.

Und so musste Edmond sich auch als Prinz nicht verstellen, sondern konnte so traurig sein, wie er eben war. Wenigstens konnte er seinem jugendlichen Vater so in die Augen schauen. Bisweilen war ihm, als schaute er in einen Spiegel. Und doch durfte er sich nie verraten, um keinen Preis der Welt, ihm gegenüber nicht und vor **ihr** sowieso nicht. Das war vielleicht noch schwerer. Zumal die junge Arundelle gar so altklug daher kam, während die echte Arundelle-Mama *(Edmond behalf sich vor sich mit dieser Konstruktion)* recht weise und abgeklärt sprach, wie es ihrem Lebensalter zukam. Hatte sie sich doch zeitlebens dem Denken verschrieben.

Sie wusste natürlich, wie schwer ihm dies wurde und dass ihm die *Repetitoren* Übermenschliches abverlangten. Doch es war nicht mehr zu ändern. Es gab aus der durchgeplanten Zukunft keinen Ausstieg mehr. Dazu waren die Besucher aus der Vergangenheit schon zu weit vorgedrungen. Im Grunde ergab sich die Regie ja eindeutig aus den Vorgaben, die von den Besuchern kamen. Allen voran Arundelle mit ihrer zupackenden Art. Wie sie sich etwa des kleinen Prinzen annahm, ihn unter ihre Fittiche nahm, ihm Mut und Schwung beibrachte - dabei tatkräftig unterstützt durch Florinna und Corinia.

Zumal in den ersten Jahren, als es darum ging, den kleinen Prinzen aus den Klauen der Laptops zu lösen, um ihm eine menschliche Erziehung angedeihen zu lassen, mit viel Licht und frischer Luft und noch mehr Liebe - und ohne Fernsehdauerberieselung.

Um nun nicht gar so überrascht zu werden von den einschwebenden Schemen, versuchten sich die *Repetitoren* mit einem Plan. Dazu sammelten sie alle Daten, derer sie habhaft werden konnten. Sie selbst zermarterten sich das Gedächtnis, ob sie nicht etwas genauer erinnerten, wann und wohin sie sich jeweils immer wieder auf den Weg gemacht hatten. Da war der Zauberbogen natürlich am gefragtesten, denn der musste es ja am besten wissen. Schließlich hatte er die Transfers veranstaltet. Aber auch sein Gedächtnisspeicher war begrenzt und die Erinnerungen, um die es ging, lagen ja teilweise nun schon über hundert Jahre zurück.

So wies der Plan – als er dann Gestalt annahm - doch große weiße Flächen auf. Das waren nicht etwa die Zeiten, in denen sich nichts getan hatte *(das heißt korrekt natürlich, tun würde!)*. Sondern solche, an die sich niemand erinnerte. Viel also war mit dieser Übersicht nicht gewonnen.

„Und wenn wir ein Alarmsystem erfinden?“ - schlug Corinia vor. Sie und ihre Schwester Florinna kannten sich am besten aus mit solch subtilen Dingen, denn sie hatten das Schlafwandeln bis zur Meisterschaft getrieben, noch in Fortsetzung des mütterlichen Erbes. Aber auch ausbildungsbedingt.

Dass sie nie weiter groß besondere Funktionen in der Zwischenschule inne gehabt hatten, lag daran, dass sie als Wissenschaftlerinnen ihre Frau standen. Die eine in der Meeresforschung, die andere als Archäologin. –

Es gäbe da immerhin eine Möglichkeit, wenn auch für ’s Schlafen und Träumen. „Es gelingt geübten Somnioren, sich aufzuwecken, wann immer sie es sich vorgeben. Das kann sowohl situativ als auch temporär bedingt geschehen, das ist völlig egal“, erklärte Corinia den staunenden *Repetitoren*, die ihr begierig lauschten. Denn sie präsentierte **die** Lösung für ihr wachsendes Problem.

Wenn sie sich vorstellten, dass das nun an die zwanzig Jahre so weiterginge und sie ständig von diesen Schemen überrascht würden, die dann ja ihre Erwartungen hatten, die es nach Möglichkeit nicht zu enttäuschen galt, so wurde ihnen Angst und Bange.

Mit einem solchen Vorwarnsystem hätten sie immerhin eine gewisse Vorlaufzeit von einigen Minuten, um sich auf die Situation einzustellen.

„Das funktioniert so“, fuhr Corinia fort - „sobald der Bogen in der Vergangenheit seine Koordinaten eingibt, rastet hier drüben in der Zukunft eine Art Relais ein.“

„Der Bogen loggt sich sozusagen ein.“ – ergänzte Florinna. „Und dieses Einloggen machen wir hörbar“, fügte Corinia hinzu. „Mit einem schicken Klingelton vielleicht. Da sind wir ganz frei. Nur jemand muss natürlich auf Station sein. Wenn alle schlafen oder abwesend sind, dann kann es klingeln soviel es will, und niemand kriegt etwas mit.“

„Es sei, er hat einen leichten Schlaf.“ – ergänzte Florinna ihre Schwester.

„Oder sie...“, konnte Corinia sich nicht verkneifen, nachzuschieben.

Das leuchtete den *Repetitoren* sofort ein. So einfach hatten sie sich die Überwachung nicht vorgestellt. Darüber waren sie hoch erfreut.

„Und wo stellen wir dieses Alarmsystem auf?“ – wollte Scholasticus wissen, der sich wegen seiner Doppelbelastung natürlich besonders sorgte, war er doch einer der Wenigen, die Bescheid wussten. Denn er spielte ja den General Armelos für damals in der Zukunft. Für den hatte sich kein Schauspieler finden lassen.

Auch er also musste stets auf der Hut sein und durfte sich nie verplappern. Gerade für ihn war dies beinahe unmöglich. Und so kam es, dass General Armelos ständig in Plattitüden schwelgte, statt sachlich zu bleiben. Das sollte ihn vor Versprechern schützen, was sich letztlich ja dann doch als recht wirkungsvoll erwies.

Scholasticus Schlauberger war als Emeritus[v] inzwischen frei und ungebunden. Andererseits liebte er seine Bequemlichkeit doch sehr und da schwebte ihm nun nicht gerade ein ständiger

Bereitschaftsdienst vor. Zumal nicht, wenn damit plötzliche Aufbrüche verknüpft waren, auch wenn diese mittels Zauberbogen nicht weiter von Belang waren. Gingen sie doch ohne jeden Zeitaufwand über die Bühne. Dennoch bedeuteten sie jedes Mal einen Einschnitt. Da war ja auch noch das Umziehen, während des Fluges, und ewig diese sperrige Mütze...

Das war doch ein bisschen viel für einen alten Mann, fand er, zumal es dann auch noch galt, einen Mittfünfziger zu mimen.

„Man hat ja doch auch zu tun", ließ er sich angelegentlich vernehmen und grummelte wohl leicht gereizt. Die Tatsache, dass er in seiner gewohnten Umgebung bleiben konnte, aber beruhigte ihn am neuen System für 's erste sehr.

Wäre nur Intelleetus nicht gar so aus der Art geschlagen nach den Griselgreifs, statt sich die Schlauberger-Statur zuzulegen. Aber der konnte unmöglich in die Gestalt des Generals schlüpfen, dafür war er nicht breit genug und einen Kopf zu lang. Ganz abgesehen davon, dass physiognomisch jede Ähnlichkeit fehlte.

„Was macht ihr, wenn ich einmal nicht mehr bin?" - fragte er und seine Stimme brach vor Rührung. Dorothea nahm ihn zärtlich in den Arm und flüsterte, „Da sei Gott vor, du überlebst uns noch alle." *(‚Außerdem ist Amadeus auch noch da.'* – verkniff sie sich gerade noch zu sagen.)

Am Sinnvollsten wäre die Installation eines Alarmsystems wohl schon vor Ort, weil dort ja ohnehin eine Wachmannschaft ständig nach dem Rechten schaute. Die würde dann den Alarm weiter leiten. Die Wachmannschaft dort war nötig, schon um zu verhindern, dass zufällig vorbeistolpernde Touristen Unheil stifteten. Das Gebiet rund um Mynonas ehemaligen Freizeitpark wurde kurzerhand zum Sperrgebiet erklärt, seit es dort mit den Besuchern aus der Vergangenheit so richtig losging. Die Sperrung schloss auch das Tal der Churingas mit ein. Denn es lag ja nicht weitab und war dank der Zwerge inzwischen durch ein Tunnelsystem mit dem Palast von Laptopia-City vollständig verbunden. Fleißige Maroons hielten sich einen Fluchtweg offen.

„Denkt an Billy-Joe", brachte sich Scholasticus noch einmal weinerlich ein. Er breitete recht malerisch die Arme aus und blickte in die Runde der versammelten *Repetitoren*, von denen ja so mancher ebenfalls seine Rolle zu spielen hatte.

Scholasticus ging als Senior nun doch schon stramm auf die einhundertundfünfzig zu, da saßen die Tränchen dann etwas lockerer.

Nicht zuletzt deshalb trug er Sorge, ob er die Rolle des Generals wohl würde durchhalten können.

„Das war was ganz anderes“, versuchte Grisella ihn zu beruhigen: „Billy-Joes Opfer musste sein. Du hast dein Waterloo bereits hinter dir, erinnerst du dich nicht?“

Grisella spielte auf die brenzlige Situation an, als Scholasticus schon auf dem Scheiterhaufen stand.

Aber stimmte das auch? Arundelle war jedenfalls nicht mit dem einverstanden, was sie gerade vernommen hatte. Solch gefühllose, rohe Worte stimmten sie denn doch recht traurig.

Zwar wussten die *Repetitoren*, wie die Zukunft dann wirklich ausgegangen war, denn es war ja ihre eigene Zeit und Zukunft, die sie selbst gestalteten. Doch spätestens seit sie der Tod des alten Schamanen auf dem falschen Fuß kalt erwischt hatte, versuchten sie keinen der vielen Aspekte mehr aus den Augen zu verlieren, die alle zusammen am Verlauf der Geschichte beteiligt waren. Auf den Schamanen nämlich hatte man glatt vergessen, als es dann soweit war. Die Mehrzahl hatte von ihm nicht einmal gewusst. Dabei war er so nötig gewesen. Ohne ihn hätte der mutige junge Krieger den Kampf David gegen Goliath niemals überlebt. Denn es war der Schamane, der seine schwindende Lebenskraft in einem letzten verzweifelten Aufbäumen auf sein mutiges Alter ego übertrug. Nur so vermochte es der junge Billy-Joe, noch einmal nach dem Bumerang zu greifen und zum Entscheidungsschlag auszuholen.

Keiner hatte bedacht, was dem echten Billy-Joe, ihrem Billy-Joe, - dort unten in der Erde - passieren würde. Dass der da unten saß, war zu keiner Zeit abgesprochen worden, das muss zur Entschuldigung aller gesagt sein, aber machte das Billy-Joe wieder lebendig? Gab das Edmond den Vater zurück oder Arundelle den Mann?

So oder so - nie war es unwichtig zu wissen, was als nächstes kam, und worauf man sich einzustellen hatte. Im Detail nämlich sah manches deutlich anders aus. Etwa auch für den Mond - noch immer gab es hier keine rechte Lösung. Sollten sie eine Mondlandschaft etwa auch hier herunter auf die Erde zaubern lassen? Ja, und ging das denn überhaupt? Oder wäre es besser, gleich auf dem Mond eine Basis zu errichten, die dann nach Bedarf angeflogen werden konnte? Eine zwar aufwändige, aber doch recht notwendige Sache. Immerhin hatte Anonymus alsbald dort sein berühmtes Werk verfasst, mit dem dann die Zukunft eingeläutet wurde und von dem diese immerhin ihre humanen Impulse erhalten sollte, soweit sie sich denn durchzusetzen verstanden.

Da waren dann auch die Zeitschienen ganz schön durcheinander gekommen. Anonymus trug nicht gerade dazu bei, irgend etwas zu entwirren, jedenfalls nicht, soweit es den Zeitstrahl betraf, an dem der Geschichtsverlauf entlang perlte – und mit dem damals in der Vergangenheit so dilletantisch umher jongliert wurde. Die Folgen spürten sie jetzt ja.

„Ein Grundstück auf dem Mond?“ – fragte Dorothea zurück, als sie direkt darauf angesprochen wurde. „Das fällt euch ja reichlich früh ein. Und für wann bitteschön?“

„Am besten sofort.“

„Das hab ich mir schon gedacht. Dürfte trotzdem kein Problem sein. Da hat sich so manch einer übernommen. Damals als der große Run losging. Wahrscheinlich können wir sogar etwas übernehmen. - Ein paar Tage müsst ihr mir schon geben...“ sprach ’s und verzog sich in ihr Allerheiligstes, das nur sie betreten durfte und niemand sonst.

Erst einmal besprach sie sich mit Judith Kornblum von der SLOMES-Corporation. Die gab sofort grünes Licht, zumal das ohnehin ganz auf der Linie der Firma lag. Akte der extraterrestrischen Globalisierung förderten das Prestige allemal. Dorothea fühlte sich gleich viel sicherer und beinahe schon geborgen. Mit dem Weltkonzern im Rücken verhandelte es sich doch gleich ganz anders.

Ob es allerdings noch etwas unmittelbar neben dem Meer der Ruhe gab, wie es seitens der *Repetitoren* gewünscht wurde, blieb indessen zweifelhaft. Es ging nicht zuletzt auch um den Preis.

„Wir suchen wirklich nur eine kleine Forschungsstation“, betonte Dorothea. Das war den potentiellen Verkäufern gleich. Die wollten nur raus aus der Schuldenfalle und saßen auf ihren unbezahlten Rechnungen fest - manche sogar auf dem Mond. Niemand wollte sie zurückbringen, so tief rot war die Tinte schon, mit der ihre Zahlen geschrieben wurden.

So bewies Dorothea wieder einmal ihr grünes Händchen. Denn es gelang ihr, eine recht intakte Anlage zu übernehmen, mit Sonnenkollektoren, Sauerstoffproduktion und Wasseraufbereitung, Biogas und Gemüsegarten, und was es sonst noch so brauchte im luftleeren All.

Die Wartung freilich wäre doch recht aufwändig. Doch wozu war man die SLOMES-Corporation? Wenn es nicht anders ging, dann würde eben ein eigenes *Artefakt* für die Mondmission entwickelt. Aber sicher tat es auch eines der geläufigen Modelle, wie sie inzwischen doch recht zahlreich, praktisch in jedem zweiten Haushalt zu finden waren. Denn die verkrüppelten, infantilen Nachkommen der Pandemie-Opfer wurden kaum weniger. –

Wenn es nicht nahe Verwandte gab, die sich um deren verlängertes Leben bemühten, indem sie ihnen Zugang zu einem SLOMES verschafften, starben die Bedauernswerten vergleichsweise früh, schon mit weniger als fünfzig Jahren zumeist.

Dabei freuten sie sich ihres Lebens, waren vergnügt und fernsehversessen, was noch die harmlosere Variante darstellte, denn auf Sex waren sie am meisten aus, auch wenn ihnen ihre Behinderung dabei nicht selten im Wege war.

*

So stand die Anlage auf dem Mond gerade noch rechtzeitig bereit, um den Coup gegen Malicius Marduk zu landen. Von dort jedenfalls ging er aus. Vielleicht um nun die spärlichen Siedlungen nicht zu gefährden, spielte sich das Ganze dann noch weiter draußen ab. Die SLOMES-Corporation stellte dazu einen ihrer geräumigeren Satelliten zur Verfügung, der an sich schon ausgedient hatte, den aber herunterzuholen aufwändiger war, als ihn sich selbst zu überlassen – also nicht ganz sich selbst, eine kleine Besatzung fleißiger *Artefakte* tat noch immer ihren Dienst. Sie würden wohl mit ihrer neuen Heimat eines fernen Tages untergehen, wenn sie ein Meteorit traf und aus der Bahn schleuderte, oder wenn der Satellit in den Gravitationsbereich eines anderen, mächtigeren Satrapen geriet.

Dort neben dem Satelliten wurde dann der Iglu mit Eis aus heiligem Wasser auf einer Plattform gebaut, mit allerlei Trara und Gewese. Malicius Marduk wurde mittels einer Falle, deren Konstruktion auf ewig ein Geheimnis bleiben würde, gefangen. – Hauptsache, sie funktionierte. Und das tat sie ja wohl. Jedenfalls wurde Malicius Marduk im Meer der Ruhe – *(genauer im Bauch des Mondmannes!)* regelgerecht und durchaus richtig gefangen und verklemmt - *in einer magischen Zangenbewegung* - planmäßig nach dem Iglu verbracht.

Auf diesem Sieg über den Erzfeind basierte das ganze Kalkül der *Repetitoren*. Für diesen Sieg wurden Opfer in Kauf genommen. Malicius Marduk sei damit ein für alle Mal aus der Welt herauskatapultiert worden, ohne die Möglichkeit der Rückkehr. Und dafür, so fanden die *Repetitoren* gerührt, habe sich der Opfergang gelohnt. *(Zumal sie selbst davon ja nicht betroffen waren, dachte Arundelle bitter.)*

Schwer genug sei das Opfer der Menschheit ja nun angekommen. Und so wolle man dafür sorgen, dass nicht unversehens irgendwo wieder ein Hintertürchen aufgetan wurde, von jemandem, der es nicht besser wusste und in seiner Unbedarftheit nicht wusste, was er tat. Schuldbewusst klopften sich die *Repetitoren* auf die eigene Brust und streuten sich metaphorisch Asche aufs Haupt deswegen. – Dass ihnen das hatte passieren können!

Niemals wäre ein Anonymus möglich geworden, ohne diesen Sieg. Arundelle hätte den Trojaner nicht umgedreht, nicht allein und aus eigener Kraft. Doch es war gelungen – schon damals, als der Sieg für nichts galt, sondern erst eine Option auf eine befreite Zukunft darstellte.

Wie sehr wünschten sich die *Repetitoren* nun den Panzer der Zeit zu durchbrechen. Doch sie saßen fest dahinter, mit all ihren guten Wünschen für die Handelnden, die aus der Vergangenheit kamen, um für sie hier und jetzt die Kastanien aus dem Feuer zu holen.

Ob die doch etwas davon spürten? Ob sie fühlten, wie da mit ihnen mitgefiebert wurde, wie jeder ihrer Schritte genau beobachtet und ängstlich behütet wurde? Ob sie das vielstimmige Ja wohl hörten, das ihnen von hier drüben herüber schallte, aus einer Wirklichkeit, die sie gerade befreiten?

*

Zu tun blieb noch viel. So wurde niemand der Pandemien Herr. Und Ratlosigkeit herrschte in den Beziehungen zu den Maroons und den Stämmen. Deren Sieg hatte die Welt zwar demonstrativ gerettet, nicht aber die befangenen Menschen im Zangengriff ihrer *Artefakte.*

Die Entmündigung wurde ja nicht dadurch aufgehoben, dass Maschinenstürmerei um sich griff. Die metropole Lebensform insgesamt gehörte auf den Prüfstand. Die Pandemieforschung bedurfte neuer Impulse und neuer Wege, denn sie war mit ihrem Latein am Ende.

Nicht nur das Verhältnis zu den *Artefakten* bedurfte der Reformen, auch die menschliche Identität selber war nicht mehr das, was sie einmal gewesen war. - Zersetzt und zerschlagen war vieles, an seine Stelle aber war nichts recht Sichtbares getreten. Vor allem musste sich die Kluft schließen, zwischen dem Millionenheer der Hundertender und den vielen Millionen gutsituierter Altersweiser, den sogenannten ‚**Methusalems’**, wie sie sich nannten:

Menschen zwischen einhundert und zweihundert Jahren - rüstige, kaum vergreiste Vorzeigemenschen. Körperlich sahen sie aus wie Mitte Vierzig. Und fit waren sie, wie ein Turnschuh, und viril noch dazu. Dabei aber doch auch durchaus maßvoll und zumeist durch und durch reflektiert, zumal jene mit dem Hang zu altruistischer Tätigkeit. Es ging nicht mehr um den Erwerb des Lebensunterhalts, der war gut abgesichert, sondern um innige sinnstiftende Erfüllung.

Solche Leute leisteten sich verschwiegene Landsitze, wo sie ihre Wochenenden zubrachten. Auf das urbane kulturelle Leben mochten sie freilich nicht verzichten. Das war der Grund für die viele Pendelei.

Dank der stratosphärischen Anbindung vieler Metropolen waren nicht einmal mehr Wochenendtrips in ferne Kontinente ein großes Ding. Von Stratosphärenhafen zu Stratosphärenhafen betrug die Flugzeit selten mehr als vier Stunden. Und der Trend ging ganz klar nach unten. Es war bereits ein neues Verkehrsnetz um den Globus geplant. Auf diesem ginge es dann in dreißig Kilometern Höhe noch einmal drei Mal schneller als bisher.

Bald wäre die Umsteigerei das letzte ungelöste Zeitproblem. Es sei denn, die andere Technologie käme nun endlich aus den Puschen, doch sie setzte einige Begabung voraus, die nicht jeder mitbrachte. Es ging da um eine Art Transsubstantion. Wofür nicht jeder geschaffen war. Denn es gehörte doch auch recht viel Mut dazu, sich so ganz aus der Hand zu geben.

Das tat man zwar in jeder Form des Reisens. Hier jedoch nochmals auf eine sehr eigene Weise, wie sonst vielleicht nur noch in einer frisch erblühenden Liebesbeziehung, obwohl dort doch noch mal eine ganz andere Art des Fliegens zum Zuge kam.

Eben um diese ging es, wenn auch nur der Methode nach. Von großem Nachteil waren inzwischen dabei die vielen anorganischen Bauteile mit denen sich jeder trug. Wurde ein bestimmtes Maß überschritten, dann war es mit solcher Art des Reisens auf jeden Fall definitiv vorbei.

So sah es aus, als würde nicht viel daraus. Nicht zuletzt eben wegen solcher Einschränkungen. - Schnell aber ging es bei dieser Transsubstantion schon zu - gewissermaßen gedankenschnell, - gleichsam.

Hier auf der Insel Weisheitszahn war diese Art des Reisens wohl bekannt, auch wenn sie dort vor allem für die Überwindung der Zeit genutzt wurde, was vielleicht noch einmal etwas anderes darstellte, oder aber eine der Varianten, sowohl vorwärts als auch rückwärts auf dem Zeitstrahl, oder wie man sich die Zeit eben vorzustellen hat! -

Manchen erschien die Zeit wie eine dicke Wurst oder wie Zahnpasta, die aus der Tube gedrückt wurde. Dann wieder eher als ein Wasserstrahl oder eine Dampffontäne, wenn man nicht gar an einen

Geysir denken mochte oder an irgendeine Eruption - wie die eines Vulkans zum Beispiel.

Technisch machbar war da nicht gerade viel – hatte man ja beim Zauberbogen auch nie rausgefunden, ja, nicht einmal versucht...

Jetzt, wo es darum ging, sich zu erinnern, auch einmal ein paar Jährchen zurück zu schauen, gar Aufzeichnungen beizubringen – da merkte man dann doch, wie wenig da wirklich los war, auch beim Zauberbogen.

‚Sollte man nicht meinen', wunderte sich Arundelle. Da war ihr eigenes Gedächtnis auch nicht viel schwächer. Eine Karte seiner Reisen nach Laptopia jedenfalls blieb der Zauberbogen schuldig.

Vielleicht waren die *Repetitoren* auch durch das SLOMES verwöhnt und durch die sich selbst programmierenden Laptops auf zwei Beinen sowieso. Die konnten gar nichts vergessen. Wenn ein Speicher voll zu werden drohte, wurde er einfach durch einen weiteren ergänzt. So einfach löste sich hier das Problem der Erinnerung. Was erst einmal im Speicher war, ging nie wieder verloren, sondern stand allzeit zur Verfügung, es sei, es wurde gelöscht. Und eben das behauptete der Zauberbogen. „Unnütze Informationen werden gelöscht. Und zwar automatisch nach fünfzig Jahren."

„Wer entscheidet, was unnütz ist?"

„Das entscheide ich meist selbst, wenn ich Platz brauche oder weil mir der Kopf raucht."

Mit Kopf meinte der Zauberbogen die leise Verdickung um das Auge herum, wo der Schütze gewöhnlich mit dem Zielen ansetzt. Viel Platz war da nicht. Auch nicht mehr als im Pferdekopf der sich selbst bespielenden Pferdekopfgeige. Doch was sollten solche Vergleiche. Mit der Pferdekopfgeige war jedenfalls – so vermutete sie – noch niemand gereist. Doch das fragte sie besser Tibor direkt, der müsste es wissen.

*

Es verhielt sich doch so mit der Fernreiserei im Stil des Zauberbogens: Die da aus der Vergangenheit kamen, reisten mit all ihrem Gepäck an, was es auch sei, *(wenn denn ein Zauberbogen Gepäck genannt werden darf.)* Denn ohne Zauberbogen lief gar nichts. - Nun ja, auch mit dem magischen Stein wurde gereist, - sei 's drum...

Arundelle – *(die große, die alte, - die Mutter Arundelle)* - aber hielt ihren Zauberbogen **jetzt** nicht minder in der Hand, nur waren sie beide wie hinter einer Glaswand versteckt. Eine Wand aus semipermeablem Glas, durch das sie hinein sehen konnte auf die Szene dahinter. Es war ihr, als ob sie eine Beobachterin aus dem Jenseits war. Nur dass dieses Jenseits nicht das Jenseits war, in dem der *Advisor* oder Anonymus westen. Ihr Jenseits war nur ein Glasscheibenjenseits. Was nicht hieß, dass die Glasscheibe deshalb durchdringbar war, schon gar nicht von der andern Seite.

Alle die einreisten, konnten nicht mitspielen. Mitspielen konnten auf Gastgeberseite nur solche Akteure, die nicht zugleich einreisten. Wessen Alter ego einreiste, der verschwand hinter der semipermeablen Glaswand. Alle anderen wurden zu Akteuren im großen Drama der Weltbühne, die sich hier gleichsam in einem Ausschnitt präsentierte, auch wenn ursprünglich *Repetitoren* die Regie schrieben und das Drehbuch abfassten.

Aus der Vergangenheit musste man entweder per Lebenslauf kommen, so wie Arundelle oder auch der unglückliche Billy-Joe. Das war der konventionelle Weg. Es gab aber auch noch den andern Weg. Das war der Weg der Zeitreise. Dann allerdings war es ausgeschlossen, dass sich ‚Frühform' und ‚Spätform' trafen. Dafür sorgte die bereits erwähnte semipermeable Glaswand. Sie war selbstverständlich nicht einfach nur aus Glas. Es handelte sich dabei vielmehr um eine Art Gallertmasse, bestehend aus geronnener Zeit. Eine schwer vorstellbare, aber doch irgendwie auch logische Form, dem gefrorenen Wasser vergleichbar.

Beide Erscheinungsformen trafen also niemals zusammen. Was nun Scholasticus betraf, so handelte es sich bei ihm noch einmal um einen Sonderfall. Als Scholasticus reiste er ganz normal, - wie alle anderen Zeitreisenden auch - mit Hilfe des Zauberbogens oder des magischen Steins in die Zukunft ein.

Dabei konnte der alte Scholasticus hinter der semipermeablen zeitverdichteten Gallertglaswand seine Frühform zwar sehen. Er konnte mit ihr aber nicht in Kontakt treten. Das war ihm ebenso unmöglich wie Arundelle auch. Sie konnte sich ebenso wenig mit ihrer Frühform bereden oder gar treffen oder sich ihr auch nur irgendwie bemerkbar machen.

Andererseits war der alte Scholasticus der Gegenwart auch Akteur, indem er den General Armelos der inzwischen gegenwärtigen Zukunft mimte. Als General war er dann allerdings präsent. Er spielte seine Rolle in der Jetztzeit. So wie alle anderen Gastgeber auch: Wie der Prinzregent, oder seine Frau, die Prinzessin. Dann war er ganz bei sich, wusste alles, was er sonst auch wusste und spielte seine Rolle –

eben die des Generals. So wie Edmond den jungen Prinzen spielte oder Billy-Joe den alten Schamanen der Churingas.

Die Akteure standen ja nun nicht Gewehr bei Fuß. Sie warteten all die Jahre nicht geduldig darauf, dass sich von den Besuchern aus der Vergangenheit mal wieder jemand blicken ließ. Deshalb hatten die oft den Eindruck, als sei Laptopia menschenleer, da ja nur die Laptops durch die Straßen patrouillierten, die nichts besseres zu tun hatten, denn dafür waren sie hergestellt worden.

Die Regie musste erst ganz schnell auf dem Plan nachsehen, was denn nun dran war und wer von den Akteuren zum Einsatz kommen sollte. Das führte dazu, dass die Zeitreisenden mitunter einige Minuten warten mussten oder aber unverrichteter Dinge abzogen oder sich weitermachten – vielleicht zum *Advisor* oder ins intergalaktische Kommandozentrum zwischen allen Stühlen, sozusagen.

Das waren so die kleinen Tücken des Schmus. Zu gerne wäre man inzwischen ausgestiegen, doch das ging nicht mehr. Die Zeitreisenden hatten sich so richtig eingeschossen und zogen ihr Ding durch. Sie retteten, was zu retten war und erledigten in der Tat so manches der anstehenden Probleme, da durfte man wirklich nicht meckern. Und das wollte auch keiner. Wenn nur diese blöde Warterei nicht gewesen wäre und das ewige Angehängt-sein.

Die *Repetitoren* hofften mehr als sie überzeugt waren, dass es ihnen gelungen war, einen repräsentativen Ausschnitt der gegenwärtigen Gesellschaft rüber zu bringen, und der zugleich die Erwartungen nicht allzu sehr enttäuschte. Zumal sie sich ja an den Regieplan aus dem fernen Gesamtgedächtnis halten wollten, denn der bestimmte das Handeln und Streben der Zeitreisenden aus der Vergangenheit nun einmal. So fühlten sie sich doppelt gefangen.

Die Zeitreisenden hatten Laptopia nun einmal so drauf wie es im Rekreations-Ressort nachgebildet war. Von den Pandemien und den Maroons oder der Massenverblödung wussten die ja kaum etwas, und wenn, dann stimmte das nicht so ganz. Sie jagten diese Miserioren und ihren Anführer Malicius Marduk. Und das taten sie deshalb so vehement, weil ihnen diese Dämonen in ihrer eigenen Zeit außerordentlich zu schaffen machten.

Der Oberunhold wollte sich die Welt unter den Nagel reißen. Da kam denen natürlich so eine Entscheidungsschlacht in der Zukunft gerade recht. Immerhin wussten sie, dass es eine solche Schlacht überhaupt einmal geben würde. Das bedeutete ja schon eine gewisse Existenzgarantie zumindest bis dahin. Und dann erhielten sie auch noch die Gelegenheit, diese Entscheidungsschlacht zu ihren Gunsten zu entscheiden. Das hieß - nach ihrer Logik - ganz klar die Rettung der Menschheit und den Sieg über das Böse, wie es sich ihnen darstellte – eben als Malicius Marduk und seine Miserioren.

Mit dieser Sicht der Dinge waren diese *Repetitoren* in der Zeit herangewachsen und durch die Zeit gekommen. Danach bestimmte sich ihr Handeln und Trachten. Eine solche Sichtweise war an sich ja nicht falsch. Nur so ganz richtig war sie auch nicht. Denn sie stellte eine Verengung dar. Es war, als blickten sie auf den Kern, den sie durchaus richtig erkannten. Aber sie übersahen das umgebende Fruchtfleisch, um im Bild der Metapher zu bleiben.

Den Kern des Bösen hatten sie richtig erfasst und erkannt. Und es lässt sich kaum vorstellen, wie groß ihre Freude gewesen sein musste, als es ihnen gelang, diesen Kern auszumerzen und ein für alle Mal aus der Welt zu schaffen. Ein sehr langes Lebenswerk hatten sie dieser Aufgabe anheim gestellt. Und nun war der Traum wahr: die Welt war den Malicius Marduk los. Künftig könnte dieser nicht mehr durch die Zeiten und Räume tanzen und sein mutwilliges Chaos veranstalten.

Was für eine Aussicht! Dem Glück waren Tür und Tor geöffnet. Wie ein breiter, glänzender Strom ergoss sich die nähere und weitere Zukunft vor dem innern Auge der repetitorischen Betrachter. Am Ziel aller Wünsche angelangt, ließen sich die *Repetitoren* friedlich lächelnd zurücksinken, alt und lebenssatt wie sie waren.

Ihr Leben selbst hatte die Zeitreisenden eingeholt. Ihre Aufgabe war getan, sie hatten das ihre geleistet. Allen voran Arundelle, begannen sie, sich nach dem watteweichen Versinken im süßen Nichts zu sehnen, wo alles Streben zu einem Ende kommt und für immer aufhört. Zumal sie jetzt allein auf der Welt war, ohne ihren Billy-Joe, was sollte sie noch hier?

Ähnlich erging es auch den andern, wenn auch nicht ebenso. Sie litten ja nicht, oder noch nicht, oder nicht so sehr unter Schlägen des Schicksals. Ihnen war vom Leben ja das Liebste, das Allerliebste noch nicht entrissen worden. Sie hatten die Wahrheit noch nicht am eigenen Leibe erfahren. Sie kannten den Todesschmerz noch nicht, nicht die Unausweichlichkeit aller Trennung oder gar des Hinscheidens:

Es ist bestimmt in Gottes Rat,
Dass man vom Liebsten, was man hat,
Muss scheiden.[vi]

Die *Repetitoren* konnten es bemerken, und sie bemerkten es, allen voran Arundelle, dass das Leid mit der Bosheit nicht ausgetrieben war. Die Welt war ärmer geworden, nicht reicher. Denn sie entbehrte des bösen Vergnügens, den das Verursachen von Kummer und Leid erbrachte. So schmerzhaft dies auch war.

Dass die Agenten der Todesmächte ausgeschaltet waren, bedeutete ja nicht, das Ende aller Vernichtung. - *Der Tod braucht den Teufel nicht* – welch bittere Erkenntnis. Dafür musste Billy-Joe Sterben!

Arundelle rang verzweifelt die Hände, wo diese Wahrheit nach ihr griff und die Erinnerung sich ihrer so erbarmungslos bemächtigte. Ihr Körper erbebte dann wohl und wollte nicht mehr zu beben aufhören.

Ja, da saß sie nun ganz verlassen da, nicht einmal ein Ungeist hatte seine Lust an ihrem Leid. - Solch negativer Anteil ist doch auch perverse Anteilnahme. Die Lieben, die Freunde und Verwandten, so nah sie auch standen, verbrauchten ihre gütige Teilhabe allzu rasch. Leise Ungeduld bemächtigte sich ihrer, wenn Arundelle von ihren Klagen so gar nicht lassen wollte, statt sich endlich ins Unausweichliche zu schicken.

Edmond verliebte sich in die Prinzenrolle und begehrte seine Prinzessin alsbald heimzuführen, wie es von ihm erwartet wurde. Hinweise, seitens der *Repetitoren*, es handle sich ja um ein Arrangement, das die Wirklichkeit nur leise träfe, sondern gleichsam eine Metawirklichkeit darstelle, perlten, je länger, je leichter von ihm ab, als das Experiment nun andauerte und in die Jahre kam. Er sah nicht ein, dass er immer nur dann aus der Versenkung geholt wurde, wenn es den Besucherinnen so in den Kram passte. Zumal ja dann die langen Interimszeiten kamen, wo jahrelang nichts passierte.

„So kann ich nicht arbeiten“, meinte er. „Zum Regieren braucht es schon auch Kontinuität.“ Und in der Tat, gab es viel zu tun in Laptopia. Das sahen auch die *Repetitoren* ein. Vielleicht hatten sie da doch einen Minikosmos geschaffen von exemplarischer Bedeutung und mit Modellcharakter für den Rest der Welt. So redeten sie es sich jedenfalls ein. Ein bisschen Gott spielen hatte denn doch auch durchaus seinen Reiz.

Und wo Malicius Marduk nun endgültig gebannt war! Da konnte nun ja nicht mehr allzu viel passieren, von den notwendigen Übeln abgesehen, doch die waren nun einmal unabänderlich. Oder steckte da schon wieder das Teufelchen im Detail? Waren diese Pandemien wirklich unabänderlich? Musste die Menschheit erst verblöden und verstümmeln, bevor sie sich erneuern und verjüngen durfte?

War die Souveränität der *Artefakte* ebenfalls unabänderlich, zumal sie sich immer mehr ausbreiteten und in Szene setzten und wichtig machten?

Nur weil keine marodierenden Miserioren-Banden mehr durch die Gegend geisterten auf der ewigen Jagd nach verlorenen Seelen, hieß das nicht, dass die Welt zum reinen Schlaraffenland geworden war.

Immer noch stürzten Leute in reißende Ströme und ertranken, oder fielen von den Bergen und zerschmetterten, oder die Glider zerrissen sie, weil sie nicht aufpassten, und was der Gefahren noch so alles waren.

Nur weil Sadisten am Leiden und Sterben keine helle Lust mehr fanden, bedeutete das ja nicht das Ende des Grauens und Schreckens. Es stimmte schon, jetzt hatte niemand mehr Spaß am Sterben der Opfer. Niemand weidete sich mehr am Entsetzen und an der Todesangst. Niemand lutschte mehr genüsslich an Seelenlutschern. Die Seelen gingen ihren geordneten Weg, die einen nach oben, die andern nach unten, wie es der Richter befand und wie sie gelebt hatten auf Erden.

Das war 's dann aber auch schon. Mehr tat sich nicht. Und letztlich konnte es einem jeden doch ziemlich egal sein, welches Schicksal ihn ereilte, schön war so ein Leben im Untergrund für die Seelen jedenfalls auch nicht. Vielleicht war ihr Los ohne das Zutun der Miserioren nicht mehr ganz so schrecklich, wie es das Schicksal in deren Klauen gewesen war. Aber das waren vielleicht doch eher graduelle Unterschiede.

Das ganze System musste auf den Prüfstand. Und so war es auch versprochen, denn da ja nun die Bosheit besiegt war, würde es bald auch keine verlorenen Seelen mehr geben und die Unterwelt müsste ganz und gar dicht machen. Vielleicht gab es ja doch auch ein Läuterungsverfahren. Eben darauf müsste noch einige Aufmerksamkeit verwendet werden.

Letztlich gab es für alles einen gangbaren Weg und eine Lösung, mit der alle leben konnten. Aber das blieb den ewigen Mächten anheim gestellt, ob die sich weiter bis in alle Ewigkeit mit Tod und Seelennot herumschlagen wollten, oder endlich lieber Frieden fanden.

Nun ja, ob das dann vielleicht langweilig würde? Ob den Schöpfungsengeln dann der schöpferische Stoff ausging? Der spielerische Aspekt dabei und die Lust am Ausprobieren, was so alles ging, und wie man was kombinieren konnte, bevor es schief ging?

Verhandlungen wegen einer Generalamnestie waren jedenfalls ohnehin schon einmal angelaufen und der *Advisor* machte den *Repetitoren* wegen der Trockenlegung des höllischen Sumpfes durchaus Hoffnungen. Und wenn auch dieser Pfuhl erst einmal beseitigt war, dann endlich gäbe es zum Jammern ja wohl keinen echten Grund mehr. - Von wegen!

Arundelle in ihrer grenzenlosen Trauer zeigte, dass es so nicht ging, und dass es den Menschen nicht zum Wohle gereichte, wenn so mit ihnen umgesprungen wurde. Dabei spielte die Motivlage eine ganz untergeordnete Rolle. Arundelles Kummer blieb ihr doch, ganz gleich ob daraus jemand geheimen Lustgewinn zog.

8. Vorwärts und nicht vergessen

„Bis zum endgültigen großen Frieden in der Schöpfung ist es noch ein sehr weiter Weg, das muss uns klar sein", ermannte sich Arundelle und das alte Feuer blitzte wieder in ihren Augen. Sie hatte die neue Herausforderung als erste begriffen und das gab ihr doch etwas. Billy-Joe wäre wieder einmal mit Recht stolz auf sie. Das Leben hatte sie wieder. Es ging wieder weiter!

Was hatte Arundelle begriffen? Wo entdeckte sie plötzlich wieder Handlungsspielraum und Lebenssinn? Nun, es gab, bei rechtem Licht besehen, nicht einen Todesfall, nicht eine Katastrophe, nicht einen Unfall, der nicht hätte verhindert werden können. Die Welt war deshalb so unsicher, weil es die Menschheit nicht gelernt hatte, sich vor den Gefahren der Existenz zu schützen. Dabei besaß sie grundsätzlich die Fähigkeit - und auch fast immer die Möglichkeit - dazu. Es war nicht so, dass den Menschen all diese Dinge, die passierten, wirklich alle zustoßen mussten. Nein, es war zumeist Unachtsamkeit oder Schlamperei im Spiel. Es mangelte an Hygiene, wie im Fall der letzten großen Pandemie, die noch immer nicht abgeklungen war und einen so schrecklichen Tribut forderte.

Für so vieles waren ja die Lösungen bereits gefunden worden. Früher starben die Menschen wie die Fliegen an Tuberkulose, an Gelbfieber, an Typhus, an der Pest und den Pocken. Für alle Krankheiten gab es Lösungen, nur – sie mussten gefunden werden.

Darauf kam es an, das war der springende Punkt. Pandemien waren nicht zuletzt eine Kritik an der Lebensweise. Hätten die mittelalterlichen Menschen nicht in Schmutz und Enge vegetiert, die Ratten hätten sich nicht derart ausbreiten können mit ihren gefährlichen Flöhen.

Die letzte Pandemie zeigte es überdeutlich: das Leben in den Metropolen war falsch, war grundsätzlich falsch. Davon waren die *Repetitoren* schnell zu überzeugen, da brauchte Arundelle nicht viel reden.

Wie man diese Botschaft allerdings weiter verbreitete, so dass sie auch gehört wurde und ankam, war eine andere Geschichte und dazu müssten sie sich allerdings etwas einfallen lassen. Sie müssten sich viel einfallen lassen. Denn niemand hatte auch nur den leisesten Schimmer, wohin die Reise zu gehen hätte.

Sollten etwa alle Menschen wieder dorthin, wohin die Maroons geflohen waren? Ginge das überhaupt? War der Platz da? Und was, wenn es tatsächlich alle täten? Wie sähe es dann an den Rändern aus? Die würden doch auf halbem Wege wegen Überfüllung geschlossen!

Über der Frage der Langeweile hätte sich auch eine Arbeitsgruppe zu bilden, ereiferte sich ausgerechnet Intelleetus. Was nützte der beste Plan, wenn hinten raus die Suizidrate ins Unermessliche kletterte, weil so ab hundertfünfzig dann die Luft endgültig raus war?

„Eins nach dem anderen", beschwichtigte Arundelle die erregten Gemüter. „Wir wollen doch dem Bären das Fell nicht über die Ohren ziehen, bevor er erlegt ist", zitierte sie Scholasticus und grinste genüsslich. Zumal der tatsächlich ins kritische Alter kam und sich in der Tat gelegentlich bei solch morbiden Gedanken ertappte.

So war er recht froh um jeden neuen Schwung, der aufkam. Gerade von Arundelle, die es ja nun von allen am schwersten getroffen hatte mit diesem schrecklichen Bauernopfer, an das keiner gedacht hatte, und das alle doch hätten kommen sehen können.

Die Strategie also war erst einmal klar. Nachdem Tücke und Bosheit aus der Welt geschafft waren, ging es darum, sich um die nächsten Hürden zu kümmern, die zwischen der Menschheit und ihrem Glück standen. Nachdem der Teufel gebannt war, ging es um nichts weniger als um den Sieg über den Tod. Auf dem Weg dahin galt es all die Todesgefahren zu bannen, die in der Welt trotz allem noch immer lauerten, wie einstmals Räuber und wilde, reißende Tiere im finstern Walde.

Die Medizin war da nur ein Gebiet unter vielen, wenn auch ein gewichtiges. Noch immer wurde ein Großteil der Menschen von Krankheiten dahin gerafft. Von diesen waren die meisten indes inzwischen heilbar und das Sterben daran war auf Schlamperei oder Ignoranz zurückzuführen; - und inzwischen auch auf die unzulängliche Programmierung des Personals.

Nun, seit dem sogenannten ‚Severine-Programm' besserten sich die Dinge wenigstens in dieser Hinsicht doch recht spürbar. Dank der sich selbst programmierenden Laptopianer, die im Laptopia der *Repetitoren* ununterbrochen umher patrouillierten, wies die Kurve recht steil nach oben. Unter der Obhut ihrer ‚Severine' wussten sich die Bedürftigen so sicher wie in Abrahams Schoß, ja, sogar noch sicherer!

Was auch an Unvorhergesehenem passierte, Severine fand eine Antwort und zwar in Nullkommanichts. Ein, zwei schnelle Fingerwirbel über die Bauchtasten und schon wurde eine erstaunliche Lösung in die Tat umgesetzt. Da war kein Zögern oder Ängsten, und kostete es Severine das eigene Leben, wenn es denn sein musste.

Ohne das geringste Zögern gaben sich die ‚Severines' und ‚Severins' dran, wenn dies der letzte Ausweg war. Doch in den aller meisten Fällen genügte eine weit weniger dramatische Reaktion auf die Herausforderungen des Daseins.

Flächendeckend freilich ging es weniger positiv zu als im Musterländle der *Repetitoren*. Da haperte es noch immer mit der Erstversorgung. Eine Severine war dort durchaus keine allgemein gültige Selbstverständlichkeit. Viele Metropolen umringte ein Slumgürtel, in dem es kaum anders zuging als in den ausgegrenzten Bezirken der verwilderten Maroons und anderer Stämme, jenseits der Landesgrenzen. Nicht überall waren die Lebensbedingungen zuträglich.

Und selbst wenn es tatsächlich zu schaffen wäre, jeden zweiten Haushalt mit einer Severine auszurüsten, die *Repetitoren* fragten sich – zumal unter dem Einfluss von Arundelle – ob dies überhaupt der richtige Weg war. Ob es nicht vielleicht doch andere Schwerpunkte zu setzen galt, ohne diese Versorgung nun sogleich völlig einzustellen. Zumal Judith Kornblum sich dafür stark machte. Was allerdings daher rührte, dass ihr der Familienclan in den Ohren lag, der sich nun einmal auf das Severin-Programm eingelassen hatte und nun doch so einfach nicht wieder zurückrudern oder auch nur irgendwie umschwenken konnte. So eine Produktionsmaschinerie besaß ja doch auch eine gewisse Eigendynamik, die nun einmal nicht zu unterschätzen war.

Das menschliche Elend zu beseitigen und die gröbste Not zu lindern, bliebe selbstverständlich erste Verpflichtung. So dachte man auch über Modelle nach, wo eine Severine mehrere Patienten versorgte und damit quasi einer kleinen Wohngemeinschaft zur Verfügung stand.

Solches Multitasking erforderte an der Severine nur geringe Modifikationen und ließ sich dann doch recht ordentlich an. Es war allemal besser, als im eigenen Schmutz zu versinken oder gar zu verhungern, wie es ja doch immer mal wieder vorkam, wo Nachbarn nicht genug acht gaben und die ambulanten Dienste nicht beizeiten noch rechtzeitig riefen.

Von einer Zusammenführung großen Stils war man schnell wieder abgekommen, als die Presse zeterte und von Pandemieopfer-KZs sprach und damit alte Wunden aufriss, die auch die Jahrhunderte nicht heilen konnten. So reagierten die Kornblums angesichts solcher Presse doch sehr hysterisch, ja, sie überreagierten sogar ein wenig, als die *Repetitoren* mit ihren Vorschlägen kamen. Zumal die sich ja nun wirklich äußerst moderat ausnahmen und auch nicht im entferntesten an die Nazi-KZs alten Zuschnitts erinnerten. - Verübeln mochte es den Kornblums niemand, der guten Willens war und sich den Möglichkeiten und Grenzen der menschlichen Psyche nicht verschloss.

Zunehmend machte sich nun auch Rohstoffknappheit bemerkbar. Zu spät war man konsequent umgestiegen. Zu viel Schrott lag gammelnd im Nirgendwo – unzugänglich oder vergessen, auf Halden, in Hügeln und vor Ort unter Tage in verschlossenen oder verlorenen Stollen, von denen es keinerlei Kartographie gab, und womöglich auch nie gegeben hatte.

Die Mondausbeute hatte für ein Jahrhundert des Überflusses gesorgt und die alte Sorglosigkeit hatte wieder um sich gegriffen. Dabei hätte die Menschheit es nun wissen müssen. Aber vielleicht dachte man vom Mond aus schon wieder weiter und das war ja nun auch nicht so ganz von der Hand zu weisen. Erste Flüge zum Mars jedenfalls gab es nun bereits und diese glichen aufs Haar jenen zum Mond – am Anfang vor hundert Jahren.

Der fünfte Orbit um die Erde würde bald seinen Betrieb aufnehmen, ausgehend von gewaltigen Weltraumbahnhöfen, die in 250 Kilometern Höhe mit dem Globus kreisten. Von dort würden demnächst nicht nur die transkontinentalen Überschallstratosphärenkreuzer, sondern auch die Mondtransporter und eben auch die Marsshuttles starten. Es war nur noch eine Frage der Zeit. Schon jetzt waren die ersten Probeläufe unterwegs und es sah recht gut aus für die Marsmission – das bislang ehrgeizigste Ziel bei der Kolonisierung des Alls.

Der Traum, schnelle Beute aus dem Raum zu fischen, allerdings war ausgeträumt. Das Einfangen der erzhaltigen Brocken erwies sich als unlösbare Aufgabe, jedenfalls mit den zur Verfügung stehenden Mitteln.

Aufgeschoben war nicht aufgehoben! Die erfolgreiche Navigation durch die Gürtel solcher pfeilschnellen Schwaden war das äußerste, was man sich abverlangte, und das war riskant genug. Jeder Versuch, bei einem der größeren Brocken anzudocken war bisher gescheitert. Und seit es zu der gewaltigen Katastrophe gekommen war, bei der ein Schiff samt Besatzung verloren ging, nahm man von solchen Versuchen ganz und gar Abstand.

*

Die neue Zeit setzte wieder überall auf Nachhaltigkeit. Das Zeitalter der sinnlosen Verschwendung lag an sich schon längst hinter der Menschheit. Wenn da auch manches wieder eingeschlafen war. So lautete das Credo zwar Nachhaltigkeit, und grundsätzlich galt diese, auch wenn es im einzelnen vielleicht doch noch nicht oder nicht mehr allzu weit her war mit der konkreten Umsetzung.

Die Vertreibung der Miserioren ging mit den Anstrengungen zur Nachhaltigkeit Hand in Hand. Denn das Auskosten von Macht und Herrschaft band sich unmittelbar nicht nur an Knechtung und Versklavung und den daraus entstehenden Leiden der Mitmenschen. Auch die Prunksucht, das Leben in maßlosem Überfluss und in ausufernder Verschwendung gehörten ebenso dazu. Das rechte Ergötzen fanden die Superreichen alten Stils im Kontrasterlebnis des Elends, das sie umgab.

Wo sich die Lust an der sinnlosen Qual verlor, da hielt sich auch die sinnlose Verschwendung nicht, und hörte auf, ein Lebensideal zu sein. Wo zuvor Bescheidenheit peinlich wirkte, da wirkte nun die Prunksucht peinlich. Es kam so zu einer allmählichen Umwertung der Wertvorstellungen. Und darauf kam es an. Eine solche Umwertung war vielleicht wichtiger als so mancher spektakuläre großartige Sieg über das Böse. So wichtig solche Siege auch erscheinen konnten. Denn ohne eine solche Umwertung gelangte das Böse immer wieder zurück und fand Schlupflöcher herein, durch die es schlüpfte, um sein zersetzendes Gift zu versprühen.

So dachte man in den Ethikkommissionen jedenfalls und verkannte dabei, wie es in den austrocknenden Sümpfen zuging. Mit der Einbuße seiner Glaubwürdigkeit nämlich verlor auch Malicius Marduk an Substanz und weichte auf. Aus dem Hardliner wurde ein rechtes Weichei, darin dem Werdegang des Anonymus nicht unähnlich, den es ja auch auf dem falschen Fuß erwischt hatte, damals, als er als trojanisches Pferd eingeschmuggelt worden war. Unversehens nämlich war der Trojaner umgedreht worden. Dem Ansturm der töchterlichen Liebe widerstand er nicht lange.

Um wie viel heftiger nun traf Malicius Marduk der Angriff aus der Vergangenheit. Denn das Erlebnis seines nibelungentreuen Hagen auf Erden lag ja erst kurze Zeit zurück. Gemessen an der Ewigkeit war 's kein halber Wimpernschlag. Und von da an waren die Dinge so recht ins Trudeln gekommen und hatten sich dann nie wieder gefangen. Die Luft war da schon raus gewesen und nun kam das Ende unaufhaltsam heran.

Malicius Marduk hatte es kommen sehen. Und sein Kampf mit dieser vorlauten sogenannten Tochter, die sich fürwitzig in die Tiefen der Zeit hinaus wagte, war um so spannender gewesen. Obwohl er ganz tief drinnen die ganze Zeit über schon gewusst oder vielleicht auch nur geahnt hatte, dass er letztlich den Kürzeren ziehen würde, dass nicht er sie, sondern sie ihn umdrehen würde? So war es dann auch gekommen.

So verhielt es sich nun einmal mit der Dialektik. Malicius Marduk besann sich darauf, ein gefallener Engel zu sein. Ein schwarzer Engel, aber doch ein Engel, sozusagen von Hause aus. Fast so gut wie der Schöpfer selbst, aber eben nur fast. Und da sucht man sich dann eben ein Spezialgebiet, das der nicht so recht beackert hat, – das Böse an sich.

Und was davon noch nicht da gewesen war, das ließ sich dann erfinden. Auf diese Weise wurde auch aus ihm eine Art Schöpfer, wenn auch ein Schöpfer „ex nihilo“[vii].

Soweit der Werdegang in groben Zügen, aber wirklich in ganz groben Zügen, so grob, dass sich die Wirklichkeit schon fast wieder als falsch erwies oder sich doch bis zur Unkenntlichkeit verzerrte. Sein Bündnis mit dem Tod, die enge Verbindung mit dem Chaos, die heftige Umarmung mit den Leiden aller Art, hatten das ihre getan. Waren diese nun gar eigenständige Wesenheiten?

Was den Tod betraf, gewiss, - und vielleicht auch das Chaos, aber mit den Leiden hatte es so seine besondere Bewandtnis. Überhaupt das Leben! Es zu enträtseln war ihm nie gelungen, weil es zu nah an IHM dran war, weil es vielleicht sogar ER selbst war. Und für IHN fehlte ihm das Verständnis, außer, dass der keinen neben sich duldete, das verstand er. Dass der ihn deshalb verstieß, weil er sich ihm auf Augenhöhe zu nähern versuchte, damals im vorletzten Äon.

Das war ja nun auch schon wieder ganz schön lange her. Es war ihm aber so was von verübelt worden! Wie konnte man nur so nachtragend sein und nach acht Milliarden dieser seltsamen Zähleinheiten, die die Menschen Jahre nannten, noch immer schmollen.

Gleich ab in die tiefste Hölle ging's damals, ohne viel Federlesen. War das eine Art?

Und jetzt hieß es, sich neu sortieren, aus den Fehlern lernen, die Dinge neu begreifen und richtiger sehen. Sein Tun einordnen oder ganz verschwinden lassen. Da war er noch nicht sicher. Aber was sollte er dann? Wozu gab es ihn?

Nihil est sine ratione[viii], nicht einmal das Nichts, - wenn er denn der Vernichter, der Nichtsmacher war, als der er gescholten und abgestempelt wurde. In dieser Schublade saß er nun einmal drin, und es gab anscheinend keinen Weg, dort wieder heraus zu hüpfen.

Nun ja, eben ging es um den neuen Anfang. Vielleicht tat sich ja diesmal was, vielleicht käme etwas dabei heraus, wiewohl er da noch kein Land sah. Noch hoffte er nur und seine Miserioren taten ihm schon auch leid in ihrem Unglück, das sie kalt erwischt hatte, sozusagen auf dem falschen Fuß.

Wo solche Regungen nun plötzlich herkamen? Dämonen der Finsternis waren sie. Dem Licht abhold. Als ihr Chef stand er deshalb über ihnen, weil er seine Anbindung nach oben nie ganz verloren hatte, weil er ein Bewusstsein davon besaß, was er tat. Das unterschied ihn von den Dämonen, die seine Kreaturen waren. Er hatte sie geschaffen. Doch nun waren sie da, und er wusste nicht recht, was er mit ihnen anfangen sollte.

Im Chaos saßen sie ja bereits, der Tod hielt sie umfangen, das Leiden umschlang sie mit wüsten Klauen. Was blieb da noch? Doch nur die Abschaltung, das gnädige Ende im watteweichen Nichts der Ewigkeit. Ja, oder - die Transformation. Vielleicht, dass doch noch etwas Rechtes aus ihnen wüchse, legte man nur auch erst einmal den rechten Samen in sie hinein.

Beutegierige Nachtjäger der Finsternis, die sie gewesen waren. - Reißende Tiere, vom unbändigen Hunger getrieben. Womit sie ernähren, wenn ihre angestammten Jagdgründe geleert und verödet waren? Wenn es in der Welt nichts mehr für sie zu holen gab?

Ob es mit einer Art Diätplan getan war? Leichte Kost für hartgesottene Karnivoren[ix]?

Lebte nicht der größte Meeressäuger vom Plankton und war über die Jahrmillionen nie zum Fleischgenuss gekommen? Möglich war das immerhin. Nichts ist, so gesehen, unmöglich. Ob das Lamm dann wohl tatsächlich beim Leu läge und der Fuchs beim Hasen? Die Räuber vielleicht nur mehr so als eine Art Gesundheitspolizei: Gegessen wird, was tot herum liegt, und das ist gut so, von wegen der rechten Sauberkeit, und dass alles immer schön geputzt und schön fein säuberlich aussieht, die Schöpfung blitzblank.

Sogar das Laub wird ordentlich weggegessen. Damit nur ja nichts umkommt und übrig bleibt, weil ja eigentlich gar nichts je recht übrig bleiben kann. Sondern alles letztlich doch seinen Sinn noch findet, es mag mitunter nur etwas länger dauern. Doch was bedeutet da, wohin der Blick gerade geht, schon die Zeit?

Zeit ist nicht ihr eigenes Problem, sondern das derjenigen, die sie brauchen und nicht haben. Und doch gibt es sie dann oft genug auch im Überfluss. Da gähnt sie einen an, zieht sich wie Kaugummi - lang und länger. Je schneller die Ungeduld wächst, um so langsamer verrinnt sie.

Alles nur Schein und Trug? Gefühlte Zeit ist niemals objektive Zeit, sondern immer nur gefühlte Zeit? Seit es die Uhren gibt, zumal die mit Sekundenzeiger, können sich die Menschen nicht mehr in eine solche ureigenste Höhle flüchten. Aus ist es mit der Subjektivität. Die Zeit interessiert sich nicht für subjektive Befindlichkeit.

Reich und unerschöpflich quillt Leben allenthalben und schöpft aus der Fülle, so wie es hervor bricht. Selbstverständlich hat das Leben – so gesehen – überhaupt kein Zeitproblem. Jedenfalls nicht im Aufbruch, nicht in der Vielfalt, auch wenn's die Individuen erwischt. Doch auch das Artensterben ist immerhin möglich. - Ob es auch vorgesehen ist?

Jeder Naseweis kommt an solch einer Stelle dann immer mit den Dinosauriern.

Doch selbst in dem gebeutelten zweiundzwanzigsten Jahrhundert halten sich Artensterben und Artenentdeckung noch immer annähernd die Waage. Vielleicht nicht im künstlichen Laptopia der *Repetitoren*, doch draußen – zumal an den Peripherien. Wo sich noch immer Fuchs und Hase Gute Nacht sagen, oder auch Gnu und Gepard. - Wo nicht gar der tasmanische Tiger und das Zwergkänguru.

So weit ist da die Steppe, dass sich solche Kontrahenten in hundert Jahren nicht begegnen müssen, um zu ergründen, wer denn nun schneller um sein Leben läuft.

Allemal ein Wettkampf auf Leben und Tod. Der Verlierer beißt ins Gras, so oder so, vielleicht nicht sofort der eine, dafür aber nicht weniger unerbittlich und mit jedem Tag gewisser, den der Hunger ihn schwächt.

*

Arundelle wusste es ja. Das Laptopia der *Repetitoren* war arrangiert. Und sie selbst hatte dazu den Anlass gegeben, als sie so enttäuscht von ihrer Reise nach den Frankfurts und Frankforts dieser Welt zurückkehrte, wo nichts so war, wie sie es von der Zukunft erinnerte. Es verhielt sich nun ein wenig so wie in einer ‚selffulfilling Prophecy'. Da sie ja nun einmal in dieser Zukunft gewesen war, die so und so aussah, musste es diese Zukunft ja nun so sein, nachdem sie von der Gegenwart eingeholt war. So blieb den *Repetitoren* gar keine Wahl. Sie mussten die Dinge arrangieren, wenn sie sich von alleine schon nicht zurichteten. Und das taten sie ganz offensichtlich nicht.

Vielleicht gab es Orte, die dem Laptopia ebenso ähnlich sahen wie das Rekreationsressort in Newsouthwales. Und vielleicht waren diese Orte überhaupt nicht künstlich angelegt. Und vielleicht gab es dort sogar auch einen General Armelos, der seine *Artefakte* befehligte und als einziger noch halbwegs bei Verstand war, oder gar so vollends wie der geschauspielerte General ihres Laptopias.

Weiter aber konnte die Ähnlichkeit auf der Wahrscheinlichkeitsskala nicht gehen. Auf der sicheren Seite blieben die *Repetitoren*, wenn sie ihr eigenes Laptopia kreierten und ausrüsteten. Wenn sie die Rollen bestimmten, die darin gespielt wurden, zumal ja die des großen Kontrahenten unbeeinflussbar bleiben musste.

So wollte man wenigstens ein wenig an den Rahmenbedingungen herumfeilen, ohne dass er viel davon mitbekam. Das blieb dann sogar so geheim, dass nicht einmal sie selber sich an alles erinnerten. Auf diese Weise kam Billy-Joe auf so tragische Weise ums Leben. – Also der echte, der gegenwärtige Billy-Joe, nicht der, der aus der Vergangenheit kam, um die Zukunft und die Menschheit zu retten. - Der überlebte natürlich, und triumphierte, sonst wäre der wirkliche Billy-Joe ja gar nicht mehr da gewesen, um sich aus der Patsche zu helfen, als es eng wurde im Kampf David gegen Goliath. - „Dass das jetzt ein für alle mal klar ist." – ereiferte sich Arundelle.

‚Kurz greift der Menschen Gedächtnis, wo der Schmerz nur schwach ist', dachte sie und hätte am liebsten schon wieder geweint, weil niemand mehr da war, dessen Schmerzblut so frisch wie das ihre pulste.

9. Die Besucher aus der Vergangenheit

Mit den Besuchern war das so eine Sache. Sie kamen, wann sie wollten. Inzwischen funktionierte das Vorwarnsystem und schlug einige Sekunden, manchmal auch Minuten - heraus. Viel war das gerade nicht. Je nachdem, wer Wache hatte, reichte das gerade mal, um die Mannschaft zu alarmieren, damit wenigstens alle Akteure schon mal wussten, dass sie nun gefordert waren.

Für zwei Heere beispielsweise brauchte man naturgemäß länger. Da reichten Stunden nicht, es bedurfte schon der Tage. Zumal die Maroons und die Stämme ließen sich nur sehr schwer zusammen trommeln. Schon gar nicht so oft. Das Leben ging ja weiter. Am einfachsten klappte es mit den falschen Churingas, die in Wirklichkeit Zwerge aus dem Untergrund waren, und die sich nur in Fellmonturen warfen, um irgendwie wild auszusehen.

Sie fanden die übliche Nacktheit der Aborigines unschicklich. Wiewohl doch die echten Churingas eben so durchs Leben gingen. Sie dachten sich nichts dabei, wie so viele, besonders die tasmanischen Geschwister, denen Susamee entstammte.

Am Grad ihrer Schamgrenze glaubten die Zwerge zu merken, was für ein altes Kulturvolk sie doch waren - so hielten sie sich zugute. Sie ahnten nicht, wie lange es die Tasmanier und die Aborigines schon gab. Und welche Kämpfe es gekostet hatte, bis sie den ganzen Plunder wieder vom Leib hatten, der sich im Laufe der Zeiten dort nicht anders festzusetzen begann, wie bei allen andern Völkern auch.

‚Vielleicht kommt ihr eines Tages auch dahinter', mochten sie wohl denken. Sie bemitleideten ihre verspannten, eingebundenen und gezwängten Mitmenschen, soweit sie diese nicht flohen und sich vor ihnen fürchteten. Denn deren Hass war groß. - Es war jedenfalls eine recht bemerkenswerte Schleife, die da vollzogen wurde und die so allerlei Kulturleistung auch wieder zurück nahm, wo sie sich als Fehlentwicklung herausstellte.

So ungewöhnlich war das nun auch wieder nicht. Obwohl die Rücknahme natürlich so manche Regel durchbrach und die Wissenschaft vor Rätsel stellte, denen sie sich hilflos gegenüber sah. Das war selten genug der Fall. Meist wusste die Wissenschaft allzu schnell Rat, wenn auch nicht immer den besten.

So also trugen die Churingas der *Repetitoren* niedliche Pelzjacken, was so manches Tier aufregte, weil es den Artgenossen wieder erkannte, der sein Leben hatte lassen müssen.

Unbekleidet ließen sich die Zwerge auf nichts ein. Schon gar nicht an der Oberfläche, wo sie sich ohnehin unsicher und unwohl fühlten. Aber die Rolle gebot nun einmal das Stammesleben im Dorf – jedenfalls hin und wieder, denn das meiste spielte sich ja doch im Freien ab, auch wenn das die Zwerge anders sahen.

Die hockten natürlich lieber in ihren Höhlen. Und auch, wenn sie sich in eigener Sache als Zwerge versammelten, was gar nicht so selten der Fall war, dann zogen sie einen Felsendom der Waldlichtung oder dem Dorfanger allemal vor.

Dafür kannten sie sich im Untergrund aus, wie ein Großvater in seiner Westentasche. Da konnten sie wirklich was. Und wer weiß, was noch alles geschehen wäre, wenn die Intergalaktischen Zeitreisenden auf die echten Churingas getroffen wären. Ob sie dann je aus ihrer Erstarrung erlöst und von ihren Häschern verschont worden wären? - Wohl kaum.

So half ihnen das Serum, das sie selbst ja alsbald entwickelten, als es darum ging Penelope M'gamba zu retten, die armen Pferde Laptopias zu befreien. Dass das Serum ihre eigene Erfindung war, wussten sie damals allerdings noch nicht. Und sie würden es bis heute nicht erfahren.

Die falschen Churingas erwiesen sich also noch als das kleinste Problem. Von den Zwergen waren immer welche da, seit es sich im Untergrund unter dem Rekreationsressort so behaglich wohnte. Sie brauchten nur kurz ihre Jäckchen überstreifen und die verräterischen Zwergenmützen abnehmen, und schon waren sie bereit für ihre Rolle im falschen Dorf der falschen Churingas.

Allzu oft erhielten sie dort ohnehin keinen Besuch. Die *Oberflächlichen* benahmen sich in diesem Stück nicht anders als sie sich immer benahmen: rücksichtslos und egozentrisch, fanden die Zwerge und grinsten eine Spur boshaft dabei. Denn sie wussten schon, wie viel Mühe die sich machten und was es sie kostete, all das aufrecht zu erhalten und ihren Besuchern aus der Vergangenheit immer etwas Spannendes oder wenigstens Passendes zu bieten. Es mussten ja Dinge sein, an die sie sich aber auch wirklich erinnern konnten. Denn es ging nicht an, dass sie hier willkürlich im Nachhinein etwas hinzu erfanden, was nicht wenigstens in irgendeiner Form in ihren Gedächtnissen bereits vorhanden war. Eben deshalb bedurfte es der strengen Regie und all der Aufzeichnungen, anhand derer sie nun das Geschehen rekonstruierten und gestalteten.

Fehler blieben denn auch nicht aus. So erwies sich der künstliche Drache, den die *Repetitoren* basteln ließen, zunächst als ziemlicher Flop. Denn er spie sein Feuer nicht richtig. Außerdem blieb er dauernd stecken in den engen Gängen. Da er die Zeitreisenden in deren Erinnerungen tatsächlich keinen ernstlichen Schaden zugefügt hatte, fiel das nicht weiter ins Gewicht und spielte keine große Rolle.

Mancher Stoßtrupp aus der Vergangenheit zog unverrichteter Dinge wieder ab. *(Was nur teilweise der Regie entsprach und sich mit Erinnerungslücken deckte.)* Und manchmal ließ sie die Regie ganz im Stich, die sich auf die Gedächtnisse stützte. Denn die waren nach über hundert Jahren doch auch ziemlich lückenhaft. Das war kein Wunder. So improvisierte man dann. Das war nicht nur schwierig, sondern oft auch gefährlich.

Es kam zu völlig unerwarteten Konfrontationen, die dann keiner mehr im Griff hatte. Scholasticus wäre doch tatsächlich beinahe bei lebendigem Leibe verbrannt worden, weil die Stuntregie patzte. Und auch Arundelle entging ihren gefühllosen Folterern aus dem gleichen Grund einige Male nur um Haaresbreite, weil diese sich mit ihrer Rolle überidentifizierten. Von den aberwitzigen Reisen ganz zu schweigen, die mitunter bedrohlich ins Leere wiesen und nur durch Zufall dann doch noch richtig ankamen. Da hatten die Besucher aus der fernen Vergangenheit oft mehr Glück als Verstand.

So wurde der Drache so gut repariert und verschlankt, dass sein Feuer die Flüchtenden im letzten Augenblick doch tatsächlich erreichte, was so in der Regie selbstverständlich nicht vorgesehen gewesen war.

Wirklich erwischt hatte es letztlich nur den armen Billy-Joe. Und auch Walter war derbe abgestraft worden, weil er sich in Sachen Weltraum zu weit aus dem Fenster gelehnt hatte. Und das nur, um Grisella einen Gefallen zu tun.

Auch Walter könnte heute noch leben ohne diese Begegnung der furchtbaren Art. – Denn es war ja der schreckliche Malicius Marduk, der ihn sich krallte und zu seinem willenlosen Werkzeug machte. - Der ihn auspresste, wie eine Zitrone, und dann wegwarf, als nichts mehr zu holen war. Welch grausames Schicksal!

Laut Drehbuch wäre dieser Tage eigentlich der Besuch in der Halle des Ruhmes und der Ehre dran, meinte Tibor und blätterte in den Seiten eines voluminösen Folianten. „Ja, es ist so weit – immer vorausgesetzt, unsere zeitlichen Berechnungen stimmen."

Das war wegen der Zeitdifferenzen gar nicht so leicht herauszufinden. Ob die Differenzen nun real oder angenommen waren, spielte eigentlich keine große Rolle. In der Rekonstruktion ging es darum, genau den Tag vorzubereiten, an dem die Zeitreisenden ihren Transfer oder auch Flug, wie sie es nannten, antraten.

Um damit ein wenig weiter zu kommen, hatten der magische Stein, *(ehe er mit dem alten Schamanen der Churingas unter der Erde verschwand)* und Arundelles Zauberbogen alle ihre Datenspeicher zur Verfügung gestellt. Der Haken an diesen Speichern war nur, dass darin zwar die Daten, nicht aber die Anlässe aufgeführt waren. Das machte die Sache dann doch wieder recht unübersichtlich.

Zunächst hatten die *Repetitoren* gehofft, durch Datenabgleich an exakte Ergebnisse heran zu kommen. Damit war es dann aber erst einmal nichts gewesen. Zumal der magische Stein dann mit Billy-Joe und Pooty in den Untergrund verschwand.

„Wäre nur auch Billy-Joe noch unter uns. Der wüsste, wann es damals losging." Arundelle griff nach dem Taschentuch und schnäuzte sich vernehmlich. Die andern *Repetitoren* in der Runde schauten betreten beiseite. Was sollten sie dazu groß sagen?

Auch Billy-Joe hatte zu Lebzeiten nur mit Wasser gekocht – in mancher Hinsicht jedenfalls. Arundelle mochte das anders sehen, mit ihrem verklärten Blick. Sie da jetzt rauszuholen, hätte doch nichts gebracht und Arundelle nur unnütz aufgeregt und tiefer in ihre Trauer hinein gestoßen.

Tibor fand es geschickter, sie bei ihrer ein wenig kindischen Ansicht zu lassen. Selbstverständlich wäre auch Billy-Joe jetzt keinen Deut schlauer als sie alle gewesen. Wenn jemand überhaupt in der Lage war, den Zauberbogen besser als die anderen zu interpretieren, dann war das schon Arundelle selbst, da biss die Maus nun mal keinen Faden ab.

„Alles was recht ist" – ließ sich der Zauberbogen vernehmen. „Pootys feine Instinkte haben mich seinerzeit immer wieder aufs Neue überrascht", meinte er recht unvermittelt, denn er las natürlich wieder in den Gedanken herum, die durch den Raum schwirrten, wie ein aufgescheuchter Bienenschwarm.

Der Zauberbogen fühlte sich an seiner Ehre gekitzelt. So brachte er eine Koordinate zur Geltung, die sich mit einer der Koordinaten des magischen Steins kreuzte.

„Im Schnittpunkt befindet sich, unseren Berechnungen zufolge, der gesuchte Wert, den es dann nur noch kalendarisch zu übertragen gilt.“ – erklärt er und wirkte recht selbstgefällig dabei.

Von wegen „nur noch“ - darin bestand ja das Problem. Und daran hatte sich auch später nichts geändert. Solche Adaptionen zu erbringen, gelang eben so einfach auch wieder nicht. Und was wäre, wenn sie sich wieder einmal auf einen falschen Termin kaprizierten, der vielleicht um Haaresbreite verschoben oder um eine zehntausendstel Bogensekunde verrückt war?

Und alle Eventualitäten zu berücksichtigen, erlaubten die Ressourcen nun einmal nicht. Diese ominöse Halle auch nur halbwegs stilecht auszustaffieren, brachte die *Repetitoren* an den Rand ihrer Möglichkeiten, um nicht gar davon zu sprechen, dass sie bereits damit schon heillos überfordert waren.

So kamen sie nicht weiter. Die Regie warf das Handtuch. Wäre es nur bloß um die rechte Zeit gegangen, sie hätten sich vielleicht zu helfen gewusst. Doch die Zeit war ja nur ein untergeordnetes Randproblem. Das merkten sie spätestens als es darum ging, diese Halle überhaupt erst einmal zu gestalten.

In ihrer desolaten Lage wandte sich Arundelle deswegen an den *Advisor*, ob der nicht wenigstens diesmal bei dem kleinen Schwindel helfen konnte. Doch der winkte streng ab. Diese Suppe sollten sie mal schön selbst auslöffeln, schließlich hatten sie sich die auch selber eingebrockt.

Arundelle aber ließ nicht locker. Immerhin handle man jetzt in bester Absicht und es gehe um nichts weniger als um die Zukunft der Menschheit, da dürfe man nicht hartherzig sein, so ihr Argument. Das traf denn doch nicht auf gänzlich taube Ohren, wie es erst hatte scheinen können.

Der *Advisor* bequemte sich dazu, sich Arundelles Sichtweise wenigstens vorführen zu lassen und sich von deren Stichhaltigkeit zu überzeugen. Er sah dann wenigstens ein, dass die *Repetitoren* praktisch keine Wahl gehabt hatten, nachdem sie einmal damit begonnen hatten, sich zu erinnern und ihre Erinnerungen in der Wirklichkeit nachzuempfinden.

„Wir mussten doch irgendwie weiter kommen. Immerhin haben wir unser ganzes Leben damit zugebracht, auf diese Entscheidung hinzuarbeiten. Da konnten wir dann doch nicht so tun, als habe unser

Tun nichts bewirkt. - Als uns die Zeit dann einholte, und wir wussten, was passieren würde, weil wir es damals tatsächlich so erlebt hatten."

Scholasticus hob in leiser Verzweiflung die Schultern, als er sich damit einbrachte. Immerhin hatte sich der *Advisor* diesmal wieder herab zu ihnen auf die Erde bemüht. Das war doch schon was.

„Und da war noch genug Schrott mit dabei", assistierte nun auch seine Schwägerin. – „Wenn ich bloß an das Schützenfest denke, dieses alberne Wolkenschießen, von wegen Zeitlöcher stopfen... - natürlich haben wir damals von der Zukunft nichts verstanden."

„Am Ende war es noch unsere Naivität, die unsere Erfolge dann wirklich werden ließ." – stimmte Arundelle nachdenklich zu.

„Und nun sind wir in die Zeit hineingewachsen, und da können wir doch nicht so tun, als wüssten wir nicht, was wir damals erlebt haben." – ließ sich Corinia vernehmen.

„Ja, und bisschen was stimmte da denn doch. So ganz falsch lagen wir ja gar nicht. Tibor hat die Laptops erfunden, ohne an Laptopia auch nur im Traum zu denken." – pflichtete Florinna ihrer Schwester bei.

„Stimmt, ich dachte an meine Pferdekopfgeige, völlig richtig." – meinte der Angesprochene.

„Vielleicht, wenn wir statt ein Rekreationsressort zu gründen, weiter gesucht hätten..." – brachte sich nun auch Dorothea ein.

„Ja, vielleicht gab es da wirklich diesen Ort, nur haben wir ihn nicht gefunden." – Grisella hieb in die gleiche Kerbe wie ihre Schwester.

„Die Welt ist größer, als wir wissen. Und komisch war ja schon, dass wir seinerzeit immer wieder an den gleichen Ort geschickt wurden, wenn wir nicht gerade im Weltall verloren gingen oder zum Rapport bestellt waren, wie jetzt eben wieder." – fand Scholasticus.

„Ja, lieber *Advisor"*, meldete sich Arundelle zu Wort: „Was sollen wir denn tun? Euern Ort gibt es ja wohl, da wäre es doch das einfachste, wir kämen aus der Vergangenheit auch dort an und nicht an einem Ort, den wir erst künstlich einrichten müssten. Was uns, so denke ich, nicht recht gelingen kann, dafür sind unsere Erinnerungen einfach zu lebhaft. Wir wollen uns ja nicht enttäuschen, wo wir doch nun wissen, was uns erwartet."

„Wir sitzen in der Falle." – griff Scholasticus den Faden auf: „Wir müssen weiter machen, denn die Wirklichkeit ging ja auch weiter und da wir sie kennen, können wir sie nicht verändern, denn es ist unser gelebtes Leben, das haben wir hinter uns."

„Außerdem würden wir damit eklatant gegen die erste intergalaktische Universaldirektive verstoßen, nach der die Vergangenheit unter keinen Umständen verändert werden darf.“ – schleuderte Arundelle dem *Advisor* so hin und das alte jugendliche Feuer blitzte in ihren Augen auf.

Dieser zeigte sich sichtlich beeindruckt und pfiff anerkennend durch die Zähne. Dann meinte er lakonisch, sie sollten nur kommen. Auch er sähe dazu keine Alternative, da sie ja nun tatsächlich gekommen waren.

„Und terminlich macht euch nur keinen Stress, wir sind immer da und schlafen nie, das ist der Vorteil bei uns Dauerbrennern. Also, vergesst eure Sorgen um den richtigen Termin. Was geschehen ist, wird geschehen.“

*

Arundelle atmete durch. Das war geschafft. Doch wenn sie nun wegen jeder Kleinigkeit derart lange verhandeln müssten, dann Gut Nacht. Vielleicht könnten sie ja jetzt für alle Zukunft etwas aushandeln, das Bestand hatte und alles abdeckte, was in dieser Hinsicht in der Vergangenheit geschehen war.

„Hiermit legen wir unsere ganzen – *die jetzigen und die vergangenen* - Weltraumaktivitäten in Ihre durchlauchtigsten Hände zurück, lieber *Advisor*“, verkündete Arundelle salbungsvoll und im Hinblick auf die erste unumstößliche universale Direktive durchaus korrekt.

Was geschehen war, war geschehen und alles was damals künftig geschehen würde, musste nun auch wirklich geschehen sein, da es ja damals in der Zukunft schon einmal geschehen war. So hatten sie es erlebt, und so verhielt es sich. Das mochte ein wenig verwirrend sein, dennoch stimmte es, daran biss die Maus nun einmal keinen Faden ab.

Wie nicht anders erwartet, nahm der *Advisor* die Herausforderung an. Es blieb ihm nichts anderes übrig, nachdem er sich derart weit aus dem Fenster gelehnt hatte.

Die von Arundelle geäußerte Sicht entsprach ganz der Übersicht, für die er sich stark machte. Und es war und blieb sein erklärter Wille, diese Übersicht auch zu behalten.

Flugs stattete er deshalb die selbst ernannten *Repetitoren* mit einem entsprechenden Titel aus und segnete sie im nachhinein mit fotografischen Gedächtnissen, damit sie nicht länger ganz so dusselig im Dustern tappten und endlich ein anständiges, sauberes Drehbuch auf die Beine stellten, wo dann auch alles so aufgeführt war, wie es sich damals in der Zukunft tatsächlich zugetragen hatte.

So wurden ihnen hundert Jahre wie ein Tag. Und es war ihnen, als erwachten sie gerade aus dem Traum von damals, von dem ihnen alles so klar vor Augen stand wie der helle Tag, der den Schläfer am Morgen begrüßt.

*

Einen Nachteil hatte die Sache aber dann doch. Die *Repetitoren* bekamen nun nicht mehr mit, was sich außerhalb ihres engen Horizonts ereignete. Der *Advisor* versicherte ihnen zwar, es sei nicht viel anders als sie selbst es erinnerten, aber doch hätten sie das noch einmal gerne mit eigenen Augen gesehen und mit all ihren Sinnen gespürt. Zumal solche Szenen, die sich in den Zwischenräumen abspielten, also nicht eindeutig zuzuordnen waren.

Es mochte am fortgeschrittenen Alter liegen, dass sie nicht mehr so ganz aufnahmefähig waren und eine Spur zu unflexibel. Ihre Aufgabe jedenfalls band all ihre Kräfte und saugte sie immer tiefer in diese ein wenig künstliche Welt hinein.

Um nun den Horizont nicht ganz und gar aus den Augen zu verlieren, wäre eine weitere Sitzung denn doch äußerst dienlich, und wenigstens ein Anfang, ließen sie Arundelle wissen. Sie solle sich denn auch sogleich um einen neuerlichen Termin beim *Advisor* bemühen.

Dieser hatte es wie immer vorgezogen, sich zu verdünnisieren. Groß weiter nebenaus zu schauen, war eh nicht drin. Es ginge als nächstes ganz konkret um die Besuche im finstern Reich der gefangenen Seelen und Körperteile, wo die Miserioren lauerten und hinter jeder Türe mit neuen Schrecken aufwarteten.

Es stimmte schon, das nachzubauen, war ihnen kaum möglich, ja, allein der Gedanke daran erfüllte sie mit Grauen. Doch auch solche Szenen gehörten nun einmal zu der künftigen Zukunft ihrer Vergangenheit, wie sie sie damals erlebt hatten. So mussten auch solche Szenen sein, anders war auch die Zukunft jenseits nicht zu erringen, die danach - so ging die Hoffnung – auf die Menschheit wartete. Erst mussten die gefährlichen Abenteuer bestritten werden. Und wenn die Gegenwärtigen nun auch wussten, wie der Ausgang für sie sein würde, musste sich alles doch auch erst einmal ereignen, und davon war vieles schrecklich genug.

Gar manches ballte sich unaufhaltsam zusammen. Es gab ja keine Alternative. Sie waren Gefangene ihrer eigenen Konstruktion. Einmal begonnen, gab es kein Aussteigen, alles andere hätte die

Revision ihrer Erinnerungen bedeuten müssen. Ihre Erinnerungen aber waren ihnen nun in ihren fotografischen Gedächtnissen so glasklar und brühwarm serviert worden, dass es da wirklich keine Ausflüchte mehr gab. Sie hatten es nicht anders gewollt. Und so hatte der *Advisor* ihrem Wunsch entsprochen, das hatten sie nun davon.

Was half es Arundelle da, mit ihrer Viele-Welten-Theorie zu kommen. Ja, außerhalb ihres Gefängnisses mochten die andern Welten alle gelten. Doch nicht in dem ihren, das sie selbst durch ihre Zukunftsreisen zementiert hatten, um nun darin die in der Vergangenheit festgelegten Akteure und – (*wie sie sich jetzt nannten)* – die *Repetitoren* der Zukunft zu sein. Immer auf der Gedächtnisspur verfolgten sie ihre Ziele, soweit sie eben gesteckt waren. Denn auch für sie gab es ja doch auch noch das Jenseits, denn irgendwann einmal würden sie eingeholt. Und von da an wäre wieder alles offen.

Um nun also den Überblick nicht zu verlieren, wenn sich die Reisenden in der Zukunft außerhalb der irdisch abgesteckten Areale aufhielten, wurde vereinbart, dass immer jemand von den *Repetitoren* mit dabei sein durfte. – Meist getarnt als einer der anwesenden Akteure, wie sie eben auftraten. Das wäre am unauffälligsten, meinte der *Advisor*. – Nachdem ihm in mühsamer Verhandlung dazu die Erlaubnis abgerungen worden war.

Freilich setzte dies ihrerseits denn doch eine gewisse Flexibilität voraus und recht spontane Entscheidungen, merkte der *Advisor* zweifelnd an. Ob sie sich da nicht zuviel zumuteten? Ob er ihnen das im Gegenzug wohl zumuten könne, denn das seien ja beinahe schon divine Eigenschaften, die er da voraussetzen müsse. „Wenn schon denn schon. Entweder stets und ständig oder gar nicht.“ – trumpfte er auf.

Nun, die *Repetitoren* sagten erst einmal alles zu. So froh waren sie über das, was Arundelle da für sie herausschlug. Das war mehr, als sie sich in ihren kühnsten Träumen an Hoffnungen zu machen getrauten. Auch wenn sie nicht recht einsahen, weshalb sie nun überall mit dabei sein mussten, wo es zuvor doch so schwierig gewesen war, überhaupt mitmachen zu dürfen.

Bei manchen dieser Szenen brauchte es kaum der Verstellung, denn die Anwesenheit eines Akteurs aus der Gegenwart war unumgänglich notwendig - etwa bei allen Außenaufnahmen mit dem Prinzen. Solche Szenen nahm Edmond wahr, der von allen *Repetitoren* der flexibelste, da mit Abstand jüngste war. Außerdem passte er nun altersmäßig recht gut ins Bild, da der Prinz inzwischen als Nachfolger auf dem Prinzregententhron saß und die Geschicke Laptopias leitete.

Hingegen tat sich bei General Armelos doch schon auch das eine oder andere Problem auf, da Scholasticus Schlauberger nicht mehr so schnell umzuschalten vermochte, was ganz eindeutig an seinem fortgeschrittenen Alter lag. Dass er in vielerlei Hinsicht noch immer sehr flexibel war, änderte daran grundsätzlich nichts.

So mühte sich Arundelle, wenigstens das ihre beizutragen und ihrem Sohn nicht nachzustehen. Zumal sie ihre Rolle überhaupt nicht mochte. Aber danach fragte hier niemand, weder auf Seiten der *Repetitoren* noch auch auf der andern, der Seite der Zeitreisenden. Die wussten ja von ihrer Doppelbelastung nichts. Auch wenn gerade die junge Arundelle doch das eine oder andere zu ahnen begann, je länger der Kontakt dann dauerte.

Gleichwohl hinterfragten die Zeitreisenden grundsätzlich schon gar nichts, denn sie wussten es nicht anders, da ihnen der Zusammenhang mit der eigenen Zukunft ja nun völlig abging.

„Zwanzig Jahre eures Lebens. Macht euch das klar..." redete der *Advisor* ihnen zum wiederholten Male eindringlich ins Gewissen – „und ihr werdet immer wieder aus eurem Alltag gerissen und in die Vergangenheit zurückgeworfen. Ja, nun alsbald sogar in eine Art verdoppelte Vergangenheit. Denn die Zeit bleibt nicht stehen, wenn dann die Zukunft eingeholt sein wird. Das muss euch klar sein. Was ihr auch tut und lasst, es hat Einfluss. Nichts bleibt ohne Konsequenzen. Nichts erfolgt ohne Grund, alles enthält einen versteckten Sinn, der sich erst in der Zukunft enthüllt." –Der *Advisor* tat gerade so, als hätten sie eine Wahl.

Nun, die hatten sie jetzt auch wieder. Sie hätten draußen bleiben können. Sie hätten sagen können, ‚wir wollen nicht länger Zeuge sein. Unsere Vergangenheit interessiert uns ab dem Zeitpunkt nicht mehr, wo sie die Schwelle zur Gegenwart überschreitet.'

‚Ab jetzt legen wir wieder die Schwellen für die Zukunft. Und diesmal tun wir es so blind wie es uns als einfachen Menschen gebührt.'

*

Doch bis es soweit war aber gingen noch so um die fünfzehn bis achtzehn Jahre ins Land – da schwankte die Rechnung noch immer erheblich, was den Zeitwertschwund betraf. Die also müssten sie schon noch absitzen und in ständiger Bereitschaft erwarten. Denn so genau die fotografische Erinnerungsspur auch war, die ihnen der

Advisor gelegt hatte, so ungenau blieb auch diese, was Zahlen und Daten anging.

„Dafür ist das menschliche Gehirn am unempfänglichsten," erklärte Scholasticus, der sich zu erinnern meinte. Einer seiner Physikkollegen hatte sich vor Jahren mit solchen Fragen befasst.

Erst dann würden die Besuche spärlicher. Und es begänne allmählich die normale einfache Vergangenheit, ohne die realisierte Zukunftsvision. Auch die *Repetitoren* würden wieder zu einfachen Menschen, die wie alle anderen in den Tag hinein lebten.

Ungefähr seit sich *Südmichel vom Wendekreis* zum ersten Mal meldete, hatten sie damit aufgehört, in die Zukunft zu schauen. Ob sie wirklich ganz und gar damit aufgehört hatten, freilich wusste schon damals auf einmal niemand mehr zu sagen. Es war einfach so gekommen. Irgendwann einmal hörten diese Reisen und Zeitsprünge auf. Vielleicht damals, als die Inseluniversität gerade gegründet wurde? Oder hing es doch mit *Südmichel* und mit den Reisen zusammen, die sie entlang am Zeitstrahl in die Vergangenheit nach Atlantis zurück unternahmen? So kamen die *Repetitoren* ins Grübeln.

„Die Besuche beim *Advisor* galten demnach nicht als Ausflüge in die Zukunft?" – wollte Dorothea wissen. Arundelle und Grisella schauten einander überrascht an. Auf so eine Idee waren nicht einmal sie gekommen. Sie stutzen und schüttelten dann die Köpfe – recht einhellig. So, als sei ihre verneinende Antwort ganz selbstverständlich.

„Aber zur Sicherheit werde ich den Zauberbogen noch dazu einmal befragen." – meinte Arundelle dann recht beiläufig.

„Kam die *Advisor/in* denn nicht immer zu uns und unsern Sitzungen?" – mischte sich nun auch Judith Kornblum ein.

So war es gewesen – jedenfalls so lange, bis sich der Rat der Menora dann auflöste. Nicht ganz freiwillig, denn die *Advisorin* hatte da ein gehöriges Wort mitgeredet.

Auch auf diesem Wege also hatte sie die Zukunft einzuholen begonnen. Je schärfer sie sich bemühten, je exakter sie den Termin zu bestimmen suchten, genauer ließ sich die Zeitspanne nicht eingrenzen, um die es sich nur handeln konnte. Einig waren sich die *Repetitoren* darin, dass das nun schon wieder einige Zeit zurück lag. Aber waren es nun fünfzig Jahre – so die gröbste Schätzung - oder erst siebzehneinhalb Jahre, so die vermeintlich genaueste Schätzung? - Diese hatte mit Edmonds Lebensalter zu tun und kam von ihm, denn das war die Zeit seiner ersten Erinnerung. Und er wollte wohl, dass die mit den Weltraumabenteuern seiner Eltern noch verknüpft blieb.

Das kam ja auch noch hinzu: Wunschdenken färbte die Erinnerungen auch dann, wenn ein fotografisches Gedächtnis die Spuren legte. Die Wünsche setzten sich einfach drüber, sie mussten nur stark genug sein.

*

Arundelle wusste schon, weshalb sie nicht gerade begeistert war, was ihre Teilhabe an den Arrangements für die Zeitreisenden anging. Und so war es dann auch. Ihr fiel die Rolle der stummen Prinzessin zu, die neben dem Kaiser in diesen wippenden Stühlen hockte. Als diese beunruhigte sie nicht nur sich als Zeitreisende, sondern auch ihren schwachen Magen, der gegen die Wipperei regelmäßig bis zum Erbrechen rebellierte.

Allein deshalb schon bereute sie ihr Insistieren. Andererseits bekam sie so doch mit, was vor sich ging. Und es wäre wohl auch ein Bruch mit der realen Vergangenheit gewesen, wenn sie die zeitreisende Arundelle nicht auf die Weise beunruhigt hätte, auf die sie diese nun einmal beunruhigt hatte. Daran erinnerte sie sich nun wirklich ganz genau.

Wie hatten sie – zusammen mit Billy-Joe - stundenlang gerätselt, was es mit dieser Prinzessin wohl auf sich hatte. Allerlei Theorien hatten sie entwickelt. Sie hatten sogar eine Halbschwester ins Spiel gebracht. Die dann angeblich tatsächlich irgendwo existierte und die sich eines väterlichen Fehltritts verdankte. Was sich ja nun als ziemlich irrelevant herausstellte, da diese mit der Prinzessin, die wahrscheinlich ein ganz normales Leben führte, wirklich nichts zu tun hatte. Falls es sie denn überhaupt gab und sie nicht nur der überspannten Fantasie ihrer Mutter entstammte.

*

„Ob wir wohl die einzigen waren?“ – Arundelle schaute sich im Kreis der *Repetitoren* um und blickte in erstaunte Gesichter. Sie hatten mit dieser Frage nicht gerechnet.

„Nun ja, wenn wir reisen, reisen andere vielleicht auch“ – setzte sie unsicher nach.

„Klingt logisch“ – stimmte Grisella ihr zu. Auch das wäre wieder so ein Thema, um es mit dem *Advisor* zu besprechen. Den *Südmichel* bekamen sie ja nun nicht mehr zu fassen. Jedenfalls nicht hier oben. Corinia bestätigte, dass das Meervolk ihm noch immer als ihrem Idol huldigte. Sie selbst habe ihn zwar auch nie wieder gesehen, doch von ihrer Freundin Boetie wisse sie um seine Omnipräsenz im verschwiegenen Unterwasserreich.

„Kann natürlich alles Einbildung von denen sein. An was man glaubt, das wird einem auch ein Stück weit real. Gerade wir müssten das wissen, bei all den Visionen, mit denen wir zu tun haben..."

„Am Ende ist *Südmichel* auch bloß ein Zeitreisender..." – gab Florinna zu Bedenken. Doch eigentlich wollte sie nur ihre Schwester unterstützen. Die meinte denn auch - „das hat der indirekt nie abgestritten."

„*Südmichel* ist aus Atlantis, das weiß ich von meinem Zauberbogen", warf nun auch Arundelle ein: „Er gehörte zu den Zwergen, die damals der Katastrophe entkamen."

„Die haben sich einfach weggegraben." – erklärte Florinna. Sie hatte seinerzeit federführend an der Feldforschung teilgenommen. - „Bis nach Schottland." – sagte sie so hin. Doch es gab dafür Beweise, wenn auch keine wirklich stichhaltigen.

„Zeit genug war da ja" – meinte Tibor. Doch das stimmte so auch wieder nicht ganz.

„Die wären beinahe erstickt, so tief unter dem Atlantik..." – wollte Corinia gehört haben.

„Vielleicht sind sie ja doch geschwommen – mit Schiffen und so... kann doch sein?" – warf Tibor leicht verunsichert ein. Und erntete nur Kopfschütteln. Im Grunde wusste auch er, dass Zwerge niemals freiwillig auf das Wasser gingen. Schon gar nicht, um einen Ozean in kleinen Booten zu überqueren.

10. Emasus – der Troll, der von oben kam

Tibor wusste schon noch, wie leicht man zum Idol wurde, auch ohne viel eigenes Zutun. Nun ja, die sich selbst bespielende Pferdekopfgeige war seinerzeit denn doch eine ziemliche Sensation gewesen. So ganz ohne Aufwand also war sein Ruhm nicht entstanden. Mit den Jahrzehnten, die ins Land gegangen waren, schliff sich da so manches ein. Zumal er sich mit seinen Bewunderern auch näher kam – etwa durch universitäre Vorlesungen und Seminare aller Art. Und doch blieb er Idol für all jene, die nur zum Vollmond ins Licht traten und aus den Höhlen krochen, um dem unvergleichlichen Spiel der Pferdekopfgeige zu lauschen. Vielleicht auch, um mit den

Steinen zu weinen, oder in sich zu gehen und den ganzen Seelenschmelz eins ums andere mal umzuwälzen.

Ob dies nun viel Sinn machte oder nicht. Es war nun einmal so und hatte sich entwickelt über die Jahre und Jahrzehnte und war gleichsam zu einem Bestandteil der Zwergen-Identität geworden.

So waren die Zwerge eben. - Sie liebten die Mystifikation und wichen vor der Entschleierung eher zurück. Sie wollten ihr Idol so, wie sie es sich ausmalten und zurecht machten. Da blieb für ein Eigenleben nichts übrig.

Kein Wunder also, dass Tibor unter Vereinsamung litt, seit es auf der Insel zwischen den Mondintervallen ruhig geworden war. Und nur noch Susamees Geist umging, wenn auch auf recht handfeste Weise und sich mit Wachmann Will Wiesle vergnügte, wobei sie einander vollständig selbst genügten.

Wo waren sie hin, die stillen Tage des beschaulichen Glücks? Emasus blieb verschollen, so viel sie auch suchten und Tika war vor lauter Kummer und vor dem doppelten Gram ihrem Bruder nachgefolgt, als langsam klar wurde, dass auch der nun nie wieder das Licht des Tages erblicken würde – nach menschlichem Ermessen nicht. So lange hielten es selbst Zwerge nicht unter Tage aus.

„Dort unten lebt nun keiner mehr.“ – nickten die *Repetitoren* einander bedeutungsvoll zu und achteten kaum des Kummers der Schwester, da Arundelle so viel Raum einnahm.

‚Nicht einmal im Schmerz ist sie gerecht‘, dachte Tika bitter. Sie war zeitlebens nie aus Arundelles Schatten recht herausgetreten. So war das nun einmal gewesen. Im Tod wenigstens wollte sie die erste sein. Und das hatte sie dann ja auch geschafft. Ihr brach es das Herz, sie schwand dahin. Eine letzte Genugtuung war das schon - doch um welchen Preis!

Und Tibor blieb allein zurück. Ab und an, wenn es ganz schlimm um ihn stand, fand er den Weg hinüber zur andern Seite seiner Insel, wo das Seemannsheim stand. Dort betrank er sich und mischte sich unter die alten Trunkenbolde, die nun keinen Bahnhof mehr kannten, wo ihr Dienstplan aufgehört hatte, sie zu binden.

„So ein Leben im Heim ist das reine Gift“, moserten die Hagestolze und prosteten einander feixend zu. Wie sollten sie sich auch ernst nehmen?

Wenn es dann soweit war, wenn sich die Pferdekopfgeige auf eigene Füße stellte und zu ihrem Stammplatz eilte, torkelten die greisen Seeleute grölend hinterdrein. Den Weg kannten sie im Schlaf so gut wie im Suff. Außerdem wies der Zauberklang die Richtung.

Nun da Trauer ihre Seele umfing, schluchzte die Geige wohl noch einmal wärmer, dass sogar der Wind in den Zweigen nicht mehr an sich halten konnte, wenn es denn der Wind war und nicht Wachmann Will Wiesles Seele, die es nun doch noch gelernt hatte, wiewohl doch Wachmann Will Wiesle zu Lebzeiten auf tauben Ohren saß, soweit es die Entzündung durch Musik betraf.

*

Was war mit Emasus geschehen? Niemand kannte die Antwort oder falls er sie doch kannte, behielt er sie für sich. Emasus wuchs als ein stilles in sich gekehrtes Kind heran. Seine Mutter glaubte so manchen Wesenszug ihres Bruders bei ihm auszumachen. Denn auch Billy-Joe barg ja in sich nicht nur den fröhlichen Sonnyboy, den er so gern nach außen kehrte. Diese Seite ging Emasus völlig ab. In dieser Hinsicht schlug er nach den Khans. Tibor fand ja - nach seinem Vater, doch Tika meinte - durchaus auch nach ihm. Vielleicht war Tibor da an sich selber etwas nicht so ganz aufgefallen. - Wie es ja oft geht und andere einem sagen müssen, wes Geistes Kind man doch auch ist. Sich selbst durchschaut der Mensch nun einmal nicht so ganz und gar und ohne Hilfe von außen.

Wahltante Penelope hielt ihre ganz eigene Meinung nicht hinter dem Berg, die sie schon kurz nach Emasus Verschwinden äußerte, freilich ohne den geringsten Beweis zu besitzen. Nun ja, farblich schlug er sowohl nach der Mutter als auch nach dem Vater und durchaus auch in doppelter Hinsicht. Gleichsam als sublimierender Conversior oder auch als konvertierender Sublimatior. Das kam ganz auf die Sichtweise an.

Den leichten Körperbau hatte er von der väterlichen Seite wie so manches andere. Wäre sein Gesichtsausdruck weniger verschlossen gewesen, so hätten ihn viele für sehr sympathisch und ausgesprochen gut aussehend gehalten. - Wäre da nicht der ein wenig bitter wirkende Zug um seinen Mund gewesen, der zum wenigsten auf innere Kämpfe schließen ließ, wenn nicht auf viel mehr.

Tante Penelope also glaubte um sein Schicksal zu wissen. Nicht zuletzt deshalb, weil sie von sich auf ihn schloss. Auch sie war einmal fast verloren gegangen und ohne fremde Hilfe wäre sie auch verloren gewesen.

Fehlte es an der nötigen Phantasie und Tatkraft? Doch Billy-Joe und Tibor hatten sich ja zusammen mit Arundelle und den Schwestern Hase wie damals auf den Weg gemacht. Sie waren überall herumgeflogen. Bis dann die Ereignisse in Laptopia ihre Energien banden und Billy-Joe unter der Erde verschwand. Eines deutlicheren Fingerzeiges hätte es eigentlich nicht mehr gebraucht.

Jeder Winkel der Südsee bis hin zum Polarkreis wurde durchforscht. Jede verlassene Insel aufgesucht oder von der Besatzung der Last Bounty durchstöbert. Es gab sehr viele Inseln. Allein war das nicht zu schaffen.

Die Last Bounty kreuzte in allen Archipelen herum. Gerade weil alle wussten, oder doch zu wissen glaubten, was geschehen war, wurden die Zweifel immer lauter:

„Die Geschichte wiederholt sich nicht."

„Der ganze Ansatz stimmt von vorn herein nicht."

„Malicius Marduk hat zu viele Gesichter. Dieses hier sieht ihm gar zu ähnlich. Wir sind deshalb auf dem Holzweg."

Und was der spitzfindigen und geistreichen Meinungen mehr waren, die von allen Seiten geäußert wurden. Und immer lauter wurden, als die Suche Woche um Woche erfolglos blieb und keinem mehr etwas einfiel, wo man noch hätte suchen sollen.

Dabei hätte Emasus sogar eine doppelte Chance gehabt sich in der Luft zu halten. Fliegen war gleichsam sein zweiter Vorname. Fliegen in jeder Form und Gestalt – ein wahrer Vogelmensch und Windsbräutigam.

So schien es nur natürlich, ihn in seinem Element zu suchen. Vielleicht war dies bereits der größte Fehler. Vielleicht wäre es besser gewesen, bei den Zwergen anzufangen. Eher *Südmichel* statt den *Advisor* anzugehen, die sich natürlich beide in solch einer prekären Frage nicht sehr auskunftsfreudig zeigten.

In solch einer Tabuzone konnte eigentlich nur alles schief gehen. Die Abwehrgesten des *Advisors* waren demnach richtig falsch gedeutet worden. – Was sich ja nun abzuzeichnen begann, als die Suche in die vierte Woche ging und noch immer kein Lebenszeichen von Emasus gekommen war.

Bei *Südmichel* war nicht einmal der Versuch unternommen worden, ihn aufzusuchen. Doch der hatte sich auch rar gemacht. Seit Tibor zum neuen Idol der Zwerge aufgestiegen war, hatte er sich aufs Altenteil gesetzt: ‚Soll der doch nur machen'. So sein beleidigter Tenor. Dabei war er seit Jahrzehnten nicht mehr recht zuständig, sondern hielt sein Augenmerk auf das Meervolk.

Emasus untergründiger Wesenszug, die bittere Falte um den Mund hätte auch anders gedeutet werden können und dann wären sie ihm vielleicht auf die Spur gekommen. Ob ihm das geholfen hätte? - Vielleicht wollte Emasus nicht gefunden werden. Doch was wusste so ein junger Mensch schon vom Leben und vom Verlustschmerz und von der Ungewissheit?

Tika war untröstlich. Ihr ganzer Schamanismus half da nicht. Und doch fühlte sie etwas. Ein ganz schwaches Signal, das von Tag zu Tag schwächer wurde, bis es eines Tages ganz verstummte. Das war auch der Tag, an dem sie aufgab. Sie schloss für sich mit der Welt ab. Dass sie eine unschließbare Lücke riss, tat ihr wohl leid. So hätte es Susamee nicht gefallen, die stets auf Tradition hielt und beizeiten dafür sorgte, dass jemand da fortfuhr, wo etwas endete. Bei aller Leichtigkeit und Lebenslust, der sie sich bis ans Ende immer wieder gerne überließ.

Die ‚Entscheidungsschlacht in Laptopia' war zur Unzeit dazwischen gekommen. Und danach gab es viel mehr zu betrauern oder zu bedenken als Tikas Tod oder das ungewisse Schicksal des Vermissten. Auch die Ängste waren keineswegs ausgestanden, wie es weiter gehen sollte und ob es gelang, Malicius Marduk zur Aufgabe zu bewegen. Alles, was sich historisch in ihren Erinnerungen abbildete, musste gleichsam erneuert und verwirklicht werden, da die Zeit nun wirklich reif war und alle Entscheidungen Wirklichkeit wurden, so oder so.

Denn nun wurde die Zukunft in Stein gemeißelt. Sie war kein flüchtiges Gebilde mehr, das den Gesetzen des Geistes gehorchte, während die Materie nach Schmelzofen und Eisen- oder gar Stahlschmiede verlangte.

„Materialisation ist unser Metier" – hieß es bei den Zwergen und *Südmichel* war Zwerg genug, um diese Doktrin zu teilen. „Einen solchen Luftikus ein wenig zu erden, kann überhaupt nicht schaden", redete er sich ein, um zu rechtfertigen, was er getan hatte.

Wie hätte er ahnen sollen, dass der Mutter schon so alsbald das Herz brach, wo es doch nur den Vater ein wenig treffen sollte? - Hatte er ahnen können, wie viel es Emasus bedeutete, endlich auf eigenen Füßen zu stehen? Der ließ sich allzu bald nicht mehr von seinem neuen Lebensweg abbringen. Er bekam gar nicht genug davon, mühsam Fuß vor Fuß zu setzen, wo es ihm doch ein Leichtes war, so oben hin über die Welt zu huschen.

So achtete er das Selbstverständliche gering, und mühte sich mit seinem Unvermögen.

Grundsolides Kunsthandwerk war angesagt. Arabesken aus Marmor, filigrane Bronzen – alles, nur nicht die flüchtigen Gespinste, die ihm von kleinauf in die Wiege gelegt worden waren.

Nie hatte ihn jemand verstanden. Ausgelacht war er worden. „Was kriechst du im Dreck, drechselst Männlein und Töpfchen. Schwing dich auf, wohin du gehörst, reite auf dem Wind und lass dich mit den Wolken treiben..."

So war *Südmichel* sein Freund geworden. Ganz nebenbei und ohne viel Aufhebens. Wie man sich eben anfreundet im Sandplacken unten am Bach, wo sich die Erde auftut und den Wasserlauf verschlingt. Um ihn für etliche hundert Meter durch ihren Bauch zu führen, und dann wieder auszulassen. War 's eine Metapher auf ihn selbst?

Wie er den kühlen Ton liebte, der durch die Zehen presste, wenn ein Fuß auf den andern folgte, sich schmatzend aus der Umklammerung befreite, wozu es jedes Mal einer kleinen Anstrengung bedurfte. Wie er diese Erdverbundenheit liebte und vor allem das Wissen um sie. Die immer wieder kehrende Erinnerung und die Geborgenheit aus dem Bewusstsein heraus, eins zu sein, von eben der Art zu sein wie alles andere auch, das ihn hier im tiefen Grund umgab.

Da brauchte *Südmichel* nicht weiter zu locken. Ja, dieser machte gar Vorhaltungen, warnte vor den Gefahren der Tiefe, die ein Vogelmensch nicht richtig einzuschätzen verstünde. Solche Warnung reizte ihn um so mehr. Emasus wollte gar ganz zu ihm kommen, wollte mit ihm kommen, wollte sein emsiger Schüler werden und in die richtige, echte Zwergenlehre gehen. Aber geheim müsste es schon bleiben – erst einmal. Von seinem Weg wolle er sich nun nicht wieder abbringen lassen wie schon so oft. Die mütterliche Überzeugungskraft war nur allzu groß.

Wer hätte ihr auch abschlagen wollen, was sich so natürlich anbot? Und doch achtete er seine Talente für nichts. Da war er seinem Vater nicht unähnlich, der sich zeitlebens darauf versteift hatte, Schamane zu sein. Ohne auch nur die Spur einer schamanischen Begabung. Das aber durfte ihm niemand sagen. Er ließ sich überhaupt nicht dreinreden. Was auf die eine Weise nicht klappte, das erstrebte er dann eben auf die andere. Dank des Pferdekopfgeigenspiels übertünchte er so manche Schwäche, nicht zuletzt vor sich selbst, denn sich musste er letztlich am meisten überzeugen. Da eben haperte es.

So blieb Tibor zeitlebens reichlich verunsichert, was ihm allerdings nicht gar so schlecht zu Gesicht stand. Solch ein Auftreten nahm seine Umwelt für ihn ein und hielt es gar für Bescheidenheit.

Zumal angesichts der vor Selbstbewusstsein nur so strotzenden Susamee, der es Tika auch noch nachzumachen versuchte.

Besonders jetzt, wo sie dahingegangen war, hielt Tibor dies nicht gerade für einen ihrer besten Züge. Und er schämte sich seiner Einsicht, ohne sie doch als völlig abseitig beiseite schieben zu können.

Und doch kam er Emasus nicht drauf. Es gelang Tibor nicht, von sich auf seinen Sohn zu schließen. Was den Jungen anging, so hatte er auch an ihm seinen blinden Fleck. Vielleicht ist das überhaupt Elternschicksal, denn Tika ging es nicht besser. Ihr Wunschdenken hielt sie fest umfangen. Und da von außen sowieso keine kritischen Stimmen zu hören waren – etwa *Südmichel*, der zumindest ahnte, was es mit Emasus auf sich hatte – nahm das Unglück seinen Lauf.

Nicht zuletzt die überbordende Erwartungshaltung der Eltern machte es Emasus unmöglich, diese einzuweihen. Wer weiß, wie alles gekommen wäre, wenn er sie beizeiten ins Vertrauen gezogen hätte?

Südmichel wiederum ärgerte die Konkurrenz, die ihm in Tibor erwuchs. Vielleicht hätte er den Eltern sonst ja einen Wink gegeben.

Letztlich blieb es dann doch ein tragischer Unfall, bei dem aber auch alles schief ging, was nur schief gehen konnte. Und vielleicht überraschte sich Tika mit ihrem plötzlichen Tod selbst am allermeisten. Mit ihm hatte sie nicht gerechnet, jedenfalls nicht, dass er unversehens zuschlug, wie er es tat.

Und ganz so war es ja dann doch nicht gewesen. Es stimmte schon, Tika versank bis tief über beide Ohren im Unglück. Ihr Gram zog sie nieder. Schmerzgebeutelt war sie und weit weg von jener Lust, wie sie die hohe Zeit des Lebens einst umfloss.

Aber sie spürte auch tief drinnen die instinktive Abwehr, Emasus versteckten Widerstand. So färbte sich der Gram denn doch noch einmal etwas anders ein. Er war nicht so ganz rein und unverfälscht, war nicht ohne leisen Vorwurf oder zumindest Irritation.

Die Stellschraube am Nurnenstrang drehte ein anderer und an ganz anderem Ort. Von langer Hand, von sehr langer Hand griff diese Schicksalsmacht nach ihrem Leben. Denn als Tika zu Tode kam, war das letzte Gefecht ja noch nicht gewonnen. Billy-Joe war noch nicht zum David aufgestiegen, und sein Alter ego nicht als Schamane der Churingas in den Untergrund abgestiegen. Das Bauernopfer war noch nicht vollzogen.

So konnte man sagen, mit Tika ging wie von ungefähr eine Ära zu Ende. Vielleicht war sie gar das letzte Opfer. Oder winkte durch sie bereits die neue Unumgänglichkeit, die das Leben an sich nun einmal in sich trägt?

Es konnte durchaus so sein, dass an ihrem Leid keine Macht der Welt noch ihre Freude hatte. Kein boshaftes Teufelchen lachte sich über sie mehr ins Fäustchen und hüpfte voll der satanischen Verzückung umeinander und erging sich an ihrer Untröstlichkeit. Es konnte durchaus so sein.

Für Tragödien wie die ihre blieb das Feld reich bestellt. Auch dann, wenn die Häme nun abgetan und die Bosheit endgültig besiegt war. Zumindest in dieser Hinsicht also wurde das Leben in der Welt verlässlicher.

*

Es dauerte einige Zeit bis Emasus die ganze Wahrheit erfuhr. So tief hatte er sich vergraben im Wunschreich der Zwerge. Er umgab sich mit Zwergenprunk, und da er von kleinem Wuchs war, ging er für einen zu groß geratenen Zwerg durch, auch wenn ihm die Leibesfülle abging. Doch die kaschierte sich hinter dem Zwergenhabit in welchem er auftrat.

Wann immer die Rede auf die Oberfläche kam, stellte er die Ohren auf Durchzug, gab vor, besseres zu tun zu haben und trollte sich, nach Art der ungezogenen Trolle. So gelang es ihm für eine geraume Weile die Kunde von den Veränderungen dort oben von sich fern zu halten. Bis es selbst *Südmichel* zuviel wurde, und er ihm ganz offiziell mitteilte, was geschehen war.

Das fuhr ihm denn doch ordentlich in die Parade. Ganz in der Trollmanier hängte er den Berserker heraus, was ihm aber auch nichts nützte. So ein Tod ließ sich nicht ungeschehen machen. - Ein Besuch im Totenreich hingegen - hie und da - wäre schon drin, hieß es wie zur Beschwichtigung und damit er nicht in der Depression versank. Soweit weg läge das Totenreich nun auch wieder nicht. „Das ist vielleicht so, als ob der *Advisor* auftritt.“ – meinte *Südmichel* der sich auch zu erinnern glaubte, dass Emasus bei dessen Auftritten einige Male zugegen gewesen war. Jedenfalls hatte er das so erfahren.

Das läge ja nun schon wieder Jahre zurück, konterte Emasus recht sinnlos und unzusammenhängend und Tränen rannen nun doch reichlich – von wegen trockene Augen. Das war vorbei. Er wollte sagen, er könne sich nicht vorstellen, wie so ein Besuch im Reich der Toten aussähe.

„Ja, willst du denn hin?“ – fragte *Südmichel* lauernd, denn es gelüstete ihn schon, den argen Lümmel zu beuteln, auch wenn er die vorschnelle mütterliche Selbstaufgabe so recht nicht gutheißen mochte.

Da käme es dann ja wohl doch noch zu einer Aussprache. Die Chance mindestens musste er dem jungen Heißsporn lassen, war sie doch wenig genug.

„Am besten, wir machen das zusammen“, lud er den Verzweifelten ein. „Letztlich ist es so wie überhaupt.“ – erklärte er und meinte damit hinreichende Auskunft zu geben, was Emasus erwartete: „Den Unterschied merkt man erst, sobald es körperlich wird. Da wird dann nichts. Aber sonst...“ – setzte er nach, als er die ratlose Miene des Jungen sah.

So wusste Emasus wenigstens, worauf er sich einließ. *Südmichel* hieß ihn einigen Proviant einpacken und auch an warme Schlafsachen zu denken. „Ja, dauert die Reise denn so lange?“ - fragte der Gebeutelte in seiner Zerknirschung und schielte zu Omirah hinüber, die der Grund für so manche seiner Unbotmäßigkeiten in der jüngeren Vergangenheit war. Wie konnte es anders sein in dem Alter?

Omirah war groß gewachsen für eine Zwergin und recht schlank dazu. Sie wirkte ganz untypisch und strahlte für Emasus eine beinahe überirdische Sinnlichkeit aus. In ihrem Arm vergaß er sich und die Welt. Was bedeuteten da Vater und Mutter?

Klug war Omirah noch dazu, denn sie unterstützte *Südmichel* bei seiner Unternehmung. Außerdem war sie neugierig auf Tika, von der so viel geredet wurde, sogar jetzt noch. So nur machte die Kunde ja die Runde. - Viel Gutes und auch mancherlei, das sich doch recht unvorteilhaft ausnahm. Der wölfische Grundzug ihres Totemtieres hatte sich ihrem Charakter ganz grundsätzlich eingeprägt. Von dieser Wildheit hatte Emasus gehörig was abbekommen. Das war ein weiterer Grund dafür, dass es ihn unter die Erde zu den wilden Trollen zog. Vielleicht, wenn Omirah eine Conversiorin gewesen wäre wie er, wäre sein Leben anders verlaufen, hätte eine ganz andere Bahn eingeschlagen. Vielleicht verwechselte er da bloß was. Und so kam es ihm doch gelegentlich unter, dass er die Trolle merkwürdig lahm und mutlos fand, bei aller Umtriebigkeit. Das geschah ihm immer dann, wenn seine eigene Wildheit so recht zum Zuge kam, was, wie sich denken lässt, zu Anlässen der Fall war, die den Trollen naturgemäß nicht behagen konnten.

Omirah bewunderte ihn dann und sah in ihm einen Freiheitshelden der besonderen Art. Sie stellte ihn auf eine Stufe mit *Südmichel*, denn auch der hatte es ja geschafft, sich aus eigener Kraft aus der irdischen Umklammerung ein Stück weit zu lösen und sich seines esoterischen Astralleibs zu bedienen. Auch er hatte ja die wahre Unsterblichkeit erlangt, die den materiellen Leib überwindet und aufhebt und mittels ganz neuer ungleich luftigerer Bausteine rekonstruiert, auch ohne recht zu wissen, wie dergleichen zustande kommt.

Doch da war er in guter Gesellschaft. Dieses Schöpfungsgeheimnis war entweder überhaupt nicht bekannt, oder wo es ein Stück weit bekannt war, so unerforschlich wie das göttliche Mysterium der Schöpfung selbst für deren Sein es gar keinen Grund gibt.

So mühte sich Emasus redlich, den Erwartungen Omirahs zu entsprechen und sich entsprechend zu profilieren, wann immer er dazu Gelegenheit erhielt.

Nun sollte man meinen, dass dies in den Tiefen der Erde gar nicht so leicht war. Und doch boten die Dome und Klüfte dazu mehr als genügend Gelegenheiten. Niemand durchmaß selbst feurigste Pfuhle mit solcher Leichtigkeit oder schwang sich zu Stalagmiten in schwindelnder Höhe auf. Das vermochte nur ihr Traumheld – ihr Emasus – *der Troll, der von oben kam.*

11. In der Unterwelt

Die Unterwelt, so sollte man doch meinen, lag unten und befand sich in den unergründlichen Schlünden der Erde. Vielleicht in Tiefseespalten, den unterseeischen Gebirgsklüften, wo nie ein Sonnenstrahl hingelangt und tonnenschwere Last alles Leben niederdrückt.

Doch in Wahrheit war auch die Unterwelt nicht von dieser Welt. Und hätte man sie im Mittelpunkt der Erde gesucht, so hätte man sie dort ebenso wenig gefunden wie am Grunde des tiefsten Meeres. So feurig es da auch zuging und so höllisch die Glut dort wallte. Die Unterwelt barg die Erdmitte nicht.

Aber das spielte für die Reise keine große Rolle. *Südmichel* hatte eine jener Chaisen aufmöbeln lassen, wie sie schon den Atlanten seinerzeit dienten. Pferdelose Kutschen, die antriebslos umeinander surrten. Vielleicht eine Art Elektroauto mutmaßte Emasus, der solcher Technik allerdings ferne stand.

Dahinein setzten sich die Besucher der Unterwelt. *Südmichel* ließ es sich nicht nehmen, die Expedition selbst anzuführen. Er nahm deshalb vorne Platz. Lenken freilich brauchte er nicht. Das Vehikel wusste anscheinend von allein, wohin es sich zu steuern hatte.

Omirah und Emasus saßen im Fond und begannen sogleich zu turteln als sie sich alleine wähnten. *Südmichel* räusperte sich indigniert und drehte sich mehrmals auffällig um, bis sie von einander ließen. Es gab ja doch so einiges zu besprechen, da wäre etwas Aufmerksamkeit durchaus nicht fehl am Platz.

Innerlich schüttelte *Südmichel vom Wendekreis* nur den Kopf. Mit dieser Generation tat er sich nun doch recht schwer. Ob es daran lag, dass sie weitgehend ohne Bosheit aufgewachsen war? Früher hatten sie ja in allem nur das Schlimmste befürchtet. Aber die jetzt! - Die taten gerade so, als gäbe es die lauernden Gefahren nicht mehr, die zwar nun um eine Komponente ärmer, deshalb aber noch lange nicht außer Kraft gesetzt waren. Anscheinend ängstigten letztlich nur solche Gefahren wirklich, die durch die menschliche oder teuflische Bosheit entstanden.

So wollte es scheinen, denn *Südmichel* erlebte Emasus und Omirah als wahre Ausbunde von Tatkraft und Lebensmut. Die brauchten nicht einmal viel zu tun. Allein ihre Ausstrahlung sagte schon alles.

Das war eine Entwicklung, an die er sich nun würde anpassen müssen. Auch dort, wohin die Reise ging, herrschte nun eitel Glück und Sonnenschein, wenn auch im übertragenen Sinne, denn die Sonne lachte dort nicht gerade. Vielmehr waren es zwei kräftige Monde, deren Silberschein aber auch nicht von schlechten Eltern war. Daran merkten die Reisenden, als sie dann ankamen, dass sie hier an einem ganz anderen Ort waren. Doch nicht nur daran.

Alles schien hier seitenverkehrt, nicht nur das Licht, denn es gab das Schwarze weiß und das Weiße schwarz wieder. Ein seltsamer Umstand, an den sie sich so schnell nicht gewöhnen würden, und hoffentlich nie gewöhnen müssten. Dadurch wirkte aber auch alles ganz anders und nicht etwa schöner – ganz im Gegenteil.

Sie trafen Tika an bei einer Horde australischer Aborigines – alle ziemlich weiß, mit blitzenden schwarzen Zähnen und schwarzen Augen in denen große weiße Pupillen leuchteten. Farblich war dagegen nicht viel los. Da sah ein Starpatient auf Erden besser und Leuchtenderes, so matt ihm die Farben wegen seiner Augenkrankheit auch wurden.

Als Tika ihren Emasus erkannte – und das war gleich der Fall – stürzte sie sich auf ihn, wie es nur eine Mutter vermag. Sie herzte und küsste ihn und entgegen der Prognose empfand er die Umhalsungen durchaus körperlich. Mit der Esoterik also war es hier noch nicht weit her. Tika benahm sich wie aus Fleisch und Blut, nur eben seitenverkehrt und spiegelbildlich gegenläufig verfärbt.

Vor die Wahl gestellt, im Himmel mit einem Astralleib ausgestattet, dem Engelscorps beizutreten, oder aber in der Unterwelt Leib und Seele wie gewohnt beieinander zu halten, hatte Tika sich für die letztere Variante entschieden. Mit gewissen Veränderungen, wie sie bemerkte, die ihr alles in allem jedoch nicht allzu lästig waren.

Ihr ganzer Gestus schien nun auf den Kopf gestellt. Erinnerte Emasus sie eher reserviert und unterkühlt, so schäumte sie nun über vor Lebendigkeit. Die Worte sprudelten nur so aus ihr hervor - gleich einem munteren Quell. Sie wollte alles, alles auf einmal wissen und ließ ihm doch keine Gelegenheit, am Stück mehr als ein paar Worte von sich zu geben.

Endlich fiel ihr Blick auf Omirah, die ein wenig verlegen beiseite stand, und nicht recht wusste, was sie hier verloren hatte. Dabei hatte *Südmichel* sehr nachdrücklich darauf bestanden, dass sie mit dabei war. Fast so, als sei sie die Hauptperson. Nun allerdings fühlte sie sich wie das fünfte Rad am Wagen und wäre am liebsten wieder in die Chaise zurück geschlüpft.

Doch von Aufbruch konnte heute keine Rede mehr sein. Die beiden Monde neigten sich jeder auf seiner Seite dem Horizont zu. Der Abend nahte und in der sich immer weißer verfärbenden Steppe zirpten Grillen ebenfalls seitenverkehrt, was sehr merkwürdig klang.

Hier waren die Dingos daheim, das spürten die Gäste in der Unterwelt sogleich, denn um sie her begann das Gras zu rascheln. Gestalten sanken in die Erde, und krochen seitenverkehrt winselnd aus dem schwärzlichen Feuerschein der Kochfeuer des Lagers. Und auch Tika hauchte und stöhnte ihren Abschiedsliebesbeweis heiß und stechend ins Ohr des verwirrten Söhnchens.

Dieser fühlte sich nun unversehens wieder recht klein, bis Omirah nach ihm griff und ihn daran erinnerte, dass er ein ganzer Mann war. So brach der mütterliche Bann. Die Reisenden rollten sich in ihre Schlafsäcke. Die Nacht wurde empfindlich kalt, wie es Nächte so an sich haben. Darin war die Unterwelt also nicht seitenverkehrt. Emasus und Omirah konnten von einander nicht lassen, was *Südmichel* aber nun nicht mehr störte, denn nach dem langen Tag war er rechtschaffen müde, weshalb er sogleich tief und traumlos entschlummerte.

Ganz so traumlos schien sein Schlaf nun doch nicht zu sein, denn es war ihm alsbald, als hörte er das Schluchzen der Pferdekopfgeige, das seitenverkehrt nicht minder beeindruckte. War ihm der Verfolger bereits auf der Spur?

Doch nein, er träumte ja nur. Als ob ein *Südmichel* einfach nur träumte! Wo die Pferdekopfgeige ertönte, da war auch Tibor nicht weit. War er ihnen etwa gefolgt? Aber wie hätte er denn nun auf einmal wissen sollen, wo sein Sohn steckte, hatte er diesen doch seit Jahr und Tag vergeblich gesucht, wenn auch bisher am falschen Ort.

Auch Emasus träumte recht lebhaft, ohne doch um seine Begabung zu wissen, die sich bei diesem Multitalent noch unter dem dominanten Grün verbarg, quasi als silberne Rotgrün-Invarianz. Ein Ausdruck, mit dem er nicht viel hätte anfangen können, auch wenn er ihn gekannt hätte. Denn er glich doch sehr einem ungeschliffenen Rohdiamanten.

Die Zeit unter Tage hatte ein übriges getan. Seine Lehrer aus der Zwischenschule hätten es jedenfalls so gesehen. Ja, großes Bedauern herrschte dort in der Zwischenschule und um so größere Bestürzung, als dann die Tragödie ihren Lauf nahm und ein Leben vertan schien, ehe es recht begonnen hatte.

Die Antwort auf *Südmichels* verträumte Grübelei war denkbar einfach. Tibor war Tika ganz unabhängig und aus freien Stücken in die Unterwelt gefolgt. Er hatte für sich einen eigenen Zugang entdeckt. Was hielt ihn schon noch bei den Lebenden? Auch er also hatte einen Weg gefunden, soweit war er nun auch schon, dachte *Südmichel* anerkennend, denn er ging nicht davon aus, dass Tibor Hand an sich gelegt hatte. Dafür war er bereits zu tief in die Materie verstrickt, um es mal so zu sagen. Aber transformatorische Leistungen mussten freilich schon erbracht werden, die es in sich hatten.

Südmichel täuschte sich also nicht. Sein schlafendes Ohr trog ihn nicht. Er wurde auch nicht in eine andere Zeitebene versetzt. Soweit hier von Realität zu sprechen war, befand er sich tatsächlich in einer Art Wirklichkeit. Und Tibor befand sich darin auch. Und wie es die Stunde des Vollmondes gebot, befand Tibor sich hier als die sich selbst bespielende Pferdekopfgeige, aus deren Griff er sich dann unter tags befreite. Ganz so wie die Dingos auch aus dem ihren, die ihn jetzt im Rudel umstanden und mit ihm weinten. Denn Dingos hatten immer Grund zur Trauer und war es nur, weil sie sich anstecken ließen. So voller Empathie und Melancholie wie sie nun einmal waren. Die reute hinterher noch das Opfer, das sie zum Überleben reißen mussten.

Jedenfalls schlussfolgerte *Südmichel* ein solches Verhalten Tibors. Das war immerhin eine Möglichkeit, beileibe nicht die einzige, aber eine recht realistische. Denn sie bedurfte keiner besonderen Fantasie – schob er sich genüsslich nach, so Tibor eins auswischend, - ohne freilich Genaueres zu wissen.

Emasus hätte seine Ansicht nicht geteilt. Für ihn wäre ganz klar gewesen, dass es seinem Vater ein Herzensbedürfnis war, mit seiner Frau zusammen zu kommen und zwar so lebendig wie möglich. Er hätte sofort begriffen, weshalb seine Mutter die wählte, als sie noch die Wahl hatte. Und eigentlich hätte *Südmichel* das ebenso sehen müssen, wäre er nicht derart in seinem Konkurrenzdruck verpresst gewesen.

Immerhin hatte *Südmichel* darauf bestanden, Omirah mitzunehmen, was ein ganz klares Indiz dafür war, dass er grundsätzlich diese Ansicht teilte. Ob es nun Weitsicht oder Tikas sicherer Instinkt gewesen war, ließ sich ja nun nicht mehr entscheiden, da die Entscheidung gefallen war.

Höchstens ob sie ihr Entschluss reute, wäre noch eine Frage von Belang. Gelegentlich wollte er sich auch mit dem *Advisor* darüber einmal ins Benehmen setzen, wie permeabel die Scheidewand denn nun wirklich war zwischen Über- und Unterwelt. *(Gern auch Himmel und Hades genannt.)*

„Semipermeabel[x] ist sie zum mindesten“ - lautete die zurechtweisende Antwort. Sie dröhnte *Südmichel* bereits im Ohr. Die Frage allerdings war dann, in welche Richtung. –

Der *Advisor* war im Anflug, kein Zweifel. Nun, da erhielte die Richtungsfrage sicherlich ebenfalls sogleich die passende Antwort.

„Ist noch nie vorgekommen, soweit mein Gedächtnis reicht, dass jemand sich an den Abstieg wagte, von Luzifer einmal abgesehen, allerdings wurde der bekanntlich geschasst. Das ‚Semi' bezieht sich demnach ziemlich eindeutig auf den Aufstieg.“ – hallte es dumpf im Hadesgewölbe wider.

Hier kriegte die Stimme des *Advisors* ein recht kräftiges Echo, bemerkte *Südmichel* anerkennend. Ob das bedeutete, dass er hier auch das Sagen hatte? Das sollte wohl so was wie eine Einladung sein, sich auf den Weg zu machen. Und wie zum Beweis tat sich das Gewölbe nach oben hin auf und gleißende Sonnenstrahlen erfüllten die Unterwelt und verkehrten das Verkehrte im Nu, wenn auch nur für den Augenblick.

Die Aborigines dösten um die Kochfeuer. Ihr nächtlicher Dingoausflug erwies sich denn doch als recht erschöpfend immer wieder. So bekamen sie von der himmlischen Herrlichkeit kaum etwas mit, sondern ergingen sich, wie es ihre Art war, in der Traumzeit, von der sie ohnehin mehr hielten als von der Wirklichkeit. Denn darin waren sie ja längst angekommen und brauchten sich um so Fragen wie Realität oder Gültigkeit nicht weiter bekümmern.

Seit Malicius Marduk faktisch entmachtet war, blieb ihm nur mit Hades um den Chefsessel in der Unterwelt zu hadern. Das bedeutete das Ende aller Verführung – auch und gerade hier unten. Entgegen der gut geschürten Befürchtung, dass ja nun schreckliche Langeweile ausbräche, amüsierten sich so Leute wie diese Dingohorde recht vergnüglich, wie es schien, sehr zum Ärger der Chefs.

Und um nun da bloß keine Irrtümer aufkommen zu lassen, schaute der *Advisor* sozusagen kommissarisch immer mal wieder vorbei und nach dem Rechten. Dazu verkleidete er sich in den schwarzen Todesengel. So mit Flügeln und allem Schnickschnack. Der Himmel tat sich deswegen jedes Mal auf und hin und wieder gelang es auf diese Weise, den einen oder andern zu motivieren, sich an den Aufstieg zu wagen. An sich kein allzu großes Risiko, denn zurück geschickt wurden die wenigsten. – Jedenfalls nicht, seit der großen Strukturreform.

Der *Advisor* selbst sorgte dafür, dass das Zeitfenster die ganze Zeit über - während er den Todesengel mimte - offen blieb. - Niemand sollte sagen können, er habe von solch einer Gelegenheit nur nichts gewusst, sonst hätte er sie ergriffen. Denn im Prinzip hieß semipermeabel nun einmal, dass die Membran, die die Sphären von einander trennte, nur von einer Seite durchlässig war. Das stimmte schon noch und war auch nicht außer Kraft gesetzt, jedenfalls noch nicht. Denn aufseiten der allübergreifenden Verwaltung gab es inzwischen doch auch recht entschiedene Bestrebungen, daran kräftig zu drehen und schon bald für eine ganz neue und vor allem dauerhafte Durchlässigkeit zu sorgen.

Wohin der ganze Seelenschrott, der ja nun anfiel, aber geschafft werden sollte, darüber dachte noch niemand nach. Man kann doch nicht die Bosheit aus der Welt schaffen, und darauf hoffen, dass davon nichts übrig bleibt. Im Moment sah das noch einigermaßen elegant aus, doch schon in ein, zwei Äonen wüsste kein Engel und schon gar kein Mensch mehr, wohin mit all dem Zeug. Tragödien und Schuldverschreibungen gab es ja denn doch noch die Unzahl: Die darauf gesattelte Lustkomponente allein abzuschöpfen, hieße dann doch recht blauäugig verfahren. Wer den Pfuhl der Unterwelt trocken legte, müsste sich schon auch Gedanken darüber machen, wohin mit all dem Dunst der bei Austrocknung nun einmal entstand. Leider gab es hier drüben in der Ewigkeit nicht die Möglichkeit, einfach nur ein Fenster aufzumachen.

‚Umschichten ja, loswerden nein' – so lautete die einfache Direktive nun einmal. Und niemand, auch der höchste Chef nicht, änderte daran etwas. Denn das hieße auch für ihn Selbstüberwindung oder gar Selbstzerstörung. – Eine gewiss unvorstellbare und also auch undenkbare Option. Sie lag so außerhalb all dessen, worum es in diesem Äon so ging, dass man sich damit besser überhaupt nicht befasste.

Trotzdem, die Frage nach dem Endlager der hochverstrahlten und kontaminierten Brennstäbe des Hasses und der Machtlüsternheit stand ganz oben auf der himmlischen Agenda.

Die scharfe Trennlinie –„hier ihr, da wir" – ließ sich nun schon gar nicht mehr aufrecht erhalten. Zumal deshalb nicht, weil die Demarkationslinie mitten durch Mensch und Welt gezogen worden war. Eine gewiss leidige, wenn nicht sogar unhaltbare Begleiterscheinung des an sich doch recht ordentlichen Schöpfungswerkes, das der fleißigen Ober-Umschöpfungsmaschine[xi] ausgekommen war. Das musste der Neid ihr schon lassen, fand sogar Malicius Marduk.

*

Das Hauptproblem der Unterwelt war die Antimaterie. Nicht dass diese nicht ebenso funktionierte wie die Materie selbst, es bedurfte vielmehr besonderer Maßnahmen, damit sich beide Hälften nicht vernichteten, wenn sie zusammen kamen. Das war auch der Hauptgrund dafür, dass Besuche nicht gern gesehen wurden. Nicht zuletzt deshalb war auch die Membran semipermeabel. Aus dem Bereich der Antimaterie durfte nichts hinaus gelangen, denn sonst hätte es die materielle Welt begonnen anzufressen und sich dabei gleich selbst mit zerstört.

Mit dem Himmel war das noch mal ein wenig anders, denn dort befand sich sozusagen die neutrale Zone, wo es weder negativ – wie in der Unterwelt, noch positiv - wie in der realen Welt – zuging. Der Himmel bestand weder aus Materie, noch aus Antimaterie, sondern im wesentlichen aus Ephemere. – Diese waren eine Art Photonen, noch schwerer nachzuweisen als selbst Gravitonen, die für die Anziehung von Himmelskörpern verantwortlich zeichneten. Ephemere ballen sich zu ungleich lichteren Gebilden, als es die Bauteile der Atome vermögen, aus denen sich gleichwohl alle Materie zusammen setzt. Analog zur Gegenseite, wo sich Anti-Teilchen zur Antimaterie formen.

Auch von der Bestandsfestigkeit her gesehen, waren die filigranen Gebilde des Geistes denen der Materie nicht vergleichbar. Sie nahmen zum Beispiel keinen Raum ein, sondern westen im Nirgendwo. Außerdem entzogen sie sich der Zeit. Wie sie dies vermochten, war ihr Geheimnis. Einzig durch ihre Wirkgeschichte wurden sie überhaupt bemerkt und das auch nur von denen, *'die Augen hatten, zu sehen und Ohren, zu hören.'* – und das waren die wenigsten.

Andererseits waren sie in Form von Gedanken allgegenwärtig, wo es Menschen gab.

*

Menschen betrachteten die Gedanken, die sie sich machten, als ihr persönliches Eigentum, über das sie nach Belieben glaubten verfügen zu können. Sie konnten sie benutzen oder vergessen, weitersagen oder für sich behalten. Viele Gedanken waren dabei, für die sich die Menschen schämten und andere, auf die sie mächtig stolz waren. Wieder andere bewegten gar die Welt oder rissen sie ins Unglück. Sie brachten die Wissenschaft voran und enthüllten neue ungeahnte Zusammenhänge oder sie verfinsterten die Seelen und vernebelten die klare Sicht.

Alles in allem aber waren die Gedanken doch eher konstruktiv, was durchaus ihrer Natur entsprach. Denn von nichts kommt nun einmal nichts. Und damit blieb als letzter Urgrund für sie eigentlich nur der Schöpfer aller Dinge selbst. Denn alles, was ist, musste zuvor erst einmal erdacht werden, ehe es noch verwirklicht werden konnte.

Von einer Ausnahme abgesehen, denn irgendwo müssen die Gedanken ja ihren Ausgang nehmen. Es sei, sie sind ewig in ihrer Unzählbarkeit und nehmen sich die Zeit, um sich in Ordnung zu bringen. - Was dabei heraus kommt, das sehen wir Menschen nun ja, nicht zuletzt dann, wenn wir in die Spiegel schauen.

12. Freundschaftsbande

Arundelle war denn doch recht ins Grübeln gekommen, als sie sich *Südmichels* Rapport vom Trip in die Unterwelt anhörte. Vor allem bei der Stelle als Tibor in der Unterwelt auftauchte, stutzte sie gehörig. Und sie beschloss, sich ein wenig um den armen Kerl zu kümmern. Immerhin war er ihr zweitbester Freund und ein langjähriger Gefährte, einer der wenigen, die ihr noch aus der Schulzeit verblieben waren.

Doch Tibor wollte und wollte nicht wieder auftauchen. Omirah und Emasus waren längst ein Paar als ‚eingetragene Lebenspartnerschaft' mit allem drum und dran: Lebenspartnerschaftsvertrag und so *(eine lebenslange Ehe und die unauflösliche Kleinfamilie galten inzwischen als politisch eher unkorrekte Zwangsrelikte.)*

Arundelle selbst hatte damit angefangen, jedenfalls hier unten auf der Insel Weisheitszahn. Denn auch sie hatte Billy-Joe ja nie geheiratet, obwohl es sie viele Male dazu gedrängt hatte. Erst wollte sie nicht, dann mochte er auf einmal auch nicht mehr und schließlich hatten sie beide das Thema aus den Augen verloren, um sich ‚um die wirklich wichtigen Dinge im Leben' zu kümmern.

Tibors Fernbleiben ging in die zehnte Woche. „Da muss der Antimaterieabwehrschirm längst aufgebraucht sein", äußerte *Südmichel* besorgt. Arundelle hatte da so ihre Zweifel. Vielleicht übertrieb der Zwerg mal wieder, um sich wichtig zu machen.

Bei all seinen Verdiensten stand er nun nicht mehr ganz so hoch, sondern war, so empfand sie es, doch recht gut herabgesunken. - Wie sie fand bis auf Augenhöhe. Und das bereitete ihr denn doch eine gewisse Genugtuung.

Schließlich kam Tibor dann doch wieder hervor in der zwölften Woche und war tatsächlich ein wenig angefressen, als ob er ein alter Pullover war, den Motten heimgesucht hatten. Da ließ sich langfristig aber einiges machen. Kosmetische Reparaturen waren ohnehin an der Tagesordnung und die kosmetische Chirurgie boomte, dass die Schwarte krachte.

So wanderte er erst mal ab ins Hospital. Da hatte er auch Zeit, über alles noch einmal in Ruhe nachzudenken und sich so seine Gedanken zu machen, wie es weiter gehen sollte. - Jetzt, wo sein Sohn wieder da war, sozusagen mit Frau und Kind, denn von Schwangerschaft wurde auch schon gemunkelt.

Omirah kam gerade aus ihrer Trollphase raus und machte doch einen sehr günstigen Eindruck auf den kritischen Vater. Post mortem hatte sich Tika gleichfalls positiv geäußert, soweit ihr dies unter dem antimateriellen Negativeinfluss der Unterwelt überhaupt möglich war.

Auch ihr war es ganz ähnlich wie Tibor ergangen. Nur hatte sie es da unten nicht so gut, sondern musste sich mit den Löchern abfinden, die ihr die Liebe in den Pelz gebrannt hatte. Notgedrungen also waren sie geschieden. Ob diesmal endgültig, oder ob Tibor noch einmal diesen Coup landen konnte, stand in den Sternen.

So hatte *Südmichel* doch mehr bewirkt als Emasus wieder ans Tageslicht zu befördern, was ihm ohne dessen Eltern ohnehin nicht gelungen wäre.

„Das tun wir nur für Papa.“ – ließ Emasus auf Arundelles Nachfrage verlauten. Er wollte sich seinerseits um eine Stelle im Zwergenfachbereich der Inseluniversität bemühen und Arundelle versprach, ihn dabei gehörig zu unterstützen. „Außerdem kommt dein Vater bald wieder“, meinte sie und strich ihm recht zärtlich über die Wange, entdeckte sie in seinem Gesicht doch auch ihren geliebten Billy-Joe wieder, den ihr der Tod so grausam entrissen hatte.

So gesehen war er ihr ordentlicher Neffe. Um einiges älter als Edmond zwar und doch hätten die beiden ohne weiteres als Zwillingsbrüder durchgehen können. Nur dass Edmond einen Kopf größer und einige Töne heller war und Emasus Augen eine winzige Spur schräger standen.

‚War Tika noch zu retten?‘ – fragte Arundelle sich als sie hörte, wie es ihrer Schwägerin in der Unterwelt erging. Selbst Tibor hatte da so seine Zweifel.

„Ich glaube, auch sie hat ihr erstes Kindheitstrauma so wenig überwunden, wie Billy-Joe. Daran sind sie letztlich beide innerlich zerbrochen. Das hat sie aufgefressen. Was jetzt äußerlich sichtbar wird, ist nur ein Spiegelbild dessen, wie es drinnen aussieht.“ - Ja, das war Tibor, der machte sich nichts vor. Arundelle bewunderte ihn dafür.

*

Sie saßen bereits im kleinen Park hinter der Klinik und es würden nur noch Tage vergehen, bis Tibor als geheilt entlassen würde. Rein äußerlich war er wie neu. Er versicherte, dass es drinnen genauso aussah, doch da hatte Arundelle so ihre Zweifel. Tibor war immer schon ein Meister der Verdrängung gewesen.

Sie beschloss, sich um ihn zu kümmern. Nun hatte sie endlich wieder eine konkrete Aufgabe. Die Zeit der Trauer war vorüber. So hätte Billy-Joe es bestimmt auch gesehen, da war sie sich sicher. Verwitwet waren sie nun einmal beide, daran zu zweifeln brachte nichts.

„Auf ein Wiedersehen müssen wir schon noch zuwarten, bis die Auferstehung endlich kommt. Aber das kann dauern, wie es aussieht.“ – stimmte Tibor seiner Freundin zu, was diese errötend zur Kenntnis nahm. – Durchaus wohlwollend, so glaubte Tibor aus ihrer Haltung und dem Gesichtsausdruck abzulesen.

Ihre Reaktion spornte ihn mächtig an und er legte sich ins Zeug wie schon lange nicht mehr. Vor ihm tat sich unversehens ein weites blühendes Land auf, das seiner harrte und in dem er sich zu ergehen hoffte. Es war, als streife eine Blüte ihre Deckblätter auf, um sich ihm zu enthüllen. Eine Blume, so blau und so geheimnisvoll wie es nur die blaue Blume zu sein vermag, die immer wieder einzigartig erblüht am fernen, nahverborgenen Grund der Liebe.

Tibor ging umher wie auf Wolken, lächelte versonnen vor sich hin und wen er auch anschaute, sein Blick ging ins Leere, denn in Wirklichkeit war er nach innen gerichtet. Denn dort sah er ja die blühenden Landschaften und jene einzigartige Blume, die nur der wahre Träumer zu Gesicht bekommt, jedoch nicht vor das Angesicht. Vielleicht hatte es da bei ihm schon immer etwas gegeben. Und er hatte es sich verkniffen, solange Billy-Joe da war. Von Tika ganz abgesehen, die schrecklich eifersüchtig sein konnte – jedenfalls eifersüchtig hatte werden können, denn sie war ja nun nicht länger hier. Und nach menschlichem Ermessen gab es von dort, wo sie war, auch keine Rückkehr mehr für sie. Schon wegen der Polaritäten nicht. Das hatte man ja nun gerade hinter sich. Der schöne gelbe Dingopelz, wie sah er nun zerrupft und löchrig aus!

Auch Billy-Joe war nun bereits ein gutes Jahr lang unter der Erde. Und für Arundelle war es an der Zeit, sich dem Leben wieder zuzuwenden. Das sah sie durchaus auch so, nur gelingen wollte ihr solche Hinwendung nicht. Jedenfalls nicht aus vollem Herzen und ohne diesen todumflorten Vorbehalt. Nicht dass sie da etwas vorsätzlich so ausdrückte, aber die Traurigkeit quoll aus ihr wie Wasser ins undichte Boot quillt. Sie konnte nicht dafür. So erregte sie viel Mitgefühl. Die Anteilnahme brach so manchem das Herz, und der Umgang mit ihr wurde sensiblen Gemütern unerträglich.

Tibor war so voller Glück auf sie zugestürzt, jetzt wo er seinen Emasus wieder hatte. Sein Glück war ganz rein und ohne allen Siegestriumph gewesen. Fast schon wie Billy-Joe selbst, fuhr es ihr durch und durch, ja, nicht nur fast so, sondern ebenso. Das traf sie denn doch mit Keulenschlag und in ihrem Bauch fingen die Schmetterlinge zu flattern an. Zweifellos ein Selbstläufer, der sich unbeeindruckt zeigte von dem, was dort so unbedrängt das Feld zu beherrschen meinte.

Denn kriegt so eine Trauer erst einmal Löcher, dann kann sie sich ganz schnell auflösen und verflüchtigen. Das ist dann zwar schade und macht ein schlechtes Gewissen. Und doch hat es was ungeheuer Befreiendes.

War Billy-Joes Schatten so viel schwächer geworden? Oder trat Tibor daraus hervor? Diese Frage mochte Arundelle nicht beantworten. Das brauchte sie auch gar nicht. Niemand verlangte ihr eine Antwort ab. Außer sie sich selber. So war sie nun mal. Sie konnte nicht anders als allen Dingen auf den Grund zu gehen.

Vielleicht hätte sie nun endlich auch den Grund dafür gefunden, weshalb sie immer wieder vor der endgültigen Entscheidung zurückgeschreckt war und Billy-Joe niemals hatte heiraten wollen. Für ihn war das nie eine echte Frage gewesen. Nur sie hatte da rumgezickt und alles mögliche vorgeschoben. Gründe, so merkwürdig und an den Haaren herbei gezogen, dass sie sich im nachhinein nur auslachen konnte.

Nun ja, da war auch noch ihre Mutter gewesen und deren heftige Liebschaft mit Hans Henny Henne. Wie die sich in den Vordergrund gedrängt hatten! Als sei dies das Selbstverständlichste von der Welt. Denn eingefädelt hatte Arundelle diese Hochzeitsreise ja denn doch selbst und durchaus auch für sich und Billy-Joe und niemand sonst.

Inzwischen musste die wilde Hilde sehen, wie sie zurecht kam so zwischen Roland und Hansimann.

„Immer noch lieber so, als hier drüben einsam rumhängen", meinte sie zum Abschied, der ihr denn doch nicht so ganz leicht fiel, zumal nicht ein solcher Abschied, weil er ja nun für immer war. Erdenfahrten nämlich bildeten denn doch eher die Ausnahme, ja, eigentlich die totale Ausnahme. Da wurde einer schon eher gleich in die Hölle geschickt.

Arundelle entdeckte da die Parallele. Zwar hatte es diese immer gegeben, doch jetzt erst fiel sie ihr so richtig auf, oder hatte sie darauf vergessen? War sie doch mehr Tochter ihrer Mutter, als sie wahrhaben wollte?

Edmond wäre nicht dieser Ansicht gewesen, beruhigte sie sich, denn das glaubte sie zu wissen. Aber vielleicht war auch Edmond nicht objektiv, so wie niemand, den sie kannte, wirklich objektiv war, am allerwenigsten Tibor jetzt. Aber auch früher nicht. Was Tika immer wieder bis zur Weißglut reizte. Diese hätte selber gern den Zugriff auf den Bruder gehabt. Jedenfalls stand ihr Leben unter dem Eindruck, ihren Einfluss auf ihn an Arundelle verloren zu haben. Dabei wünschte sie selbst sich zeitlebens nichts weniger als eben solchen Einfluss über Tibor zu gewinnen.

So hatte Arundelle als Vorbild gedient. Doch was für eines: ein Zerrbild, eine schräge Karikatur – mehr traurig als lächerlich.

Zu keiner Zeit war Arundelle in Wirklichkeit so gewesen. Nicht die Arundelle, die sich wahrhaben wollte und mit sich einig war.

Gab es da noch eine andere? Steckte irgendwo verborgen auch in ihr ein Alter ego, mit dem sie sich nicht so leicht angefreundet hätte? Barg auch sie in sich ihren ganz eigenen ‚alten Schamanen der Churingas' - irgendwo tief drinnen, im Verborgenen? Der nur darauf wartete, ans Tageslicht zu gelangen, um dort in der Wirklichkeit die Regie zu übernehmen? Denn dort, von wo er kam, hielt er sie ja fest in Krallenklauen unmäßiger Begierde.

Im Gehirn lokalisierte sich dieser Reptilienkomplex tief drinnen unterhalb der Neokortex. Selten genug gelangte dieser Komplex zu Bewusstsein. Und doch griff das archaische Erbe steuernd und Einfluss nehmend mit in die Entscheidungen ein, die scheinbar so ganz eindeutig Produkte des Neokortex waren (das sind die vorderen Stirnlappen, wo sich das Denken abspielt). Doch sie entsprangen nur vermeintlich ganz dem rationalen Verstand. Im Untergrund führten sie immer auch die schrillen Farben der Reptilien mit sich.

*

Der Ratschlag, den *Südmichel* erteilte, war recht ungewöhnlich. Nun, da er sich mit eigenen Augen davon überzeugt hatte, wo Billy-Joe nicht abgeblieben war, blieb eigentlich nur ein Ort.

„Also, ich würde mich am andern Ende der Werteskala auf die Suche machen", meinte er und fügte hinzu „wundert mich eh, weshalb dies nicht schon längst passiert ist." – sprach 's und verschwand in der Manier des *Advisors*. Sollte dies gar ein Fingerzeig sein? Arundelle blickte zu Tibor hinüber und dieser schaute ebenso aufmerksam zurück. Dann nickten sie einander zu. Arundelle griff sich den Zauberbogen, besprach sich kurz mit ihm und schon ging die Post ab.

Allein der *Advisor* ließ sich für diesmal doch recht sehr bitten. Er war jedenfalls nicht dort vorzufinden, wo ihn der Zauberbogen vermutet hatte – recht eigentlich nicht nur vermutete. Vielmehr habe er eine recht klare und eindeutige Kennung gehabt. „Sonst wär ich doch gar nicht erst losgeflogen", betonte er ziemlich entrüstet. Er verstand nicht, was das nun wieder sollte.

„Vielleicht, weil uns *Südmichel* schickt", überlegte Tibor. Arundelle nickte und der Zauberbogen beruhigte sich langsam. Sie standen wieder da, von wo es den Moment zuvor losgegangen war.

„Er will uns nicht sagen, was er weiß. Sonst wäre er schon längst aufgetaucht. Der wusste doch, wie nah mir Billy-Joes

Verschwinden geht.“ – Arundelle fummelte schon wieder ihr Taschentuch hervor als sie das sagte. Tibor tätschelte ihr den Arm recht hilflos. Nur weil er nun wusste, wie relativ gut es Tika ging, hieß das noch lange nicht, dass er sie nicht vermisste.

Billy-Joe war nicht da gewesen. Nun war die Unterwelt ja nicht ganz so klein. Schon gar nicht so klein wie das Lager der Churingas und die umliegende Steppe. Rein theoretisch hätte Billy-Joe also auch bei den Riesen-Kängurus weiter draußen sein können, oder ganz wo anders.

Arundelle ließ den Zauberbogen die Wahrscheinlichkeitsberechnung anstellen und kam auf einen Unwert von weniger als zehn Prozent abnehmend, je ferner sie Billy-Joe vermutete. „Nach der Wahrscheinlichkeit müsste er mitten unter ihnen hocken. Alles andere macht überhaupt keinen Sinn.“ – bestätigte sie sich noch einmal selbst und der Zauberbogen sirrte seine Zustimmung nach Art der Pferdekopfgeige.

Die imponierte ihm denn doch mächtig. So wollte er mit seiner einen Seite denn auch nicht völlig nachstehen, wiewohl er doch wusste, dass ihm drei fehlten, um zu ähnlicher Perfektion zu gelangen. Sogar ein Tentakel fuhr er aus, um etwas zum Streichen zu haben. Tonhöhen veränderte er dabei durch variierende Streckung seines Rückens.

Die Abfuhr durch den *Advisor* nahmen sie jedenfalls als ein Zeichen, den Himmel erst einmal auszusparen. Denn beiden war schon klar, dass sie nicht eher rasten und ruhen würden, bis sie Billy-Joe mit eigenen Augen gesehen hatten und sei es als Mumie. An einen völligen Zerfall glaubte weder Tibor noch Arundelle, dafür war trotz allem noch nicht genug Zeit vergangen, zumal nicht unter der Erde. Falls es denn wirklich der irdische Leib war, nach dem sie suchten.

Arundelle war dem *Advisor* nun ernstlich böse. - Verzieh der dem *Südmichel* noch immer den Tinnitus nicht? Das war ja geradezu lächerlich. Zumal weder Billy-Joe noch Tibor oder sie selbst damit etwas zu tun gehabt hatten. Wenn es derart kindisch zuging hier im Übersichtsbereich, dann brauchte man sich über das Drüber und Drunter unten nicht zu wundern.

Während sie noch so knodderten, schwebte der *Advisor* ein und fragte zuckersüß nach ihrem Begehr und Anliegen. Sie schilderten es ihm in bewegten Worten und Tibor vergaß auch nicht hinzuzufügen, wo und wie er Tika angetroffen hatte. Und ob man für sie nichts tun könne, wegen der Löcher im Pelz.

Der *Advisor* versprach recht beiläufig, sich auch noch darum zu kümmern – „worum nicht noch alles“, moserte er seinerseits halblaut, doch laut genug, dass Tibor ihn verstand. „Als ob man nicht schon genug Arbeit hätte.“ Tibor bedankte sich trotzdem artig. Vielleicht hätte er deswegen doch lieber gleich *Südmichel* gebeten, dachte er und fühlte, wie sich der *Advisor* schämte.

„Das hat er nun davon“, beruhigte Tibor sich, denn sogleich schlug ihm das Gewissen, sensibel wie er nun einmal war. „Oben ist er jedenfalls nicht, das wolltet ihr doch wissen“, erklärte er dann recht unvermittelt und meinte natürlich Billy-Joe. Wegen ihm hatten sie ihn ja gerade vergeblich aufgesucht.

„Euer gemeinsamer Freund befindet sich in einem recht merkwürdigen Zustand und gibt auch uns Rätsel auf“, erklärte der *Advisor* sich. Auch über seinen Aufenthaltsort könne er keine genauen Angaben machen. „Doch zurück zu den Wurzeln kann in diesem Falle nicht verkehrt sein. Geht dorthin, wo alles begann. Euer Freund wird euch leiten.“ – sagte es und verschwand auf seine ärgerliche Weise. Der Zauberbogen signalisierte zwar nicht völlige Ratlosigkeit, einiges könne er sich vielleicht schon denken, doch zufrieden war er mit der Auskunft keineswegs. An ihm blieben solche vagen Ansagen letztlich hängen, das wusste er schon.

Und so war es diesmal auch. Erst einmal streikte er deshalb und bat um eine Auszeit. Zumal der magische Stein womöglich auch im Spiel war. „Lasst uns gemeinsam nachdenken. Was könnte der *Advisor* mit solch sybillinischen Worten gemeint haben?“

Ratlos blickten sich Arundelle und Tibor an. „Geht dorthin, wo alles begann. Euer Freund wird euch leiten.“ – was könnte der *Advisor* damit wohl gemeint haben?

„Vielleicht die Wiege der Menschheit“, mutmaßte Arundelle: „Ist bekanntlich in Afrika“, ergänzte sie sich doch recht zweifelnd, ob das wohl gemeint war. „Wahrscheinlich eher nicht“, pflichtete ihr Tibor bei. „Und wenn wir nun noch einmal *Südmichel* fragen. Vielleicht kann der mit solch einer vagen Ansage etwas anfangen.“ – fügte er hinzu, als Arundelle vage die Schultern zuckte. - „Vielleicht - als alles für Billy-Joe anfing, vielleicht meint er das. Diese Höhle da...“ Arundelle erinnerte sich vage.

„War die nicht auch unter dem Schlachtfeld?“ Tibor konnte sie deswegen nicht fragen, der hatte vom ganzen Krieg noch nichts mitgekriegt, weil er da noch nicht zum inneren Zirkel der Eingeweihten gehörte.

Wo war diese Höhle doch gleich gewesen? Irgendwo in Australien ganz gewiss. Sogar hier in der Nähe, in New-South-Wales. Zu Fuß waren sie gelaufen von der Ferienanlage aus. Doch die gab es inzwischen wohl nicht mehr, war ja über hundert Jahre her.

Das war noch vor der Zwischenschule gewesen. Billy-Joe und sie hatten sich gerade erst kennen gelernt. Billy-Joes alter Lehrer aus dem Dorf der Churingas hatte sie das letzte Stück zu dem verborgenen Eingang der Höhle geführt. Ja, so war es gewesen. Arundelle versetzte sich in Trance, sie bedeutete Tibor sie nun nicht weiter zu stören. Der Zauberbogen machte bedeutungsvolle Zeichen und so schickte sich Tibor drein. Was blieb ihm auch anderes übrig?

Da war er wieder - der Eingang. Arundelle glaubte den alten Mann vor sich zu sehen, wie er die Zweige beiseite bog und sie heranwinkte, einzutreten.

Sie selbst vorweg, denn das Auge des Zauberbogens war ihre Lichtquelle. Die Gefährten folgten. Damals war Walter noch am Leben, das schlaue Riesenkänguru mit dem Verstand eines Professors.

Dann plötzlich der Tritt ins Leere. Ein endloser Sturz. Schwindel, Atemnot. Arundelle fühlte wieder die Erstickung. Billy-Joes Rettungsmaßnahmen. So süß, so intim und zugleich doch sehr effektiv, sodass sie schon bald wieder auf ihren Füßen stand.

Weiter, immer weiter ging die Hatz damals. Billy-Joes Unruhe wuchs. Bis sie dann vor dem Relief standen und auf Billy-Joes Ruf hin diese vielen kleinen Lichtpunkte auftauchten. Und durch die Höhle ein Raunen ging. Rotes Flackern leuchtete auf. Aus allen Ecken und Enden näherten sich Lichtpunkte wie Glühwürmchen. „Du hast uns gerufen, junger Meister?“ - fragte eine quäkende Stimme. Billy-Joe erschrak, ebenso Walter, sie selbst - und vor allem Pooty, der sich sogleich die Tarnkappe über den Kopf zog und verschwand.

„Was ist das?“ - stieß Billy-Joe hervor – Arundelle glaubte seine Stimme zu hören, als spräche er ihr geradewegs ins Ohr. Dabei blickte er erschreckt um sich. Das Relief schien mit einem Male lebendig zu werden. Es dehnte sich in den Raum hinein. Und hatte es davor schon Tiefe besessen, so erfüllte es nun den Raum und floss mit der Halle in eins.

Alle standen sie nun nicht länger *vor* dem Bildnis, sondern mitten darin. Um sich sah Arundelle nun gleichsam mit Billy-Joes Augen - nicht allein Walter, sich selbst als Kind und Pooty, dem die Kappe vom Kopf gerutscht zu sein schien, denn er tauchte gerade auf.

Sie entdeckte auch ihre Freundinnen Florinna und Corinia, die sich wohl wieder zu ihnen hin geträumt hatten.

Und nicht nur diese sah Arundelle im Kreis um Billy-Joe geschart – dahinter konnte sie noch unendlich viele kleine Gestalten ausmachen. Die ganze Halle war von ihnen erfüllt und alle waren Billy-Joe zugewandt und schauten ehrfürchtig zu ihm auf.

Damit endete die Vision. Arundelle erwachte und Tibor war recht erleichtert, denn solche Starre konnte man doch leicht verwechseln. Sie wischte sich verlegen den Schaum vom Mund und fragte, ob sie denn recht scheußlich ausgesehen habe. Tibor schüttelte höflich den Kopf. Doch so recht glaubte sie ihm nicht. Dafür war sie um einiges sicherer, wo sie nun suchen mussten. Endlich schien der Bann gebrochen und ein Ansatzpunkt war gefunden. ‚Wie gut, dass man Freunde hat', dachte sie und wünschte sich Corinia und Florinna herbei. Gleich heute Nacht wollte sie sich zu ihnen träumen, um sie zu bitten, sie in die Höhle hinein zu begleiten. Falls sie sich denn an den Traum überhaupt erinnerten, denn der war ja auch für sie nun doch schon über hundert Jahre alt.

Ihre Freundinnen erinnerten sich. Die erste Hürde war schon einmal genommen. So tauchten sie denn gemeinsam in die Höhle ein. Sorgsam achteten sie darauf, nicht wieder in ein Loch zu geraten. Sie freuten sich über die Begegnung mit Walter und Pooty und auch an dem freundlichen alten Lehrer Billy-Joes fanden sie Gefallen, trotz seiner etwas spöttischen Art, mit der er Billy-Joe begegnete. Dieser war im Traum hochkonzentriert und kaum ansprechbar. Er war, fand Arundelle, ein Schatten seiner selbst. Und so löste sich der Traum denn auch alsbald in Wohlgefallen auf, als die vielen Lichtpünktchen dann auftauchten und das Foto von der kopflosen Statue so voll daneben ging.

Es war eben viel zu duster da unten. Da war keine Klarheit zu gewinnen. Resigniert verabschiedeten sich die drei Träumerinnen und versprachen, einander im Wachzustand zu treffen, um der Sache in der Wirklichkeit auf den Grund zu gehen. Diesmal aber richtig Höhlenforscher gemäß gerüstet.

Die Ausrüstung war leicht angeschafft, nebst Jeep und Fahrer. Doch wo war der Eingang zur Höhle? Hingeträumt war sich schnell. Die Wirklichkeit sah anders aus. Dort, wo das Dorf vermutlich einmal gelegen hatte, war nun nichts mehr. Solche Dörfer sind nicht sehr stabil und verwehen im Wind der Zeit, wenn sie nicht dauernd belebt werden.

Wenigstens fand sich das Tal, wenn es denn das richtige war. Jetzt hätten sie Billy-Joes sechsten Sinn für 's Fährtenlesen gebraucht. Der witterte solche Geheimnisse noch da, wo nicht einmal ein einziges olfaktorisches[xii] Molekül hängen geblieben war – rein aus seiner Intuition heraus.

Mit ihm konnte selbst Tibor sich nicht messen. Immerhin reichte sein Spürsinn jetzt aus, um erst einmal eine Fährte aufzunehmen. Arundelle erinnerte sich, sie waren die halbe Nacht gelaufen. Ganz nah am Ausgangspunkt also hatte der Eingang nicht gelegen. Aber doch wohl noch innerhalb des Tales.

Mit dem Jeep fuhr sich so eine Strecke natürlich in Nullkommanichts ab und so kurvten sie den halben Tag lang von angenommenen Ausgangspunkten zu angenommenen Höhleneingängen am Talrand, ohne jedoch erfolgreich zu sein. Letztlich steckten sie einen Radius ab, um ganz sicher zu gehen, wirklich keine verborgene Stelle zu übersehen. Der Schwerpunkt lag auf der Verborgenheit. Nur eine Stelle kam in Betracht, wo niemand einen Höhleneingang vermutete. Darauf richteten sie ihr Hauptaugenmerk. Das stellte sich als nicht so leicht heraus, denn irgendwie sah der ganze Rand des Tales so aus, als verberge sich darin kein Eingang. Und der Busch konnte längst abgehauen sein oder er war einem Steppenbrand zum Opfer gefallen. Ja, der ganze Eingang konnte längst verschüttet sein.

Aber daran glaubte Tibor nicht. Heilige Orte gingen nicht verloren. Und dass diese Höhle ein heiliger Ort war, davon war Tibor überzeugt, nach allem was er über sie gehört hatte. Sicher würde diese Höhle immer wieder aufgesucht. Egal ob sich nun ein Dorf in unmittelbarer Nähe fand oder nicht. Die Aborigines waren bekannt dafür, dass sie zu Entfernungen in keiner so negativen Beziehung standen wie Europäer. Für sie spielte Reisezeit nicht die große Rolle, die ihr die Weißen zumaßen.

13. Zurück aus der Höhle

Der Tag ging zur Neige und die Nacht dämmerte schon herauf, als sie schließlich doch noch fündig wurden. Müde und zerschlagen und durchgerüttelt vom langen Tag im holprigen Jeep beschlossen die Reisenden erst einmal zu ruhen. Sie sahen zwar nicht annähernd so alt aus, wie sie waren, doch die Jahre spürten auch sie in den Knochen. Da täuschte das beinahe jugendliche Aussehen denn doch. So machten sie es sich im Jeep so bequem wie möglich, nachdem sie eine kleine Mahlzeit zu sich genommen hatten und schliefen bis in den tiefen Morgen hinein. Die Hitze des Tages weckte sie auf.

Noch einmal vergewisserten sie sich ihrer Ausrüstung, dann ging es ab in die Höhle. Kühle und Dämmerlicht umfingen sie, kaum dass sie die ersten hundert Meter voran gedrungen waren. - Zunächst recht ebenerdig und gerade. Doch alsbald begann der Abschnitt der Winkel und Haken, wo es Arundelle seinerzeit gebeutelt hatte. So passten sie höllisch auf und hielten ihre Strahler auf den felsigen Grund gerichtet, ob da wohl eine Kluft gähnte.

Edmond und Emasus führten die kleine Truppe an. Sie hatten es sich nicht nehmen lassen, auf ihre Eltern aufzupassen. Den beiden Söhnen folgten Florinna und Corinia, diesen wiederum Arundelle und Tibor, der den Schlussmann bildete. Alle waren mit starken Kopfstrahlern ausgerüstet, sodass sie die Hände frei hatten. Außerdem trugen sie in leichten Rucksäcken allerlei Notrationen und unabdingbare Gerätschaften für eine Höhlenexpedition mit sich. Nicht zuletzt Seile, die sich schon bald als äußerst nützlich erweisen sollten.

So hielten die Führer nicht nur innerlichen, sondern auch äußerlichen Kontakt, indem sie sich aneinander seilten. Eine Vorsichtsmaßnahme, die sich als sehr hilfreich erweisen sollte. Denn mit einem erstickten Schrei sauste Edmond an der Spitze plötzlich in die Spalte, die seiner Mutter in frühen Zeiten beinahe zum Verhängnis geworden war. Der Rest der Truppe hielt Emasus, bevor auch der noch abgehen konnte. Und gemeinsam schafften sie es, den Abgestürzten Hand über Hand wieder an die Oberfläche zu hieven.

Außer einigen Schrammen und Schrunden war ihm nichts geschehen. Zwar wusste Arundelle um die Einzigkeit der Spalte, doch das behielt sie für sich und widersprach nicht, als nun alle bis zum letzten Mann angeseilt wurden. So fühlten sie sich doch gleich viel sicherer.

Während des Marsches durch die Höhle erhielt Arundelle Gelegenheit, nochmals über alles ein wenig genauer nachzudenken und sich zu erinnern. Die Begebenheit, auf die sich ihre Vision bezog und die nun zu dem Höhlenabenteuer geführt hatte, lag deutlich vor der Katastrophe, die Billy-Joe dann das Leben kostete. Jedenfalls ihrem Billy-Joe, mit dem sie gemeinsam alt geworden war. Er opferte sich sozusagen um seiner selbst willen. Denn hätte er sich nicht geopfert, dann wäre er gar nicht mehr da gewesen, um sich zu opfern. So paradox dies klang, so war es doch zweifellos richtig.

Was immer sie jetzt dort vorne in der Halle erwartete, es konnte eigentlich nicht die Szenerie aus ihrer Vision sein. Falls ihr Verdacht denn stimmte, dass sie dort auf den alten Billy-Joe getroffen waren, der als eine Art Gottheit verehrt wurde – vermutlich von seinen Churingas in Gestalt der verkleideten Zwerge.

Eine Show, welche die *Repetitoren* glaubten veranstalten zu müssen, um den Besuchern aus der Vergangenheit Sand in die Augen zu streuen, und weil es sich so in deren Erinnerungen befand. – Auch sollten bei diesen keine Zweifel darüber aufkommen, um wen es sich bei dem Schamanen der Churingas wirklich handelte – nämlich um ein anbetungswürdiges Idol, das über Kräfte verfügte, die bei Weitem alles Menschenmögliche überstiegen.

Auch dass der junge Billy-Joe Verdacht schöpfte, gehört ja durchaus mit zu dem Arrangement, zumal es sich in der Vergangenheit eben so niedergeschlagen hatte. Billy-Joe war diesen Verdacht denn auch zeitlebens nicht mehr los geworden. Er wusste in all den Jahren, wie er einmal enden würde – als Schamane der Churingas. Wenn auch da weder ihm noch Arundelle recht klar gewesen war, wie es sich mit seiner Opferung dann wirklich verhalten würde – die ganzen langen Jahre nicht. Und als Arundelle dann den Braten roch, war es bereits zu spät und es hatte für Billy-Joe dann aus dieser Falle keinen Ausweg mehr gegeben.

Nun rächte sich, dass sie keinen der *Repetitoren* dabei hatten, die für das Höhlenprojekt verantwortlich zeichneten. Arundelle hatte sich aus verständlichen Gründen da ganz raus gehalten und Tibor war ebenfalls viel zu beschäftigt gewesen mit der Suche nach seinem Sohn, den er damals noch sonst wo suchte, nur nicht unterirdisch.

So wussten sie schlicht und ergreifend nicht, ob es sich hier um die Höhle handelte, in der die Szene nachgestellt worden war, wo die Zeitreisenden auf das Standrelief und die Schar der Anbeter trafen.

Dafür wusste aber der Zauberbogen jetzt, wo sich der zentrale Felsendom der Höhle befand, nämlich unmittelbar unter dem Schlachtfeld, wo gerade vor Jahr und Tag Goliaths Schädel rollte. Und ein wilder junger Krieger voller Todesverachtung doch noch seinen Triumph in die Welt hinaus schrie. Da aber war es unten mit dem klammheimlichen Helferlein dafür aus und vorbei gewesen.

So machte sich Arundelle nun also auf das Schrecklichste gefasst. Sollte ihr lieber Mann tatsächlich da sein – immer vorausgesetzt sie befanden sich am richtigen Ort – dann war es um ihn geschehen. Dann lag sein toter Körper dort hingestreckt seit jenem denkwürdigen Geschehen auf dem Schlachtfeld, wo sich das Schicksal der Menschheit entschied und diese noch einmal eine Chance bekam, weil Billy-Joe sein Leben gab.

Arundelle schluchzte auf, als sie die Erinnerung überwältigte, die sich den Bildern ihrer Vorstellung verband. Doch dann ermannte sie sich, denn als die Gefährten bemerkten, wie es um sie stand, verlangsamte sich der kleine Tross, um schließlich ganz zum Stehen zu kommen.

„Danke, meine Lieben", wisperte sie mit zerbrochener Stimme - „doch lasst uns nur weitergehen, so nahe wir dem Geheimnis jetzt schon sind. Es möge sich uns nun ganz enthüllen."

Da standen sie nun und starrten in die Lichtkegel ihrer Scheinwerfer und staunten nicht schlecht. Was sie sahen, deckte sich nicht oder doch nur zum geringeren Teil mit ihren Erwartungen, die sie sich - jeder für sich - ja doch gemacht hatten. - Spätestens, seit sie von Arundelle über die Zusammenhänge aufgeklärt wurden.

Von den kleinen falschen Churingas ließ sich selbstverständlich keiner blicken, denn die Szene war längst abgedreht, vergessen und vorbei. Inzwischen war viel mehr geschehen. Anderes und Wichtigeres beherrschte die Szene. Aber das erhabene Relief stand ebenso da, wie es dort gestanden hatte, als oben die Entscheidung fiel. - Da stand der alte Schamane der Churingas also im Tod erstarrt und starrte mit durchdringendem Blick in die Scheinwerfer. Eine Hand hielt er drohend nach oben gereckt, als bedürfe die Oberwelt seiner Leitung noch immer. Seinen Mund verzerrte ein letzter drängender Schrei. Er schien noch immer in der Luft zu hängen und war doch seit Jahr und Tag verklungen.

Ehrfürchtig traten die Gefährten herzu. Mit schüchterner Hand berührte die eine oder der andere das glatte Relief. Arundelle brach zusammen, von einer kleinen Ohnmacht umflort. Da stand ihr Billy-Joe so lebensecht und wirklich wie er nur sein konnte. Das Haar in wilden Zotteln um den Kopf - beinahe schulterlang jetzt, wie es sich geziemte für einen weisen Mann.

Aus dem Weg waren sie sich gegangen, schon seit Wochen, schon seit Billy-Joe begriff, was nun auf ihn zukam. Um sich nicht zu verraten, hatte er sich davon gestohlen. Denn für das, was er vorhatte, brauchte es der Zeugen nicht und nicht des Mitleids. Denn hier ging es um mehr und um anderes als um das Leid. Denn es ging in Wahrheit um die Überwindung des Todes.

Nicht die leiseste Spur der Verwesung zeigte sich an der Gestalt. Das mochte an den Lumpen liegen, die sie umhüllten. Das Gesicht war so ausdrucksstark und lebendig, wie es nur sein konnte. Da war nichts von Totenstarre, wiewohl sich der Stein doch recht steinern anfühlte. Woran erinnerte Tibor das? Wäre Arundelle nur ansprechbar gewesen... Er musste es versuchen. Auch ihr müsste da doch das Gleiche auffallen. Er suchte den Blickkontakt und als er ihn endlich fand, da blitzte auch in Arundelles Augen die nämliche Erkenntnis auf. Ja, auch sie hatte ein solches Standbild schon einmal gesehen und nicht nur gesehen, sondern ...

Aber dafür war es jetzt zu früh. Erst einmal müssten sie sich Gewissheit verschaffen.

Hier unten jetzt auszuharren, machte wohl keinen Sinn und doch wollte Edmond bei seinem Vater bleiben, zur Not auch allein. Tibor aber drängte zum Aufbruch.“ Je schneller wir wegkommen, um so eher sind wir zurück“, rief er und machte auf dem Absatz kehrt. Er stürmte davon und mit ihm sein Sohn, um auf ihn aufzupassen, denn er ahnte nur, was der nun wieder vorhatte.

Ganz recht. Tibor war einer der Erfinder des berühmten Antiversteinerungsserums, das den Markt seit Jahrzehnten als Allheilmittel bei Depressionen und psychosomatischem Leiden beherrschte. Kein Mensch erinnerte sich mehr an seinen wahren Zweck und den Grund für seine Erfindung. Ganz anders Tibor – endlich würde einmal wieder erprobt, was in dem Zaubermittel wirklich steckte.

Zum Glück fand es sich inzwischen in jeder Tankstelle – ob als Ampulle mit Spritze oder in Tablettenform. Für ihre Zwecke musste es schon die Ampulle sein. So dauerte es keine Stunde und er war wieder zurück. Beinahe wäre nun er in die Schlucht geglitten, hätte ihn das Seil, das ihn mit seinem Sohn verband, nicht davor bewahrt.

Der Rest ging dann ganz schnell. Mit geübter Hand rieb der erfahrene Experte Billy-Joes Oberarm, bis er eine Stelle halbwegs aufgeweicht hatte. Ein kräftiger Pieks und alles war vorbei. Die Wirkung setzte schon nach wenigen Minuten ein. Billy-Joe rükelte sich und streckte sich wie nach langem Schlaf. Dann taumelte er ein wenig kraftlos auf unsicheren Beinen und setzte sich. Arundelle nahm sein Haupt liebevoll in ihren Schoß und benetzte seine Wangen mit Tränen des reinen Glücks. Die andern fielen mit ein, denn der Anblick war gar zu anrührend.

Schließlich aber ermannte sich Billy-Joe und schloss auch die andern in seine Arme. Er dankte allen, dass sie niemals aufgegeben, und dass sie ihn nicht dem Tod überlassen hatten. „So ein Jahr kann verdammt lang werden“, krächzte er heiser. Dann trank er erst einmal und verlangte nach Nahrung.

„Schling nicht so, nachher kommt alles wieder raus“, ermahnte ihn Tibor. Doch Billy-Joe ließ sich nichts sagen und fing folgerichtig alsbald zu kotzen an.

„Siehst du, hab ich dir doch gesagt“, setzt Tibor noch eins drauf. Das Leben hatte ihn wieder - seinen Freund Billy-Joe. Ein wenig unbeholfen torkelte der große Mann, von den beiden Jungen gestützt, dem Ausgang zu.

Mit dem Jeep ging es erst einmal ab nach Hause und dann ins Krankenhaus, wo er richtig durchgecheckt wurde.

„So ein alter Mann ist doch kein D-Zug“, meinte er reichlich unvermittelt, weil ihm das alles recht Hoppla die Hopp ging. Aber so waren die Zeiten inzwischen nun mal. Arundelle wich die ganze Zeit nicht von seiner Seite. (Ob es die Zeiten waren oder das Alter, das mochte sie nicht entscheiden.)

Wo er schon mal da war, entschied er sich für neue Kniegelenke. Überhaupt ließ er sich auf Funktionstüchtigkeit überprüfen. Das Ergebnis war durchaus zufriedenstellend. *„Für Hundert plus – recht gut im Schuss“* – ließ ihn der Arzt launig wissen, als er ihn verabschiedete.

Billy-Joe fühlte sich wie neu geboren. Das Leben hatte ihn wieder. Nun wollten sie aber nie wieder auseinander gehen, beschlossen die Freunde und zogen alle zusammen. Tibor musste alle Monate mal rüber auf Susamees Insel und das war gut so. Da kam er mal raus. Billy-Joe hatte genug damit zu tun, seine unfreiwillige Klausur zu ergründen und zu beschreiben, die gerade hinter ihm lag. „Solange alles noch so frisch ist“, betonte er und machte sich wieder hinter seinen Schreibtisch. Arundelle blühte auf zwischen ihren beiden Männern, denn was der eine nicht hatte, das gab ihr der andere und umgekehrt.

Auch Tika war ganz aus dem Häuschen, als sie von Billy-Joe das erfuhr. Ab sofort wollte sie nun auch nicht mehr in der Unterwelt bleiben und Tibor versprach ihr, alles in seiner Macht stehende zu tun, um sie da raus zu holen.

Erst einmal brachte er ihr Billy-Joe mit – gut verpackt hinter Antimaterieschutz, so labil wie der wohl noch immer war nach seiner Klausur. Klausur nannte er seinen Aufenthalt in der Hölle. – „Nichts ist so schlimm als unentwegte Stille und erzwungene Ruhe“ – meinte er und verfasste eine ‚Philosophie der Zwangsruhe’, wie er sein Werk im Arbeitstitel erst einmal nannte, an dem er schrieb, seit er zurück war.

„Er schreibt sich sein Trauma von der Seele“, meinte Arundelle ohne groß viel davon zu halten. Doch das behielt sie für sich. Kaum war er zurück, da ging das schon wieder los mit dieser fürchterlichen Arroganz.

Als Tika Billy-Joe sah, hielt sie nichts mehr. Höchstens wenn er auch rüber gekommen wäre, aber so fand sie die Situation unmöglich. Vergeblich hielt Tibor ihr vor, dass sie sich allzu schnell aufgegeben hatte. Niemand habe ihren Tod forciert außer sie selbst. „Tod ist nun einmal etwas Endgültiges, Schwesterherz“ stimmt auch Billy-Joe zu. „So eine Erstarrung ist wie der Tod, aber nicht der Tod, das ist der Unterschied. Ich versuche gerade, ihn zu begreifen. Fällt mir nicht leicht.“

Tika fing zu weinen an und wollte sich nicht mehr beruhigen. Sie ließ sie nicht gehen, auch nicht, als der Antimaterieabwehrschirm zu flackern begann und sich erster Fraß anmeldete.

„An der Nase und den Ohren fängt er zuerst an, dann sind die Finger dran – ein bisschen wie Aussatz, habe ich mir sagen lassen. Tika, wir müssen, so leid es uns tut. Wir kommen bestimmt wieder, versprochen.“

Doch Tika wälzte sich und flehte und klammerte sich an ihre Beine, was diesen überhaupt nicht bekam. Bevor sie abfielen, machten sie, dass sie wegkamen. Zumal Tika selbst nicht minder litt. Und für die stand ja nun keine Klinik bereit, um die Schäden zu reparieren.

Wie bekam man jemand aus der Unterwelt zurück? Eine echte Herausforderung – das war eigentlich nach Tibors Geschmack. Mit Antimaterie nämlich hatten sie damals schon experimentiert. Herausgekommen war das Antiversteinerungsserum. Damals hatten sie die größte Mühe, überhaupt erst mal ein Antiteilchen einzufangen. Jetzt wussten sie zwar, wo die zu finden waren. *Südmichel* zeigte ihnen bereitwillig immer wieder den Weg dorthin, doch erstens konnten sie davon nichts mitnehmen und zweitens bedrohten sie diese Besuche zunehmend. Der Schutz, den sie sich umlegten, bestand aus Anti-Antiteilchen und war seinerseits ein äußerst labiles Gebilde, das wie man sah, nicht weit trug und sich schon nach wenigen Stunden erschöpfte.

Außerdem begriffen sie das Prinzip der Chaisen nicht und den Weg, den sie nahmen verstanden sie schon gar nicht. Ohne *Südmichel* also waren sie völlig aufgeschmissen.

So bat Tibor Arundelle, ob sie ihre Beziehungen nicht spielen lassen könnte, um nochmals beim *Advisor* nachzuhören, wie es denn so stand. Jetzt, wo die Unterwelt praktisch aufgelöst wurde, weil sich die Bosheit nun nicht mehr hielt. Eine durchaus auch für diesen ungewöhnliche – um nicht zu sagen unbekannte – Situation, der er sich zwar stellen mochte, die er jedoch noch keineswegs überblickte, geschweige, dass er sie gar schon bewältigte.

Von der materiellen Seite her winkte *Südmichel* erst einmal kategorisch ab. „Nichts zu machen“, hieß es seinerseits lakonisch. „Das ist wie Feuer und Eis.“

Was den *Advisor* natürlich zum Widerspruch reizte. Ob das so gewollt war? Auf diese Weise kam *Südmichel* Tibor jedenfalls zu Hilfe. Und nun war es am *Advisor* zu beweisen, dass er nicht nur leeres Stroh drosch, sondern wusste, was er sagte.

Im Hinterkopf hatte er zweifellos diese semipermeable Membran. Doch die galt ja nur zwischen der himmlischen und der höllischen Sphäre alten Zuschnitts, was ja nun bis zu einem gewissen Grad obsolet war, Gott sei Dank.

14. Anti-Antimaterie

In Tibor regte sich der Erfindergeist. Den war er nie recht los geworden, auch nicht, als er sich so sehr bemühte, Schamane zu werden und doch neben Tika nie bestehen konnte. Immer war sie ihm wenigstens um eine Nasenlänge voraus gewesen. Und das keineswegs nur deshalb, weil sie eine Frau war, und bei Susamee bessere Karten hatte.

Aber so war Tibor nun einmal: wo seine Talente lagen, da achtete er sie gering. Ansporn war ihm nur das, was er nicht konnte. Da fühlte er die Herausforderung, dort mühte er sich und gab sein Bestes. Während er seine Talente verschleuderte und für nichts achtete, weil sie ihm selbstverständlich erschienen.

Doch auch diesmal war es nun wieder anders, wie schon einmal, als es um das Antiversteinerungsserum gegangen war. Denn es herrschte auch diesmal wieder echte Not. Es galt, jemanden zu retten, der ihm nahe stand. Und so trat der seltene, glückliche Umstand bei ihm ein, der Talent und Streben vereinigte, was auf Großes hoffen ließ. Und so war es dann auch.

Billy-Joe, Arundelle und Tibor bildeten das Forscherteam, das der Antimaterie zu Leibe rückte. War es schon einmal darum gegangen, verirrte Teilchen einzufangen, so ging es nun darum, zu klären, weshalb diese sich verirren konnten, ohne sogleich auf das Heftigste zu reagieren. Mit anderen Worte ging es darum, die Beziehung zwischen Antimaterie und dunkler Materie zu ergründen.

Die erste ihrer Arbeitshypothesen lautete denn auch, dass Antimaterie eine Abart der dunklen Materie war. Zumal diese an die neunzig Prozent der Materie im All ausmachte. Mit anderen Worten den Regelfall. Nicht die dunkle, sondern die sichtbare helle Materie stellte den Sonderfall dar. Das Geheimnis der Schöpfung bestand in Wirklichkeit in der sichtbaren Materie. Was musste geschehen, damit Materie im sinnlichen Sinne real wurde? Das war die entscheidende Frage, um die sich alles drehte. Wer diese Frage beantwortete, der hatte den Finger auf das Geheimnis gelegt, denn hier fand sich die Schöpferkraft, der sich das sichtbare Universum verdankte, das wie Schlieren und Applikationen auf dem dunklen unsichtbaren Brei der unsichtbaren Masse saß. Etwa so, wie Kirschgelee, das vorsichtig in Griesbrei eingerührt wird. Nur farblich gesehen eben umgekehrt. Also vielleicht doch eher Vanillesoße in Schokoladepudding – was ganz nebenbei, vielen sogar besser schmeckt – aber das gehört nun nicht hier her.

Tibor bildete den Kopf, Arundelle und Billy-Joe assistierten – wie schon einmal, falls sich die drei denn richtig erinnerten, doch darauf kam es nicht an. Vielmehr war der Erfolg alles, was zählte. Und wieder einmal saß ihnen die Zeit im Nacken. Tikas Zustand verschlimmerte sich von Besuch zu Besuch. Ihr Problem war vor allem mentaler Art. Zwar störten die Löcher inzwischen schon sehr, doch das eigentliche Leiden spielte sich in ihrem Innern ab und da gab es noch viel weniger Linderung.

Tibor spritzte Antiversteinerungsserum, das half ein wenig, brachte Linderung und auch vorübergehende Heilung kleinerer Wunden. So ließ er ihr einige Kisten voller Ampullen da, die sie sich selbst spritzen konnte. Nur bedachte er dabei nicht, was mit den Kisten passieren würde. Die lösten sich nämlich alsbald in Wohlgefallen auf. Das Serum floss auf dem Felsengrund dahin und fraß seinerseits tiefe Löcher darin ein. Tika sammelte das kostbare Nass, so gut sie konnte und rieb sich damit ein. Das heilte dann zwar manche Wunde, doch die Hände litten und die Finger verkümmerten, bis sie nur noch Stummel hatte. Das war eine schöne Bescherung, denn Finger würden von allein nicht nachwachsen, da half nur noch die plastische Chirurgie.

Doch dazu müsste sie erst einmal rüber kommen und das ging nur durch Umpolung, was laut *Advisor* nicht möglich war. Er bot als Alternative inzwischen den Umweg über die Esoterik an, also einen Astralleib himmlischen Zuschnitts, mit dem sie dann irdisch zwar auch anwesend sein konnte, nicht jedoch in aller Sinnlichkeit. So, wie sie es sich nun einmal in den Kopf gesetzt hatte. Arundelle konnte sie verstehen.

Ob man den Vorschlag nicht wenigstens als Zwischenlösung aufgreifen könne, wollte sie wissen. Doch da beschied ihr der *Advisor* ganz klar, dass es aus dieser Sackgasse keinen Rückweg mehr gäbe. „Wer einmal dem Larvenstadium entronnen ist, um nun frei wie der Schmetterling sich in der schönen Welt zu ergehen, der kann und will nicht mehr zurück." – meinte er ein wenig spitz und schüttelte sich bei dem Gedanken an eine solche Rückkehr.

Er begriff die Frau nicht, was nur hielt sie so krampfhaft, weshalb wollte sie sich nicht retten lassen?

„Ja, ja, des Menschen Wille ist sein Himmelreich", ließ er sich mit leicht ärgerlichem Unterton vernehmen.

‚Was diese Frau auch für einen Stress machte. Wie kann der Mensch nur so stur sein!' – dachte er und schwang sich auf und davon.

Also blieb doch nur der Weg durch den Umwandler und der gedieh ja nun alles in allem recht erfreulich. Zugrunde lag das Prinzip der Transsubstantiation. Es machte sich seinerseits einige Prinzipien zu eigen, so etwa die umstrittene Tatsache, dass zu jedem Teilchen sein verborgenes Antiteilchen irgendwo im Universum gehört. Dass jedes Ding und folglich auch jeder Mensch sein Antiding oder eben auch seinen Antimensch besitzt. Ob als geschlossene Einheiten oder im offenen Streugebiet – darüber gingen die Meinungen weit auseinander. Und auch Billy-Joe und Tibor beharkten sich deswegen und wären ohne die Vermittlung von Arundelle vermutlich sogar im Streit geschieden.

Dabei kam es auf solche Kleinigkeiten nicht wirklich an, meinte jedenfalls Billy-Joe, während Tibor gerade das Gegenteil annahm und von Zersetzung *faselte*, wie Billy-Joe meinte. Was, - *wie wiederum Tibor hervorstieß* -, ja nun ganz unübersehbar geschähe, man brauche sich ja nur die arme Tika anschauen. Da hatte er wiederum recht, nur, so fand Billy-Joe, aus einem ganz andern Grund.

So ein Gelehrtenstreit war schon eine handfeste Sache und bewegte und veränderte die Welt, ganz ohne Zweifel.

„Was nützt die schönste Transsubstantion, wenn hinten raus ein Feld liegt, wo zwar alles verstreut ist, was zu einem Menschen gehört, er selbst aber aufgelöst ist?“ -fragte Tibor rhetorisch und gab sich die Antwort gleich selbst – „gar nichts!“ – warf er so hin.

„Tika will sich ja nicht als Blumenbeet, sondern als Frau aus Fleisch und Blut. Da könnten wir ihren Leib ja gleich verbrennen und die Asche ausstreuen. Das wäre dann ungefähr der gleiche Effekt.“

Ja, denken konnte Tibor und seine Logik war unbestechlich. Also müsste es einen anderen Weg geben. Einen Weg, wie ihn die Unterwelt wies. Das Geheimnis lag in der Pforte oder schon beim Fährmann Charon über den Styx. Auf dem Weg geschah die Verwandlung, allerdings auch das Vergessen, denn der Styx ging nahtlos in den Fluss des Vergessens über, sodass sich die Reisenden selbst vergaßen bis sie drüben ankamen – jedenfalls im Regelfall.

„Sind doch alles mythologische Annahmen ohne Beweiskraft“, versuchte Arundelle zu vermitteln.

So bildete Tika auf jeden Fall die Ausnahme, wenn denn das Vergessen tatsächlich so vollständig war, wie von den Griechen, den Erfindern der Hades-These - angenommen. Das waren Fragen von Belang, befanden die Forscher einhellig. Auch über die Bedeutung des Zugangs bestand Konsens.

„Der beste Beweis gegen die These von der Streuobstwiese – so will ich’s mal nennen -, sehen wir drüben in der Unterwelt. Das sind Menschen am Stück, wenn auch aus *‚Antifleisch und Antiblut’*, ums einmal so zu sagen!“

„Die Transsubstation findet zwar statt, doch nicht als Auflösung, sondern als Umpolung.“ – stimmte Billy-Joe zu.

„Wir sollten uns den Weg in die Unterwelt einmal genauer anschauen. Vielleicht hilft uns *Südmichel* dabei, denn in seiner Chaise umgeht er das Problem ganz offensichtlich, jedenfalls kommen wir recht heil drüben an.“

„Eben, vielleicht ist der Styx reiner Stuss und es gibt auch keinen Zerberus und keinen Charon.“

Doch *Südmichel* hielt sich bedeckt und ließ über das Funktionsprinzip der Chaisen nichts raus. „Hat mit eurer Transsubstantionskiste überhaupt nichts zu tun... Wir gleiten ins Nichts auf den Wogen der Zeit.“ – fügte er nach einigem Zögern recht lyrisch hinzu. Ob er damit das Funktionsprinzip der Chaisen meinte?

Das Problem mit den Chaisen war, dass sie recht fest im Fond geschlossen waren. Vielleicht war das beabsichtigt. Wer vorn saß, hatte es ein wenig besser. Groß waren die Luken dort allerdings auch nicht. Viel gespürt hatten sie jedenfalls nicht, erinnerten sich die Besucher in der Unterwelt, da konnten sie noch so in sich gehen. Es war als klettere man in ein Taxi, nenne das Ziel und steige dort wieder aus. Dazwischen lag eine so uninteressante Wegstrecke, dass man sich nicht an sie erinnerte. Nicht einmal an die Zeit, die das Ganze gedauert hatte. Ein bisschen wie ein Blackout, erinnerte sich Tibor, der die Fahrt nun doch recht oft hinter sich gebracht hatte. Zurück war er regelmäßig von seinen Löchern beansprucht gewesen. Da hatte er schon gar nicht mitgekriegt, was außen abging.

Nach einer offenen Chaise gefragt, verneinte *Südmichel* recht kategorisch. So etwas habe es noch nie gegeben. Ja, ein solcher Wunsch sei recht eigentlich ungebührlich und verstoße gegen die guten Sitten.

Solch eine Auskunft fand Tibor recht seltsam, wenn nicht gar befremdlich, denn an sich war *Südmichel* nicht so. Tibor wähnte, er habe hier den wunden Punkt berührt. Doch er war klug genug, jetzt nicht weiter zu bohren, sondern erst einmal zuzuwarten, ob sich auf der nächsten Fahrt etwas ergäbe, die er ja nun mit voller Aufmerksamkeit zu absolvieren gedachte.

Gesagt, getan. Zumindest die Hinfahrt merkte er auf. Er hielt sogar eine versteckte Camera zum Fenster hinaus und hoffte, dass *Südmichel* davon nichts mitbekam, denn der hätte ihm dies sogleich untersagt. Arundelle setzte sich deshalb neben *Südmichel* und belegte ihn mit Beschlag. Ja, sie flirtete, was das Zeug hielt. Soviel Kurzweil war der nicht gewohnt. Er war so überrascht, dass er zunächst keinen Verdacht schöpfte. Später auf der Rückfahrt dann, hockte er misstrauisch wie ein alter Uhu alleine vorn, aber da war alles zu spät, denn Tibor schluchzte in einem Fort über den Zustand in dem sie Tika vorgefunden hatten. Das hielt die nicht viel länger durch.

Statt sich in seinem Kummer zu vergraben, verdoppelte Tibor seine Anstrengungen kaum dass sie wieder da waren. Arundelle war ganz auf seiner Seite und Billy-Joe sowieso. Der kleine Streit war nun vergessen. Ob Streuobstwiese oder Festkörper – die Hauptsache war der Erfolg.

„Wenn wir nächste Woche nicht mit einer Lösung aufwarten, dann geh ich höchst persönlich zum *Advisor* und beantrage ganz offiziell Aufnahme in den Himmel. Lieber ein anständiger Astralleib als so einen löchrigen Wanst“, moserte auch Arundelle vor sich hin. Doch davon wollte Tibor noch nichts wissen. Er respektierte Tikas Begehr nach einem ganz gewöhnlichen möglichst heilen Leib für diese Erde und dieses Leben.

„Mit Hans Henny Henne hat die Erdenfahrt schließlich auch geklappt.“ – schleuderte Tibor recht wütend hin und ärgerte sich doch sehr über den *Advisor*, dass der solche Zicken machte.

„Vielleicht möchte er dich nur herausfordern, dass du über dich hinauswächst und doch noch deinen Transformator entdeckst. Vielleicht bist du näher dran, als du es für möglich hältst.“ – tröstete Billy-Joe und wusste gar nicht wie recht er damit hatte.

Die Lösung baumelte sozusagen vor ihrer Nase, zum Greifen nah, nur sahen sie diese nicht. Wie es oft so geht, wenn man vor lauter Wald die Bäume nicht mehr sieht.

Was hatten sie denn? Nichts Greifbares, das war es doch. Ein paar Gedanken. Einen Film, wo nichts drauf war außer eintönigem Grau. Immerhin war der zum Anfassen oder vielmehr zum Ansehen und das taten sie denn auch so oft, bis ihnen die Augen flimmerten. Wieder und wieder schauten sie sich den Streifen an. Ab und zu tauchte so etwas wie ein Schemen auf, eine Art Tor auch, aber sonst nur graues Wasser und grauer Himmel – grau in grau – um es mal so auszudrücken. Und das auch nur, weil sie ein Tor sehen wollten und einen Fluss und so weiter. Es hätte genauso gut etwas völlig anderes sein können.

Sie waren davon überzeugt, - das, worauf es ankam, sahen sie nicht. Und doch hielten sie es nicht für unsichtbar, sonst hätten sie überhaupt nichts gesehen. „Gehen wir mal davon aus, dass es sich hier um einen Zwischenbereich handelt.“ – überlegte Tibor laut. - „Dass Antimaterie eine transformatorische Zwischenstufe auf dem Weg zur schwarzen Materie ist. Oder umgekehrt vielmehr, denn die Größenverhältnisse gebieten ja den Umkehrschluss. Weil wir materielle Wesen sind, schauen wir selbstverständlich von uns aus auf die Verhältnisse und da kommt dann heraus, was wir zu sehen meinen, nämlich, dass wir oben auf sind und die Krone bilden. Obwohl aus der andern Perspektive durchaus darin auch Abschaum gesehen werden könnte. Aber darauf kommt es gar nicht so sehr an.“

„Vielleicht doch?“ – warf Arundelle ein.

„Macht schon einen Unterschied, ob jemand aus voller Kraft klammert, obwohl ihn alles heimziehen müsste ins dunkle Unbekannte, von wo er herkommt und wohin alles zieht.“ – ergänzte Billy-Joe Arundelles Einwand.

„Deshalb ist der *Advisor* ja so ärgerlich mit Tika. Hans Henny Henne war insofern ein Sonderfall, als er noch eine Aufgabe hatte.“ – meinte Arundelle.

„Vielleicht hat Tika die auch und weiß das besser als sogar der *Advisor*?“ Tibor stand fest zu seiner Tika auch jetzt noch.

„Dessen Angebot steht jedenfalls“ – bestätigte Arundelle.

„Dessen halbes Angebot meinst du wohl. Hans Henny Henne bekam seinen Leib jedenfalls zurück...“ – wandte Tibor ein.

„Was davon noch übrig war...“ – schwächte Billy-Joe ab.

„Nun ja, Tika muss wohl auch aufgemöbelt werden, wenn sie es denn überhaupt schafft.“ - bei Tibor brach wieder der Realismus aus. Doch nur für kurz, denn sein nächster Vorschlag wirkte denn doch sehr wie eine Art Harakiri, wenn der denn ernst gemeint war.

„Und wenn ich mich als blinder Passagier auf die Fähre schleiche? Vielleicht wird die Sache bei Charon ja klarer.“

„Du meinst, die Sage lebt?“ – frug Billy-Joe zweifelnd. „Ich dachte, das sei nichts als eines jener Geschichtchen für Unbedarfte.“

„Jede Sage hat einen wahren Kern“ – wies Arundelle ihn zurecht. „Solche Dinge werden nicht frei erfunden. Hinter jedem Märchen steckt eine verborgene Wahrheit, die ans Licht will und deshalb jeden Weg nimmt, der sich bietet. Und da sind Märchen und Sagen nicht der schlechteste Weg.“

„Als blinder Passagier auf Charons Fähre, das sagt sich so dahin. Ans Gestade des Styx finden ja wohl nur die Toten.“ – gab Billy-Joe nun zu bedenken, nachdem der Zweifel an der Existenz der Überlieferung so deutlich im Raume stand. Was für ihn im übrigen auf das Gleiche hinauslief und das hatte ja durchaus etwas für sich. ‚Was nutzt die schönste Fabel‘, dachte er ‚wenn doch keiner an sie rankommt, außer er ist tot. Und eben dem Tod galt es, ein Schnippchen zu schlagen. Charon war nicht irgendjemand, sondern der leibhaftige Tod. Und mit diesem glaubte Tibor sich anlegen zu können.’

„Der riecht einen Untoten doch zehn Meilen gegen den Wind.“ – ereiferte sich Billy-Joe und die Angst um den Freund ließ seine Stimme recht dünn und seltsam schrill klingen.

„Vielleicht beraten wir uns erst einmal mit *Südmichel*, wie der das sieht.“

„Lass uns doch jetzt noch einmal unsere verschiedenen Ansätze miteinander abgleichen“, schlug Arundelle vor. *Südmichel* können wir unabhängig davon jederzeit um Rat fragen.

„Wenn der sich nicht mal wieder verleugnen lässt. Dann hat sich was mit jederzeit...“ – wandte Tibor ein.

„Ich würde trotzdem vorschlagen es zu versuchen. Also, was haben wir?“

„Wir haben das Serum. Es hilft, aber nur ein bisschen. Da bräuchte es schon eine ganze Badewanne voll, um die wahre Wirkung zu testen.“

„Und jemand, der das Versuchskaninchen macht...“

„Dann gibt es da die geheimnisvollen Chaisen, mit denen der Wechsel aus der Sphäre der Materie in die Sphäre der Antimaterie scheinbar recht problemlos gelingt.“

„Nicht zu vergessen, der Schutzschirm, ohne den gar nichts geht.“

„Ja, woraus besteht dieser Schutzschirm?“

„Ist erst mal uninteressant. Wir wollen uns nicht schützen, sondern wir wollen verwandeln, transformieren. Aus A soll B werden. Noch klarer - aus Minus A, soll Plus A werden, das ist es, was wir wollen.“

„Und möglichst ohne Umwege.“ - bestätigte Arundelle.

„Aus der ganzen Conversiererei wissen wir ja nun, dass nichts hervortreten kann, was nicht irgendwie schon angelegt ist. Da geht es um Verwandtschaft, aber durchaus auch um Gegensätze und Antipoden...“

Die Argumente und Entwürfe flogen nur so hin und her. Es war weiter noch vom Zeitstrahl die Rede und vom natürlichen Walten der Unschärfe im Nanoversum, ohne dass dadurch der Weg so recht deutlich wurde, den es einzuschlagen galt.

Südmichel wurde befragt, wie der Tod zu überlisten sei. Doch das wusste auch der nicht und verwies auf den *Advisor*. Der wollte mit der Sprache schon gar nicht heraus und verwies auf sein Angebot und die Vorteile, die sich darin fraglos fänden. Allerdings biss er bei Tika damit auf Granit. „Dann lieber alles lassen wie es ist.“ – Tibor fühlte sich am Ende seiner Belastbarkeit. Was konnte er noch tun?

Den Tod überlisten, sagte sich so daher. Und wenn er sich nun versteinerte? Wie war das damals doch gleich gewesen? Irgendwie mussten sie es ja hinbekommen. Oft genug war es schließlich passiert, damals in der Zukunft, die ja nun quasi Gegenwart geworden war und von den *Repetitoren* bestimmt wurde. Also wussten die *Repetitoren* auch, wie man versteinerte.

Betroffene Mienen in der Runde, die eigens einberufen worden war. So recht wusste auf einmal niemand, wie das zuging. „Das hatten die Zwerge fest in ihrer Hand. Wir brauchten da nicht viel tun. Auch den Drachen übrigens.“ – meinte Scholasticus.

Also ging Tibor zu den Zwergen. Doch auch dort wurde er weiter gereicht. Erst einmal wurde er zu den Drachenhütern geschickt, doch die hatten mit den ‚Wasserpanschern’ – wie sie die Versteinerten nannten – nichts zu tun, sondern waren nur für die Drachen zuständig.

Endlich fand er zu dem Becken, wie es ihm beschrieben war. Arundelle hieß ihn eintauchen, denn sie begleitete ihn, da sie sich immerhin erinnerte und so war er nicht ganz allein. Die ‚Wasserpanscher’ hielten sich im Hintergrund und äugten ängstlich herüber. Inzwischen waren alle Salzsäulen abgebaut – wozu gab es denn das Serum?

Die ‚Wasserpanscher’ verstanden nicht, weshalb sich jemand freiwillig versteinern lassen wollte.

Übrigens verstanden sie das Prinzip der Versteinerung auch nicht. Es war ein Überbleibsel aus dem Wirken der Bruderschaft Infernalia, das irgendwie in die Zukunft gelangt war. Wahrscheinlich hatte es Malicius Marduk mit eingeflogen, um dort Unheil zu stiften, weil er ja unbedingt in der Zukunft Fuß fassen musste. Was ihm dann freilich nicht gelang – ganz im Gegenteil. Es kam zur Niederlage der dunklen Seite im letzten Gefecht, und das bedeutete dann nun einmal das endgültige Aus.

So ward Tibor also versteinert und stand wie tot am Beckenrand. Arundelle hatte Mühe, ihn aus dem Wasser zu ziehen, weil sich die Zwerge nicht mit anpacken trauten. Sie wussten ja nicht, dass genügend Serum in Arundelles Tasche darauf wartete, verspritzt zu werden. Sie selber gab sich auch eine ordentliche Dröhnung, denn natürlich war das Wasser nass und zwar ganz schön.

‚Glaubt man gar nicht, wie schwer so ein zarter Mensch ist, - in seiner Versteinerung.’ – überlegte sie, während sie sich abmühte und das eklige Kribbeln schon einmal spürte, an das sie sich auch nach über hundert Jahren genau erinnerte, als wäre es gestern gewesen.

Die Zwerge benahmen sich wirklich sonderbar und klebten ganz offensichtlich fest an ihren Rollen, die solch ein Verhalten wohl vorschrieben. Sogar die kriegerischen Schreie der Churingas ahmten sie nach und wedelten drohend mit ihren Bumerangs. Helfen aber kam keiner. Ob das die richtigen ‚Wasserpanscher’ waren?

So ließ Arundelle Tibor als tot liegen und hoffte mit ihm darauf, dass das der Tod genau so sähe und bald käme, um ihn abzuholen. Was er dann auch tat. Er nahm selbstverständlich den Körper nicht mit (das hatte sich Tibor so gedacht), sondern nur die Seele, was diese ein wenig ratlos machte. Sollte sie nun mitgehen oder nicht?

Da nur sie selber wusste, dass sie noch lebte, hatte sie keine Bedenken. Es ging immerhin um was. Sie musste herausfinden, wo die Umwandlung vor sich ging und wie es dazu kam, dass antimaterielle Körper in der Unterwelt hausten und es sich offensichtlich wohl sein ließen.

Erst einmal jedenfalls ließ Tibors Seele seinen Körper am Beckenrand zurück. Auch ging es nicht mit einer Chaise weiter, sondern im Gedanken-D-Zug, das heißt unverzüglich. Sein Antikörper wartete schon auf ihn. Das war vermutlich ein Automatismus und mutmaßlich besaß jeder lebende Körper in der Unterwelt schon seinen Antikörper. Und wahrscheinlich wartete der dort auf den Tod des Körpers, um dadurch zum Leben zu erwachen, genauer zum Antileben, denn in der Unterwelt verkehrten sich die Dinge ja diametral ins spiegelverkehrte Gegenstück.

Immerhin wusste Tibor nun Bescheid. Es galt, Tikas Körper zu finden und nicht auf ihren Antikörper hereinzufallen. Tikas Körper musste noch irgendwo sein. Sie war nicht mit Haut und Haaren in die Unterwelt abgegangen, das tat praktisch niemand. Doch wie sähe dieser Körper jetzt aus? - Tika war schon einige Monate dahingegangen und niemand wusste, wo sich ihr Leichnam befand.

Da mussten die Seelen her. Das war eine typische Aufgabe für die Animatioren. Sie mussten Tikas Seele dazu bringen, mit ihnen aus der Unterwelt zurück zu schlüpfen und sich ihres Körpers wieder anzunehmen. Damit wären zwei Fliegen mit einer Klappe geschlagen. Man wüsste, wo sich Tikas richtiger Körper befand und man konnte ihn nehmen und aufmöbeln nach allen Regeln der modernen Medizin, die war recht erheblich.

Als die Animatioren von Tibors Plan erfuhren, war er längst wieder zurück. Sein Antikörper lag wieder in der Unterwelt herum und er war um einige graue Haare reicher, denn das Procedere schlauchte doch ganz schön.

Von den Jungen traute sich niemand so recht, aber die alten erfahrenen Seelen scheuten nicht vor der Unterwelt zurück, sondern schlüpften gleich Tibor in diese Rolle. Sie suchten Tika auf, umgarnten ihre Seele, ermutigten sie, mit ihnen zu kommen und eisten sie nach einigem hin und her schließlich los.

Dann suchten sie gemeinsam nach Tikas totem Körper, den sie denn auch recht ordentlich konserviert im Untergrund von Susamees Insel fanden. – Aufgebahrt im gläsernen, luftdichten Sarg, was den

Verfall verhindert hatte. So ruhte Tika als eine Heilige im Schrein, umsorgt und verehrt von verzwergten Liebesdienerinnen der alten Schule, wie sie einst schon in Atlantis zu finden gewesen waren.

Tibor war glücklich. Solche Nekromantie hatte sich hinter seinem Rücken vollzogen - als ob es die Zwerge immer gewusst hatten.

Die Mitwisser unter den *Repetitoren* freuten sich mit ihm, aber so richtig glücklich waren sie dennoch nicht. Das Anti-Antikörperserum hatten sie nicht gefunden. Dafür verstanden sie nun ein wenig mehr von den Mechanismen des Lebens und wie es sich mit dem Wesen der Dinge verhielt. Sie verstanden nun, dass jedem Körper in der Welt ein Antikörper in der Unterwelt entsprach. Die lebendige Seele war das Scharnier zwischen diesen beiden Körpern. Je, nachdem - wo sie sich aufhielt, lebte dieser Körper und mit ihm sein Mensch.

Da sich die beiden Sphären gegenseitig auffraßen, gab es keine Möglichkeit, Körper und Antikörper zusammen zu bringen. Ja, nach allen Regeln der Logik musste der bekannten Welt, so wie sie war, eine unbekannte Antiwelt entsprechen.

Damit war die Wissenschaft doch um eine Entdeckung reicher geworden, wenn auch nur um eine spekulative. Denn es gab ja nicht die Spur eines Beweises, dass sich die Dinge tatsächlich so verhielten. Es sei, man rechnete Tikas Wiederauferstehung als einen Beweis. Und das tat Tibor und mit ihm seine Freunde und Weggefährten, die ihm geholfen hatten.

15. Pandemieforschung

„Ohne diesen Schneewittchensarg hätte ich ganz schön alt ausgesehen“, kommentierte Tika ihre Auferstehung. Als sie dann begriff, was geschehen war, denn an die Unterwelt erinnerte sie sich nicht. Wie es dort zugegangen war, musste sie sich von Tibor erzählen lassen. Dafür erinnerte sie sich um so lebhafter an ihren Tod und wodurch der herbei geführt worden war.

Ihr aufopferungsvoller Pflegeeinsatz im Pandemiegebiet war eines Tages zuviel gewesen. So war sie nicht nur vom Kummer über den verlorenen Sohn, sondern auch durch Entkräftung aufgezehrt worden.

„Zum Glück haben mich die Priesterinnen nicht einbalsamiert wie die Pharaonen. Die entfernen nämlich alle Innereien und auch das Gehirn“ – ein ziemlich ekliger Gedanke – fand nicht nur sie.

„Ja, dann wäre es mit mir vorbei gewesen hier drüben.“

„Nun, mit einem Astralleib hättest du dir schon auch noch behelfen können, wie es ohnehin der Vorschlag des *Advisors* war.“ – kommentierte Tibor trocken und erntete einen strafenden Blick. Ob der *Advisor* von der Aufbahrung gewusst und deshalb gemauert hatte? Das würden sie wohl nie erfahren.

Aber dann entdeckte Tika ihren Sohn Emasus, wie er Omirah im Arm hielt. Sie stürzte sich freudetrunken auf ihn. Omirah begrüßte sie doch recht reserviert - erst einmal - fand Emasus. Doch noch hoffte er. Tibor hatte vorgewarnt. „So sind Mütter nun mal“, versuchte er zu beschwichtigen. - Tika war eine typische Mutter. Sie ließ kein gutes Haar an Omirah und streute ihre kleinen Sticheleien unmerklich aber effektiv aus. Das war schade, denn es zwang Emasus, sich von der Familie zurückzuziehen.

Auch Omirah war kein Unschuldslamm und beharkte Emasus von der anderen Seite. Tibor sah sich die anbahnende Tragödie hilflos mit an. Er fühlte sich außerstande, daran etwas zu drehen.

Dabei erwies sich Omirah als äußerst patente einfühlsame Gefährtin für Emasus. Auch wenn sie sich als Zwergin an der Oberfläche nie recht wohl fühlte, und so richtig erst dann aufblühte, wenn sie wieder einige Meter Erde über sich wusste.

Wenn es nur an solchen Kleinigkeiten gelegen hätte! Dem wäre leicht abzuhelfen gewesen. Doch leider lag das Problem tiefer. Tika konnte nicht loslassen. Tief drinnen klammerte etwas an Emasus aus frühen Kindertagen. Dabei wäre die Gelegenheit so günstig gewesen, durch die erzwungene Trennung zu einem neuen und reiferen Verhältnis zu finden.

So geriet Tika ihre Wiedergeburt nicht zur hellen Freude. Und sie sehnte sich nicht selten zurück ins süße Nirwana seligen Vergessens, von dem nun doch das eine oder andere Versatzstück auftauchte.

Aber da waren ja noch die Freunde, allen voran ihr Bruder Billy-Joe. Sie kümmerten sich rührend und sorgten sich, dass sie nicht wieder schwermütig wurde wie zuvor. Denn Überarbeitung war nur die halbe Wahrheit gewesen.

Außerdem waren die *Repetitoren* auf den Geschmack gekommen und stürzten sich in das neue Aufgabengebiet. Zumal jetzt, wo das Arrangieren der Zukunft immer weniger wichtig wurde, da die Besucher aus der Vergangenheit sich nun anschickten, in der Zukunft anzukommen und immer deutlicher mit ihnen in eins wuchsen.

Die aus der Vergangenheit staunten nicht schlecht, als sie allmählich die Wahrheit begriffen. Zugleich tat sich dann aber doch auch für sie ein Loch auf, in das sie nicht minder zu fallen drohten - wie Tika in das ihre. Und so erschien es nur natürlich, sich in der Pandemieforschung einen Ausweg zu schaffen. Wo doch hier nun wirklich ein weltumspannendes Problem existierte, das der Lösung harrte.

Solange die rätselhafte Seuche die Menschheit heimsuchte, war ans Glück für alle nicht zu denken.

Tikas schamanische Kenntnisse erwiesen sich als große Hilfe. Sie war die einzige, die vor Ort mit den Kranken und den verstümmelten Nachkommen ihre Erfahrungen hatte. Denn hier unten auf den Inseln und in den ländlichen Gebieten, wo sich das Leben und Treiben der *Repetitoren* abspielte, besaß die Seuche keinen eigenen Krankheitsherd. Was nicht hieß, dass hier keine Opfer lebten - zumal in dem künstlichen Ressort der Zukunft.

Wegen der Pandemieherde aber musste man schon in die richtigen Metropolen des Nordens reisen, weil auch die größeren Städte Australiens – mit Ausnahme von Sydney und Melbourne - recht unbeeindruckt wirkten. Viel weiter südlich gab es groß keine namhaften Ansiedlungen.

Hie und da mal ein Einzelfall, das schon, aber flächendeckend, wie etwa in den USA oder Nordeuropa, setzte sich die Seuche - auch im tiefen Süden - nicht durch. Das war natürlich eine Herausforderung. Es handelte sich dabei eben doch vor allem um eine typische Zivilisationskrankheit.

Zum einen galt es herauszufinden, weshalb Ansteckung in den Tropen und Subtropen kein Thema zu sein schien und umgekehrt, weshalb es in den kalten Zonen zur ungehemmten Ausbreitung kam. Denn auch in Kapstadt grassierte die Krankheit, während Johannesburg bereits weitgehend verschont blieb.

„Das hat mit dem Wendekreis zu tun“, wusste *Südmichel*, der ja nicht zufällig den Beinamen, ‚vom Wendekreis‘ führte. „Selbstverständlich spielt auch die Westwinddrift und vor allem der Golfstrom eine erhebliche Rolle“, setzte er hinzu und schaute in die Runde in unverständige Gesichter. Keiner wusste, worauf er hinaus wollte.

Kopfschüttelnd setzte er deshalb zu einer umfangreichen weitausholenden Erklärung an. „Sicher habt ihr euch schon gefragt, weshalb es in Island oder auch an den Küsten Nordeuropas auf der westlichen Seite ungleich wärmer ist als auf der Ostseite Asiens oder auch Nordamerikas. Wenn man bedenkt, dass Madrid auf der Höhe von New York liegt, dann wird vielleicht deutlich, was das heißt."

Billy-Joe schüttelte den Kopf, denn ihm war die Bedeutung dieser Tatsache nicht bewusst.

„Nun, zunächst einmal der Golfstrom", setzt *Südmichel* seine Belehrung fort. „Der Golfstrom bringt tropische Gewässer bis hoch nach Skandinavien und sorgt für ein mildes Klima, während die Westwinddrift dafür verantwortlich ist, dass diese Region überreichliche Bewässerung erfährt. Bei uns hier unten im Süden verhält es sich zwar prinzipiell ebenso, nur sind hier die warmen tropischen Meeresströme ungleich schwächer ausgeprägt und der Mangel an Landmasse lässt eine vergleichbar ausgedehnte gemäßigte Zone nicht zu - ganz abgesehen von der starken, antarktischen Strömung, unter deren Einfluss sich die südlichen Regionen befinden."

„Sieht mir ganz so aus, als handle es sich hier um ein kälteresistentes Killervirus", warf Corinia ein, die den Ausführungen *Südmichels* aufmerksam folgte. Sie verstand als Biologin von solch Geostatischer Meteorologie noch am meisten.

„Ein Virus, das sich im kalten Strom aufhält und sich dort am wohlsten fühlt, wo es kalt und feucht zugleich ist: Am besten nasskaltes Schmuddelwetter so um die Null Grad herum, da fallen die Menschen um wie die Fliegen und stehen nicht mehr auf – so wissen wir aus Erfahrung."

„Ein Virus, resistent gegen jede Form der Beeinflussung oder gar der Verdrängungsversuche." – ergänzte Professor Schlauberger nachdenklich und fuhr fort: „Und doch war alles Forschen in dieser Richtung bisher zum Scheitern verurteilt und hat die Dinge immer nur zugespitzt und negativ voran getrieben."

„Dabei ist noch gar nicht raus, ob es sich überhaupt um ein Virus handelt...", entgegnete Corinia.

„Was soll es denn sonst sein?" - fragte Florinna und gab sich die Antwort gleich selbst: „Viren sind nun mal die Überlebenskünstler Nummer eins. Sie sind anpassungsfähig und lernen vergleichsweise schnell, wo es ihnen an den Kragen gehen soll. Sie stellen sich auf jede Veränderung ihrer Lebensbedingungen ein und passen sich an, solange es geht."

„Dabei halten sich die Menschen in den Metropolen ja kaum noch im Freien auf“, gab Corinia zu Bedenken. „Das Klima kommt an sie nicht heran. Folglich auch nicht die Wetterboten und Winde oder Schauer – alles, was Viren transportieren könnte.“

„Dann werden sie eben über die Nahrung aufgenommen.“ – mutmaßte Florinna.

„Aber dann müsste die Krankheit überall auftreten.“ – warf Edmond ein: „Tut sie aber nicht.“

„Vorausgesetzt, überall wird das Gleiche gegessen und getrunken.“ – meldete sich nun auch Emasus zu Wort.

„Ja, das Trinkwasser vielleicht?“ – fragte Omirah.

„Die Wasserqualität ist doch recht unterschiedlich, überall auf der Welt.“ – entgegnete Edmond - „Es könnte also am Wasser liegen.“

„Ganz im Gegenteil, wo Wasser eher knapp und verunreinigt ist, bricht die Krankheit gerade nicht aus.“ – widersprach Omirah.

„Also doch eine typische Zivilisationskrankheit, einzig auf die Lebensbedingungen zurückzuführen...“ – meldete sich nun auch Dorothea zu Wort.

„So sieht es aus...“ – stimmte Scholasticus zu.

„Dann muss aber irgend etwas anders sein, bei Infizierten und Nichtinfizierten. Wie sieht es denn in dieser Hinsicht aus? Gibt es da vergleichende Untersuchungen?“ – wollte Arundelle wissen.

„Die gibt es. Und die zeigen, dass sich das Verhältnis von roten zu weißen Blutkörperchen bei beiden Gruppen signifikant unterscheidet. Die Infizierten weisen deutlich mehr weiße Blutkörperchen auf als die Nichtinfizierten.“ – wusste Tika zu berichten. Sie hatte schon ehedem das verseuchte Blut eigenhändig untersucht.

„Das ist auch nicht anders zu erwarten. Jede dramatische Störung des organischen Haushalts muss zu solchen Reaktionen führen. Es bedeutet doch nur, dass hier die Körpereigene Schutzpolizei aufmarschiert, weil es etwas zu bekämpfen gibt, weil etwas eingedrungen ist, was nicht in den Körper gehört...“ – meinte Judith Kornblum.

„Oder, weil der Körper Eindringlingsalarm gibt, ohne dass Eindringlinge sich versuchen. Auch das kann es immerhin geben.“ – ergänzte ihr Mann, Professor Adams:

„Sozusagen eine Placebo-Infektion – um ’s mal so verdreht zu sagen.“

„Damals in Laptopia schoben wir dann ja alles auf den Elektronensmog, ihr erinnert euch – soweit ihr schon mit dabei wart." – fiel es Arundelle ein.

Alle nickten, ausgenommen die junge Generation, die ja nun auch ihr Scherflein beitragen wollte, obwohl ihnen die Erfahrungen der Zukunftsreisenden fehlten, soweit sie nicht ins Rollenspiel eingespannt gewesen waren. Auf eigene Erfahrungen jedenfalls konnten sie sich nicht stützen.

Da sich die Sache mit dem Zeitverlust als eine Chimäre erwiesen hatte, war man auch von dem Elektronensmog wieder ganz abgekommen. Dabei kannte man dessen schädliche Wirkung doch.

„Ja, gibt es denn verlässliche Studien, was den Verschmutzungsgrad der Atmosphäre angeht?" – wollte Edmond wissen.

„Früher waren Emissionsmessungen gang und gäbe", bestätigte Scholasticus: „Aber dann erledigte sich das meiste, als es mit dem CO_2-Ausstoß immer besser wurde und schließlich alle fossilen Brennstoffe verbraucht waren und durch nachhaltig erneuerbare ersetzt wurden."

„Beim Strahlenschutz, um den es dann ging, als die Licht- und Strahlenverschmutzung ins Visier der Ökologen gelangte, tat man sich ungleich schwerer" – meldete sich nun auch Grisella zu Wort: „hier Zusammenhänge aufzudecken gelang nur unzulänglich. So wurde die Modeerscheinung der Zellularen Kommunikation vom Strahlenschutz zunächst überhaupt nicht beachtet. Dieser konzentrierte sich vielmehr auf die verheerenden Emissionen aus den Atommeilern, die als billige Energielieferanten galten, bis sich die Störfälle und Katastrophen zu häufen begannen."

„Alle Welt konzentrierte sich von da an auf den Ausstieg und die Umrüstung der Energiewirtschaft auf die Erneuerbaren." – stimmte Peter Adams zu.

„Ja, denkbar wäre durchaus, dass sich in der Strahlung, die sich besonders über den nördlichen Metropolen häuft, die Quelle der geheimnisvollen Krankheit verbirgt." – bestätigte Professor Schlauberger seinen ehemaligen Assistenten, der nun längst selber in die Jahre gekommen war.

„Und es muss durchaus kein Widerspruch sein, dass die Krankheit ihren Ausgang im nördlichen Eismeer nahm," fuhr Scholasticus fort: „Denn gegen Ende des zwanzigsten Jahrhunderts lagen dort dutzende Atom-U-Boote, um von dort aus durch die Weltmeere zu patrouillieren."

„Es kam zu einigen Unfällen, die damals alle unter den Teppich gekehrt wurden.“ – wusste auch Peter Adams.

„Das war der Kalte Krieg.“ – bestätigte Scholasticus.

„Strahlensmog also herrschte dort durchaus vor. Die Pollution erfasste noch jeden dort.“ – erinnerte sich Peter Adams.

„Nur, dass dann nicht alle erkrankten.“ – warf Grisella ein. „oder dass uns die Krankheitsfälle verheimlicht wurden.“ – stimmte ihr Judith zu. „So war nun einmal die Mentalität des Kalten Krieges.

„Und doch erkrankten viele, um nicht zu sagen, die meisten. So hieß das damals unter vorgehaltener Hand.“ – erinnerte sich Scholasticus.

„Trotzdem – die pandemische Ausbreitung, das ist doch noch mal etwas anderes.“ – meldete sich nun auch Corinia wieder zu Wort: „Strahlenopfer treten punktuell auf, und sind auf die Quelle bezogen. Natürlich spielen Wind und Wetter eine Rolle. Und doch – der typische Verlauf von Pandemien, um den es sich zu handeln scheint, sieht so nicht aus. Alles deutet eben doch auf ein Virus hin und auf die Übertragung von Mensch zu Mensch.“

„Eine virusartige Übertragung – von Mensch zu Mensch?!“ – Florinna fand das nicht ganz so überzeugend: „Kann man das wirklich so sagen?“

„...die ihre Ursache in der Strahlung hat, der wir uns besonders in den Metropolen aussetzen.“ – ergänzte sich Corinia: „Ja, ich denke, so kann man sagen.“

„Nicht dass wir wieder eine Chimäre jagen, wie damals als wir die Zeitlöcher der Zukunft stopften...“ – gab Arundelle zu bedenken.

„Die Einschusslöcher kann man heute noch im künstlichen Himmel über dem Ressort besichtigen.“ – bestätigte Scholasticus, der schon damals so seine Zweifel hatte.

„Und wenn man Glück hat, sieht man noch einen unserer Ballons.“ – bestätigte Arundelle.

„Sitzen konnten wir da oben auch nur, weil wir nicht so ganz real waren.“ Fuhr sie nach einer kleinen nachdenklichen Pause fort: „Wie hätten wir sonst auch in die Zukunft gelangen können.“

„Dafür hat Billy-Joe sich dann aber gut geschlagen, wenn der wirklich so ein Fliegengewicht war, alle Achtung.“ – Stolz leuchtete auf in Edmonds Augen, als er das sagte.

„So hab ich das noch nie gesehen.“ – griff Tibor den Faden auf: „Das wertet deine Großtat noch einmal auf. Da war eigentlich klar, dass du es ohne Hilfe nicht schaffen konntest.“

Billy-Joe winkte nur verlegen ab. Solche Lobhudelei war nicht nach seinem Geschmack.

„Man tut, was man kann“, murmelte er und grinste in sich hinein. Anscheinend wussten andere mehr als er. Denn weder er noch Arundelle hatten sich groß weiter Gedanken darüber gemacht, wie es mit ihrer Leiblichkeit in der Zukunft beschaffen war. Sie nahmen die Dinge damals wie sie kamen. So wunderten sie sich auch nicht, weshalb es ihnen möglich gewesen war, auf den Wolkenballen zu sitzen.

Auch wenn diese besonders dick und undurchlässig wirkten, war es doch keineswegs selbstverständlich. Im Gegenteil, für einen wissenschaftlich interessierten, aufgeschlossenen Streber, als der sich Billy-Joe im nachhinein durchaus sah, wäre es doch von großem Interesse gewesen, herauszufinden, was es damit auf sich hatte.

„Seiner Zeit entkommt nur der Astralleib“, erklärte der *Advisor* als Arundelle ihn deswegen nun – über hundert Jahre später – ansprach. Auch der *Advisor* ließ es sich nicht nehmen, persönlich mit dabei zu sein, um sozusagen hautnah die Überlegungen der *Repetitoren* zur Pandemieforschung mitzubekommen.

„Was ist das denn schon wieder“, wollte Pooty wissen und lugte wie eh und je aus Billy-Joes Medizinbeutel vor dessen breiter Brust.

„Der Astralleib, mein gutes Kind,“ hub der *Advisor* zu einer ausführlichen Erklärung an -

„...ist so was wie ein Gespenst, das so aussieht wie jemand, den es wirklich gibt, der aber gerade nicht da sein kann“, kürzte Arundelle die Erläuterung respektlos ab.

Doch der *Advisor* war keineswegs beleidigt, sondern lächelte freundlich und nickte.

„Ganz recht, ganz recht, besser hätte ich es selbst nicht sagen können.“

„Heute würden wir das die ‚*virtuelle Omnipräsenz des Individuums*‘ nennen. Sie eignet nämlich uns allen, auch wenn die meisten davon nichts ahnen.“ – fuhr sie deshalb fort und blickte recht selbstzufrieden drein, da sie ja offensichtlich zu den wenigen gehörte, die ‚davon ahnten‘.

„Ja, der Vorteil liegt auf der Hand“, griff der *Advisor* den Faden auf, „auf diese Weise ist es möglich, seiner Zeit zu entrinnen und den Zeitstrahl hinauf und hinunter zu deklinieren. Wie wäre ich sonst wohl hier?“ – sprach ’s und verschwand, als habe er für dieses Mal genug gehört.

„Vom Gewichtsvorteil gar nicht zu reden – falls es denn ein Vorteil ist, nichts zu wiegen – also so gut wie nichts zu wiegen.“ – setzte Arundelle ungerührt nach, sie kannte ja ihren Pappenheimer. Doch das hörte der *Advisor* vielleicht schon nicht mehr.

Es war für ihn auch nicht wichtig, denn er kannte sich aus. Um so begieriger lauschte die Söhne- und Töchtergeneration unter den *Repetitoren*, wurde doch gerade deren Wirklichkeit geschmiedet und da kam es schon auch auf das Handwerkszeug an, dessen sie sich besser beizeiten bedienen lernten.

„So ein virtuelles Abbild ist enorm praktisch, da es die Verfallserscheinungen der Materie nicht mitmacht. So kann sich ein virtuelles Abbild zum Beispiel kein Bein brechen oder an Blinddarmentzündung leiden. Es kriegt auch keinen Schnupfen und auch keinen Liebeskummer – obwohl, den vielleicht noch am ehesten. Leiden im körperlichen Sinne aber tut es nicht.“ – erklärte nun Scholasticus anstelle des *Advisors* und verfuhr kaum weniger weitschweifig als dieser.

Doch diesmal lauschten – zumal die Jungen – doch sehr gebannt und begierig.

Zu gerne wäre Arundelle wieder auf ihr eigentliches Thema zurück gekommen. Doch der *Advisor* schien recht gehabt zu haben, sich zu verabschieden, vielmehr sich davon zu machen. Vielleicht durfte man den Bogen auch nicht überspannen. Sie hatten immerhin so einiges gestreift, was der Vertiefung womöglich verlohnte.

16. Die Expedition

Vielleicht wäre es hilfreich, auch einmal die Wiege des Leidens aufzusuchen. Selbstverständlich mit den nötigen Vorsichtsmaßnahmen, soweit die überhaupt zu treffen waren. Immerhin glaubten die *Repetitoren* ja nun zu wissen, worauf zu achten war. Und selbst wenn sie sich täuschten, schaden könnte es nicht, allerlei Strahlendosimeter mitzunehmen und sich gegen Strahlen aller Art durch Schutzkleidung und Abschirmungen zu schirmen und zu schützen.

Es empfahl sich, gleich den Polarkreis aufzusuchen. Und da am südlichen Polarkreis kaum Menschen wohnten, war das erste Epizentrum, das die Wissenschaft ausmachte, am nördlichen Polarkreis gelegen. Dort mangelte es denn auch nicht an menschlichen Siedlungen und Knotenpunkten der Handelswege. Zumal dort auch die Atom-U-Boot-Flotte der alten Sowjetunion stationiert gewesen war. Dort hatten bis in die erste Hälfte des zweiundzwanzigsten Jahrhunderts diese todbringenden, schwimmenden Zeitbomben gelegen. Was aus ihnen geworden war, würde auf ewig ein Geheimnis bleiben. Sicher war nur, dass nicht wenige in den tiefsten Gründen der Weltmeere versunken waren. Und kein Mensch wusste, wie sich die Strahlenlast, die schon frei geworden war und die noch frei würde, auf das Leben dieser Erde auswirken würde.

Wenn es sich bei der Pandemie um eine Strahlenkrankheit handelte, dann müssten die verursachenden Strahlen nachzuweisen sein und zwar überall, wo sich Epizentren fanden. Dazu gab es noch keine systematischen Untersuchungsreihen. Und doch erhärtete sich der Verdacht in dieser Richtung.

Um ganz sicher zu gehen und vor allem, um diesen Faktor einer Untergruppe von Betastrahlen auch wirklich dingfest zu machen, brach die kleine Expedition von der Insel Weisheitszahn alsbald auf. Was sich mit der vereinten Hilfe des magischen Steins und des Zauberbogens als recht einfach erwies. – oder vielleicht doch nicht?

Zunächst kam raus, dass nicht alle mit konnten, die mit wollten. Fest standen schon einmal Billy-Joe, Pooty und Arundelle, die sozusagen automatisch dabei waren als die erkorenen Navigatoren.

Corinia als Meeresbiologin bot sich natürlich an, ebenso Florinna, die Weitgereiste. Außerdem wäre Tibor in jenen Breiten eine Hilfe, da er einige Brocken russisch sprach, wie er bescheiden verlauten ließ. In Wahrheit war sein Russisch noch immer recht passabel.

Das wäre es dann eigentlich schon gewesen. Emasus und Edmond kriegten ganz große traurige Augen als das bekannt wurde und so brachte es Arundelle nicht übers Herz ihnen ihren Herzenswunsch abzuschlagen. Eine Entscheidung, die sie nicht bereuen würde, wie sich schon alsbald heraus stellte.

Erst einmal moserte der magische Stein, wie es seine Art war und auch Arundelles Zauberbogen schien nicht gerade begeistert zu sein über solch eine Riesentuhre.

„Wenn es nicht anders geht, dann nehmen wir eben wieder die konventionelle Route“, meinte Arundelle „das mag zwar ein wenig umständlich sein, aber in einem halben Tag sind wir auch am Ziel. Inzwischen sind die Verbindungen doch recht gut, wenn man erst mal auf der Umlaufbahn ist.“

Arundelle bezog sich auf den vorläufig letzten Orbit, der in Zweihundertfünfzig Kilometern Höhe den Erdball umspannte. Dort verkehrten die Stratosphärenkreuzer im Stundentakt von einem Weltraumbahnhof zum andern. Zeitaufwändig war eigentlich nur das Warten auf die Shuttles zu den irdischen Zielen und Stratocopterstationen.

Allerlei Formalitäten gab es freilich auch noch zu bedenken. All das entfiele. Andererseits lagen sich der magische Stein und der Zauberbogen schon wieder wegen der Direktive in den Haaren und beharkten sich mit unverständlichen Argumenten. Wie immer neigte der Zauberbogen dazu, kleinliche Vorschriften großzügig zu übergehen, während der magische Stein gerade das Gegenteil wollte. Ihm konnte es nicht buchstabengetreu genug zugehen.

„Wenn das so ist, dann reisen wir doch einfach alle“, schlug deshalb Judith Kornblum vor, die ein wenig stolz auf die neusten Entwicklungen im Flugverkehr war, da die SLOMES-Werke daran nicht unerheblichen Anteil hatten.

Das aber war vor allem dem Zauberbogen auch wieder nicht recht. Er sah seine Felle davon schwimmen und sogar der magische Stein bemerkte, wie er langsam aber sicher auf den absterbenden Ast rutschte.

„Ihr kämt selbstverständlich mit“, beruhigte Judith die beiden als diese zu funkeln begannen, was immer ein Zeichen von Erregung bei ihnen war.

„Und eure Direktive haltet ihr auch ein, nicht wahr?“

Vielleicht gab es ja vor Ort doch auch etwas für sie zu tun.

Dorothea versprach, sich gleich um die Papiere und die Buchungen zu kümmern. Und da die Universität inzwischen über einen eigenen Stratoscopter verfügte, stand die Reisegruppe zwei Tage später in weniger als dreißig Minuten nach Abflug beim Check-in auf dem Weltraumbahnhof. Von dort brachte sie der Stratosphärenkreuzer samt Ausrüstung in wenigen Stunden zum Nordpol, wo es dann aber doch erst ein paar Checks zu überstehen galt, nicht zuletzt der Gesundheit wegen.

Das Krisengebiet, das sie ansteuerten, war noch nicht wieder frei gegeben worden. Weitsichtig wie Dorothea war, hatte sie sich eine Forschungsexpertise ausstellen lassen, die sie als Forschungsteam der Inseluniversität auswies. Das veränderte ihren Status natürlich erheblich.

Nicht auszudenken, wenn sie auf magischem Wege all die Hürden umgangen hätten und erwischt worden wären. Sie wären vermutlich in der Quarantäne gestrandet. Nun aber bekam die Sache doch noch einen richtigen Drall.

‚So hat eben auch ein kleiner Streit mitunter sein Gutes.' – dachte Arundelle und der Zauberbogen über ihrem Rücken schnurrte besänftigt. Ein wenig nämlich schmollte er schon, als er bemerken musste, wie überflüssig er doch bereits geworden war.

Da standen sie nun die *Repetitoren* und bibberten im eisigen Ostwind und sahen zu, dass sie in ihr Hotel kamen. Was sie messen wollten, konnten sie praktisch überall tun. So packten sie alle ihre Strahlendosimeter und Geigerzähler, die Frequenzmodulatoren und Röntgenapparate aus und was sie sonst noch alles mitgebracht hatten und platzierten sie erst einmal auf den Balkonen ihrer Hotelzimmer. Da war die Luft auch nicht anders als anderswo, bestätigten sie sich gegenseitig, obwohl sie sich schon auch ein bisschen komisch vorkamen. Schicker wäre es ohne Zweifel gewesen, wenn sie mit Hundeschlitten hinaus ins ewige Eis gezogen wären. Doch was sie suchten, fand sich entweder überall hier, oder nirgends.

So lässig der Setup auch wirken mochte, so kam es doch auf Exaktheit an. Scholasticus, als der emeritierte Senior, hielt die Oberhoheit fest in Händen. Und was ihm entglitt, das griff sich seine Schwägerin Grisella. Für die anderen kam es im wesentlichen darauf an, sich nicht zu infizieren. Deshalb steckten sie in weißen, unangenehm riechenden Anzügen und trugen Atemschutzmasken, die sie nur zum Essen ablegten. Obwohl auch dabei ein gewisses Risiko bestand, das allerdings vertretbar zu sein schien. Jedenfalls dachte so der Forschungsleiter.

Sein Verdacht ging bereits in eine bestimmte Richtung. Und eigentlich ging es auch nur noch um die Bestätigung der Annahmen, mit denen sie angereist waren.

„Peinliche Hygiene ist der sicherste Schutz vor einer Infektion" - bestätigten sich die *Repetitoren* gegenseitig, während sie sich zum zwanzigsten Mal die Hände desinfizierten und sich einen neuen Mundschutz vorlegten. Mit den knisternden weißen Anzügen wirkten sie wie Raumfahrer auf Außenmission. Und in der Tat besaßen die Anzüge ein autarkes Binnensystem.

Nach stundenlangen Messungen und der anschließenden Rechnerei ging es schon weiter. Praktischerweise sollten sie gleich in den Anzügen bleiben, empfahl die Reiseleitung, die zugleich die wissenschaftliche Verantwortung trug.

Zum Glück war Omirah nicht mit gekommen, dachte Emasus. Für die hätte er seine Hand nicht ins Feuer legen mögen. Aber da sie ja nun schwanger war, sollte sie das werdende Leben keinem unnötigen Risiko aussetzen. Das hatte sie geschluckt – immerhin. Ganz so trollig war sie nun denn doch nicht mehr.

Die *Repetitorengruppe* nahm den Stratosphärenkreuzer zum nächsten Weltraumbahnhof. Dort hatten sie die Auswahl zwischen Chikago und Toronto. So entschieden sie sich für Toronto. Es lag nördlich genug, aber nicht zu weit nördlich und war definitiv arg betroffen, so wusste Judith, die sich zuvor über die Verkaufszahlen informiert hatte. Danach besaß dort jeder zweite Haushalt einen Severin oder eine Severine – ganz nach Geschmack. Das machte bei knapp einer Million Haushalte, wie sie die Statistik auswies, immerhin eine halbe Million dienstbarer Geister aus.

„Ich möchte nicht wissen, wie viele von den anderen immer noch im Einsatz sind. Ich spreche hier bei der halben Million wohlgemerkt nur von unseren *Artefakten* des Typs Severine aus den SLOMES-Werken." – erklärte Judith.

Sie freute sich schon auf die Stadtrundfahrt, die sich ihr Mann, Peter Adams, ausbedungen hatte. – Toronto war seine Heimatstadt. –

Da alle in ihren weißen Anzügen steckten und sich ordnungsgemäß die Atemwege bedeckten, stand dem auch nichts im Wege. Die Messungen konnten ruhig einen halben Tag warten. So eine Sightseeingtour hatte durchaus etwas für sich und schweißte die Gruppe doch noch einmal auf ganz andere Weise zusammen.

Während sie so ihrer Reiselust frönten, schwärmten die dienstbaren Geister schon einmal aus, um Daten zu sammeln. So schlugen die *Repetitoren* zwei Fliegen mit einer Klappe und vergeudeten keine Zeit, denn das Problem wurde ja nicht geringer indem man es ignorierte.

Edmond erfreute sich seiner beiden Eltern, was durchaus Seltenheitswert besaß, denn in den letzten Jahren war zu solcher Dreisamkeit so gut wie nie Gelegenheit gewesen. Sei es, dass Arundelle gerade einmal nicht forschte oder Billy-Joe nicht ‚schamanisierte'.

Seit der großen Wende tat er dies nämlich dauernd. Er wollte sein Schicksal schon recht ordentlich erfüllen, wie es ihm geweissagt und beschieden war von Kindesbeinen an.

Edmond selbst wäre von den Dreien wohl der Flexibelste gewesen. So aber suchte auch er sich feste Bezüge und engagierte sich an der Inseluniversität über Gebühr. Sein Forschungsgebiet war die Farbenlehre. Er versuchte tiefer in die Geheimnisse und Zusammenhänge einzudringen, die ihn dort in der Zwischenschule auf der Insel Weisheitszahn recht augenscheinlich umgaben.

Arundelle entdeckte ganz neue Wesenszüge an sich, die sie so noch nicht bemerkt hatte, zumal ihr der Zauberbogen sein Befremden darüber auf Rückfrage bestätigte. Für solche mütterlichen Anwandlungen sei es ja nun doch wohl ein wenig spät, zumal wo es in die falsche Richtung gehe, ließ er sie wissen.

So glaubte Arundelle auch ihn vor Ansteckung beschützen zu müssen. Sie ließ allen Ernstes einen weißen Knisteranzug für ihn fertigen. Den zu tragen er sich freilich weigerte.

„Wir alle schützen uns. Sogar der magische Stein ruht sicher unter seinem Schutz an Billy-Joes Brust."

Ob deren Verstand auch schon gelitten hatte? – fragte sich der Bogen. Doch Arundelles heftige Reaktion machte ihm klar, dass es sich so wohl doch nicht verhielt. Gedankenlesen jedenfalls beherrschte sie noch. Wie hätte sie sich auch anstecken sollen, befolgte sie doch die Hygienevorschriften peinlich korrekt und minutiös.

Er empfahl ihr, sich langfristig um ein Schoßtier zu bemühen, da Enkelkinder ja nicht in Sicht wären und Tika das ihre ganz sicher nicht mit ihr teilen würde, wenn es erst einmal da wäre.

Wurde sie tatsächlich alt? Am Ende bemerkte man das selbst am allerwenigsten. Wurde sie vergesslich und eigenbrötlerisch? Vielleicht sollte sie sich noch intensiver um eine erweiterte SLOMES-Therapie bemühen, die ihr Judith schon lange ans Herz legte.

Die schwor auf ihr neuestes Modell. Der Zahn der Zeit ging auch an ihr nicht spurlos vorüber und der Kummer um Billy-Joes Tod hatte ein übriges getan. Vielleicht war es an der Zeit, auch einmal wieder gemeinsam etwas zu bewegen. Und dazu bestand ja nun wirklich guter Grund. Vielleicht waren sie ja bereits auf dem richtigen Weg.

So dankte sie ihrem Zauberbogen, dass er wieder einmal ein kleines Wunder an ihr vollbrächte. Der wusste nicht, wie ihm geschah.

*

Die vergleichende Untersuchung aller relevanten Faktoren kam noch immer zu keinem eindeutigen Ergebnis. Auch die *Repetitoren* mussten von einer multikausalen Ursachenkette ausgehen. Sie kamen zu dem vorläufigen Schluss, dass es sich hier in etwa so verhielt, wie bei einem Fluss, der mit Schadstoffen belastet wird und der dann eines Tages plötzlich umkippt. Dieses Umkippen also sei dem Ausbruch der Pandemie gleichzusetzen.

Der Krug gehe auch hier eben nur so lange zum Wasser, bis er bräche, meinte Scholasticus und Pooty setzt hinzu: „Und ein letzter

Tropfen bringt das Fass zum Überlaufen.“ Eine treffende Bemerkung, die Scholasticus erröten ließ. Ganz so abgestumpft war er denn doch noch nicht. So führte er ein wenig gewählter aus - im Organismus mache sich dieser Wendepunkt als Zusammenbruch des Immunsystems bemerkbar. Erst dieser Zusammenbruch ermögliche es den schädlichen VHX-Rays ihr zerstörerisches Werk im Gehirn und in den Genen zu vollziehen. Diese spezifische Strahlenart war nun in der Tat eine Entdeckung der *Repetitoren*. Und sie fand sich tatsächlich in allen Untersuchungsergebnissen wieder. Und das war eben auch das Entscheidende.

Aus diesem Untersuchungsergebnis ließen sich eine Reihe von Schlüssen ziehen, die mehrheitlich auf das Grundsätzliche abzielten. Aber auch Sofortmaßnahmen rückten ins Blickfeld. Langfristig kam es sicher darauf an, die Umweltbedingungen zu verbessern, um so das Umkippen der lokalen Systeme zu verhindern. Doch das war nur der eine, äußerliche Aspekt, gleichsam die Rahmenbedingung. Denn sie war nicht für die Pandemie verantwortlich, sondern bildete nur die Voraussetzung dafür. Verantwortlich war einerseits das menschliche Immunsystem, insofern als es zusammenbrach, und andererseits die VHX-Ray-Strahlung. Von ihr ging nun in der Tat das größte Gefahrenpotential aus.

Die großen Ausbrüche der Pandemie hingen unmittelbar mit der Zunahme dieser VHX-Ray-Strahlung zusammen. Diese wiederum hing von den klimatischen Bedingungen ab, wie sie vor allem die nördlichen Zonen bestimmten. Wenn es zu einer bestimmten Wetterlage kam, die auf ein negatives Temperaturgemenge traf, dann war der Ausbruch unvermeidlich. Es sah dann so aus, als steckten sich die Menschen gegenseitig an. Mangelnde Hygiene tat ein übriges, denn wie manche andere Strahlung auch ließ die VHX-Ray-Strahlung von der Hautoberfläche leicht abspülen und durch einen Mundschutz von den Atmungsorganen fernhalten.

Andererseits gaben die Kontaminierten die Strahlung weiter, indem sie diese abhusteten oder durch Hautkontakt übertrugen. So erst konnte der Eindruck entstehen, es handle sich um einen Virus-Erreger.

Bevor die Forschungsgruppe mit ihren Ergebnissen an die Öffentlichkeit ging, stellten sie noch etliche vergleichende Untersuchungen an. Doch je mehr es wurden, um so gleichförmiger wurde auch das Ergebnis und so glaubte Scholasticus eine Veröffentlichung verantworten zu können.

Die Studie schlug ein wie eine Bombe, was sicherlich auch der volksnahen Sprache geschuldet war. Leicht verständlich und äußerst eindringlich wurde der Umweltsündenkatalog aufgeführt und auch gleich die Maßnahmen andiskutiert, die es zu ergreifen galt. Klimawandel und Strahlenbelastung wurden auf den Prüfstand gestellt. Der Zusammenhang zwischen schwächelndem Immunsystem und Mangelernährung wurde aufgedeckt. Und schließlich wurde auf die Verantwortung hingewiesen, die jedes Individuum auf sich nahm, das Kinder in die Welt setzte, ohne sich zuvor zu vergewissern, dass das Erbgut in Ordnung war.

Aufgrund der Studie wurden revolutionäre Veränderungen angeregt. So fand eine radikale Abkehr von der synthetischen Nahrung statt. Das setzte aber voraus, dass die Landwirtschaften wieder in Schwung kamen, die unter dem mangelnden Sonnenlicht vor allem im Norden darbten.

Die Permwolkendecke über Winter wurde ebenso als Problem erkannt, wie der Lichtmangel insgesamt. Aufgrund der schlechten Witterungsbedingungen zogen es die Menschen der Großstädte nämlich vor, unterirdisch zu leben und jeden Außenkontakt so weit als möglich zu meiden.

So war etwa Toronto sehr stolz auf seine unterirdische Shoppingmall in der Innenstadt, wo man vom Glidertunnel aus direkt umstieg, um sich in gemütlichen Chaisen gemächlich durch die endlosen Passagen gleiten zu lassen. Hier gab es praktisch nichts, was es nicht gab.

*

Nachhaltige Veränderungen brauchten ihre Zeit, denn gut Ding hatte nun einmal Weile. Und Rom war auch nicht an einem Tag erbaut worden.

Dennoch, die winterlichen Pandemien ebbten ab. Manches Epizentrum blieb geschlossen und die Ansteckung sprang nicht über. Sei es, dass die Immunsystemverbesserung schon griff, sei es, dass die Hygienemaßnahmen richtig angewendet wurden.

So rüsteten die Weltraumbahnhöfe ausgedehnte Waschräume nach, wo alle Reisenden vor der Erdung obligatorisch ihre Kleidung zu wechseln und zu duschen hatten. Und ohne Mundschutz kam sowieso kein Passagier mehr von Bord.

Mit der Ernährung tat man sich noch am schwersten. Zum einen liebten die Menschen den synthetischen Schleim, den sie von Kleinauf gewohnt waren, zum andern lief die Nahrungsproduktion eher schleppend an. Zumal viele Ackerflächen bereits von den Maroons und den freien Stämmen besetzt waren, die sich nun nicht kampflos vertreiben lassen wollten.

Sie waren es gewohnt, nur für den Eigenbedarf zu wirtschaften. Auf einmal wurden ihnen enorme Preise für ihre Feldfrüchte geboten. Doch da sie das Zahlungsmittel nicht wertschätzten, reizte dies nur wenige.

Da half nur eins – die Permwolkendecke musste weg. Ohne vernünftige Sonneneinstrahlung war der Klimakatastrophe nicht beizukommen. Die Permwolkendecke wirkte wie ein Deckel auf einem Topf: Nichts konnte mehr entweichen. So drohten die Städte im eigenen Mief zu ersticken. Auf dem Land draußen war es nur wenig besser. Vernünftige Sonneneinstrahlung war auch hier die seltene Ausnahme. Und ohne natürliches gutes Sonnenlicht gedeiht nun einmal nichts Rechtes.

Dem Mangel an Bodenfläche und an Sonnenlicht entging man durch den Bau ausgedehnter Satellitenfelder. Sie wurden in einem weiteren Orbit noch über den Orbit der Stratosphärenkreuzer gelegt. Die dort entstehenden autarken Ökosysteme funktionierten vollautomatisch und warfen enorme Erträge ab. Doch auch sie reichten bei weitem nicht aus, um die Weltbevölkerung auf natürlichem Wege gesund und ausreichend zu ernähren. Bis es soweit war, gingen wohl noch viele Jahre ins Land. Immerhin sprach der Erfolg für sich und regte zu emsiger Bautätigkeit an. Zumal nun auch die ersten Fernfrachter vom Mars einliefen, randvoll mit wertvollen Metallen und Rohstoffen aller Art.

Nicht einer von ihnen fand den Weg zur Erde. Dafür waren sie auch gar nicht gebaut. Sie wurden vielmehr gleich draußen im letzten Orbit erleichtert und zurückgeschickt. Und schon ging es auf den Satelliten mit Bienenfleiß weiter voran. Inzwischen galt die Sorge bereits dem Schattenwurf dieser gigantischen Felder. Bis man auf die Idee kam, sie gegenläufig rotieren zu lassen, was den Schattenwurf enorm verkürzte.

17. Edmond in der Prinzenrolle

Seit seiner Prinzenrolle stach Edmond der Hafer. Er kam aus dem messianischen Gestus nicht mehr heraus. Da hatte er scheinbar etwas verinnerlicht. Seine Mutter wusste nicht recht, was sie davon halten sollte, denn seine Rolle war ihm ja zudiktiert worden. Er entsprach den Erinnerungen der *Repetitoren*, oder hatte ihnen zu entsprechen. So kam es gelegentlich zu kleineren Auseinandersetzungen deswegen. Edmond hielt sich nicht immer an das vorgegebene Konzept.

Erst entschuldigte er sich noch. Er sprach von Unachtsamkeit seinerseits. Doch bald schon wurde er mürrisch und unduldsam und beharrte auf seiner Version als der einzig richtigen oder gar möglichen und zieh die *Repetitoren* der Vergesslichkeit oder der Erinnerungsklitterei. Was diese natürlich vehement von sich wiesen.

Da seine Auftritte immer seltener notwendig wurden, hofften die *Repetitoren*, dass sich das Problem alsbald von selbst erledigen würde. Und so war es ja auch. Spätestens als die Zeitreisenden und die *Repetitoren* wieder in Eins fielen mit ihrer Wirklichkeit, da die Vergangenheit sozusagen an der Zukunft andockte, gab es die Rollen nicht mehr. Nun herrschte wieder die ganze Ungewissheit der offenen Zukunft, wie es sich gehörte.

Doch was wurde aus dem Prinzregenten? Sein kleines abgezirkeltes Reich, bestehend aus kaum mehr als einem Ferienressort im küstennahen New-South-Wales gab es nun nicht mehr. Es löste sich gleichsam in Luft auf. Zumal, als dann auch noch die Miserioren das Weite suchten und Malicius Marduk gründlich revidiert wurde.

Was aber fing man mit all den gehorteten Schätzen an, – die unter dem Prinzregentenpalast verborgen lagerten? Sie waren geheim und mussten es wohl auch bleiben, schon aus ethischen und ästhetischen Gründen. Inzwischen wollte niemand mehr etwas mit solch antiquierten Ersatzteillagern zu tun haben. Die Methoden hatten sich doch sehr verfeinert. Zumal das Organklonen viel sicherer und viel weniger aufwändig erschien.

So erging es dem Herrscher über Laptopia ein wenig wie es den Nachfolgestaaten der Sowjetunion im ausgehenden zwanzigsten Jahrhundert mit den Waffenarsenalen ergangen war, die da plötzlich auftauchten und große Ratlosigkeit, aber auch Begehrlichkeiten hervorriefen.

Wann immer ‚Prinz Edmond Nichtgernfern' danach war, zog er sich in seinen Palast zurück und umgab sich mit seiner Dienerschar. Ab und an erhielt er Besuch von seinem alten Weggefährten ‚General Armelos alias Scholasticus Schlauberger' *(der auch manchmal ersatzweise seinen Bruder Amadeus schickte. Dabei wusste keiner vom andern.)*

Dann schwatzten sie über vergangenen Glanz und erinnerten sich der Heldentaten, zumal wenn Scholasticus seinen Schüler und Freund Billy-Joe Karora *(den nun auch nicht mehr so jungen)* mitbrachte oder gar Arundelle selbst. – *(Die dem Prinzen von kleinauf schon Glücksfee und Ziehmutter in einer Person gewesen war.)*

Seinen Anhängern entrückte der Prinzregent mehr und mehr, so versponnen wie er in seine Rolle war. Zumal sein Volk zu neunzig Prozent aus *Artefakten* bestand. Nur wenige der falschen Churingas nämlich waren geblieben. Die Mehrzahl der Zwerge zog es doch wieder hinüber nach Susamees Insel - sobald sie auch nur irgendwie abkömmlich wurden.

Doch für Volksauftritte im Kronsaal reichte die Anhängerschar allemal. Der Saal war nicht eben groß und war ursprünglich nur für Audienzen bestimmt gewesen.

So wiegte sich der abgehalfterte Prinz in verlorenem Glanz und fühlte sich noch immer als Herr der Welt, von Gottes Gnaden, ganz so, wie sich Adel am liebsten fühlt. Nur, er war nicht von Adel – oder etwa doch?

Flugs bastelte er sich mit *Südmichel* eine Legende zusammen, wonach das Geheimnis seiner fürstlichen Geburt streng gehütet war. Ja, er tat gerade so, als ob diese auf göttliche Empfängnis hinaus lief.

An diesem Punkt wurde *Südmichel* dann unklar. War Billy-Joe nun mehr oder war er weniger Vater? Und welche Rolle spielten alte messianische Weissagungen? Was hatten die Gründer des Rekreationsressorts damit zu tun? War Mynona Wilder wirklich spurlos verschwunden und Sam Smiley wenig später ebenfalls? Hatten sie ein Kind zurück gelassen? Waren sie in Wirklichkeit aus der direkten Linie von König Artus abzuleiten? Sam vielleicht weniger aber zumindest doch Mynona, was sich schon deshalb leicht erklärte, als man ihren Namen nur umdrehen musste, um zu erfahren, was es mit ihr auf sich hatte.

*

Edmond durfte seiner Mutter Arundelle mit solchen Narreteien nicht kommen, aber *Südmichel* hatte für ihn ein um so offeneres Ohr. Er wollte sogar nach Sam Smiley und Mynona Wilder fahnden – wenn es sein musste bis zurück ins ferne Idaho.

Edmonds Ziehtanten, die Schwestern Hase, standen den Ansichten des Prinzen viel weniger kritisch gegenüber als die ‚Gottesmutter'[xiii] selbst. Wie es edlen Fürsten gebührt, wollte auch Prinz Edmond sein Geschlecht auf göttliche Wurzeln gegründet wissen. Und so stilisierte er Arundelle zur willfährigen Magd, - seinerzeit berufen, den göttlichen Samen auszutragen. Dabei fiel Billy-Joe als Vater natürlich ein wenig hinten runter, wie dies in Heiligen Familie eben so geht.

Wenn Edmond diese Perspektive einnahm, dann verlor er Mynona Wilder und Sam Smiley aus den Augen. **Zwei** extraordinäre

Abstammungslinien, so meinte er leichthin, wenn er darauf angesprochen wurde, seien allemal besser als **eine**. Zumal dann, wenn es zu zweiflerischen Angriffen kam. Und das sei ja bei ihm leider der Fall.

Arundelle fürchtete ernsthaft um seinen Verstand. Schon sie hatte sich in ihrer Jugend schwer mit der Unterscheidung zwischen Realität und Phantasie getan. Sie war nicht selten von ihrer Phantasie davon getragen worden. Aber was Edmond hier abzog, stellte doch alles in den Schatten, was sie sich geleistet hatte, so fand sie jedenfalls. Da war doch eine rechte Ernüchterung bei ihr eingetreten. Und hätte sie ihren Zauberbogen nicht gehabt, so würde sie diesen Teil ihrer Vergangenheit glatt abstreiten.

Behutsam machten auch seine Ziehtanten Edmond darauf aufmerksam, dass er sich vielleicht ein wenig mit seiner Prinzenrolle überidentifizierte, da er ja nun zweifelsfrei **nicht** das Kind des Fürstenpaares war. *(Das war nämlich die dritte Option, was seine Abstammung betraf.)*

Und das deshalb, weil es das Prinzenpaar von Laptopia immer nur geschauspielert gegeben hatte, und es folglich auch nie ein Kind gezeugt hatte. Aus diesem Grund musste Mynona ja mit ihrem Kind einspringen. Das ergab sich gerade günstig, insofern sie just zu der Zeit der prinzlichen Niederkunft auch ihr Kind bekam. Und das hatten die beiden Weltenbummler nachweislich mitgenommen.

Es war übrigens ein Mädchen und wuchs im guten alten dänischen Christiania heran, wo es angeblich noch heute lebt. Und wo sich auch die Spur ihrer Eltern verlor. Was aus ihnen geworden war, konnte aus der Ferne nicht in Erfahrung gebracht werden.

„Die Talente seiner Eltern hat es nicht geerbt, soviel steht fest“, meinte Florinna, die sich im Traum eigens nach Christiania begeben hatte. Und auch Corinia bestätigte das - „dafür ist das Mädchen wunderschön“, setzte sie hinzu. Auch sie hatte es sich nicht nehmen lassen, sich ein eigenes Bild von der schönen Tochter zu machen, die im zarten Kleinkindalter schon einmal die Rolle des kleinen Prinzen eingenommen hatte. Edmond merkte auf, bei diesem Hinweis.

Einen solchen Wink des Schicksals glaubte er nicht übersehen zu dürfen. Zu eng waren ihre Schicksale miteinander verwoben von kleinauf. So ging die Phantasie schon wieder mit ihm durch und auf einmal wurde ihm die Prinzenrolle schal. Vielleicht hatten seine Eltern ja recht, und er steigerte sich da in etwas hinein, das weder Hand noch Fuß hatte.

Ob es wohl eine Möglichkeit gab, die schöne Unbekannte, - gleichsam Schwester-Ich und Identitätszwilling in einem - von Angesicht zu Angesicht zu sehen? - wollte er von seinen Tanten wissen.

„Durchaus“ – meinten die und sahen einander an. Ob es wohl zu einer Traumreise schon reichte? Nun, es wäre einen Versuch wert. Als sie Edmond so versonnen betrachteten, schimmerte ein grauer, schmaler Schatten doch recht deutlich um seine Kontur. Freilich müsste er sich zuvor schon ein reales Bild von Elouise – *(so lautete der Name der Schönen)* - machen. Anders würde es schwierig mit dem Hinträumen nach Dänemark.

Da hatten es die Animatioren besser. Die schickten ihre Seelen auf Reisen und scherten sich wenig darum, ob ihnen die Gegend bekannt war. Gerade umgekehrt wurde ihnen ein Schuh daraus: je ferner, je lieber lautete denn auch ihr Motto.

So pflanzten die Schwestern Hase als begnadete Träumerinnen erst einmal ein Bild der Sehnsucht von Elouise in Edmonds Seele, um ihn auf andere Gedanken zu bringen, was dann ja auch hervorragend klappte. Edmond entbrannte in Liebe. – Ob das wirklich ein Vorteil war?

Sogleich nämlich kombinierte der Unselige seine alte Obsession mit einer neuen und führte sich als der unglückliche Hamlet auf – indem er seine Rollen verquickte, was sich allzu trefflich anließ, da Hamlet nun einmal der bekannteste Prinz von Dänemark war. - Und das alles noch, bevor er auch nur ein Auge auf seine Erkorene geworfen, geschweige auch nur mit ihr ein Wort gewechselt hatte.

Ob das wohl gut ging? So etwas klappte vielleicht im Märchen, nicht aber mit emanzipierten, selbstbewussten, jungen Frauen des ausgehenden zweiundzwanzigsten Jahrhunderts. In ihre Träume durfte sich der liebestolle Dänenprinz schon einmal mischen, da auch er Wohlwollen erregte. Wenn auch auf eine recht verquere Weise, mit der Elouise im wachen Zustand nicht zurecht gekommen wäre.

So ging das einige Wochen, bis es Edmond nicht länger hielt, und er den Stratosphärenkreuzer ins Nordland bestieg. Kopenhagen war nun auch eine recht tote Stadt, da hier die Pandemie ideale Bedingungen vorgefunden hatte. Davon war in seinen Träumen nichts zu sehen gewesen, denn darin hatte es immer nur das Eine gegeben.

Das Stadtbild wurde von den eifrigen Laptops bestimmt, die ganz im Stil Laptopias scheinbar ziellos durch die Gegend eilten, in Wirklichkeit aber für ihre Herrschaft Besorgungen machten. Sogar runde Häuser - in einem der Viertel in Hafennähe - erinnerten an das wohlbekannte Szenario. Fehlte nur noch General Armelos mit seiner Laptocopgarde, fand der falsche Prinz.

Edmond besaß eine Adresse, mehr aber auch nicht und sein Glider – auf Sightseeing eingestellt – glitt gemächlich durch die Schluchten und Schneisen über die Köpfe der Laptops hinweg. Die wenigen armen Kranken, die aus den Sänften lugten und mit ihren Stummelärmchen winkten, rührten den sensiblen Pseudoprinzen zu Tränen.

Was, wenn auch Elouise ein solches Schicksal ereilt hatte? Weshalb sollte ausgerechnet sie verschont geblieben sein? - Wie ihm bereits auf dem Weltraumbahnhof mitgeteilt worden war, galt ganz Kopenhagen als Sperrgebiet und durfte nur auf eigenes Risiko betreten werden.

Mit erheblichen Schwierigkeiten bei der Ausreise sei zu rechnen, würde nicht der Nachweis lückenlosen Schutzes erbracht, hieß es warnend. So steckte der falschen Hamlet in einem jener knisternden, weißen Raumfahreranzüge, der ihn völlig autark machte. Vielleicht war der Anzug der Grund für die Aufmerksamkeit, die er erregte.

*

Endlich hielt der Glider an. Unter ihm lag also das berühmte Christiania. Vor dem bezeichneten Haus mit der Nummer 44 kletterte Edmond recht steif und durch den Anzug behindert aus.

Was hatte er sich nur gedacht? - überlegte er fieberhaft. In diesem Aufzug könnte er der Erkorenen unmöglich gegenüber treten. Was musste die wohl für ein Bild von ihm bekommen?

Er blickte um sich. Aus Erzählungen wusste er ja um den rechtsfreien Raum, in dem sich die Staatsmacht nur ausnahmsweise blicken ließ. Christiania galt als befreites Gebiet inmitten einer Großstadt, das war vielleicht das besondere. Hier herrschte die Maroon-Mentalität eindeutig vor. Und niemand, der auf sich hielt, drang hier auf eigene Faust ein, sondern ließ sich im geschützten Touristentaxi von oben alles erklären. Auch Edmond bekam so seine Warnung mit auf den Weg als er sich aus dem Anzug schalte. Alle Warnblinker schalteten auf roten Alarm. Es fehlte nicht viel, dass sich der Glider auf ihn gestürzt hätte.

Doch Edmond sprang behände ins Haus, dessen Tür einladend offen stand. Da war er nun also und freute sich über seinen Mut. Bis hierhin war alles richtig gelaufen. Was, wenn der Glider ungefragt die Laptocops alarmierte? Dazu hatte er ihn nicht autorisiert und gar so viel Eigenmächtigkeit war an sich nicht drin. Aber man wusste ja nie.

Immerhin zerrte er seinen Mundschutz aus dem zünftigen Rucksack des Weltenbummlers, auf den er machte, und kletterte die steile Treppe nach oben, da es keinen anderen Weg gab, den er hätte nehmen können. Er kam durch eine Art Luftschleuse, was er daran merkte, dass die Luft hörbar zischte. Dann wurden seine Kleider ordentlich durchgepustet. Es war, als würden sie ihm vom Leib gerissen. Sein Mundschutz flog gar davon.

Frisch gebügelt und entstaubt fühlte er sich gleich ganz anders. Denn der kalten Dusche folgte die Heißluftdusche und die war deutlich angereichert. Doch alle Feuchtigkeit verdampfte sofort porentief und alkalisch wertneutral. Da war überhaupt kein Grund zum Sauersein, wie es ihm zunächst war, als er so überrascht wurde.

Es ging dann um zwei Kehren und da stand sie dann wie die Blaue Blume – geheimnisvoll und noch viel schöner als in seinen kühnsten Träumen.

Auch ohne Vorankündigung wäre es um ihn geschehen gewesen. So stand er nur da in seinen frischen Klamotten und atmete den Duft von Sommerwiese ein, der ihn umströmte. Hinter Elouise tat sich ein Dachgarten auf, dem sie wie der leibhaftige Frühling entstieg, angetan mit einer luftigen Tunika, die ihre fraulichen Glieder umschmeichelte.

Edmond besann sich auf die Schicklichkeit seiner Zeit, die, so hoffte er, hier im fernen Norden nicht viel anders war als daheim in Laptopia oder auch in Sydney. Obwohl dort die Pandemie nicht annähernd so heftig gewütet hatte. Vielleicht hatte das Einfluss auf die Benimmregeln.

Berührungen unter Fremden waren ein absolutes Tabu. Wer näher als dreißig Zentimeter an jemand Fremdes herantrat, trat der Person sozusagen bereits auf die Füße. Und Anhusten, oder auch nur Anhauchen und Ansprechen ging ebenfalls überhaupt nicht. Wenn man etwas zu sagen hatte, dann wandte man sich höflich ab und sprach in eine Richtung, in der niemand stand, von *Artefakten* abgesehen, aber die konnten sich nach landläufiger Ansicht nicht anstecken – und wenn, dann war das egal.

Dabei schielte man dann höflich in die Richtung des Adressaten, damit der auch merkte, dass er gemeint war.

Jetzt in diesem Falle war das nicht nötig, denn es befanden sich ja keine weiteren Personen in der Nähe.

Elouise aber missachtete die Regularien und schritt gemessen auf Edmond zu. Sie streckte ihm beide Arme entgegen und hieß ihn willkommen, indem sie ihn bei den Händen fasste und an sich zog. Edmond glaubte zu vergehen.

Sie hauchte ihm einen Kuss auf die Wange. Dabei errötete sie, denn Edmond zuckte zusammen als habe ihn der Donner gerührt und der Blitz getroffen. Sein Mienenspiel gab das ungefähre Wetterleuchten wieder, wie es sein Inneres entflammte. Und wäre er nicht schon in hellen Flammen der Liebe gestanden, von nun an gab es kein Halten mehr.

Er war ihr nicht gleichgültig. Sie fühlte sich nicht belästigt. Ja, sie tat den ersten Schritt, trat auf ihn zu, und nahm jene Verbindung auf, die der Worte nicht bedurfte, um sich verständlich zu machen.

So standen sie wohl da. Schauten, staunten und bewunderten einander und konnten sich nicht satt sehen am tiefen Königsblau in das sie hinein versanken und gar nicht aufhören konnten zu versinken, bis hinab zum Grunde der Seele.

18. Elouise von Christiania

Was trieb Elouise um? Wohin zog es sie? Wie wuchs es sich heran in freien Christiania? Christiania - dieses befreite Gebiet inmitten einer Metropole. Nirgends sonst auf der Welt gab es Vergleichbares. Und vielleicht lag hier sogar die Tradition des Aufruhrs begründet, auch wenn sich die Verweigerer nach den entlaufenen Sklaven Santo Domingos Maroons nannten.

Denn gerade hier in Christiania hatten die Bewohner so gar nichts Sklavisches an sich. Sie wussten sich vielmehr als die Freisten. Und um ihre Freiheit gaben sie allerhand dran. So war es den Einwohnern der Enklave über die Jahrzehnte gelungen, ihre Position immer mehr zu festigen und der zumeist liberalen Stadtverwaltung Kopenhagens immer mehr Rechte abzutrotzen.

Natürlich kam von deren Seite immer gleich die alte Leier. Doch letztlich sahen sogar auch die konservativen Kräfte ein, dass es sich in Christiania um einen Sonderfall handelte. Dass man es hier mit einer soliden Basisdemokratie zu tun hatte und keineswegs mit wirren, durchgeknallten Chaoten, wie vielleicht im Amsterdamer Hafenviertel. Galt doch Amsterdam als die heimliche Drogenhauptstadt Westeuropas.

Inzwischen wurden die findigen Erfinder sogar für Bahnbrecher gehalten, die mit ihren Abwehrmaßnahmen gegen die Pandemie über Gebühr erfolgreich waren.

Während die Angepassten reihenweise der Krankheit zum Opfer fielen, hielt die kleine Insel der Aufrechten die Nase oben. Wie ein Mann, vielmehr wie eine Frau standen die Einwohner zusammen. Sie erfanden ihre Abwehrmaßnahmen ganz unabhängig, doch deshalb keineswegs ineffektiv. So ging die Luftdusche, der sich Edmond unterzogen hatte, auf ihre Initiative zurück. Jede Wohneinheit besaß mittlerweile eine solche Dusche.

Von Christiania aus schwärmte inzwischen fast das gesamte Klinikpersonal in die Hospitäler der Stadt aus. Christiania wuchs täglich und angrenzende Stadtviertel rissen sich um die Ehre, aufgenommen zu werden. So gab es inzwischen nicht nur die alte Kernzone Christianias, sondern einen Ring von Erweiterungszonen.

Für den harten Kern uferte das Modell ins konturlose aus. Leute wie Mynona Wilder und Sam Smiley saßen auf gepackten Koffern, (wenn sie nicht schon weg waren) und das keineswegs nur deshalb, weil sie Angst vor Ansteckung hatten. Wie sehnten sie jetzt die alten Tage der Touristenströme zurück, die damals so lästig schienen, aber als Geldquelle unerlässlich gewesen waren.

Wie waren sie bestaunt worden. Jede Wohngemeinschaft war da ihr eigener kleiner Zirkus gewesen, oder trieb mit allerlei selbst gefertigten Souvenirs und Spielzeug, mit homöopathischen Elixieren und Amuletten Handel. Der Tanz mit dem Wind, wie ihn Mynona und Sam aufzuführen verstanden, war da nur eine von vielen Attraktionen gewesen.

Mit den Pandemien blieben die Touristen dann aus und so war es nur natürlich, dass sich die Christianier um sich selbst kümmerten und ihren Erfindungsreichtum in eigener Sache einsetzten. Damit begann dann zum Paradox der Aufschwung erst richtig. Christiania wurde zum Vorzeigemodell. Von überall her kamen die Experten, um sich zu informieren und sich abzuschauen, wie es gemacht wurde.

Allerdings wurde schnell deutlich, dass die Lebensweise der Christianier nicht so leicht zu kopieren war. Und dass sie es letztlich war, der sich die Resistenz gegen die Seuche verdankte. Das fing schon mit dem Essen an. Denn die Christianier ernährten sich von dem, was sie auf ihren Dächern und in den Hinterhöfen heranzogen. In ihren Treibhäusern ging es völlig autark zu. Und da sie sich selbst vornehmlich in den gesunden Binnenklimaten aufhielten, tat ihnen dies auf doppelte Weise gut. Sogar für die Filterung des Regens erfanden sie sinnreiche Zisternensysteme und eine Kläranlage der besonderen Art.

So konnten sie es regnen lassen, wann es ihnen beliebte und es den Pflanzen gefiel. Das ging zwar nicht überall, doch überwiegend und vielleicht reichte das ja schon aus, den Fluss des Lebens vor dem Umkippen zu bewahren. Ganz offensichtlich war es so.

Das begriffen auch die Experten von draußen. Zumal nachdem die Studie der *Repetitoren* bekannt wurde. Nur wie sie es anstellen sollten, das Rad auch bei sich wieder zurückzudrehen, lernten sie deshalb doch nicht. Dazu bedurfte es nicht nur intensiver Aufklärung, sondern auch einschneidender Strukturreformen und vor allem eines neuen Bewusstseins. Ein Bewusstsein, wie es in Christiania nun schon seit mehreren Generationen entwickelt und tradiert wurde.

Statt dessen hatte man es draußen ja mit einer wachsenden Zahl von Idioten zu tun, denen der Sinn nur nach dem einen stand. So erschien die große Strukturreform als ein Sisyphoswerk, das nicht so ohne weiteres zu stemmen war.

Gleichwohl musste es angegangen werden. Dabei war die Lösung in Grunde ganz einfach. Es galt, die Lebensweise der Christianier zu übernehmen – ganz Kopenhagen in eine solche Insel der Glückseligen zu verwandeln. – Jedenfalls in einem ersten Schritt, dem sich andere Metropolen besser anschlössen, wollten auch sie sich von der pandemischen Geißel befreien. Und das wollten sie ja.

Den *Artefakten* war das neue Gärtnern jedenfalls leichter beizubringen als ihren Herrschaften die Nahrungsumstellung. Viele klammerten sich an den synthetischen Fraß und lutschten mit Begeisterung den Astronautenschleim als Plastikschläuchen.

Auch waren die Dächer viel zu klein und die Hinterhöfe oft nicht geeignet. Doch wo immer sich eine Brache auftat, da wurde schnell ein Gewächshaus der neuesten Bauart hingestellt, das sich dann völlig autark bepflanzte, beerntete und ökologisch ausgewogen erhielt – als ein lebendiger Organismus in einem *Artefakt.*

*

Edmond begriff sehr schnell, worauf es ankam. Die Liebe zu Elouise machte ihn nicht blind, darin ganz Sohn seiner Mutter. So heftig und groß diese Liebe auch war, befreite sie ihn doch zugleich von den Scheuklappen seiner Phantasie, in die er sich als Prinz von Dänemark hinein versponnen hatte. Gerade hier in Kopenhagen wurde ihm klar, dass die Prinzenrolle ein ausgedientes, abgehalftertes Modell war, mit dem sich kein Blumentopf mehr gewinnen ließ.

Elouise zog ihn hinein in ihre Wirklichkeit. Sie führte ihn in manche Geheimnisse Christianias ein, die überhaupt nicht geheim waren, sondern sich nur den Ignoranten verschlossen. Ein wenig

Mühe musste man sich schon auch geben. Und manchmal musste man sogar über den eigenen Schatten springen.

So nahm ihn Elouise mit und sprang mit ihm über manche Hürde. Sie half ihm auf, wenn er fiel und fing ihn im Stolpern.

Dafür lud er sie in seine Traumwelt ein. Denn so schön das Leben in Christiania auch war, blieb der Ort doch ein enges Ghetto, dem sie als Kind nie hatte entfliehen dürfen. Ja, dessen Grenzen unüberwindlich schienen.

So konnte zwar der Eindruck entstehen, als gäbe sie alles und er nichts. Und das wäre eine schlechte Basis geworden. Doch so war es ja nicht. Sein Traum vom Hamlet mochte verschroben und irreal sein, als Traum aber war er legitim und öffnete eine Welt, die Elouise so nicht geöffnet worden wäre.

Das hatte mit ihren Eltern zu tun und mit deren Ernüchterung, die über sie gekommen war - draußen in der weiten, harten Welt, mit der sie sich schlugen, bis sie endlich doch noch ihren Heimathafen fanden.

So ein Leben verhärtete denn auch und machte unfähig, sich auf die Erfordernisse des Alltags einzulassen, schon gar die, die sich aus der ‚schönen, neuen Welt' ergaben, wo *Artefakte* die Diener spielten und dabei ihre Herrschaft entmündigten.

Den *Artfakten* arbeitete die Pandemie zu, wenn es denn ihr Ziel war, die Weltherrschaft an sich zu reißen. Oder noch drastischer – das organische Leben auszurotten, weil es ihnen hinderlich war, oder weil sie es schlicht überflüssig fanden.

Es wurde höchste Zeit, dass ein solches untergründiges Bestreben nicht nur gefühlt, sondern auch in seiner ganzen Tragweite begriffen wurde. Es ging hier weniger um Absichten. Denn Absichten trieben die *Artefakte* ja nicht um, sondern das rationale Wesen, das ihnen zu Grunde lag.

Das Unbehagen der Menschen war ja schon seit längerem da, sonst wäre es nicht immer wieder zu den Akten der Maschinenstürmerei gekommen. Erst die Pandemie und ihre Folgen vernebelten solche Klarheit.

Die *Artefakte* neueren Typs halfen beim Überleben, daran gab es keinen Zweifel. Und doch lauerte die Gefahr unter der scheinbar harmonischen Oberfläche, auch wenn es den dienstbaren guten Hausgeistern nicht im Traum eingefallen wäre, ihrer Herrschaft zu schaden. Ganz abgesehen davon, dass es ihnen nicht möglich war zu träumen und Phantasien zu entwickeln.

Doch selbst das war nun nicht mehr so sicher. Gerade in den pan-bionischen Bereichen, wo sich das organische und das mechatronische Leben in eins verwob und niemand mehr bestimmen konnte, wo das eine anfing und das andere endete.

Versteckte, geschickt eingeflochtene Fehlleistungen etwa wiesen in diese Richtung. Wo sonst hätten solche Impulse herkommen sollen, wenn nicht aus dem Reich der Phantasie und Vorstellungskraft? Ja, ließ sich dieser Bereich überhaupt aussparen, wo es um Intelligenz ging?

Bedarf Intelligenz nicht immer und ständig der Vorstellungskraft? Muss nicht alles Tun erst einmal vorgestellt und auf seine Konsequenzen hin durchdacht werden?

Auch Humor spielte da herein. Um ihren Herrschaften zu gefallen, versuchten sich die *Artefakte* auch schon mal mit kleinen Witzchen und brachten selbst ein schepperndes Geräusch, das wohl wie Lachen klingen sollte, zustande, ohne dass ihnen dies extra eingebläut werden musste. Es war ohne Zweifel eine Nebenwirkung der Denk- und Handlungskompetenz.

*

So also vermittelte Edmond seiner Elouise etwas von dem großen Schatz seiner Innerlichkeit. Dies war nun seine Morgengabe. Und so wenig handgreiflich sie auch war, bestand sie doch nicht aus Nichts. Elouise dankte es ihm und sah ihm allerlei Verschrobenes nach – falls es sich denn tatsächlich um Verschrobenheit handelte, was er an den Tag legte.

Vielleicht fiel der Prinz von Dänemark, vielleicht fiel Hamlet unter diese Kategorie, oder die Legenden, die er um seine blaublütige Abkunft hegte. Nun ja, gehegt hatte, denn seit er Elouise erkannte, fiel ihm dieser letzte Milchzahn wie von selbst aus.

Auch Elouise hatte ja herhalten müssen und eine frühe Rolle im Drama der Zukunft übernommen, das galt es stets zu bedenken. Doch anders als Edmond hatte sie ihr Kindheitstrauma aufgearbeitet und überwunden, dank der Befreiungstat ihrer mutigen Eltern.

Diese rochen beizeiten den Braten und machten sich aus dem Staub. Da waren sie vom Schicksal begünstigt. Anders als der innere Kern der *Repetitoren* hatten sie noch die Wahl gehabt.

Wäre Edmonds Familie nicht in diesem Teufelskreis gefangen gewesen, auch seine Phantasie hätte andere Blüten getrieben. Doch schon Billy-Joe überwand ja das Trauma seiner frühesten Erfahrungen nie und Arundelle wäre aus nämlichem Grund ohne ihren Zauberbogen sicherlich unter die Räder gekommen.

Beiden Elternteilen aber war es nicht gegeben, frei und offen zu bekennen, wie sie ihren Werdegang erlebt hatten. Und so war es nur natürlich, dass auch Edmond sein Geburtsgeweste veranstaltete. Und das hatte er ja nun ausgiebig getan.

Etwas Gutes war immerhin dabei herausgekommen. Edmond hatte Elouise kennen- und lieben gelernt und wie nebenbei das Heilungsmodell dieser kranken Welt verinnerlicht. Das war mehr als die *Repetitoren* auf ihrer Erkundung geschafft hatten. Sie waren theoretisch vielleicht ebenso weit gekommen, aber in der Praxis war Christiania um Längen voraus.

Da war das ausgeklügelte System der Luftdusche. Oder auch die Erfahrungen mit autarken Gewächshäusern – überhaupt mit Binnenklimaten. Zumal so nah und unmittelbar und ganz unabhängig von den vorgefundenen Voraussetzungen. Denn die waren in Kopenhagen nicht weniger ungünstig wie in den anderen Metropolen des Nordens.

Da nun die Wende eingeläutet war, ging es ans Rechnen. Wie viel Nutzfläche benötigte man für die Weltbevölkerung? Klima und die Qualität der Böden spielte hier mit herein. Auch was die Kopfzahl anging, merkte man, wie wenig bekannt war. Zwar waren die Metropolen vergleichsweise leicht zu erfassen, doch mit den befreiten Gebieten tat sich die Weltorganisation denn doch schwer. Immerhin wurde deutlich, dass eine solche Neuorientierung nicht den Nationalstaaten überlassen bleiben konnte. Nicht nur die Übersicht und die Planung, auch die ideologische Aufrüstung bedurfte der universellen Anschübe.

*

War es eine gezielte Indiskretion? Alsbald ging das Gerücht um, mit dem Essen stimme etwas nicht. Was man als synthetische Nahrung zu sich nehme, entstamme nur zum Teil aus umgewandeltem Kohlenstoff. Genauer – Kohlenstoff wurde darin schon umgewandelt, allerdings entstammte dieser nicht der Kohle oder auch dem Torf und allerlei Pflanzenresten. Eine an sich schon recht unappetitliche Vorstellung. Vielmehr sei darin ein recht beachtlicher Anteil an organischen Resten aus der Kadaververwertung enthalten. Damit nicht genug: Es seien auch systematisch menschliche Körperteile der Ernährungskette ganz direkt zugeführt worden. Ja, in letzter Zeit ganze frisch verstorbene Leichen. Sie würden statt dem Feuer im Krematorium, den Nahrungs- und Futtermittelherstellern zugeführt, die daraus ihr Bestes machten: Zunächst Tierfutter, doch dann eben auch mehr und mehr menschliche Nahrung.

Als diese Gerüchte um sich griffen, war es mit dem synthetischen Zeug natürlich schlagartig vorbei. Ab sofort wollte niemand mehr die bunten, schrillen Päckchen kaufen. Und schon gar nicht deren Inhalt auch noch zu sich nehmen.

Die Planer hätten sich natürlich längere Übergangsfristen gewünscht. Denn so kam es zu erheblichen Versorgungsengpässen. Außerdem war das Küchenpersonal völlig überfordert. Es bedurfte der Grundprogrammierung. Denn richtig Kochen war doch noch einmal etwas anderes als die Mikrowelle einzuschalten.

Es erwies sich, dass die großen Felder im Weltraum, wo die Wirtschaftweise am intensivsten war, dennoch nicht ausreichten. Das dezentrale individuelle Programm der Selbstversorger wurde deshalb ganz besonders gestützt und gefördert. Christiania bekam auch in dieser Hinsicht Modellcharakter. Wie dort, so sollte möglichst überall gewirtschaftet werden.

Schon die Christianier waren mehrheitlich Vegetarier geworden. Nicht nur aus ethischen, sondern auch aus ökologischen Gründen zogen sie eine rein pflanzliche Ernährung vor. Von solchen Ideen hielten die Nordmeer-Anrainer nicht viel. Ohne Fisch und Fleisch wären sie im ewigen Eis ziemlich aufgeschmissen. Das sah jeder ein. Auch die Gauchos der Pampa argumentierten ähnlich. Nicht zu reden von den Indios und Papuas aus den äquatorialen Regenwäldern. Für sie gab es wenig Grund, ihre ausgewogne Lebensführung aufzugeben und dazu gehörte nun einmal auch fleischliche Nahrungsergänzung.

Alles in allem aber vollzog sich doch der Schwenk. Und abgesehen von den Engpässen am Anfang, als der große Ekel ausbrach, pendelte sich die Versorgung dann recht problemlos ein. Zumal, als eine Flächenerweiterung im Weltraum dem Mangel entgegen wirkte.

19. Weltraumgärtner

Mancher sogenannte Versorgungsengpass war in Wahrheit ein Transportproblem. Auch wenn die Verkehrswege kurz geworden waren, überwanden sich deshalb doch die menschlichen Unzulänglichkeiten nicht automatisch mit. Ihnen war letztlich immer noch das meiste geschuldet, was sich an Problemen eben so ergab. Überall waren die *Artefakte* doch noch nicht am Ruder. Zumal dort nicht, wo es galt, sich auf Unvorhergesehenes einzustellen. Nicht selten halfen dem Menschen seine intuitiven Fähigkeiten da weiter. Gerade wenn er Dinge tat, die ihm selbst völlig unlogisch und vernunftwidrig anmuteten, gelang ihm, was kein *Artefakt* vermochte.

Dies war der Grund dafür, dass auch die großen Außenstationen von Menschen bewohnt und nicht ausschließlich von *Artefakten* bewirtschaftet wurden. Denn an sich taugten diese für solche Einsätze viel besser. Sie litten nicht unter Vereinsamung. Ihnen stand der Sinn nicht nach Ablenkung. Sie sehnten sich nicht nach Zärtlichkeit oder nach der Erfüllung von allerlei Wünschen und Begierden.

Außerdem waren sie genügsam. Sie brauchten weder Essen noch Trinken und die Qualität der Sonneneinstrahlung war ihnen egal. Doch gerade aus dieser Bedürfnislosigkeit erwuchs ihnen ihr größtes Manko. Sie verstanden auch die ihnen anvertrauten Pflanzen und Tiere nicht. Sie begriffen deren zarte Bedürfnisse nicht wirklich. Die genau abgestimmte Gravitation etwa, die ein Mensch erspürte, entging ihnen. Und doch war sie für das Wachstum wichtig.

Im Vergleich gediehen solche Gärten und Felder jedenfalls um Längen besser, die von menschlichen Hegern gewartet wurden. Auch wenn es dort nicht selten zu Streitigkeiten kam und sich gelegentlich gar wahre Tragödien der Einsamkeit und des Inselkollers abspielten.

*

Edmond wurde von einer Woge der Begeisterung erfasst. Statt heimzukehren, bewarb er sich zusammen mit Elouise um eine Stelle als Weltraumgärtner. Sie bekamen den Job, was nicht weiter schwierig war, denn Weltraumgärtner wurden händeringend gesucht. Zumal solche mit einem grünen Daumen. Und da war Elouise ganz klar im Vorteil. Während Edmond letztlich nicht allzu viel zu bieten hatte. Ihm half dagegen sein hochsensibles Einfühlungsvermögen enorm. Denn es bezog sich auf alle Lebewesen. Und Elouise staunte nicht schlecht, als sie ihn sogar mit den Pflanzen reden hörte. Diese schilderten ihm ihre Sorgen und Nöte oder kicherten sich eins, wenn er auf ihre Scherze hereinfiel. Manchmal bestellten sie bei ihm Wind, dann wieder einen leichten Sommerregen oder hießen ihn die Sonne verdunkeln, wenn die einmal wieder gar so scharf herab sengte.

Aber Elouise stand ihm keineswegs nach mit ihrem grünen Daumen. Nur redete sie nicht laut vor sich hin, denn sie bekam keine hörbaren Antworten, so wie Edmond anscheinend. Weshalb sonst hätte er laut vor sich hinreden sollen? Doch da es wirkte, ging sie auch dazu über, ihre Empfindungen laut von sich zu geben. Und manchmal war ihr inzwischen auch, als erhielte sie zarte Antworten. Als vernähme auch sie das leise Flüstern und Knistern, das eben nicht nur ein Rauschen im künstlichen Wind war, sondern Antwort.

*

Für die gesamtökologische Steuerung der schwebenden Gartenfelder zeichneten *Artefakte* verantwortlich. Recht eigentlich war eine solche Weltrauminsel ein einziges großes *Artefakt*. Dazu ausersehen, sich mit organischem Leben zu füllen. So war Fruchtbarkeit die oberste Direktive.

Eigentlich sollte eine solche Insel ja eine richtige kleine Wohngemeinschaft beherrschen. Jedenfalls war das Wohnhaus dafür ausgelegt. Doch es hatte sich niemand mehr gefunden, und so blieb das Paar allein.

Und hätte Edmond seine somniorischen Fähigkeiten nicht bereits entdeckt gehabt, hier wäre dazu eine gute Gelegenheit gewesen. So oblag es ihm, auch Elouise in die Kunst des gelenkten Träumens einzuführen, zumal sie sich als talentiert erwies.

Gemeinsam bereisten sie auf diese Weise nicht nur Elouises Christiania immer mal wieder, sondern Edmond nahm auch sie mit zu seinen geheimen, heimischen Inseln.

Doch solche Ausflüge waren natürlich nur ein schwacher Ersatz, jedenfalls zunächst, denn auch diese Art zu reisen wollte geübt sein. Außerdem hatten sie ja noch ihren Glider, mit dem sie zum nächstgelegenen Weltraumbahnhof flitzen konnten, wo sie den Stratosphärenkreuzer im Linienverkehr nehmen konnten, der sie in Nullkommanichts zu jedem ausgewiesenen Weltraumbahnhof beförderte.

Auf der Weltraumgarteninsel musste es dann eben auch mal ohne sie gehen. Sie schalteten den ganzen Betrieb auf Automatik um und legten die Verantwortung zurück in die bewährten Hände der fleißigen *Artefakte,* was denen am liebsten war. Das ständige Hin und Her zwischen Automatik und Handbetrieb strengte doch sehr an, fanden sie. Zumindest sah dies die ‚große Mutter' so – der Steuerungsmechanismus, von dem alles seine Befehle und Impulse bekam, was sich auf der Insel regte. Da war auch nichts dem Zufall überlassen.

Wie große ovale, flache Blasen schwebten die lichten Gebilde durch den Raum. Sie wirkten ein wenig wie Quallen. Über dem dunklen flachen Grund wölbte sich ein flacher durchscheinender Himmel. Die fruchtbare Erde war auf ein Tableau aufgetragen, das allerlei technisches Gerät barg: Pumpen und Rohrleitungen,

Steuerventile und Druckausgleichsbehälter, sowie CO_2 - und H_2O – Umwandler – je, nachdem, in welche Richtung der Bedarf gemeldet wurde. Dazu gab es Reservetanks und Aufbereitungsanlagen aller Art, Wettermaschinen und künstliche Winde, die über den Feldern und Gärten kreiselten, wo sie nicht gerade von einer Richtung zur andern gelenkt wurden.

So stellten diese Weltraumblasen geschlossene Systeme dar. Aus der Ferne sahen sie wirklich wie riesige durchscheinende Silikon-Quallen aus. Täglich kamen neue hinzu.

Die schwimmenden Garteninseln warfen auf der Erde Schatten, was dort nicht gut ankam, denn die hausgemachten Wolken über den Metropolen waren bereits Schatten genug. Insofern waren diese ausgelagerten Anbauflächen in dieser Hinsicht keine Verbesserung der Gesamtsituation. Aber sie waren immer noch besser als der zuvor betriebenen Raubbau an Ressourcen, um den Kohlehydrat- und den Eiweißbedarf zu decken. Zumal als dann die geheimen Dossiers an die Öffentlichkeit drangen.

Die Wissenschaftler der Erde bezifferten zwar den Schattenwurf der fliegenden Gärten mit weniger als zehn Prozent. Während die Smogwolken über den Metropolen satte sechzig Prozent ausmachten. Ganz aber ließ sich denn doch nicht hinwegdiskutieren, dass es durch diese Landwirtschaftsmethode zu einer Beeinträchtigung kam.

Andererseits schützten die fliegenden Gärten vor schädlichen UV-Strahlen. Und das Ozonloch spielte bald keine Rolle mehr. Denn eben in dieser Region wurde die Mehrzahl der Weltraumquallen platziert.

Alles in allem erwies sich diese technologische Neuerung also als ein Gewinn in vielfacher Hinsicht. Waren die ersten Inseln noch recht umständlich von der Erde aus nach oben transportiert worden, so fand die Produktion mittlerweile ganz im All statt. Sogar die Rohstoffe bezog man aus den Asteroidengürteln. Und die weiche elastische Beschaffenheit der Inseln bewahrte sie bei Kollisionen vor Schäden. Zumal ein Sensorium dafür sorgte, dass es zu keinen Frontalaufprallen kam. Jede andere Form der Touchierung aber wurde abgefedert.

Kam es wirklich einmal zur Verletzung der Außenhaut, so sorgte ein automatisches Reparatursystem für schnelle Abhilfe. Jeder Riss schloss sich automatisch, bevor noch die Atmosphäre entwich. Denn die Außenhaut besaß sieben Schichten, die sich sofort ineinander schoben und nachwuchsen, wo es zu einer Verletzung gekommen war. Das war der Vorteil der bionischen Beschaffenheit des Materials.

Die mittlere Größe dieser Inseln hatte sich bewährt und betrug wohl an die neun Millionen Quadratfuß. Damit ließ sich die richtige Gravitation erzeugen, ohne die sich die Pflanzen nicht entwickelten, von den Tieren gar nicht zu reden. Und natürlich brauchten die Menschen diese Kraft. Ihre Muskeln wären sonst alsbald verkümmert.

Wöchentlich sorgten Weltraumleichter dafür, dass das frische Gemüse abtransportiert wurde. Die Leichter dockten an einer eigens dafür vorgesehenen Rampe an und die *Artefakte* taten ein übriges, soweit nicht Förderbänder auch diese Arbeit übernahmen. Manches Frischobst bedurfte freilich der zarten Händchen eines intelligenten Laptops.

Die Gebäude und Stallungen waren denen der irdischen Bauern nachempfunden. Und jedes Team durfte sich unter verschiedenen Bautypen den genehmen aussuchen.

Da man klimatisch in keiner Weise gebunden war, kam man auf bis zu drei Ernten pro Jahr. Nur mit dem Obst tat man sich schwerer. Alles andere aber gedieh wunschgemäß und in kürzester Zeit. Es war fast so, als gingen die Uhren hier draußen ein wenig langsamer als unten auf der guten alten Erde. Das hatte zur Folge, dass alles schneller wuchs und schneller heranreifte. So wogten die Kornfelder satt und goldgelb alle drei Monate - jährlich an die dreimal.

Ausgelaugte Böden gab es hier nie, denn aus der Tiefe wuchs der Mutterboden nach, wenn die Krume versandete. Ein Wind blies die überflüssigen Körnchen davon. Sie sammelten sich an den Rändern, wo sie dann wieder in das Gesamtsystem eingearbeitet werden konnten.

Aus dem Untergrund wurde die Erde aufgelockert und die Saat wurde automatisch in der richtigen Dichte und Höhe ausgebracht.

Pestizide, Fungizide, Insektizide und Kunstdünger waren hier draußen Fremdwörter. Zum ökologischen Standartsystem gehörten einige Grundinsektenarten, sowie Singvögel und Regenwürmer.

So summten zwar Bienlein und auch die Vögel zwitscherten, doch wahre Artenvielfalt herrschte wohl doch nicht. Obwohl auch in dieser Richtung geforscht wurde. So gab es Inseln, auf denen sich die Evolution frei und ungebremst entfaltete und wo statt der landwirtschaftlichen Nutzung Urwald die Szene beherrschte.

*

Mit Billy-Joe im Schlepptau fühlte Arundelle sich auch nicht als das fünfte Rad am Wagen, wie es ihr sonst leicht ergangen wäre. So folgte sie mit Freuden der Einladung, auch einmal hinaus in den Weltraum zu kommen, um dort mit eigenen Augen zu sehen, wie sich die Zukunft machte.

Billy-Joe brauchte sie deshalb nicht extra zu fragen, der war sofort Feuer und Flamme und der Zauberbogen sowieso. Pooty hüpfte wie ein wild gewordener Tennisball vor Billy-Joes Brust umher und gefährdete den mürben alten Medizinbeutel damit. Die Aussicht, künftig in einem neuen, möglichst aus Plastik gefertigten hausen zu müssen, ließ ihn dann aber doch wieder sorgsamer mit seinem Heim umgehen. Auch der magische Stein freute sich, wenn ihm auch die Aussicht, in einem dieser Stratosphärenkreuzer zu reisen doch ein wenig unschicklich anmutete.

Andererseits bestand objektiv gesehen keinerlei Not oder auch nur ein dringendes Bedürfnis, sodass streng gesprochen nach den Statuten eine Erlaubnis verweigert worden wäre. Illegal, wie es dem Zauberbogen beliebte, hätten sie natürlich reisen können. Doch dazu wollte ausgerechnet er, seinen leichtfertigen Kollegen nun doch nicht überreden.

Pooty hielt von solchen Feinheiten wenig und freute sich ungemein und ungebremst. Ja, die Aussicht, auch einmal in einem von Menschen selbst gebauten traumschnellen Vehikel zu reisen, regte ihn vielmehr an. Seine Begeisterung erhielt dann aber doch einen Dämpfer als ihm der Zutritt zur Passagierkabine verweigert wurde und er zusammen mit dem Zauberbogen in einem zwar wohltemperierten, gleichwohl abgetrennten Hold ganz achtern, wo es nach Angstschweiß und Hundekot roch, eingelagert wurde. Alles Pootys wegen, der sich standhaft weigerte, in einen Käfig zu kriechen, schon gar ganz allein und ohne seine Freunde. Als Waffe war es dem Zauberbogen außerdem verboten, sich unter die Menschen zu mischen. Die letzten Tage der Herrschaftsansprüche Malicius Marduks lagen erst wenige Jahre zurück und dieser Überhang an Vorsicht war wohl davon zurück geblieben.

Pooty konnte ganz nebenbei ein gutes Werk an den aufgeregten Hunden vollbringen. Was seine Laune sichtlich aufbesserte. Er studierte mit ihnen einen zünftigen Jauler ein und alle schieden als Freunde und hätten sich gerne wieder gesehen. Pooty versprach, eine entsprechende Note an die Herrchen und Frauchen zu versenden und hoffte auf Arundelles Einfluss oder auch auf Judith Kornblums Macht.

Sie saß immerhin im Aufsichtsrat des Weltkonzerns, dessen Ableger nicht zuletzt der Stratosphärenkreuzer war, mit dem sie reisten.

Am intergalaktischen Nordbahnhof war dann Endstation. Von hier aus ging es mit dem Glider weiter, in den sie sich quetschten. Edmond ließ es sich nicht nehmen, seine Eltern abzuholen, die er nun wieder vor sich vollständig rehabilitiert hatte. Er schämte sich wegen seiner prinzlichen Allüren und dem Gewese um seine Abkunft. Zum Glück war weder Arundelle noch Billy-Joe nachtragend – vielmehr ließen sie sich nichts anmerken.

Elouise wartete mit einem Galadiner auf, das an das Palmblattbuffet der Zwischenschule gemahnte und das bei Arundelle selige Erinnerungen weckte. Unwillkürlich schaute sie sich nach ihren Freundinnen und Freunden von damals um, ob da niemand irgendwo aus der Versenkung auftauchte.

Stolz präsentierten die jugendlichen Gärtner am nächsten Morgen ihre Insel. Schnellen Schrittes umrundete man sie in zwanzig Minuten. Doch da es schon auch darauf zu achten galt, nichts, was da wuchs, unnötig nieder zu treten, zog sich der Rundgang mit vielen Erläuterungen hin. Und so fand man sich schon wieder mittags unter dem Palmblattsüdseedach zusammen, obwohl es Billy-Joe eigentlich nach Fleisch gelüstete, was es hier an sich nicht gab. Er verkniff sich sein Begehr.

Elouise durchschaute ihn und servierte ein riesiges halbrohes Steak, was sein Männerherz lachen machte. Und hätte die stolze Blüte Christianias sein Herz nicht bereits erobert gehabt, damit hätte sie die höchsten Zinnen berannt und die letzten Mauern übersprungen.

Die andern blieben bei ihren fliegenden Hunden, den Tamarindengebinden und Seegrasnestern auf Kokosschaumflöckchen und Maulbeersorbet. Da kannte die Phantasie keine Grenzen. Auch wenn Geschmack etwas individuelles ist und sich mit blumigen Titeln nicht überlisten lässt.

Auch Zungen bilden so ihre Vorlieben aus und entwickeln sich in die eine oder andere Richtung. Darin ganz ähnlich den Synapsen und Konnektionen des Gehirns. Ganz ohne Fleisch ging es bei vielen nun einmal nicht. So sehr sie dies auch bedauerten. Wenn es sich bei ihnen denn um aufgeklärte umweltbewusste Zeitgenossen handelte, was bei Billy-Joe zweifellos der Fall war.

Das Blut troff ihm durch die Zähne. Er schwelgte, dass es kaum mit anzusehen war. Hier war eine Grenze überschritten, die Arundelle lieber nicht in den Blick bekam. So täuschte sie Sättigung vor und hakte sich bei Elouise zu einem Verdauungsspaziergang unter.

Während Edmond, der da weniger zart besaitet war, seinem Vater Gesellschaft leistete, indem er seinerseits mit sichtlichem Behagen einen riesigen Knochen benagte.

Das Fleisch wurde übrigens importiert. So weit gingen sie denn doch nicht, ihre Lieblinge auch noch zu schlachten mit denen sie ihre Einsamkeit hier draußen teilten.

Die wenigen Tage verflogen. Von wegen ‚Besuch beginnt wie Fisch am vierten Tag zu stinken.' Das Bedauern war echt und ebenso die Tränen, die zum Abschied flossen. Wäre Pooty nicht so anhänglich gewesen und hätte der magische Stein mitgemacht, er wäre auch alleine geblieben, so gut gefiel ihm die Weltraumeinsamkeit. Sie erinnerte ihn an Walter. Deshalb konnte er von Billy-Joe ja auch nicht lassen. Der Zauberbogen war indifferent. Er meinte, alle ließen sich blenden, nur er nicht. Was er damit sagen wollte, beließ er freilich im Unklaren, obwohl natürlich jeder genau das dachte, was er meinte.

Zum Glück bekam Edmond das nicht mehr mit, aber Elouise spürte mit weiblichem Instinkt, dass etwas in der Luft lag, was ihr entgegen stand. Vielleicht spiegelte der Zauberbogen auch nur Arundelles Hintergedanken wider, der die Dinge allzu glatt und gefällig erschienen – zu glatt und zu schön, um wahr zu sein. Dass Edmond seinen Spleen überwunden hatte, freute sie natürlich. Aber was, wenn er sich dafür einen um so größeren einhandelte?

Schon Elouises Eltern hatten der Zwischenschule schnell die kalte Schulter gezeigt. Sie waren nie recht warm geworden. Obwohl sie von Anbeginn umworben und gehätschelt wurden. Vielleicht war dies schon Grund genug für sie, alsbald das Weite zu suchen.

So hatte sie ihren Sohn bekniet, doch zum Studium recht bald heimzukehren. Es gäbe ja noch so unendlich viel zu lernen.

„Ich kann mir nicht helfen, aber irgendwie macht das hier den Eindruck, als müsstet ihr euch verkriechen." – meinte sie so leichthin und wusste gar nicht, wie recht sie damit hatte – jedenfalls auf eine gewisse Person bezogen. Sie war recht eigentlich noch gar nicht in Erscheinung getreten. Doch das lag an den ungeklärten Rechtsverhältnissen hier draußen.

Handelte es sich um exterrestrisches Gebiet oder war auch die Insel ein Teil der Erde? Solange diese Frage ungeklärt im Raume stand, tat sich nicht viel.

War das schon ein Brückenkopf oder überreagierten *Südmichel* ebenso wie der *Advisor*, die ihrerseits die Entwicklung mit großer

Sorge betrachteten. Ausnahmsweise einmal einhellig und einer Meinung, was selten genug der Fall war.

Wenn Edmond ehrlich mit sich war, gestand er sich schon ein, dass er wegen Elouise hier draußen ausharrte. Insgeheim wäre er lieber heute als morgen der Einladung seiner Mutter gefolgt. So spürte er das gähnende Loch doppelt, das sich nach der Abreise der Familie auftat. Selbst die zärtlichste Zärtlichkeit machte da nicht alles wett.

Vergeblich hielt Elouise ihm die schönen Seiten vor. Gegen die Einsamkeit kam sie nicht an und das wusste sie, denn sie spürte sie schon auch. Doch tief in ihrem Inneren rührte sich etwas und das befahl ihr recht kategorisch, den Ort nicht zu verlassen. Ja, eher den Freund aufzugeben, als mit diesem zurück zur Erde zu kehren - schon gar nicht zu diesen Inseln, von denen er schwärmte. Die schon einmal, damals ihren Eltern, beinahe zum Verhängnis geworden waren.

War der Junge nicht völlig verkorkst bei ihr aufgetaucht? Es hatte sie einige Mühe gekostet, ihn halbwegs auf den Boden zurück zu ziehen. Was mussten das dort für Verhältnisse sein, wenn das dann dabei herauskam? Hätte Edmond wenigstens Christiania vorgeschlagen, darüber hätte sie vielleicht mit sich reden lassen. Denn ein wenig Heimweh spürte sie schon auch. Zumal sie hoffte, ihre Eltern noch einmal zu sehen. Doch das war ganz bestimmt dort nicht möglich, wohin es Edmond zog.

20. Der gefallene Engel

Vernichten sagt sich so leicht, doch so ist es ja nicht. Auf der Erde da scheint das leicht. Wirft man ein Blatt Papier ins Feuer oder in den Reißwolf, dann bleibt von ihm nicht viel übrig. Man kann auf diese Weise ganze Häuser oder Städte zum Verschwinden bringen – nicht im Reißwolf, aber doch im Feuer. So mancher Potentat hat sich daran bis zur Selbstaufgabe berauscht. Die Faszination des Feuers rührt nicht zuletzt daher.

So geht es auf Erden zu. Und doch verschwindet auch dort nichts im Nichts, so sehr solcher Eindruck entstehen mag. Und je größer die Perspektive wird, die wir einnehmen, um so deutlicher kann werden, dass in Wirklichkeit überhaupt niemals je etwas verschwunden ist. Was auch immer zu sein aufhörte, es setzte seine Existenz in anderer Gestalt und an einem anderen Ort nur fort.

Dergleichen ist gesetzlich geregelt. Und diesem Gesetz kommt nichts und niemand aus. Schon gar nicht ER, der Namenlose und Unfassliche, denn ER ist ja der Gesetzgeber. Wie könnte ER sich also überheben? Ja, ER selbst ist das Gesetz. Nicht allein dieses, sondern aller Gesetze Gesetz. Und das bedeutet ohne alle Frage, dass ER eben auch dieses Gesetz ist. Ja, ER ist, wer ER ist in grundloser Tiefe und unermesslichem Ausmaß. Nicht nur ein bisschen, sondern ganz schön paradox eben!

Wie es ihnen bestimmt war, so ereilte die Miserioren der Bannstrahl zusammen mit ihrem Chef. Sie wurden ihrer Basis beraubt. Sie verloren den Grund unter ihren Füßen und fielen ins Bodenlose, ins Nichts hinaus, wo sie fallen und fallen und niemals wieder irgendwo ankommen. Falls es nicht doch irgendwo wieder eine Verwendung für sie gibt, was vermutlich in den Sternen steht.

Und weil nichts ohne Sinn oder Grund ist, so kann der Fall nicht endlos sein. Es sei, er wäre Selbstzweck. Aber dann wären sie ja schon immer gefallen und nicht erst, seit sie verstoßen wurden. So hat alles auch für sie seinen Anfang und seinen Urgrund. Und deshalb fand sich auch für sie ein recht abschüssiges, mühebeladenes Gelände, wo sie sich nichtsdestoweniger aufrafften, noch ganz benommen vom schier endlosen Fall aus der Zeit heraus durch einen Äon der Ewigkeit. Von dem niemand weiß, wie lange er andauert.

Nun also, da sie sich berappelten, stieß auch ihr Herr und Meister wieder zu ihnen, noch im Engelsgewand. Die mächtigen schwarzen Schwingen ein wenig angeberisch herausgestellt und mit zornblitzenden Augen, weil sie sich so hatten einseifen lassen.

Großzügig mit sich, übersah er geflissentlich seinen Anteil am Absturz, der ja nicht unerheblich gewesen war. Sondern gleichsam federführend – insofern, als er einzig mit solchen Federschwingen begabt war, die, wenn auch schwarz, doch ihren himmlischen Ursprung nicht verleugnen konnten.

Während sie Holterdiepolter - kopfüber, kopfunter vor sich hinpurzelten, zog er gemächlich seine Raubtierkreise, stieß seine klagenden Adlerschreie aus und spähte vergeblich auf Beute so weit sein Auge reichte.

Dem federnen Gewand entsprach eine edle Gestalt von unvergleichlicher Anmut und strahlender Schönheit, wie sie kein Menschenauge je erblickt hatte oder je würde erblicken können. Nicht Mann, nicht Frau und nichts dazwischen. Einzig dazu da, um zu missbrauchen, zu missleiten und zu missraten – wie es ihm beliebte und ohne sich an irgend eine Reihenfolge oder Ordnung zu halten. Ein

Borgia auf dem Himmelsthron, vielmehr auf dem Heiligen Stuhl zu Rom.

Momentaufnahmen wie diese zuckten vorüber, streiften dahin und zauberten Vergnüglichkeit auf die edlen Züge. Auch er ist wieder namenlos, frei und unfest gelegt. So war es ihm doch lieber. Auch er bekennt sich zu seinen tausend Gesichtern. Namen sind dabei Schall und Rauch.

So entstieg dem Transformator solch unheiliges Geweste und war doch so gut gedacht und wohl gemeint. Was hatte der *Advisor* übersehen? Hatte er etwas übersehen? Oder saß er der unumgänglichen Notwendigkeit auf? Ließ sich die Sache anders nicht managen?

„Ein bisschen Spaß muss sein“, röhrte der Hirsch auf der Pirsch und stieß recht fest zu bis aufs Blut – so brachte es mehr.

*

Arundelle zweifelte an ihrer Wahrnehmung. Sie überprüfte sich auf mütterliche Eifersucht und das Übliche, was Müttern eben so eignet. Aber sie fand da nichts. Das war es bei ihr nicht. Sie war nicht eifersüchtig. Sie fühlte die Liebe nicht erkalten zwischen sich und ihrem Sohn. Auch nicht auf die Entfernung. Edmond wurde ihr nicht entrissen. Sie gab ihn ja her, wenn er denn herzeigbar wurde, so langsam, und nicht mehr das verschrobene Kind war, um das sie fürchtete, und das sie fürchtete, was ihr noch schlimmer schien.

Sie hätte Elouise dankbar sein müssen und war es eigentlich auch. Wenn da nicht dieser Stachel gewesen wäre. Ein kleiner Pieks noch jedes Mal, wenn sie gerade glaubte, sich fallen lassen zu dürfen. Endlich auch wirklich loslassen zu dürfen. Denn irgendwann einmal ist die Aufgabe beendet. So ein Kind wird eigenständig, wird ein ganzer Mensch und was dann noch unfertig an ihm ist, das muss er nun selbst vollenden und mit anderen Menschen bearbeiten oder von den Lebensumständen prägen lassen. Nur im Bachbett schleift sich der Kiesel wirklich rund oder im Mahlstrom der Gezeiten. Aneinander schleifen sie sich ab, werden einander ähnlicher, ohne sich doch je ganz und gar anzugleichen.

Zuviel verstand Arundelle vom Leben, als dass sie solche falschen Gefühle entwickelt hätte, gerade jetzt nicht, wo sie aus dem Meer des Todes aufgetaucht war. Sie hatte die schwarze Melancholie von sich gestreift, die schwarze Galle - wie eine Augenkrankheit, wie der Star, der auch die Welt verdunkelt und Licht und Farben stiehlt.

Da war etwas an Elouise, das sie befremdete und das sie, so fremd es auch war, doch wohl kannte. Tiefer Abscheu blitzte da auf, jäh und im Bruchteil der Sekunde. Und war dahin, ehe sie recht nachfasste und sich der Empfindung versicherte. Sie wusste dann nicht, was sie davon halten sollte, oder von sich und von ihren schwankenden Gefühlen, die sie nie trogen und die doch so sehr verunsicherten, weil sie ja so unsicher waren.

Es verlangte sie nach Gewissheit. Aber die gab es nicht zum günstigen Preis. Sie war im Angebot nicht enthalten. Was sollte sie tun? Konnte sie etwas tun? Gar das Richtige und nicht das Falsche? Was war richtig, was war falsch?

Als sie sich mit Billy-Joe deswegen beredete, kam nichts heraus – wieder einmal. Sie fühlte es genau, die Schublade klappte zu, noch ehe sie recht aufgezogen war. Billy-Joe erwies sich als unzugänglich in dieser Sache. Sein Hirn war umnebelt, sein Ego affektiert. Elouise hatte es ihm angetan, kein Zweifel. Er könnte gar nicht anders, als nichts auf sie kommen lassen. Denn er sah sie mit anderen Augen.

Von ihren Freundinnen erkannte niemand Elouise. Und Arundelle sah auch keine Möglichkeit, wie sie dies hätte ändern sollen. Sie konnte ja schlecht zu Judith oder zu Grisella oder auch zu Dorothea gehen und sagen: „Nun reist doch auch einmal auf diese Insel hinaus. Ich finde mich mit meinen Gefühlen nicht zurecht. Und prüft, was es mit ihnen auf sich hat, ob ich recht habe oder ob ich mich selbst betrüge, weil ich ein dumme alte Mutterkuh bin, die nicht loslassen kann."

Als ob sie nicht bereits ihre Vorurteile von Mynona übertrug. Mynona Wilder, die sie der Spionage verdächtigte, bis diese das Weite suchte. Es war für diese unmöglich geworden, zwischen all den Kindern zu bestehen, denen sie nicht nur dem Alter nach, sondern auch aufgrund ihrer Talente, turmhoch überlegen war.

Das war nicht die feine Art gewesen, eine Schwangere davon zu ekeln und darauf zu hoffen, dass sie es schon schaffen werde. Wäre da die Idee mit dem Ressort nicht aufgekommen, Mynona hätte ganz schön alt ausgesehen, damals.

Ob sich auf Elouise von solchem Gefühlssalat etwas übertragen und erhalten hatte? Ob auf sie davon einiges überkam, quasi schon mit der Muttermilch?

Aber drehte sie den Spieß gerade nicht um? Sie war es doch, die sich vor ihren Gefühlen fürchtete, nicht etwa Elouise, die allem Anschein nach die Nerven behielt. Die sich zum Mindesten bedeckt hielt und ihr Sphinxlächeln nie verlor.

So war ihr Billy-Joe auf den Leim gegangen und Edmond sowieso. Und vielleicht umgarnte Elouise sich ja selbst mit diesem

Lächeln, wenn sie in den Spiegel blickte. Schön war sie anzusehen, ganz ohne Zweifel. Vielleicht wäre ja Dorothea doch die Richtige. Es war einen Versuch wert.

Die schöne Dorothea, einst die Schönste im Land, von allen bewundert und begehrt, nur nicht von ihrer Schwester. Dorothea besaß gewiss genug Feingefühl. Sie konnte sich in Elouise womöglich hinein versetzen, sie gleichsam von innen heraus studieren und herausfinden, was mit ihr nicht stimmte. Falls es denn etwas gab, das nicht stimmte – es musste etwas geben. So sehr konnte Arundelle sich nicht täuschen.

Dorothea fand Arundelles Motivation zwar abstoßend, aber um der alten Freundschaft willen ließ sie sich darauf ein. „Aber bitte finde bei deinem Sohn heraus, ob ihnen der Besuch von zwei alte Damen auch wirklich genehm ist."

„Wir können jederzeit wieder abreisen", antwortete Arundelle ein wenig spitz. So trafen sie ihre Vorbereitungen. Arundelle schulterte, als es losging, den Zauberbogen aus alter Gewohnheit und weil dieser ihr alles andere sehr verübelt hätte und mogelte ihn diesmal sogar unauffällig in die Kabine des Stratosphärenkreuzers zum galaktischen Nordbahnhof.

Edmond freute sich und holte sie dort ab, diesmal mit Elouise, da ja mehr Platz im Glider war. So lernten sich die junge und die alte Schönheit erst einmal auf neutralem Boden kennen und nahmen recht offensichtlich aneinander großes Interesse. Ob sie auch tatsächlich Gefallen aneinander fanden, wie es den Anschein hatte, mochte Arundelle dennoch nicht sofort entscheiden.

Resignieren konnte sie immer noch, denn sie ahnte bereits, dass diese Mission in ihrem Sinne ein Fehlschlag würde. Und so kam es dann auch. Dorothea konnte kein Arg an Elouise finden. Herzensgut sei sie und ein Glück für Edmond. Nur ihr Verlangen nach Einsamkeit befremde ein wenig, aber das habe sicher mit der Enge in dem Ghetto zu tun, in dem sie aufwuchs. Gleichsam eine Art Inselkoller, den ja auch Edmond teile, weshalb es ihm genehm war hier draußen allein im All.

*

Arundelle wusste um das neue himmlische Gebot oder war es eher ein Verbot? Darüber gingen die Meinungen auseinander. Und es brachte sie zur hellen Verzweiflung, wie ignorant alle Welt damit umging. Einen größeren Fortschritt hatte es in der Kulturgeschichte nie gegeben als den, der durch die Verbannung von Malicius Marduk geleistet worden war. Da war der Menschheit ein Geschenk von unerhörter Tragweite gemacht worden. Und den meisten, die davon wussten, ging das mal gerade so am Hintern vorbei. Den andern sowieso und das waren die Mehrheit. – Eine satte Mehrheit hier auf Erden hatte davon nicht die leiseste Ahnung, sondern lebte in den Tag hinein wie eh und je. So, als ob nichts geschehen wäre.

Um es mal anders auszudrücken: Die Hölle war abgeschafft worden und alle ihre Kräfte trudelten planlos durchs leere Nichts. So war der Stand der Dinge. Natürlich versuchte da der böse große Meister gegen zu steuern. So ein Wolf konnte kiloweise Kreide fressen, ein Lamm wurde trotzdem nicht aus ihm. Was hatte sich der *Advisor* bloß gedacht?

Eben hier unterschied sich das Himmelsdenken von dem irdischen. Und die Frage war, welcher Denkungsart mehr Wirklichkeit zukam. Wünschen, das wussten alle, konnte sich jeder alles Mögliche und auch das denkbar oder sogar das undenkbar Schönste, Beste und Glücklichste. Aber dadurch war man der Verwirklichung um keinen Deut näher gekommen – leider, so musste man sich eingestehen.

Alle wiegten sich jedenfalls zunächst einmal in Sicherheit, alle, die davon Ahnung hatten - selbstverständlich. Und das waren leider nur allzu wenige. Die Hölle war aufgelöst, die Bosheit erledigt. Die Not, die jetzt noch herrschte, entstammte einzig aus der Notwendigkeit. Niemand hatte daran mehr seinen Spaß. Es gab die Lust am Quälen nicht mehr. So jedenfalls sah die post-hylische Theorie aus. Doch wie verhielt es sich mit der alltäglichen Praxis? War wirklich allen bekannt, wie schlecht es um die Basis der Bosheit stand?

Die Bosheit war in der Welt abgeschafft, so hatten es die *Repetitoren* verstanden. Aber was war mit Welt gemeint? Bezog sich Welt auf die Lebenswelt von Mensch und Tier, oder war damit die ganze große weite Welt mit allem was dazu gehörte an Sichtbarem und Unsichtbarem, gemeint?

Welt im engeren Sinne hätte zum Beispiel bedeutet, dass sich Malicius Marduk irgendwo im All ein ruhiges Plätzchen suchte, wo er den lieben Gott einen guten Mann sein lassen konnte, um sich neue Teufeleien auszudenken. Vielleicht solche, auf die der *Advisor* in seiner unendlichen Güte niemals kommen würde.

Wo zog sich die Grenze? Wer zog sie? War mit Hölle ein Ort gemeint, dann tat sich der Himmel vielleicht leicht, doch so einfach war es ja nicht. Hölle war allemal und zu aller erst eine Befindlichkeit, der sich Individuen aussetzten, sei's aus freien Stücken oder unter Sachzwang.

Und wenn das so war, dann gab es verständlicherweise keine Grenze, schon gar keine, die zu ziehen war.

Es sagte sich so daher: „Die Bosheit in der Welt ist abgeschafft.“ Genauso gut hätte es heißen können, „die Bosheit ist in der Außenwelt abgeschafft worden.“ Doch dann wäre allen sofort klar gewesen, dass sie in der Innenwelt weiter bestand. Dass also nichts damit gewonnen war, weil sie noch immer da wäre. Auch was mit Innenwelt gemeint war, wurde deshalb nicht klarer. War es die Welt in eines jeden Innern, war es die Welt im innern eines Universums oder eines Nanoversums? Je tiefer man der Sache auf den Grund gehen wollte, um so schwammiger wurden die Begriffe und Vorstellungen. Und wenn das auch noch mit einem Wahrheitsanspruch versehen wurde, dann war es ganz vorbei mit der Klarheit oder gar mit Eindeutigkeit. So schien es fast, als sei das Gesetz, mithin das gesetzliche Verbot der Bosheit genauer gesagt, kaum das Papier wert, auf dem es geschrieben stand. So es denn überhaupt zu Papier gebracht worden war. Die Formulierungen stammten, soweit Arundelle sich erinnerte, jedenfalls vom *Advisor*. Damit war nicht viel gewonnen.

Ein geschickter Anwalt nahm ein solches Gesetz doch auseinander, dass daran kein gutes Haar blieb und bewies vielleicht gerade die Geltung des Gegenteils.

Nun, ganz so schwarz wollten die *Repetitoren* in ihrer Mehrheit es nun auch wieder nicht sehen. Da machten sie sich doch auch ein wenig von den Unkenrufen frei. Immerhin war es ein Gesetz. Auch wenn es nicht perfekt war und - zugegebenermaßen - Schlupflöcher aufwies, die nur sehr schwer zu stopfen sein würden, und die ihnen in der Zukunft noch allerlei Kopfzerbrechen bereiten würden. Davon war namentlich natürlich Arundelle am überzeugtesten, die Malicius Marduk noch in jeder seiner tausend Gestalten und Verkleidungen erkennen würde. Des war sie sich sicher.

Buchstabengetreu am Rand der Außenwelt war der schwarze Engel aufgetaucht. Noch dazu von unvergleichlicher Schönheit, wenn denn stimmte, was Arundelle vermutete. Und damit die Sache nur ja nicht zu unkompliziert war, erwartete Elouise nun ein Kind. Was, wenn sich da jemand an all dem Gerede zu schaffen gemacht hatte, das im Vorfeld von dem unseligen Edmond ausgestreut worden war?

Wenn nun nicht Edmond der leibliche Vater war, sondern ein gewaltigerer Herr die Schöne heimgesucht hatte? Vielleicht sogar so, dass sie es nicht bemerkte.

Nicht eben selten hatte Edmond ihr beigewohnt. Ja, unzählige Male und nicht immer so erfolgreich wie zu Beginn, als der Zauber noch überwältigend und die Faszination fast noch unerträglich gewesen waren.

Auf diese Weise bekämen die Ängste des Jungen im nachhinein den Charakter von Vorahnungen, die dann nicht seine Geburt, sondern die Zeugung seines Nachwuchses betrafen. Statt müßig über verlorener Liebesmüh zu grübeln, wäre er besser achtsam gewesen, als es darauf ankam. Denn wer ließ sich schon gerne ein Kuckucksei ins Nest legen?

Verhielt es sich in Wahrheit so? Was wuchs da im Bauch der werdenden Mutter heran? War das keimende Leben die Ursache von Arundelles Misstrauen gegen Elouise?

Erst einmal drückte Arundelle die schwere Last nieder, die sie sich aufbürdete, als Dorothea nichts an Elouise auszusetzen fand, bis auf das Kind. Arundelle wusste also nichts. Es blieb ihr nur nichts anderes mehr übrig. Das war schon etwas anderes. Weil Elouise von Dorothea den Freibrief erhielt, kriegte der Embryo die rote Karte, so einfach war das. Die Logik ist nicht immer kompliziert, dafür aber oft grausam.

21. Zweierlei Vision

Sulamith war aus der Art geschlagen, fanden alle, nur ihre Mutter nicht. Das war auch der Grund dafür, weshalb Dorothea mit Elouise so gut klar kam. Außerdem ging es gar nicht um Sulamith, denn die hatte ihr Leben inzwischen wieder ganz gut im Griff, wenn sich auch die hochgesteckten Hoffnungen nie so recht erfüllt hatten.

Früh stieg ihr zu Kopf, dass sie damals mit zehn durch die Lichtdusche geschleust worden war, vom *Advisor* sozusagen persönlich abgesegnet. Das war ihr zum Trauma geworden, statt ihr gut zu tun und hatte ihr Leben einschneidend verändert. Doch leider nicht zum Guten.

Sie schmiss die Schule mit vierzehn, schaffte nie ihren Grundkurs und riss bei einem Schulausflug nach Sydney aus. Wachmann Will Wiesle wollte sie in einer Gruppe von Punks erkannt haben. Mitbringen aber hatte auch er sie nicht können. Sie wollte nie mehr zurück auf die Insel.

Geld aber hob sie noch regelmäßig ab, was ihre Eltern sehr beruhigte, soweit ihr Zustand überhaupt noch in solchen Kategorien zu bemessen war. Denn die Entwicklung brach Scholasticus buchstäblich das Herz. Er versank in tiefe Depression, gab seine Professur vorübergehend auf und wurde erst wieder von den *Repetitoren* aus seinem Tief gerissen.

Aber da war auch Sulamith auf den rechten Pfad zurück gekehrt. - Alles in allem währte ihr harter Drogenausstand kaum länger als die Pubertät andauerte, doch das reichte schon hin. Jedenfalls für Scholasticus, der sich solch eine desolate Entwicklung in seiner unmittelbaren Nähe nicht hatte vorstellen können.

„Sieh doch mich an!“ – wie oft hatte Dorothea das ihrem Mann vorgehalten in der kritischen Zeit.

„Ohne dich wäre ich in der Gosse gelandet, so glaub mir nur. Ich stand oft am Abgrund. Doch dann kamst du...“

Gerührt nahm der Gequälte sie in den Arm, aber sein Kinderproblem wurde dadurch nicht gelöst. Sulamith blieb wie sie war – kompliziert, eigensinnig und depressiv.

Vielleicht war es das Schicksal Sulamiths, dass der Rechte nie für sie kam. Ihre Männer zogen sie allesamt hinunter, benutzten und beschmutzten sie und verließen sie, sobald sie von ihr genug hatten, oder weil sie aufwachte und den Geldhahn zudrehte. Ob auch der Überfluss zu ihrem Verhängnis beitrug?

Auf die Inseln kehrte sie jedenfalls nie wieder zurück. Sie lebte später dann zurückgezogen in einer kleinen Wohnung, nicht weit von Zentrum und versuchte nun ihrerseits Straßenkindern aus der Patsche zu helfen, wo sie ja nun den vollen Durchblick hatte.

Von den hochfliegenden Inselträumen aber war sie nicht nur meilenweit, sondern Lichtjahre entfernt. Sie verstand sich als Tropfenfänger und versuchte die aufzufangen, die im Nichts zu zerschellen drohten, noch bevor sie recht ganz zu leben begannen.

Am Ende wäre Sulamith der richtige Ansprechpartner für Elouise, überlegte Dorothea. Dazu müsste sie entweder die eine dazu bringen, ihre Weltrauminsel zu verlassen oder die andere, eine solche aufzusuchen.

Außerdem verschwamm ihr alsbald der Sinn solch einer Zusammenkunft und sie betrieb sie mit halbem Herzen. Da war nur so ein unbestimmtes Gefühl.

Das Leben erschöpfte sich denn doch nicht nur in ihrem Inselleben, so wichtig und richtig es sein mochte. So war es doch nur ein recht künstlicher Ausschnitt. Kaum anders als es einst die Welt von Laptopia für die Zukunftsreisenden gewesen war, die sie sich dann, wie sie in die Jahre kamen, selbst als die ‚*Repetitoren* der Zukunft’ zurecht bastelten.

So probte Dorothea ein wenig den Aufstand. Sie tat es für sich, aber vor allem tat sie es für Sulamith und, wie sie hoffte, nun auch gleich für Elouise mit.

„Vielleicht gibt es ja noch andere, die sich ähnlich hart an dem Lebensentwurf der Inseln reiben. Ohne gleich zu den Maroons zu gehen und ganz auszusteigen“ – warf sie Arundelle so hin, um sie ein wenig zu provozieren. Dabei besprach sie sich an sich erst einmal selbst und das auch noch ein wenig autosuggestiv: „...Ja, andere, die dort draußen im wahren Leben bereits ihre Erfahrungen gesammelt haben. Und nun auf den berühmten dritten Weg drängen. Doch auch der ist nun nicht gerade vorgezeichnet. Er weist vielmehr gleichsam in graue Ödnis.“ – erläuterte sie sich weiter, um dann noch eins drauf zu setzen: „Womit wir wieder bei den holterdiepolter purzelnden Miserioren wären, die ihre angestammte Heimat eingebüßt haben, ohne dafür Ersatz zu bekommen.“ –

Ja, Dorothea blickte ganz gut durch inzwischen, da staunte sogar Arundelle, obwohl sie von ihrer Strategie der Verteidigung Elouises nichts wissen wollte.

Was gäbe Dorothea darum, ihr Wissen mit Sulamith noch viel stärker zu teilen. Vielleicht bot sich jetzt dazu die Gelegenheit und Elouise wäre auch geholfen. Sie nahm sich fest vor, diesmal nichts auf die lange Bank zu schieben, wie schon so oft. Denn auf Dauer, das wusste Dorothea, wäre Edmond dem Krieg der Frauen nicht gewachsen, dessen Zankapfel er beinahe zwangsläufig würde.

Arundelles Idee war nun die: Einer der Dämonen, sicherlich der Hauptdämon - wie könnte es anders sein? - war bei seinem Absturz bei Elouise zwischengelandet, hatte sie heimlich geschwängert und war dann weiter gepurzelt. Nicht ohne ihr zuvor einzuimpfen, nur ja nicht vor der Zeit zurück auf die Erde zu kehren, da dort dem werdenden Leben großes – nicht näher bestimmtes - Unheil drohe.

Diese Überlegung stellte selbstverständlich nichts weiter als eine Arbeitshypothese dar. Sie war rein spekulativ. Es gab keinerlei Beweise, dass es sich so verhielt oder dass dergleichen überhaupt je geschehen war. Ein Vaterschaftstest würde diesen Irrwitz vermutlich zweifelsfrei belegen. Doch darin war auch Arundelle nicht weniger unbelehrbar wie ihr Sohn.

Arundelle glaubte dem Teufel so viel Macht zugestehen zu müssen, solche Tests manipulieren zu können. Gene in ihrer vagen Allgemeinheit besagten ja doch recht wenig. Wenn man bedachte, dass 97 % der menschlichen Gene mit den höheren Primaten geteilt wurden, dann konnte man sich ja vorstellen, wie wenig das einen echten Teufel tangierte. Der könnte sich selbstverständlich auch in einem hundertprozentigen Pool locker verstecken und wäre doch voll da.

Ja, vielleicht brauchte der gar nicht selbsttätig zu werden. Vielleicht genügte es, wie der Heilige Geist im Sperma aus dem Penis zu fahren und die Befruchtung zu beerben. Dann hätte Edmond mit seinem Test überhaupt keine Chance. Und was aus dem Kind würde, erwiese sich sowieso erst mit den Jahren. Ob nun ein Satansbraten dabei heraus kam oder nicht. Doch was wusste man schon groß weiter über ein solches Werden? Wer wollte da Garantien übernehmen? Das fiel schon schwer genug, auch ohne einen solchen Schattenwurf des Grauens.

Arundelle dachte voll des Bedauerns an die arme Sulamith. Doch das mochte sie der geplagten Mutter nun nicht auch noch zumuten. Hätte sie es nur getan, sie wäre erstaunt gewesen, wie nah sich ihre Gedankengänge kamen.

Dorothea machte sich längst keine Illusionen mehr über den Charakter ihrer Tochter, so, wie sie sich nie wirklich Illusionen über ihren eigenen Charakter gemacht hatte.

Sie war kein Engel, das wusste sie, auch wenn sie wie ein Engel aussah. Sie war eitel und kreiste selbstsüchtig um ihr eigenes Ego. Und ohne Scholasticus wäre sie aus eigener Kraft ihrem Teufelskreis schwerlich entkommen.

Um so mehr bedauerte sie, dass Sulamith kein ähnliches Glück beschieden schien, dass sie ihrem Scholasticus leider noch nicht begegnet war.

Dorothea machte sich deswegen die größten Vorwürfe. Wie hatte sie nur annehmen können, dass sich in der Inselisolation schon die rechten Gelegenheiten ergeben würden?

Sulamiths Aufbegehren, ihre Flucht in die Verweigerung zielte dann bereits in die falsche Richtung. „Wenn das Vorzeichen nicht stimmt, dann geht die Gleichung nie auf.“ – hörte sie Scholasticus grummeln, der es angeblich immer gewusst haben wollte. Hinterher war dann jeder schlauer.

Sie hätte es merken müssen. Gerade sie. Und doch hatte sich die Routine eingeschliffen. Sie hatte sich hinter der Arbeit versteckt und so verlor sie ihr Kind buchstäblich aus den Augen. Hätte sie sich doch erinnert, wie es ihr anfangs ergangen war, wie dieser lähmende Inselfrieden sie niederdrückte.

Als sie dann in die Strudel der Ereignisse gerissen wurde, als es dann um die Rettung der Welt ging, als sie endlich eine richtige

Aufgabe hatte, war das alles von ihr abgefallen. Sie war ein neuer Mensch geworden, der endlich all das hinter sich ließ, was an Beschwernissen an ihr gehangen hatte. Nur, vergessen hätte sie sich nicht dürfen. Um Sulamiths Willen hätte sie festhalten müssen an ihrer Erinnerung und dem desolaten Gefühl, damit sie es nur nicht vererbte. Doch eben das hatte sie getan. Sulamith war in ihre Fußstapfen getreten.

Der Glanz des Lichts täuschte lange über dies unselige Erbe hinweg, während es doch heranwuchs, größer und größer wurde und schließlich die Herrschaft übernahm.

Weil Dorothea sich nun an all das erinnert fühlte, glaubte sie Elouise besonders gut zu verstehen. Aber das stimmte wohl doch nur zu einem Teil. Vielleicht stülpte sie dieser nun ihrerseits das eine oder andere über, das an sich nicht passte. Doch das bemerkte sie nicht, dazu war sie zu voll des guten Willens und der Bereitschaft zu helfen, auf dass nie wieder geschah, was mit Sulamith damals zu Bruch ging.

So fühlte Dorothea doch nur recht vage mit Elouise und ihre Empathie war im Grunde gar keine, denn eigentlich war sie nur die Erinnerung an das Schicksal ihrer Tochter und an ihr eigenes Versagen.

Ob Arundelle sie deshalb durchschaute? Denn die gab auf Dorotheas Vorbehalte nicht viel, was ihre eigenen Ressentiments betraf. So schoss sie sich auf ihre vorgefasste Meinung ein und ließ für Alternativen keinen Raum. Nur wenn Elouise von ihrer Weltrauminsel herunter kam, so beschloss sie, würde sie ihre Ansicht noch einmal überdenken. Aber das würde die niemals tun, dessen war sie sicher.

Gerade gegen Ende der Schwangerschaft schützte Elouise allerlei Beschwerden vor, was ja nur auf der Hand lag und sonst keinem auffiel. Hebamme und Arzt besuchten sie deshalb von dem nahe gelegenen galaktischen Nordbahnhof, wo es auch ein kleines Hospital gab in das die werdende Mutter zur Not eingeliefert würde, womit diese ganz einverstanden war.

„Selbstverständlich ist sie das. Der Weltraumbahnhof liegt ja deutlich außerhalb der Zweihundertmeilenzone“, stieß Arundelle dünn zwischen den Zähnen hervor, als sie davon erfuhr. Der Zauberbogen war ihr Zeuge und der bestärkte sie.

Wie aber ginge es weiter? Sollte sie Edmond seinem Schicksal überlassen? Konnte sie ihm helfen? Konnte sie ihn retten? Elouise, das wusste sie, würde sich als Mutter schützend mit Zähnen und Klauen über ihr Kind stellen und es bis zum letzten Blutstropfen verteidigen, ganz gleich was für ein Monstrum daraus würde. Aber vielleicht war Edmond wenigstens zu retten.

So nahm das Schicksal seinen Lauf. Wen Arundelle auch befragte, an wen sie sich auch wandte, von keiner Seite erhielt sie entlastende Angebote. *Südmichel* zeigte ihr einen Vogel und empfahl ihr, sich auf ihren Geisteszustand hin untersuchen zu lassen. Auch der *Advisor* ließ ihre Jeremiade nicht an sich heran, sondern enteilte, sobald sie davon anfing, falls er sich nicht ganz und gar verleugnen ließ.

Billy-Joe spielte die Bedeutung der Gene herunter und versuchte anfangs noch auf die Macht der Bildung hinzuweisen, doch auch er gab dann auf. Und das alles nur, weil Elouise sich standhaft weigerte, ihren Weltraumgarten zu verlassen und ihr Kind auf der Erde zu bekommen. Dabei hatte sie so gute Gründe dafür. – Allen leuchteten sie ein, nur Arundelle nicht. Für sie stellte der Geburtsort die Nagelprobe dar, hinter die sie nicht zurückgehen konnte.

*

Was hielt Elouise so standhaft auf ihrer Weltrauminsel? Hatte ihr der Teufel eingegeben, dort zu verweilen, weil diese Insel gerade noch auf der Grenze der angewiesenen Zone lag? Während die Menschenwelt – laut einer Gesetzesnovelle vom Beginn des vergangenen Jahres an - ihm und seinen Heerscharen verschlossen blieb.

Wer dennoch erwischt wurde, und das wurden letztlich alle, die es versuchten, dem widerfuhr seine Umpolung. Seine negative Identität wurde ausgelöscht und durch eine positive ersetzt. Heraus kam eine Art Engel.

Da der Oberteufel große Erwartungen bezüglich des Teufelsbratens hegte, wollte er natürlich nicht, dass aus seinem Samen ein solcher Wechselbalg würde. Das aber würde unweigerlich geschehen, wenn er der werdenden Mutter erlaubt hätte, die Erde zu betreten. So sah jedenfalls Arundelles Alptraum aus, der sich ihr anlässlich einer Traumreise erschlossen hatte.

Elouise wurde hingegen von einer ganz anderen Vision beherrscht. Danach wartete unten auf der Erde die böse Fee auf ihr Neugeborenes, um es zu verwünschen.

Solche Weissagung hatte Elouise lange vor ihrer Zeit mit Edmond anlässlich eines Orakels in Delphi erfahren, wo es sie hin verschlug – seinerzeit noch ganz konventionell mit einem Interfly-Airticket.

Seitdem wusste sie um die Gefahr und so atmete sie erst auf, als sie diese Stelle als Weltraumgärtnerin bekam. Weshalb nun die böse Fee ausgerechnet hier keine Macht mehr besitzen sollte, wusste sie nicht zu sagen. Doch da sie es zu fühlen glaubte, verließ sie sich auf ihr Gefühl. Was blieb ihr auch anderes übrig?

Die Verwünschung durch die grausame böse Fee nahm sich in ihrer Vision, wie sich denken lässt, schrecklich aus. Um die Sache nicht unnötig breit zu treten, und weil sie sich ein wenig schämte, solche Kindermärchen noch immer zu glauben – erzählte sie nicht einmal Edmond davon, sondern behielt ihr Wissen für sich. Was zur Folge hatte, dass es wuchs und ausuferte, als gäbe die Zeit das ihre mit dazu. Auf diese Weise trumpfte die Zeit auf, statt den Mantel des Vergessens über die Mär zu breiten.

So konnte Elouise ihren Edmond nur deshalb zum Manne nehmen, weil er mit der Gartentätigkeit im Weltraum einverstanden war. Doch schon jeder Besuch von der Erde versetzte die sorgende Mutter in allerlei Ängste und Nöte und beschwor die ärgsten Phantasien, ob die bösen Feen nicht doch einen Zugang nach hier draußen erschlossen hätten. Und bestärkten sie, sich um so fester an ihr Domizil zu klammern.

Als das Kind dann da war, wurde es vollends schlimm. Nun erlaubte Elouise nicht einmal mehr die Besucher vom Nordbahnhof, mit Ausnahme der Hebamme ihres Vertrauens, was ihr dennoch zum Verhängnis wurde. Es ging auch mit Elouise und ihrem Kind zu wie es sich in echten Tragödien nun einmal verhält, wo das Unglück immer einen unerwarteten Schleichweg nimmt.

Eben weil sie sich auf derlei einließ, war sie Edmond seinerzeit mit Verständnis begegnet, und hatte ihm den Hamlet nicht übel genommen. Jeder hatte nun einmal seine Vision, so nahm sie an und Hamlet war die Vision Edmonds.

Doch in ihrem Einsehen steckte recht eigentlich schon auch die Lösung aus dem Dilemma. So ganz echt nämlich waren solche Visionen denn doch nicht. Sie blieben immer auch Chimären aus der Welt der Phantasie. Deswegen zwar nicht weniger real, oder doch anders real und vielleicht nicht immer ganz zutreffend, in der wirklichen Welt. Dieses Hintertürchen also stand ihr offen.

So wollte sie es nur nicht darauf ankommen lassen, was weiter nicht schlimm mit einem Säugling war. Doch das kleine Mädchen wuchs ja heran. Und als es in die Jahre kam, entbehrte es doch seiner Spielkameraden sehr. Immer nur Mutter und Vater waren auf die

Dauer nicht genug. Ein Mensch braucht seinesgleichen und seinesgleichen waren in diesem Falle andere Kinder.

Lämmchen und Kälblein waren als Spielgefährten letztlich dann doch nicht das, was richtige Kinder einander bedeuten. So sollte flugs ein Geschwisterchen her.

Doch die Natur beugt sich nicht immer dem Willen der Menschen. So war es auch hier. Die gute Hoffnung blieb aus. Elvira, wie die Eltern ihr Kind nannten, blieb und blieb allein. Die Jahre gingen ins Land und die Einsamkeit wuchs - nicht nur für Elvira, sondern auch für den armen Edmond. Denn dass der seine Eltern nun nicht mehr zu sehen bekam, drückte ihm schwer auf das Gemüt.

Sein Hamlet war ihm gründlich verleidet, von fürstlichem Geschlecht war er nicht. Nun, da er dies hinnahm und akzeptierte, wollte er nicht einsehen, dass er sich die wahren Eltern vorenthalten musste, bloß weil seine Frau ihrerseits einer Obsession aufsaß. So war er nicht nur um seinetwillen unglücklich.

Auch um Elvira war es ihm leid. Denn sie wuchs doch recht verschlossen heran und verschloss sich zusehends. Ihr Bund mit den Tieren war recht zwiespältig. Sie zeigten Angst statt Affektion und in Elviras Kinderaugen trat bisweilen eine gläserne Härte, die Edmond beunruhigte. Selten hörte er Elvira lachen. Auch sprach sie wenig und kontrollierte ihre Stimme oft nur mühsam. Sie spielte gern mit der Reitgerte, schlug wie zum Spaß damit auf die Flanken ihrer Spielgefährten und lachte recht höhnisch, wenn die erschraken.

Hätte Edmond um die Vorbehalte seiner Mutter gewusst, seine Unruhe wäre um ein vielfaches gesteigert worden. Auch so überschwemmte sie ihn bisweilen. Wohin sollte das noch führen? Was kam da auf sie zu?

Doch dann nahm ihn die viele Arbeit wieder gefangen, da Elouise nun nicht mehr so konnte, wie sie wollte. Seit sie sich vergeblich um ein weiteres Kind bemühte, lag sie die meiste Zeit auf dem Kanapee, blätterte in alten Illustrierten herum, die sie sich in unregelmäßigen Schüben kommen ließ und hegte ihre Depression, welche ihr der Doktor per Ferndiagnose bescheinigt hatte. Seinen dringenden Rat, sich in eine psychiatrische Klinik zu begeben, ignorierte sie.

Auch Edmond fühlte sich machtlos. Seine Liebe lief aus wie eine leckgeschlagene Wasserflasche in der Wüste. Als die letzten Tropfen versickert waren, verdursteten sie beide und auch Edmond gab sich nun auf.

Sei es, dass Arundelle den Verzweiflungsschrei ihres Sohnes telepathisch vernahm, sei es, dass der Zufall es so wollte, jedenfalls reiste sie mit Billy-Joe eines schönen Tages an. Die besorgte Mutter zog zunächst auf dem Nordbahnhof ihre Erkundigungen ein. Und als sie nichts Gutes in Erfahrung bringen konnte, mietete sie sich selbst einen Glider. Billy-Joe hatte es sich nicht nehmen lassen auf seine alten Tage doch noch einen Gliderführerschein zu machen.

Zu ihrem Glück hatten sie sowohl den Zauberbogen als auch den magischen Stein bei sich. Denn als sie ankamen, fanden sie die Rampe verschlossen, wo sich Berge faulender Lebensmittel häuften, sodass ein Andocken unmöglich war. So beamten sie rüber und beließen den Glider im Stand-by-Modus im Orbit.

Edmond fanden sie bewusstlos geschlagen auf dem Küchenboden liegend, Elouise blätterte recht gleichgültig mit leerem Blick in ihren Illustrierten und das kleine Ungeheuer fauchte wie ein Tigerjunges als sich ihr die Fremden näherten.

Billy-Joe sah Arundelle stumm an, doch sein Blick sprach Bände. Beide nickten einander zu. Da war keine Zeit zu verlieren. Ehe es sich die kleine Familie versah, saß sie im Glider und wenig später im Stratosphärenkreuzer. Elvira hatte Schaum von dem Mund und konnte nicht ohne Zwangsjacke transportiert werden. Um die Passagiere nicht zu irritieren saß die kleine Reisegesellschaft im Notlazarett des Kreuzers. Von dort ging es dann direkt ins inseleigene Spezialhospital. Beide meinten ihre Enkel-Tochter dort am besten versorgen zu können. Einwände gab es keine. Von welcher Seite auch?

Schon während des Fluges durchlitt die arme kleine Elvira eine seltsame Verwandlung. Ihr Toben wurde schwächer und schwächer bis ihr Widerstand ganz erlahmte und sie nur noch so da saß mit leerem Blick.

„Nun ist sie umgepolt", meinte Arundelle lakonisch und wirkte beinahe ein wenig grausam auf ihren Mann, dem es schier das Herz brach, seine kleine Enkelin so schrecklich leiden zu sehen.

„Das ist ja nicht sie", beruhigte Arundelle: „Was da leidet ist der Dämon. Wirst sehen, hinterher kommt ein liebes Mädchen heraus, an dem wir unsere Freude haben ..."

Und so kam es dann auch.

Nicht nur Elvira erholte sich rasch und umfassend, auch Elouise kehrte aus ihrem depressiven Dämmer zurück. Am schwersten tat sich noch Edmond, denn der hatte die ganze Last getragen und konnte es noch nicht recht glauben, dass nun sein Alptraum endgültig vorüber war.

22. Aktion Wechselbalg

Wie sich herausstellte, war die Tragödie der kleinen Familie kein Einzelfall. Im logistischen Zentrum des **WFO**[xiv] hatte man sich zu wundern begonnen, ja Besorgnis kam auf, als es mit dem Nachschub aus den Weltraumgärten zu hapern begann. Irgend etwas störte die Abläufe empfindlich.

So riet Arundelle ihrer Freundin Judith, im Aufsichtsrat der SLOMES-Corporation, dringend auf den kritischen Stationen das Personal auszutauschen. Ganz besonders dort, wo kürzlich Kinder geboren worden waren. Und das war überraschend oft der Fall. Eine Maßnahme, die unmittelbare Erfolge nach sich zog, wie sich alsbald herausstellte.

Und doch hielten es die beiden Frauen nicht für ratsam, die Ursache der Störung an die große Glocke zu hängen. Sie wollten keine Panik hervorrufen. Die Pandemien verbreiteten schon genug überzogene oder gar falsche Aufregung. Und völlig gesunde Kinder abzutreiben *(was nur allzu nahe lag),* war ja keineswegs im Sinne der neuen Humanität.

‚Aktion Wechselbalg' blieb unter Verschluss. Vielleicht eines Tages, wenn die Menschheit reif geworden war und selbst in den Kampf eintrat, der da im Geheimen gefochten wurde, dass dann vielleicht...

Doch das stand - wie so vieles – in den Sternen.

*

Elouise erholte sich um so schneller, als Elvira runter kam von ihrer patzigen Art. Und das schaffte sie, weil sie angenommen wurde. Dabei hatte sie mit Gleichaltrigen überhaupt keine Erfahrung. Sie wusste nicht so recht, was spielen war. Oben im Weltraum hatte niemand richtig gespielt. Die Erwachsenen nicht, weil sie nur mit ihr spielten. - Und nicht etwa, weil sie daran ein eigenes Interesse hatten. Und mit den Tieren spielte es sich eben doch noch mal ganz anders. Außerdem hatte sie zu ihnen ein recht befremdliches Verhältnis gehabt. Das stammte von dem Dämon, der sie nun verlassen hatte. Denn das bedeutete die Umpolung.

Aus dem Ungeist wurde Geist. Und das machte sich sofort bemerkbar. Es war, als würden die Eigenschaften ausgetauscht. Sie selbst versetzte sich damit am meisten in Erstaunen. Sie entdeckte sich gleichsam neu und war völlig perplex, wie freundlich und aufgeschlossen sie doch sein konnte.

Üben musste sie freilich tüchtig. Der Mensch erbt ja nichts von selbst, sondern muss sich all das erst erwerben, was von seinen Eltern und Ahnen auf ihn kommt. Fünf Jahre Einsamkeit erledigten sich nicht an einem Tag. Auch nicht in einem Monat und noch nicht einmal vollständig in einem Jahr. Da brauchte es viel Verständnis und noch mehr Geduld. Doch die brachten alle gerne auf, weil es sich lohnte, dem guten Geist aufzuhelfen, der da ins Leben drängte.

Nicht nur Elouise, auch Elvira hatte Mynona und Sam beerbt, was die Sublimation anging. Vielleicht war sie nicht ein ganz großes Talent. Doch sie besaß Aura, davon konnten sich all die überzeugen, denen die andere Art zu sehen gegeben war. Und im richtigen Zirkel würde sie ihren Weg finden, davon war Tibor, der alte Dekan der Sublimatioren, fest überzeugt.

Sie war ja noch so jung. Sie konnte sich ruhig Zeit lassen mit dem Grundkurs und erst einmal die Allgemeinbildung aufholen. Draußen im All gab es so vieles nicht. Das bemerkten die Erwachsenen vielleicht gar nicht. So ein Kind aber kannte die Welt ja nicht anders und hielt das, was es umgab, für die ganze Wirklichkeit und für das Normalste von der Welt.

Und vielleicht sah es in den Metropolen wirklich kaum anders aus. Denn auch auf der Weltraum-Garteninsel patrouillierten ja die Laptops umeinander und schauten überall nach dem Rechten. Nicht anders als in den Citys. Und Menschen ´sah man dort auch recht wenige. Wenn welche unterwegs waren, dann steckten sie unsichtbar in Sänften oder Glidern. Von Tieren ganz zu schweigen, die bekam man dort überhaupt nicht zu Gesicht. Obwohl es inzwischen Tendenzen gab, diesem Übel abzuhelfen.

Ja, illusionslose Kritiker der modernen Lebensweise behaupteten sogar, die Wechselbälger hätten es draußen besser gehabt als ihre Altersgenossen in den Metropolen. Immerhin übten sie sich im Umgang mit Tieren und im unmittelbaren Austausch mit allerlei Pflanzenwuchs. Die Schule und die Klassenkameraden aber hatten ihnen die Stadtkinder dennoch voraus. Außerdem übersah eine solche Sicht auf die Dinge, die alle verschattende Tatsache der Ungeister, von denen die armen Weltraumwürmer besessen gewesen waren.

Es war ein großes Glück für die Wechselbälger, dass sich ihr Wesen austauschte, sobald sie die Erde berührten. Sie kannten sich mit ihresgleichen aber deshalb nicht gleich besser aus. Auch sie mussten lernen, mit Gleichaltrigen zurecht zu kommen. Und da war es schon wichtig, dass sie einen akzeptablen Status erhielten und nicht gleich aus dem Rahmen fielen.

Denn Stadtkinder waren ja deshalb keine Engel, weil sie zusammen mit ihresgleichen aufwuchsen. Im Gegenteil.

So gab es gar Stimmen im himmlischen Aufsichtsrat der Aktion Wechselbalg, die vom geistlichen Totalaustausch wenig hielten, da er die Weltraum-Kinder zu schwach und anfällig im täglichen Behauptungskampf mache.

„Auf die gesunde Mischung kommt es an“ – behauptete *Südmichel*, der ausgerechnet auf Empfehlung des *Advisors* und aus gutem Grund in dem Gremium saß. Außerdem gehörten der Kommission der vergleichsweise frisch ordinierte Hans Henny Henne an, sowie *Anonymus*, sein Freund und Weggefährte aus alter Zeit. Alles doch eher Experten in Sachen Erdenleben, die mit den irdischen Umständen aufs Intimste vertraut waren.

‚Aktion Wechselbalg‘ gehörte zu den prestigeträchtigen Maßnahmen, die aufgrund der neuen Gesetze auf den Weg gebracht worden waren. Da wurde endlich auch einmal Tacheles geredet, meinten die rückhaltlosen Befürworter. Während die Skeptiker von überhastetem Aktionismus sprachen. Doch die fanden sowieso das ganze Gesetzespaket unausgereift und schon im Ansatz verfehlt.

Zwar leitete sie keineswegs das Mitleid mit den armen verbannten und ihrer Heimat beraubten Kreaturen der Finsternis, doch sie bezweifelten, ob die radikale Verleugnung das Problem lösen konnte. Für sie waren die Befürworter idealistische Traumtänzer, die der Realität nicht ins Auge zu schauen vermochten. Und die nach dem Motto – „aus dem Auge, aus dem Sinn“ – vor sich hin wurstelten.

Der *Advisor* führte – wie nicht anders zu erwarten war - diese Fraktion an, während *Südmichel* für sich den festen Boden der nackten Tatsachen in Anspruch nahm und damit die ehemaligen Erdenbürger auf seiner Seite wusste.

Des *Advisors* Anhang speiste sich aus den Erzengeln und einigen unbedeutenderen Heiligen, deren Manko allesamt ganz ohne Zweifel die Abgehobenheit war. Denn seit abertausend Jahren himmelten sie nun schon ums himmlische Zentrum herum, ohne auch nur eine Fußspitze auf die Erde zu setzen. Deshalb war *Anonymus* ja überhaupt erst zur Kaiserwürde gekommen. Die an sich sonst ja überhaupt keinen Sinn ergeben hätte. Da gab es ganz andere Aspiranten auf diese enorme Würde.

Malicius Marduk war schon ein rechter Tunichtgut gewesen, darüber musste man nicht streiten. Doch dann kam das große ABER. Wer nie auf Erden sein Wesen zu verwirklichen suchte, der wusste es eben nicht besser. Nicht alles war falsch, was sich Malicius Marduk hatte einfallen lassen, um ein wenig Spaß zu haben und sich ein Leben zu erfüllen. - Denn ein erfülltes Leben war es ja wohl, was den Sinn des Ganzen hienieden ausmachte. Mit einem plausibleren Sinn konnte und mochte der *Advisor* nicht aufwarten, obwohl er den natürlich als Trumpfkarte im Ärmel verbarg - der alte Falschspieler. – Das wähnte jedenfalls *Südmichel* – und es gab durchaus gute Gründe dafür, anzunehmen, dass er recht hatte.

Es war doch immer wieder erstaunlich, was sich Malicius Marduk alles einfallen ließ. Dahinter steckte schon auch ein enormes Potential an Kreativität – widerwillig und zähneknirschend musste dies das Gremium doch anerkennen. Zumal die Idealisten, die an der Teufelei nicht ein gutes Haar lassen durften, dem auch nur ein Hauch von Sinn oder gar Schaffensfreude und Schöpferkraft anhaftete.

Und nun also dieser brillante Einfall. Wäre der *Advisor (genauer – das Gesetz-Kontroll-Organ, dem er federführend vorsaß)* nicht sofort auf die nicht weniger geniale Gegenstrategie mit den Wechselbälgern[xv] verfallen, wer weiß, was noch alles passiert wäre.

Und doch erwies sich das Aufspüren all der versteckten Hinterlassenschaften der geilen Dämonen als äußerst schwierig. Zumal als die den Braten rochen und sich richtig verschanzten. Etwa indem sie die Eltern auf Marsmission zwangen. Was diese natürlich nie zugaben. Für die Kommandozentrale waren das ohne Frage alles Freiwillige. Im Gegenteil, das OKdM[xvi] freute sich über solch gediegene Besatzungen. Erfahrungsgemäß fuhr man mit richtigen Ehepaaren um Längen besser als mit zusammengewürfelten Singles auf diesen jahrelangen Reisen.

An die kam das Überwachungsgremium mithin nicht heran. Da die werdenden Mütter ihren Zustand bei der Abreise verschwiegen, und viele tatsächlich auch noch gar nicht schwanger waren, kam das ‚Gesetz-Kontroll-Organ' –kurz GKO[xvii] – den Dämonen nicht gleich drauf. Und als das GKO gewahr wurde, was geschah, war es bereits zu spät. Aus der Marsmission gab es kein Aussteigen. Schon gar nicht während des Fluges, in dem die Astronauten über lange Strecken ins künstliche Koma versetzt wurden. Für die Geburt wurden die Mütter selbstverständlich aufgeweckt.

Der Mars zählte nach dem Gesetz nicht zur Erde, sondern wurde der intergalaktischen Sphäre zugeschlagen, weil es dort weder eine rechte eigene Natur noch auch eine nennenswerte Kultur gab. Die Importe fielen anscheinend nicht ins Gewicht.

Die intergalaktische Sphäre war ausdrücklich frei gegeben, denn darin ereignete sich ja der Fall ins Bodenlose, dem sich die dämonische Heerschar zu unterziehen hatte. Eben das war die Strafe für das unbotmäßige Auftreten in der falschen Zeit und die nachträgliche Manipulation am Zeitstrahl.

„Da fängt es doch schon an“ – powerte *Südmichel* „die werden für etwas bestraft, wofür die gar nichts können. Das hätte man doch merken müssen.“ Ob das so ganz stimmte? *Südmichel* nahm es mit der Wahrheit selber nicht genau.

Am liebsten hätte der *Advisor* in dieser Sitzung alles hingeschmissen, den Vorsitz schon gar und ihn *Südmichel* überlassen. Doch dann stellte er sich vor, wie der herumfuhrwerkte, und er biss die Zähne zusammen und hielt durch.

Nicht auszudenken, wenn diese Wechselbälger ungewechselt heranwuchsen. Da hätte man ja wieder eine richtige fünfte Kolonne und könnte sich auf allerlei gefasst machen. Gerade jetzt, in dieser kritischen Zeit, wo die Menschheit sich aufmachte, den Weltraum zu erobern. Da konnte man keine Piratennester auf irgendwelchen versteckten Inseln gebrauchen. Es gab so schon Probleme genug. Denn auch die Marsmission war alles andere als sicher.

Nun, da es zu spät war, begriff das GKO *(international auch LCT = Law Control Treaty genannt)* wo der Schuh drückte. Zunächst führte dies zu erbitterten Flügelkämpfen, die aber nichts brachten, da man in der Sache nicht weiterkam.

Die kleinen Monster terrorisierten ihre armen Eltern weiter ungebremst und außerhalb jeder Kontrolle. Dabei vermieden sie geschickt jede Form von Havarie ihrer Transportschiffe, denn dies hätte zum Abbruch der Mission geführt und das war ja äußerst unerwünscht. Es galt für die dämonisierten Kinder möglichst unkontrolliert heranzureifen.

Irgendwann einmal, wenn des Teufels Legion dann stand, käme auch die Zeit des Zuschlagens. Doch bis dahin hieß es Zähne zusammenbeißen und durchhalten, auch wenn es schwerfiel. Das bedeutete für die Eltern jedoch kaum Entlastung, die unter der

Gefühlskälte und den kleinen alltäglichen Boshaftigkeiten ihres Nachwuchses doch sehr zu leiden hatten.

Ziel von Malicius Marduk war es, möglichst vielen der durch das Nichts trudelnden Miserioren auf diese Weise wieder Boden unter den Füßen zu verschaffen. Dabei riskierte er freilich, diese ganz zu verlieren. Denn sobald eines der kleinen Monster mit der Erde in Berührung kam, wurde es umgepolt und damit seiner dämonischen Identität beraubt. Es wurde zum frommen Engelchen. All seine Bosheit wandelte sich in Güte. Und damit war es bis in alle Ewigkeit der Hölle entronnen.

Hätten die Miserioren schon auch nur erst einmal gewusst, was für ein goldener Äon ihrer da harrte, sie wären alle mit fliegenden Fahnen übergelaufen, um in der holden, himmlischen Glückseligkeit zu schwimmen. Um sich mit eben der Lust zu tummeln wie es Tümmler im lauen Golfstrom tun. Wo sie die ziehenden Schiffe umschmeicheln, vor dem scharfen Bug mit unglaublicher Sicherheit dahin kreuzen, ohne sich doch weh zu tun.

Aber die Miserioren wussten ja nicht, was ihrer auf Erden harrte. So galt ihnen das Aufgefangenwerden durch ihren Meister schon als das höchste der Gefühle und als lebensrettende Tat.

Vergeblich sannen die GKO-ler in ihrer himmlischen Abgehobenheit, wie sie wenigstens erst einmal überhaupt in Kontakt treten könnten. Da wusste nicht einmal der *Advisor* Rat und sogar *Südmichel* warf das Handtuch. Von den Erzengeln ganz zu schweigen. Die konnten nur mit ihren Feuerschwertern wild herum fuchteln an den Eingängen zum Paradies. Doch das war's dann auch. Vor lauter Unbestechlichkeit sahen sie im Wald die Bäume nicht mehr oder im Ozean des Bösen die blinkenden Krümel der Güte.

Ja, die himmlische Ordnung schrie nachgerade nach dringenden Reformen. Nur wie ansetzen?

„Wir sind da leider abhängig von dem, was sich unten tut. Seit der letzten großen Revision sind wir zu einem gesamtökologischen Betriebssystem zusammen gebunden. Womöglich wurde da etwas nicht richtig bedacht, oder aber lief die Entwicklung später aus dem Ruder. Jedenfalls gilt, wenn die das da unten nicht schaffen, dann sehen wir hier oben alt aus.“ – Der *Advisor* schnieft nachdenklich doch hörbar, was alle GKO-ler aufmerken ließ. Der weinte doch nicht etwa um die arme Menschheit?

Südmichel grinste sich eins, aber unauffällig. Er wollte keine unnötigen Emotionen gegen sich schüren. Die Erzengel standen sowieso nur mit stoischen Gesichter da und stützen sich auf ihre

Flammenschwerter. Mechanisch wedelten sie sich Luft zu mit ihren breiten Schwingen. Die Schwerter strahlten ganz schön Hitze ab. Das war hier oben in der wohltemperierten Umgebung eher lästig.

Es zog sie nach draußen, wo der kalte Höllenwind vorbeifegte und wo man die Miserioren purzeln sah. Das war ein recht possierlicher Anblick. Endlich bekamen die das Grauen auch einmal am eigenen Leib zu spüren, das sie so verschwenderisch auszuteilen verstanden.

Erzengel hatten es nicht so mit der Gedankentiefe. Denken war nicht ihr Beruf. Mit ihnen verhielt es sich ein wenig so wie mit den Gliedmaßen von uns Menschen, die ja auch nicht selbständig denken oder handeln, sondern auf die Führung durch das Gehirn angewiesen sind.

Trotz seiner Eingeschränktheit also vermochte es Malicius Marduk noch immer, seine Miserioren von allen anderen Einflüssen fern zu halten. Auch im freien Fall gehorchten sie nur auf sein Kommando und himmlische Stimmen drangen nicht zu ihnen durch. Da konnten die himmlischen Chöre noch so laut schmettern. Gar mit Zimbeln, Harfen und Posaunen zum großen Gnadenfest bitten.

Malicius Marduk verstand es den Seinen klar zu machen, dass sie die Verdammten waren, die Desperados und Outlaws und es gelang ihm, ihren Stolz zu wecken. Solch ein Außenseitertum gab denn doch auch eine gewisse Identität und die war recht haltbar, wie sich zeigte. Selbst noch in diesem äußerst unangenehmen Trudeln durch das unendliche Nichts, wo nun ein jeder Miserior ganz ohne allen Zweifel mit sich alleine war und an der Einsamkeit bitterlich nagte, hielt die Klammer des verinnerlichten Wesens:

„Salve Caesar - die Gottverdammten grüßen dich" – so schallte es um einiges lauter zurück, sodass die himmlischen Chöre sich vor Schreck verbliesen. Und drang vielleicht doch einmal ein Tönchen durch, dass den einen oder andern Miserior aufhorchen ließ, dann drehte Malicius Marduk die Bässe voll auf und ließ das höllische Heavy Metal Inferno aufröhren, dass es in der Bauchdecke vibrierte und einem die Ohren wegflogen, soweit sie denn überhaupt noch vonnöten waren. So direkt ging es hier inzwischen doch auch schon wieder zu. Da unterschieden sich die Sphären weniger, als man hätte annehmen können.

Diese Entwicklung hatte man im Himmel glatt verschlafen. Von Verstärkern, von elektronischer Musik, von Synthesizern und dergleichen, - nicht einmal von Lichtorgeln verstand man etwas, die doch eigentlich zum himmlischen Kerngeschäft zu rechnen gewesen wären.

Seit sich der Blues vom Gospel abgespalten hatte, liefen die Entwicklungsstränge auseinander. Und je länger, um so krasser, jedenfalls, was die Seite des Blues anging. Kampflos wurde er als Teufelsmusik dem Mainstream einer negativen Entsublimierung aller Scheußlichkeiten der befreiten Gesellschaft überlassen. Er saugte sich alle Übel des Sucht- und Drogengebarens ein, und hielt sich an Perversionen und sadistische Quälereien und an Ausbeutung jeder Art. Er war da selbstverständlich überhaupt kein Blues mehr, nicht einmal mehr der brave Rock n' Roll in seiner Anfangsphase oder der Cannabisgeschwängerte Reggae, mit dem ein letzter Versuch scheiterte, die Wege des Herrn noch einmal zu kreuzen.

Die GKO-Kommission also tat sich schwer, den Herausforderungen der trudelnden Miserioren zu begegnen, die in ihrer Verzweiflung nach jedem Strohhalm griffen, der sich ihnen bot. Und da war Malicius Marduk auf den Handel mit Ungeborenen gekommen.

Die Prozedur war an sich recht einfach. Es galt, sich unbemerkt in die Intimität zweier Liebender einzuklinken, und schon war man als Miserior wieder im Geschäft.

Nur festen Erdboden durfte man nun nicht mehr betreten oder betreten lassen, denn das hätte das endgültige Aus bedeutet.

Um das zu vermeiden, galt als geboten, sich Zügel anzulegen und die Sau nicht vor der Zeit rauszulassen, oder auch den inneren Schweinehund und was dergleichen Metaphern waren. Hielt man sich halbwegs ruhig, dann wuchs man mit dem Menschenkind heran. Und man konnte ausgewachsen dann zu den Legionen des Teufels stoßen, wie sie sich auf verschwiegenen Weltrauminseln, ausgedienten Raumstationen und kleinen Satrapen oder Monden in Ausbildungslagern versammelten.

Die Spione der GKO-Kommission durchstreiften die Galaxien, jetzt, wo der Himmel Wind davon bekommen hatten. Sie entdeckten das eine oder andere Lager, das dann auf einer Himmelskarte eingezeichnet wurde.

Zunächst handelte es sich um einzelne Pünktchen. Doch mit den Jahren wuchs die Menge sich zu besorgniserregenden Flecken aus. Und laut Gesetz ließ sich dagegen nichts machen, da diese Machenschaften am Rande der Legalität stattfanden, ohne deshalb gleich gesetzeskonform zu sein.

Der Kommissionsvorsitzende war ratlos. Im Gremium selbst durfte er auf kein Verständnis hoffen. Die Opposition um *Südmichel* sägte weiter an seinem Stuhl und hätte ihn lieber heute als morgen in die Wüste geschickt. Doch da er gehalten war, auszuharren, ließ er sich nicht beirren und blieb auf seinem Posten. Böse Zungen hätten wohl gesagt, er klebte an seinem Stuhl.

So wandte sich der *Advisor* - vielleicht zu ersten Mal - an jemanden von der Erde, der noch nicht von dort aufgefahren war, sondern tapfer die Stellung hielt. Und wer wäre ihm da lieber gewesen als Arundelle, seine langjährige Gefährtin auf dem Weg des Heils, den er - trotz allem - noch immer vor sich sah.

Sein Optimismus nahm denn auch bereits zwanghafte Züge an, fand jedenfalls die Opposition in der GKO-Kommission, allen voran *Südmichel*. Denn der hatte seine Schlappe von damals nicht verwunden, falls es denn überhaupt eine Schlappe gewesen war. So war die Aussöhnung der beiden nur zum Schein erfolgt, jedenfalls aus seiner Sicht. Denn der *Advisor* war sich wie immer keiner Schuld bewusst.

23. Die GKO-Kommission

Selbstverständlich zogen *Südmichel* und der *Advisor* an einem Strang. Sie saßen ja in der gleichen Kommission. So konnte es gar nicht anders sein. Doch sie hatten andere Vorstellungen, wenn es um die Schlussfolgerungen ging. *Südmichel* beharrte auf seinem *Durchblick* und der *Advisor* auf seinem *Überblick*. Jeder behauptete nun - mehr als der andere zu sehen. - Genauer als der andere zu erkennen - und besser als der andere -agieren, beziehungsweise reagieren zu können.

Ganz klar – hier war Vermittlung gefragt. Ob Arundelle da die Richtige war? War sie nicht vielmehr der Brückenkopf des Advisors hier drüben? Und besaß sie auch *Südmichels* Vertrauen? Sie vielleicht nicht so ganz, aber ihr Freund Tibor besaß es immerhin. Und da Arundelle und Tibor ein enges freundschaftliches Verhältnis verband, und sie meilenweit von den Streitereien um des Kaisers Bart, wie sie *Südmichel* und der *Advisor* ausfochten, entfernt waren, eigneten sie sich hervorragen für die beratende Rolle, die ihnen nun ganz offensichtlich von oben zugedacht war.

Beide besaßen zudem einschlägige Erfahrungen. Emasus war zwar nicht von einem der trudelnden Miserioren heimgesucht worden, doch sein Trollgebaren stand einer solchen Heimsuchung nicht viel nach, das ihn seinerzeit in den Untergrund trieb.

Arundelle hingegen war unmittelbar betroffen. Elvira war ihr Enkelchen und sie dankte ihrer Intuition inbrünstig, dass diese sie dazu veranlasste, Elvira samt ihren armen geplagten Eltern auf den Erdboden herunter zu holen.

- Was – dank Umpolung - aus so einem Miserior alles werden konnte! Zumal ja nun auch solche Wesenszüge wieder zur Geltung kamen, die zuvor gleichsam genetisch überlagert worden waren. Da traf sich so manches, was zusammen gehörte und zusammen sein wollte.

Elvira war wirklich ein reizendes, aufmerksames und lernbegieriges Kind, das sich viel Mühe gab, sich anzufreunden und das sich dabei seiner Defizite durchaus bewusst war. So verspürte sie zwar noch immer den starken Drang, vor allem mit Erwachsenen zusammen zu sein, doch mied sie die Gruppen Gleichaltriger auch nicht mehr wie zu Anfang, als die Umpolung noch völlig neu und überraschend gleichsam über sie hereingebrochen war.

Besonders zu Arundelle unterhielt Elvira ein inniges, liebevolles Verhältnis, da diese ja die garstigen Eskapaden draußen im Weltall unter Miserioreneinfluss nicht mitbekommen hatte und von daher völlig neutral mit ihrer Enkelin umging. Während die Eltern noch immer an dem Schock würgten und nicht aufhören konnten sich zu fragen, wie sie das tückische Geschöpf, das ihr eigen Fleisch und Blut war, solange ertragen hatten.

Da nun Umpolung bisher als das alleinige Allheilmittel gegen diesen neuerlichen Miseriorenbefall darzustellen schien, hielt es der *Advisor* für angebracht, hier mit dem Hebel anzusetzen, während *Südmichel* sich auf der Suche nach gänzlich neuen Wegen wusste, was angesichts der schnell anwachsenden höllischen Legionen durchaus angebracht schien.

Immerhin, so meinte er, musste man es wohl schon für einen Lichtblick halten, dass der letzte Kampf definitiv nicht auf der Erde stattfinden würde. Das sei ja nun schon einmal etwas.

Solch eine apodiktische Aussage verdutzte den *Advisor* denn doch sehr. ‚Wie der verehrte Kollege denn auf so was komme', wollte er in süffisantem Tonfall wissen.

Südmichel freute sich wie ein Schneekönig, wie ihm der *Advisor* da auf den Leim ging. So ließ er ihn nur zu gerne seine Gründe wissen, was den *Advisor* ganz schön in Verlegenheit brachte. Es zeige sich wieder einmal wie so ein Durchblick denn doch seine Vorteile gegenüber der Übersicht habe.

Die letzte Schlacht würde sich also in intergalaktischen Sphären ereignen müssen. Falls es nicht gelang, zuvor doch noch den Umweg über die Erde zu bewerkstelligen, wo es zwangsläufig zu einer Umpolung käme, womit sich das Problem erledigte. Ohne Legionen keinen Krieg ums große Ganze. So einfach war das.

Ja, da ärgerte sich der *Advisor*. Da hätte er auch selbst drauf kommen können. Vielleicht saß er doch allzu stolz auf dem hohen Ross mit seinem Überblick. Wie schnell konnte es da passieren, dass man den Durchblick bitter vermisste, wie man ja nun wieder einmal sehen konnte.

Immerhin war er soweit, Fehler zugeben zu können. Vor allem solche Fehler, die gar nicht hätten passieren dürfen. Als oberster Gesetzeshüter musste er sich doch auskennen mit dem Gesetz. Wie konnte er federführend etwas hüten, das er nicht durch und durch erfasste und begriff?

Die Umpolung bildete nun einmal das Herzstück der Gesetzesnovelle. Mit ihr fiel und stand die ganze Gesetzesreform. Ohne jeden Zweifel war es zur Geltung und zum Schutz für die Erde abgefasst worden. Und da es nun richtig zu wirken begann, mussten die Gesetzeshüter begreifen, welche Konsequenzen sich daraus für das Universum ergaben.

Niemand im Himmel hatte mit der höllischen Findigkeit gerechnet. Dabei hätte eigentlich klar sein müssen, dass diese Purzelei ins Leere nicht endlos so weiter gehen konnte.

Der Konflikt war nur ausgelagert worden. Und nun, nachdem dies doch für eine recht lange Zeit - gemessen am irdischen Zeitverständnis - geschehen war, schien eine Evaluation doch angemessen. Stand der Aufwand für den Erfolg? Herrschte auf der Erde nun wieder das Paradies, oder war wenigstens der Weg dorthin eingeschlagen?

Das waren die Fragen, mit denen der *Advisor* schwanger ging und auf die er keine Antwort wusste. Da waren nun andere gefragt, die ihr Ohr näher am Puls der irdischen Wirklichkeit hatten.

Nun war Arundelle zweifellos Nutznießerin des Gesetzes, insofern ihre Enkeltochter durch das Gesetz gerettet worden war, wenn auch mit Mühe und erst nach Jahren der zermürbenden Heimsuchung durch einen Dämon.

Trotzdem oder gerade deswegen musste sie den *Advisor* bitter enttäuschen, hatte der doch auf einhellige Zustimmung gehofft. Selbstverständlich sah Arundelle klar den Vorteil des Gesetzes für sich und ihre Familie. Ohne das Gesetz wäre die kleine Familie im Unglück versunken. Ihre Leben wären zerstört worden, sie hätten vergebens gelebt und wären als gescheiterte Existenzen verbittert und enttäuscht und ohne Glück dem Ende zugetrudelt, kaum anders als die Miserioren auf ihrem desolaten Fall durch das Nichts.

So weit - so schlecht. Nahm man jedoch eine etwas weitere Perspektive an, und das war ja recht eigentlich die Perspektive des *Advisors*, dann sah die Sache schon anders aus. Nur weil nun niemand mehr Genuss aus Leid, Not und Tod zog, war die Welt kaum besser geworden. Zumal nicht unter der Knute der Pandemien und deren Folgen für den Geisteszustand der Menschheit. Widerwillig musste sich der *Advisor* zu solch herber Sicht bequemen.

Ohne die Bosheit waren die Menschen auch nicht geschickter im Umgang mit einander, mit der Natur und mit ihren Lebensumständen.

So glasklar und illusionslos schilderte Arundelle ihm die realistische Sicht der Dinge, dass ihm grad Hören und Sehen verging. Schlimmer hätte selbst *Südmichel* ihm die Leviten nicht lesen können.

Ja, die Wahrheit tat weh. So sah und spürte er am eigenen Geiste einmal *(einen richtigen Leib besaß er ja nicht)*, wie es war, richtig in der Welt, die er zu verantworten hatte, zu leben.

„Nun ja, gegen eine solche Heimsuchung lässt sich doch was machen. Ihr habt bestimmt längst Gegenmaßnahmen ergriffen und seit auf eine annehmbare Lösung gekommen" – merkte er recht kleinlaut an. Arundelle musste ihm zustimmen, wenn auch widerwillig.

„Das heißt gar nichts, um der Pandemie wirklich zu entrinnen, muss die ganze Menschheit ihre Lebensweise von Grund auf verändern und das geht nicht von Heute auf Morgen. Mit den Spätfolgen werden sich noch die Kindeskinder unserer Enkel herumschlagen. Und das ist nur eines unserer Probleme. Jetzt wo wir uns der Unsterblichkeit immer mehr annähern, merken wir doch erst, wie schwierig so ein erfülltes Leben in Wirklichkeit ist. Da ist das Scheitern eher die Regel denn die Ausnahme. Und so könnte ich dir noch mancherlei aufzählen. Das Schlimmste und Gemeinste an deinem Gesetz aber ist, dass es uns indirekt verbietet, den Weltraum zu erschließen. Das, so fürchte ich, ist das größte Problem dieses Gesetzes. Von daher würden wir es fast begrüßen, wenn der alte

Zustand wieder gälte. Vielleicht mit ein paar mehr Tricks und Kniffen, wie wir uns besser wappnen können, aber sonst..."

Arundelle verfiel in unbehagliches Schweigen. Sie war selbst entsetzt über ihre Worte und der *Advisor* tat ihr fast leid, so betroffen wie der dreinschaute. Aber zurücknehmen mochte sie das Gesagte auch nicht.

Da *Südmichel* von Tibor ganz ähnliche Nachricht erhielt, dem diese in der ganzen Ungeschminktheit auch nicht gerade gefiel, saßen die Streithähne unversehens in einem Boot. Und mit ihnen saßen darin all die Erzengel und Heiligen im jeweiligen Gefolge. Nun war guter Rat teuer. Was sollte man mit einem solchen Gesetz anfangen, das sich als völlig unausgereift und unausgewogen erwies?

Durfte man es einfach so abschaffen? Was hieße das dann wieder konkret für die Menschheit? Würden die teuflischen Mächte dann nicht mit doppelter Wut zuschlagen und bittere Rache für die erlittene Schmach nehmen?

Da half alles nichts. Für mehr als für eine moderate Novellierung der Gesetzesnovelle war kein Raum. Diese müsste sowohl den Problemen der Raumfahrt Rechnung tragen, wie einer limitierten Daseinsberechtigung finsterer Mächte.

Eine butterweiche windige nach allen Seiten hin dehnbare Formulierung musste her, die niemandem ganz recht gab und zugleich niemanden völlig ins Unrecht setzte. Fürwahr eine Aufgabe für Juristen und Staatsrechtler, von denen es doch wenigstens einige in die himmlischen Sphären geschafft hatten, nur leider die meisten nicht zeitnah genug, sodass ihre Kenntnisse inzwischen zumeist die reine Makulatur waren.

Immerhin ließ sich mit ihnen ein neues Gremium beschicken und die alte GKO-Kommission konnte erst einmal in die Ferien, bis eine entsprechende Formulierung stand.

Zwischenzeitlich, so hieß es, gälte das alte Gesetz weiter, soweit es mit der Novelle nicht in diametralen Konflikt gerate, was womöglich als ‚worst case'[xviii] anzunehmen sei, ohne freilich deswegen etwa die grundgesetzlichen Regelungen, - *wie sie im intergalaktischen Verkehr zum Tragen kommen* -, tangieren zu dürfen. Mit solchen Formulierungen war dann alle Klarheit beseitigt, worauf sich alle beteiligten Konfliktparteien - *wenn auch nicht uneingeschränkt* - verlassen konnten.

„Am besten, wir kehren zu der Entscheidungsfindung von Fall zu Fall zurück. Dann müssen wir zwar die finstere Seite ein Stück weit gewähren lassen, können aber doch auf die hässlichsten

Auswüchse abschwächend einwirken“ – ließ der *Advisor* seinen Oppositionsführer in der GKO-Kommission bei deren Abschlusssitzung wissen. *Südmichel* war grundsätzlich mit der darin angedeuteten Zweideutigkeit einverstanden, wenn er auch mit der Formulierung an sich so seine Bauchschmerzen bekam. Doch die wolle er sich dann schon gerecht mit dem *Advisor* teilen, wenn es dann soweit war. Vielleicht gab es dann auch wieder den einen oder andern Anlass, miteinander die Kräfte zu messen.

Dergleichen grundsätzliche Weichenstellungen wurden der Menschheit selbstverständlich nicht eins zu eins übermittelt. Das hätte diese niemals verkraftet, schon gar nicht derart frontal und global. Einzelne wurde herausgepickt. Ihnen lüftete sich ein Zipfel des universellen Geheimwissens und der himmlischen Gesetzeslage, so unverständlich oder doch schwer verständlich sie auch war.

Der *Advisor* entdeckte sich Arundelle und *Südmichel* entdeckte sich Tibor. Und es war nun an den Beiden, die empfangenen Botschaften aufeinander abzustimmen und in eine vernünftige Beziehung zu setzen. Was sich als nicht ohne weiteres machbar erwies. So suchte Arundelle den *Advisor* nun in der Folge wieder regelmäßig auf. Und auch *Südmichel* hielt sich weniger bedeckt, wenn Tibor ihn zu fassen bekam, was nach wie vor selten genug aber doch wenigstens regelmäßig der Fall war.

Solch eine Entwicklung erwies sich nun nicht gerade als eine vertrauensbildende Maßnahme - was die himmlische Weisheit anlangte.

Immerhin - so verstanden es beide -, stellte der Weltraum in dieser Beziehung auch kcinc größcrc Gcfahr mchr dar als das Erdenleben. Es galt letztlich überall das gleiche Gesetz. Es forderte dazu auf, das Böse möglichst nieder zu halten, ohne doch der Hybris[xix] zu verfallen und zu versuchen, es gleich auszumerzen. *(Das sei in der Tat ein Wahn, dem es an Grundlage mangle.)*

Übrig blieb von der Novelle, dass nun solche Straftäter mit einem besonderen Bann belegt wurden, die aus ihrer Frevelei Lustgewinn zogen. Doch darin unterschied sich die Gesetzeslage nun eigentlich nicht mehr wesentlich von den Verhältnissen vor der Novelle. Lustmörder und Sexualverbrecher galten auch damals schon als die Schlimmsten. Neu kam vielleicht jetzt hinzu, dass auch der Lustgewinn aus Herrschsucht, Betrug und Fälschung nun unter die nämliche Kategorie fiel und nicht mehr als Kavaliersdelikt behandelt wurde.

Diesen pragmatischen Ansatz übernahm die GKO-Kommission erst einmal, *(die sich nun aber doch nicht auflöste)*, von Arundelle und Tibor. Die Beiden kannten die Verhältnisse auf Erden. Sie waren Betroffene und sie konnten sich ausmalen, was passieren würde, wenn die Novelle ganz zurückgefahren wurde. Aber sie sahen auch die Ausbremsung für alle Weltraumallüren, wenn dies nicht geschah. Vor allem aber zweifelten sie an der Kraft der Menschheit, sich ohne die negative Lustkomponente mutig vorwärts zu bewegen. Nur wo der Lusttaumel der Machtvollkommenheit die Feldherrn anstachelte, wuchs das Heer über sich hinaus, und die Männer wurden zum Äußersten getrieben. So ein Blutrausch funktionierte eben nur richtig, wenn sich darin die Lust des Bösen verbarg. Im Zuge der Eroberungen die anstanden, war solcher Wagemut keinesfalls nur eine theoretische Erwägung. Wollte der Mensch den *Artefakten* überlegen bleiben, dann deshalb, weil ihm der Stachel solcher Lust im Herzen stach.

Das klang nun doch ein wenig theoretisch fand Arundelle. Tibor bezog sich auf seine blutrünstigen Ahnen, als er sich damit einbrachte. Die ja nun in der Tat Großes geleistet hatten, wenn auch der größte Teil dieser Größe darin bestand, Schneisen der Verwüstung zu ziehen und ihren Weg mit Leichen zu pflastern.

Vielleicht war ja auch das Pathos des Tötens und des Todes keine gering einzustufende Triebquelle des Bösen.

Arundelle wollte nicht so weit gehen. Für sie galt es als ausgemacht, dass die verbleibenden Quellen des Unheils in ihrer Wirkung nicht weniger tragisch waren. Deshalb war sie der Ansicht, dass der kleine Aufsatz an Lust dem großen Strom des Leids nichts Wesentliches hinzu zu fügen wusste.

Sie argumentierte ein wenig zu selbstlos, fand Tibor. Denn konnte sie sich denn ausmalen, was es für sie und ihre Familie bedeutet hätte, wenn Elvira eben nicht der Wechselbalg gewesen wäre, wenn sie nicht umgepolt worden wäre?

Arundelle meinte, als Tibor ihr dies vorhielt, sie grüble nun einmal nicht gerne über ungelegte Eier. Doch wenn sie dazu schon aufgefordert würde, dann nähme sie sicherlich all ihr Erfahrungswissen in Anspruch.

„Miserioren zu vertreiben, war uns jederzeit eine Herzensangelegenheit. Sicherlich immer risikobehaftet, aber doch oft auch recht erfolgreich, nicht wahr?"

Da konnte er nicht widersprechen. „Außerdem" fuhr Arundelle sogleich fort – „bleiben die Wechselbälger ja Wechselbälger. Sobald die einen Fuß auf die Erde setzen, werden sie umgepolt. Die satanischen Legionen draußen sind in ihrem Operationsradius mithin eingeschränkt. Sollte Malicius Marduk wirklich die Entscheidung suchen, dann muss er dies auf dem himmlischen ‚Feld der Ehre' tun. Dort muss er sich mit den Erzengeln herumschlagen und die haben noch ganz andere Mittel in petto, da kannst du sicher sein."

„So ist durch die Gesetzesnovelle letztlich doch etwas erreicht worden" – stimmte Tibor ihr zu.

„Genau" – rief Arundelle: „Bevor sich wieder alles in die himmlischen Nebel verflüchtigt und unerreichbar entfleucht, fände ich es gar nicht so schlecht, wenn es uns gelänge, die satanischen Legionen möglichst geschlossen in eine Falle zu locken. Wir müssten einen Weg finden, sie zu erden, ohne dass ihnen das bewusst wird. Denn ich glaube nicht, dass wir sie dazu bringen können, freiwillig die Seiten zu wechseln."

„Sag das nicht", gab Tibor zu Bedenken – „denk an *Anonymus* und die Macht der Liebe. Als der einsehen musste, dass das Leben ohne die Liebe nicht freut, lief er mit fliegenden Fahnen über. Heute ist er einer der treusten Anhänger des Himmels. Und das nicht nur, weil er diese glanzvoll Karriere hingelegt hat."

„Wenn die Erdung wirklich gelänge, dann wäre Malicius Marduk mit einem Schlag seine ganze Streitmacht los und stünde wieder am Anfang." Arundelle sah auf einmal eine ganz neue Perspektive: „Insofern kommt der Erde nun eine bedeutende Rolle zu, wenn es denn gelingt diese auszuüben."

„Was stellt ihr euch denn da so vor" – ließ sich der *Advisor* vernehmen, der anscheinend hellhörig geworden war. Jedenfalls schwcbtc cr unvcrschcns cin. Und auch *Südmichel* strccktc scin überdimensioniertes Zwergenhaupt aus dem Untergrund und stellte die Lauscher in die Wind.

Die Aussicht, den bittern Kelch des Krieges am Himmel vorbeischrammen zu sehen, beflügelte dann doch beide und brachte sie dazu, vorübergehend ihre Differenzen zu begraben.

„Nun, am sichersten würde es wohl sein, den Himmel auf die Erde herunter zu holen. Das täte der Erde sicher gut und die Entscheidungsschlacht wäre auch gewonnen, sobald sie auch nur beginnt. Die Frage ist natürlich, was das für Konsequenzen haben würde. Für den Himmel und natürlich vor allem für die Erde. Ist ja ein uralter Traum der Menschheit. Und die Frage ist natürlich, ob sie nun endlich reif dafür ist, dass sich dieser Traum erfüllt."

„Reife ist so eine Sache“, der *Advisor* wiegte bedenklich den Kopf und *Südmichel* nickte eifrig. „Klar sind sie reif. Jetzt, wo die Unsterblichkeit zum Greifen ist. Was muss denn noch alles passieren?“

„Nun ja, wie wär’s mit der Lebensweise, zum Beispiel, und dem ruinösen Umgang mit den natürlichen Ressourcen. Am Ziel sehe ich die noch nicht. Die Pandemie ist ja nicht vom Himmel gefallen. Die ist ganz klar hausgemacht, so leid es mir tut.“

„Und das ist nicht nur eine Metapher?“ – wollte Tibor wissen. „Den Himmel auf die Erde holen – und so...“

Südmichel und der *Advisor* sahen einander an, der eine grinste verschmitzt und der andere lächelte hold. „Gesetzlich geregelt ist da noch nichts“, meinte er dann. Was das bedeutete, das sahen sie ja jetzt bei der Rücknahmebemühung der unausgereiften Gesetzesnovelle mit der sich die GKO-Kommission herumschlug.

24. Hans Henny Hennes zweite Erdenfahrt

„Was wäre denn die andere Option“ – wollte der *Advisor* von Arundelle wissen: „Lassen wir den Himmel erst mal da, wo er ist.“ – fügte er ein wenig zu beiläufig hinzu.

„Nun ja, ich dachte ganz irdisch eher an Betrug und Hinterhalt.“ – stimmte ihm Arundelle zu. „Wir tun so, als sei die Erde nicht die Erde, sondern das himmlische Schlachtfeld. Und wenn die Legionen dann aufmarschieren, werden sie umgepolt. Das geht so schnell, so schnell kann kein Oberteufel reagieren.“

„Und wie soll das gehen?“

„Auf der Insel Weisheitszahn haben wir – genauer hat Hans Henny Henne einen Missweiser eingebaut, der dafür sorgt, dass die Position der Insel verschleiert wird und niemand sie dort erkennt, wo sie liegt. Es sollte – zumal mit himmlischem Beistand - nun gelingen, die ganze Erde wie eine Insel zu behandeln und sie auf eine andere Position zu verschieben, rein virtuell gesehen selbstverständlich. Dazu müsste Hans Henny Henne allerdings schon wieder zur Erde herumfahren, denn niemand kennt das Geheimnis des Antriebs seiner Verschlüsselungsmaschine.“

Der *Advisor* staunte. So konkret hatte er sich die Sache nicht gedacht. *Südmichel* war begeistert. Das Wühlen im Untergrund war seine Sache und in den Untergrund ginge es, das war klar. Auch auf der Insel Weisheitszahn gab es diesen versteckten Geheimstollen, den niemand betreten durfte. Darin summte das Geheimaggregat, das die Energie für den Schutzschirm erzeugte, der die Insel nicht nur unsichtbar machte, sondern auch von allen Radarschirmen verschwinden ließ.

Sollte dieser Lösung Erfolg beschieden sein, dann käme der *Advisor* aus der Bredouille, in die er mit der ersten Option gestolpert wäre. So hoffte er doch sehr, dass es Hans Henny Henne ein weiteres Mal gelingen würde, die Karre aus dem Dreck zu ziehen. Selbstverständlich mussten dann auch noch die Legionen der Finsternis in die Irre geführt werden. Erst einmal aber kam es darauf an, die Falle aufzubauen. Wie schämte er sich jetzt seiner kleinlichen Gefühle *Südmichel* gegenüber, der mit seiner pragmatischen Art nun ganz ohne Zweifel im Vorteil war.

Um den Himmel in die irdische Welt hinein zu entlassen, war es noch viel zu früh. Das sahen jetzt wohl alle ein. Zumal schon einmal einer vorgeprescht war, wenn auch im höchsten Auftrag. Schon damals erweckte dies den Eindruck eines sinnlosen Bauernopfers, auch wenn in der Folge viel Aufwand getrieben wurde, doch noch Sinn in das Opfer zu bringen. Es war mit der Menschheit nicht so recht voran gegangen. Sie bewegte sich im Schneckentempo, während die wohlmeinenden Geister sich vor Eile nicht lassen konnten. Dabei wurde die Kluft zwischen Anspruch und Wirklichkeit eher tiefer und größer, als dass sie abgenommen hätte.

So ein Bad in der Menge und sei sie auch noch so klein und ausgesucht, brachte einen denn doch voran, bestätigten sich der *Advisor* und *Südmichel* gegenseitig. Ihr kleines Gespräch fand am Rande statt. Arundelle hatte sie eingeladen, um die Genesung ihrer Enkeltochter gebührend zu feiern.

*

Hans Henny Henne fuhr zur Erde herab. Diesmal mit recht ordentlichem Getöse und auf einer Sternschnuppe. Er hatte sich das ausbedungen. Außerdem bestimmte er die Zeit selbst. Er umkreiste den Erdball einige Male und trug dabei einen roten Anzug und eine rote Zwergenmütze auf dem Kopf. Außerdem einen weißen Zwergenbart, der ihn nahezu unkenntlich machte. Aber darauf kam es ihm nicht an. Ob er erkannt würde, war ihm gleich.

Hinten in seiner Sternschnuppenchaise verbarg sich ein unendliches Füllhorn, aus dem er nach Belieben Geschenke zog und in die Schornsteine der Häuser warf, wo sie leider oftmals ansengten oder gar verbrannten. Wo es keine Schornsteine gab - und das war häufiger der Fall, als er sich vorgestellt hatte -, warf er die Geschenke eben auf den Dorfplatz oder sonst wohin in die Vorgärten vielleicht. Aber so von oben fand er es zünftig. Er erfüllte sich damit einen Kindheitstraum, was vor allem ihn selber glücklich machte.

Schließlich landete er an der strategisch günstigen Stelle unweit der Insel Weisheitszahn. Dort herrschte zu Weihnachten ja Sommer und angenehme Temperaturen. Außerdem stand *Südmichel* mit den Zwergen bereit, ohne die es nicht ging. Denn diesmal mussten die sich selbst übertreffen, galt es doch den tiefsten und breitesten Tunnel anzulegen, den die Welt je gesehen hatte.

Hans Henny Henne machte sich derweil an die Konstruktion heran. Die SLOMES-Werke stellten ihm dazu eigens ein Zweigwerk in der Nähe zur Verfügung. Seine langjährige Weggefährtin und Mitkonstrukteurin, Judith Kornblum, verfügte als Vorstandsvorsitzende über die materiellen Ressourcen. Das war die wichtigste Voraussetzung, ohne die ihr Plan niemals gelingen konnte.

So werkelten die Zwerge unterstützt durch die neusten Baureihen der *Artefakte* aus der SLOMES-Corporation: Selbständig denkende und handelnde Bohrmaschinen. Sie taten ein übriges, das Werk voranzutreiben. Während oben erst einmal die Pläne entworfen werden mussten. Denn bei dem Objekt, das zum Verschwinden gebracht werden sollte, handelte es sich ja um nichts weniger als um die ganze Erde. Selbst mit den modernsten Bauteilen aus dem Nanoversum würde so eine Anlage noch immer gewaltige Ausmaße annehmen und eine schier unvorstellbare Energiemenge benötigen.

In Sachen Energie beruhigte sie der *Advisor*. Er sei durchaus in der Lage, auch einen halbwegs lebensfreundlichen Sonnensturm zu entfesseln, merkte er ein wenig sarkastisch an: „Nicht nur einen, wo dann die Haut in Fetzen hängt, wie bei euern Atomkatastrophen", setzte er nach. Obwohl die ja nun wirklich weit zurücklagen, auch wenn die Strahlung so schnell nicht aus der Welt käme.

Das atomare Desaster war einer der Gründe, weshalb die GKO-Kommission nicht recht von der Reife der Menschheit überzeugt war. Der Betrug, den es nun zu verwirklichen galt, bekam dennoch den höchsten Segen. Und zwar mit der sybillinisch[xx] anmutenden Begründung, dass nichts ohne Grund sei, auch wenn niemand ihn erkennte.

Als ob daran jemand gezweifelt hätte. Denn eigentlich ging es ja um Betrug als solchen. Wenn nun auch schon der Himmel damit anfing, wohin sollte das führen?

„Ihr wäret gut beraten, euch mit dem Modus operandum[xxi] vertraut zu machen", warf der *Advisor* so hin, als Arundelle insistierte[xxii]. Als ob sie durch einen solchen Hinweis schlauer würde. Immerhin schwieg sie eingeschüchtert, statt nachzufragen, was sie besser getan hätte, wie sich in gar nicht allzu ferner Zukunft herausstellen sollte.

Die Zeit drängte. Lange ließ sich der Krieg nicht mehr aufhalten. Die Legionen der Finsternis eilten aus allen Sphären und Galaxien herbei zu virtuellen Sammelpunkten, wo sie sich geschickt in der dunklen Materie versteckten. Unbemerkt von der positiven Seite der Schöpfung, aber deswegen nicht weniger real.

Auch der Himmel ließ sich ja nicht verorten. Jedenfalls nicht im positiven Sinne der sichtbaren Galaxien. Gerade ihm entsprach das Geheimnis des Nanoversums, jene Unschärferelation, nach der jedes Ding zugleich sein Unding hat - an jedem beliebigen Ort oder zu Zeit und Unzeit. Wer ernsthaft erwog, sich solche Zustände und Befindlichkeiten vorzustellen, der musste alsbald um seinen Verstand fürchten. Es war deshalb niemandem anzuraten.

Um hier auch noch zu betrügen, bedurfte es schon enormer Kenntnisse und eines außerordentlichen Durchblicks. In dieser Hinsicht verließen sich alle auf *Südmichel*. Dieser wurde ob solchen Erwartungsdrucks doch recht kleinlaut. Was, wenn er den Mund zu voll genommen hatte die ganze Zeit über? Wie gerne hätte er sich jetzt im Schatten von des *Advisors* Überblick versteckt. Doch der wurde hier nicht verlangt.

Ließ sich im Nanoversum was machen? Das war die Frage. Judith Kornblum sah dies – im Gegensatz zu *Südmichel* – eher gelassen. Sie kannte das Funktionsprinzip des SLOMES – soweit es denn überhaupt zu kennen war. Deshalb war sie guten Mutes, dass ihnen auch diesmal wieder das Unmögliche gelingen würde.

Die Berechnung der Energiemenge, die benötigt wurde, nahm allerdings auch ihr den Atem.

„Das klappt niemals", unkte ihr Mann Professor Adams, der es als Physiker wissen musste. Doch solche Miesmacherei konnte weder Judith noch gar Hans Henny Henne jetzt brauchen.

„Energie hat uns der *Advisor* zugesagt und zwar unbegrenzt!" hielten sie deshalb dagegen, was wiederum diesen in Verlegenheit brachte, als er hörte, um welche Mengen es gehen würde.

All diese Plänkeleien spielten sich auf den Fluren und Gängen zwischen Werk und Tiefenbohrung ab, wo die emsigen Arbeitsbienen hin- und hersausten auf schnellen Glidern und Selbstlaufchaisen. Letztlich ließ sich niemand von den Wissenschaftler beirren. Sie waren eindeutig fanatisiert und wollten es jetzt wissen. Eine solche Herausforderung würde ihnen nie wieder begegnen. Und wenn sie sich ihr Ziel vor Augen führten, dann überkam sie der schiere Gotteswahn.

So mussten sich die Brüder der Bruderschaft Infernalia gefühlt haben, die seinerzeit die Erde aus dem Gleichgewicht brachten, überlegten Arundelle und Billy-Joe. Sie assistierten nach Kräften dem hektischen Erfinderpaar. Und es war ihnen, als rückten die infernalischen Brüder nun doch auf eine sehr merkwürdige Weise näher und näher.

Die Erzengel kamen einer nach dem andern eingeflogen und brachten ungute Kunde. Da draußen braute sich etwas zusammen. Sie konnten es fühlen und schmecken. Ein schwefeliger Dunst legte sich faulig auf ihre Gaumen, so berichteten sie. Mit ihren speziellen Sichtgeräten gelang es ihnen auch in die dunkle Materie hinein zu blicken. Dort sähe es ziemlich düster aus, meinten sie. Was indessen niemand überraschte, wie sonst hätte es in der dunklen Materie auch aussehen sollen?

So ließen sich die fleißigen Wissenschaftler und ihre noch fleißigeren Wissenschaftsassistenten – mittlerweile arbeiteten alle *Repetitoren* dort – nicht beirren und verrückt machen.

„Wir tun, was wir können“, ließ Hans Henny Henne wiederum seine Kollegen aus der GKO-Kommission wissen. Auch die Kommission fieberte nun inzwischen geschlossen vor Ort mit. Hier war so ziemlich alles versammelt, was im Himmel und auf Erden Profundes[xxiii] zu sagen hatte. So machte es ganz den Anschein.

„Die ziehen wir an, wie die Motten das Licht“, meinte der *Advisor*. Denn einen Grund musste es ja haben, dass das Aufmarschgebiet der Legionen der Finsternis in diesem Teil des Universums stattfand.

„Die spüren uns, jede Wette“ stimmte nun auch *Anonymus* zu, der hier nicht als Kaiser gesehen werden wollte und deshalb seinen ganzen Hofstaat zu Hause gelassen hatte. Er wollte genau das sein, was sein Name aussagte – *anonym*.

Hans Henny Henne gab das Zeichen als es dann endlich doch so weit war. Würde die gute alte Sonne mitmachen? Schon seit Tagen rumorte es in den sich ausdehnenden Sonnenflecken. Immer öfter sprangen wilde Strahlen ins Nichts hinaus. Kein Zweifel - auf der

Sonne tat sich etwas. Um Energie bräuchte niemand bangen, höchstens darum, sie angemessen einzufangen und zu kanalisieren.

Der *Advisor* hatte Wort gehalten. Das ließ sich ja dann schon einmal recht gut an.

Hans Henny Henne zählte persönlich, mit vor Aufregung heiserer Stimme den Count-down aus. Dann warf er den Hebel herum. Und tief unten - in recht erheblicher Entfernung - begann seine Maschine zu arbeiten.

Ein Schirm wuchs aus dem Stollen. Erst senkrecht nach oben, um sich dann jedoch so in etwa der Höhe des ersten Orbits damals, das waren so um die dreißig Kilometer gewesen, nach allen Seiten hin auszudehnen.

Immer weiter, immer schneller wuchs der Schirm und wo er die Erde schon beschirmte, da verschwand das Beschirmte und an seine Stelle trat das Nichts. Es war, als löse sich die Erde wie ein Alka Selzer im Wasserglas auf - wenn auch ohne alles Sprudeln.

Weiter und weiter wuchs das Nichts. Es wuchs und wuchs. Bald war der halbe Globus verschwunden und als sich die Nacht herabsenkte, war die ganze Erde nicht mehr da. So leer war die Nacht hier noch nie gewesen.

Wo einst der blaue Planet pulsierte und flimmerte, da gähnte nun das leere Nichts soweit das Auge reichte. Von den Wissenschaftlern auf der Erde wäre das Schauspiel nun nicht mehr zu sehen gewesen. Deshalb erfolgte alsbald, noch bevor die Erde auch nur zu einem Viertel verschwunden war, ihr Transfer im vorbereiteten Shuttle, soweit es die Herrschaften nicht vorzogen, aus eigener Kraft zu reisen.

So trafen sich die Kommissionen alsbald auf der virtuellen intergalaktischen Insel im Mittelpunkt aller Galaxien und Universen wieder, von wo aus sie das grandiose Schauspiel der irdischen Nichtung betrachteten.

„So, und jetzt machen wir den Sack zu", ließ sich eine Stimme vernehmen, die niemandem zuzuordnen war und alle aufmerken ließ. Wo einstmals die Erde schwebte, da schwebte nun die intergalaktische virtuelle Mitte aller Galaxien und Universen. Sie dehnte sich aus um auch ein rechtes Schlachtfeld abzugeben. Aus allen Richtungen marschierten die Legionen des Lichts auf. Die Erzengel schwangen ihre Feuerschwerter vorweg. Eine himmlische Blaskapelle begleitete sie mit recht schmissigen Weisen. Und wie aus dem Nichts schwirrten nun auch die Legionen der Finsternis ein, wie riesige Heuschreckenschwärme. Sie verfinsterten den Himmel und wären die Lichtgestalten nicht gewesen, alles wäre in Düsternis versunken.

Noch sank ja die virtuelle Heimat des Himmelszentrums. Sie sank und sank und legte sich ganz allmählich um die Kontur der Erde, die dort sichtbar nicht mehr war, obwohl sie ihren Ort nie verlassen hatte. Sie war ganz im Sinne des Nanoversums zugleich hier und dort. Oder zeitlich gesehen eben noch hier und dann wieder weg – oder auch umgekehrt. Jedenfalls erzielte das Manöver den gewünschten Effekt.

Als nämlich die finstern Schwärme den Boden berührten, um sich dem Kampf zu stellen, da griff die gute alte Mutter Erde nach ihnen. Sie umschmeichelte die zornigen Krieger mit ihrer großen Liebe, der sie nichts entgegen zu setzen hatten, sondern der sie sich alsbald und nur allzu bereitwillig hingaben.

Wenige Exterritorialterraner leisteten dennoch Widerstand, angeführt vom verzweifelten Malicius Marduk. Doch auch der senkte die Waffen als ihn die Erzengel mit ihren Feuerschwertern umringten.

Die Schlacht war geschlagen, ehe sie recht begonnen hatte. Die befreiten Menschenkinder staunten nicht schlecht, als sie sich plötzlich daheim wussten. Denn die Himmelsmischpoke löste sich von der Erde und hob alsbald ab.

Hans Henny Henne legte noch einmal einen Schalter um, bevor auch er wieder Abschied nahm. Judith winkte mit Tränen in den Augen. Wann würden sie sich wohl wiedersehen?

Und die gute alte Erde drehte sich, als ob nichts geschehen wäre, an ihrem Platz. Die Sonne ging gerade auf über der südlichen Hemisphäre. Ein schöner sonnenreicher Sommertag kündigte sich an und empfing die Heimkehrer mit warmen, freundlichen Strahlen. Ja, sie zählten sich zu Zehntausenden. Es würde einige Zeit dauern, bis alle ihre Familien gefunden hätten.

Einstweilen feierten sie auf dem geleerten Schauplatz des Geschehens eine riesige Open Air Party und waren glücklich.

25. Himmlischer Betrug

„Als sich der Prophet Elia mit den Baalspriestern seiner Gegnerin Isabel herumschlug, da kam der Geist über ihn und gab ihm eine recht schlaue Lösung für sein Problem ein. Wie konnte er demonstrieren, dass seine Sache die Richtige war? Er schlug vor, ein Wettopfern zu machen. Wessen Opfer angenommen würde, der habe recht und umgekehrt, wessen Opfer nicht angenommen wurde, unrecht.

Elia war allein, die Baalspriester nicht. Ihrer sprangen dutzende um die Opferstätte. So tat sich Elia schwer beim Aufbau. Schließlich aber schaffte er es doch. Die Baalspriester warteten schon ungeduldig, denn sie waren längst fertig, - wann es nun endlich losginge mit der Zeremonie.

Nasses Holz brennt bekanntlich sehr schlecht. Deshalb schüttete Elia zum Schluss, sozusagen als Krönung seines Aufbauwerkes, einige Eimer Wasser über den Holzstoß auf dem das Opferfleisch lag. Er tat dies, um nun ganz sicher zu machen, dass sein Feuer praktisch keine Chance hatte zu brennen. Da hätte auch kein Brennglas geholfen. Vielleicht noch ein Blitz aus heiterem Himmel.

Auf so etwas hofften jedenfalls die Baalspriester und tanzen inbrünstig um ihren Altar. Doch Baal rührte sich nicht. Vom Himmel her tat sich nichts. Kein Blitz zuckte herab, keine kleinen Mogelversuche halfen, ob mit Pusten oder durch Fächeln – ein Feuerchen kam weit und breit nicht in Sicht. So ging das hin und zog sich bis zur Mutlosigkeit.

Auf der andern Seite, auf dem Opferaltar von Elia aber tat sich etwas. Kleine Flämmchen züngelten alsbald aus dem tropfnassen Holz. Erst wenige einzelne, dann immer mehr und schließlich prasselte das Feuer nur so und im Nu war das Opferfleisch aufgezehrt, dass es verbrannt zum Himmel stank.

Das war das Zeichen für die Glaubenskrieger im Hinterhalt. Sie sprangen hervor als Elia sein Schwert zückte und machten die Anhänger Baals nieder bis zum letzten Mann. Das hatten die nun davon. Und ihren Baal hauten sie gleich mit um.

Das erboste Königin Isabel über die Maßen und Elia floh in die Wüste, wo er zerknirscht und reuig seine unüberlegte Mordtat bedauerte. Zumal er ja das Geheimnis des Feuers kannte. Was man anstellen musste, um Feuer ohne äußerliche Einwirkung zu entzünden.

Es kam auf die Steine an. Aus Erfahrung wusste Elia, dass es Steine gab, die heiß wurden, wenn man sie in der Hand hielt und ins Wasser tauchte. Er hatte sich das gemerkt und erinnerte sich auch daran, wie diese Steine aussahen. Deshalb schichtete er so viele wie er davon finden konnte auf seinen Altar zwischen das Holz und das Fleisch.

Nicht zuletzt deshalb dauerte es so lange, bis er fertig war. Denn er war ja gar nicht wirklich allein gewesen, sondern seine Helferlein waren ausgeschwärmt, um diese Wundersteine zu suchen und herbeizuschaffen. - Möglichst unauffällig, versteht sich, um nur ja nicht die Aufmerksamkeit der Baalspriester zu erregen. Nicht dass auch die auf die gleiche Idee gekommen wären.

Nun, das kamen sie ganz offensichtlich nicht, oder sie begriffen nicht, was für eine Rolle das Wasser spielte, das Elia zum Abschluss über seinen Opferaltar schüttete. - Die Steine wurden nur dann heiß, wenn sie mit Brennstoff zusammen nass wurden. Ohne Wasser blieben es ganz normale Steine."

Arundelle hielt inne und blickte in die Runde der zustimmenden, aufmerksamen Gesichter. Vielleicht ahnten die schon, worauf sie abzielte.

„Wir wissen heute, dank unserer modernen Chemie, was das für Steine sind. Es ist Phosphor. Phosphor kommt in mehr oder weniger kleinen Klumpen mitunter an die Erdoberfläche und kann in der trockenen Wüstenlandschaft Palästinas ohne weiteres jahrelang herumliegen ohne sich - beziehungsweise alles Brennbare in seiner Umgebung - zu entzünden."

Arundelle kam mit dieser Geschichte an, als die *Repetitoren* zusammen saßen, um die Ereignisse revue-passieren zu lassen und um sich einen Reim aus der ganzen – doch ein wenig undurchsichtigen Angelegenheit zu machen. – Eben jener endzeitlichen Schlacht, die dann doch nicht statt gefunden hatte.

Sie verstand ihren Beitrag als Stütze der himmlischen Betrugsthese, die natürlich schon alsbald aufgekommen war.

Durfte der Himmel zu solchen Mitteln greifen, um seine Sache durchzusetzen? War es erlaubt, mit Tricks zu arbeiten oder technologisches Wissen auszunutzen, das dem Gegner abging?

Hätten die Baalspriester sich ebenso gut in der Natur ausgekannt, dann wären sie dem Elia schnell draufgekommen. Auch sie hätten dann ihr Feuer in Gang gekriegt und der Streit hätte unentschieden geendet. Was, so gesehen, nicht das Schlechteste gewesen wäre. Denn dann hätte sich Elia die Hände nicht mit dem Blut der vierhundert hingeschlachteten Baalspriester besudelt. Isabel hätte ihn nicht durch die Wüste gescheucht und der Sieg seines Gottes wäre nicht so eklig ausgefallen, auch wenn er noch einige Jahre auf sich hätte warten lassen.

Arundelle war nun der Ansicht, dass Elia eigentlich alles richtig gemacht hatte, bis zu dem Zeitpunkt, als er seine Krieger hervorbrechen ließ. Hätte er sich mit dem moralischen Sieg zufrieden gegeben, dann hätte er seiner Sache wirklich gut gedient, so aber stieß er mit dem Hintern wieder um, was er gerade mühsam mit den Händen aufgebaut hatte.

„Aber bleiben wir doch in der Jetztzeit. Eben wurde ja niemand gemeuchelt, jedenfalls nicht mit Feuer und Schwert." – fuhr sie fort.

„Nun ja", unterbrach Billy-Joe „so eine Umpolung ist vielleicht doch auch eine ernste Sache. Und wenn sie uns noch so gut in den Kram passt..."

„Richtig", pflichtete auch Tibor bei: „Ausgelöscht wurde da schon etwas..."

„Vielleicht finden wir so aus unserem Dilemma." – versuchte sich Dorothea als Vermittlerin: „Ihr wisst vielleicht, dass es mit meiner Frömmigkeit nicht weit her ist. Ich kann mich an das Bild des alten Mannes mit langem Bart, der auf seinem Himmelsthron sitzt, nicht gewöhnen. Allein schon das Bild ist lächerlich und absurd. Wie kann Geist sitzen oder seinen Spaß daran haben, sich eine goldene Haube auf den nicht vorhandenen Kopf zu stülpen?"

„Ganz recht, ganz recht..." – Auf einmal flammte Zustimmung im Rund auf, wo Dorothea es so einhellig nicht erwartet hatte.

„Wir sollen uns halt kein Bild von IHM machen...", versuchte Arundelle sich vermittelnd.

„...und trotzdem gibt es unzählige Bilder. Die Menschen brauchen das anscheinend...", hielt Dorothea dagegen: „Aber zurück zu unserem Fall, wenn man das Ereignis als Fall bezeichnen darf. Ausgestanden ist da ja beileibe noch nichts, würde ich meinen."

Wieder allgemeines Nicken...

„Gut ist, was nützt..." – warf Billy-Joe so obenhin ein.

„Ja, das ist die härteste Position, aber mit der kommt niemand durch, das schlägt nur allzu schnell um ins Gegenteil und dann lässt der Teufel schön grüßen." – warf nun auch Grisella ein und fuhr – wo sie nun schon einmal das Wort ergriffen hatte - fort:

„Von da ist es nicht weit zu jener andern Position, die man dann Rousseau zum Vorwurf machte, als sich in der Revolution dann auf das Schrecklichste bewahrheitete, was sich hinter seinem Rigorismus[xxiv] verbarg."

„Ganz recht, das geht auf ihn zurück: - ‚dass man ihn - den bornierten Menschen - zwinge frei zu sein' – und so..." – erinnerte sich Arundelle.

„...Und führte weiter und weiter bis es hieß – ‚und willst du nicht mein Bruder sein, dann schlag ich dir den Schädel ein." – bestätigte Billy-Joe.

„Das mag bei Elia gegolten haben, so jungfräulich die Kultur da noch gewesen war... aber jetzt bei uns...“ – griff Arundelle den Faden wieder auf und fragte ein wenig rhetorisch: „Gibt es guten Betrug?“

„Ja, war das denn überhaupt Betrug?“ - wollte Dorothea wissen. „Ich finde schon, darauf kommt es an. Die Kenntnis von Zusammenhängen ist doch kein Betrug, sondern Intelligenz. Wird denn nicht alles, was durch Menschen geschieht, zuvor durchdacht und geplant?“

„Natürlich wusste Elia, was er tat.“ – stimmte Arundelle zu. Er handelte zielgerichtet und erfolgsorientiert. Die Baalspriester handelten kopflos. Sie hofften auf ein Wunder, das sich nicht einstellte, weil es jeder Wahrscheinlichkeit zuwider lief.“

„Eben den berühmten Blitz aus heiterem Himmel oder so was...“, ergänzte Dorothea.

„Aber vertraute Elia überhaupt auf seinen Gott?“, Billy-Joe schaute recht zweifelnd. „Wenn er auf ihn vertraut hätte, dann hätte er nicht zu solchen Tricks greifen dürfen...“ –

Sprach da der Isolationist aus ihm?

Arundelle hakte sogleich ein: „Gott steckte in seinen Tricks. Gott steckte im Phosphor, wenn du so willst.“

Auch Dorothea konnte nicht an sich halten und warf sarkastisch ein: „Gott brachte Phosphor und Wasser zusammen, um sein Steak braten zu lassen. Hoffentlich hat ihm das verkokelte Zeug wenigstens geschmeckt...“

Die letzte Bemerkung war denn doch ein wenig unpassend, fanden die meisten.

‚Aber sonst...?!‘ –

Eine richtige Einigung war nicht in Sicht. Doch das war bei diesem heiklen Thema auch nicht zu erwarten.

„Verständigen wir uns darauf: Wenn der Himmel betrügt, dann ist es kein Betrug, weil der Himmel nicht in böser Absicht handelt...“ – versuchte Arundelle zu vermitteln und ein wenig zusammen zu fassen, was so alles angeklungen war. Doch damit stieß sie auf Widerstand:

„Umkehren darf man deine Aussage aber nicht“, meinte Dorothea.

– „Sonst wird schon wieder ein Freibrief draus. Noch immer haben Potentaten ihr Tun gerechtfertigt, weil sie ja immer nur das Beste wollten...“ – bestätigte Billy-Joe.

„Na ja, so sagten die, aber meinten sie es auch so?“ – schürte Dorothea den Zweifel.

„Viele bestimmt, die redeten sich selber so lange besoffen, bis sie sich alles glaubten." – stimmte nun auch Arundelle zu. - „Deshalb war es aber noch lange nicht die Wahrheit." – fuhr sie fort.

„Und hier im Himmel war es ebenso?" – fragte Dorothea.

„Eben nicht, na siehst du, mein ich doch..." – fiel Billy-Joe ein und fuhr gleich fort: „Es muss auch die echte Wahrheit geben, nicht nur die, die sich Leute so zurechtlegen, weil es ihnen in den Kram passt und weil sie das dann so lange vor sich hin predigen, bis sie sich sogar selbst überzeugt haben..."

„Reden wir jetzt von Adolf Hitler, oder wie...?" – warf Grisella ein wenig unmotiviert ein, ohne viel Beachtung zu erzielen.

„Du meinst, wir dürfen dem Himmel nicht durchgehen lassen, wenn er sich auf Betrug einlässt. Aber wie ist ein gerechter Krieg anders zu gewinnen? Das war doch schon der Ausbund an Pazifismus, was gibt es schöneres als seinen Gegner mit Liebe zu kriegen, statt ihm den Schädel einzuschlagen? - Find ich erst mal mega korrekt", versuchte sich Scholasticus recht flapsig, weil ihm das Ganze allmählich zu bunt wurde. Was hier als Betrug gehandelt wurde, war noch nicht einmal eine Kriegslist, eher schon eine Kulturleistung – und zwar erster Güte. Zumal das ja auch noch angekündigt war. Jedenfalls teilweise; den obersten Finsterling hatte man da natürlich ausgenommen.

Auch Scholasticus wusste, dass es um etwas anderes ging. Der Himmel hatte mit irdischer Hilfe die Erde unter einer Art Tarnkappe verschwinden lassen, ohne dass sie wirklich verschwand. Das himmlische Schlachtfeld war der unsichtbaren Erde übergestülpt worden. Die Truppen waren aufmarschiert.

„Da die Legionen der Finsternis nicht wussten, wo sie sich in Wahrheit befanden, könnte man dieses Unwissen zwar als die Folge eines Betrugs begreifen", überlegte Scholasticus nun laut weiter vor sich hin. – „Wenn man nicht zuvor fragte und darauf auch eine Antwort erhielte, weshalb die Legionen überhaupt einfielen. Doch nur, weil sie auf leichte Beute und schnellen Sieg hofften. Dabei liefen sie dann in die offenen Arme der liebenden Mutter Erde. Aber war das so viel anders als in die liebenden Arme des geöffneten Himmels zu laufen? Mutter Erde hatte sich verborgen, das stimmte schon. Hätte sie sich nicht verborgen, dann wären die Finsterlinge nicht eingefallen. Soweit so gut! Nur, worauf hatten sie sich stattdessen und durchaus willentlich eingelassen? –

Ja, das habt ihr alle in der Aufregung ganz vergessen: Wer das intergalaktische Himmelszentrum betritt, streift automatisch all sein verdorbenes Wesen von sich, lässt es, wie ein Paar schmutziger Schuhe am Eingang stehen. Um es eventuell dann wieder beim Hinausgehen anzulegen, falls es denn überhaupt zum Rückweg kommt. Das ist längst nicht ausgemacht. Verglichen mit dem Himmelszentrum ist die Erde ein Waisenkind, was das angeht. Und wenn schon sie soviel bewirkt, was würde dann erst der Himmel ausrichten, wenn er erst einmal richtig zum Zuge kommt? Und das ist gewiss bei all denen der Fall, die ihn betreten.

Malicius Marduk hatte sein Gegenüber fundamental verkannt. Das war sein Fehler. Damit hatte er sich und seine Legionen hineingeritten. Wie hatte er es wagen können, den Himmel anzugreifen und auf Endsieg zu setzen? Hier steckte die Wurzel seiner Niederlage und nicht in der pfiffigen Kriegslist der Erdenbürger, die ihre Kinder wiederhaben wollten. Deshalb verdient sie - nebenbei bemerkt -, höchst wahrscheinlich sogar noch des Teufels Hochachtung. Was für die Erdenbürger nun keineswegs ein reines Kompliment wäre, denn wer so von seinem Gegner umschwärmt wird, der hat womöglich mehr mit ihm gemein als ihm vielleicht lieb ist.

Doch darum ging es längst nicht mehr. Viel wichtiger war, was nun mit den Besiegten geschah, jedenfalls aus deren Sicht. Würden die nun bis in alle Ewigkeit im freien Fall durch die Ewigkeit trudeln? Ohne Ort, ohne Ziel, ohne Trost und Freude? Es sieht ganz so aus, denn durch diesen Angriffsversuch hatten sie sich keine Freunde geschaffen. Was da mit Hilfe von uns findigen Helfern auf der Erde abgewehrt worden war, kann nicht als Bagatelle abgetan werden.

Mit seinem General Malicius Marduk hat die Seite des Bösen alles aufgeboten, was ihr an konzentrierter Bosheit zur Verfügung steht. Im nachhinein kann es so aussehen, als sei dies nicht allzu viel gewesen, doch bedenkt man den raffinierten Plan und das vieltausendfache Leid, was mit ihm einher ging, so war dieser Angriff doch erheblich. Er erschütterte die himmlischen Grundfesten, wenn auch auf eine ganz andere als die beabsichtigte Weise.

Gerade als es vorwärts gehen sollte und die Lust der Bosheit besiegt zu sein schien. Ein herberer Rückschlag lässt sich kaum vorstellen..."

Nachdenklich endete Scholasticus seinen langen Monolog und schaute in betretene Gesichter.

Manchem war das eine oder andere eingefallen, als er so lange sprach. Doch nun schien keinem zu passen, was ihr und ihm so alles durch den Kopf gegangen war.

Arundelle war die Kraft der Liebe in den Sinn gekommen, mit der seinerzeit der Trojaner umgedreht worden war. Ihr eigener Vater hatte versucht, sich auf der Insel Weisheitszahn einzunisten, um an die Geheimnisse der Zeit heranzukommen, die er dort enträtselt wähnte. Er wurde stattdessen dann seinerseits umgedreht und schrieb als *Anonymus* das Buch seines Lebens, was ihn ganz nebenbei in die Ränge der Heiligen katapultierte.

„Ja, die Liebe, wenn sie nur wahr ist, dann ist sie immer echt", merkte sie ein wenig tautologisch[xxv] an, als niemand das Wort ergriff.

Allgemeine Zustimmung deutete an, dass sich die Wogen geglättet hatten und Scholasticus es einmal wieder geschafft hatte, die Situation zu retten. Jedenfalls für den Augenblick.

Vielleicht lag es auch daran, dass weder der *Advisor* noch *Südmichel* das ihre beisteuerten. Sie waren der Sitzung unentschuldigt ferngeblieben.

Beide verstanden es vortrefflich, Verwirrung zu stiften. Wahrscheinlich deshalb, weil sie das Ganze noch einmal völlig anders - sozusagen von außen - betrachteten. Der *Advisor* sowieso mit seinem *Überblick* - aber auch *Südmichel*, der sich ja anheischig machte, über einen ‚nanoversen'[xxvi] *Durchblick* zu verfügen, dem so leicht nichts widerstand.

26. Joschele

Rückschläge würde es immer wieder geben. Da waren sich alle einig, sowohl im Himmel, wie auf der Erde. So gesehen musste niemand die Flinte ins Korn werfen und sich Asche auf das Haupt streuen. Es war noch nicht einmal ausgemacht, dass jemand einen wirklich schlimmen Fehler gemacht hatte. Weder in der himmlischen Gesetzesinitiative der GKO–Kommission, noch hier auf der Erde, wo es nun auf die richtige Anwendung ankam.

Und doch wurde das Gesetz erst einmal gekippt. Oder doch so stark verwässert, dass es in seiner ursprünglichen Absicht kaum mehr erkennbar war. Ja, die Absicht selbst verschwand hinter einer Nebelwand außer Sichtweite. Dabei war es zunächst doch so bejubelt worden und hatte eine große Freude und auch Dankbarkeit ausgelöst. Es war als Meilenstein der Kulturgeschichte begriffen und entsprechend gefeiert worden - als ein Werk von nachgrade singulärer[xxvii] Kraft und Bedeutung.

Sich vorzustellen, dass die Bosheit besiegt war und nun niemals wieder jemand aus Schadenfreude zu Schaden kam, war schon eine erhebende Vorstellung. Im Sinne des Gesetzes waren hinfort alle Unfälle nur das, was sie waren. Misserfolge lösten keine Schadenfreude mehr aus. Niemand führte sie herbei, um der eigenen Lust willen. Keiner drosch mehr voller Lust auf seinesgleichen ein oder quälte ein Tier zum Scherz.

Ein solcher Zustand sei erreicht und drücke sich in dem Gesetz aus. Das war vielleicht zu schön um wahr zu sein. Deshalb setzte es sich auch nie wirklich durch und drang nicht recht ins öffentliche Bewusstsein. Denn dort steckte die Furcht vor der allgegenwärtigen Pandemie und ihren Folgen und blockierte so ziemlich alles, was es sonst noch so gab an Regungen des Gewissens.

*

Bekanntlich macht eigenes Leid nicht weniger egoistisch als es die Gier tut. Im Kummer versinken die Menschen ebenso tief. Sie igeln sich nicht weniger ein und heischen nicht weniger nach Geltung und Zuwendung. Es ist nur eine andere Gier, aber deshalb doch auch kaum weniger unschön und verderblich. Nicht überall ist diese Form des Leids gleich stark ausgeprägt. Auch gibt es unterschiedliche Charaktere. Die einen sind weniger anfällig für die Ichbezogenheit des Schmerzes als andere. Aber letztlich schreien sie doch alle ihren selbst verspürten und damit unvergleichlichen – ihren singulären[*] - Schmerz in die Welt.

O doch, es gibt die Feinsinnigen, die im Verborgenen leiden und die ihr Leid nicht zur Schau stellen. Aber letztlich sind auch sie nur geschickter. Und vielleicht gelingt es ihnen sogar, auf ihre Weise im trüben Tümpel der Unwägbarkeiten mehr Anteilnahme zu fischen und echtere Zuwendung zu erhaschen, eben wegen ihres edlen Gebarens. Im Ziel aber sind sie dann wieder gleich, auch wenn der Weg dahin ein anderer ist.

Es gibt eben viele Wege des Lustgewinns. Lust lässt sich so ziemlich aus allem pressen, wenn es nur mit Nachdruck betrieben wird oder eben auch erduldet werden muss. Ziel ist oft eine schmerzliche Lust. Aber welche Lust ist schon rein? Schwingt nicht fast überall immer schon eine leise Angst mit und sei's nur die davor, dass alles ja ein Ende hat?

*

Südmichel rüstete zur ‚Kaffeefahrt', wie er sich ausdrückte. Und wie es seine Art war - mit einem zünftigen Liedlein, wenn es nur einfach genug war und eingängig. Gern griff er auch Themen auf, die zuvor vielleicht einige Teilnehmer besondern bewegt hatten, so auch diesmal, denn er sang

„Alles hat ein Ende –
nur die Wurst hat zwei,
die Wurst hat zwei,
die Wurst hat zwei ...“

Die kleine Wandergruppe stimmte ein und los ging's am Zeitstrahl entlang in den dämmernden Morgen diesmal, denn es ging ja nach Osten. Sein Zielland bliebe solange geheim, bis ihm jemand drauf käme, doch dann war man auch schon angekommen, da war er sicher. Insgeheim also freute er sich. Freute sich ohne den Schaden zu bedenken, der sich daraus vielleicht ergab. Er freute sich sozusagen gesetzestreu. Solange das Gesetz nicht offiziell abgeschafft war nämlich, behielt es ja wohl seine Geltung.

Nun, er war sich nicht sicher. Zum Glück für ihn ließ sich der *Advisor* nicht blicken. Der hätte ihm gerade noch gefehlt. Als hätte der ihn gehört, tauchte er knapp hinter dem Horizont dann aber empor und wirbelte eine ordentliche Staubwolke auf, wie eine Kamelkarawane in der losen Sandwüste vielleicht.

Dass es nur der *Advisor* sein konnte, wusste *Südmichel* sogleich rein intuitiv aus dem hohlen Bauch heraus. Da brauchte ihm keiner etwas erzählen. Zumal niemand Anstalten dazu machte.

Was hätte er nur ohne seinen Freund Tibor in solch einer verfahrenen Situation angefangen? Er konnte den ja schlecht zurückschicken, der sich da wie ein Verdurstender heranschleppte und zum Gotterbarmen stöhnte. ‚Was machen wir bloß mit dem?'

‚Hilft alles nichts, nun muss er mit.' Tibor hob ihn auf sein Pony, das er brav am Zügel führte, statt hoch zu Ross zu reiten. Niemand sonst war ja zu Pferde.

Südmichel moserte: „Alles muss der einem versauen, der gönnt einem aber auch nichts, nicht die kleinste Freude...“

Da ja nun der Gesang stockte, griff die zähe Erdung nach den Wanderern und sie kamen nicht vom Fleck ohne ihren Gesang. Das war gerade ganz schlecht, denn hier im Niemandsland ging es nur noch vorwärts, da der Horizont hinter ihnen dicht machte. Das sah nicht gut aus. Vielleicht ein Sandsturm oder auch eine jener dubiosen Zeitverschiebungen, wie sie immer mal wieder auftraten, wenn es mit dem Singen haperte wie eben jetzt.

Half ja nichts, also fröhlich ein Lied angestimmt und wenn es nicht anders ging, eben wieder das selbe wie zuvor.

Hauptsache Gesang – der musste nicht schön sein, nicht einmal besonders laut, nur eben hörbar.

„Alles hat ein Ende,
nur die Wurst hat zwei,
die Wurst hat zwei,
die Wurst hat zwei...“

Sogar der *Advisor* fiel nun ein. Vielleicht eine Spur schrill und etwas mönchisch nasal, aber doch recht kräftig. Das riss ordentlich mit und schon ging es auch wieder voran. Die Füße stapften wie von selbst einher. Das Pony, ohne Reiter, wieherte freudig, (*sollte das sein Sangesbeitrag sein?*) - oder vielleicht nur deshalb, weil es seinen Reiter los war.

Und da waren sie auch schon im sogenannten ‚Heiligen Land' irgendwo zwischen den streitenden Reichen. Auch ihnen kam eine Wanderschar entgegen. Wohlhabend sahen die nicht aus, eher wie tibetische Bettelmönche, wenn auch mit voller Haarpracht unter den Turbanen und Kopftüchern.

„Shalom Joschele“ rief *Südmichel* plump vertraulich und streckte dem Angesprochenen die Hand hin, die freilich ins Leere griff. *Südmichel* hatte um seine esoterische Gestalt vergessen. Ein wenig irritiert umringten die Ortsansässigen die seltsame Truppe aus dem Nichts. Viel Greifbares gab es da freilich nicht. Das war vielleicht das Geheimnis des Zeitstrahls. Nach hinten zu wurde das Ende tatsächlich immer dünner und herauskam dann eine Art Astralleib wie ihn sonst eher Engel haben. Für diese wurden sie, so flügellos auch immer, nun deshalb aber eher nicht gehalten und mit entsprechender Furcht betrachtet, sodass Pooty seinen Kopf aus Billy-Joes Medizinbeutel streckte und rief:

„Fürchtet euch nicht.“

Damit löste er bei den Zeitstrahlwanderern erhebliche Heiterkeit aus. Zumal einige ja wussten, wohin dieser Satz gehörte, weshalb sie ihn zugleich passend wie unpassend fanden – jedenfalls aber komisch.

Das irritierte nun die Wüstenwanderer und bestärkte den Verdacht, es mit Dämonen zu tun zu haben. Alle Sechsundzwanzig Frauen und Männer blickten auf Joschele, der natürlich sofort durchblickte und sich vor dem *Advisor* tief verneigte, von *Südmichel* aber abwendete und ihm beschied, er möge sich davon heben. Scheinbar verwechselte er ihn mit jemand.

Zum *Advisor* gewandt entschuldigte er sich und sagte: „Normalerweise sind wir viel mehr, aber gerade ist Trockenzeit und da klappt das mit der Bettelei nicht so recht. Die andern schwärmen durchs Land auf der Suche nach Himmelsbrot und Nektar oder auch nach ganz gewöhnlichem Brot und was sie halt so zusammenschnorren."

„Aha", entgegnete der *Advisor* und bedeutete Joschele jetzt nur nicht allzu viel herauszulassen vor den Banausen in seiner Gesellschaft. Er tat recht kumpelhaft mit Joschele und flüsterte ihm vertraulich zu:

„Sind keine Engel – nein wirklich nicht..."

Joschele nickte und tat so, als habe er verstanden. Deshalb sagte er gar nichts mehr, sondern wandte sich zum Gehen. Nicht ohne *Südmichel* eines ziemlich giftigen Blickes zu würdigen, vielmehr - nicht zu würdigen. Was ihm die Sechsundzwanzig seiner Schar nachzumachen versuchten, aber nicht so richtig hinbekamen. Sie würden noch dran arbeiten, entschuldigte sich Joschele, als er es bemerkte, beim *Advisor*.

Der immerhin hatte bei ihm einen Stein im Brett. Und freute sich insgeheim über die Verwechslung die dem *Südmichel* widerfuhr. Geschah ihm ganz recht mit seinem blöden Lied, und überhaupt. Was sollte dieses ‚Shalom Joschele'?

‚Wer den Schaden hat, braucht für den Spott nicht zu sorgen.' Ging 's ihm ein wenig unpassend durch den Kopf.

Er ergriff die Initiative, nachdem *Südmichel* abgeblitzt war und stimmte seinerseits nun sein eigenes Lied an und das ging so:

„Wer den Schaden hat, - tap tap,
braucht für den Spott – tap tap,
nicht zu sor-gen, nicht zu sor-gen,
nicht zu soo hoor-geen..."

Sein Lied war vielleicht eine Spur weniger eingängig, dafür aber um Grade kunstvoller, was dem Rückweg zugute kam. Wollten sie es vor dem Sturm schaffen, dann mussten sie sich sputen. Schon peitschte der Sand ganz schön und das Atmen war nicht die reine Freude, weil der Wind die Luft vor Mund und Nase davon riss. So fiel der Gesang ein wenig dünner aus. Immerhin schafften sie es gerade noch so auf den letzten Drücker. Joschele und die seinen waren schon längst hinter einer riesigen Staubwolke verschwunden.

‚Mit Puh Tzi und Walt Yio ist Joschele zwar nicht so ohne weiteres zu vergleichen', dachte Billy-Joe, ‚und doch...' Pooty war ganz seiner Meinung.

Südmichel hielt es mit staubigen Gegenden, ganz gleich wohin es auch ging. Der Setup war sich dann doch recht ähnlich, so war es auch Pooty - nicht nur Billy-Joe.

Sie gewannen ihre normale Erdenschwere zurück. Und alsbald standen sie wieder da, von wo sie aufgebrochen waren und schüttelten sich den Sand aus den Kleidern.

Sie hatten nicht geträumt. Oder wenn, dann sehr lebhaft. Sand gab es schließlich überall.

*

„Schade eigentlich. Ich hätte mir von so einem Besuch mehr versprochen." *Südmichel* lächelte säuerlich als Tibor ihn anmeckerte.

„Was mischt der sich auch überall ein?" - antwortete er und stieß mit dem Kinn in Richtung *Advisor*. Doch der tat, als sei er nicht gemeint. Joscheles teuflische Verwechslung ging ganz klar auf sein Konto, da war sich *Südmichel* sicher. Ob er die falsche Anrede gewählt hatte?

„Wer weiß, was es sonst gebracht hätte." - tröstete Tibor, weil ihm nichts besseres einfiel.

Erst einmal strebten alle an *Südmichels* ‚Kaffeefahrt' beteiligten *Repetitoren* auseinander. Der Marsch durch die Wüste hatte sie erschöpft – quasi wie ein Jetlag, so empfand es Arundelle. Immerhin ging es um den halben Erdball. Nun ja, vielleicht waren sie auch nur raumzeitlich versetzt worden. Der Sand war andererseits immerhin doch recht real selbst hier noch.

„Sollten wir unbedingt wiederholen", meinte Tibor so nebenher und schickte sich an, den Hubschrauber nach Susamees Insel zu besteigen. Dort war er daheim, um so mehr jetzt wieder, wo Emasus zurück war und mit ihm Omirah, die bezaubernde Zwergin.

Für sie hatte Tibor sein kleines unterirdisches Königreich frei gemacht und wohnte nun in einem Seitenflügel, wenn er denn überhaupt nach Hause kam, seit Tika nicht mehr war.

Doch nun war sie ja zurück, was ihn immer wieder aufs neue überraschte. Noch konnte er es kaum glauben. Zumal sie doch etwas eingeschränkt war, auch wenn rein äußerlich alle Schäden repariert waren. Manches ließ sich dann eben doch nicht wieder so ganz herstellen. Tibor hatte während der langen Zeit seines Witwerdaseins außerdem vergessen, wie Tika so tickte. Und sie selbst wusste es schon gar nicht mehr. Denn ihre Wiedergeburt war tatsächlich eine und war nicht nur irgendwie so daher geredet. Ihr vorheriges Leben dämmerte zu ihr wie durch eine Nebelwand herüber.

Reine Harmonie umgab sie auch in ihrem neuen Leben nicht. Das hatte sich nicht geändert. Vielleicht, dass sie nun spontaner oder impulsiver auf ihre Umwelt reagierte? Doch auch da war Tibor nicht so sicher. Vertraut genug war sie ihm immerhin und darauf kam es letztlich an. Grund genug also, sich jetzt zu freuen und der anstehenden Heimkehr mit freudigen Gefühlen entgegen zu sehen.

*

1. Es waren ihrer zehntausend. Verglichen mit dem Milliardenheer der Erdeinwohner stellten sie ein verschwindendes Nichts dar. Und doch unterschied sie ihr Schicksal vom Rest der Menschheit, zumal ihre Verbindung ganz offensichtlich war. Sie waren umgepolt worden als ihr Fuß zum ersten Mal den Erdboden berührte.

Da standen sie nun, verwirrt und verlassen und wussten nicht wie ihnen geschehen war. Eben noch blutrüstige Kriegerinnen und Krieger und nun lammfromme Waisen ohne rechte Orientierung. Ihre Eltern kannten sie nicht oder erinnerten sie mit Mühe. Nicht unbedingt, weil es so lange her war, dass sie ihnen entliefen, sondern, weil ihr Verhältnis massiv gestört gewesen war und das schon von klein auf.

Allesamt waren sie in der Isolation des Weltraums aufgewachsen. Keiner hatte je etwas anderes als ein Weltraumschiff oder einen der fliegenden Gärten gesehen oder aber einen öden Planeten. Menschen begegneten einem dort, wenn überhaupt, dann in Raumanzügen und in eifriger Mission. Meist beschränkte sich der Umgang jedoch auf *Artefakte* und die ließen sich nicht schikanieren und waren gegen bösartige Scherze immun. Dafür hatten sie kein Organ.

Einzig die Eltern boten sich an und bildeten das Bollwerk der Abarbeitung, ganz gleich wie viel Verständnis sie aufbrachten. Was sie auch taten oder unterließen, nichts konnten sie recht machen, denn so wollte es die glimmende Bosheit.

Am Ende einer langen Kette von gegenseitigen Verletzungen, Provokationen und gewollten Missverständnissen stand die dramatisch inszenierte Flucht. Draußen vor der Tür wartete Malicius Marduk schon ungeduldig. Er steckte die Flüchtigen zu den Soldaten, gab ihnen eine Waffe in die Hand und ließ sie sich Kampferproben bis die Schwarte krachte. Tun konnten sie noch immer nicht, was sie wollten, doch waren sie wenigstens unter sich, wo sie aufeinander hackten, bis es so manchem Angst und Bange wurde. Doch da war es zu spät. Eine Rückkehr sah die Legion nicht vor.

Als dann der Hebel umgelegt wurde, als Liebe den Hass ersetzte und ihnen wie mit Schuppen von den Augen fiel, was für Ekelpakete sie gewesen waren, da fiel ihnen alles wieder ein. Die Kindheit erstand vor ihren inneren Augen. Das Bild der verhärmten Mutter. Das zornrote Gesicht des hilflosen Vaters – die schreienden Kätzchen in ihrer Todesnot...

Erst einmal überfiel sie das heulende Elend. Am liebsten hätten sie sich verkrochen, so schämten sie sich voreinander und vor der Welt. Bis sie dann allmählich begriffen, dass sie auch jetzt alle im gleichen Boot saßen.

Sie begannen, einander ihre Geschichten zu erzählen. Sie schmiedeten Pläne, wie es nun weiter gehen sollte, nachdem der erste Überschwang vorüber war. Denn wie sie zunächst sich vor Glück nicht hatten lassen können, als sie die Liebe fühlten und das innige Gefühl der Gemeinschaft, wo dann das ganze Leben zu einer einzigen großen Feier wurde. So konnten sie sich nun nicht vorstellen, was nach der Reue auf sie wartete. Nämlich Vergebung und Versöhnung.

Die Personalverwaltung der SLOMES-Corporation richtete eine Such- und Vermittlungsstelle für Eltern und Kinder ein und nahm deshalb Kontakt zu den Außenstationen auf. Kleine Botschaften wurden auf Band genommen, die dann verschickt werden konnten. Außerdem bot das Werk Lehrstellen an oder vermittelte Interessierte an staatliche Stellen oder andere Firmen. Erst einmal wollte niemand in den Raum zurück. Allen steckte die erlittene Erfahrung zu tief in den Knochen. Was, wenn es dort einen Rückfall gab?

Da konnten die psychologischen Berater mit Engelszungen reden, wenn es um solche Fragen ging, kamen sie nicht recht voran.

In der Übergangszeit bewohnten die Umgepolten die künstliche Stadt Laptopia, die inzwischen nur noch von *Artefakten* bewohnt war. So waren sie beisammen und doch in kein Auffanglager gepfercht. So konnten sie sich in aller Ruhe orientieren. Auch gab es so manches freudige Wiedersehen. Längst verschollene Kinderfreunde tauchten auf. Bande waren oft schon im Vorschulalter zerrissen worden. Nach und nach trudelten dann die ersten Eltern ein, die ihr Glück nicht fassen konnten, endlich ein normales liebes Kind in die Arme schließen zu können. Wie sehr hatten sie sich das gewünscht und wie viel Leid hatten sie erfahren, zumal in ihrer Weltraumeinsamkeit.

Elvira besuchte die Stadt nun häufig. Es war ihr ein Bedürfnis durch die Gassen zu bummeln und all die Umgepolten um sich zu wissen, denen es so ging wie ihr. Alle hatten die gleichen Erfahrungen oder doch recht ähnliche gemacht. Und für alle stand nun der Neubeginn auf dem Lebensprogramm.

Auch sie war nun nicht mehr die einzige, sondern eine von vielen und das gab ihr zugleich Halt und Kraft. In sich fühlte sie wie sich das Unterste zu oberst kehrte und immer mehr Blüten trieb. Zugleich fühlte sie eine unerahnte Welt heranbranden. Sie war wie ein trockener Schwamm voller Sehnsucht, sich mit dem zu füllen, was sie umschmeichelte und um Einlass bat. Was sich anheischig machte, kennen gelernt zu werden und deshalb mit unbekannten Wonnen lockte.

All die böse Phantasie war ausgetauscht. Die sinnlichen Bilder entbehrten der Grausamkeit, um dadurch nicht weniger erregend zu sein. Ja, alles, was sich auf der Negativskala befunden hatte, wurde nur gleichsam spiegelverkehrt aufgebaut und war unerhörtes Neuland, das zu entdecken reine Lust war.

So ging Elvira umher inmitten strahlender Augen und offener Herzen. Nur hie und da arbeitete noch jemand seine Vergehen auf oder ging mit sich ins Gericht wegen seiner Sünden. Nicht alles war folgenlos geblieben, sondern so manche Schneise der Verwüstung wurde da nachgezogen und nun zum schweren Klotz am Bein, den man so einfach nicht abschlagen konnte und durfte. Denn erst einmal galt es zu reparieren, was zu reparieren war. Wieder gut zu machen, was vielleicht nie wieder gut gemacht werden konnte. Doch auch der Versuch zählte schon.

Am Ende einer solchen Via dolerosa[xxviii] lächelte ein mildes Antlitz und fächelte vielleicht Vergebung, oder spornte voll heiligen Ernstes zu tieferer Einsicht an. Schuldig machte sich noch ein jeder und eine jede. Das Leben selbst schlug sich zum eigenen Bestehen ja die Schneise von Todesschmerz und Vernichtung.

Elvira konnte schon wieder mit freiem Blick durchs Leben gehen. Da war doch einiges abgeklärt, und was noch anstand, würde sie bewältigen. Sie war ja fast noch ein Kind. Jedenfalls fühlte sie sich manchmal so und dann erfreute sie sich ihrer Eltern und gab ihnen all die Liebe wieder, die sie von ihnen empfangen hatte.

Ihre Großeltern aber konnte sie nur im Traum besuchen. Zu ihnen konnte sie sich nur hinträumen, denn sie waren nun endgültig nach Christiania zurück gekehrt. Dorthin, wo die große Abenteuerreise ihres gemeinsamen Lebens seinen Hafen hatte.

O ja, sie spürten es wohl, wenn sie ihre Enkelin besuchte. - Wenn Elvira an ihre Traumpforte klopfte und um Einlass bat. Wie wachten sie dann so voller Sehnsucht anderntags auf und wünschten sich nichts sehnlicher als sie in Fleisch und Blut in ihre Arme zu schließen. Mit dem neuen Verkehrssystem war das kein großes Ding mehr.

Mit Hilfe von ihrem Vater Edmond schrieb Elvira als erste auf, was sie erlebt hatte. Ihr Büchlein fand zwar viele Nachahmer, doch da es nun einmal das Erste war und voller Liebreiz und flott geschrieben dazu, verkaufte es sich in Windeseile und machte sie zur jungen Bestsellerautorin, was sich entsprechend niederschlug.

So waren Reisespesen kein Thema und Mynona nahm ihren Sam öfters als dem lieb war bei der Hand und verfrachtete ihn in einen dieser Stratosphärenkreuzer, die inzwischen doch mit nahezu sechsfacher Schallgeschwindigkeit in der Stratosphäre verkehrten. Was man drinnen freilich nicht mitbekam.

Trotzdem hasste Sam Flugzeuge - immer schon. Und je schneller sie wurden, um so mehr hasste er sie. Nun ja, Hass war vielleicht ein zu großes Wort für seine Abneigung. Vielleicht liebte er sie ja nur nicht. Doch das reichte schon auch, fand Mynona, der es da ganz anders ging. Fliegen fand sie kaum weniger prickelnd als den Tanz mit dem Wind.

Für einen Weltenbummler war Sams Abneigung nicht gerade passend. Doch was will der Mensch machen? Vielleicht steckte das Geheimnis seines Drangs in die Ferne gerade in dieser stillen Abneigung. Wie ja auch der berühmte Admiral Nelson zeitlebens der See gram blieb, ob der Krankheit, die sie in seinen Gedärmen auslöste und nicht aufhörte, auszulösen. Und die er doch tapfer auf jeder Reise neu überwand. Sie hinderte ihn nicht daran, die größten Heldentaten zu vollbringen. Ja, vielleicht steckte in ihrer Überwindung zugleich das Geheimnis seines Erfolges.

Sam war kein Nelson. Er hätte sich auch mit Händen und Füßen dagegen gewehrt einer zu sein. Dieser Kriegsheld, an dessen Händen soviel Blut klebte, war keineswegs nach seinem Geschmack. Trafalgar hin, Trafalgar her.[xxix] Doch auch er überwand sich immer wieder, anders waren die Strecken nicht zu bewältigen, die er sich immer wieder vornahm.

Seit Elouise sie damals verlassen hatte, um im Weltraum zu gärtnern, hielt es ihn und Mynona in Christiania nicht länger. Und doch gaben sie diesen Ruhepol ihres Daseins nie ganz auf, sondern kehrten immer wieder dorthin zurück.

*

Freundschaft entwickelte sich nun nicht gerade zwischen den so unterschiedlich gearteten Großelternpaaren. Eher eine distanzierte Achtung oder wo nicht Achtung, so doch eine Art des Respektierens der Andersartigkeit. Gerade, weil diese womöglich weniger real war, als es den Beteiligten erschien.

Für echte Freundschaft waren sie schon altersmäßig zu weit auseinander. Und vielleicht verhinderte das trotz allem beibehaltene mittelwestlerische Gebaren mehr als nötig. Sam brauchte nur den Mund auftun und Billy-Joe hätte sich am liebsten die Ohren zugehalten. Sam wiederum fühlte in Billy-Joes Gegenwart in sich einen tief vergrabenen Rassismus kitzeln, was vielleicht noch schlimmer war. Und Arundelle hielt Mynona noch immer für einen Maulwurf, auch wenn ihr Verdacht inzwischen - nach all den Jahren - wohl jeder Grundlage entbehrte. Sie freilich war da anderer Meinung. So gäbe es von alters her die Schläfer in jener Spionagezunft und so einen wähnte sie in Mynona vor sich zu haben. Ihr Misstrauen hielt sogar Billy-Joe für übertrieben. Gesagt hätte er es ihr freilich nie.

So fielen solche Familientreffen immer ein wenig unterkühlt aus. Und richtig kam Stimmung erst auf, wenn sich das eine oder andere Großelternpaar zurückzog, was denn auch insgeheim allgemein begrüßt wurde. Zumal Elvira jetzt in das Alter kam, wo Heranwachsende lieber mit ihresgleichen zusammen sind.

Elviras erste Begeisterung über das neue Leben auf der Erde war vorbei. Ihr Weg als Schriftstellerin schien vorgezeichnet. Dank ihrer besonderen Gaben lag sie in der Zwischenschule genau richtig.

Mit ihrem scharfen, wachen Verstand eilte sie denn auch oft allzu schnell voran und begann sich höflich zu langweilen, wenn sie bemerkte, dass ihre Gesprächspartner nicht zu folgen vermochten. Da war vor allem Opa Sam im Nachteil und das tat ihr dann leid. Doch daran änderte sich auch deshalb nichts, weil er ihr Großvater war. In diesem Wesenszug schlug sie nach der väterlichen Seite, genauer nach ihrer Großmutter Arundelle.

27. Entschleierung (Revelation)[xxx]

Die GKO-Kommission hatte keine leichte Aufgabe. Doch von Auflösung war bald keine Rede mehr, auch wenn die ersten Erfahrungen mit dem neuen Gesetz katastrophal ausgegangen waren. An allen Ecken und Ende haperte es gewaltig und Gesetzestext und Gesetzeswirklichkeit strebten unübersehbar auseinander.

Was war da zu tun? Einerseits konnte man versuchen, das Gesetz rigoros durchzusetzen. Nun, das war gescheitert. Manche meinten, es war deshalb gescheitert, weil man nicht entschlossen genug gehandelt hatte, weil keine drakonischen Strafen verhängt worden waren. Doch gerade ein solches Gebaren stand dem Gesetz ja diametral entgegen. Denn das Gesetz hatte nicht zuletzt selbstherrliche Machtausübung zum Gegenstand. Und das war auch schon sein größter Fehler:

Es gab keine Möglichkeit zur Durchsetzung des Gesetzes, Strafen auszusprechen oder gar in die Tat umzusetzen. Denn damit begab man sich mitten hinein in die strafwürdige Wirklichkeit. Selbstgerechte Machtvollkommenheit und schikanöses Strafgebaren nämlich galt es zu verunmöglichen. Doch womit sollte man noch strafen, wenn es darum ging, die Strafenden für ihre Lust am Strafen zu bestrafen?

Darauf fand sich so leicht keine Antwort und deshalb war das Gesetz nicht das Papier wert, auf dem es geschrieben stand.

Aber das war nur die eine Seite. Die andere war, dass dem Leben eine Triebkraft genommen wurde, die sich so leicht nicht ersetzen ließ. Der Gesetzgeber hatte diese Triebkraft gewaltig unterschätzt. Ein wenig fühlte sich Arundelle an den Zusammenbruch des kommunistischen Imperiums erinnert. Damals, zu Ende des zwanzigsten Jahrhunderts, war die Antriebskraft des Gewinnstrebens dort noch unterschätzt worden. Machtgier allein leistete nicht den ausreichenden Ersatz. Obwohl dieser Gier mit großer Leidenschaft gefrönt wurde.

Vielleicht bestand sogar ein untergründiger Zusammenhang zwischen dem Verbot des Privateigentums von ehedem und dem Verbot von jetzt, sich an Leid und Unterdrückung zu ergötzen.

Im kommunistischen China war das Problem des Kommunismus erkannt worden. Die chinesische Lösung sah vor, kapitalistisches Streben zuzulassen. Ja, diese Triebkraft zum Wohle des Volkes in die staatlich gelenkte Planwirtschaft einzubeziehen.

Kritiker sahen darin eine Art Quadratur des Kreises. Doch die Tatsachen sprachen für sich. Die chinesische Volkswirtschaft nahm einen ungeheueren Aufschwung und entfaltet bereits im einundzwanzigsten Jahrhundert eine schier unvorstellbare Eigendynamik. Sie überflügelte in den kommenden einhundert Jahren alle Mitbewerber um den ersten Platz im Reigen der Nationen. Und wäre der Nationalstaatsgedanke nicht bereits längst in die Jahre gekommen, dann hätte China die Weltmacht zweifellos an sich gerissen.

Doch zurück zu der Frage, nach dem Charakter der staatlichen Intervention: Handelte es sich dabei um Gesetzesauslegung oder um staatlich gelenkte Gesetzesübertretung?

Schon für China fand sich seinerzeit keine eindeutige Antwort. So würde sich, befand die GKO-Kommission, wahrscheinlich auch jetzt für das fragliche Gesetz keine patente Lösung finden lassen.

Doch was bedeutete dies? Sollte sich auch die GKO-Kommission mit einer Art Quadratur des Kreises behelfen? Es sah ganz danach aus. Gesetzesnovellen jedenfalls waren weit und breit nicht in Sicht. Kein himmlisches Parlament tagte und beriet Alternativen. So wie es aussah, bestand das Gesetz fort. Nur die Anwendung und Auslegung stand zur Disposition[xxxi].

Es würde künftig darauf ankommen, recht feinsinnig zwischen den Motiven zu unterscheiden, die die Menschen bewegten. Wieder einmal war es jedem selbst überlassen, sich als Gesetzesbrecher oder als großzügiger Gesetzesausleger zu verstehen. Mit dem kleinen Unterschied, dass er jetzt vielleicht ein wenig mehr darauf achten musste, ob er als heimlicher Gesetzesbrecher genügend Unterstützer für seine begünstigende Auslegung fand.

In die Seele aber konnten die Menschen einander noch immer nicht schauen. Es sei, sie entbrannten in Liebe füreinander. Und vielleicht war der Schub an Liebeskraft, den Mutter Erde erhalten hatte, ja für einige Jahrhunderte ausreichend, um die Menschen damit aufzumöbeln. Die Legionen des Bösen hatte es jedenfalls schon einmal kalt erwischt und das war doch ein recht vielversprechender Einstieg in die neue Zeit.

*

Ob es nicht vielleicht doch möglich wäre, noch einmal am Zeitstrahl entlang zu wandern, wollte Arundelle wissen und wandte sich deshalb an Tibor, der zu *Südmichel* den heißen Draht besaß. Ohne *Südmichel*, so fürchtete Arundelle, kämen sie nicht weit. Für Palästina empfahl sich ganz offensichtlich eine etwas anders geartete Melodienfolge als seinerzeit. Und es war ihr, als hätten sie noch nicht so recht verstanden, wie sie sich aufstellen mussten.

Wahrscheinlich ging hier diesmal der Trend zu den Kalauern. Jedenfalls war dem *Advisor* als Antwort nun auch nicht gerade der reinste Tiefsinn ausgekommen. Statt nun vergeblich zu grübeln, hielt sie es für klüger, gleich mit *Südmichel* loszuziehen - wenn der denn mitmachte.

Südmichel sagte zu, aber nur unter der Bedingung, dass der *Advisor* sich diesmal entweder ganz ausklinkte, oder aber sich deutlich zurückhielt. Noch einmal den Buhmann zu spielen, habe er nämlich keine Lust.

Weder Arundelle noch auch Tibor oder Billy-Joe wussten, wie sie den *Advisor* daran hindern sollten, mitzumarschieren.

Nun, sie könnten die Sache sofort abblasen, sobald er auftauchte, meinte Arundelle. Doch *Südmichel* sah das nicht so locker.

„Wer erst einmal auf dem Weg ist, der kann nicht so einfach umkehren, jedenfalls nicht so, wie sich das der feine Herr vorstellt.“ – erklärte er, ohne sich näher zu begründen.

Vom Zauberbogen hörte man nichts und von magischen Stein auch nicht. Es war, als hätten *Südmichel* und der *Advisor* deren Parts übernommen.

Da nun wieder allerlei Archäologisches zu erwarten war, wollte Florinna gerne mit und Corinia selbstverständlich auch. Zu gerne hätte sie gesehen, wie Joschele es anstellte, auf dem Wasser zu gehen. Ob er seine Füße dazu brachte, das Wasser schockartig gefrieren zu lassen, das war die eine Variante. Die andere war, sich selbst so zu erleichtern, dass die natürliche Wasseroberflächenspannung ihn trug.

Beides doch recht plausible Erklärungsansätze. Doch die schmeckten den Mystagogen nicht recht. Sie wirkten gar zu unmythisch. Zum Glück waren Mystagogen auf der Insel Weisheitszahn dünn gesät, von Moschus Mogoleia abgesehen. Doch das war ja nun schon ein recht alter Hut.

Nun ja, Tika liebte es mystisch und Susamee auch, jedenfalls die Susamee, die jetzt noch bisweilen umher geisterte und Conversioren erschreckte. Denn so ganz schien sie sich denn doch noch nicht verabschiedet zu haben. Jedenfalls schien Tika mit ihr im Kontakt zu stehen, ganz besonders, seit sie wieder zurück aus der Unterwelt war.

Dort nämlich hatte sie die Nacktheit schätzen gelernt und sie erwog ernsthaft, diese auch hier drüben zu übernehmen. Darin wurde sie selbstverständlich recht kräftig bestärkt. So wollte sie die Abwesenheit nutzen, um in dieser Richtung einiges auszuprobieren.

„Vor den Kindern schämt man sich ja denn doch", meinte sie und schlug die Augen nieder. Tibor tätschelte ihr begütigend die nackte Schulter, als er sich verabschiedete.

„Hier ist kein Mensch", sagte er bestimmt und machte sich auf den Weg durch die Insel zum Helikopterterminal. Das Schiff war mal wieder unterwegs. Außerdem sollte es schnell gehen. Die Truppe wartete bereits.

Südmichel war mit den Schwestern Hase nur allzu einverstanden, denn er machte auf Diesseitsbezug und Realitätstüchtigkeit. Ob dies nur eine Masche war, oder ob sich da wirklich etwas bei ihm getan hatte, stand dahin. Mit seiner Haltung drängelte er den *Advisor* selbstverständlich in die esoterische Ecke, was diesem wiederum nicht passte. Wer lässt sich schon gerne in eine Schublade tun?

So ganz fest verwurzelt bei den ehernen Tatsachen der Existenz waren wohl beide nicht. Dafür blickten sie entweder zu gut durch oder besaßen den vollen Überblick.

„Ich hoffe doch sehr der werte Herr, respektiert unsere Bedenken“, erklärte *Südmichel* ein wenig gestelzt und machte sich daran, mit dem Zauberbogen diesmal ein Liedlein zu komponieren. Als ihnen nichts einfiel, zogen die den magischen Stein zu Hilfe und der kam mit einem Didgeridoo[xxxii] an, das er wundersamer Weise aus sich herauszog - *kein Mensch begriff, wie er das machte* - und das lang und immer länger wurde. Billy-Joe sollte reintröten, was der auch gerne tat.

Sich selbst legte er das Horn auf die Schulter und hieß Billy-Joe dicht hinter sich gehen, so habe er es leichter und so könne er ihm auch immer wieder etwas einflüstern.

Und wieder ging die Post ab. *Südmichel* stimmte ein Singsang an, das sich ohne Worte dem Tröten Billy-Joes einfügte. Die anderen stimmten mit ein und lallten, was das Zeug hielt. Dabei setzten sie gehorsam Fuß vor Fuß, eine hinter der andren und das Horn blies wie die Trompete von Jericho. Weniger schön als laut, aber das war Geschmackssache.

Die Wüste erzitterte unter solchen Klängen und die zerlumpte Schar von Joscheles Anhängern fühlte alsbald die Erde beben, so dröhnten die Besucher heran mit ihrer mächtigen Tröte.

Kein *Advisor* ließ sich diesmal blicken. Niemand, der hier falsche Eindrücke entstehen ließ, statt sie auszuräumen.

Doch Joschele war schon nicht mehr unter seiner Anhängerschar. Seine Zeit war bereits gekommen. So ermunterten die Gäste die Trauerklöße und gaben ihnen neuen Mut ein.

Ein solches Wunder war so recht nach deren Geschmack. Sie waren auf Wunder geeicht und bedurften ihrer wie das durstige Kamel des Wassers.

Ihren Joschele konnte ihnen *Südmichel* nun nicht wieder zurückgeben, jedenfalls nicht den ganzen. So gab er ihnen das, was von ihm noch übrig war. Doch das passte schon.

„Besser so einer als gar keiner“ – jubelten sie los und all ihr Kleinmut war dahin.

Joschele selbst fühlte sich bei den Fremden gar nicht so fremd, denn die waren sozusagen von seiner Statur – will heißen sie wogen so gut wie nichts und ließen sich nicht anfassen. So verabschiedete er sich erst mal recht bombastisch und fragte *Südmichel* diesmal ganz höflich, ob er denn bei ihnen mitmachen könne. Sie kämen ja offensichtlich nicht von hier und diese Stätte sei ihm nun doch sehr gründlich verleidet worden. Dabei wies er auf seinen geschundenen Leib draußen in der Sonne, der nun doch schon ein wenig zu riechen begann und freute sich darüber, einen so schönen Ersatz bekommen zu haben. „Und leicht fühlt er sich an, richtig angenehm zu tragen."

„Nicht wahr", stimmte ihm *Südmichel* zu, der ihn anscheinend verstand. Die andern wussten nicht so recht, was es mit seiner Rede auf sich hatte, denn sie begriffen sich ja nicht als Astralleiber, die sie hier in der Wüste nun einmal waren.

Hierhin kam man nicht so einfach. Doch das hatte er ihnen ja nun doch so oft schon erklärt, dass es ihm bald zum Hals heraus hing.

„Nun stellen wir uns doch einfach mal ganz dumm", sagte er sarkastisch, als sich Florinna tuschelnd an ihre Schwester wandte, um von ihr Aufklärung zu erhalten. Doch Corinia war ein wenig enttäuscht. Nichts als Sand überall und kein Wasser weit und breit. Sie hatte ein wenig gehofft, im Roten oder auch im Toten Meer zu tauchen und eigens dafür ihre Vorbereitungen getroffen. Die ja nun unnötig sein würden, stellte sich heraus.

„Ja, können wir den denn so einfach mitnehmen?" – der Zauberbogen blickte recht nervös zum magischen Stein und zurück zu *Südmichel*. Doch der zuckte nur die Achseln. Es schien ihm recht einerlei zu sein. Beinahe vermisste der Zauberbogen nun den gestrengen *Advisor* mit seinem Überblick. ‚Was nützt einem der beste Durchblick, wenn dann so was bei rauskommt. Wir können doch keinen Joschele einfach so mitnehmen. Der bringt uns noch alle in Teufels Küche. Der ist wie eine Ladung Dynamit aus Liebesperlen, falls es so was gibt."

„Brauchen täten wir ihn schon." - meinte Arundelle und Billy-Joe stieß in das Digeridoo-Horn. Tibor erinnerte sich an ein altes Shanty aus der Zeit da Zinfandor Leblanc die erste Last Bounty kommandierte. Und das ging so:

Blow the Man down Bullies

Blow the Man down

O ho blow the Man down

O blow the Man down

In some Liverpool twon

Give me some time to blow the Man down.

So schunkelten die Fernreisenden im Dreivierteltakt Richtung Heimat. Billy-Joe und *Südmichel* hakten Joschele unter, der sich ein wenig dusselig anstellte, aber dann doch mitschunkelte und ab ging's am Zeitstrahl entlang.

Da staunten alle, als Joschele nicht fester wurde mit jedem Schritt, wie die andern, sondern so schwummerig blieb wie er war, dazu fast nackt, als gehöre er zur FKK-Fraktion auf Susamees Insel.

„Erst einmal besorgen wir ihm was zum Anziehen", meinte *Südmichel* fürsorglich. Doch es stellte sich heraus, dass es gar nicht so einfach war, Kleidungstücke an seine Gestalt zu heften. Schließlich fand sich ein recht duftiger zarter Schleier, der hielt.

„Besser als nichts", meinten die Damen und dachten vor allem an die Kinder. Auch die unschöne Dornenkrone ging zwar nicht ab, doch ließen sich daran bunte Blüten befestigen. So sah Joschele alles in allem dann doch ganz manierlich aus.

Schlaf und Nahrung brauchte er weiter nicht, aber eine Aufgabe brauchte er. Immer wieder betonte er, dass er nicht von dieser Welt sei, aber das wussten ja alle. Ihm schien es aber doch wichtig zu sein, dass niemand diese Tatsache je vergaß.

Die *Repetitoren* wollten ihn bei sich haben und als das die GKO-Kommission hörte, wollte die ihn auch. Joschele meinte allerdings, eine solche Kommission sei für ihn nichts. Soweit sei er noch lange nicht. Erst einmal habe das Diesseits Vorrang.

Da wusste er nur noch nicht, worum es in dieser Kommission ging. Denn sie war ja eigens zu dem Zweck gegründet worden, das Erdenleben neu zu ordnen und auf eine dialektisch höhere Stufe zu bringen.

Er wusste noch nicht, dass er durch seine Anwesenheit einen wichtigen Beitrag auf dem Weg der Welt leistete.

So brachten ihm die *Repetitoren* erst einmal nahe, wie es sich mit der GKO-Kommission verhielt. Sie würde auch gelegentlich immer mal wieder herunter kommen, um auch die irdischen Belange stärker zu berücksichtigen, die, das war bisher die Schwäche gewesen, zu kurz gekommen waren.

„Joschele macht uns den irdischen Flügel stark", betonte der *Advisor* leutselig. *Südmichel* hatte bei ihnen in der Kommission nichts verloren. Worüber er sich insgeheim ärgerte. Vor Gram vergrub er sich ins Erdinnere zu seinen Zwergen und blitzte und donnerte recht umeinander bei dem Meervolk, das nicht wusste, wie ihm von seinem Idol geschah.

„Ein Idol ist auch nur ein Mensch", redete er sich kleinlaut heraus, als ihn Tibor deswegen ansprach, dem Corinia in den Ohren lag, weil sich Ministerin Boetie bitter bei ihr beklagt hatte. Die Premierministerin von Australis war inzwischen die am längsten regierende Regierungschefin aller Zeiten, betonte sie stolz. Was allerdings kein besonders gutes Zeichen für den Grad der Demokratisierung war. Aber das stand auf einem anderen Blatt.

„Mit rein menschlichen Maßstäben sind wir hier unten nicht zu messen", betonte sie denn auch. Diese Kritik kam unweigerlich auf, noch bei jedem Interview. Inzwischen waren die Decken recht durchlässig geworden – jedenfalls in einer Richtung. Die da unten wussten viel besser Bescheid, was oben abging als umgekehrt. Da wusste man ja kaum auch nur von der Existenz und die Verschwiegenheitsverpflichtung, wenn sie auch freiwillig war, sorgte dafür, dass dies so blieb.

„Schon aus Selbstschutz" – betonten die amtierenden Schulleiterinnen der Zwischenschule.

Joschele also passte in die Kommission fast besser hinein als in das *Repetitorenteam*, zumal dieses seine Aufgabe weitgehend erfüllt sah. Jedenfalls sah dies ein Teil der Mitglieder so, andere, um Arundelle, sahen dies ganz anders. Für sie ging ihre Aufgabe Hand in Hand mit der Kommission. Sie sahen das Gesetz als unmittelbare Antwort auf die arrangierte Zukunft, wie sie sich erfüllen musste, da sie ja nun einmal so erlebt worden war. Da kam sich keine Kommission aus, wie schlau sie es auch anstellte. Wenn in der Vergangenheit diese Zukunft erlebt worden war, dann musste sie so auch werden.

„Deshalb", so argumentierte Arundelle, „wird Zukunft nie nur global, sondern immer und zuvörderst im Detail. Und da macht es freilich einen Unterschied, wie gewichtig sich die einzelnen Merkmale der Zukunft zueinander verhalten."

Eine Gesetzesnovelle etwa habe es zu keinem Zeitpunkt der Vergangenheit gegeben, meinte sie. Doch damit stieß sie auf vehementen Einspruch. Nur deshalb sei Joschele ja überhaupt mitgekommen. Er hätte sehr gut in seiner Vergangenheit bleiben können. Aber nein, er wollte hier mitmischen, hier bei den *ZukunftsRepetitoren*, das schien ihm genau die richtige Aufgabe zu sein.

„Wenn mein Kommen irgend einen Sinn haben soll, dann den, dass ich die Zukunft vorwegnehmend gestalterisch beeinflusse. Und das mache ich hiermit also." - sagte er und pflanzte sich so breit er es nur vermochte mit seinem bisschen esoterischer Lichtgestalt vor die Versammlung auf. Seine Blümelchen in der Dornenkrone zitterten vor Erregung. - Ob er wohl fror unter seinem dünnen Schleiergewand?

Dorothea stieß ihr Schwestern verstohlen an, doch die erinnerte sich, dass *Südmichel* selbst zu diesem Gewand geraten hatte. Alles andere habe sich als zu schwer erwiesen.

„Immerhin kann er über 's Wasser laufen", erklärte sie. „Die Oberflächenspannung von Wasser erlaubt nur Wasserspinnen und ganz wenigen Insekten über das Wasser zu laufen. Wir haben es hier also mit einer Art Insekt zu tun." - „Oder auch mit einer Spinne", warf Corinia ein, der die Vorstellung gut gefiel. „Nun ja, gewichtsmäßig", ergänzte Arundelle korrigierend. Als ob das jemand vergessen hätte!

Joschele war also drin - in beiden Gremien. Sozusagen mit einem Bein auf der Erde mit dem andern im Himmel. (*Falls das überhaupt möglich ist. Im Himmel gehen die Uhren anders oder besser gar nicht, da dort Zeitlosigkeit herrscht.*) Alle hatten alle Zeit der Welt dort, weil sie gar keine hatten. Ein recht schwer begreifliches Paradoxon. So was wie die Unschärferelation oder die Quadratur des Kreises: Etwas, das sich wechselseitig ausschließt und doch existiert.

Joschele hatte seine Bergpredigt im Sinn und da kam ihm die Gesetzesnovelle gerade recht. Wenn die Erde aufhörte, den festen Ackergrund für Satans Horden abzugeben, würde sie zum Paradies, und mehr meinte er mit seiner Ankündigung gar nicht.

Dass das Gesetz aufgeweicht wurde, hatte mit der Dynamik zu tun, der es bedurfte, um die Welt voranzubringen. Aus einem wenig verständlichen Grund bedurften die Menschen der dunklen Triebe.

Erst sie kitzelten Höchstleistungen in ihnen wach. Nicht ausschließlich, aber doch oft genug. Und die Verlockungen der Seligkeit verblassten nicht selten hinter den Freuden der bösen Lust.

Soweit so schlecht, Gesetzesübertreter und Gesetzesinterpreten arbeiteten sich seit der stillschweigenden und tendenziellen Rücknahme der letzten Novelle seltsam zu. Wiewohl doch oft ohne recht von einander zu wissen. Joschele nun wollte hier Tacheles reden und sein klares Licht verbreiten, weil er bei sich daheim nicht durchkam. Die dort krebsten noch immer mit ihren Sklaven herum. So tat ihm der Sprung in die Zukunft recht gut.

Wie staunte er da, als ihm klar wurde, wie weit die Menschheit schon war. Was sie sich leisten konnte und wie viel Komfort dabei heraussprang. Freilich auch Schattenseiten wie diese teuflische Pandemie, für die es kein Allheilmittel gab. Und die sich wie eine Geißel Gottes ausnahm, da sie zu Umkehr und Neubeginn aufforderte. – Jeden einzelnen, darauf kam es an. „Du musst dich ändern, du lebst falsch, wahrlich ich sage dir..."

Und dann kam es knüppeldicke und ein recht johannäischer Joschele war in seinem Element. Denn predigen konnte er, das musste der Neid ihm lassen. Bald flimmerte er über die Medien und war schließlich im SLOMES Programm allgegenwärtig.

Das war genau die Unterstützung, die sich die *Repetitoren* erhofft hatten. Endlich ging es mit der Pandemieeindämmung voran. Da Joscheles Worte überall aufgingen, schritt der Genesungsprozess auch überall voran. Je gesünder die Menschen wurden, um so wichtiger wurde ihnen nun auch die Gesetzesnovelle, denn es machte ja doch einen erheblichen Unterschied, ob man in einer Welt lebte, in der das Böse von besonderem Reiz war und unerhörte Freuden versprach.

„Und wenn wir uns darauf einigen, dass zumindest die Werbung in dieser Hinsicht erst einmal eingeschränkt wird", schlug Erzengel Gabriel, *(der selbständigste unter den Erzengeln)*, in einer der folgenden Sitzungen der GKO-Kommission vor.

„Ganz recht, wie seinerzeit als die Tabakwerbung eingeschränkt und dann ganz verboten wurde. Die Maßnahme reduzierte den Raucheranteil in der Bevölkerung um bis zu fünfzig Prozent." – erinnerte sich *Anonymus*.

„Fünfzig Prozent ist nicht genug“ – meinte Hans Henny Henne, der immer gern aufs Ganze ging.

„Immerhin ein Anfang“ – wandte der *Advisor* ein.

„Das wäre zumindest ein Anfang, und ohnehin nur als flankierende Maßnahme gedacht.“ – bekräftigte *Anonymus*.

Da staunte Joschele, wie es hier in der GKO-Kommission zuging. Und ohne auch nur ein einziges Wort über das Seelenheil zu verlieren. Da merkte er, wie hoffnungslos ihr Kampf damals doch gewesen war. Nur wenn man an die Wurzel ging, hatte man eine Chance; und die auch nur, wenn das Drumherum stimmte und das schien hier ja jetzt der Fall zu sein. Ganz anders in dem Römischen Reich, mit dem er es zu tun gehabt hatte.

Mit wie viel Lust waren seine Henkersknechte mit ihm noch zuwerke gewesen! Verglichen damit tat sich nun doch das eine oder andere. Immerhin wurde öffentlich ernsthaft über den pathologischen Charakter solchen Lustgewinns nachgedacht. Vielleicht schlug das Pendel nun sogar recht übertrieben in die andere Richtung aus, indem Sadismus zur Krankheit erklärt wurde. So wie die Pest oder die Cholera. Damit machte man es sich denn doch vielleicht ein wenig zu einfach.

Wenn die GKO-Kommission eines aus der Debatte gelernt hatte, dann war es die Sinnlosigkeit von Strafandrohung. Aber wie brachte man ein Gesetz besser zur Geltung? Irgend einen Grund musste es doch geben, warum Menschen sich an ein Gesetz halten sollten.

„Es wäre von vorn herein vielleicht klüger gewesen das Gesetz in Gebotsform zu bringen.“ – schlug *Anonymus* deshalb vor, vom neuesten Stand der Entwicklung angeregt.

„Dazu müssten wir uns freilich erst einmal auf eine Begriffsabklärung einlassen.“ – brachte sich sogleich auch Hans Henny Henne ein, der es nicht lassen konnte, seinem Freund immer wieder korrigierend unter die Arme zu greifen.

„Ganz recht“, murmelte dieser, obwohl ihm nicht ganz klar war, worauf Hansimanns Einwurf abzielte.

Der *Advisor* wiederum glaubte die kleine Unsicherheit seines Chefs nicht einfach so stehen lassen zu dürfen und erläuterte weitschweifig den Unterschied zwischen einem Gesetz und einem Gebot. „Der Hauptunterschied ist - ein Gesetz **ver**bietet und ein Gebot

gebietet." Dabei betonte er das **Ver**, bei verbieten und das **Ge,** bei gebieten, damit es auch jeder richtig verstand.

Immerhin merkte die Versammlung bei solch prägnanten Worten doch wieder merklich auf, die bei dem einschläfernden Sermon zuvor in Konzentrationsnöte geraten war.

„Grundsätzlich wird dem jeder der Anwesenden gewiss zustimmen, doch muss die Frage erlaubt sein, wie ein solches Gebot zu formulieren ist. Außerdem müsste es dann in den Rang der zehn Gebote erhoben werden, vielleicht im Austausch, insofern sich darin durchaus einige Gesetze, die in Wirklichkeit keine Gebote sind, verbergen. Und die gälte es dann herüber auf die Gesetzesseite zu nehmen."

„Hat man da extra deshalb rausgenommen, damit die nicht untergehen..."

„...richtig unter vierhundert und noch ein paar - verliert so ein Gesetz schnell Kontur und Gewichtung..."

„'Du sollst nicht stehlen' – zum Beispiel, ist wichtiger als – ‚Du sollst das Zicklein nicht in der Milch seiner Mutter kochen'. - "

„Ob's wirklich wichtiger ist, sei dahin gestellt. Es ist vielleicht nur allgemeiner..." – warf *Anonymus* ein.

„Es kommt beim Gebot auf das **Nicht** an" – dozierte der *Advisor* ungerührt weiter „Wo immer das **Nicht** auftaucht, handelt es sich eigentlich um ein Gesetz, wenn auch um ein Gesetz ohne Strafandrohung."

„Nun ja, die gibt es bei den Naturgesetzen auch nicht."

„Da braucht es auch keine Strafandrohung. Wer ein Naturgesetz übertritt, der merkt das meist sofort und bezahlt womöglich mit seinem Leben. Bestes Beispiel, das jedem sofort einleuchtet, ist das Gesetz von der Gravitation, wonach sich Körper mit einem Faktor g beschleunigend anziehen, wobei der kleinere eindeutig im Nachteil ist."

„Richtig, und alle, die es am eigenen Leib ausprobiert haben, können davon nicht mehr berichten..." Hans Henny Henne war in seinem Element.

„Ich glaube, wir haben das jetzt verstanden. Dieser Punkt bedarf keiner weiteren Vertiefung." – der *Advisor* fürchtet den Faden zu verlieren. Und so war es dann auch. Joschele zog sich verwirrt zurück und dankte seinem Schöpfer für das zweite Standbein auf der Erde.

Hätte er nur da auch schon gewusst, wie es bei den *Repetitoren* zuging, dass die keinen Deut besser waren als die GKO-Kommission. Es ging schon recht feinsinnig zu überall und die Linie, hinter der die Bosheit lauerte, war schnell überschritten.

Intelligenz war mithin immer auch Auffassungssache. Was dem einen als intelligenter Lösungsvorschlag erschien, quälte den andern als boshafte Stichelei. Und der Lustgewinn dabei verschob sich im Auge des Betrachters, je nachdem, wes Geistes Kind er war.

Ob es so gar überall zuging? - Vielleicht bedurfte ja der gesamte Lustgewinn einer gründlichen Überprüfung. Wie herrlich klar verhielt es sich da doch mit dem freien Fall.

Joschele nahm sich vor, das Thema Lustgewinn auch bei andernorts anzusprechen. Er hoffte, dort auf bessere Verständigung erst einmal. Vielleicht war er der Erde noch zu sehr verbunden und fand seinen Platz nicht recht. Wie ja auch andere vor ihm sich schwer getan hatten. Es sei ein langer Prozess, die beiden Bereiche einander anzugleichen, auf dass es überall pan-paradiesisch und erdverbunden zugehe. – meinten die *Repetitoren* ein wenig zu selbstherrlich. Die taten gerade so, als hätten sie den vollständigen ‚*Über-Durchblick*', da sie sich auf kein Entweder Oder einlassen wollten.

Mit seinem Anlauf zum Thema Lustgewinn rannte Joschele offene Türen ein. Begeistert stürzten sich Grisella, Arundelle und überhaupt alle *Repetitoren* auf ein solch gefundenes Fressen. Sie erklärten Joschele erst einmal seine Kirche und was in seinem Namen alles für Schindluder getrieben worden war. Gerade mit der Lust. Joschele verging Hören und Sehen. Vergeblich wandte er ein, mit der Kirche - vielmehr mit den Kirchen - nicht unmittelbar zu tun zu haben. Betroffen aber war er schon sehr, als ihm klar wurde, was er da zu verantworten hatte.

Seine Rede vom Blut[xxxiii] stammte ja doch aus seinem Mund. Vielleicht war seine Formulierung schon von Anfang an missverständlich gewesen und hatte zu den tollsten Verirrungen Anlass gegeben. Aber vielleicht wäre es dazu auch dann gekommen., wenn er sich anders ausgedrückt hätte.

Ein wenig hilflos wies er deshalb auf seine Bergpredigt hin, die ja nun doch so manches zurecht gerückt habe. - Genau aus diesem

Grund sei sie deshalb ad acta gelegt worden und unter Verschluss geraten, weil sie nicht ins Bild passte. – konterten seine Kritiker.

„Alle rücken sich's hin, wie sie's brauchen, wohl wahr“ – stimmte er halbherzig zu.

„Wie hält man den Interpretationsrahmen eng? – Wem dazu was einfällt, der hat es geschafft.“ – sinnierte er weiter.

„Das fragst du nur, weil du weißt, dass es auf diese Frage keine richtige Antwort gibt.“ – ließ sich Südmichel vernehmen.

„Ob wohl manches klarer geworden wäre, wenn ich auch mal selbst zum Griffel gegriffen hätte?“ – fuhr Joschele ungerührt fort.

Kopfschütteln in der Runde deutete an, dass niemand so recht daran glaubte.

„Da ist kein Kraut gegen gewachsen...“ – *Südmichel* versuchte nun zu begütigen. Er wollte nicht, dass Joschele den Kulturschock bekam. Zu vieles prasselte ungefiltert auf ihn ein. Und allen war wohl bekannt, wie sehr sich so vieles in den letzten zweitausend Jahren verschoben hatte.

„Schau dich um in der Welt. Lass dir zeigen, was abgeht und wenn du dann noch ans Aufschreiben denkst, dann mach es wie *Anonymus*.“

Rein spaßeshalber nahm Arundelle Joschele mit in einem dieser Stratosphärenkreuzer, damit er ein Gefühl für die Fortschritte bekam. Sie flogen nach Norden zum intergalaktischen Nordbahnhof, denn Elvira drängte es auf die elterlichen Spuren in die alte Heimat Christiania. Und da wollte Elouise nicht nachstehen. Edmond sowieso nicht.

Billy-Joe zeigte Mynona und Sam seine australische Heimat. So war er diesmal nicht dabei. Doch er kam dann aber doch alsbald nach, als Mynona und Sam erfuhren, wohin die Enkelin unterwegs war.

Arundelle hatte ihm großzügig den Zauberbogen überlassen. Und weil sie ihre eigenen Reisepläne damals noch nicht kannte, hatte der Bogen freudig zugestimmt. So zog er zusammen mit den Menschen recht rustikal durch Steppe und Wüstensand.

Ob seine Gegenwart etwas geändert hätte, sei dahin gestellt. Die Reise mit Joschele erwies sich als anstrengender als erwartet. Joschele besaß einen ausgeprägten Größenwahn und der hieß ihn wohl stets und ständig das letzte Wort haben. Seine enge Vernetzung im himmlischen Geflecht gäbe das nun einmal her. Ganz gleich um was es ging. – So sein Credo[xxxiv].

Er spielte alles herunter, was nicht von ihm selbst kam und machte die gezähmten Mächte der Menschen nieder, oder hieb gar in die alte katholische Kerbe. Damit erstrahlte er nun nicht gerade in einem besonderen Licht. Zudem meinte er, die Stewardessen wollten Engel imitieren. Dabei waren es *Artefakte*, die nun inzwischen ein wenig vermenschelt worden waren. Es behagte den Reisenden ‚und machte das Fliegen noch angenehmer' - (Original Werbeton.)

Überall und ständig erwartete er, dass sich die Menschen zusammenballten, um ihm zu lauschen. Und wenn sie das nicht taten, dann war er enttäuscht. Und wurde manchmal richtig ausfallend.

Arundelle besorgte ihm extra einen aramäischen Laptop, dem er sich anvertrauen konnte. Aber vor Verschriftlichungen schien er eine Heidenangst zu haben. So kam es, dass keiner ihn verstand. Dabei hätte er nur zu reden brauchen. Das aber gelang ihm nur mit einer zahlreichen Zuhörerschaft. „So zwanzig aufwärts“, meinte er. Arundelle entgegnete etwas spitz. „Und ich dachte, zwölf würden reichen.“ – was ihr einen stechenden Blick aus kleinen schwarzen Augen einbrachte.

Im Stratosphärenkreuzer saßen selbstredend weit mehr als zwanzig Reisende, zweitausend wären der Sache schon näher gekommen, doch die scherten sich den Teufel um das dürre giftige Männlein im Schleiergewand, das da über den Schirm geisterte und sich in die Programme hackte.

Vergeblich versuchte Arundelle, ihm klar zu machen, dass es in Wahrheit Milliarden waren, die sich die Übertragung anschauen konnten, wenn sie sich denn zuschalteten, das war natürlich nicht unbedingt der Fall. Aber Joschele legte wert auf Augenkontakt und glaubte ein Meister der Massensuggestion zu sein, und die funktionierte nun einmal nur direkt, meinte er.

Alle seine Begleiter taten sich schwer mit dem aufgeblasenen Wichtigtuer, der sich ständig in den Mittelpunkt spielte und keine Gelegenheit verstreichen ließ, sich in Szene zu setzen. So richtig verstand ihn nur Elvira, denn sie kannte sich aus mit bösen Geistern. Sie meinte, man dürfe Joschele nicht absichtlich falsch verstehen, nur weil der so großartig war. Wem es mit ihm nicht ebenso erging wie mit dem *Advisor* oder auch sogar - bis zu einem gewissen Grad - mit *Südmichel*, der habe überhaupt nichts begriffen.

Elvira plante sogar ein neues Buch zu schreiben und hing ihrem Meister nur so an den Lippen, denn von diesen perlte die süße Weisheit nur so herab, fand sie. Ja, Joschele spaltete: Entweder war man für ihn oder gegen ihn.

Talentiert wie sie war, fasste sie das Gesagte in wundervolle Worte und arbeitete so recht den tiefen Sinn heraus. Vielleicht war es ja tatsächlich so wie sie sagte, Joschele war eigentlich gar kein großer Redner. Das war zugleich seine Tragik, denn was er zu sagen hatte, war es allemal wert, gehört zu werden.

„Doch dazu bedarf es der Stimme, möglichst einer stimmlichen Ausbildung. Opernsingen kann schließlich auch nicht jeder.“

Mit Joscheles Stimme haperte es gewaltig. Arundelle hatte sogar den leisen Verdacht, dass er gänzlich unmusikalisch war. Sonst hätte er doch wie so viele vor ihm zu Leier und Zimbel gegriffen, um seine Hymnen gebührend vorzutragen, wie es seiner Zeit entsprach. Doch vor Elvira oder ihrem Sohn und Elouise hielt sie sich zurück. Sie wollte die Familienbande nicht noch weiter belasten.

28. Nord-Südmichel

Elouise war mächtig stolz auf so eine Tochter und reichte sie überall herum in Christiania, denn dort war ja nun sie daheim. Viele der alten Freunde und Mitbewohner gab es noch. Seit der heldenhafte Kampf gegen die Pandemie geschlagen war, blühte Christiania noch einmal auf. Es wurde zum Mekka der neuen Heilsbewegung. Weshalb Joschele hier eigentlich am richtigen Ort war. Zum Glück vermochte Elvira ihm die Lage vor Augen zu führen und vor allem die Bedeutung des Ortes herauszustellen. Er meinte ganz schnell, das habe auch er sofort verspürt. - Allerdings kam das ein wenig spät. Doch Elvira tat, als bemerkte sie es nicht. Joschele hatte bei ihr eben einen Stein im Brett, wegen seiner spannenden Geschichten – und überhaupt.

Ja, der Joschele spaltete eine Gesellschaft in Befürworter und Gegner. Seine Anhänger liebten ihn, seine Gegner hassten ihn.

Als Elvira Grisella die ersten Kapitel zu lesen gab, war die sogleich mit dabei. Und mailte ihr heftigste Zustimmung herüber, denn sie war ja nicht mitgekommen, sondern saß gemütlich daheim auf ihrem Altenteil.

Auch der Verleger sei bereits angesprungen. „Da ist mal wieder was im Busch, kleine Bestsellerautorin. Vielleicht gelingt ja diesmal der Vorstoß zu den ganz Großen. Gleich neben *Anonymus* vielleicht."

Soviel Ansporn tat Elvira gut und sie fand, dass diese Einsicht nur angemessen war. Sie hatte sich in Joschele also nicht getäuscht. Um so mehr verwunderte sie sich über Großmutter Arundelle und ihre Eltern, dass die so unterkühlt oder gar genervt reagierten. Aber vielleicht brauchte es ja wirklich des besonderen Drahtes und der war eben nur ihr vorbehalten.

Hätte sie Arundelle darauf angesprochen, so hätte die vehement dementiert. Sie sah Joschele durchaus auf einer Stufe mit dem *Advisor*. Nur, sie war halt einiges gewohnt und verkehrte mit dem *Advisor* auf Augenhöhe. Vielleicht war es ja das, vielleicht benahm sich Joschele ihr gegenüber ein wenig zu sehr von oben herab, weil er nicht wusste, mit wem er es in ihr zu tun hatte.

Vor ihm waren alle gleich. Obwohl das so nicht stimmte. Arundelle selbst wäre zwar gern gleich gewesen und Joschele vielleicht auch, aber so einfach war das mit der Gleichheit nun auch wieder nicht.

Gleich wurde ein jeder zwar geboren, doch kaum war er auf der Welt, setzte schon die Ungleichheit ein. Es war seltsam bestellt um die Menschen. Und die, die am bewusstesten gleich sein wollten, waren es am wenigsten. So erging es Arundelle eigentlich schon immer. Ohne ihre Freunde und vor allem ohne Billy-Joe wäre es ihr vielleicht auch so ergangen wie Joschele oder dem *Advisor*. Im Grunde litten die unter Einsamkeit. Vielleicht benahm Joschele sich mit seinen eigenen ursprünglichen Anhängern ja ganz anders – und wenn schon nicht mit allen, so doch wenigstens mit seinen engsten Vertrauten.

Arundelle würde die geheimnisvolle Maria Magdalena - von der eher beiläufig immer mal wieder die Rede war - zu gerne persönlich kennen lernen.

„Zeig mir deine Freunde, und ich sage dir, wer du bist“ – meinte sie deshalb. Sie besprach sich mit ihrer Enkelin als erste, noch bevor sie sich mit *Südmichel* kurzschloss, der wundersamerweise auch hier in Christiania herumgeisterte, zusammen mit Billy-Joe - wie auch immer sie hergekommen waren.

Da verschob sich gerade was, vermutete sie. Oder es entstand der nördliche Gegenpol. Irgend einen Sinn musste *Südmichels* Festlegung auf den Süden ja haben.

Hier nannte er sich übrigens *Nordmichel*, was nur konsequent war. Ob es hier auch ein Meervolk gab und ein unterirdisches Zwergenreich? Melisandrien lag jedenfalls drüben, allemal nördlich genug. Dafür wurden die Zwerge in Schottland und Irland vermutet und in den Kohlegruben von Wales.

*

Arundelle wollte es jetzt wissen, wollte sich über Joschele Klarheit verschaffen. Deshalb wollte sie der Sache auf den Grund gehen, wie es ihre Art war. *Süd-Nord-Michel* machte erst so seine Einwände und redete sich heraus. Aber dann gab er plötzlich nach, als er erfuhr, dass Joschele selbst auch noch mal wieder zurück wollte. „Ein letztes Mal“, wie er betonte. Auch ihn trieb die Sehnsucht, das spürten die Christianier. Und alle die es spürten, fühlten, wie in ihnen etwas aufging, was zuvor nicht einmal vorhanden gewesen zu sein schien.

Da brauchte man sich auf nichts einlassen und erst umständlich den Südweg suchen, weil es eben auch den Nordweg gab. So ein Zeitstrahl war denn doch recht seltsam geerdet. Um hier voranzukommen, musste man rückwärts gehen, was kaum weniger anstrengend war als vorwärts durch zähen Sand zu stapfen.

Nun war Joschele zum ersten Mal als Sänger gefordert und besonders Elvira schämte sich ein wenig im Voraus, weil sie doch hier drüben seine glühendste Anhängerin war. Doch es wurde gar nicht so schlimm. Joschele sang zwar recht leise, aber gar nicht unangenehm und kaum neben der Spur.

‚Schade’, dache Elvira, ‚auch stimmlich hätte er etwas aus sich machen können. Nun ja, so war halt Joschele auch nur ein Mensch und konnte nicht alles umsetzen, was dem Menschen möglich ist.’

Jeder muss da wohl seine Prioritäten setzen. Das machte ihn, fand Elvira, ja gerade so menschlich. Vielleicht rieb sich Großmutter deshalb immer ein wenig an ihm. Die steckte ja nun so voller Lebenserfahrung. Und da kam so ein junger Spunt daher und wollte ihr erklären, wo es langgeht. So war es kein Wunder, dass sie erst einmal auf Distanz ging. Arundelle würde ihn deswegen schon nicht gleich beseitigen lassen. Das hatten im übrigen andere besorgt.

Joscheles Erdenfahrt diente einem andern Zweck, aber das würden sie bald genug erfahren.

Erst einmal hangelten sich alle recht unsicher am Zeitstrahl rückwärts. Bedingung war, sich nicht umzuschauen und sich ganz auf das Zurückliegende zu konzentrieren. Das war nicht einfach mit dem Erwartungsdruck.

Am schwierigsten aber gestaltete sich das Rückwärtssingen. *Südnordmichel* half deswegen, der wusste schon, wo der Schuh drückte und spulte seinen Song rückwärts ab. Dazu bediente er sich eines jener uralten Magnetophonbandgeräte, wie sie früher bei Verhören auf den Kommissariaten der Kriminalpolizei Verwendung fanden.

Er hatte sich das Gerät auf den Rücken geschnallt. So groß und unhandlich wie es war. Und alle versuchten, die Töne ebenso einzuschlürfen, wie es das Band vorgab. Wie gesagt, Joschele stellte sich dabei gar nicht so ungeschickt an.

Vor lauter Konzentration merkte er nicht immer auf und trat auch mal ins Leere. Da war es ein Glück wie fest alle verbunden waren, zumal er jetzt wieder festere Konturen annahm, sodass der Strick hielt.

Niemand fand übrigens heraus, was für ein Lied sie sangen. Obwohl dies die Preisfrage für die ganze Reise war. Wer sie gelöst hätte, würde sich ein Freilos erworben haben. Ähnlich denen von *Anonymus* oder Hans Henny Henne oder vielleicht noch Frau Waldschmitt alias Henne. Die Frau mit den beiden Ehemännern, wie sich die Erzengel zuraunten, wenn sich ihre flammenden Wege kreuzten. *(Wer in höchstem Auftrag unterwegs ist, kann sich mit Lappalien nicht aufhalten.)*

Gerecht erschien ein solches Freilos nicht gerade. Wer es gewann, tat dafür nichts als seinen Verstand anstrengen und sein Gedächtnis befragen. So etwas war doch bloß reiner Zufall. Nun, es war in diesem Falle noch einmal gut gegangen, da niemand auf des Rätsels Lösung kam. Vielleicht war dies wieder eine von jenen himmlischen Nicklichkeiten, über die sie schon beim letzten Mal gestolpert waren, dachten die wenigen *Repetitoren*, die diesmal mit von der Partie waren, wenn auch gleichsam in privater Mission.

Joschele tat so, als wisse er die Antwort und lächelte sein überhebliches Lächeln, das in Elviras Augen allerdings das süßeste und gütigste Lächeln war, das je ein Mensch gelächelt hatte und jemals lächeln würde. Hätte es sich bei Joschele um einen ganzen ‚Nur-Menschen' aus echtem Fleisch und Blut gehandelt, Edmond hätte wahrlich allen Grund zu väterlicher Eifersucht gehabt. So aber begnügte er sich mit der ein wenig undankbaren Josefsrolle, die durchaus ihre Vorteile hatte, jedenfalls auf lange Sicht. Das wusste er von Billy-Joe, dem es kaum anders ergangen war.

Das Schlürfmantra brach jählings ab. Unter den Sohlen knackte und klackte der Boden. Kein Sand diesmal, soviel stand außer Frage. Vielmehr Steinfußboden, darauf deutete alles hin. Ob sie sich nun wohl umdrehen durften? – fragte Arundelle sich und nicht nur sie. Es zog Elvira, Joscheles Lächeln auch zu sehen, das sie sich selig vorzustellen gezwungen war, wusste sie ihn doch in ihrem Rücken. So tat sie es ihrer Großmutter gleich, die nun auf ihren Rücken schauen musste, während diese Joscheles Rücken sah. Alle drehten sich scheinbar nun um. Weshalb auch nicht? Wenn erst einmal eine damit anfing. So war für Elvira nicht viel gewonnen.

Elvira schlüpfte in die Rolle der Himmelsbraut, wie Edmond seinerzeit in die Prinzenrolle. Das gäbe sich wieder, beruhigte er sich und auch Elouise, die solche Anwandlungen von sich nicht kannte. „Das ist das väterliche Erbe." – murmelte er verlegen, weil er sich noch immer ein wenig genierte. Ohne seinen Hamletpart hätte er Elouise niemals anzubaggern gewagt. Er wäre gar nicht auf die Idee gekommen, im Norden nach ihr zu suchen. So hatte doch auch der größte Mist sein Gutes.

So sagte er sich und versuchte auch Elouise davon zu überzeugen, wie wichtig es sei, Elvira gewähren zu lassen. Arundelle brauchte er nicht erst zu bremsen, die roch den Braten schon selbst. Ja, war schon eine tolle Frau, doch was für eine Übermutter! Ob's dem Joschele mit seinem Vater ebenso erging?

Doch wie erging es ihm? Darüber lohnte es nachzudenken und sich vielleicht auch einmal so richtig auszutauschen – mit wem besser als mit Arundelle selbst?

Hier nun stockte erst einmal alles, das Klacken der Hacken und das Einschlürfen der Musik. *Nordsüdmichel* stellte sein Gerät ab. Die kleine Schar der Zeitreisenden befand sich im Innern eines geräumigen Hauses. Aufs flache Dach hinauf führte eine Stiege, die sie erklommen. Oben war eine Tafel vorbereitet. Es gab Brot und Wein und etwas Ziegenkäse dazu, sowie getrocknete Streifen Fleisch oder Fisch.

Joschele drehte eher noch mehr auf im Kreise der Seinen. Maria küsste ihn recht zärtlich, das schmerzte Elvira, obwohl sie sich sagte, dass ihr solcher Schmerz nicht zustünde. *(‚O Schmerz, lass nach' – sagt sich so daher. Recht selten hält der sich daran.)* – ging es ihr durchs Gemüt.

Groß war die Tafel und wer weit weg saß, fühlte sich recht schnell ausgeschlossen. So schnappte sich jeder seinen Bissen und drängelte nach innen in den Schalltrichter. Ein Mikro hätte Wunder gewirkt. *Nord-Südmichel* fummelte an seinem Magnetophongerät herum, ob er wohl das Mikro dort abschrauben könnte, doch er schaffte es nicht.

Allein die gute Absicht zählte, denn Joscheles Stimme schwoll an mit jedem weiteren Wort. Und wie sie nun perlten, die unerhörten Worte! Elvira wurde es ganz anders. So hatte sie sich den Meister vorgestellt. Nur so konnte es gewesen sein. Wie sonst hätten die fünftausend ihn verstanden, von denen sie erst neulich gelesen hatte?

Hier in seinem angestammten Element wirkte er doch noch einmal ganz anders. Das bemerkten auch die Zweifler. Elvira sah es gern und nun gewahrte sie auch die wahre Maria Magdalena, oder glaubte doch, dass sie es endlich war. Für eine sehr junge Mutter Joscheles war sie nicht alt genug und für eine Ehefrau schien sie ihr zu alt. Aber was hieß dies schon damals, als jeder Ödipus daher kam, um seine Mutter zu ehelichen? Entweder merkten die sich keine Geburtstage, oder sie fanden Alter nicht wichtig. Vielleicht war es so oder ganz anders.

Arundelle gesellt sich zu ihr. Die Zeitwanderer standen abseits. Auf den flachen Kissen zu kauern waren sie nicht recht gewohnt, außer den Yogis unter ihnen, doch die hockten sich aus Solidarität auch nicht hin. So standen sie da in ihren komischen Klamotten. So musste es Joschele im Schleiergewand ergangen sein. Da begriffen sie erst, was es heißt, anders zu sein.

Statt nun aber eine dicke Lippe zu riskieren, wie es Joschele getan hatte, verstummten sie und wirkten recht schüchtern, sodass sie Mitleid erregten. Soweit sich überhaupt jemand um sie kümmerte, da ja alle gespannt zuhörten und Joscheles Worte in sich aufsaugten. Das war auch noch mal ein gewaltiger Unterschied. Drüben bei sich konnte einer so laut schreien wie er wollte, zuhören war da eher eine unbedeutende Nebensache. Richtig zuhören konnten die Menschen nämlich nicht mehr. Schon gar nicht für längere Zeit. Das hatte mit den Medien zu tun und mit der Dauerberieselung, der sie von kleinauf ausgesetzt waren.

Erst allmählich hörte diese Unsitte ja nun auch auf. Eigentlich bereits seit den Tagen, da der Prinz sich losgelöst hatte und die Zukunft allmählich in die Vergangenheit überging, um sich mit der Gegenwart zu treffen.

Diese Medienumerziehung gehörte zum großen Sanierungsprogramm im Rahmen der Seuchenbekämpfung und wurde schon von daher sehr ernst genommen. Insofern passte Joschele mit seiner Wortgewalt nicht recht ins Bild. Andererseits war seine Botschaft ja gerade die Umkehr aus der Entfremdung, oder wie er es mit seinen Worten sagte: „Kehrt um, tut Buße, legt ab, was euch bedrückt, reinigt euch von euren Sünden“, so tönte er ja durch die Medien und von daher war klar, dass die Leute die Ohren zumachten und davon nichts mehr hören konnten.

Wichtig wäre es schon gewesen, auch eine neue Sprache mitzubringen. Aber genau an dieser Stelle war Fehlanzeige. Auch Joschele konnte nicht aus seiner Haut und redete wie ihm der Schnabel gewachsen war und das war nun nach zweitausend Jahren doch ziemlich abgedroschen.

Hier nun, in seiner angestammten Umgebung - klangen die selben Worte doch ganz anders. Das kam vom Milieu und von dem orientalischen Flair, vermutete Arundelle, denn auch sie war nun ganz anders angetan und verstand Elvira zum ersten Mal ein wenig besser, was die an Joschele fand. Vielleicht, wenn sie so jung gewesen wäre, hätte auch sie noch einmal ganz anders zugehört. So aber glaubte sie doch schon das meiste zu wissen, was Joschele so von sich gab.

Nun, jetzt tat sie es und hörte richtig zu. Und sie vernahm tatsächlich ganz andere Dinge. Ihr war, als habe sich in ihrem Kopf ein Schalter umgelegt. Auf einmal verstand sie nun und begriff, was es hieß, wenn er sagte: „Wer Ohren hat zu hören, der höre."

Ja, nun hatte sie Ohren, um zu hören. Zuvor schon hatte sie auch Ohren gehabt, doch die hörten eben nicht auf die rechte Weise, weil sie nicht verstanden. Denn wir hören ja nicht in den Ohren, sondern im Verstand.

Wie hatten sie damals doch um die andere Art zu sehen gerungen. Nun geschah ihr das Gleiche mit den Ohren. Jedenfalls bot sich diese Sichtweise an. Doch ganz so einfach wollte sie sich denn doch nicht aus der Affäre ziehen. - Was war anders hier? Was verstand sie nun richtig, das sie drüben kalt gelassen hatte, Elvira aber nicht?

„Versuche als Städter nie einem Bauern die Landwirtschaft zu erklären. Er wird dir nicht glauben und dir nicht folgen. Ganz gleich wie begründet dein Konzept auch ist." – Arundelle hatte das irgendwo gelesen. Sie erinnerte sich nicht mehr, wo genau. Es schien ihr auch nicht so wichtig.

Schon wieder ertappte sie sich dabei, dass sie, statt zuzuhören, sich so ihre Gedanken machte. So versuchte sie erneut sich zu konzentrieren.

„Der Mensch hört nach einer viertel Stunde auf, zuzuhören" – ging es ihr alsbald durch den Kopf. Auch das erinnerte sie vage. Doch sie merkte, wie sie daran glaubte.

So ließ sie sich treiben und ließ los, was sie aufzubauen suchte. Es verspannte nur und führte nicht zum Ziel. Ob sie zuhörte, wusste sie nicht. Ob sie verstand schon gar nicht. Aber dass ihr warm ums Herz wurde und in der Seele leicht, das spürte sie wohl.

Das war vielleicht die andere Art des Zuhörens. Mit dem Sehen hatte es schließlich auch irgendwann geklappt.

Und wie sie noch so schaute, da schien um Joschele auch schon sein Heiligenschein auf und seine Worte flossen wie herrliche Götterspeise direkt in die Seele, dass sie sich vor Wonne kaum lassen konnte.

*

Nordsüdmichel sammelte die Seinen und drängte zum Aufbruch. Da wurde es auch für Joschele Zeit. Das Fest ging zur Neige, seine Zeit war gekommen. Wo er hinging, da war er nur halb willkommen und ein riesiger Berg ununerledigter Arbeit harrte seiner. All der Seelenmüll halt, der sich in zweieinvierteltausend Jahren so anhäufte. Die Menschheit hatte sich immer tiefer hineingeritten, doch überall ragten die Zöpfe aus dem Sumpf, an denen sich Menschen herauszogen. Es gab viel zu tun.

Billy-Joe stieß pflichtgemäß in sein Didgeridoo, das sich *Nordsüdmichel* über die Schulter legte. So kam es, dass diesmal Billy-Joe den undankbaren ersten Platz inne hatte. Der Spurmacher tat sich am schwersten. Galt es doch, den rechten Weg zu finden.

Das Magnetophonband schien nicht ganz in Ordnung zu sein. Wahrscheinlich hatte es bei dem Versuch, das Mikrophon zu lösen, gelitten. Arundelle konnte Elvira nicht finden. Die wiederum suchte ihr Konzept, ohne das sie nicht gehen wollte. Bis Arundelle dahinter kam, dass sie es absichtlich fortgeworfen hatte, um bleiben zu können. Joscheles Verschwörer klaubten auf ihre Bitte hin die Seiten zusammen bis auf das Titelblatt und so musste Elvira nun doch auch scheiden.

Ein letzter Sehnsuchtsblick auf Joschele, wie sie meinte, denn der musste ja mit. In ihrer Not wurde sie nicht gewahr, was sich für schreckliche Szenen abspielten. Da wurden Haare gerauft und Kleider zerrissen, laut oder leise gewinselt und was die Sitten an Trauerarbeit noch so zuließen.

So fand sich Joschele als letzter am Zeitstrahl ein. Seine leise Stimme verwehte beim Einschlürfen der Töne und es schien, als nähme er das in sich auf, was ihm an Trauer nachwehte.

„Ja, für die ist erst mal Hopfen und Malz verloren. Wenn die wüssten, was vor ihnen liegt.“ - Und Tränen des Mitleids stiegen Joschele in die Augen. Er sah das finstere Mittelalter heraufdämmern, gefolgt von der noch finstereren Inquisition und brach in haltloses Schluchzen aus. Es steigerte sich mit den Jahrhunderten, denn die Pogrome waren gar so schrecklich. Gottes Auserwählte hatten das Schlimmste noch vor sich.

„Gut Ding will Weile haben“, tröstete der *Advisor*, der es sich nun auch nicht nehmen ließ, den Abschied zu begleiten. Ging es doch endgültig in eine neue Zeit. Er meinte es gut, doch er wusste es besser.

Joschele sah es ihm nicht nach und es gelang ihm, *Südmichel* mit anderen Augen zu sehen. Dem Überblick des *Advisors* entging doch so manches. - Auch wenn er das Wesentliche erfasste.

29. Joscheles Rückkehr

Feuerzungen leckten über die zurückbleibenden Trauerklöße und alle fingen an zu reden. Vorbei war es mit dem Zuhören und keiner verstand auch nur sein eigenes Wort. Das galt es schleunigst zu ändern und so hörte ein jeder wenigstens auf seinen Nächsten, das war doch schon ein Anfang. Ganz egal ob der nun medisch, persisch oder aramäisch, griechisch oder lateinisch parlierte. So wollte es der *Advisor* für diesmal.

Zu verstehen gab es nicht viel, denn alle waren ja gleichermaßen erfüllt und die, die nicht erfüllt waren, kriegten sowieso nichts mit. Aber so ist das stets - irgendeiner steht immer außen vor, oder tut wenigstens so.

Derweil ging es munter rückwärts in die Zukunft zurück. Billy-Joe strengte sich mächtig an und blies, was das Zeug hielt und die Lippen hergaben. Denn das Magnetophonband spielte nur ganz leise und wäre es nicht direkt vor seinem Ohr gewesen, er hätte es so wenig gehört, wie die andern *Repetitoren* alle.

So verhallte die Melodie bis zur Unkenntlichkeit verzerrt und *Nordsüdmichel* trug ernste Sorge, ob sie auf diese Weise überhaupt ankämen. Doch umzublicken getraute er sich auch nicht.

Etwas fehlte. Er wusste nur nicht was. Unter den Hacken das Klacken, ja, das war es. Seit geraumer Weile klackte da nichts mehr. Doch da stieß Billy-Joe mit seinem breiten Rücken bereits gegen die Wand der Helikopterterminals der Insel Weisheitszahn.

Wenigstens war Joschele ordentlich gekleidet. Er hatte sich zu Hause sein einteiliges Gewand wieder besorgt, das die blöden Soldaten verzockt hatten und das so den Weg auf den schwarzen Markt gefunden hatte, wo es Maria Magdalena für billiges Geld kaufte. Wenn die damals gewusst hätten, was das einmal wert sein würde.

So sah er nicht mehr ganz so heruntergekommen aus. Die schreckliche Dornenkrone hatte Maria auch irgendwie abbekommen. Sie musste ein geschicktes Händchen für so etwas haben. Elvira neidete es ihr halbwegs. Zu gerne hätte auch sie sich mit Joschele versucht. So identifizierte sie sich wenigstens mit der antiken Helferin und das brachte ihr auch ein klein wenig.

„Ihr wisst aber schon noch, dass wir in Christiania losgegangen sind.“ – rief Elvira aus, als sie bemerkte, wo sie sich befanden.

Südmichel war es ohne den Zusatz - Nord – zufrieden. Die Doppelbelastung war nicht nach seinem Geschmack. Aber Joschele wäre zu gerne an den Puls der Zeit zurück gekehrt und der schlug nun einmal in Christiania. Da waren sich – so glaubte er zu wissen - alle einig.

Da niemand widersprach, buchte Arundelle sogleich die Passagen. Und wieder ging es ganz konventionell zum galaktischen Nordbahnhof und von dort mit dem Shuttle nach Christiania, das inzwischen sogar über einen eigenen Hangar verfügte, so beliebt war der Stadtteil als Reiseziel. Von überall her kamen die Experten um sich Rat zu holen und um sich mit eigenen Augen vom Alltag der Christianier zu überzeugen.

Noch war die Seuche nicht überall besiegt. Und die Langzeitfolgen würden noch auf Jahre hinaus spürbar bleiben. Aber es ging aufwärts. Überall schlug einem die Welle des Aufschwungs entgegen. Joscheles Programm haute genau in die Kerbe und vertrieb die letzten Geldmagnaten und mit ihnen die primitive Form der pekuniären Korruption und Vorteilsnahme. Denn das war die zweite geheime Seuche. Ihr war viel weniger leicht beizukommen. Wer an ihr litt, dem ging es nicht etwa schlecht, ganz im Gegenteil, der wähnte sich glücklich im Vollgefühl seiner Macht.

*

Schon im Stratosphärenkreuzer begann Joschele mit seiner Predigtreihe. Konzeptlos wie er nun einmal arbeitete, wusste die Regie nie, was dran kam und war stets auf alles gefasst, oder versucht es doch zu sein. Diesmal störte sich Joschele auch nicht an den wenigen Zuhörern in seiner Nähe. Zumal es so wenige gar nicht mehr waren. Sein Ruf eilte ihm voraus und der Gesellschaft war es eine

Ehre, ihm einen Freiflug in der ersten Klasse zu spendieren, den er auf Arundelles Anraten aber dankend ablehnte.

„Mit Speck fängt man Mäuse“ – meinte Pooty. Billy-Joe gab ihm einen leichten Klaps und bedeutete ihm, nicht vorlaut zu sein. Die Tage als VIP hatte der so recht genossen. Nun glaubte er, alle warnen zu müssen. Dabei war ihm überhaupt nichts Anstößiges widerfahren.

Korruption war eine der schlimmsten Geißel, seit Anbeginn. Die *Repetitoren* wunderten sich denn doch ein wenig, weshalb sich Joschele ganz ahnungslos gab. Oder er durchschaute die Verhältnisse hier drüben noch nicht hinreichend. Vielleicht dachte er, die Stratosphärenkreuzer seien so etwas wie das Meeresströmen oder der Winterregen, dem sich auszusetzen noch keinerlei Verbindlichkeiten nach sich zog.

Vielleicht hatte ihm Arundelle nur keine Zeit gelassen, das Anerbieten selbst von sich zu weisen, so wie er sich des Verführers entledigte, als der ihm seinerzeit das Blaue von Himmel herunter versprach. Außerdem waren die *Repetitoren* da, um auf ihn zu achten. Sie wussten um den Mediendschungel und die zuwiderlaufenden Interessen. Alle gaben vor, nichts als die Wahrheit zu erstreben und doch hielt ein jeder das für wahr, was ihm am besten gefiel oder zu statten kam, aus was für Gründen auch immer.

Um nun nicht selbst in den Ruch von Lobbyisten zu kommen, die sich für die SLOMES Corporation ins Zeug legten, half nur die Flucht nach vorn. Sie waren ja nun einmal mit diesem Weltkonzern verbandelt, daran konnte es keinen Zweifel geben. Hätten sie Judith und Dorothea deswegen aus dem Kreis der *Repetitoren* ausschließen müssen? Judith war ohnehin nur locker assoziiert gewesen, schon, weil sie mit den Geschichten aus der Zukunft nicht so vertraut war und deshalb auch keine Rolle spielte.

Immerhin konnten sie sich auf transzendente Zeugen berufen: Judith auf Hans Henny Henne und Dorothea auf *Anonymus*, die ihr Stand nun doch über jeden Zweifel erhob.

Arundelle, um nur ja nicht den Verdacht der Vetternwirtschaft aufkommen zu lassen, aber bezog sich auf den *Advisor*. Wenn überhaupt, dann sei sie dessen Lobbyistin, betonte sie recht kräftig und ließ ein Dementi nach dem andern über die Bildschirme flimmern.

Da die SLOMES-Corporation über einen großen Teil der Medien herrschte, versprach dieses Vorgehen einigen Erfolg. Und je tiefer sich das Bewusstsein von der höheren Weisung weltweit in die Hirne und Herzen der vielen Millionen einsenkte, um so zweifelhafter wurde die Sache ihren Opponenten, die nicht über solch eine Medienmacht verfügten. So bildete sich ein Teufelskreis, dem schwerlich zu entrinnen war. Vielleicht kam es jetzt mit Joschele zum endgültigen Durchbruch der reinen Wahrheit, von der die *Repetitoren* der Zukunft nun einmal felsenfest überzeugt waren. Ganz gleich welche verleumderischen Vorurteile über sie ausgestreut wurden.

Nicht zuletzt gäbe der Erfolg den *Repetitoren* recht. Doch wie wurde er gemessen? Viel geschah, ganz ohne Zweifel, doch wer bestimmte, was genug war? Bei solchen weltumspannenden Programmen ging es nicht überall reibungslos voran. Waren die kleineren Rückschläge, die es immer mal gab, wirklich nur kleinere Rückschläge oder drückte sich in ihnen bereits das Scheitern des Gesamtprogramms aus?

Dies waren die Fragen der rührigen Schmierenpresse, wie sie der Zwischenschule auf der Insel Weisheitszahn nun seit über hundert Jahren zusetzte. Und wenn die Reporter nichts fanden, was sich aufbauschen ließ, dann erfanden sie es um der Sensation willen. Aufmerksamkeit war ihnen dann gewiss. Und um mehr als um den Medienrummel ging es ihnen nicht.

Was scherte solche Reporter schon die Zukunft der Welt? Was ging sie die Hoffnung der Entrechteten an? - wo sie doch Aufmerksamkeit erheischen konnten und einmal wieder in den Mittelpunkt und Nabel der Welt vorstießen?

Konnte man sie mit der Lust am Bösen in Verbindung bringen? Waren sie die modernen Teufel, die den Weltlauf aus den Angeln hoben? Oder es doch zum mindesten versuchten? Verfielen sie dem Gesetz, das sich so schwer tat und das nun sogar Joschele selbst auf den Plan rief? Waltete da eine unsichtbare Hand?

Was jetzt eintrat, schien von langer Hand vorbereitet, soviel glaubten die *Repetitoren* nun doch zu verstehen. *Südmichel* war nicht zufällig gerade mit ihnen ins alte Judäa zurück gewandert. Schon gar nicht rückwärts und dann auch noch zum zweiten Mal, um Joschele dort so richtig loszueisen, dem der Abschied trotz Schmerz und Tod ganz offensichtlich sehr schwer fiel. Er wollte von den Seinen nicht lassen, wollte weiter bei ihnen herumgeistern, das spürten die Besucher deutlich.

Und doch war er mitgekommen. Jetzt ließ er sich auf alles ein, machte alles mit und war sich für nichts zu schade.

Ob Egoismus und Selbstsucht am Ende doch noch schlimmer waren als die böse Lust? Jene Lust, die Gewinn aus dem Leiden anderer zog, ja sich womöglich nur so überhaupt einstellen konnte. Erst im Niedertreten gewann sich der aufrechte Gang. Erst wenn unter einem die Leidenden stöhnten, öffnete sich oben der Himmel solch unreiner Glückseligkeit. Nur im Bewusstsein der Schädigung gewann sich das Vergnügen des scheinbar Unbekümmerten.

Gab es die Brücke zu den Verleumdern und Falschrednern, zu Wortverdrehern und Sinnentstellern? Wo war die hauchfeine Grenzlinie hinter die es kein Zurück gab, wo aus dem Antrieb ein Umtrieb wurde, nicht länger geeignet, etwas hervorzubringen, sondern Schaden anzurichten?

Joschele befleißigte sich einer angemessenen Sprache. Er wusste es ja, wer vom Abfall redete, der wurde missverstanden. Abfall bedeutete nicht länger, sich in der Welt zu verlieren, sondern, sich Dingen darin zu entledigen.

Eine solche Sprache fiel nicht vom Himmel und stammte nicht aus der Vergangenheit. Es galt, sie zu schöpfen. Es galt, sie unter Schmerzen zu gebären. Die Welt zu durchdringen, um sie hervorzutreiben, damit sie abbildete, was wirklich war.

Und doch galten die alten Probleme noch. Ja, um ein Vielfaches verstärkt wirkten sie weiter. Durch die Pandemie bedingt verloren die Menschen ihren Verstand. Sie begaben sich zurück in die Unmündigkeit. Sie waren nicht länger Herren ihres Tuns, sondern *den Artefakten* ausgeliefert.

Für sie entwarf Joschele eine Art ‚Massltalk', das so klang, als rede er Pferden oder Hunden gut zu. Manchmal zwitscherte er sogar und flötete ihnen Harmonien ins Ohr. Erstaunlich nur war, dass solche Rede ankam und - unerklärlich genug -, bewirkte sie sogar mehr als nur morbides Grinsen. Nicht selten setzte eine Suche nach echten Worten ein. Und es kam vor, dass Joscheles Ansprache – irgendwo in einem Asyl vom Rande -, einen wahren Bienenschwarm auslöste. Nicht nur vom Getöse her, sondern auch ganz praktisch, indem die Zöglinge ihren *Artefakten* entsprangen, sich fröhlich in ihren Parks oder Gärten ergingen und in aller Öffentlichkeit das taten, was sie am liebsten mochten.

Das betrachtete Joschele nicht etwa nur als einen Rückfall in die Vorsprachlichkeit, aus der er sie zu führen gedachte, sondern gleichsam als Pause auf dem Weg zur neuen Freiheit.

Joschele ließ keinen hängen und niemand wurde abgehängt. Dabei verlockte die schöne neue Welt doch sehr, wenn auch vielleicht ein wenig vom Schatten der Überalterung gezeichnet. Doch so wollte und konnte Joschele seine Aufgabe nicht sehen. Was ihm viel Kritik einbrachte und ihn auch im Kreis der *Repetitoren* nicht unumstritten erscheinen ließ.

Ja, er bedachte alle. Und die Quadratur des Kreises erschien ihm als Kleinigkeit, die geflissentlich zu übersehen war.

Immerhin stellte er so etwas wie ein Ferment dar, auch wenn sich seine Wirkung nicht messen ließ. Statt mit Feuer und Schwert, wie es altertümlich geheißen hatte, kam er medial daher und virtuell omni-präsent. Dafür sorgte schon der Konzern.

Gegen solche Hilfe war auch ihm kein Kraut gewachsen. Vielleicht wollte er gar nicht alles aus eigener Kraft schaffen. Vielleicht war es ja das, was er wollte – sich gleichsam zum Fanal machen, ein Herd der guten Ansteckung diesmal, der statt Not und Krankheit, die Fülle von Licht und Wahrheit entband.

Denn bei Licht besehen wirkten seine Wunder so wunderbar nun auch nicht mehr. Wo sich Akteure auf Wolkenbänken tummelten, da fiel einer kaum mehr auf, der über das Wasser wandelte. An den Wundern interessierte inzwischen viel mehr, wie sie zustande kamen: Nihil est sine ratione. Nichts ist ohne Grund. So flöteten es die Lerchen über den Feldern ins helle Sonnenlicht hinaus. Und die Sperlinge zwitscherten es den Städtern von den Dächern der Häuser. Wo sie sich vor den scharfen Gliderstrahlen in Sicherheit brachten.

Der Tag war noch fern, wo sie um ihre Meinung gefragt wurden. Doch der würde kommen Anders war die neue Erde nicht zu machen. Das lief schon alles über den allgegenwärtigen Geist. Und nun mochte man darüber streiten, wie viel davon in einem Spatzenhirn Platz hatte. Gewiss mehr als auf einer Messerspitze. Und doch reichte - räumlich gesehen - schon so eine Messerspitze völlig aus, um allem Leid zu wehren. Denn Geist war keine Frage des Raumes.

Im Schnellverfahren lernte Joschele und holte auf, was die Jahrhunderte für ihn hatten liegen lassen. Vom Ansatz her hatten die *Repetitoren* recht. Methodisch dagegen kamen Joschele doch Zweifel. Besonders der Zeitpunkt interessierte, an dem die Manipulation zu Bewusstsein gekommen war. Irgendwann einmal – unwissend aus der Vergangenheit kommend - hatten sich die *Repetitoren* als diese zu verstehen begonnen.

Erst hatten sie wohl selbst noch gar nicht so ganz begriffen, worauf sie sich einließen. Erst mit der Zeit hatte sich ihnen etwas verselbständigt und dann waren sie eines Tages mitten drin gewesen und konnten weder vor noch zurück. Sie mussten ihr Ding durchziehen, koste es was es wolle. Und das taten sie dann auch. Was blieb ihnen anderes übrig?

Das Treiben der *Repetitoren* stand und fiel mit den multiplen Welten – vielmehr mit Arundelles theoretischen Annahmen über deren Charakter und Verhalten, wo es nun einmal keine Gleichungen gab, sondern allenfalls Näherungen mit unauflöslichen Resten.

Corinia, als versierte Botanikerin, wusste längst, was sich hier nun so mühsam herauskristallisierte. Unter Millionen und Abermillionen von Blättern einer Art werden sich niemals zwei identische finden. Blätter, die einander völlig gleichen. Und doch sind sie alle als Blätter der einen Art zu erkennen.

Ersetzt man die Blätter nun durch Welten, dann ergibt sich, dass aus einer Art von Welt immer nur einander gleichende, niemals jedoch einander völlig gleiche werden können. Über die Wirklichkeit von Zukunft kann es mithin keine gültige Aussage geben. Allenfalls mehr oder weniger wahrscheinliche Näherungen.

„Welten sind keine Blätter“ – hielt Billy-Joe dagegen, als es im Kreis der *Repetitoren* wieder einmal um Anschaulichkeit ging. „Du meinst Blätter seien einfach?“ hieb Arundelle zurück. Denn sie wusste sich auf festem Grund. „Ja, streng gesprochen ist es nicht einmal möglich, von ein und dem selben Blatt zwei identische Aufnahmen zu machen. Allein die zeitliche Trennung bewirkt schon die Veränderung und sei sie noch so minimal. Die hinstreichende Zeit ist der große Alles–Veränderer.“ – stimmte Judith zu.

Sie war es gewohnt in ‚nano-versellen’ Zeiträumen zu denken und nahm automatisch die richtige Perspektive ein.

Ob Joschele solche Diskussionen wirklich weiter brachten? Doch unter den Repetitoren kamen sie auf, weil niemand auch nur die leiseste Vorstellung davon hatte, was es bedeutete, wenn sich die Wirklichkeit den eingeschlagenen Parametern beugte.

30. Auf der Spur des Geheimnisses

So herrschte das Prinzip Hoffnung und die *Repetitoren* unterstützten Joschele nach Kräften, oder auch halbherzig. Denn sie hätten schon gerne gewusst, was er vor ihnen verbarg. An seinem Plan zweifelte im Ernst keiner. - Wer so entschlossen auftrat, der musste einfach wissen, wo es lang ging.

„Hauptsache ist auf jeden Fall die Theorie. Wenn du eine gescheite Theorie hast, nach der du handelst und alle andern dazu bringst, auch so zu handeln, hast du fast schon gewonnen.“ – meinte Scholasticus ein wenig großspurig.

„Nur blöd, wenn hinterher rauskommt, was die Theorie alles nicht leistete.“ – gab Grisella zu bedenken. Sie dachte an die Folgen der großen russischen Revolution, die so auch niemand vorhergesehen hatte.

„Das kennt man ja bis zum Abwinken...“ – warf Arundelle deshalb ein, denn auch ihr kam eben diese Revolution in den Sinn.

„Überhaupt all die gescheiterten Revolutionen immer wieder. Wo es dann hinterher heißt: Ja, die Zeit war nicht reif oder der Mensch an sich taugt dafür nicht...“ ergänzte Florinna.

„Dabei geht ’s gar nicht um die Zeit und um die Menschen und um die Umstände, sondern darum, dass die Theorie nichts als eine einzige große Verarsche war, grundfalsch schon im Ansatz.“ – pflichtete Corinia ihrer Schwester bei. Und übertrieb ganz schön dabei, fand diese. Doch sie sagte erst einmal dazu nichts.

„Und selbst wenn die Theorie richtig gewesen wäre, allein durch die verstreichende Zeit war sie nicht mehr sie selbst.“ - Judith dachte an ihr Nanoversum als sie das sagte.

„Das ist so erfrischend an Joschele. Er kommt erst gar nicht mit so was an.“ – meinte Arundelle recht unvermittelt.

„Und doch scheint er zu wissen, wohin der Hase läuft.“ – merkte nun auch Billy-Joe an.

„Verheimlicht der uns etwas?“ – wollte Grisella wissen.

„Es ist seine Betrachtungsweise, daran liegt es. Der erinnert mich an die sich selbst programmierenden Laptops, die in jedem Augenblick ein neues Programm schreiben, nach dem sie sich richten.“ – fand Tibor. Traf aber auf wenig Zustimmung. Nur Arundelle ging auf ihn ein:

„Keine feste Theorie - verstehe, was du sagen willst...“

„Das meine ich doch“, rechtfertigte sich Tibor: „Flexibilität ist angesagt, in jedem Augenblick die ganze Theorie umschreiben. Das kann nur ein sehr gewaltiges Rechenzentrum leisten...“

„Oder ein göttliches Hirn...“ – ergänzte Arundelle.

„Handeln - so, dass alles bedacht ist, alles berechnet ist, alles geplant ist und doch nur eine mehr oder weniger große Wahrscheinlichkeit dabei herauskommt, sich dem Wunschreich zu nähern.“ – schwärmte Florinna.

„Von dem nun niemand viel weiß, fürchte ich, nicht einmal Joschele selbst...“ – schwächte ihre Schwester ab.

„Und wenn dann so ein Joschele handelt, gar als Stratege, dann sieht das so aus, als habe er keinen Plan...“ – unterbrach sie Scholasticus, den wiederum Grisella nicht ausreden ließ: „Hat er auch nicht, denn das geht bei so einem so schnell, dass der selbst nicht merkt, wie er da durch die Annahmen und Möglichkeiten hindurchrattert.“

„Verlässlicher sind da doch nun wohl die großen Rechner geworden, möchte ich meinen“, merkte Judith an, die es wissen musste.

Da widersprach denn auch keiner.

„Ob wir Joschele den Zugang ermöglichen sollten?“ – fragte Judith in die Runde hinein. Doch dann fiel ihr der leidige Lobbyismus wieder ein und ließ sie zögern. Vielleicht sah sie die Dinge allzu pragmatisch.

„Genau, das würde dann schon wieder gleich als Lobbyismus ausgelegt. Als wolle sich der SLOMES Konzern einschleimen.“ – gab ihr Scholasticus recht.

„Was er natürlich will. Das geht gar nicht anders.“ – ergänzte seine Frau und lächelte verbindlich. ‚Ihr Lächeln ist noch immer so einnehmend wie eh und je‘, dachte Scholasticus und blickt recht zärtlich zu Dorothea hin.

„Hat er nun einen Plan, oder keinen?“ – hakte Arundelle nach. „Das finde ich schon wichtig.“

Niemand antwortete. Alle blickten versonnen vor sich hin. So gesehen war die ganze Welt eine Aneinanderreihung von Verfehlungen und Missetaten. Kein Wunder also, dass dabei nichts rechtes herauskam.

Eben flimmerte wieder eine von Joscheles Botschaften über den Äther. Arundelle erinnerte sich:

‚Das ***Himmelreich*** *gleicht einem Senfkorn, das ein Mensch nahm und auf seinen Acker säte; das ist das kleinste unter allen Samenkörnern; wenn es aber gewachsen ist, so ist es größer als alle Kräuter und wird ein Baum, so dass die Vögel unter dem Himmel kommen und wohnen in seinen Zweigen.‘* [xxxv]

Ein durchaus klares Bild. Doch was bedeutete das? Ein Gleichnis beschreibt ja weniger, was wird, oder sein könnte, sondern gibt einem Wunsch Ausdruck, ohne sich unmittelbar zu erklären.

Ob es sich wohl lohnte, in Joschele zu dringen, dass er sich erklärte? Ohne weitere Erläuterung oder Vertiefung konnte sich ein jeder seinen eigenen Reim aus dem Gleichnis machen. Und doch schien es ihr, als verlohnte sich, wenigstens gedanklich dran zu bleiben. Vielleicht lüftete sich auf diese Weise ja doch ein Schleier. Sicher gab es noch mehr dieser Gleichnisse und vielleicht erbrächten Vergleiche doch ein tieferes Einsehen.

So empfahl sie dem Rund der *Repetitoren* das Bibelstudium. Sie selbst nahm sich jedenfalls vor, hier ein wenig tiefer zu gehen, um vielleicht auf diese Weise in die Gedanken des Meisters einzudringen. ‚Vielleicht, wenn jede mit ihrem Lieblingszitat aufwartete?‘ – warf sie so in den Raum und erntete teils doch recht skeptische Blicke.

Die infrage kommenden wenigen Kapitel seien denn auch schnell durchblättert, versuchte sie zu beruhigen. Manches wisse doch eine jede sogar noch auswendig.

Wie auch immer. Die Hausaufgabe war klar gestellt und da sie ja nun erwachsene Leute waren, blieb es jedem selbstverständlich überlassen, sich der Aufgabe zu stellen.

Alle waren recht gespannt, was dabei wohl heraus käme. Arundelle versuchte, sich erst einmal auf ihre selbstgewählte Aufgabe zu konzentrieren und nur solche Gleichnisse zuzulassen, die sich mit dem *Himmelreich,* oder dem *Reich Gottes*, oder dem *Paradies* befassten.

Als es dann soweit war – alle trafen sie sich wie ein Mann, so gespannt waren sie auf die Ergebnisse der anderen - schlug sie vor, eine jede möge doch nun das ihr liebste Zitat zum besten geben, und sie selbst wolle nur zu gerne beginnen.

Arundelle verkündete recht feierlich:

Womit wollen wir das Reich Gottes vergleichen, und durch welches Gleichnis wollen wir es abbilden?[xxxvi]

Das Himmelreich gleicht einem Sauerteig, den eine Frau nahm und unter einen halben Zentner Mehl mengte, bis es ganz durchsäuert war.[xxxvii]

Fällt jemandem dazu was ein? der erste Gedanke ist oft der allerbeste.

„Ganz konkret sind das die Juden, deren Staat mal wieder aufgelöst wird und die in alle Winde verstreut werden. Sie sind der Sauerteig und alle Welt ringsum ist das Mehl. Ist doch sowas von sonnenklar..."

„Vielleicht eine Spur konkretistisch? Doch es hat was"

„Viel ist nicht draus geworden damals, oder?"

„Im Grunde gleichen sich die Zitate. Es geht immer ums Wachsen und um Fortschrittsoptimismus so auch hier: *Also ist das Reich Gottes, wie wenn ein Mensch den Samen auf das Land wirft, und schläft und aufsteht, Nacht und Tag, und der Same sprießt hervor und wächst..."*

Dem konnte Tibor nur zustimmen, indem er ausführte:

„Ein Sämann ging aufs Feld, um zu säen. Als er säte, fiel ein Teil der Körner auf den Weg, und die Vögel kamen und fraßen sie. ...

Ein anderer Teil schließlich fiel auf guten Boden und brachte Frucht...“

„Yoshele ist eigentlich recht einfach zu verstehen, wenn man so will. Was vielleicht neu ist heute, hat sich aus dem Fortschritt ergeben. Die Zeit selber ist nun reif. Statt der frommen Wünsche sind die Bedingungen erfüllt – jedenfalls in weit größerem Maße als je zuvor. Sonst wäre er sicher nicht mitgekommen. So schwer es ihm auch geworden ist beim letzten Mal. Von den anfänglichen Missverständnissen mal ganz abgesehen.“

„Ich glaube unser Handstreich gegen Malicius Marduk und die Seinen hat ihn tief beeindruckt. Die Erdung der zehntausend, die da umgepolt wurden. Was hat sich da denn wirklich ereignet?“

Elvira erinnerte sich ihres Kindseins und der erfolgten Erdung und befand Joscheles Verweise auf die Kinder recht erhellend, zumal sie die geistige Verarmung ihrer Kindheit noch lebhaft erinnerte – all ihre Boshaftigkeit und quälerische Lust. Wie hatte ihr armer Vater Edmond doch so sehr unter solch einem boshaften Kind gelitten. Dem konnte Elouise, die Mutter, nur zustimmen, denn auch sie gestand sich inzwischen die Wahrheit ein und konnte die Verwirrung ihres Kindes draußen auf der Weltrauminsel noch immer nicht fassen. Es war ihr, als habe sie eine unsichtbare Hand genötigt. Am liebsten hätte sie das alles nun mit einem großen unsichtbaren Schwamm ausgelöscht. Elviras Erdung schien ihr deshalb so recht ins Bild zu passen. Und auch sie fühlte sich schuldig, denn etwas in ihr war es ja gewesen, das sich so vehement für den Weltraumaufenthalt eingesetzt hatte. Damit hatte sie eben das verhindert, was ihr Kind dann letztlich doch noch rettete – die Erdung. - Und so wollten ihr die weiteren Zitate, die zur Disposition standen, nun nicht mehr so recht passen, wiewohl sie sich alle auf das Kindsein bezogen. Um so bereitwilliger griff Elvira sie auf und glaubte sich damit zum Anwalt aller Unmündigen zu machen.

Die Bedeutung des Kindseins und der Kindheit waren auf jeden Fall unübersehbar. Vielleicht wies gar die Erdung den Weg. Bedurfte es noch eines Beweises, dann fand er sich vielleicht in der erfolgreichen Heimholung Elviras und all der anderen Weltraumkinder, die von den Repetitoren aus den Klauen des Verführers befreit worden waren.

Sie hatten dafür gesorgt, dass die Legionen der Finsternis den Erdboden berührten, um sich an der guten Erde gleichsam zu infizieren. Doch das wäre ihnen auf dem himmlischen Schlachtfeld nicht anders ergangen, da waren sich die *Repetitoren* inzwischen ziemlich einig.

So hatte sie der *Advisor* wahrscheinlich nur gewähren lassen. Den groben Rechenfehler hatte Malicius Marduk also auf jeden Fall selbst gemacht. Die technologische Meisterleistung, mittels Tarnkappe eine Täuschung hinzukriegen und den Himmel auf die Erde zu holen, war natürlich deshalb unbenommen, und suchte ihresgleichen.

Ja, es fragte sich überhaupt, ob diese Methode nicht langfristig das Problem der Erde zu lösen imstande war. Denn den Himmel auf die Erde zu ziehen, klang an sich recht traumhaft und barg all die Verheißung, hinter der die Menschheit in ihrer bewegten Geschichte hergestolpert war - all die vielen Jahre der Irrungen und Wirrungen auf ihrem Weg zu sich und ihrem Streben nach Vollendung und Vollkommenheit. Sei es für die Individuen oder gar für alle – die ganze Schöpfung gleich mit einbezogen. Denn bescheiden waren solch hochfliegende Gedanken nicht gerade zu nennen. Ob sie deswegen falsch waren?

Arundelle schien es doch, als näherten sie sich mit solchen Überlegungen dem Geheimnis, dem sie auf der Spur waren. Am Ende steckten in den kindlichen Phantasien von Macht und Verfügungsgewalt doch richtige Antworten. Womöglich verbarg sich in jenem Märchenreich der Wünsche, wo alles noch möglich und nichts unmöglich scheint, die Antwort auf ihre Frage.

Und dann wurde auch viel klarer, weshalb es die Kinder sind, die dem Geheimnis am nächsten kommen. Ist es ihnen doch gegeben, ihrer Welt mit Begeisterung und unerschöpflicher Neugier zu begegnen, auch wenn sich da hinein dann die dunklen Schatten des Missbrauchs mengen.

So ist dies kindliche Eintauchen ins pralle Leben immer eine Gratwanderung, die das Abgleiten nach der dunklen Seite hin riskiert. Und das, auch wenn alles gut geht, doch mit den Jahren abstumpft. Es sei, es handle sich bei dem Individuum um eine Art Einstein, dem das kindliche Gemüt nicht verloren ging - und zeitlebens nie verloren geht.

Ja, solche Menschen gab es und es gibt sie immer wieder. So taten die *Repetitoren der Zukunft* gut daran, dort anzusetzen und sich um Bedingungen zu bemühen, die solch Wesen zu erhalten trachteten. Dass es nicht verloren gehe oder gar auf dem Altar des Erwachsens geopfert werde.

So gesehen hatten sie alles richtig gemacht in ihrer Zwischenschule. Ihre etwas verquaste Haltung Billy-Joe gegenüber, erschien Arundelle nun in diesem freundlichen Licht. Auch wenn sie die Dinge noch nie aus diesem Blickwinkel betrachtet hatte. Jedenfalls konnte Arundelle sich daran nicht erinnern. Aber darauf kam es auch gar nicht an. Es ging nicht darum, wie viel Bewusstsein das Schöpfen aus solch einer Quelle begleitete, wichtig war nur das Schöpfen selber und das Geschöpfte.

Arundelle war sich gar nicht so sicher, ob es ihnen nicht auch wie dem Tausendfüßler ergangen wäre. Der kam ins Stolpern, als er gefragt wurde, wie er es anstelle mit seinen vielen Beinen nicht zu stolpern – nun – wie waren sie so viele Male gestolpert.

Sie hatten sich noch alle ihr kindliches Gemüt bewahrt - ohne Ausnahme. Vielleicht war das überhaupt das Geheimnis der Insel Weisheitszahn, denn Arundelle mochte niemanden dort ausnehmen, nicht einmal den griesgrämigen Moschus Mogoleia, den ewigen Nörgler. Alle anderen - ohne Abstriche - verfielen dem Verdikt der Kindlichkeit und das prägte ihre Beziehungen entscheidend. Es war, als hätten sie alle den letzten Schritt im Heranwachsen nicht mitvollzogen, als schöben sie diesen kritischen Wendepunkt vor sich her, der zugleich den Beginn des Verfalls anzeigt.

Keiner von ihnen war in diesem Sinne wirklich erwachsen geworden. Und das drückte sich weniger körperlich als geistig und seelisch aus. Es erging ihnen wie dem guten Wein, der immer älter und reifer, doch niemals zu alt oder überreif wird – jedenfalls einige Jahrzehnte lang nicht.

Ja, von gutem Whisky sagt man, er könne ewig reifen. So wie Hans Henny Henne, auch wenn man bei dem die Grade kaum mehr spürte, so alt und abgehoben wie er inzwischen war.

Ob es an den Farben lag und an der anderen Art zu sehen? Nun – Joschele hob auf die Ohren ab. Das hatte durchaus etwas für sich. Auch da tat sich manches in der Zwischenschule, wenn auch recht naturwüchsig. Einen Grundkurs - ‚die andere Art zu hören' jedenfalls gab es nicht, - hatte es nie gegeben. Vielleicht nur deshalb, weil sich niemand recht hinein vertiefte in ‚die andere Art zu hören'. Womöglich war das eine Herausforderung und ein Mangel, den es abzustellen galt.

Das war überhaupt das Faszinierende an der Zwischenschule. Sie blieb ihrem Namen treu, denn sie lag irgendwie doch immer dazwischen. So war der Name zugleich Programm in vielerlei Hinsicht.

Worauf bezog sich aber dieses ‚Dazwischen' – das ‚ in between'? Hatte es räumliche Dimensionen? War es zeitlich zu verstehen? Und wer hielt sich in diesem unbestimmten Zwischenreich auf? Ob es wohl in eins fiel mit jenem Reich, das Joschele ins Gespräch gebracht hatte und das nun die *Repetitoren* auf ihre alten Tage zum Bibelstudium veranlasste?

Arundelle wollte es scheinen, als träfe sie eine alte Bekannte, die sie lange nicht gesehen hatte und die sie nun zum ersten Mal überhaupt richtig erkannte, ohne sie deshalb doch wirklich zu kennen. Was sie erkannte, bezog sich auf das Eingeständnis, zuvor nie recht hingeschaut zu haben.

Das Geheimnis habe sie nicht einmal gesehen, gestand sie sich ein. Es wallte ihr nun gar so unabweislich und massiv entgegen. Und ihr war, als wolle es sie versengen. Sie spürte eine ganz immaterielle Hitze, falls es so etwas gibt. Es war ihr, als brenne sie, als dringe eine Flamme in sie ein, der sie sich zunächst erschrocken zu erwehren suchte, die sie dann aber ängstlich und begierig zugleich gewähren ließ. Unstillbar nämlich brannte dem äußern Schein von innen flammende Neugier und Forscherdrang zu.

Ob sie Joschele dafür gewönne? Sie wusste bei ihnen niemanden, der sich auf ‚die andere Art des Hörens' verstand, jedenfalls nicht bewusst. Wenn es da jemand gab, dann war es ein Naturtalent ohne Ausbildung.

Dabei spielte Joschele nicht einmal ein Instrument. Oder doch, und niemand wusste davon? War ihm das Musizieren so selbstverständlich, dass er darüber kein Wort verlor? Dass niemand von seinen Anhängern es für nötig befand, darüber auch nur ein Wort zu verlieren? Vielleicht zogen sie all ihre beiden Wanderjahre ja singend durch die Lande?

Stimmgewaltig nämlich musste Joschele gewesen sein. Immerhin sprach er vor großen Menschenmengen und nirgends wurde davon berichtet, dass die meisten ihm nicht zuhörten, weil sie ihn nicht verstanden. Ganz im Gegenteil, Feuer und Flamme waren sie gewesen und das nicht erst, wenn er Wunder tat. Stimmlich also musste er ganz schön was drauf gehabt haben.

„Rein technisch gesehen ist das nicht drin", meinte Scholasticus. „In einem Boot auf dem See fünftausend an den Ufern lagernde Menschen zu erreichen ist völlig unmöglich. Nicht mit natürlicher Stimme. Vielleicht als Opernsänger und selbst dann..."

Niemand mochte ihm widersprechen. Über so etwas dachte man nicht nach. Das stand da so geschrieben und niemand fragte sich, ob es denn sein könne.

Der Fragenkatalog an Joschele wurde immer länger. Allein Judith schirmte ihn hermetisch ab. Sie hielt ihre schützende Hand über ihn und sorgte dafür, dass niemand ihm zu nahe trat. Er wohnte sogar bei den Kornblums.

„Bei uns bekommt er nur koscheres Essen, da kann er sich drauf verlassen“, meinte sie und Stolz klang in ihrer Stimme auf, dass sich da über so lange Zeit hinweg nichts geändert hatte.

Niemand musste koscher essen, doch wenn dann die Feiertage kamen und auch ein wenig Muße dazu, dann ließen es sich die Hausfrauen nicht nehmen, alles so zuzubereiten, wie es sich gehörte.

Joschele aß praktisch nichts. Doch allein die Tatsache, dass er zu Tische saß, dass er roch, was es gab und sah, wie die Speisen dampften, genügte ja oft schon. Judith fühlte sich so recht als jüdische Mamme. Sie breitete ihre imaginären Flügel aus, um Joschele unter ihre Fittiche zu nehmen. Und so umtriebig er sonst auch war, kaum zog er die Tür bei den Kornblums hinter sich zu, da war er geborgen und daheim wie in Abrahams Schoß. Auch bewohnten sie ein sehr großes wunderschönes Haus.

So stieß Arundelles Idee, Joschele für einen Grundkurs in Sachen Hören zu gewinnen, erst einmal auf eine Mauer der Ablehnung. Nicht einmal vortragen durfte sie ihr Anliegen.

„Der muss die Welt retten“, hieß es. „Wahrscheinlich versteht er euer Problem gar nicht.“

Doch die *Repetitoren* ließen nicht locker, vielmehr ließ Arundelle nicht locker, denn sie brachte ihr Anliegen in jeder nur denkbaren Variation immer wieder ein, bis sogar der *Advisor* selbst hellhörig wurde und durchaus einverstanden schien.

Joscheles Reise in die Zukunft entbehrte ja nicht etwa der Zustimmung von höchster Stelle. Ganz im Gegenteil. Seit der Gesetzesnovelle und der entscheidenden Schwächung der dunklen Seite bestand erhöhter Handlungsbedarf.

Von Reife war plötzlich die Rede, wo zuvor nur Zweifel zu herrschen schien. Auf einmal konnte es gar nicht schnell genug voran gehen. Und Gnade schwappte reichlich über die - nun wieder begüterte - Erde hin. Beinahe schien es manchmal schon zuviel des Guten. In Windeseile wurde so manche Scharte ausgewetzt. Und was in Jahrtausenden dahin gegangen war, kehrte nun im Handstreich wieder.

Und das nicht zuletzt deshalb, weil endlich die Maßnahmen zu fruchten begannen, weil die Pandemien verebbten und Verständigkeit um sich griff. Bald konnte man das koschere vom biodynamischen Essen kaum mehr trennen oder unterscheiden. Und so ging es überall. Ohne die Lust an der Tücke entbanden sich ungeahnte Freuden. Ohne die vielen milliardenfachen Sticheleien blieben auch die großen Stiche aus, zu denen die kleinen sich akkumulierten, ohne dass es jemand je recht bemerkte oder begriff.

Wo das Klima der Missgunst erst einmal überwunden war, da gab es bald kein Halten mehr. Die *Repetitoren* liefen - ehe sie es sich versahen - auf einmal den Wirklichkeiten hinterdrein, so eilig hatte es die Zukunft plötzlich.

**

Trotzdem ließ Arundelle nicht locker. Hatte es doch schon mit dem Sehen so seine Schwierigkeiten gehabt, insofern, als sich doch alles in allem recht wenige Begabungen zeigten.

Arundelle war überzeugt davon, dass im Verborgenen unendlich viel mehr davon schlummerte. Doch die raue Wirklichkeit schliff beizeiten die rohen Diamanten auf eine Weise rund, dass sie statt an Glanz zu gewinnen, im matten Einheitsgrau untertauchten. Hier hatte die Zwischenschule gegengesteuert, so gut sie es vermochte und die eine oder andere Begabung aus der Taufe gehoben, um sie diesem Schicksal zu entreißen.

Auch ‚die andere Art zu hören' hatte mit der Kindheit zu tun, davon war Arundelle überzeugt und da widersprach ihr auch niemand. Judith wollte nur nicht einsehen, weshalb gerade jetzt, wo alles im Aufbruch schien und vor lauter Atemlosigkeit Krämpfe bekam, ausgerechnet an der Zwischenschule eine neue Disziplin eingerichtet werden sollte. Und auch noch mit Joschele, diesem ET aus dem Kosmos, diesem Stern in der Dunkelheit, diesem solitären Weltbeweger. Denn Judith glaubte an Joschele, glaubte mit aller Inbrunst ihres Volkes.

Da war es ihr doch völlig egal wie der es seinerzeit geschafft hatte, fünftausend Hörer zufrieden zu stellen ohne Mikrofon und Verstärkeranlage. Plötzlich merkte sie, wie erwachsen sie war und schüttelte insgeheim den Kopf über diese Kindsköpfe allesamt, da nahm sie keinen aus von diesen selbsternannten *Repetitoren der Zukunft*.

Doch auch Joschele schüttelte den Kopf – wenn auch begütigend und ermahnte sie lächelnd, sich nicht falsch zu überheben.

„Telepathie kennt keine Muttersprache“, meinte er so leichthin wie möglich. Als ob damit alles gesagt sei. Judith bekam einen roten Kopf und rief Arundelle an, als sie Dorothea – ihre erste Wahl – nicht erreichte.

„Kannst du damit was anfangen“, fragte sie, nachdem sie erzählt hatte, was Joschele auf ihren Ausfall hin antwortete. Denn das wollte ihr nicht so recht passen. Zum Glück schaltete Arundelle blitzschnell, womit sie sich selbst überraschte. Sie meinte, Telepathie hätten sie noch gar nicht auf ihrer Rechnung gehabt. Das sei ja denn doch **die** Lösung:

„Massensuggestion und Telepathie, das ist es, so hat er die Fünftausend seinerzeit gekriegt, deshalb legt er jetzt gesteigerten Wert auf Präsenz und scheut die Medien und die mediale Verbreitung, weil da so viel verloren geht. – Also waren wir doch nicht so weit weg von der anderen Art zu hören, freilich ohne dass wir uns dessen bewusst waren“, – fuhr Arundelle mit Genugtuung in der Stimme fort, um sich doch zugleich einen Dämpfer zu geben.

Judith glühten die Ohren, weil sie Arundelles Rede nicht recht traute, aber doch halb und halb zustimmte. Alles in allem klang die Erklärung logisch und war so einfach nicht von der Hand zu weisen. Am Ende hatte ‚die andere Art zu hören‘ hier auf der Insel Weisheitszahn nur einen anderen Namen gehabt, auch wenn es dazu nie einen verbindlichen Grundkurs gegeben hatte.

Während ihrer Schulzeit hatten die Schüler der Zwischenschule dergleichen vielmehr als eine Art privater Spielerei begriffen. Alle wussten davon und niemand mochte allzu weit damit gehen, denn je weiter man vordrang, um so intimer wurden auch die Einblicke in die Gedankenwelt um einen her. Und das war gerade bei Heranwachsenden so ziemlich das Letzte, was denen vorschwebte.

Doch vielleicht verhielt es sich mit Joscheles Umgang damit noch einmal ganz anders. Denn **er** war es ja, der sich mitzuteilen suchte. **Er** wollte, dass seine Zuhörer an seinen Gedanken Anteil erhielten. **Er** war es, der sich mitteilen wollte, nicht umgekehrt, obwohl dies natürlich durchaus auch geschah. So manch einem oder einer schaute er bei seinen Heilungen tief in den Seelengrund. Er bemerkte dort womöglich mehr als das Bewusstsein ertrug. Ganz wie der Seelenarzt, der daraus eine Heilmethode machte, wenn auch erst achtzehnhundert Jahre später. Nahm Joschele da etwas vorweg oder war jene Zeit reifer gewesen, als es später den Anschein hatte?

Willkür und Sklavenlos sprachen da eine deutlich andere Sprache. Daran war wenig Märchenhaftes gewesen. Und davon waren die *Repetitoren* allesamt überzeugt.

Zwangsläufig also kam die Frage auf, was Joschele damals ausgerechnet dort zu suchen gehabt hatte mit seinem hochfliegenden Anliegen.

Vielen wollte es schon damals doch scheinen, dass die Zeit nicht reif gewesen war. Und so warteten ihre Nachfahren getreulich bis auf den heutigen Tag, sodass Joschele gute Aussichten hatte, nun auch von den Seinen erkannt zu werden.

Judith Kornblum machte den Anfang. Ganz ohne alle Frage wurde sie zu einer seiner glühendsten Bewunderinnen.

**

Sie selbst nannten sich Wechselbälger. Und nannten sie einander so, dann gab es vor Lachen kaum ein Halten. Überhaupt wirkten sie alle recht unreif und viel jünger als sie waren. Vielleicht lag es daran, dass ihnen ein entscheidendes Stück ihrer Kindheit fehlte, wo der Zusammenhalt mit ihresgleichen so wichtig gewesen wäre. Außerdem schämten sie sich ihrer Missetaten, für die sie eigentlich nichts konnten. So sagte man ihnen jedenfalls, doch sie selber sahen das ganz anders. Eben deshalb schämten sie sich ja. Für sie war da nicht einfach ein Schalter umgelegt worden. Denn sie nahmen sich mit auf die Erde hinüber und kauten auf ihren Erinnerungen herum, die sie nun nicht mehr verstanden. Was hatte sie nur immer wieder für ein Teufel geritten und angetrieben, derart garstig zu sein?

So war ihnen nun, als hätten sie miteinander eine Menge nachzuholen. In ihrer Isolation waren sie nicht nur über die wenigen Erwachsenen hergefallen, sondern auch über andere Kinder, denen es kaum wenig besser als ihnen ging.

Das sahen sie damals wohl, und das verbitterte sie um so mehr. Sie selbst hatten am allerwenigsten gewusst, was mit ihnen los war. Und von den Erwachsenen hatten sie sich ohnehin nichts sagen lassen. Zumal deren Erklärungsversuche auf äußerst wackeligen Beinen standen und viel mehr als das Wort Pubertät nicht zur Erklärung heran gezogen wurde.

Denn die Mütter waren ein Teil des Komplotts. Sie erinnerten das Geheimnis der Zeugung mit wohligem Grauen und wussten instinktiv, dass nicht für andere Ohren bestimmt war, was sie erlebt hatten. Sie waren die treibende Kraft, die dafür sorgte, dass die Weltraumgärten nicht verlassen wurden. - Aus der Marsmission gab es ohnehin kein Aussteigen vor der Zeit für die, die dorthin unterwegs waren.

So mit zwölf, dreizehn, höchstens vierzehn wurde es dann allmählich Zeit, dem Ruf der Kriegstrommel zu folgen. Sie wussten nicht, wie sie der Ruf ereilte, doch eines Tages machten sie sich auf den Weg, wenn die Gelegenheit günstig war. Die meisten stahlen den hauseigenen Glider und nahmen Kurs auf den nächsten größeren Asteroiden, wo sich eins der Ausbildungslager befand.

Dort kamen sie vor lauter Drill und Indoktrination zu keinem klaren Gedanken. Und ehe sie es sich versahen, steckten sie in kugelsicheren Raumpanzern und marschierten gen Engelsland mit Strahlenkanone und Antriebstornister um Brust und Rücken. Da gab es dann kein Vertun. In tödlicher Mission verheizte sie ihr finsterer Feldherr.

‚Meine Kindersoldaten' nannte er sie und darauf waren sie unheimlich stolz. Sie wussten es nicht besser und hätten sich für ihn zerreißen lassen.

Dazu kam es dann nicht. Denn kaum berührten sie den Grund der Erde, als sie auch schon umgepolt wurden. Durch die Füße zog ihnen die heiße Welle unaussprechlicher Liebe in das Herz hinauf und weiter bis in den Verstand.

Aller Hass wandelte sich. Wo zuvor Wut und Mordlust herrschten, zog der innere Friede ein. Ihrem Feldherrn schworen sie ab und allen seinen Offizieren, die sie vergeblich vorwärts zu peitschen suchten, soweit sie ohne Bodenkontakt noch in ihren Glidern saßen, um den Überblick zu behalten.

Ja, erst einige – dann immer mehr - warfen gar ihre Waffen voll des Ekels von sich, entledigten sich ihrer Uniformen und zogen als eine singende Schar übermütiger, fröhlicher Kinder der unfernen Siedlung zu. - Von allen Seiten kamen sie gelaufen. Manche trugen schon Blumen im Haar – besonders die Mädchen – die auf einmal wundersam erblühten.

*

So hatte ihr Erdenleben begonnen. Mit den Erinnerungen war dann die Scham gekommen. Allen war klar, dass sie Hilfe brauchten. Wer erträgt schon die Erinnerung an eine Bestie, die er in seinem Innern weiß?

So kam es vor allem anderen erst einmal darauf an, sie über den wahren Sachverhalt aufzuklären. Das konnte dauern und in einzelnen hartnäckigen Fällen, gelang es überhaupt nicht. So häuften sich Selbsttötungsversuche. Zum Glück waren die *Repetitoren* zur Stelle, denn das Lager der Zehntausend war ja im ehemaligen Ressort von Laptopia aufgeschlagen worden, wo die falschen Churingas nur zu gerne Platz schufen und sich in aller Eile aus dem Staub machten.

Dabei ging es um jede helfende Hand. So ließen Dorothea und Arundelle alsbald einen dringlichen Hilferuf vom Stapel, der nicht auf taube Ohren traf. Judith ließ sich nicht zweimal bitten und entsandte ein mobiles Lazarett der SLOMES-Corporation mit psychiatrischer Abteilung - zusammen mit einem kleinen Heer von gut ausgebildeten Severins und Severines. Das verschaffte den geplagten *Repetitoren* erst einmal Luft.

Voller Stolz berichteten sie einander von ihren Erfolgen. Und in der Tat brachte sich von den Kindern niemand wirklich um.

Denn Kinder waren es ja – alle hatten sie eine Kindheit nachzuholen. Sie mussten das Spielen lernen und all das, was es sonst noch zu entdecken gibt, wo Kinder miteinander ins Leben hinein ziehen. Von Schulunterricht gar nicht zu reden, denn was sie draußen gelernt hatten, eignete sich nicht wirklich für das wahre Leben.

**

Nach und nach trafen nun auch die entfernteren Eltern ein. Die frohe Kunde von der Rettung ihrer Kinder hatte sie im Weltraum erreicht. Einige aber würden ihre Kinder erst in Jahren, wo nicht gar Jahrzehnten wiedersehen, denn sie befanden sich auf Marsmission oder gar in Sonden zu noch ferneren Zielen.

Überhaupt stellten die Eltern ein gewisses Problem dar. Ihr Auftauchen war geeignet, Erinnerungsschübe auszulösen mit nicht immer glimpflichen Folgen. Da galt es besonders auf der Hut zu sein. Niemand verfolgte etwa böse Absichten, wenn auch der eine oder andere Vater recht bitter wirkte. Immerhin war auch er um einige Jahre seines Lebens betrogen worden. Und mancher konnte es gar nicht recht begreifen, was die Erde aus ihrem kleinen Monster gemacht hatte. So hatte das Verschwinden nicht nur Ängste, sondern auch klammheimliche Freude ausgelöst, die sich nun aber wiederum ins Gegenteil verkehrte.

Ein schlechtes Gewissen war eben doch ein nicht unproblematischer Ratgeber beim Versuch, ein neues Verhältnis zum eigenen Fleisch und Blut aufzubauen. Zu tief saßen oft die innerlichen Wunden und brannten noch immer Löcher in die Seelen, die von außen niemand sah und die doch über alle Maßen schmerzten.

Die Beschäftigung mit Joschele und seinem Lebensgeheimnis führte beinahe zwangsläufig zu den Kindern. Hier nun fanden sie sich zu Hauf, über zehntausend an der Zahl und dicht bei dicht, wenn auch vom Alter her ein wenig spät dran. Doch so war es nun mal. Eine andere Kindheit war ihnen nicht vergönnt gewesen. Das, was sie hinter sich hatten, musste als gestohlene Kindheit gelten. Denn darin waren sie um das betrogen worden, was Kindheit ausmacht.

So bekam jeder sein Fett weg. Nach den Kindern und den Müttern nun auch die Väter, dass sie sich nicht durchgesetzt hatten, dass sie nicht Manns genug gewesen waren, dem bösen Treiben ein Ende mit Schrecken zu machen. Sie hatten stattdessen resigniert und sich in ihr Schicksal ergeben, das, wie sie meinten, ohne Alternative - und damit eben ein Schrecken ohne Ende geworden war.

Vielleicht war diese Erfahrung nun sogar von Vorteil. Die Kinder hatten es nicht eilig, erwachsen zu werden. Ganz im Gegenteil, was sie von der Welt der Erwachsenen mitgekriegt hatten, war abstoßend genug – und alles andere als einladend.

So richteten sie es sich da ein, wohin es sie verschlagen hatte – was heißt da verschlagen, waren sie nicht ins Paradies gelangt? Erlebten sie nicht, was es hieß, Mensch zu sein? Vor ihnen öffnete sich ein weites Land, lockte und sog und verhieß die Lust des prallen Lebens. In sich fühlten sie die Kraft wachsen, die sie einander zu erfüllender Geselligkeit verband.

Eine unverhoffte Gnade hatte sie ins Paradies geworfen. Mit ihren ersten Schritten auf der guten Erde versengte sie der heiße Strahl entgrenzter Liebe, so wie er es womöglich immer tat, doch wurde er hier nun bewusst erwidert. - Da sie ja alt genug und verständig waren, begriffen sie, was ihnen geschah, und blieben doch auch Kinder.

31. Die Repetitoren der Zukunft

Südmichel stand vor einem Rätsel. Gerade mit ihren neuen Erfahrungen, jetzt, nach dem Sieg über die Mächte der Finsternis. - Falls es denn die gute Erde war, die aus reißenden Wölfen brave Lämmer machte. Aber wieso hauten die Trolle dann über alle Stränge? In den Abgründen und Tiefen der Erde hätten sie doch eigentlich um so friedfertiger, um so mehr von der Liebe umsorgt, heranwachsen können. Doch das taten sie ganz offensichtlich nicht.

Lag es an den Genen? Steckte in jedem Zwerg ein Teufelchen, das erst mühsam überwunden und eingegrenzt werden musste? Erst dann gab es Ruhe und folgte der inneren Stimme des Gewissens – soweit so gut jedenfalls. Charakterlich waren auch erwachsene Zwerge nicht eben immer und überall wirklich vorzeigbar.

Sinn für Gerechtigkeit, Treue und Pflichtbewusstsein jedenfalls konnte ihnen niemand wirklich absprechen. Auch wenn diese Eigenschaften sehr oft mit Unduldsamkeit, Geiz und Dünkel verbunden waren.

„Die Erde ist vielleicht nur die eine Hälfte, die andere aber ist das Licht“ - ließ sich der *Advisor* so nebenbei vernehmen. *Südmichel* merkte auf. Zumal der *Advisor* eigens herbeieilte, um seinem irdischen Alter ego ein wenig auf die Sprünge zu helfen.

Den Trollen mangele es eindeutig an Licht, meinte er:

„Gebt ihnen genug Licht
und sie werden eklig nicht.“ –

Skandierte der *Advisor* ganz im Stil der Zeitstrahlwanderer, als wolle er nun zu eben einer solchen Wanderung anregen.

Südmichel war halb zufrieden mit solch einer erschöpfenden Auskunft. ‚Oft sind die einfachsten Erklärungen die besten’, dachte er bei sich und leistete dem *Advisor* im Stillen Abbitte.

„Von Beidem braucht es recht ausgewogen viel“, fuhr der fort, gerade als *Südmichel* auf die Lichtfülle im Weltraum hinweisen wollte.

„Zumal, wenn es nicht mit rechten Dingen zugeht, wie in dem vorliegenden Falle“ – ergänzte er und erstickte damit jedes Widerwort im Keim, was auch seine Absicht war. Es wurde Zeit, dass *Südmichel* von seinem hohen Ross herunter kam. Ein wenig Bescheidenheit würde ihm recht gut zu Gesicht stehen, lautete ein kürzlich gefasster Beschluss der GKO-Kommission. Und der *Advisor* sah keinen Grund, sich an den nicht zu halten.

Joschele wusste an sich Bescheid. Doch der hatte dermaßen viel um die Ohren, dass dem schon einmal das eine oder andere durch die Lappen gehen konnte - so als Mittler zwischen den Welten. Das war denn doch immer wieder eine ganz schöne Zerreißprobe.

Da half nun alles nichts, auch die Zwerge mussten sich bewegen. Sie mussten aus der an sich fantastischen Chance, die sich in der gestreckten Pubertät fand, etwas machen. Potentiell steckte also in jedem Zwerg ein Anwärter auf das Himmelreich. Immer vorausgesetzt, die Aussagen hatten Hand und Fuß, die es darüber gab. Aber davon durfte man ja wohl ausgehen.

Aber Licht bräuchte es. Viel Licht von kleinauf. Statt in die tiefsten Tiefen verbannt zu werden, gehörten Trolle *(das waren die heranwachsenden Zwerge nun mal)* ans Licht. „Täglich für wenigstens vier Stunden“, ergänzte sich der *Advisor* und blickte recht streng. *Südmichel* wurde es ganz anders. Denn er kannte die Wirklichkeit.

„Das gilt übrigens für dein anderes Klientel nicht minder.“ – *Südmichel* wusste schon, wen der *Advisor* nun in den Blick nahm.

Da also auch – wie sollte er denen das beibringen?

„Und was ist mit Geheimhaltung“, maulte er lau und kleinlaut. Denn er wusste ja, wie findig die Jugend war, wenn man sie nur ließ und nicht sogleich gängelte oder gar verbannte, wie den Trollen geschah. – Angeblich, weil sie nichts als Unsinn im Kopf hatten. Dabei strebten die von sich aus zum Licht. Vielleicht war das übermäßige Streben sogar der Anlass zu den vielen Streichen, die sie anstellten. Im Wasser war das kaum anders. Wo es nur anging und sich die Gelegenheit bot, da waren sie zur Stelle. Ihnen genügte schon ein einziger Strahl Sonne, denn sie hatten eine ganz dünne Haut und äußerst lichtempfindliche Augen. Das war auch gut so, denn da, wo sie wohnten, kam nur wenig Licht an.

Die Meermenschenkinder kamen locker mit einer halben Stunde Tageslicht aus, aber die sollte es schon sein. Und die bekamen sie nur, wenn sie sich auf die gefährlichen Außenmissionen meldeten, was naturgemäß vor allem eine Sache für die schon etwas Älteren war und zumeist auch dann noch die Nixchen ausschloss. Wegen der Geheimhaltung und all der Gefahren, waren solche Einsätze denn auch sehr unpopulär. Doch die Zeiten änderten sich. Inzwischen war die Welt vielleicht schon so weit. Doch das hatte sich bis unter das Meer noch nicht herumgesprochen. Dort fürchteten sich noch immer fast alle vor der Entdeckung durch Unbefugte.

In Wirklichkeit aber klappte es angeblich mit den Meeren ganz vorzüglich. Die Fischbestände erholten sich. Die großen Fangflotten fischten Müll statt Fisch und wurden dafür ordentlich entlohnt. Weite Ressorts und Reservate umfassten nicht nur Küstenzonen, sondern auch ganze Meeresabschnitte, worin sich nach Herzenslust tummeln konnte, was da eben alles so lebte und schwebte.

Müll war genug vorhanden, um auf Jahrzehnte hinaus für ein geruhsames Einkommen der Fischer zu sorgen.

Die Freunde von der Insel Weisheitszahn, allem voran der greise Adrian Humperdijk ließen der Regierung laufend aktualisierte Karten zukommen, auf denen sich die freien Gebiete immer mehr ausweiteten. Dafür wurde es für den Schiffsverkehr um einiges enger, denn die Fahrtrouten entwickelten sich gleichsam zu Meeresautobahnen.

Experimente zur Erzeugung künstlicher Eisberge waren schon auf den Weg gebracht worden, denn die Gefahr von Landunter stand in blutigen Lettern wie ein Menetekel[xxxviii] an der imaginären Wand der Zukunft geschrieben. Sie entwickelten sich vielversprechend.

Energie dazu lieferten die Stürme selbst, die um so heftiger wehten, je weiter die Klimaerwärmung voranschritt. Bis 2300 hoffte der oberste Weltkontrollrat, dem Judith Kornblum inzwischen vorsaß, allen Ernstes, die Entwicklung umzukehren und zu einer induzierten Temperaturabsenkung zu gelangen.

Vor dem Hintergrund solch gewaltiger Herausforderungen nahm sich das Problem der gestreckten Pubertät der Zwerge und Meermenschen freilich recht bescheiden aus. Und doch bildeten die dort angepeilten Maßnahmen erst das nachhaltige Gerüst für alle anderen Anstrengungen, die zur Rettung der Welt unternommen wurden.

Wenn es nicht gelang, dem ‚Neuen Menschen' überall aufzuhelfen, dann drohte der Rückfall in die Barbarei immer weiter. Denn nur, wenn es den Massen gelang, wie die Kinder zu werden und zu bleiben, dann wäre ihr Aufenthalt in Gottes Reich gewährleistet. – So Joscheles Botschaft mit der er sich immer tiefer in die weite Welt hinaus wagte – unermüdlich und ständig seine Anhängerschar vergrößernd, die ihm zuarbeitete.

Pioniere der ersten Stunde waren ihm dabei ohne Frage *die Repetitoren der Zukunft.* Ihrer mutigen Weitsicht war es zu verdanken, dass er endlich Fuß fassen konnte, dass sein Wort nicht im leeren All verhallte und wirkungslos im felsigen Grund der Einöde verdarb, weil niemand kam, es zu hegen.

So waren die hoffnungsvollen Triebe einer um den anderen eingegangen. Wie ein Rennpferd hatte Joschele im Stall gelauert, endlich lospreschen zu können. Rückschlag auf Rückschlag trieb die Aussicht in nebulöse Ferne. Bis endlich die *Repetitoren der Zukunft* hervorgebracht waren und die Idee einer wahrhaft gerechten Welt vom Kopf auf die Beine stellten. Nicht ganz ohne Fingerzeige, das ist wahr, aber immerhin. –

Irgendwie waren sie in Gang gekommen. Irgendwie hatten sie sich überwunden. Ganz allmählich nahm das Monsterschiff Fahrt auf und die auf der Brücke standen hatten nur eine blasse Ahnung von der richtigen Route. Und vom Ziel besaßen sie nur eine grobe Vorstellung, mehr nicht. Von den Wegen zum Ziel wussten sie aus Erfahrung. Nicht, weil sie es sich einbildeten, sondern weil sie sich einholten und überwanden. Dabei waren sie der sich selbst bespielenden Pferdekopfgeige gar nicht so unähnlich. Nur dass sie, statt immer neue, wunderschöne Töne hervorzubringen, sich laufend korrigierten.

**

Südmichel fühlte sich durch die Belehrungen des *Advisors* brüskiert. Sein Selbstbewusstsein erhielt einen gehörigen Dämpfer, und er hätte die ewigen Meetings nun gerne wieder mehr geschwänzt. Andererseits war gerade viel los und die Geschichte gab Gas, da konnte man doch nicht so einfach abseits stehen und schmollen, nur weil ein selbstherrlicher Weltgeist einen deckelte. Das würde auch wieder anders. Darauf freute *Südmichel* sich.

Er dachte mit Genugtuung an den Tinnitus, den er dem *Advisor* seinerzeit beigebracht hatte, der diesen dermaßen aus dem Gleichgewicht brachte, dass er ihm die Nase blutig schlug. Ein wirklich unerhörter Vorgang, wenn man bedachte, in was für Regionen man sich bewegte. - Aber sollte es nicht doch auch manchmal so sein, dass ein Geist mit sich uneins war?

Darüber zu philosophieren stand Südmichel nicht der Sinn. Ob sich aus der Ferne nicht doch mehr herausholen ließ? Vielleicht übersah Joschele Entscheidenes – jetzt. Und sein Anspruch auf telepathische Verbindung wies ins Leere. Was damals dazu diente, einem Mangel abzuhelfen, das war ja nun kein Mangel mehr. Mühelos erreichte man Millionen über die verschiedenen Kanäle der Kommunikation. Man brauchte zwar einen guten Aufhänger, damit die sich zuschalteten, doch wenn der gefunden war, dann konnte man seiner Sache doch recht sicher sein.

Die Wunder in der Wüste, die Moische seinerzeit auf die Beine gestellt hatte, machten irgendwie doch mehr her. So einen Tsunami beispielsweise im rechten Moment auszulösen, nahm sich irgendwie doch spektakulärer aus, als einige Fässer Wasser in Wein zu verwandeln. Letzteres sah eher nach Betrug aus. Während Moisches

Wundertaten den Gegebenheiten der Naturgesetze weit mehr entsprachen. Und die waren ja nicht von ungefähr aufgestellt worden.

Zwar bewegte man sich auf der Wahrscheinlichkeitsskala mitunter doch recht nah an den zulässigen Grenzen, aber immerhin blieb man darin. Während Joschele sich später über alle Gesetze zu erheben schien, auch wenn er das Gegenteil behauptete. Nun, das wurde ihm dann ja auch zum Verhängnis.

Südmichel wäre dem zu gerne nachgegangen. Er musste nur noch seine *Repetitoren* bewegen, mitzumachen. Denn allein, das wusste er, schon gar allein mit dem *Advisor*, wäre eine solche Reise am Zeitstrahl entlang, rein für die Katz.

Joschele machte einen auf unabkömmlich – jedenfalls zunächst, weil ihm der Sinn der Fernreise nicht einleuchtete. Außerdem fühlte er mehr als er wusste, was sich hinter *Südmichels* Meckereien verbarg. Er ahnte, dass es um seine Gesetzesauslegung gehen würde und darum, wie getreulich er das Gesetz erfüllt hatte oder doch zu erfüllen gedachte. Er hatte ja nun genügend Zeit gehabt, alles genau zu lesen, was da in seinem Namen aufgeschrieben worden war. Entsprach es seinen Gedanken und Worten von damals? Oder war ihm im Eifer des Gefechts die eine oder andere Unüberlegtheit ausgekommen?

Vielleicht ließe man sich besser doch über die Interpreten aus, dann gab es genug zu tun. Die hatten sich die Dinge doch ziemlich nach gusto zurecht gemacht und ihm in den Mund gelegt. Je später – je freier. Da schlug von denen so manch einem das späte Gewissen. Auch wenn sie sich rausredeten und auf die Sachzwänge verwiesen. Wie hätte es schon anders laufen können? Besonders Paulus stand mit dem Rücken zur Wand, weil da die Horden gestanden hatten und Einlass begehrten. Schweinzüchter allesamt und Allesfresser in der Not, aus Gegenden, von denen ein zivilisierter Mensch nicht einmal gehört hatte, geschweige, dass er sich dort auskannte.

Alle wollten alsbald integriert werden. Da war Taufe allemal genug. Nicht auszudenken - all die Beschneidungen. So musste es die Taufe eben tun. War ja auch viel weniger schmerzhaft und einschneidend. Mit den Gesetzen war es nicht weit her in der neuen Freiheit. Und so blieb den Traditionalisten bald nichts anderes übrig, als sich abzuspalten. Das nützte ihnen zwar auch nicht viel, aber so blieb man doch wenigstens unter sich. Joschele hätte das niemals gutgeheißen, doch er wurde ja nicht gefragt. Seine Nachfolger machten, was sie wollten. Und hinterher war es dann eh zu spät.

Als dann unten bemerkt wurde, wie falsch die Sache lief, teilte man flugs das verworfene Civitas terrana ab und ließ nur die Kirche drin. Doch auch das ließ sich nicht lange halten. So wurden die Hoffenden weiter und immer weiter vertröstet. Und das nur, weil es allzu Holter die Polter zugehen musste. Und man jeden - wenn es sein musste – sogar zwangstaufte, nur um das imaginäre Plansoll zu erfüllen. – Ausbreitung um jeden Preis, Zurückdrängen der Konkurrenten und die möglichst auch noch platt machen. So sah es doch mal aus. Das war die nackte Wirklichkeit. Da hieß es, nicht zimperlich sein.

**

Südmichel also war für die ganz große Revision, so gesehen und da bot sich eine Wanderung wie von selbst an. Den griffigen Zweizeiler hatte er auch schon drauf. Eine Schöpfung des Advisors ursprünglich, wenn auch vielleicht nicht ganz so griffig. Wie es einem eben zustande kam, ohne Durchblick.

„Gebt ihnen genug Licht
und sie werden eklig nicht.“ –

Südmichel wollte das nun ganz, ganz allgemein gefasst wissen. Er hatte den *Advisor* schon richtig verstanden. Wenn der Licht sagte, meinte er natürlich die eigene Strahlkraft und innerliche Erleuchtung und nicht etwa nur das profane Sonnenlicht. Nicht dass das unwichtig gewesen wäre, zumal nicht für diese rachitischen Kreaturen aus der Tiefe, aber es war eben doch nicht alles.

So bekam er dann doch seine ganze Mischpoke wieder einmal zusammen. Abkömmlich oder nicht, sogar Joschele und Judith waren dabei. Fürwahr für diesmal eine große Schar mit recht unterschiedlichen Interessen und Schwerpunkten, soweit es das Thema betraf. Andererseits freuten sie sich natürlich alle wie die Kinder, einmal wieder so richtig was zusammen zu machen. Wann bekam man schon die Gelegenheit, alberne Reime zu singen und rückwärts im Gleichschritt zu marschieren?

Der Rückwärtsgang hatte sich als opportun erwiesen und hatte den Vorteil, dass niemand sah, wohin es ging. Denn umdrehen war streng verboten. Wer sich umdrehte, riskierte zur Säule zu erstarren, hieß es. Und das wollte keiner.

Stattdessen übten sie sich mit dem dritten Auge und versuchten damit durch die Hinterkopf zu gelangen. Weil, so kombinierten sie, wenn es durch die Stirn ging, dann müsste es auch durch den Hinterkopf gehen. Sie übersahen dabei freilich, dass da das ganze Gehirn im Wege war. Wirklich durchzuschauen gelang also niemandem.

Der Untergrund war auch diesmal erst steinig, dann matschig und schließlich sandig und pfurztrocken, was auf Wüste hindeutete. Denn runterschauen durften sie ja. Außerdem fühlte man die Bodenbeschaffenheit an den Füßen. Gerade die auf Wilde machten unter ihnen. Es war so eine Laune von Billy-Joe barfuß zu marschieren und da wollte Arundelle ihm nicht nachstehen und Edmond auch nicht. Was die Aborigines konnten, war für die Mongolen Ehrensache. Und ob Halb-, oder Viertel- oder nur assoziiert, der Geist war das Entscheidende, ließen sich die nicht so ganz Koscheren vernehmen und banden sich die Schuhe um den Hals. Am Ende liefen sie gar alle barfuß. Zumal, als es dann in den Matsch ging, und die Steine überwunden waren.

So zogen sie singend fürbass. *Südmichel* vorneweg, gefolgt von einem gewaltigen Tross. So viele waren es noch nie gewesen. Das Interesse wuchs deutlich an diesen Wanderungen in der Zeit. Joschele wurde mit jedem Schritt konkreter, während es bei den andern umgekehrt war. *Südmichel* blieb, der er war.

Ganz zum Schluss kurz vor dem Ziel gesellte sich gar der *Advisor* dazu. Er konnte es nicht lassen *Südmichel* aufzuziehen und so zu tun, als sei der unfähig. Dabei waren sie beide Emanationen[xxxix], was wiederum nur Joschele wusste, weil er in zwei Welten daheim war. Für die anderen waren sie wegen der leidigen Überblicks- und Durchblicksdebatte getrennte, ja gegensätzliche Vertreter, wie sie unterschiedlicher kaum sein konnten.

Als sie sich endlich umschauen durften, sahen sie sich von grimmigen Kriegern umringt, deren Schwerter von Blut troffen. Moische war dabei, eigenhändig das goldene Kalb einzuschmelzen, um es in handliche Barren zu gießen, die er in die Bundeslade zu tun gedachte. Damit wäre der Grundstock für den Tempelschatz gelegt, der dereinst in einem Tempel verborgen werden würde, von dem nichts als die Idee existierte. Und doch wusste Moische genau, was er tat, oder dachte es zumindest.

Das blutige Massaker, das er angeordnet hatte, würde schwer auf ihn zurückfallen. Nicht einmal das Gelobte Land bekäme er zu sehen, erfuhr er – hinterher. Als ob ihm die Schlachterei Spaß gemacht hätte. Vom Tempel gar nicht zu reden. Bis es mit dem soweit war, würde es noch mehrere Jahrhunderte lang dauern.

Südmichel, der *Advisor* und *Joschele* die sich als einzige richtig konkretisierten, hatten alle Hände voll zu tun, die Berserker davon abzuhalten, mit der Pilgerschar kurzen Prozess zu machen. Wie eine Schar Küken duckten sie sich unter die imaginären Fittiche ihrer drei

Beschützer. Von wegen friedliebende Hirten – die waren ganz schön kriegerisch gewesen seinerzeit. Das hatten sie sich alles angeeignet auf ihrer jahrzehntelangen Irrfahrt durch die Wüste – auch eine Weise, mit dem Sklavenlos fertig zu werden.

Durch das Goldene Kalb war den Pilgern – wie sie kurzerhand genannt wurden – sofort klar, wo sie sich befanden, und welches Jahr man schrieb – so in etwa jedenfalls. Moische sah noch recht jugendlich aus, auch wenn sich schon das eine oder andere graue Haar in seine wilde Mähne und in seinen nicht minder wilden Backenbart spann. Das machten die vielen Sorgen, die sein Volk ihm bereitete.

So packten die Pilger mit an, als es darum ging, die vielen Leichen zu begraben. Doch da merkten sie, wie sie schwächelten und wie dünn und fadenscheinig ihre Leiber geworden waren auf der Pilgerfahrt. So duckten sie sich wieder ängstlich in die Schatten ihrer Führer. Und noch der letzte begriff, wes Geistes Kind diese waren. Die waren hier viel mehr daheim als sonst wo, schon gar in der Welt, aus der sie gekommen waren. Und wenn es zehnmal die gültige Welt war, und die Welt, auf die sich nun alle Hoffnung stützte.

Statt des Massakers hätte *Südmichel* ihnen viel lieber den Tsunami im Roten Meer vorgeführt. Als es dem ganzen Volk tatsächlich gelang, halbwegs trockenen Fußes durch das Meer zu gelangen, weil die Flut vor ihnen zurückwich. Um dann freilich mit doppelter Wut zurück zu kehren und die Verfolger zu verschlingen.

Ja, der Moische, der kannte sich aus, der wusste, wie es zuging in der Wüste. Der spürte noch dort Wasser auf, wo sogar die Kamele versagten. Billy-Joe fühlte sich an den alten Schamanen der Churingas erinnert, der er einmal war und der vielleicht noch immer in ihm hauste, wie Freund Walter auch. Aber um sich hier zu beweisen, war die Zeit zu kurz. Der Sinai war nicht der Outback, das merkte man gleich. Doch ein paar Wochen Eingewöhnungszeit, und er hätte so manches Wunder wiederholt – keine Frage.

Der *Advisor* war peinlich berührt von dem Anblick, der sich der Pilgerschar bot und wäre am liebsten stehenden Fußes umgekehrt. Doch *Südmichel* hielt das Heft fest in der Hand und Joschele fühlte sich hin- und hergerissen. Einerseits wollte auch er so schnell wie möglich die Kurve kratzen, andererseits faszinierte ihn schon, was Moische sich so alles rausnahm, ohne dass ihn gleich der Blitz erschlug.

Sie hätten nur noch ein paar Jahre gehabt. *Südmichel* fühlte sich bedrängt und da ging bei ihm gar nichts. So geschah auch nichts. Die Pilger blieben, wo sie waren und sahen zu, wie Moische eigenhändig das Gold schmolz und in Formen goss, dass die Funken stoben. Während die Krieger ihre Opfer verscharrten und notdürftig mit Sand zudeckten.

Grisella meinte sich an eine Art Genozid zu erinnern, denn es war vornehmlich ein gewisser Stamm ausgerottet worden. Sicher, der hatte sich den Rebellen angeschlossen oder gar selbst den Führer gestellt, doch Tatsache war auch, dass vor allem dieser Stamm dran glauben musste, während andere verschont blieben, die auch mitgemacht hatten. Die seien nur verführt worden, hieß es abschwächend und entschuldigend, so als bedürfe das Überleben der Erklärung.

Feindselige Blicke ernteten sie sowieso. Und da sich *Südmichel* außer Stande sah, die Pilgerschar noch einmal zu motivieren, um weiter rückwärts zu wandern, ließ er doch lieber kehrt machen. Nicht dass sie sich noch verwanderten, um dann ihrerseits für vierzig Jahre in der Wüste an der Nase herum geführt zu werden.

Sie stimmten ihr Wanderlied an, machten kehrt und wanderten mit Blick auf das Lager und die scharrenden blutbespritzten Krieger davon. Höhnisches Gelächter klang ihnen nach, denn sie wirkten gar zu komisch in ihren merkwürdigen Kleidungsstücken aus einer anderen Zeit. Auch ihr Gesang war nicht dazu angetan, ihnen Ehre zu machen. Immerhin half er, die Füße im schweren Sand zu heben, der um so schwerer war, als sie fast nichts wogen.

Florinna maulte und hielt sich an ihre Schwester, denn es war ihr keinerlei Gelegenheit gegeben worden, archäologische Studien zu betreiben. Etwa eine Goldprobe zu nehmen oder wenigstens eine Zeichnung von Moische anzufertigen. Nun, das konnte sie auch aus dem Gedächtnis. Doch da er kaum anders ausgesehen hatte, als die Bilder, die von ihm im Umlauf waren, brachte das auch nicht viel. Nicht einmal die kleinste Tonscherbe sprang für sie heraus. Dabei lagen die herrlichsten Tonkrüge nur so herum. Doch warnende Blicke aus strengen Augen hinderten sie, zuzugreifen.

Bevor sie blutige Füße bekamen, zogen sich die Pilger ihre Schuhe wieder an. Jetzt sah sie ja keiner mehr und ob sie nun den Untergrund fühlten oder nicht, darauf kam es ihnen jetzt auch nicht mehr an. Als ob der Untergrund nicht wichtig wäre.

Südmichel jedenfalls missbilligte die Wankelmütigkeit und hätte sich schon ein bisschen mehr Stehvermögen gewünscht. So war so recht niemand zufrieden. Grisella schauderte im nachhinein vor den giftigen Blicken, die sie kassiert hatte, wegen ihrer Bemerkung. Man konnte nicht vorsichtig genug sein, bestätigte auch Judith Kornblum, der als einziger das Herz recht aufgegangen zu sein schien und die vor Ehrfurcht sogar den Boden geküsst und nach Moisches Mantelzipfel gehascht hatte. Als Politikerin gewöhnte sie sich große Gesten an. Seine zwielichtige Rolle in der Stammesfehde überging sie ganz einfach und schob sie Aaron in die Schuhe, da Moische überhaupt nicht zugegen gewesen war, als der Aufstand seinen Lauf nahm.

Ohne seine treuen Leviten hätte er ohnehin alt ausgesehen, Tafeln hin oder her. Stein war geduldig und so war es dann ja auch. Er zog nochmals los und haute sich neue Gesetzestafeln. Diesmal deutlich gestrafft, sodass der Text auf zwei handliche Platten passte.

Aber das kriegten die Pilger schon gar nicht mehr mit. Sie erreichten ihr Ziel. *Südmichel* und Arundelles Zauberbogen beglückwünschten sich wechselseitig, es mit solch einer gewaltigen Fuhre - alles in allem doch recht ordentlich - geschafft zu haben.

Der *Advisor* hatte sich bereits unterwegs aus dem Staub gemacht. Er war ohnehin nur recht privatim zugegen gewesen, ließ er geziert verlauten, sehr zum Ärger von *Südmichel*, der ihm am liebsten noch einen Tinnitus verpasst hätte. Viel wollte er ihm nicht mehr durchgehen lassen, das schwor er sich. Wo Moische so wenig an sich hielt. Nun ja, das machte dreitausend Jahre Menschheitsentwicklung aus. Und Stolz kam in ihm auf, wegen seines Anteils an solcher Fortschrittlichkeit. Also würde er sich den Tinnitus doch wohl eher verkneifen müssen. Das tat ihm sehr leid. Zu ändern aber war es nicht, das war der Preis des Fortschritts. Seinen Ärger müsste er hinunter schlucken oder in Kulturleistung umleiten, er wusste nur noch nicht in welche. Aber da fiele ihm gewiss noch etwas ein.

32. Die Barfüßler von Santa Cruz

Ein Ergebnis des Ausflugs war eine neue Bodenhaftung und Aufwertung der Barfüßler aller Zeiten, nicht zuletzt der Gegenwärtigen, von denen es doch mehr gab, als hier auf der Insel Weisheitszahn bekannt war. Besonders in Südamerika trieben sie ihr Wesen. Da galt es die Fühler auszustrecken, denn es sah fast so aus, als konterkarierten diese das Aufbauwerk des Weltkontrollrats der UNO, dem Judith Kornblum vorsaß, seit es mit dem SLOMES-Projekt endgültig funkte. Natürlich gab sie ihren Aufsichtsratsposten dort sofort auf.

Aber die Barfußmönche und Armenpriester misstrauten allen Bemühungen von dieser Seite dennoch. Sie standen in einer langen

Tradition staatlicher Repression und befürchteten auch von den überstaatlichen Gremien nur das schlimmste. Das Severin-Programm und das SLOMES-Projekt galten ihnen als Teufelswerk. Alt wollten sie nicht künstlich werden, und meditieren konnten sie auch ohne technische Hilfe. Und Handarbeit scheuten sie nicht, sondern suchten sie, wie ein Verdurstender die Wasserquelle. Gemäß ihres Wahlspruchs:

,Es gibt nichts Gutes,
außer man tut es.'

Und es gab viel zu tun! So mancher gesprungene Topf musste geklebt, manche Scherbe gekittet werden. Immerhin war es Tibor gelungen, über die schamanische Mystik geistig ein wenig vorzufühlen, und Gedanken über Nacktheit und Erdverbundenheit auszutauschen.

Die Unterstützung bei der Pandemiebekämpfung in Punta Arenas und Santa Cruz in der kalten Zone unter dem fünfzigsten Breitengrad, tat ein übriges. So wurde zumindest das Severin-Programm als nicht mehr ganz so teuflisch gesehen. Zumal nicht im Verbund mit den flankierenden Maßnahmen der Ernährungsumstellung und der veränderten Lebensführung.

Auch die letzten Bastionen der Pandemie wurden nun geknackt – hier unten, ganz versteckt im tiefen Süden. Und die einsichtigen Barfußmönche trugen das ihre dazu bei.

In der Zwischenschule wurde das Barfußlaufen derweil Kult. Und besonders die *Methusalems* wunderten sich, nie selbst darauf gekommen zu sein. Dabei war es doch eine so einfache Lösung, der Entfremdung zu begegnen. Zumal Billy-Joe dazu doch alle Voraussetzungen mitgebracht hatte und nicht nur er allein. Und doch hatte sich das Barfußlaufen niemals durchgesetzt. Nicht einmal unten am Strand, wegen der scharfen Muschelkanten - angeblich.

Susamees Nacktheit war eher belächelt worden. Niemand hatte sie als Herausforderung begriffen. Susamee war es notgedrungen zufrieden gewesen, doch recht glücklich war sie deshalb über ihre Mitmenschen nie gewesen.

- Wie nebenbei war es spät aufgekommen und hätte doch an den Anfang gehört, und schon in die Frage nach dem Kardinalfehler der Menschheit eingebracht werden müssen.

Südmichel jedenfalls war begeistert. Ein schöneres Ergebnis seiner Bemühungen hätte er sich gar nicht wünschen können. Was machte da schon die kleine Enttäuschung über entgangene

Gelegenheiten aus, die ihm von verschiedenen Seiten zu Ohren kam, wenn auch erst im nachhinein.

Der Ausflug der vielen blieb noch lange Thema. Und den nicht dabei Gewesenen trat Sehnsucht in die Augen. Soweit sie es vermochten, besuchten sie als Somnioren oder Animatioren auch die Wüstennomaden. Doch das Bild von Charlton Heston oder Burt Lancaster[xl] brach wie ein Störsender in ihre Träume ein.

Die Schauspieler sahen zwar wie Moische aus. Und auch die Statisten mühten sich nach Kräften, wie schreckliche Krieger aufzutreten, doch so ein Filmprojekt erwies sich denn doch noch mal als etwas anderes, denn als die Wirklichkeit. Zumal, wenn man sie mit eigenen Augen zu sehen bekam.

Südmichel konnte sich vor Anfragen nicht retten. Wenn es nach den Interessenten gegangen wäre, hätte er täglich eine solche Wanderung unternehmen können. Doch dies wurde ihm denn doch zu beschwerlich. Außerdem wurde der Pfad immer breiter, den die Pilger trampelten. Barfuß oder mit Schuhen, das war bald einerlei.

Außerdem, was bewirkte solch ein Einbruch bei den Wüstennomaden? Vors Angesicht jedenfalls durften die Touristen den Nomaden bald nicht mehr treten, sondern mussten Abstand halten. Einzig Moische und Aaron blieb es vorbehalten, - gleichsam zur Bestärkung ihres Amtes - die befremdliche Schar esoterischer Wesen zu Gesicht zu bekommen. Die beiden zogen sich denn auch brav immer wieder in die Einsamkeit zurück. Dort suchten sie den Kontakt geradezu. Sie bedurften seiner zur seelischen Aufrüstung, was kein Wunder war, bei den störrischen Landsleuten, mit denen sie es zu tun hatten und dem entbehrungsreichen Wüstenleben.

So manchen Tipp holte Moische sich und festigte damit seine Stellung immer wieder. Manches war schon hart an der Grenze des Manipulativen. Und böswillige Zungen hätten die Einflüsterungen als Eingriffe in den Geschichtsverlauf gedeutet. Was selbstverständlich unstatthaft war. So durfte denn auch nichts verändert werden, alles hatte den überlieferten Erzählungen gemäß zu bleiben. Doch die steckten nun einmal voll des Wundersamen. Und so fiel es nicht schwer, das eine oder andere unter zu bringen. Etwa den Blitzableiter, den sie Moische als eherne Schlange unterjubelten, um sein Volk vor den wütenden Feuerschlangen aus dem Himmel zu schützen, wie sie – wenn auch selten – die Wüste gar schrecklich heimsuchen.

Auch die Wolke, die den rechten Weg wies, mimten sie gerne, indem sie diese als Kondensstreifen in den Himmel schrieben. *Südmichel* ließ sich deswegen eine der kleinen Drohnen von der

Schädlingsbekämpfung aus der Luft schenken, die ja nun arbeitslos herumstanden, da inzwischen alle Welt recht biodynamisch eingestellt war.

Die nahm er – handlich verpackt – mit und ließ sie in einiger Entfernung fliegen, sobald sie ihr Zielgebiet auf dem Zeitstrahl erreichten. Woher er wusste, wohin der Treck führen sollte, blieb dabei sein Geheimnis. Sein manipulativer Eingriff hatte den Nachteil, dass die Wolke nicht jeden Tag zu sehen war, aber darauf kam es wohl nicht an. Es genügte Moische schon, wenn er hin und wieder auf sie verweisen konnte. Und das tat er denn auch immer, wenn sie am Himmel stand.

Ob sie wirklich täglich zu sehen war, ist nicht verbürgt. Ungeklärt blieb auch so manches andere. Manches Wunderliche erledigten die himmlischen Heerscharen aber auch noch selbst. Dazu waren sie schließlich da.

Im Gegensatz zu Joscheles Wundertaten wirkten die mosaischen alle recht gediegen. Sie besaßen sozusagen Hand und Fuß. Joschele aber musste sich schon fragen lassen, ob er solche Zaubertricks – wie auf dem Wasser zu laufen oder Wasser in Wein umzuwandeln - wirklich nötig hatte.

Sprach man ihn jetzt darauf an, wich er aus und bedeutete einem, nicht recht bei Verstand zu sein und das Herz am falschen Fleck zu haben, wenn er sich nicht gar in jenes berüchtigte: *‚wer Ohren hat zu hören, der höre'* - flüchtete, was er gern tat, zumal es den Spruch auch für die Augen gab.

Außer der Barfußlauferei und die Entdeckung der Barfüßlermönche wurde durch die vermehrte Wanderei letztlich nicht viel gewonnen, fand *Südmichel*. Barfüßler hatte es zuvor auch gegeben, nur eben nicht im Fokus der Weltöffentlichkeit. Zumal sie ja bisher mit ihrer Kirche als Bremser in Erscheinung getreten waren. Erst Tibor vermochte sie - mit Hilfe von Tuzla und Patagonia übrigens - umzustimmen und auf den rechten Kurs der Pandemiebekämpfung zu bringen.

Statt sich für die Kranken und Behinderten sinnlos aufzureiben, ihnen zur Hand zu gehen und sie rund um die Uhr zu warten, lockten wichtigere Aufgaben, während die Severins und Severines die Leibesdienste übernahmen. - Mit viel Takt und Zartgefühl langjähriger Erfahrung, wie ihn auch der einfühlsamste Barfüßler nicht aufzubringen vermochte – nicht mehr nach etlichen zermürbenden Jahren mit den verstümmelten Debilen. Da stumpfte noch der Frömmste ab.

Unter dem Einfluss von Tibor besannen sich die Barfüßler auf ihr franziskanisches Kerngeschäft. Sie entwickelten klimagerechte Anbaumethoden in ökologisch nachhaltiger Landwirtschaft. Es gelang ihnen, dem kargen Boden selbst in den ungünstigsten klimatischen Verhältnissen recht ordentliche Erträge abzuringen. Freilich auch dies nur mit Hilfe der *Artefakte*. Diese waren ganz ähnlich wie draußen auf den Weltrauminseln hier in Gewächshäusern im Dauereinsatz. Und ließ sie die Sonne über einen längeren Zeitraum tatsächlich einmal ganz im Stich, tat es zur Not auch künstliches Licht, das ihnen der Wind bescherte. Denn der blies nahe am Kap Hoorn rund um die Uhr, mal schwächer, mal stärker.

Ebenso wichtig wie die Erzeugung gesunder Nahrungsmittel waren Schulung und Umerziehung, was den Barfüßlermönchen um so leichter fiel, als sie selbst ja das mönchische Ideal verinnerlicht hatten. Und das war von den neuen Wohngruppen, die es zu bilden galt, nicht gar so fern. So entstanden Laienverbände, denen auch alsbald Frauen zugehörten.

Bald nahm kein Mönch das Zölibat mehr ernst. Es bestand zwar pro forma, doch ließ sich niemand ernstlich davon einschränken. Ihre Erdung weiteten sie damit aus und standen mit beiden Beinen fest im Grund der Mutter Erde, was *Südmichel* besonders gut gefiel.

Letztlich war alles eine Frage der Sichtweise und was es bedeutete, wenn einer Geist sagte und damit etwas meinte, von dem er nur die Unbegreiflichkeit kannte. Während er doch zugleich alles mit Händen greifen konnte, wozu dieser Geist sich verdichtete und worin er lebte oder weste. Denn freilich umschloss der Zirkel des Lebens auch das Absterben, die Metamorphose und die Wiedergeburt.

Die Zwerge im Dunkel der Erde standen mit dem Abgestorbenen auf vertraulichem Fuß. Sie scheuten nicht davor zurück, die Wiederkehr vorzubereiten und die Metamorphosen zu begleiten. So wurden sie nur allzu leicht mit Totengräbern und Leichenschändern in einen Topf geworfen und verwechselt.

Die Barfüßler standen in ihrer Erdverbundenheit mit dem Zwergvolk Patagoniens auf vertraulichem Fuß. Und wäre der Weg nicht so weit gewesen, die Zwerge wären - *nun wo die Mönche ins Rampenlicht der Weltöffentlichkeit traten* - aus allen Teilen der Welt zu ihnen gestoßen. Doch sie scheuten die Reise über Tage, ganz gleich ob zu Wasser oder durch die Luft. So verließen sie sich auf die dünnen Kommunikationsfäden und nahmen aus der Ferne Anteil am kleinen

Volk der patagonischen Winzlinge, die hier besonders klein ausfielen. Woran dies auch immer lag. Wahrscheinlich ja doch am Essen. Denn seit es zum regelmäßigen Austausch mit den Barfüßlern kam, verbesserte sich ihr Lebensstandard zusehends. Dafür wurden die Mönche mit allerlei Gold- und Silberzeug überhäuft, was ihnen indessen nicht bekam. Denn es weckte die Begehrlichkeit ihrer Oberen.

Je größer die Zwerge wurden, um so lockerer wurde ihr Verkehr mit den Mönchen. Der Orden teilte sich mehrfach, nicht zuletzt deshalb, weil viele Zwerge eintraten, die neue Klöster gründeten. Dadurch verkleinerten sie den Orden zwar, was die Körpergröße anging, während er an Kopfzahl beträchtlich wuchs. Aufgrund ihrer Vorliebe für den Untergrund verlegten ‚die wahren Barfüßler' – *wie sich die kleinwüchsigen Normabweichler bald nannten* - große Teile ihrer Klöster unter die Erde. Sodass oben nur wenige dürftige Hütten zu sehen waren, während sich darunter die weiten Anlagen verbargen, in die kein Mensch Einblick hatte.

Eine solche Entwicklung zog sich über Jahre hin. Und hatte wohl schon früher eingesetzt als es die Weltöffentlichkeit wahrnahm. Deshalb galt der Orden in einschlägigen Kreisen ja auch als besonders umstritten. Er war der Amtskirche in Rom deshalb ein Dorn im Auge. Jedenfalls solange, bis es im frühen einundzwanzigsten Jahrhundert einem Barfüßler gelang, den Heiligen Stuhl zu besteigen. Dort bemühte er sich – *wenn auch weitgehend vergeblich* – die Kirche im Sinne der Barfüßler zu reformieren. Eben dieser Versuch aber war es dann, der immerhin Joschele auf den Plan rief. So hing eins am andern. Joschele und seinen Heerscharen schien die Zeit nun endlich reif genug geworden zu sein, um seiner ureigensten Bestimmung gerecht zu werden. Vage genug war sie denn auch in den Evangelien und in der Apokalypse des Johannes umschrieben worden.

Inzwischen verstand Joschele sich denn auch selbst ein wenig besser und seine dunklen Reden vom Reiche Gottes klärten sich ihm selbst nun doch ein gutes Stuck weit auf. - Weiter jedenfalls als in seinen verbürgten Anfängen hier auf Erden.

Durch die Gegend zu schweifen und um die Häuser zu ziehen und hier und da mal heilend auszuhelfen, kluge Reden zu führen und Verblüffung zu verbreiten, waren doch eher Tropfen auf dem heißen Stein gewesen. Sein Zielland kam zwar darüber erst einmal allmählich überhaupt in den Blick, erreicht aber war es deshalb noch lange nicht. Da musste noch vieles geschehen – viel Wasser den

Ganges, den Nil oder auch den Mississippi herunter fließen. – Selbstverständlich musste das Richtige geschehen – wie es die Metaphern schon andeuteten, die sich die *Repetitoren der Zukunft* vor nicht allzu langer Zeit noch einmal zu Gemüte geführt hatten, um Joscheles Anstrengungen richtig zu deuten und entsprechend einzuordnen und zu unterstützen.

33. Thanatos

„Was hat der Mensch davon, wenn die Menschheit ihr Zielland irgendwann einmal erreicht? – Falls sie es denn erreicht. Denn das ist noch die Frage." – fragte Arundelle so ins Blaue in die Runde der *Repetitoren* hinein. Sie saßen bei ihrer allmonatlichen Generalversammlung beisammen. Sie waren nun auch nicht mehr zimperlich und auf Klausur bedacht. Jede war willkommen. Jetzt, wo die Aufgabe endgültig erfüllt und das Geheimnis um die Prognosen auf die Zukunft endlich gelüftet war.

„Ja, was hat so ein Mensch davon, dass die Menschheit ans Ziel gelangt, während er vielleicht selbst im Unglück sitzt?" – wiederholte Arundelle sich, um sogleich fortzufahren:

„Diese Frage zu stellen, so will mir scheinen, ist nur allzu berechtigt. Zumal in den langen Jahrhunderten der finstern Verbannung und der moralischen Barbarei. - Wie darf man sich nun aber die Teilhabe an der Verheißung dennoch vorstellen? Mir scheint, das ist so ähnlich wie im Mannschaftssport. Siegen kann immer nur die ganze Mannschaft. Es ist einerlei, ob der einzelne Spieler sich vielleicht sogar eine rote Karte einfängt und vorzeitig vom Platz muss, oder ob er den fatalen Treffer verhindert oder gar das Siegestor schießt. Jeder Spieler wird mit der Mannschaft doch Weltmeister, wenn denn gelingt, was sich alle ersehnen. Und sein Beitrag ist der, den er leistete, nicht mehr und nicht weniger. Auf die Mannschaft kommt es an."

„Leider ist es im wirklichen Leben nicht wie im Turnier" – warf Billy-Joe ein. „...Oder es ist gerade gut so..." – konterte Elvira mit blitzenden Augen und ihre Mutter strich ihr übers Haar. Arundelle fühlte sich bestärkt und sah es mit Wohlwollen.

„Solche - der Anschaulichkeit dienenden - Beispiele hinken immer, das ging nicht anders. In sie sollte man sich nicht verbeißen", merkte sie nachdenklich an.

Eigentlich wollte sie nur klarmachen, dass sich die Mühe zu jeder Zeit lohnte. Ja, dass sich in der Mühe bereits der Lohn verbarg und aufgehoben war. Das Zielland war mehr als nur antizipiert, denn es verbarg sich im Streben, ganz nach dem Motto, ‚der Weg ist das Ziel.' Auch wenn es vielleicht gerade mal wieder ganz schlecht aussah und dunkle, undurchdringliche Wolken vor der Zukunft aufzogen. Die wahre Qualität würde sich letztlich doch durchsetzen. Und jeder Etappe folgte eine weitere oder aber etwas ganz anderes. - Was danach kam, wenn alle Ziele erreicht und alle Turniere geschafft waren? - Nun, dann wäre es vielleicht so ähnlich wie in der Liga auch. Nach kurzer Pause ginge es in eine neue Saison.

Arundelle merkte einmal wieder, wie wenig weit sie mit der kausalen Logik kam. Ihre Gedanken machten sie Schaudern und flößten ihr Unbehagen ein. Zum Glück meldete sich da der *Advisor.* Denn *Südmichel* blieb die Antwort schuldig. Zumal sie ihre Fragen nicht laut gestellt hatte. Sie wollte keine schlafenden Hunde wecken, wo gerade alles so füglich geordnet schien und auf dem besten Wege. So jedenfalls sah es aus, soweit es ihr der Überblick denn zu sehen erlaubte.

*

Die Entdeckung der Barfüßler und ihre Verbindung zu den patagonischen Zwergen stimmte *Südmichel* nachgerade euphorisch. Auch dass sie den Orden unterwanderten, wie es schien und sich um römisches Recht und römische Kurie wenig kümmerten, sah er gerne. Zumal sie sich allesamt zu fleißigen Gutmenschen mauserten. Gegenteiliges war ihm jedenfalls nicht zu Ohren gekommen.

Sollte das Erscheinen des *Advisors* seinen Grund etwa in dieser Entwicklung haben? Gab es an den späten Erfolgen in Sachen Pandemie - *dort in dem gottverlassenen Winkel der Erde* - etwa etwas auszusetzen?

Freilich konnte den Barfüßlern ihr allzu langes Zögern negativ ausgelegt werden. Doch vielleicht hatten sie es mit einem besonders halsstarrigen Menschenschlag zu tun, der sich nicht so einfach retten lassen wollte. So konnte es doch auch sein.

Aber *Südmichel* wusste im Grunde, dass die Barfüßler keine Christianier waren. Ja, von soviel Autonomie und Freiheit waren die wohl noch meilenweit entfernt. Sie kamen aus einer ganz anderen

Ecke. Das aber wollte *Südmichel* nicht gelten lassen. Und so hoffte auch er, vom *Advisor* nun aufgeklärt zu werden.

Die Barfüßler hatte der jedoch nicht im Sinn, jedenfalls nicht aus solch engem Blickwinkel. Der *Advisor* suchte vielmehr neuen Streit, so schien es *Südmichel.* Den Grund dafür bekam er bald heraus. Wieder einmal ging es um den Widerspruch zwischen *Überblick* und *Durchblick.* Und das war genau der Punkt, an dem weder *Südmichel* noch der *Advisor* mit sich reden ließen.

Am liebsten hätte *Südmichel* dem *Advisor* deshalb auch einmal auf die Nase geboxt, dann merkte der schon, was für einen Unterschied es ausmachte. Ein Tinnitus war vergleichsweise harmlos, so dachte er jedenfalls, als er sich auch schon eine schallende Ohrfeige einfing, dass er glaubte, das Trommelfell müsse ihm platzen.

Er widerstand dem Impuls, sich ans Ohr zu greifen, sondern landete blitzschnell und ansatzlos mit der Linken eine mächtige Gerade auf des *Advisors* Nase. Der Knorpel knirschte und das helle Blut schoss heraus.

So schnell verkehrten sich die Fronten. Das Ohrensausen setzte prompt ein und die Klingelei machte ihn rasend, und doch leistete er Erste Hilfe, so gut er konnte. Die Blutung musste gestillt werden. Er griff sich zwei Servietten und drehte sie eifrig zu Fidibusse, die er vorsichtig in die dunklen, klaffenden Nasenlöcher einführte, aus denen das Blut nur so heraus pulsierte.

So nah war er seinem Konkurrenten noch nie gewesen. Er fühlte, wie in ihm das Mitleid aufstieg, zumal er sich an sein eigenes Leid nur zu gut erinnerte, als wäre es gestern gewesen. Ihm war, als klopfe der Schmerz zwischen den Augen. Er konnte die Schwellung fühlen, die sich immer weiter ausbreitete und ein wenig Linderung brachte.

Die Umkehrung diesmal war total, insofern als nicht nur die Blessuren vertauscht wurden, sondern auch der Austragungsort. Die *Repetitoren* standen fassungslos im Halbkreis und machten betretene Gesichter. Alles war schrecklich schnell gegangen. Eben noch nichts - und dann das...

Das war vielleicht eine schöne Bescherung! Elvira weinte vor Aufregung und ihre Mutter versuchte vergebens, sie zu trösten. Gerade Elvira, mit ihrer Vergangenheit. Sie trug an solchen Gewaltausbrüchen besonders schwer. Wer sich gerade aus dem Sumpf unerklärlicher Überwältigungen gezogen hatte, den traf ein solches Debakel, zumal aus dieser Ecke, wie der Supergau eines AKWs alten Zuschnitts. Oder vielleicht etwas näher liegend, wie die Kollision zweier Stratosphärenkreuzer. - Ein Unfall, den sich niemand auch nur vorstellen konnte.

Er war nicht weniger unwahrscheinlich, als es die Supergaus seinerzeit gewesen waren. Dennoch hatten sie stattgefunden – und nicht zu knapp. Immer stand da der Mensch im Mittelpunkt. Sein Versagen war in den Berechnungen viel zu wenig berücksichtigt worden. Denn er war in der Tat unberechenbar.

Jetzt, so argumentierten die Befürworter der Raumfahrttechnologie, sei das ja nun wirklich Schnee von gestern, da sich niemand mehr auf menschliches Flugpersonal verlassen musste.

Aber das war selbstverständlich nur die halbe Wahrheit. Selbst Schusseligkeit, berücksichtigte man sie denn, reichte bei weitem nicht hin, denn sie vernachlässigte das enorme Aggressionspotential und den Überschwang zum Tode hin, der sich immer wieder in die Menschen einsenkte. Zumeist so, dass sie selbst es am wenigsten mitbekamen.

Eben jetzt wieder nämlich menschelten *Südmichel* und der *Advisor* in diesem Sinne. Und da war niemand, der sie darauf hätte ansprechen können, soviel Autorität besaß nicht einmal Arundelle. Da hätte es schon eines Unsterblichen bedurft. Und so weit war Arundelle noch nicht.

Der Himmel saß von ihnen voll – ja, daran herrschte ihm kein Mangel. Doch wo waren sie? Wer donnerte sein Machtwort und maßregelte oder verurteilte, was geschehen war? – Von den Tätern nicht zu reden, die da an ihren Blessuren laborierten und sich gegenseitig bemitleideten, jetzt, wo der Schaden angerichtet war. Statt zuvor auf die Bremse zu treten. Tief drinnen steckte der Groll ja noch immer, auch wenn er sich nicht mehr an die Oberfläche getraute.

„Artefakten wäre das nicht passiert", ließ sich einmal wieder Pooty - vorlaut wie immer und ein wenig altklug – vernehmen. Um ihn war es an sich still geworden, seit er mit Billy-Joe das Jahr unter der Erde hatte verbringen müssen. - Allein mit ihm, dem magischen Stein und Walter, der sich pünktlich jeden Monat dort in der Dunkelheit blicken ließ, wenn auch recht schwach, da die Körperfunktionen seines Gastgebers nur ganz eingeschränkt zur Verfügung standen.

Da war es kein Wunder, dass Pooty recht seltsam wurde, wenn vielleicht auch nicht seltsamer als es der alte Schamane war, in dessen Eigenart sich Billy-Joe immer weiter hinein steigerte, bis er sich schließlich ganz in seiner Rolle verlor. - Wer wollte schon ohne Licht sehen und ohne Essen leben? Auch hier fand sich ein Wunder, das der Erklärung bedurfte, weil es unbegreiflich war.

Von Bären wusste man, dass sie einen Winter verschlafen konnten. Aber ein ganzes Jahr?

„Ha, das ist noch gar nichts“ – trumpfte Pooty auf. Er war nun - so schien es – wieder ganz der Alte und aus seiner Schockstarre erwacht.

„Im australischen Giftschrank überdauert so manches...“ – setzte er nach. Als ob es darum gegangen wäre. Viel alarmierender fand Billy-Joe den neuerlichen Einbruch des Aggressionstriebs. Von dem er für sich glaubte, ihn ein für alle mal überwunden zu haben. Um so mehr überraschte ihn nun dessen Auftreten ausgerechnet an so prominenter Stelle. Billy-Joe zweifelte nicht daran, dass es sich letztlich um niemand geringeren als um den Todestrieb selber handeln konnte. Alles andere war ja doch nun weitgehend gesetzlich aus dem Weg geräumt. Das bedeutete aber keineswegs, dass der Tod seinen Schrecken verloren hatte.

Billy-Joe nämlich rechnete, - und da stimmten ihm die meisten *Repetitoren* ohne weiteres zu – den Ausbruch physischer Gewalt in solchen Sphären wohl oder übel dem Thanatos[xli] zu.

Südmichel und der *Advisor* waren ja nicht irgendwer. Was also konnte das bedeuten? Denn dass ihrem Schaukampf Bedeutung zukam, daran zweifelte im Ernst niemand hier in der Runde. War es ein Signal dafür, dass Malicius Marduk sein garstiges Haupt schon wieder erhob? Oder heischte gerade seine Abwesenheit nach solchen Ausbrüchen an Orten und zu Gelegenheiten, wo sie nicht hingehörten? So, als schütte sich der Unrat, den er an sich hatte binden müssen, nun wieder zurück in die Welt?

Es wäre eine gute Idee, Tika einzuladen, kam es Arundelle in den Sinn. Ob Billy-Joe seinen Einfluss geltend machen würde? Am besten riet sie auch Tibor das Gleiche. Sie selbst, das glaubte sie zu wissen, stieße ins Leere.

Immerhin besaß Tika einschlägige Erfahrung mit der Unterwelt. Vielleicht war sie dem Thanatos dort sogar persönlich begegnet.

Arundelle sprach Tibor an, als er gerade mit Billy-Joe beisammen stand, so schlug sie zwei Fliegen mit einer Klappe. Die beiden überlegten nicht lange. Zwar graulte Tika sich gar zu sehr und kam nicht mit, aber *Südmichel* behagte die Idee trotz seines Tinnitus. Ihm war, als könnte er dem *Advisor* damit die lange Nase zeigen. Er wusste selbst nicht recht weshalb. Denn an sich taten sie ja nichts Ungehöriges. Oder vielleicht doch?

Der wiedererwachte Pooty hopste ganz aufgeregt vor Billy-Joes Brust herum. Der hatte sich gerade einige Ersatzteile einbauen lassen und fühlte sich stark wie nie. Auch Tibor strotze nur so voller Energie. Irgendwie übertrieben die Männer ja, fand Arundelle und traf damit sogar bei Tika auf breite Zustimmung.

„Lebenswichtig war das gerade nicht...“ meinte sie, -„...was sich Tibor alles hat einbauen lassen.“ Und so sah es Arundelle auch, was Billy-Joe betraf.

Südmichel war es einerlei. Er würde das Kind schon schaukeln. Die paar Ersatzteile mehr oder weniger machten den Kohl denn auch nicht mehr fett. Und so richtig transmutierten sie ja denn doch nicht. Die Fahrt mit den Chaisen war so ein Mittelding.

Pooty erlebte die Reise in die Unterwelt zum ersten Mal – jedenfalls bewusst. Falls er denn schon einmal dort gewesen sein sollte – und das war durchaus der Fall – so erinnerte er sich nicht mehr daran. Er hatte den Besuch schlichtweg im Medizinbeutel verschlafen. Wahrscheinlich hatte ihn der magische Stein eingelullt.

Entsprechend aufgeregt war er nun. Auch Tibor tat nur so cool und Billy-Joe ebenso, beiden wummerte das Herz im Leib. Mit Grauen sahen sie die Löcher auf sich zukommen, gegen die man machtlos war. Es war ihnen, als begäben sie sich in ein Aussätzigenlager. Nicht etwa zu Besuch und in der Absicht, dort zu helfen, sondern mit der Gewissheit, selbst erkrankt zu sein.

Plötzlich verstanden sie Tika wieder, und sie wunderten sich über sich, dass sie der fressenden Antimaterie nicht gedacht hatten. Wahrscheinlich war die Euphorie wegen der neuen Glieder schuld. So eine Renovierung wirkte wie eine Aufputschdroge. Um sich wieder einzukriegen, bestätigten sie sich gegenseitig, dass sie hinter dem Schutzschild relativ sicher seien. Das galt besonders, wenn man die Zeiten einhielt und keine unbedachten Bewegungen machte.

Da waren sie also. Die Chaise surrte leise im Leerlauf und schwebte einige Zentimeter über dem wabbeligen Grund. Tibor fiel zum ersten Mal auf, wie wabbelig der war. Er hatte in seiner Aufregung wegen Tika wohl darauf früher nicht acht gegeben. Nun war das anders. Denn sie begehrten den Chef zu sehen, dessen Name Thanatos lautete. Sie wollten sich erkundigen, ob es ihm gut ging und ob ihm Malicius Marduk auch wirklich nichts antat. Außerdem wollten sie sich Klarheit über die Güte seines Charakters verschaffen.

Immerhin musste es einen Grund geben, weshalb hier auf der negativen Seite die Herrschaft von jeher aufgespalten war. Das wäre ja ein Ding, wenn sich Malicius Marduk den Hades stillschweigend unter den Nagel gerissen hätte. Aber das erführen sie besser von Thanatos direkt.

Um nur ja keine Zeit zu verplempern und den Schutzschild unnötig zu strapazieren, warf *Südmichel* die Chaise wieder an und ließ sie im Gleitflug über dem Hades kreisen. Irgendwo müsste Thanatos doch zu finden sein. Aus dem Gedächtnis fertigte *Südmichel* ein Phantombild an und verteilte es unter den Mitreisenden. So hatten auch sie zu tun.

Pooty besetzte die Kanzel, wo er den besten Rundumblick hatte. Aber *Südmichel* war fast sicher, dass Thanatos nicht einfach irgendwo herum lief. Entweder thronte er im Palast auf seinem Thron oder er saß im Verlies.

Beide Male wäre er den Blicken entzogen. Leider wusste auch *Südmichel* nicht genau, wo sich der Regierungspalast der Unterwelt befand. Wahrscheinlich im Zentrum, mutmaßte er. Und wenn Thanatos nicht oben thronte, dann steckte er unten im Verlies.

Was anderes konnte sich *Südmichel* auch nicht vorstellen. Statt seiner säße dann Malicius Marduk auf dem Thron. Da der für seine tausend Gesichter bekannt war, wäre er nicht leicht zu erkennen. Er könnte sich ohne weiteres als Thanatos verkleiden. Also war es wichtig, den echten Thanatos im Verlies zu finden, falls er denn tatsächlich im Verlies saß. Denn ganz aus der Welt schaffen konnte ihn selbst Malicius Marduk nicht. Das wäre vielleicht ein Ding, wenn der den Tod beseitigte! Niemand würde mehr sterben.

Südmichel fand allein die Vorstellung zum Piepen und auch Billy-Joe oder Tibor in seiner Begleitung konnten sich das nicht vorstellen. Nur Pooty hielt die Beseitigung des Todes für eine glänzende Idee. Ob die beiden wohl an Gedächtnisverlust litten? Viele Jahre hatten sie zusammen mit Arundelle um das ewige Leben gekämpft. In jeder Form und Gestalt hatten sie sich mit der Möglichkeit, den Folgen und dem Sinn des ewigen Lebens auseinander gesetzt. Und das sollte nun plötzlich alles nichts mehr bedeuten? Pooty war mächtig stolz auf sich, dass wenigstens er im Oberstübchen noch ganz vollständig funktionierte, was bei den beiden ganz offensichtlich nicht der Fall war.

So fiel er mit der Tür ins Haus und auf seine drastische unverblümte Art rüttelte er die beiden wach. Widerwillig stimmten sie nun zu und gestanden ihren Denkfehler oder auch die Schwäche ihres Erinnerungsvermögens. Denn aus dieser Perspektive hatten sie ihr Abenteuer im Hades noch gar nicht gesehen.

Aber es stimmte schon. Worüber sie sich Klarheit verschaffen wollten, glich der Trockenlegung eines Sumpfes. Es ging letztlich um nichts weniger als um die Abschaffung der Unterwelt, wenn man es mal aus der Vogelperspektive betrachtete. Und eben darum ging der Streit.

Südmichel meinte mehr und genaueres zu sehen mit seinem Durchblick, während der *Advisor* so von oben her sich ganz auf den Überblick verließ.

Das Aufgabengebiet von Thanatos würde erheblich eingeschränkt, nicht nur das von Malicius Marduk. Doch darüber, wie die beiden sich die Aufgaben teilten, hatte sich ganz offensichtlich niemand Gedanken gemacht. Abstriche hatten beide hinnehmen müssen. Doch wo Malicius Marduk ganze Felder weggebrochen waren, da drohte Thanatos womöglich das Aus.

Der Argwohn war also mehr als berechtigt. Es kam nun ein wenig auf die Durchtriebenheit beider an, wem es gelang, den andern über den Tisch zu ziehen. Zwar erweckte Malicius Marduk den Eindruck als sei er mit der Nase vorn, doch das hieße womöglich Thanatos erheblich zu unterschätzen. Immerhin mähte seine Sense seit Urzeiten jedes Korn und drosch ihm das Leben aus. Wie sehr sich die Einzelnen auch zur Wehr setzten.

Tausend Gesichter besaß Thanatos nicht, so wie Malicius Marduk. Denn wer ihm einmal ins Antlitz schaute, der sähe hinfort nichts anderes mehr - nicht mit seinen irdischen Augen jedenfalls.

Der Gleitflug zog sich. Besorgt blickten die beiden Passagiere auf die Schutzschirmanzeige. Der Zeiger näherte sich bedenklich der roten Zone. Wäre sie erreicht, dann mussten sie ihr Heil in der Flucht suchen. Pooty meinte, ihm könne nichts geschehen neben dem Zauberstein und in Billy-Joes Medizinbeutel. Vielleicht hatte er gar nicht so Unrecht. Doch auch er sollte es nicht darauf ankommen lassen. Wenn sich in den nächsten Minuten nichts täte, dann müssten sie unverrichteter Dinge wieder abziehen. Deshalb verdoppelte Tibor vorne in der Kanzel seine Augenkraft noch einmal. Er sah jetzt mit Hilfe des magischen Steins sogar durch Mauern. Sie durften nur nicht zu dick sein.

Diese Fähigkeit hatte nicht zuletzt mit der Antimaterie zu tun, aus dem alles um sie her war. Daher kam es, dass die Dinge auch nicht recht Kontur annehmen wollten. Zumal in dem ewigen Dämmer, der da herrschte und den die beiden Monde auch nicht durchbrechen konnten, auch wenn sie es ein wenig heller machten. Aber die gingen gerade mal wieder unter. Immer wenn man sie brauchte!

Südmichel gab sich einen Ruck. Er selbst war ja nicht betroffen und im Stillen verfluchte er seine beiden Passagiere und schalt sie Weicheier. Da lobte er sich denn doch das tapfere Possum. Kein Wunder dass Billy-Joe mit so einem Kompagnon durchgehalten hatte da unten in der Erde. Keine Spur von Aufgeben oder Mut verlieren, ja, so einer war nach *Südmichels* Geschmack. Der riskierte auch mal was und weinte nicht gleich, wenn auch die Nase brach.

Schadenfroh blinzelte er nach oben ins Gewölbe der Unterwelt, zumal sich dort ein Spalt zu öffnen begann und himmlisches Licht herein quoll. Ob er nicht des Advisors angesichtig würde. Doch der lag ja danieder und pflegte seine Nase. So dachte er jedenfalls. Denn da lugte auch schon der Advisor wie ein Puttchen durch den Spalt herein. Ja, er winkte sogar als er die Chaise bemerkte und machte Zeichen in eine bestimmte Richtung. Und tatsächlich, da lag es ja das Zauberschloss des Thanatos. Pooty, der durch die Mauern sah, entdeckte den Gefangenen angekettet an einen riesigen Fels, den er mit sich herum tragen musste, wenn er sich fortbewegen wollte und das musste er, weil ihm das Wasser fortwährend bis zum Halse stand. ‚Langweilig wird ihm ganz sicher nicht', dachte Pooty und machte Meldung.

Südmichel am Steuer drückte die Nase zum Boden. Alles musste nun aber wirklich ganz schnell gehen. Mit ihrer Materie fraßen sie die Fesseln in Nullkommanichts weg. Sie packten Thanatos erst mal in eine Schutzhülle, da sie nicht wussten aus was für Material er beschaffen war und warfen ihn in den Kofferraum der Chaise. Dann machte *Südmichel*, dass er Land gewann. Um Malicius Marduk, den Thronräuber, würden sie sich ein ander Mal kümmern, falls dies nicht bereits der Advisor tat. Er signalisierte solche Andeutungen.

Billy-Joe hatte sich schon wieder die Fingerkuppen verätzt und Tibor fehlte gar ein Stück vom rechten Unterarm. Das war beim Losmachen passiert. Oder es war dann doch nicht schnell genug mit dem Einpacken gegangen.

So hatte jeder zu tun. Sei es wegen der Schmerzen oder wegen der Freiheit. Thanatos versuchte sich in Dankbarkeit und versuchte seine Retter zu küssen, was diese jedoch aus gutem Grund zurückwiesen, denn der Kuss des Todes ist nun mal tödlich.

Was fingen sie mit ihrer Fracht an? Am besten wäre er im Himmel aufgehoben, meinte *Südmichel*. Doch als er den *Advisor* zu erreichen suchte, meldete der sich nicht. Freilassen mochten sie ihn nicht, da sie wegen seiner Beschaffenheit argwöhnten. Immerhin stammte er aus der Unterwelt und das bedeutete, er könnte antimateriell sein.

Lange könnten sie ihn nicht im Kofferraum der Chaise liegen lassen. Zumal er von innen gegen den Deckel hämmerte. Ganz *offensichtlich* gelüstete es ihn nach Freiheit.

Südmichel versuchte den Kontakt noch einmal und hatte Glück. Der *Advisor* schwebte ein und erteilte eine Unbedenklichkeitsbescheinigung. *Südmichel* öffnete daraufhin den Deckel und Thanatos sprang überglücklich heraus. Offensichtlich hatte er sich schon drinnen seines Schutzanzugs entledigt.

In seiner grenzenlosen Freude versuchte der seine Retter zu umarmen und zu küssen. Doch die flohen ihn aus Angst, tot umzufallen. Nur der *Advisor* ließ ihn gewähren und *Südmichel* dann auch. ‚Vielleicht hilft der Kuss des Todes gegen Tinnitus', redete er sich ein, als er sah, wie die Nase des *Advisors* nach dem Kuss gleich besser wurde.

Südmichel und der *Advisor* verständigten sich recht schnell und im Geheimen, denn es wäre ihnen gar zu peinlich gewesen, wenn Thanatos von dem Kuhhandel etwas mitbekommen hätte. Am Ende hielte er sie noch für ungastlich. In den Himmel konnte er nicht, weil er da nicht hingehörte, also musste er unter die Erde zu *Südmichel*. Der überlegte kurz und dann nickte er. ‚Das werden die Zwerge schon schlucken' – dachte er und hoffte darauf.

Billy-Joe und vor allem Tibor, dem gar ein halber Arm fehlte, wollten es nicht drauf ankommen lassen und wiesen sich lieber gleich in die plastische Chirurgie ein, wo sie allerdings nur eine Nummer ziehen durften. Danach wurden sie wieder weggeschickt. Sie sollten erst mal einen Kaffee trinken gehen oder sich was Hübsches zum Anziehen kaufen, hieß es. So in zwei Stunden wäre es dann soweit. Das ging Ratzfatz – zumal sie ja gerade aus der Klinik kamen. So hatten die da noch alles parat.

Tibors Schmerzen waren kaum zum Aushalten. „Da steht einem der Sinn nicht nach Einkaufsbummel."

„Wozu gibt es Schmerzmittel?" - hieß es lapidar. Die nette Schwester am Empfang – *es war eine Severine neusten Typs mit recht menschlicher Attitüde* – half gerne aus.

Ein wenig benebelt, doch weitgehend schmerzfrei - wankte Tibor am Arm von Billy-Joe durch den Klinik-Campus, wo es tatsächlich einige Boutiquen und Cafes gab. Arundelle oder Tika zu benachrichtigen hielten sie nicht für notwendig.

Arundelle war denn doch mit Tika zurückgeblieben. Sie wusste selbst nicht recht weshalb. Am Ende war es dann doch die Eitelkeit gewesen. Die Aussicht, wichtige sichtbare Teile von sich einzubüßen, machte einer Frau denn doch noch einmal mehr aus.

Am Abend waren sie dann wie neu und wieder recht euphorisiert, wahrscheinlich steckte da was im Narkosemittel. Während sich seine Passagiere reparieren ließen komplimentierte *Südmichel* Thanatos in die Chaise zurück, was diesem gar nicht zusagte. Umständlich erklärte *Südmichel*, dass er ihn anders nicht in sein neues Reich kriegte. Worauf Thanatos meinte, er wolle gar kein eigenes Reich mehr. Er habe sowieso nie verstanden, weshalb er wegen so was eingesperrt werden musste. Darauf wusste *Südmichel* keine Antwort.

34. Eine wahrhaft fürstliche Erscheinung

Thanatos schien *Südmichel* zunächst ein eher harmloser, netter Kerl zu sein, der niemandem etwas Böses wollte und der gar nicht verstand, weshalb alle vor ihm Angst hatten.

Aber bleiben müsse er ja schließlich irgendwo und ihn so einfach auf die Menschheit loszulassen, ginge denn ja auch wieder nicht an. „Nicht umsonst sind die Sphären nun einmal getrennt, euer Hochwohlgeboren" – verstieg *Südmichel* sich, um seinen Passagier recht einzulullen und doch noch dazu zu bewegen, in den Untergrund abzutauchen. Zumal ihn dort eine recht stattliche Residenz erwartete.

Vom Untergrund aus könne er seine Regierungsgeschäfte wieder aufnehmen und seine Sendboten geordnet dirigieren. Zur Zeit herrsche ja doch wohl ein rechtes Durcheinander, redete *Südmichel* ihm ins Gewissen. Das schien zu fruchten. Seine Todesengel im Stich zu lassen, wäre denn doch allzu arg, überlegte Thanatos und stieg erst einmal in die Chaise ein.

Diesmal war der Weg nicht weit und vorn neben dem Piloten verging die Zeit wie im Fluge. Zumal es recht interessante geologische Aussichten gab. Ging es doch durch so manche Erdschicht hindurch. Mitunter gurgelte sogar das Wasser von unterirdischen Seen vor den Fenstern und Ungeheuer der Tiefe wurden hart am Rande des Überfahrens gestreift, augenlos wie sie waren.

Wahrscheinlich fuhr ihn *Südmichel* absichtlich in die Irre. Denn bald verlor Thanatos jede Orientierung. Zumal *Südmichel* wie ein Fremdenführer unentwegt auf ihn einredete.

An sich siedelten Zwerge so tief nicht. Ihnen lag die unmittelbare Verbindung zur Oberwelt doch sehr am Herzen. Inzwischen achtete man auch hier unten auf wenigstens ein halbes Stündchen Sonnenlicht täglich. - Schon wegen der Gesundheit.

Die Chaise kurvte in eine mondäne Auffahrt ein. Ein imponierendes Portal erhob sich, dessen Konturen sich nach oben im Halbdunkel, wie es hier unten herrschte, verloren. Ein Spalier eifriger Dienstboten flankierte den Aufgang, den Thanatos alsbald empor schritt. Er fühlte sich reichlich gebauchpinselt. ‚Was man doch so alles vermisst' – ging es ihm durch den Kopf, während er leutselig lächelte. Er war übrigens eine ausnehmend attraktive Erscheinung, so ganz in Schwarz und Grau. Die schwarzen Schwingen hielt er angelegt wie Frackschöße. Sein Körper steckte in einem enganliegenden - die Formen des Körpers betonenden - grauen Dress von schimmernder Beschaffenheit, dessen Stoff aus fein gesponnenen Fledermausbrusthaarfell bestand.

Eine Sense trug er nicht bei sich und auf den Schultern saß ihm auch kein Totenkopf. Sein feines, ebenmäßiges - etwas streng blickendes Gesicht wurde vielmehr von wallenden – kunstvoll ondulierten - grauen Locken umrahmt, die der Strenge das Bedrohliche dann doch wieder zu nehmen vermochten.

Eine wahrhaft fürstliche Erscheinung fanden auch die dienstbaren Zwerge und waren begeistert von dem ersten Eindruck. Wenn er nur ja nicht daran ging, unter ihnen erste Ernte zu halten, dann sollte ihnen ihr Eindruck schon recht sein.

Südmichel wartete nicht ab, ob sich sein Fahrgast noch einmal nach ihm umwandte, sondern machte, dass er fort kam. Das fehlte noch, dass er ihm die Gemächer zeigte und erläuterte, das sollten schön die Zwerge und ihre dienstbaren Artefakte selbst übernehmen, schließlich war der Palast ihr Werk. Vom Hörensagen wusste *Südmichel*, dass die Zwerge elend viel Gold und Edelsteine verbaut hatten, mehr als sie heranzuschaffen in der Lage gewesen waren. Weshalb sie andernorts in der Nähe gnadenlos einiges wieder abmontierten, was bereits im Gebrauch war. Sehr zum Unmut der Bewohner.

Aber wem wird schon zugetraut, innerhalb kürzester Zeit einen Palast für einen regierenden Monarchen zu errichten und auszustatten? Nur - mit der Errichtung war es soweit her nicht. Für das Grobe und große Ganze war vornehmlich ein natürlicher Felsendom herangezogen worden, dem nur noch ein wenig Schliff verpasst werden musste, der ansonsten aber stand. So war das Hauptaugenmerk auf die Innenausstattung gelegt worden. Und da hatten sich die kleinen Baumeister selbst überboten. Wem sie auch davon erzählten, der erblasste vor Neid und wurde ganz grün im Gesicht. Doch nicht nur vor Neid, sondern gegebenenfalls auch vor Ärger.

So fand Tibor eines Tages sein Heim vollständig entblößt und allem Zierrat beraubt. Die Wände waren von hässlichen Löchern und Schrunden übersät, wo einstmals Gold und Edelsteine blinkten. Wenn es das nur schon gewesen wäre. All seine persönliche Habe war durchstöbert worden und alles nur irgendwie Wertvolle verschwunden.

Tika regte sich fürchterlich auf und fühlte sich bis aufs Mark in ihrer Privatsphäre bedroht. „Dabei hätte man doch über alles reden können“, meinte Tibor noch immer viel zu nachgiebig. „Deshalb haben die sich das bloß rausgenommen. Du bist viel zu nachsichtig“, schimpfte sie ihn recht aus, wie er da so bedröpselt stand und ratlos um sich blickte.

Dabei hätte gerade sie doch Verständnis aufbringen müssen. Schließlich ging es um ihren Big Boss. In Sachen Unterwelt nämlich ließ sie sich nichts nachsagen, von wegen, jemand kenne sich da aus. Wenn sich eine auskannte, dann sie, trumpfte sie wohl auf.

Das eine habe mit dem anderen rein gar nichts zu schaffen, schimpfte sie nahtlos weiter. Außerdem könne Thanatos nichts dafür. Der Palast war schließlich keine Auftragsarbeit. „Die haben sich freiwillig darum gerissen. Niemand hat sie gezwungen. Da haben sie den Mund mal wieder zu voll genommen und dann das... wirklich – eine schöne Schande ist das.“

Wenigstens wusste Tibor nun so ungefähr, wo der Palast lag - hier unter Susamees Insel. Das heißt, genau wusste er es deshalb nicht, doch er schlussfolgerte, dass das entwendete Material nicht weit verbracht worden war. Schon gar nicht über See oder auf dem Luftweg. Das wäre aufgefallen. Und drüben im Untergrund auf den Inseln Weisheitszahn war alles noch immer so, wie es nun schon seit einem guten Jahrhundert war.

„Die Insel hier macht Sinn“, meinte Tibor und freute sich schon wieder ein wenig, weil ihm eine Idee kam. „Denk nur Tika“ rief er begeistert, „deine Insel ist seine Residenz. Wenn das nichts zu bedeuten hat!“ Und auch Tika besänftigte die Vorstellung und das bisschen Zierrat war auf einmal nicht mehr ganz so wichtig. Aber den

Einbruch in die Privatsphäre nähme sie den Zwergen deswegen schon noch weiter übel, knodderte sie. *Südmichel* zeigte volles Verständnis und versprach, ein ernstes Wörtchen deswegen mit jenen zu reden, die für den Bruch verantwortlich zeichneten.

„Trolle werden die geschickt haben. Und von wegen Auftrag, so ist das nicht gelaufen. Die sollten einsammeln, was sie finden konnten. Niemand hat denen gesagt, jetzt geht und brecht in Tibors Wohnung ein und verwüstet ihm seine Privatsphäre und haut alles kurz und klein. So war das bestimmt nicht“, bekräftigte er noch einmal. „Lässt sich alles wieder reparieren und so richtig bestohlen wurde ich gar nicht. Eigentlich geht es mehr ums Prinzip. Keiner möchte das...“

Wo sie doch nun Trolle hautnah in der Familie hatten. – Nun ja, so ganz stimmte das jetzt auch nicht mehr. Omirah mauserte sich zu einer sehr pflichtbewussten jungen Mutter. Und Emasus war sowieso längst geheilt. Beider Töchterchen mit dem einfallsreichen Namen Arundelle, krähte recht fröhlich ins junge Leben. Wenn auch die Geburt nicht gerade einfach gewesen war. Letztlich half dann doch nur noch ein Kaiserschnitt.

**

Wieder saßen die *Repetitoren* im Rund und besprachen sich mit *Südmichel* wegen des Umzugs in den neuen Palast und wie es gelaufen war. Wie es schien, funktionierte das düstere Geschäft nun wieder recht reibungslos. Die Agenten des Todes schwärmten wieder ordnungsgemäß aus - und flächendeckend zumal. Sie griffen nicht etwa hier vor der Haustür mit besonderer Härte durch, sondern scheuten wie ehedem seit ewigen Zeiten keine Wege und Mühen. Sie begaben sich bis zu den äußersten Zipfeln des Nordens und des Südens, auch wenn es dort bitter kalt war. Ihre Ernte dort fiel noch immer reichlicher aus als sonst wo. Doch auch dort ebbten die Spätfolgen der Pandemie allmählich ab.

Soweit schien alles in Ordnung. *Südmichel* hatte eigens eine kleine Abordnung mitgebracht, die aus dem Nähkästchen plauderten und allerlei Anekdoten über den feinen Herrn zum besten gaben. So hieß es kichernd, er sei beileibe kein Kostverächter und dem holden Geschlecht schön zugetan.

„Solange niemand zu Schaden kommt“ – brachte sich sogar Judith ein, die sich in diesem Punkt gewöhnlich recht grundsätzlich und äußerst reserviert verhielt. Wie im übrigen eigentlich alle Damen in der Runde, von Dorothea vielleicht abgesehen, die das denn doch etwas entspannter sah - schon wegen Sulamith, aber auch sonst überhaupt.

Doch darum ging es zum Glück nicht, sonst wäre eine ganz anders geartete Diskussion entstanden, über deren Ausgang zumindest Unklarheit geherrscht haben würde, hätte sie denn stattgefunden.

Ob Thanatos denn bleiben könne, wusste auch *Südmichel* nicht zu sagen. Vom *Advisor* sei diesbezüglich nichts zu hören gewesen - während des ganzen vergangenen Monats nicht. Er nähme deshalb schon an, dass sich die Sache nun auf diese Weise einspiele und gegebenenfalls von selbst *tot laufe*.

Dabei lachte er laut heraus. Er fand sein Beaumont[xlii] anscheinend zum *Totlachen*. Da niemand recht einstimmte, versiegte auch ihm das Lachen verlegen. Es *starb* ihm auf den Lippen weg.

Nach Witzchen war hier keinem. Zumal die Frauen noch an der Schlüpfrigkeit zu würgen hatten, die denn doch nicht so glatt runterging, wie es zunächst schien. Da waren sie wohl nur allzu perplex gewesen. Alles hatten sie erwartet, nur das nicht.

‚Jetzt bloß nicht noch was vom ‚kleinen Tod', dann schlägt 's aber dreizehn' ging es Arundelle durch den Kopf. - Ausgerechnet ihr Billy-Joe ließ dieses Fettnäpfchen nicht aus, sondern trat voll hinein. Er fand seine Einsicht recht besonders und gar tiefsinnig. Zumal sie ihm just in diesem Moment erst in den Sinn kam. Wer die große Sense schwinge, dem sei dann wohl auch die kleine Handsichel nicht weniger geläufig, meinte er und fand auch diesen Hinweis ausgesprochen bemerkenswert.

„Wir haben schon verstanden" – fuhr ihm Arundelle in die Parade, bevor er sich noch weiter verstieg. Sie kannte ihn – immer wenn er wie ein Maikäfer pumpte, dann war etwas im Schwange von dem er völlig begeistert war.

„Der Tod als Verführer" – warf sie ihm so hin. „Das ist beileibe kein seltenes Motiv. Die Mysterienkulte jonglierten überall und zu allen Zeiten damit herum."

„Und durchaus auf die hier angedeutete Weise, möchte ich ergänzen", meldete sich nun auch Tibor zu Wort, der seinen Freund meinte unterstützen zu müssen.

„Jetzt wird's orgiastisch" merkte Grisella süffisant und ziemlich unpassend an und schnalzte mit der Zunge, wie es sonst nur fiese Herren tun, wenn sie unter sich sind.

Bevor noch der ganz große Schwenk vollzogen wurde und sich die Front verhärtete, berichtete *Südmichel* schnell noch über das Alltägliche, was so die Seite der Bedürfnisse angehe. Doch als er merkte, dass er auf viel mehr nicht kam, ergab er sich seinem Schicksal und die Diskussion entspann sich, denn alle waren ja brennend interessiert. Immerhin hatte er sie losgetreten.

Grisella wusste so einiges auszuführen zum ‚Kleinen Tod' wie der Orgasmus nun einmal genannt wurde. Petit Mort[xliii] – um genau zu sein. Ob die Bezeichnung wohl mit Breton und Artaud[xliv] aufgekommen war? Nun, jedenfalls hatten diese beiden den Begriff reichlich im Munde geführt und sich episch breit darüber ausgelassen, glaubte sich nun auch Arundelle zu erinnern. Wie wahr oder unwahr solche Aussagen waren, musste schon jede für sich entscheiden, befand sie unentschlossen. Wiewohl sie doch ein wenig mit der Todesverliebtheit liebäugelte, die darin womöglich aufgehoben war. Jedenfalls war sie jenes Moments recht wohl inne und würde ihn – so war ihr - auch nie wieder ganz verlieren. Vielleicht kam es im Leben nur darauf an, danach nicht zu jagen – schon gar systematisch, denn dann stünden die Karten schlecht.

Das scheue Wild gleicht dem Einhorn, das nur dem wirklich Unbedarften begegnet. Früher nannte man jene die Reinen, weil sie sich mit dem höfischen Tand noch nicht so auskannten und also die Lustschreie noch nicht eingeübt oder gar zur Perfektion getrieben hatten. Jenes wehe, absterbende Stöhnen, das dem letzten Atemzug so sehr ähnelt, wenn es denn auch wirklich geschieht und nicht – wie meist – halb oder ganz geheuchelt wird.

Jenen Augenblick der Verzückung festzuhalten, scheint ein unabweisbares Verlangen zu sein, wiewohl es selbstverständlich abgewehrt und fortgeschoben, gar als Morbidität abgelehnt oder sonst wie verunglimpft wird. So, als stünde solches Wesen uns Sterblichen eigentlich nicht zu, wenn wir nicht hinüber wechseln wollten, um ins Reich der metamorphotischen Todesschatten und instabilen Wechselbälger, oder hinaus in den weiten Himmel explodierten. Wo wir uns recht plötzlich dann auflösten, um in weher Wonne zu vergehen.

Wie dem auch sei – Thanatos war nicht der, für den ihn alle hielten, wenn denn zutraf, was wohl wirklich nicht abzuweisen war. Von allerlei anders gearteten Grenzerfahrungen gar nicht zu reden, denen sich Abenteurer aller Couleur aussetzen, wenn die auch mit einem wirklicheren Tode spielen. Nur echt muss auch bei ihnen alles sein. Deshalb die Sucht nach Erstbesteigungen von Bergspitzen, die Erkundung von Tiefseespalten oder auch anderer Höhlen – *„die nie ein Mensch noch je betrat"* – eben darauf kommt es an.

Im Palast unter der Erde bot sich dem flüchtigen Gast ein üppiges Bild, so ihm denn Einblick gewährt wurde. *Südmichel* machte ihn ungefragt möglich. Immerhin hatte er Thanatos hinab geleitet, so schien ihm nur angemessen, sich einiges herauszunehmen. Zumal es den alten Knaben nach immer ausgefalleneren Gespielinnen gelüstete, die ihm *Südmichel* zuführte, was ihn - je länger je stärker - belastete, auch wenn ihm deswegen die Bude nur so eingerannt wurde. Da bedurfte es keiner Werbung. Darunter waren, so schwante ihm bisweilen, womöglich solche Reinen, von denen sonst nur Märchen berichten. Und die drängelten auch noch besonders hartnäckig.

Im Kreis der *Repetitoren* stieß er damit auf heftigen Widerstand, als Arundelle ihm draufkam.. Hätte es sich um echte Menschen gehandelt, er wäre längst der Justiz überantwortet worden, wegen Menschenhandels und Zwangsprostitution. Aber auf die Elfen und Nymphen, die Nixen und Zwerginnen hatte die menschliche Rechtssprechung keinen Zugriff. Ob dies nun gut war oder nicht. So war es und daran ließe sich auch nicht drehen. Zwar versuchte Adrian Humperdijk noch immer sein Möglichstes – immerhin war er Demokratieberater in Australis – und auch Corinia machte ihren Einfluss auf die Premierministerin eben dort geltend. Die *Südmichel* hörige Priesterschaft aber verstand es, immer wieder Nachwuchs zu ködern. Und die jungen Nixen rissen sich darum, ins Auswahlverfahren aufgenommen zu werden. Die Auslese war äußerst selektiv und wer die Prüfungen glücklich bestand, dünkte sich als Auserwählte und keineswegs als Opfer oder gar als Zwangsprostituierte.

Thanatos war im übrigen ein glänzender Gesellschafter, ein charmanter Verführer und einfühlsamer Liebhaber. Wäre er von dieser Welt gewesen, er wäre in den Olymp der großen Verführer wie Casanova oder Don Juan aufgenommen worden. Von den modernen Ikonen am Verführerhimmel gar nicht zu reden, denen er die Schau allemal abgelaufen hätte.

Es war den *Repetitorinnen* als lüfte *Südmichel* seine Maske und zeige sein wahres Gesicht. Früher wäre Arundelle entsetzt gewesen, so wie Judith oder auch Grisella und vor allem die Jüngeren – vielleicht noch immer. Doch sie kannte auch die andere Seite und die klare Schwarzweiß-Malerei alten Zuschnitts schien ihr angesichts der neuen Wirklichkeit allzu eng und eher ein wenig überholt. Ohne die

Geißel der Bosheit allenthalben im Nacken, tat sie sich mit dem Aburteil nun doch nicht mehr ganz so leicht.

Frönte Thanatos im Palast der bösen Lust? Beschnitt und beschränkte er die Entfaltung der Erwählten? Von diesen selbst erwartete niemand eine sachliche Auskunft, so vernebelt wie die waren. Von allerlei Rauschmitteln war auch noch die Rede.

Freigiebig warf Thanatos mit den ‚kleinen Toden' nur so um sich. Wenn es auch wohl zutraf, dass er sich selbst ein jedes Mal dabei vergab, so wurde er doch nicht weniger. Darin dem Leben durchaus zugehörig, das ja auch stets und überall über sich hinaus drängt und allenthalben mehr wird. Was dem Tod doch wohl eigentlich nicht zusteht, dem an sich ja das Vergehen einher geht. Hier steckte ein unauflöslicher Widerspruch, den sich auch Thanatos selbst nicht zu erklären vermochte.

Jene orgiastisch herbeigesehnten ‚Kleinen Tode' nun führten diesen Widerspruch mit sich. Wer sich nur recht ergab, dem winkte Erfüllung ohne gleichen, insofern es sie – zumeist war das Klientel hier weiblich – über alle Grenzen hinaustrug. Im Gipfel verschmolzen Tod und Leben, Werden und Vergehen und wurden zum Schöpfungsakt. So wurden die Sterblichen auf die Spur geleitet und dem Mysterium ausgesetzt.

Nicht für lange und unfasslich genug, denn das Vergessen setzte zumeist schon ein, und niemand vermochte zu sagen, was sie denn zu sehen bekam. Zumal eine solche Innenschau mit jenen Augen erfolgte, die das Sehen entweder gar nicht oder wie beiläufig und anscheinend ganz zufällig erlernt hatten.

Ob es wohl mit der ‚anderen Art zu Sehen' verwandt war? – überlegte Arundelle kurz, um den Gedankensplitter alsdann zu verwerfen. Nicht alles Besondere war nur deshalb gleich, weil es besonders war.

Mit Joschele ging ein anderer Strang einher. Danach stand die Wiedergeburt am Anfang eines neuen Lebens. Auch diesem ging das Absterben des ‚alten Adams' voraus. Doch auch diese Denkfigur bekam Arundelle nicht so ohne weiteres mit jenem ‚Kleinen Tod' zusammen. Zwar entsprach diesem ein unerhörtes Erlebnis, doch es ging kein ganz anderer daraus hervor. Der Mensch blieb in all seiner Sinnlichkeit doch Mensch. Während er als der ‚Neue Mensch' eine Art Schwebezustand erstrebte, der ihm gleichsam Flügel wachsen ließ.

So recht mochte sich Arundelle nicht einmal gedanklich auf diese Figur einlassen. Sie erschien ihr doch allzu abstrakt und realitätsfern. Am Ende betrog sich der solchermaßen Gläubige dann um sein echtes Erdenleben. Er wurde zum Traumtänzer. Ja, er glich vielleicht dem Aborigine, der es vorzog, in der Traumzeit zu leben und diese zu seiner eigentlichen Lebenswelt zu erklären. Ganz ähnlich - hier wie dort – wird die Wirklichkeit als schnöde erlebt und erlitten, und nur um der andern Freuden willen, ohne viel Murren, ertragen.

Wahrscheinlich kam es letztlich nur auf den Grad der Abgehobenheit an und auf die entsprechende Zeitschiene. So war der Tod also auch der Bruder des Schlafes - der Schlaf auch eine Art ‚Kleiner Tod'. Kein Sekundenschlaf freilich – wenn der Vergleich erlaubt ist – sondern der ganz normale Achtstundenschlaf. Vorausgesetzt, die Lebensumstände lassen diesen überhaupt zu. Denn ganz selbstverständlich ist so ein Achtstundenschlaf freilich nicht – schon gar nicht überall und in jedem Alter.

Davon wussten die *Methusalems* ein Lied zu singen. Es war ihnen oft, als spare da etwas schon einmal für sie an, um es in den großen Schlaf mit einzubringen, der dann ja doch eines Tages käme. Frust und Lust am Leben begannen einander sehr gerecht die Waage zu halten – mit jedem Jahrzehnt das sich so ansparte -, allzu gerecht und manchmal auch bereits mit einem Überhang auf der Seite des Überdrusses.

Und doch kam der Tod, wenn er dann vor der Tür stand, auch ihnen – den wahren *Methusalems* - meist ungelegen. Für das Ende gab es praktisch nie den richtigen Zeitpunkt. Just im Moment des Todes – wenn er dann unabweislich da war - hätte man zu gerne doch das eine oder andere noch schnell erledigt, hätte vielleicht gern noch einmal gesehen, wie die Sonne im Osten aufging, so mit Morgenrot und allem, was dazu gehört. Das Meer hätte man gern noch ein letztes Mal gesehen, wiewohl einem doch die Brandung noch schmerzhaft in den Ohren klang und das Salz auf den Lippen recht salzig schmeckte. Auch vergaß so einer dann, die kleinen Mühen und Ungelegenheiten, die solchem Ansinnen einher gehen. Wer steht schon gern um vier Uhr auf oder stapft durch knöcheltiefen heißen Sand, während oben wie Nadelstiche scharfe Sandkörner das Gesicht, und die bloßen Arme und Beine bespritzen. Die der scharfe Westwind – als wolle er einen abhalten, das Meer zu erreichen, – jedem recht streng und abweisend kalt entgegen bläst. Da müsste es schon seltsam zugehen, wenn es hier anders wäre. Vielleicht suchte man sich besser eine andere lauere Küste. Mitunter war die Lösung recht einfach. Doch auch dort hielt die Wirklichkeit sich nicht an die Wunschvorgaben, sondern pfefferte mit irgendwas ihr Veto herein. – Nun ja, mitunter sogar bereichernd, das sei hier nicht verschwiegen. So war es eben: wie leid wurden so jemandem die Überraschungen, die doch das Salz sind, während das Wohlbekannte, Beruhigende zugleich die Langeweile befördert, wie jene den Überdruss.

So halten sich die Angst vor dem allzu Bekannten und die Furcht vor dem Unbekannten – wenn es gut geht - die Waage. Denn da lockt wohl das Entrinnen, das ja nur nach der einen Seite hin, möglich erscheint. Und je länger das Leben andauert, um so schwächer wird auch die Lebensgier. Die Horizonte rücken nah, was dahinter ist, erscheint allzu bekannt. Jeder Aufbruch ist doch nur Wiederholung. Und das Neue ist nur allzu bekannt – jedenfalls grundsätzlich, denn im Detail mag sich doch immer etwas anderes ergeben, was aber weniger bedeutet, als sich der Mensch wohl vorstellt. Denn unangenehm sind die Ereignisse im Negativkatalog allemal. Die Freuden aber umfassen eine doch recht überschaubare Skala. Das ist schon ganz erstaunlich, wie wenig den Menschen beglückt und erfreut – ganz zu schweigen davon, was ihm davon dann auch wirklich gut tut. Denn das ist vielleicht seltener der Fall als wir uns vorstellen - zumal in der Langzeitperspektive.

Arundelle merkte, wie sie abschweifte. Noch waren die Gedanken allzu unsortiert, als dass sie sie hätte im Kreis der *Repetitoren* einbringen mögen. Nicht dass sie Angst vor Angreifbarkeit gehabt hätte, darüber war sie längst hinaus. Sie wollte sich nicht mehr beweisen oder Geltung verschaffen, sondern Verständnis und Einsicht befördern – möglichst auf eine Weise, die Konsequenzen nach sich zog.

So wurde sie gar nicht gewahr, wohin sich die Diskussion entwickelte. Thanatos trat plötzlich als schlüpfriger Bon Vivant[xlv] in Erscheinung, dem die jungen Dinger reihenweise zu Opfer fielen – und das auch noch mit fliegenden Fahnen von allen Seiten und aus allen Schichten.

Ihm eilte der Ruf voraus, Meister des ‚Kleinen Todes' zu sein. Klammheimlich freute sich manch eine über seinen Besuch und empfand die Heimsuchung als Auszeichnung, auch wenn die Folgen Gefahr für Leib und Leben bedeuteten. Seine ausgefeilten Praktiken mochten brillant sein, und doch hielt ihnen die fragile menschliche Beschaffenheit kaum stand.

Die Dringlichkeitsanfragen häuften sich. Ratlosigkeit verbreitete sich unter den *Repetitoren* der Zukunft, zumal sich die weibliche

Opposition darin geschlossen formierte. *Südmichels* Stand, ohnehin recht ungeklärt, wackelte, zumal ihm das Tinnitus noch immer zusetzte und sein Gehör beschränkte. Doch der *Advisor* ließ auf sich warten.

„Das heißt doch ganz klar, dass die da oben selbst nicht wissen, wie sie dem Treiben Einhalt gebieten sollen. - Ja, ob Thanatos überhaupt der nächste auf der Liste ist. Zumal es mit Malicius Marduk dann doch nicht so recht hatte klappen wollen" – resümierte Arundelle.

Ratlos sahen sie die *Repetitoren* an, denn sie verstanden nicht. Wahrscheinlich lag es daran, dass Arundelle einen Gedankensprung getan hatte, von dem sie wohl annahm, dass es keiner war.

„Es ist doch so", setzte sie deshalb noch einmal an – „Malicius Marduk hat Thanatos aus der Unterwelt vertrieben, deshalb ist er zu uns ins Asyl gekommen. Er hat seinen Asylantrag eingereicht, und nun warten wir alle darauf, dass er genehmigt wird und Thanatos die Anerkennung kriegt und das Bleiberecht für unbestimmte Zeit."

„Und wir sind entsetzt darüber, wie er sich aufführt, oder sind wir das nicht?" – merkte Grisella an.

„Entsetzen ist vielleicht nicht der richtige Ausdruck, vielleicht sind wir eher alarmiert oder beunruhigt oder auch ratlos, weil wir irgendwie spüren, dass etwas nicht stimmt..." – bestätigte Judith.

„...Oder überhaupt nicht sein soll..." – fiel ihr Corinia ins Wort.

„...weil wir nicht verstehen oder nachvollziehen können, was über die Mädchen kommt..." – ergänzte Florinna.

„...oder weil wir Dinge unterstellen, die so vielleicht gar nicht zutreffen..." – Corinia hatte dies Abkommen mit den *Südmichel*-Priestern ein wenig anders verstanden. Danach wurden auch die Nixen keineswegs gefragt, sondern die Abordnung wurde behandelt, als sei sie ein Teil der Priesterinnen-Ausbildung und gehöre nahtlos dazu. Dabei war dieses Element eindeutig hinzu getreten. Obwohl auch stimmte, dass die Priesterschaft selbst es zu ihren Pflichten rechnete, beim Schritt ins Erwachsenenleben ganz lebenspraktisch behilflich zu sein – wenn sich sonst niemand fand, selbstverständlich. Doch an Bewunderern herrschte überhaupt kein Mangel. Zumal nicht während der alljährlichen Mysterienfeiern. Da waren die jungen Priesterinnen sehr umschwärmt und konnten sich vor Verehrern kaum retten.

Das hierarchische Gefälle, das Thanatos ausnutzte, was Lebenserfahrung und Machtstellung anging, war ein Dorn im Auge so manchen Repetitors. Es war vor allem diese Alles-oder-Nichts-

Haltung, die sie aufbrachte. Die Elevinnen wussten im Grunde eben nicht, was sie riskierten und wie mit ihren Leben gespielt wurde. Hinterher war es dann zu spät. Sie waren gezeichnet für den Rest ihres Lebens – falls sie die Begegnung denn überlebten.

Eben dieses Risiko war der Skandal. Doch eben darüber gingen die Meinungen schon wieder auseinander. Was den einen despotische Gewalt war, mochte den andern vielleicht als eine unerhörte, überwältigende Erfahrung erscheinen.

Nicht alle kamen gleich weit in ihrem Streben nach Erfüllung, wenn auch alle gleichermaßen körperlich zu reagieren schienen. Es handelte sich eben dabei nicht nur um körperliche, sondern auch um mystische Erlebniskraft.

Dahinter verbarg sich die Frage, wie viel an Lebensgeheimnis den Irdischen überhaupt zustand. Was durften, was sollten sie wissen und was besser nicht – ob zu ihrem eigenen Seelenheil oder deshalb, weil es ihr Fassungsvermögen sprengte. Was geschähe, wenn ruchbar würde, wie es in Wahrheit um den Tod bestellt war?

Thanatos war womöglich übrhaupt keine Person und besaß auch keine Identität. Er behauptete sich nicht als ein Ego, sondern trat als Ereignis auf.

„Ausgehend von dem allseits beliebten Kinderspiel, sich die Augen zuzuhalten, um nicht mehr da zu sein - *(weil man ja selbst nun nicht mehr sieht)* - stellt sich die Frage nach der objektiven Welt freilich leicht. Und sie ist schnell beantwortet. Aber so einfach ist die Sache nicht. Nur wer den Menschen zum Maß aller Dinge erhebt, tappt in diese Kinderfalle. Klar wissen wir heute, dass die Welt ohne uns recht gut existierte, vielleicht nicht gerade harmonischer, doch eine ununterbrochene Abfolge von Katastrophen wäre sie auch nicht. Es gab sie immer schon - die systemischen Harmonien, soweit wir sie inzwischen begreifen und bewundern.“

Scholasticus unterbrach sich und schaute ein wenig verwirrt um sich. Wie es schien, war ihm der Faden gerissen. Zu vieles stürmte auf ihn ein und blockierte sich wechselseitig.

„Willst du uns sagen, dass unser Protagonist seine eigene Identität besitzt? Weiß Thanatos wer er ist? – Arundelle hielt inne. Auch sie wusste nun nicht mehr weiter. Scholasticus schien wieder soweit zu sein. Jedenfalls hellte sich seine Miene auf und er schnappte wie ein Karpfen nach Luft.

Doch bevor er ansetzen konnte, schaltete sich Grisella ein. Dorothea blickte besorgt von ihrem Mann zu ihrer Schwester, denn dessen Mienenspiel verriet seinen Erregungszustand:

„Der Urknall als erotischer Kuss oder gar als Coitus – das gefällt mir, da kommt Pfeffer in die Sache.“ – warf sie recht provozierend hin.

„Die Schöpfung als Liebesakt. Yin und Yang - die Urgewalten der Geschlechter“ – stimmte ihr Arundelle zu.

„Oder umgekehrt...“

„...da mag sich festlegen, wer will...“

**

Was Arundelle beim *Advisor* suchte, war ihr selbst nicht recht klar. Es war wie eine liebe alte Gewohnheit, auf die bloß sie vergessen hatte. Ja, damals, das waren noch Zeiten. Hui, wisch und weg – so ging das damals. Nun, auch für diesmal taten sie sich nicht eben schwer, so groß die Gruppe auch war. Denn da waren sie auch schon bei der kaiserlichen Audienz:

Prinzesschen im Wippstuhl war in die Jahre gekommen. Der Zahn der Zeit nagte, wo diese doch für nichts hier oben galt. Wie es dem Lauf der Welt unten entsprach. Der *Advisor* nickte freundlich und bestätigend. Das waren genau die Gedanken, die er anzuregen gedachte. Da brauchte es der vielen Worte nicht. Zumal die Audienz recht wortkarg vonstatten ging.

Nur ein recht pomadig wirkender Herr in alter Tracht und Perücke klopfte jeden Bittsteller in Positur mittels eines goldknaufverzierten Marschallstabes, und hieß ihn sich vorstellen. Was der Kaiser indes huldvoll abwinkte, als kenne er sowohl Name als auch Anliegen schon. Vielleicht wollte er bloß fertig werden und schnell hier raus.

Das mit den Lichtduschen klappte jedenfalls. Denn kaum waren sie durch, da ging es auch schon stracks zum gleißenden Tor hinüber, wo eine kleine feierlich dreinblickende Gemeinde ihrer harrte, um sie durch die Schranke zu weisen. Die Kleinen sollten sie auf dem Arm halten. Ob Vater oder Mutter, das war ihnen gleich.

Ob auch alle andern die Antworten des *Advisors* erspürten? Recht konkret wurde er freilich nicht. Immerhin erfuhr Arundelle nun, ob das Asyl verlängert werden konnte, und ob die Unterwelt tatsächlich unter der Erde bleiben durfte. Sogar über eventuelle Risiken und Nebenwirkungen fühlte sie sich aufgeklärt.

„Lasst doch den Dingen, den Dingen, den Dingen ihren Lauf“ erklang ein Himmelskanon engelischer Stimmen und brauste gewaltig durch das samtblaue Firmament.

Und da wurde es auch schon wieder Zeit für den Aufbruch. Der kaiserliche Tross entfernte sich bereits, der *Advisor* ebenfalls. Alle fühlten sich einigermaßen gestärkt, trotz der Ohrenschmerzen. Auch wenn ihnen nicht recht klar geworden war, was sie zu tun hatten, so hatten sie doch wenigstens eine Meinung. Und die wurde Thanatos gerecht. So müsse es sein, kommentierte Grisella. „Zwei Tritte voran und einer zurück."

Wie sie sich aufplusterte dabei, musste es sich bei dem Dreivierteltakt um etwas sehr wichtiges handeln. Deshalb brannte ihr die - *gewiss hier viel zu weitschweifige* - Erklärung auf der Zunge, die sie sich folglich verkneifen musste. Denn um das philosophische Grundprinzip, um das es hier ging, einigermaßen verständlich rüber zu bringen, veranschlagte man besser ein ganzes Semester. Das war in zwei, drei Sätzen nicht zu machen. Und was ihr nicht alles in den Sinn kam!

Es gab ja kein Entstehen ohne Vergehen, sinnierte sie. Das Leben selbst erhebt sich aus dem Absterben. Und das Opfer ist das erste Realitätsprinzip. Ohne die Zerstörung anderen Lebens komme Leben nun einmal nicht aus, so heftig es sich auch um Leidvermeid bemühte. Damit nicht genug, stecke der Verfall überall. Schon allein deshalb, da sich ein jedes Lebewesen innerhalb vorbestimmter Zeiteinheiten erneuert und streng gesprochen schon nicht mehr es selbst ist. Auch wenn sich die Bausteine und Elemente der Regeneration punktgenau und passgerecht einfügen, so sind sie doch auch um das Altern modifiziert oder gar der Überanstrengung zum Opfer gefallen. Bei allem verschwenderischen Überschwang mit dem sich das Leben weitert, trifft doch immer auch das Gegenteil zu. Die hochaufschießenden Bäume nehmen dem Unterholz das Licht. Es ist zum Untergang oder doch zu rechter Bescheidung verurteilt. Und doch explodiert das Leben eben da ungeahnt. Es schießt und sprießt mit unheimlicher Kraft aus den abgesunkenen, der Verwesung und Fäulnis übereigneten Niederungen. Dort selbst schon wieder höchst lebendig. Denn der Tod ist immer auch Geburtshelfer neuen Lebens.

Hätte sie es noch einmal zu tun, vielleicht würde sie sich auf die Biologie einlassen, kam es Grisella in den Sinn. So aber stand sie wenigstens als Gast hinter dem Zaun und schaute hinüber. Und was sie sah, faszinierte sie so sehr, dass sie am liebsten noch einmal hinüber geklettert wäre.

Indessen fürchtete sie um die alten Knochen. Jedenfalls sagte sie sich das. Aber vielleicht verhielt es sich ja nicht anders damit wie mit der Angst vor dem Fliegen.

Und doch hatte sie sich wieder einmal darauf eingelassen. Welcher Teufel sie geritten hatte, wusste sie nun nicht mehr zu sagen. Vielleicht rührte ihr Sinnieren von der Angstbewältigung her, die sie sich leistete zum Ausgleich. Während die anderen ihren Spaß in der Lichtdusche hatten, für die sie sich vielleicht ein wenig alt dünkte. Denn diese verschob die Perspektive des Lebens doch auch immer ganz schön in Richtung des Unmittelbaren. Das vielleicht nicht mehr so ganz der Lebenseinstellung entsprach, die sie sich zugelegt hatte.

Sie war sich nicht einmal ganz sicher, ob die Initiative dazu von ihr ausgegangen war. Jedenfalls hatte Amadeus daran seinen Anteil. Soviel war gewiss. Sich darüber mit Dorothea auseinander zu setzen, brachte nicht viel. Die hielt sich gerade ihr gegenüber besonders bedeckt. Zwillinge hin, Zwillinge her, zumal Zweieiige. Und das auch noch gedoppelt.

Wenn es um solche Fragen geht, dann ist sich jeder doch nur selbst der Nächste und lässt sich nicht in die Karten schauen. Noch nicht einmal so sehr, weil er sich genierte, sondern vielmehr aus natürlicher Scheu. Was am Ende vielleicht auf das Gleiche hinausläuft.

Wie dem auch sei. „Thanatos beutet seine Position aus und setzt seine Weltläufigkeit ein. Was er da tut, hat wenig mit seinen Verpflichtungen zu tun, würde ich mal sagen“ warf Corinia nun ein.

„Irre ich mich, wenn ich sage, dass das Training der Tempelelevinnen das jährliche Mysterienfest ebenfalls umfasst?“ wollte Grisella noch wissen.

„In der Tat. Das ist ihre Weise erwachsen zu werden da unten. Ich hatte selber niemals die Gelegenheit, daran teil zu nehmen, weil Fremde dabei nicht zugelassen sind. Doch soweit ich weiß, geht es da doch recht freizügig zu.“

„Ist Thanatos mit diesem ‚Kleinen Tod‘ da auch irgendwie mit von der Partie?“ bohrte Grisella nach

„Wie ich schon sagte, ich erhielt nie Gelegenheit, daran teilzunehmen.“ Corinia hielt kurz inne, um das fortzufahren: „Unmöglich aber ist dies nicht – würde recht gut ins Bild passen.“

„Er wäre sicherlich nicht der Einzige, dem es gelingt, dergleichen zu bewirken, nicht wahr?“ Arundelle erwartete keine Antwort auf ihren schlussendlichen Einwurf.

35. Die Methusalems

Dorothea war's gewesen. Sie hatte ihn auf den Gedanken gebracht. Damals, als sie fand, es wäre ein unwiederbringlicher Verlust für die Menschheit, wenn er zu Tode käme. Nun – sein Tod hatte dann ja doch nicht stattgefunden. Irgendwie fand Scholasticus den Gedanken faszinierend. Er schmeichelte seiner Eitelkeit und stellte ihn so recht heraus, rückte ihn in ein Licht, in dem er sich nur zu gerne sonnte.

Doch was war mit den vielen, den anderen, die normal waren? Die nicht auf eine lange Latte von Würden und Ehrungen schauten? Sondern auf ein buntes, vielleicht sogar eintöniges Leben, das gleichsam vertröpfelte. Und bei dem nichts als verlorene und vertane Zeit heraus kam, wenn man es von einer kritischen Warte aus betrachtete und eine ganz bestimmte Auffassung vom Leben hatte.

Da fand sich dann allzu schnell der Schluss, ein solches Leben verdiene keine Extrajahre. Im Gegenteil, nähme man hier etwas weg und fügte es dort hinzu wo es sich lohnte, dann erwiese man der Menschheit gar noch einen Dienst. Doch wenn es dann konkret wurde, dann schwieg des Sängers Höflichkeit alsbald und wurde recht kleinlaut. Denn es erwies sich als gar nicht so einfach, Kriterien für ein wertvolles Leben aufzustellen und umgekehrt solche für dessen Unwert.

Dass da auch die Gerechtigkeit hereinspielte, war selbstverständlich. Und auch der Gleichheitsgrundsatz galt selbstredend. Das wussten auch die Elitären ganz genau. Ihre Position war im Ernst nicht zu halten. Dennoch verteidigten sie sich so gut es ging. Auch wenn ihnen die Maske des Biedermannes immer wieder vom Gesicht gerissen wurde und darunter die hässliche Fratze selbstherrlicher Machtvollkommenheit hervor kam.

Die Methusalems von der Insel Weisheitszahn erkannten also sehr wohl, worin sie so heillos verstrickt waren. Um zu beweisen, wie gleich sie sich wussten und wie sehr sie allen Privilegien abhold waren, hätten sie sich aufknüpfen müssen oder sich besser gleich von den hohen Klippen ihrer Insel gestürzt.

Sie wussten es ja, den Wettlauf gegen die Zeit mussten sie verlieren. Was sie auch anstellten, noch immer starben die Menschen weit vor ihren Möglichkeiten. Sei es aus Unbedachtsamkeit oder auch – und das war eben der Skandal – aus schierer unabwendbarer Not.

Derweil währte ihr eigenes Leben an. Jene von ihnen, die - aus was für Gründen auch immer - in des Todes Hand gewesen waren, kehrten zurück – ganz wie es ihnen beliebte, so mochte es grad scheinen.

So bissen sie denn in den sauren Apfel, die sie jedem Elitedenken so gründlich abhold waren und schluckten die bittere Pille. Sie waren privilegiert und gehörten, auch ohne elitär zu sein, zur Elite. Und Jahr für Jahr, wie sich eines ans andere reihte, wuchs auch die Last der Schuld an und vergällte ihnen recht gründlich die Freude an einem langen Leben.

Ihr Kümmernis lastete wie eine giftige Wolke über ihren Versammlungen – Repetitoren, wie sie sich nannten, waren sie ja nun schon lange nicht mehr. Nutznießer waren sie, privilegiert dazu. Darüber war jedes Wort zuviel, das sie verloren. Denn es änderte ja nun nichts mehr, sondern verschlimmerte nur die Seelenpein. Tragen musste die Last ein jeder für sich ganz allein. Sie kannten die Seufzer und wussten voneinander. Nicht die Last der Jahre türmte sich zur Bürde unter der sie schwer gingen, sondern das Gewissen, das sie sich machten. Wenn sie nicht versuchten, das Unlösbare von sich zu schieben und dem Verdrängen zu übereignen. Mehrheitlich waren sie gebildet genug, um zu wissen, dass dies nichts fruchtete. Das Verdrängte erstand um so gewaltiger und bedrohlicher, je erfolgreicher es zunächst erledigt wurde. Und sei es, dass es sie heimsuchte in der Nacht, sich in ihre Träume stahl, um dort sein Unwesen zu treiben.

Sensibel waren sie nun einmal. Sensibel, bis zum Abwinken. Da packte die Zahl der Jahre nur wenig Watte drauf. Ihre Seelen glichen rohen Eiern oder zarten Quallenschleiern, denen selbst leiseste Irritationen gehörige Blessuren verpassten.

Solange ihre Aufgabe fortbestand, konnten sie sich einreden, unersetzlich zu sein. Denn das waren sie gewesen. Niemand verfügte über die Zukunft, denn nur sie kamen aus der Vergangenheit. Nur sie wussten, was sie erwartete um es sich zu arrangieren, um so das Künftige der Erwartung anzupassen. Denn was geschehen war, war geschehen. Sie hatten es ja erlebt. Nur deshalb kannten sie ihre Aufgabe. Nur deshalb taten sie, was zu tun war. Sie taten es so lange, bis keine Zukunft mehr übrig war, bis sich die Zeit eingeholt hatte.

Ja, eingeholt waren die magischen Jahre, in die sie einstmals gelangten - mit der Hilfe und Zauberkraft eines der Zeit entronnenen Zauberbogens. Ihn konnte nur ein kleines Mädchen handhaben, das allein dennoch gestrandet wäre. Und deren durchschlagender Erfolg erst dank des magischen Steins von Uluru möglich wurde. Dessen magische Zauberkraft wiederum vermochte sich nur ein seltsames

Duo, - bestehend aus einem gelehrten Riesenkänguru und einem fürwitzigen Possum, - erschließen.

All das war Schnee von gestern, lag begraben und abgeschlossen hinter ihnen. An der Vergangenheit war nicht mehr zu rütteln und sei sie nun auch doppelt vergangen, denn sie war ja zweimal durchlebt worden.

So manche Heldentat hatten sie vollbracht. Der Sieg über Malicius Marduk war nur möglich geworden, durch die bewusste Wiederholung der Zukunft als Gegenwart. Nur weil sie damals in der Zukunft die richtigen Weichen stellten, gelang der Sieg über den Widersacher. Und wenn er auch nicht gänzlich aus der Welt zu schaffen war, so wurde seine Position darin dennoch entscheidend geschwächt.

Allein diese Großtat verdiente Anerkennung und Respekt. Doch stand sie auch für die besondere Belohnung, die in einem endlosen Leben bestand? Durften die Repetitoren deshalb für sich Dinge in Anspruch nehmen, zu denen nur die wenigsten Zugang hatten?

Auch stimmte so ganz ja nicht, dass sie arbeitslos geworden waren. Aus den losen Fäden, die ins Nichts der Zukunft wiesen, ließen sich sehr wohl weitere Netze knüpfen. Wenngleich diese Aufgabe nun ungleich schwerer war, als die, den Weg der Protagonisten aus der Vergangenheit zu ebnen, um ihnen die Dinge genau so zu arrangieren, wie sie diese erinnerten.

Ja, das war ihre Aufgabe nun. Und da bemerkten sie auch, wie ihnen die Jahre halfen. Und was es bedeutete, nicht immer wieder bei Null zu beginnen, um dann in einem kurzen Leben all das erst einmal einzuholen, worauf das Wissen basierte, bevor man es dann selbst weiter trieb.

Es bedurfte ihrer ja, anders ließ sich die gestalterische Aufgabe nicht bewältigen, so sie denn überhaupt zu schaffen war.

Die Verhandlungen mit Thanatos standen kurz vor dem Abschluss. Sie betrafen sowohl seinen Aufenthaltsort als auch sein Kerngeschäft auf dieser Erde. Waren die *Repetitoren* ihm in Sachen Aufenthalt entgegen gekommen, so durften sie ein vergleichbares Entgegenkommen nun beim Kerngeschäft auch erwarten. Wer hätte über eine solche Möglichkeit in der Vergangenheit allen Ernstes auch nur nachgedacht?

Auf so etwas musste man erst einmal kommen. So fühlten sich die *Repetitoren* nun doch recht sicher, was ihren Nutzen anging. Und so fragten sie sich natürlich, ob ihr Nutzen das Privileg nicht doch aufwog. Um sich aber sogleich selbstkritisch entgegen zu halten, dass die Probe auf's Exempel ja noch gar nicht gemacht war, ob dem nicht vielleicht immer so wäre, wenn man nur erst schon einmal allen ihre Zeit auch ließe. Darauf wussten sie freilich keine Antwort, als die, sie seien nun einmal in der Position und Lage, solche Verhandlungen in den Blick zu nehmen und zu führen. Schließlich müssten diese geführt werden, anders würde sich nun einmal nichts ändern.

[i] Ihm kommt das Harfespiel und das Frohlocken schwer an, weil er es nicht gewohnt ist. Ludwig Thoma: Ein Bayer im Himmel.
[ii] ‚die Berichtiger'; Ableitung von (lat.) correctio=Berichtigung, Verbesserung.
[iii] Ausruf der staunenden Erkenntnis
[iv] Ableitung aus lat. correctio = Berichtigung, Verbesserung
[v] ein in den Ruhestand versetzter Professor
[vi] Inschrift eines Gedenksteins in Herborn am Ufer der Dill
[vii] = aus dem Nichts
[viii] = Nichts ist ohne Sinn
[ix] Carnivoren = Fleischfresser
[x] (semi)permeabel = (halb)durchlässig
[xi] Die Vorstellung von Umschöpfungsmaschinen prägte das Weltbild der Elekti. Das sind selbsternannte Heilige, denen es obliegt, das gefangene Licht aus der Umklammerung durch die Materie zu befreien. Es gelingt in ihrer Vorstellung u.a. durch den Verzehr pflanzlicher Kost.
[xii] Dem Geruchssinn zugänglich
[xiii] Wortspiel: engl. Godmother = Patentante und zugleich Mutter Gottes. Wir erinnern uns an Arundelles Schlüsselrolle als Patentante (Godmother) bei der Taufe des jungen Prinzleins!
[xiv] WFO = World Food Organisation (Welt-Nahrungs-Organisation)

[xv] Ein wenig despektierlich klang ‚Wechselbalg' ja schon. Und doch hatte man sich auf keinen andern Terminus einigen können. So war es sogar zur Kampfabstimmung deswegen gekommen, wo der ‚Wechselbalg' mit einer Stimme Vorsprung den Zuschlag erhielt.
[xvi] OKM = Oberkommando des Mars
[xvii] international auch LCT = Law Control Treaty genannt
[xviii] im schlimmsten Fall
[xix] Hybris = Größenwahn
[xx] Das Orakel der Sybille war stets mehrdeutig
[xxi] Verfahrensweise
[xxii]insistieren = hartnäckig auf etwas bestehen
[xxiii] abgeleitet von profundus = bodenlos tief, unermesslich, unersättlich,
sieh auch profundum = Tiefe Abgrund, Meerestiefe.
[xxiv] Unbeugsames, starres Festhalten an Grundsätzen
[xxv] Tautologie z.B. ein weißer Schimmel, ein schwarzer Rappe, ein alter Greis.
[xxvi] dem Nanoversum entsprechend (Nanotechnologie = manipulativer Umgang mit extrem kleinen Bauelementen in Atomen.)
[xxvii] singulär = einzigartig
[*] sic
[xxviii] Weg der Schmerzen - Jesu Weg zur Kreuzigung
[xxix] Vor Trafalgar kam es 1805 zur entscheidenden Seeschlacht zwischen der englischen und der französischen Flotte. Sie endete mit einer Niederlage der Franzosen und läutete den Untergang Napoleons ein.
[xxx] Enthüllung, Offenbarung
[xxxi] Das Verfügen können, Das Sicheinrichten auf etwas, Freie Verwendung.
[xxxii] Das *Didgeridoo* ist ein obertonreiches Blasinstrument der australischen Aborigines aus der Familie der Aerophone auf dem Tonerzeugungsprinzip der Polsterpfeife.
[xxxiii] *Desgleichen nahm er den Kelch nach dem Mahl, dankte, gab ihnen den uns sprach: Nehmet hin und trinket alle daraus, dieser Kelch ist der neue Bund in meinem Blut, das für*

*euch und für viele vergossen wird, zur Vergebung der Sünden. Solches tut, so oft ihrs trinket zu meinem Gedächtnis. (*Gängige Abendmahlsformel*)*

[xxxiv] Leitsatz, Glaubensbekenntnis, Lat.: ‚ich glaube'

[xxxv] Mt 13, 31

[xxxvi] Mk 4, 30

[xxxvii] Mt 13, 33

[xxxviii] Geheimnisvolles Anzeichen eines drohenden Unheils

[xxxix] das Hervorgehen ... aus dem unveränderlichen, vollkommenen, göttlichen Einen.

[xl] Zwei Mosesdarsteller aus dem 20. Jahrh.

[xli] Thanatos = Tod in der griechischen Mythologie

[xlii] treffsicher angebrachte Redensart

[xliii] franz. = Kleiner Tod

[xliv] zwei der bekanntesten Vertreter des Dadaismus aus dem frühen 20. Jahrhundert.

[xlv] Lebemann

Printed in Poland
by Amazon Fulfillment
Poland Sp. z o.o., Wrocław

72842936R00190